JOHN BRUNNER

Ein irrer Orbit

**Festung Amerika:
Das Panorama des politischen Verfalls
einer paranoiden Kultur**

Roman

Mit einem Nachwort des Übersetzers
von
HORST PUKALLUS

Neuausgabe in der Serie
TOP HITS DE

WILHELM HEYNE VERLAG
MÜNCHEN

HEYNE SCIENCE FICTION & FANTASY
Band 06/4672

Titel der englischen Originalausgabe
THE JAGGED ORBIT
Deutsche Übersetzung von Horst Pukallus
Das Umschlagbild malte Andreas Reiner

Der Roman erschien in Deutschland erstmals 1970 in einer um zwei Drittel (!) gekürzten Fassung in einer ›Übersetzung‹ von Tony Westermayr als Weltraum-Taschenbuch Nr. 0115 unter dem Titel ›Morgen geht die Welt aus den Angeln‹ im Wilhelm Goldmann Verlag, München (eine Ausgabe, von der sich der Autor entschieden distanzierte); eine zweite Ausgabe – ungekürzt und in leicht von der vorliegenden abweichender Übersetzung – erschien 1982 unter dem Titel ›Das Gottschalk-Komplott‹ als Moewig Science Fiction, Band 3565, im Arthur Moewig Verlag Taschenbuch GmbH, Rastatt.

Redaktion: Wolfgang Jeschke

Printed in Germany 1993
Umschlaggestaltung: Atelier Ingrid Schütz, München
Technische Betreuung: Manfred Spinola
Satz: Kort Satz GmbH, München
Druck und Bindung: Ebner Ulm

ISBN 3-453-06606-5

FÜR CHIP –

die einzige Person,
die ich kenne,
die wirklich einen Zickzackorbit fliegen kann.

1 Versetzen Sie sich in meine Lage

Verein-

2 Fortsetzung von Kapitel eins

zelung

Medienkiebitz

In welchem Zustand also war die Welt an diesem Morgen? Noch fader als am Vortag. In allen Büros im Etchmark-Tiefkomplex betrug die Lufttemperatur angenehme 20° Celsius, aber in den Brauen Matthew Flamens, des letzten Medienkiebitz, saß Schweiß. Bis zum Mittag mußte ein Fünfzehnminutenbeitrag zusammengestellt, bearbeitet, aufgenommen, vorgelegt, verbessert und den Sendern eingespeist sein, und in diesem späten Stadium der Vorbereitungen war nichts fertig außer den zwei Minuten und vierzig Sekunden an Werbung. Punkt um Punkt von der Liste, die er über Nacht hatte begutachten lassen, fiel als unbrauchbar der Streichung zum Opfer, und sein Vertrag galt noch neun Monate lang.

Der Höhepunkt eines seit langem häufig wiedergekehrten Alptraums war da. Der Planet hatte sich geschlossen wie eine müde Muschel, und er, ein ausgehungerter Seestern, entbehrte der Kraft, um sie wieder aufzustemmen. Auf? Aufstemmen?

Mit einer krampfhaften Anstrengung schaffte er es; seine Lider teilten sich, und überm einseitig durchsichtigen Panzerglas seiner Schlafzimmerdecke leuchtete blauer Himmel. Er befand sich allein in dem Zimmer; er war allein im Haus. Sein Herz hämmerte gegen die Rippen wie ein Wahnwitziger, der aus der Anstalt entlassen zu werden verlangte, und er schnappte so heftig nach Luft, daß er keinen zusammenhängenden Satz zu sprechen vermocht hätte, nicht einmal ein schlichtes »Guten Morgen«. Obwohl vernünftigerweise niemand für den Inhalt eines Traums verantwortlich gemacht werden konnte, empfand er entsetzliche, unbeschreibliche Scham.

Stück um Stück suchte er die verstreuten Fragmente seiner Persönlichkeit zusammen, bis er wieder genug Gewalt über seine Gliedmaßen besaß, um sich zu erheben. Ihm oberflächlich schon seit längerer Zeit bekannt, eingestuft als zitierbares Zitat, weil es seine berufliche Tätigkeit so unmittelbar berührte, trieb aus seinem Unterbewußtsein ein geflügeltes Wort von Xavier Conroy herauf. »Die westliche Kultur unterzieht sich einem Prozeß der Umwandlung von Schuldorientiertheit mit schlechtem Gewissen zur Schamorientiertheit in Verbindung mit der krankhaften Furcht vorm Ertapptwerden.« Seit kurzem schwärte dies Wort in seinem Gehirn wie ein Brandzeichen, beigebracht mit einer Glut, deren Hitze zu gering gewesen war, um die Verbrennung zu verätzen und zu sterilisieren.

Er schaute rundum und betrachtete mit freudlosem Blick den Luxus, den Komfort, die Sicherheit seines Heims, und er verspürte Widerwillen. Er wankte ins Bad, entnahm dem Spender eine Stimmungspille und schluckte sie. Während er seine Blase entleerte, wirkte die Pille, und die Welt erweckte einen etwas weniger bedrohlichen Eindruck. Er war dazu imstande, sich einzureden, daß er bis jetzt noch jederzeit mit allem zurechtkam, daß er noch voll im Business stand, daß er auch weiter zahllosen Leuten in die Karten blicken würde, die sie eigentlich nicht sehen lassen wollten...

Nichtsdestotrotz, ehe er ans Duschen, Frühstücken und andere Einzelheiten eines zivilisierten Daseins dachte, trieb er die Geister des Alptraums aus, indem er an den Komm-Netz-Apparat ging und eine Direktverbindung zu seinen Bürocomputern herstellte. Unter den Augen der Endlosfilm-Projektion Celias, die an ihrem Ehrenplatz in der Ecke pausenlos spielerische Mobilität abspulte, saß er nackt im klammen Drehsessel und hieb der Hydra seiner Sorgen einen Kopf um den anderen ab. Nach der Ortszeit war es noch früh — sieben Uhr zehn MEZ —, doch der kleine, geschrumpfte Planet Erde existierte heutzutage in einer Zone von Zeitlosigkeit. Die Angelegenheiten, die er weitergereicht hatte, damit man sie bearbeite, während er schlief, erwiesen sich als recht aussichtsreich; einige waren weit genug gediehen, um schon heute verwendet werden zu können, andere reiften heran und verströmten bereits Düfte der Verheißung.

Allmählich stellte sein Selbstvertrauen sich wieder ein. Allemal war es für ihn eine bessere Medizin als Beruhigungsmittel, sich zu vergegenwärtigen, daß er tiefer als so gut wie jeder andere Einblick in die nicht drei-, sondern vierdimensionale Welt hatte. Er zwang sich dazu, den höhnischen Dämon des Zweifels zu mißachten, der in seinem Kopf immerzu Conroys Zitat wiederholte und darauf hinwies, daß früher oder später, falls jene Äußerung mit der Wahrheit übereinstimmte, die gesamte westliche Welt gegen ihn konspirieren müßte, um ihre zwielichtigen Taten vor ihm zu verheimlichen. Vor zehn, acht, sogar noch vor sechs Jahren hatten alle großen Sendeanstalten ihre jeweiligen Medienkiebitze gehabt; einer nach dem anderen hatten sie abgehen müssen, einige wegen des Erhebens von Anschuldigungen, die sie nicht beweisen konnten, andere lediglich, weil sie ihr Publikum verloren, ihnen die Fähigkeit abhanden geriet, zu irritieren, provozieren, zu faszinieren.

Lag das daran, daß die Welt einen redlichen Menschen nicht länger ebenso bewunderte wie jemanden, dem es gelang, mit Unredlichkeit davonzukommen? Und wie redlich war ein Mann, der seinen Lebensunterhalt damit verdiente, jene bloßzustellen, denen es mißlungen war, ihre Betrügereien vollkommen zu tarnen? Als seien die Fragen ihm von jemandem aufgedrängt worden, blickte sich Flamen unbehaglich um. Aber er sah nur Celias Abbild sich bewegen, wie es unablässig endlose Kreise beschrieb. Er wandte sich erneut zum KommNetz-Bildschirm und widmete sich dem ersten und wichtigsten der rund ein Dutzend Punkte, die er in der Nacht hatte computerrecherchieren lassen.

Ja, tatsächlich, es stimmte, Marcantonio Gottschalk war wegen des Fernbleibens Wjatscheslaw Gottschalks und einer Anzahl anderer hocheingestufter Polys von der Feier seines achtzigsten Geburtstags verschnupft. Es konnte schwerlich als Neuigkeit gelten, daß innerhalb des Kartells wiederum ein Machtkampf bevorstand, aber bisher waren Informationen darüber, wer auf wessen Seite Stellung bezog, wirksam unterdrückt worden.

Durfte er es wagen, einfach Vermutungen anzustellen, bei welchen der üblichen Entschuldigungen aus Krankheitsgründen — die Gottschalks waren in mancherlei Beziehung sonderbar konservativ — es sich in Wahrheit um Lügen gehandelt hatte? Die Computer warnten davor; das Kartell war viel zu mächtig, um es ohne wirklich handfeste Daten anmachen zu können. Sein Herz allerdings sehnte sich nach einem echt dicken Ei. Es ging ihm weniger darum, daß sein Vertrag noch neun Monate lang lief, wie sein Traum zu suggerieren versucht hatte, sondern vielmehr um den Umstand, daß die restliche Laufzeit *nur* noch neun Monate betrug, und wenn er nicht bei irgendwem einen richtig spektakulären Querschuß anbrachte, ehe der Sommer mit seinen niedrigen Einschaltquoten verstrich, konnte er anschließend den Löffel abgeben und sich begraben lassen. Er versah diese Story mit HiPri und instruierte seine Computer — ohne sich wirklich Hoffnungen zu machen —, weiterhin nachzuforschen, ob irgendwo, irgendwie ein Schlüssel-Code zur Datenbank der Gottschalks bei der Iron Mountain zu erwerben sei.

Während er auf das Resultat wartete, befaßte er sich mit anderen Themen. Der bloße Gedanke, eine Attacke gegen die Gottschalks zu führen, hatte ihn anscheinend wieder völlig normalisiert, und er beschäftigte sich mit älteren und neueren Punkten gleichermaßen voller Zuversicht.

Die Heinzelmännchen AG war nahezu mit Gewißheit genau das, was die Fama von ihr behauptete: eine Fassade mit College-Niveau für Conjuh Man*, um die Flucht der Blanks vor der Rationalität mit dem gleichen Eifer auszunutzen wie die Unkenntnis der Niebs um die Rationalität.**

---

* Eine im Sprachgebrauch der amerikanischen Farbigen übliche Verslangung von engl. *conjure man*, womit eine Art von afrikanischem Zauberer und Geisterbeschwörer gemeint ist. — *Anm. d. Übers.*

** Kurzfassungen der Wörter *blankes* und *nieblankes* — Weiße bzw. Farbige — aus dem Afrikaans (Kapholländisch), der Staatssprache der Südafrikanischen Union, einer von den Buren in Südafrika begründeten Tochtersprache des Niederländischen. — *Anm. d. Übers.*

Konnte er getrost für maximale Detaillierung und Verwendung vormerken, machbar sobald die Bewertung achtzig zu ihren Gunsten überstieg; bisher lag der Wert erst bei zweiundsiebzig. Von den Flüchtlingen, die nach Kuala Lumpur strömten, sollten offenbar nach einem vorgefaßten Plan zahlenmäßig mindestens zwei Drittel ausgesiebt werden, und nicht, wie offizielle Verlautbarungen glaubhaft machen wollten, durch Unterteilung in Königstreue und Subversivlinge. Bewertung achtundachtzig positiv, konnte er also schon heute bringen. Aber lohnte die Sache das Risiko, internationale Spannungen hervorzurufen? Wer in der englischsprachigen Welt scherte sich um das Schicksal von egal wie vielen Menschen mit brauner Haut, die in einer fremden Sprache redeten?

Während er noch zögerte, ob er diesen Punkt in die Sendung aufnehmen oder weiter in Reserve halten solle, entstand eine Unterbrechung. Über sechzig zugunsten der Möglichkeit, einen Code kaufen zu können, mit dem sich die Datenbank der Gottschalks bei Iron Mountain melken ließ. Der schätzungsweise Preis läge bei ein bis zwei Millionen. Damit befand er sich ohnehin außerhalb von Flamens Orbit — der Informantenfonds enthielt zuwenig Geld —, aber die Angaben weckten sofort sein professionelles Mißtrauen. Bei allen vorherigen Malen, als er diese Nachforschung anstellen ließ, hatten die Computer unverzüglich mit dem Bescheid KEIN ANGEBOT geantwortet. Sein Instinkt gab ihm die Frage ein, die sich nunmehr als nächste erhob: Hatten die Gottschalks die Absicht, künftig ohne die Datenbank auszukommen?

Unterdessen sichtete er weiter das Material. Irgendein dicker Hund braute sich unter den X-Patrioten* zusammen. Die routinemäßige Bewertung brachte ihn gleich zurück auf die Gottschalks, und zwar im Zusammenhang mit der oberflächlichen Einschätzung, sie schürten wieder einmal die Unzufriedenheit unter den Nieb-Extremisten, um

---

* Nach dem 1965 ermordeten Farbigenführer Malcolm X. — *Anm. d. Übers.*

bei furchtsamen Blanks ihre neuesten Produkte gut abzusetzen. Aber es gab eine zweite Möglichkeit, die auf der Bewertungsskala um nur fünf Punkte niedriger eingestuft worden war und die ihn dazu veranlaßte, an seinem säuberlich gestutzten Bart zu fummeln und die Stirn zu runzeln.

Eine Wende in der Angelegenheit Morton Lenigo? Mit gesundem Menschenverstand ließ sich darin absolut kein Sinn entdecken. Man konnte sich nicht vorstellen, daß irgendein Computer der Einreisebehörden Lenigo — nach allem, was er in britischen Städten wie Manchester, Birmingham und Cardiff verbrochen hatte — ein Visum bewilligte.

Aber wenn eine Bewertung, die drei Jahre lang mitten in den Vierzigern geschwebt hatte, jetzt plötzlich hoch in den Sechzigern stand, war das eindeutig ein Signal. Und falls das überhaupt eine Story war, dann auf jeden Fall eine wahre Superbombe von Story! Er merkte die Sache für eine Intensiv-Bewertung vor und beschäftigte sich von neuem mit den Gottschalks.

Ja, meinten seine Computer, es mag durchaus möglich sein, daß die Gottschalks auf die Datenbank bei Iron Mountain zu verzichten beabsichtigen. Sie haben Datenverarbeitungsgeräte in zu großen Mengen gekauft, um sie als Ortungs- und Entfernungsmeßsysteme ausgeben zu können.

Logische Schlußfolgerung: Falls sie daran dachten, von der Weiterverwendung der Anlage Iron Mountain abzusehen, mußte der Verkauf eines ihrer Zugangs-Codes nichts anderes sein als eine beiläufige Maßnahme zur zusätzlichen Kapitalbeschaffung, und sie würden lachen wie die Hyänen, wenn der leichtgläubige Käufer merkte, wie man ihn hereingelegt hatte.

Manchmal verabscheue ich die Gottschalks, dachte Flamen, *weniger aufgrund dessen, was sie sind, sondern vielmehr wegen ihrer Art und Weise, wie sie andere Leute geringschätzig beurteilen. Niemand läßt sich gerne wie ein Trottel behandeln.*

Nach einigem Überlegen instruierte er die Computer, in bezug auf drei Dinge nachzuforschen: den Ort, wohin man den Gottschalks all jene Geräte lieferte, denn dessen Kenntnis allein wäre bereits sehr aufschlußreich; alle etwaigen technischen Neuerungen, die zur Vermarktung eines brandneuen Produkts führen mochten; und jeden einzelnen Hinweis, wie geringfügig auch immer, bezüglich der gegenwärtigen Streitigkeiten innerhalb des Kartells. Da die Hoffnung, auf der Grundlage einer so allgemein gehaltenen Order könnte etwas ermittelt werden, das sich bis zur heutigen Sendezeit noch computern und verwendungsfertig bearbeiten ließ, absolut unberechtigt war, programmierte er auf Erledigung im Laufe der kommenden Nacht und widmete sich wieder dem unmittelbar nutzbaren Material.

Das Erhaschen von Gerüchten, so wie andere mit einem Musselinnetz Schmetterlingen nachjagten, war eines seiner wichtigsten beruflichen Talente, und daß er darin gut war, fand seinen Beweis durch die Tatsache, daß seine Sendung überlebt hatte — zwar verstümmelt, aber der Verlust eines Beins war besser als das Handtuch zu werfen. Trotzdem beruhigte diese Binsenwahrheit ihn nicht sonderlich, als er die letztendliche Auswahl von sieben Themen musterte, drei in Reserve, für den Fall, daß die Sendeleitung etwas strich.

Sein Vertrag verpflichtete ihn dazu, die firmeneigenen Computer der Holokosmos die Hintergrunddaten überprüfen zu lassen, bevor er gegen irgendwen irgendwelche öffentlichen Vorwürfe losließ, und bisweilen drückte man die Bewertung unter das vom Unternehmen festgesetzte Limit und schützte sich dadurch vor der Gefahr, infolge von Verleumdungsklagen verdonnert zu werden.

In letzter Zeit war ungefähr ein Thema pro Woche gestrichen worden, nach Flamens Ansicht zuviel; dennoch sah er gute Gründe dafür, auf Beschwerden zu verzichten.

Die heutige Ausbeute war dürftig. Aber wenigstens, tröstete er sich, würde er auch heute eine Sendung durchziehen können.

Nun durfte er es sich leisten, die für ein Frühstück erforderliche Zeit zu opfern. Doch das Essen schmeckte ihm wie Asche, als er es hinabzwang.

Frage: Wer war die Schlange, mit der ich dich gestern abend gesehen habe?
Antwort: Das war keine Schlange, sondern mein neues Liebchen, das nur rein zufällig eine Python ist.

Der Mechanismus des Flotage-Betts begann den Geist aufzugeben. Es stammte aus zweiter Hand, und ohnehin war es, obwohl einen Meter dreißig breit, nicht für den Gebrauch als Doppelbett geeignet. Aufgrund dessen merkte Lyla Clay beim Aufwachen als erstes, daß sie — wie gewohnt — in verkrampfter Haltung im Schlaf gelegen hatte, um eine Belastung der linken oberen Ecke zu vermeiden, wo das Gestell am schwächsten war, und durchs Liegen auf dem rechten Arm hatte sie darin den Blutkreislauf gehemmt. Die Pein, mit welcher das Gefühl zurückkehrte, klingelte vom Ellbogen bis in die Fingerspitzen wie ein Läutwerk.

Verdrossen öffnete sie die Augen und sah einen Mann sie angrinsen, den sie nicht kannte. Seine Lippen bewegten sich völlig lautlos, aber sie begriff nicht sofort die Bedeutung dieses Umstands.

Sie war vollkommen nackt; allerdings hatte sie keinen Grund, sich ihres Körpers zu schämen — langgliedrig, jugendlich und gleichmäßig gebräunt, wie er war —, und der aus ihrer etwas altmodisch abgelaufenen Kindheit überkommene Reflex, der sie dazu verleiten wollte, nach einer nichtvorhandenen Bettdecke zu greifen — zumindest die Heizdrähte des Betts funktionierten noch anständig —, scheiterte sowieso an dem Starrkrampf in ihrem Arm. Überdies geschah es keineswegs zum erstenmal in ihrem zwanzigjährigen Leben, daß sie aufwachte und sich von einem Mann bewundert sah, dessen Gesicht sie so wenig kannte wie seinen Namen.

Da löste sich der Fremde in ein Gestöber aus rosa und

purpurnen Schneeflocken auf, und sie erinnerte sich an den HoloSet, den Dan und sein Freund Berry tags zuvor mit viel Schwitzen und Fluchen aus dem Lift und durch den Korridor geschoben hatten. Davor hatte es keinen HoloSet im Apartment gegeben — bloß einen altertümlichen nonholografischen Fernseher, mit dem nichts interessanteres als die drei noch existenten 2d-Satellitenprogramme zu empfangen gewesen waren, aus denen die PKK bestand. Weil man sie hauptsächlich nach Indien, Afrika und Lateinamerika ausstrahlte, aber sie und Dan weder Hindi noch Suaheli sprachen und Spanisch nur ganz unzureichend, hatten sie sich selten die Mühe gemacht, den Apparat überhaupt anzuschalten, außer wenn sie im Psychorbit kreisten. Dann spielte es keine Rolle, daß die Programme sich im wesentlichen mit Latrinenaushub, Fischfallen und dem Erkennen der Symptome ansteckender Krankheiten befaßten — einmal hatte Dan sogar darauf aufmerksam gemacht, wenn die Toiletten das nächste Mal verstopft seien, könnten Informationen über Latrinenbau durchaus nützlich sein, vorausgesetzt allerdings, sie besäßen ein Stückchen Land, um dort Latrinen zu buddeln.

Sie schaute sich nach Dan um und erblickte ihn auf der anderen Seite des Bettes. Er hielt den Barbazar-Set in der Hand und suchte an der Wand nach einer Stelle, wo der Magnetkontakt am Ende der Schnur Strom abnehmen könne, ungefähr wie ein Fixer nach einer tauglichen Vene tasten mochte. Er entdeckte einen Abschnitt der Wand, in dem der Leitungsdraht noch nicht verrostet war, und sein Rasurmat begann zu summen; er fing an, den Makel in seinem Bart zu nivellieren. Dan war geschlagen mit großen, runden Flecken von Kahlheit auf beiden Wangen.

Zwei Herzschläge später war der Empfang im HoloSet wie durch ein Wunder wieder einwandfrei. Mit einer Miene wie ein Honigkuchenpferd und unter Gestikulieren setzte der Mann im Holo-Schirm seinen unhörbaren Redeschwall fort.

Lyla setzte sich auf und drückte ihren eingeschlafenen

Arm an ihren Busen, massierte den Arm mit den Fingerkuppen der anderen Hand. »Warum machst du nicht endlich eine Markierung an die Wand, damit du das nächste Mal nicht wieder suchen mußt?« meinte sie, ohne Dan anzusehen; statt dessen ließ sie ihren Blick zerstreut über die Einrichtung des Zimmers schweifen. Vorm Heinzelmann-Schrein lag in einer Messingschale aus Benares ein klumpiger Haufen pseudorganischer Materie; offenbar hatte jemand noch im letzten Moment daran gedacht, jene Bücher hineinzulegen, deren Verfallsdatum bevorstand, und da sie sich nicht daran erinnerte, es getan zu haben, mußte das Dans Werk sein. Von der Höhe der Tischkante – der Tisch war zurückgeklappt, zuvor jedoch nicht abgewischt worden – verlief ein getrocknetes Rinnsal von Rotwein an der Wand abwärts. Das Regal, in dem ihr echter siebenarmiger Kerzenleuchter aus dem zwanzigsten Jahrhundert stand, war bedeckt mit einer Schicht pulvriger Asche, weil sie darin unbedingt sieben verschiedene Sorten von *agarbati* zugleich hatte verbrennen müssen; sie rümpfte die Nase, als sie sich dessen entsann.

Kurzum, in dem Zimmer sah es aus wie in einem Saustall.

Dan verhielt in seiner Tätigkeit, dem Andrücken von synthetischem Haar – Strähne um Strähne – auf den Klebstoff, mit dem er seine Wangen eingerieben hatte. »Endlich aufgewacht, hm? Gerade wollte ich dich wachrütteln. Weißt du nicht, wie spät es ist?« Er wies auf seine Neuanschaffung, den HoloSet, als sei der Apparat eine Uhr.

Lyla starrte Dan begriffsstutzig an.

»Siehst du denn nicht, daß das Matthew Flamen ist? Zum Donnerwetter, wieviel Medienkiebitze sind denn im Drei-De-Tele noch *übrig?* Seine Mittagssendung läuft, über die Hälfte ist schon vorbei. Hör zu!« Er streckte ein nacktes Bein und stieß mit dem großen Zeh nach dem Lautstärkeregler an dem niedrigen Gehäuse, von dem der zentimeterdicke holografische Bildschirm aufragte wie ein

Segel vom Rumpf einer Yacht. Dabei geriet er aus dem Gleichgewicht und sackte plump auf die Bettkante nieder. Die plötzliche Belastung überforderte den abgenutzten Mechanismus, und Lyla sank abwärts auf die Grundfläche des Betts, begleitet vom Winseln, mit dem das Gas entwich.

»Sind Sie in diese Welt, in der oft ein Schrecken den anderen jagt«, sagte Flamen mit seiner einschmeichelnden Stimme, »nicht neidisch auf das Gefühl der Sicherheit, das Leute empfinden, wenn sie an ihren Türen und Fenstern Einbrecherfallen Marke ›Schildwache‹ installiert haben? Sie können sich keine größere Sicherheit kaufen, und Sie wären töricht, am falschen Platz zu sparen.«

Sein Abbild verschwand. Ein hünenhafter Knieblank* stapfte näher, indem er seine Stelle einnahm, und bevor Lyla die Gelegenheit zu irgendeiner Reaktion erhielt — sie war noch nicht wach genug, um sich davon überzeugt zu haben, daß das dreidimensionale, farbgetreue Bild im Innern des Schirms zu bleiben pflegte —, umschlangen mit Eisenspitzen versehene Metallbänder ihn am Hals, an der Hüfte und in Kniehöhe. Blut begann aus den Bereichen seines Körpers zu sickern, in welche die grausigen Metalldornen sich gebohrt hatten. Einen Moment lang schaute er fassungslos drein, dann verlor er die Besinnung und erschlaffte.

»›Schildwache‹-Fallen!« sang eine horrormäßige Kastratenstimme. »›Schildwa-a-a-a-ache...!‹«

»Vielleicht sollten wir uns auch so'n Ding anschaffen«, meinte Dan.

»Um alles in der Welt, was soll denn hier überhaupt zu stehlen übrigbleiben, wenn du derartig weitermachst?« wollte Lyla mißgestimmt wissen. »Kapierst du nicht, daß du gerade das *Bett* demoliert hast?« Sie sprang auf und drückte am HoloSet die Ausschalttaste. Nichts geschah.

»Ach, ich habe vergessen, dir zu sagen, daß die Aus-Taste nicht funktioniert«, nuschelte Dan. »Deshalb hat Barry uns den Apparat nämlich gegeben.«

---

* Fiktive Verballhornung von Nieblank — *Anm. d. Übers.*

»Oh, zum ...!« Lylas Blick suchte das Kabel; sobald sie es sah, riß sie den Magnetkontakt von der Wand, und das wiederaufgetauchte Konterfei Matthew Flamens zerfiel in ein Wirrwarr von Blau- und Grünschattierungen. »Möchtest du heute nacht auf einem flachen, harten Bett schlafen? Ich nicht!«

»Ich rufe jemanden an und laß es reparieren«, antwortete Dan mit einem Aufseufzen. »Aber du mußt dich jetzt endlich in Bewegung setzen, hm? Oder weißt du nicht mehr, daß du am Nachmittag einen Auftritt in der Ginsberg-Klinik hast?«

Mürrisch sammelte Lyla die Kleidungsstücke auf, die sie am Vorabend zur Seite geworfen hatte: einen Trikot-Overall in Grau und Olivgrün und ein Paar Schuhe. »Irgendwelche Anrufe oder Post?« erkundigte sie sich, als sie sich anzukleiden begann.

»Schau nach, wenn's dich so interessiert.« Behutsam betastete er die Haarbüschel; zufrieden mit seinem präsentablen Aussehen, löste er den Rasurmat von der Wand und legte ihn zurück in den Kasten, zu den übrigen Teilen des Barbazar-Sets. »Eigentlich solltest du aber erst mal dem Heinzelmann die Ehre erweisen, oder?«

»Wir haben ihn bloß für sieben Tage zur Probe«, erwiderte Lyla gleichgültig und strich den Trikot-Overall an ihren Hüften glatt. »Wenn er so wild darauf ist, in einem dermaßen miserablen Loch wie diesem hier zu sitzen, dann soll er auch seine Arbeit tun. Außerdem, was hast du dir überhaupt dabei gedacht, einen Stapel abgelaufener Bücher in seinen Gabenteller zu knallen? Erwartest du, daß er's freundlich aufnimmt, als Müllschlucker verwendet zu werden?«

»Ich hab's aus dringender Notwendigkeit gemacht«, antwortete Dan gedämpft. »Die Kanalisation ist wieder verstopft.«

»O nein!« Auf einem Bein ausbalanciert, während sie versuchte, ihre Zehen in einen Schuh zu schieben, starrte Lyla ihn entgeistert an.

»Es ist nicht so schlimm — die Toiletten funktionieren noch. Aber ich wollte nicht das Risiko eingehen, sie auch zu verstopfen, indem ich einen Haufen Bücher hineinschmeiße, verstehst du?«

»Du brauchst mir nichts über Arterienverkalkung zu erzählen«, seufzte Lyla, die sich an eine besonders verbreitete Metapher aus Xavier Conroys *Die senile Stadt* entsann. »Wenn die Kanäle nicht verstopft sind, dann eben die Straßen, und wenn nicht die Straßen, dann das KommNetz ... Ich seh' mal nach, ob was gekommen ist, könnte ja ausnahmsweise was Interessantes dabei sein.«

Sie ging zur Tür und stemmte sich gegen die Kurbel der Winde, um die einhundert Kilo schwere Falltür zu heben, die die Wohnung nachts gegen Eindringlinge sicherte.

»Zieh deinen Schleier über«, sagte Dan, stieg in eine grüne Kniebundhose und schloß den Gürtel um seine Taille.

»Ich bitte dich! Ich gehe doch nur ans KommNetz.«

»Zieh ihn an, ich sag's dir. Du bist für 'ne Viertelmillion Kröten versichert, und in der Police steht, daß du ihn tragen mußt.«

»Du hast gut reden«, entgegnete Lyla widerspenstig. »Du brauchst nicht mit dem Scheißding rumzulaufen.« Trotzdem griff sie nach dem Schutzschleier, der neben der Wohnungstür am Haken hing.

Sie machte Anstalten, es über den Kopf zu streifen, verharrte jedoch plötzlich. »Sag mal ... äh ... in der Klinik werde ich's doch wohl nicht zu tragen brauchen, oder? Es wäre gräßlich hinderlich, wenn ich um mich schlage.«

»Nein, während deiner eigentlichen Performance sicher nicht. Allerdings, wenn ich genauer darüber nachdenke ...« Dan biß sich auf die Lippe und musterte Lyla mit merklichem Zweifel. »Die Patienten in der Ginsberg-Klinik sind isoliert, und dein Anblick könnte ihnen vielleicht nicht besonders gut bekommen. Hast du nichts, was dich mehr verhüllt?«

»Ich glaube nicht. Meine Februarsachen sind alle verfallen, und die Märzklamotten sind schon reichlich schäbig. Und im April bin ich natürlich auf Durchsichtiges umgestiegen.«

»Dann laß es eben.« Dan zuckte die Achseln. »Wenn sie dort darauf bestehen sollten, kannst du irgend was auf ihre Kosten verlangen, stimmt's? Vielleicht so was wie'n Kleid. Wie lang ist's her, daß du zuletzt ein Kleid getragen hast — war's im November?«

»Ja, das Kleid, das ich gekauft habe, ehe ich nach Hause gefahren bin, um am Erntedankfest meine Alten zu besuchen. Aber damals war es kalt, und jetzt ist es schwül... Ach, ich glaube, wenn's sein muß, käme ich damit zurecht. Vorausgesetzt, sie bezahlen's... Kleider sind in dieser Saison entsetzlich teuer.« Sie stülpte sich den Schleier über den eingezogenen Kopf und öffnete die Tür. »Ich schließe nicht ab«, fügte sie nach einem vorsichtshalber in beide Richtungen des Korridors geworfenen Blick hinzu, anhand dessen sie sich davon überzeugte, daß draußen niemand herumlungerte. »Ich bin gleich wieder da.«

Unbequeme Tatsachen sind bisweilen tatsächlich unbequem

»Der Name lautet Harry Madison, nicht Mad Harrison.«

»Verzeihung?« hakte der computerisierte Pultomat im haargenau richtig nuancierten Frageton nach; es handelte sich um ein ultramodernes IBM-Modell mit totalpersonalisierter Vokoderkommunikation, und seine mechanische Existenz gründete auf allerlei Glaubenssätzen. Einer davon besagte, daß ein Mitglied des Klinikpersonals, das sich allein im Raum aufhielt und vernehmbare Äußerungen tat, eine Antwort wünschte. Dieser Grundsatz galt dagegen nicht für Patienten. Um den Pultomaten und anderen Automaten eine Unterscheidung zu ermöglichen, waren die Patienten dazu angehalten, Kittel mit auf Vorder- und Rückseite in einem Zickzackmuster eingearbeiteten Drähten zu tragen.

»Ist nicht so wichtig«, sagte Dr. James Reedeth matt und preßte seine Kiefer so fest aufeinander, daß er das Singen der Spannung in der Muskulatur hören konnte. Nach der Unvorsichtigkeit des lauten Denkens setzte er seine Überlegungen stumm fort. *Verflucht noch mal, er ist mit Grund eingewiesen worden, von Experten, die in der Beurteilung genauso sicher sind wie ich! Er ist nicht einmal mein Patient. Was also interessiert mich so an diesem Fall — liegt es an unbewußtem Widerwillen gegen die Anwesenheit eines Niebs in einer ansonsten reinen Blanks-Klinik? Bezweifle ich. Aber es ist völlig sinnlos, immerzu die einzige vernünftige Antwort zu wiederholen.*

Zum abermalsten von so vielen Malen, daß er sie, wäre er dazu imstande gewesen, sie zu zählen, doch nicht zu zählen gewagt hätte, fragte er sich, was ihn nur in dies vom Minotaurus unsicher gemachte Labyrinth getrieben haben mochte. Die Verlockung, den Arztberuf zu ergreifen und von Menschen in Sachen *Tod* konsultiert zu werden...?

»Ariadne! Ariadne! Wo bist du, da ich nun deines Garnknäuels bedarf?« Aufgrund einer unvermittelten Anwandlung hatte er absichtlich wieder laut gesprochen, und im folgenden Augenblick plagte ihn der Zweifel, ob er die Entscheidung nur mit Freiwilligkeit übertüncht hatte, um sich selber irrezuführen. Der Pultomat gab Mißtöne von sich, während er partielle Analogien prüfte und verwarf, bis er die Antwort erteilte, mit der Dr. Reedeth rechnete.

»Unter der Voraussetzung, daß die Nennung des Namens ›Ariadne‹ eine Nachfrage bezüglich Dr. Spoelstras bedeutet, kann ich die Auskunft geben, daß sie sich gegenwärtig im neunten Stockwerk in Trakt vier befindet und Störverbot der Stufe zwo erlassen hat. Bitte erläutern Sie den Dringlichkeitscharakter Ihrer Nachfrage.«

Freudlos lachte Reedeth auf. »Es kann nicht ermittelt werden«, ergänzte der Pultomat, als nach etwa einer halben Minute unverändert jede weitere Stellungnahme ausblieb, mit einem glaubwürdigen Anflug von artifiziellem Zweifel in der Stimme, »ob sie ein Stück Garn in Form eines Knäuels oder irgendeiner anderen Form besitzt. Darf ich diesen Sachverhalt in meine sie betreffende Datensammlung aufnehmen?«

»Von mir aus«, versicherte Reedeth großherzig. »Außerdem darfst du speichern, daß sie allein den Weg aus dem Irrgarten kennt. Ferner kannst du die Tatsache vermerken, daß sie Haut hat, die sanfter ist als SynthoSeide, außergewöhnlich schöne Brüste, den sinnlichsten Mund, mit dem je eine Sterbliche gesegnet worden ist, und Schenkel, die wahrscheinlich mit einer Gleichung korrespondieren, die deine sämtlichen Schaltkreise versauen dürfte, und ...«

Er hatte hinzuzufügen beabsichtigt, sie besäße überdies ein Herz aus V-förmigem Eis, aber in diesem Moment drang aus dem Innenleben des Pultomaten ein mißliches Knirschgeräusch, und ein Rotlicht blinkte auf, das seine zeitweilige Desaktivierung anzeigte. Erbittert fuhr Reedeth hoch. Was sollte, um alles in der Welt, bloß noch werden, wenn man den Vertrag für das Computersystem der Ginsberg-Klinik einer Firma überließ, die zur Zeit so viele Neopuritaner beschäftigte wie IBM? Da mindestens achtzig Prozent der Patienten, mit denen er zu arbeiten versuchte, unter sexuellen Problemen litten, war es eine Quelle ständiger Behinderung, daß diese Zensurschaltungen fortwährend mechanische Mrs.-Grundy-Respektabilität an den Tag legten.*

Und doch empfand er es als Erleichterung, der Gesellschaft des Pultomaten enthoben worden zu sein. Das Netzwerk von Informationskanälen, die seinen Arbeitsbereich durchzogen, mit den Prinzipien, zu denen er Lippenbekenntnis abzulegen pflegte, versöhnen zu sollen, blieb ein Paradoxon, das er nie richtig gelöst hatte.

Er schlenderte zur Fensterwand seines Büros und blickte über den klotzigen Bau der Staatlichen Psychiatrischen Ginsberg-Gedächtnis-Klinik hin. Die Anstalt glich mit ihren hohen Maxekuritäts-Türmen rings um ihr Gelände, miteinander verbunden durch Zwischenmauern, einer Festung, als habe man ein Märchenschloß aus einem Kinderbuch gefühllos in einem modernen Betonbauwerk nachempfinden wollen, und in dieser ihrer Art war sie der architektonische Inbegriff jener ›Chance des Zurückziehens und Umdenkens‹, die Mogshack uneingeschränkt als Allheilmittel gegen so gut wie jedes Problem der Notwendigkeit zur persönlichen Anpassung pries. Nur die niedrigen Trakte der Klinikverwaltung besaßen Fenster; die Hochbauten waren absolut kahl. Ihr Anblick — so lautete das Argument zur Begründung — solle dem furchtsamen Patienten schon bei der Ankunft zur Einlieferung das Ver-

---

* Mrs. Grundy ist ein fiktiver Charakter aus dem Bühnenstück *Speed the Plough* von Thomas Morton (1590—1647) und typisiert darin den von der Durchschnittsmeinung des Spießbürgers ausgeübten Druck auf das Alltagsverhalten. Seit der ersten Inszenierung des Stücks (erst 1798) ist Mrs. Grundy in den Sprachgebrauch des Englischen und Angloamerikanischen als Verkörperung der Kriterien für ernstesten Anstand und strengste Sittlichkeit eingegangen. — *Anm. d. Übers.*

sprechen vollkommenen Schutzes gegen die unerträglichen Anforderungen der Umwelt geben.

Aber ihr Anblick von der Fensterwand seines Büros aus erinnerte Reedeth jedesmal an die mittelalterlichen Burgen, die in ihrer Bedeutung zurückgedrängt worden waren durch das Aufkommen des Schießpulvers. Und heute, im Zeitalter der Taschenatomwaffen ...?

Er seufzte, besann sich auf die in gütlichem Tonfall gestellte Frage Xavier Conroys, unter dessen Leitung er sich zur Vorbereitung seiner Doktorarbeit betätigt hatte. Damals waren die Pläne für die Ginsberg-Klinik – gleichzeitig mit einer verführerischen Zusammenfassung der Prinzipien, auf denen sie fußte, durch Mogshack – gerade veröffentlicht worden.

»Und welche Vorsorge hat Dr. Mogshack für die Patienten getroffen, deren Gesundung durch ihr Unvermögen gefährdet ist, die Möglichkeit abzusehen, daß sie jemals wieder entlassen werden?«

Er hatte zwei Jahre der Arbeit gebraucht, um die ganze Gewichtigkeit dieser Kritik einzusehen, und erst seine unerwartete Erkenntnis von Harry Madisons Schicksal hatte ihm ihre Begründetheit vollauf verdeutlicht. Zu jenem Zeitpunkt jedoch hatte er bloß, genau wie jeder andere, ein unterdrücktes, beifälliges Lachen über Mogshacks kurze, pointierte Entgegnung ausgestoßen.

»Ich bin Dr. Conroy für diese erneute Demonstration seiner Begabung dankbar, sich mit Problemen zu befassen, lange bevor sie akut werden. Vielleicht wird er uns in der Ginsberg-Klinik mit seiner Gegenwart beehren, damit er eine hinlängliche Gelegenheit dazu erhält, die Lösung seines Problems herauszufinden – das allerdings, wie ich beiläufig vermute, eines von vielen sein dürfte.«

Reedeth schüttelte den Kopf. »Zurückziehen und umdenken!« zitierte er laut, froh um die Möglichkeit, einmal ohne elektronische Lauscher sprechen zu können. »Hätte ich geahnt, wie weit sich dies Rezept auslegen läßt, ich schwöre, ich wäre überall hingegangen, bloß nicht hierhin, wo dies widerwärtige Weibsbild mich herumstoßen kann, wie ein Kind es mit einem Fußball treibt, nur weil Liebe ein ›Abhängigkeitsverhältnis‹ ist, und wie soll ein Therapeut, der seinen Gefühlen auf Gedeih und Verderb unterworfen ist, Patienten dabei helfen, den vernunftmäßigen Abstand zu den Dingen wiederzugewinnen?«

Finster betrachtete er den Pultomaten, ein Sinnbild der unpersönlichen Ideale Mogshacks, und da bemerkte er auf einmal, daß das Rotlicht zwar noch leuchtete, aber nicht länger blinkte, sondern nur still glomm. Er fluchte insgeheim, als er begriff, daß das hieß, er mußte binnen kurzem von Angesicht zu Angesicht eben jener Person gegenübertreten, deren unerfreuliche Lage noch hartnäckiger an seinem Verstand zehrte als seine eigene unschöne Situation.

Das Wie und Warum

»Es geht nicht so sehr darum, daß die Natur der geistigen Störungen sich verändert hätte, wie ein Laie aus der offenkundig beobachtbaren Tatsache schlußfolgern mag, daß heutzutage ein höherer Anteil der Bevölkerung damit rechnen kann, zeitweilig in eine Psychiatrie eingewiesen zu werden, als — um einmal damit zu vergleichen — in früheren Zeiten, als die öffentliche Gesundheitsfürsorge sich vorwiegend mit rein organischen Leiden beschäftigte, jemals in ein Tuberkulosekrankenhaus oder ein Fieber-Spital eingeliefert worden ist.

Nein, vielmehr geht es darum, daß die Natur der Normalität heute nicht so beschaffen ist, wie unsere Vorfahren sie gewohnt waren.

Sicherlich darf man nicht erwarten, daß die Probleme der Gesellschaft statisch bleiben. Einige Probleme werden gelöst; andere wiederum — die Mehrheit — entwickeln sich zusammen mit der Gesellschaft als Ganzes. Ich brauche hier schwerlich Beispiele anzuführen, denn jeden Tag liefern uns die Nachrichten gleich mehrere.

Viel zuwenig jedoch wird auf die Betonung dessen Wert gelegt, daß das geschilderte Phänomen einen positiven Aspekt aufweist.

Erneut nämlich hat die Menschheit als Spezies ihre Angehörigen hier vor eine Herausforderung gestellt, die niemals erfüllt werden, der man sich aber tendenziell immer mehr nähern kann. In vergangenen Zeitaltern waren diese Herausforderungen philosophischer oder religiöser Art: *Entsage der Lust! Widerstehe der Welt, dem Fleisch und dem Teufel!*

Heute jedoch ist das Gebot psychologischer Art: *Sei ein Individuum!*«

Elias Mogshack; *passim**

---

* Oder, wie manche sich ausdrücken würden, *ad nauseam*.

»Meistenteils möchten die Menschen von irgendeiner überzeugenden Respektsperson zu hören bekommen, daß das, was sie sowieso schon tun, vollkommen richtig sei. Ich kenne keine schnellere Methode, um sich unbeliebt zu machen, als das Widersprechen.«

Xavier Conroy

(Reserviert für Anzeigen)

Lyla versetzte der Tür mit der Ferse einen Tritt, so daß sie zufiel, warf den Schleier beiseite und schnitt eine Grimasse über dem Packen von Umschlägen, den sie mitbrachte.

»Praktisch alles Reklame, wie üblich. Wie mir diese Massensendungen zuwider sind! Sie verstopfen das KommNetz so wie der Abfall die Kanäle, und ich würde schwören, neunzig Prozent davon wandern sofort in die Kanalisation, ohne gelesen zu werden... Oh, das hier ist keine Werbung. Kommt von der Schweinzelmännchen AG. Vermutlich 'ne Erinnerung wegen dem greisen Hilfszwerg da.« Mit einer Kopfbewegung wies sie hinüber zu dem gleichgültigen Heinzelmann.

»Mainzelmännchen AG heißt es richtig, glaube ich«, berichtigte Dan sie. »Du mußt dir solche Sachen endlich mal merken.« Er zögerte. »Stammt wahrscheinlich aus dem Deutschen«, fügte er lahm hinzu und streckte seine Hand nach dem Brief aus.

»Ewig dieselben Namen«, murmelte Lyla, während sie den Rest durchsah. »Werden die denn nie gescheiter?« Sie vollführte eine Gebärde, wie um die Umschläge allesamt durchzureißen, aber sie waren gegen derartige Absichten ausreichend verstärkt; man konnte sie nur entlang der markierten Linie aufreißen, und dadurch setzte man die Chemikalien frei, die den integrierten Lautsprecher aktivierten. KommNetz-Werbung war viel zu teuer, als daß man sämtliche Analphabeten damit hätte verschonen dürfen.

»Steck sie in die Bücherreste«, empfahl Dan. »Manchmal bleiben die Reagenzien lange genug erhalten, um noch ein bißchen mehr Papier anzugreifen.«

»Gute Idee.« Lyla befolgte den Vorschlag und schob die ungeöffneten Umschläge in den zähen Klumpen auf dem Messinggabenteller wie Toast in einen Toaster. Prompt begannen zwei oder drei zu zerfallen.

Unterdessen hatte Dan den Öffnungsstreifen auf dem Brief der Heinzelmännchen AG der Länge nach eingeritzt, und unverzüglich durchplärrte eine bereits vertraute, hohe, helle Stimme das Zimmer.

»Sie können es sich in diesem Zeitalter der Individualität nicht leisten, ohne einen für Ihre privaten Bedürfnisse maßgeschneiderten Heim- und Herdkult zu leben. Lassen Sie sich von der Heinzelmännchen AG beraten und informieren Sie sich über die ausgesuchtesten, hochspezialisierten...«

Bis dahin brauchte Dan, um die Energiekapsel zu finden, die den Lautsprecherbetrieb gewährleistete, und sie zwischen Daumen und Zeigefinger zu zerdrücken. Urplötzlich ließ er den Umschlag mit einem Aufschrei fallen und schüttelte seine Hand.

Das Ding hat mich verbrannt! Das ist ja ganz was Neues! Sie müssen dahintergekommen sein, daß manche Leute die Kapseln knacken.«

»Ist's schlimm? Hast du 'ne Brandwunde?« Lyla war besorgt.

»Dan begutachtete seinen Zeigefinger, leckte daran und zuckte zum Schluß die Achseln. »Ist nix passiert... sind bloß ein paar Volt durchs Papier gefahren, nehme ich an. Aber künftig öffne ich ihre Briefe mit dem Schuh, dann kann ich die Kapseln unterm Absatz zertreten.« Flüchtig las er den Brief, den er dem Umschlag entnommen hatte. »Bloß genau das, was du erwartet hast, eine Erinnerung, daß wir den Heinzelmann bezahlen oder zurückschicken sollen.«

»Und was werden wir tun?«

»Ich würde sagen, das überlegen wir uns lieber später, meinst du nicht auch? Immerhin hat er uns ja wohl diesen Auftritt in der Ginsberg-Klinik verschafft, und das ist so was wie'n Durchbruch, das ist dir ja sicher klar. Ich habe mich umgehört, und allem Anschein nach ist dies das erstemal, daß sie eine Pythoness engagieren. Das könnte ziemlich wichtig sein. Ich glaube sogar, daß ...«

Von der Tür ertönte ein aufdringlich lautes Klopfen. Lyla fuhr herum. Als sie sah, daß sie vergessen hatte, die einhundert Kilo schwere Falltür wieder herabzulassen, sprang sie nach ihrem Schutzschleier. Es war ein gutes Stück und furchtbar teuer gewesen, aber wie Dan wahrheitgemäß in Erinnerung gerufen hatte, bestand ihre Versicherungsgesellschaft darauf. Der Schleier war schwer und lästig zu tragen, doch der Garantie zufolge verhieß er die Abwehr von Vollgeschossen bis zu 120 Gramm, Laserstrahlen bis zu 250 Watt und buchstäblich alle Arten von Säuren.

»Wer is'n das, verflixt noch mal?!« murrte Dan und eilte zur Wohnungstür, um die Falltür mit dem Öffnungsmechanismus zu koppeln. »Ja«, rief er, sobald das erledigt war, »wer ist da?«

»Morgen!« antwortete der unsichtbare Besucher. »Oder vielmehr, Tachchen! Ich heiße Bill und bin Ihr neuer Nachbar in Apartment zehn W. Entschuldigen Sie die Störung, aber wenn ich die Sache richtig sehe, gibt's hier im Block keine BüWehr-Gruppe. Tja, und natürlich weiß man gerade in so einem Viertel wie diesem hier nie« – an dieser Stelle sank die Stimme bedeutungsschwanger um eine halbe Tonlage herab – »wann die Knieblanks knallhart zuschlagen. Also dachte ich, zeig mal Bürgersinn und all den Quark und schau dich um, ob du nicht Interesse daran wecken kannst, so 'ne Gruppe zu organisieren.«

»Wieder ein Gottschalk?« flüsterte Lyla Dan zu.

Er nickte. »Mit fünfzigprozentiger Sicherheit anzunehmen. Und außerdem noch ziemlich grün. Ich würde sogar drum wetten, was er als nächstes erzählt.«

Die Stimme von draußen sprach weiter. »Wissen Sie, zufällig habe ich nämlich Beziehungen und kann das Erforderliche sehr preisgünstig besorgen, zum Beispiel Knarren einschließlich Fabrikgarantie für bloß dreiundsechzig Eier, Gas verschiedener Sorten zu Preisen um lediglich drei fuffzig je Liter ...«

»O du meine Güte«, sagte Lyla schlaff und ließ den Schleier fallen.

»Möchten Sie hereinkommen?« rief Dan und zwinkerte Lyla zu.

»Nun, natürlich, wenn Ihnen daran liegt, meine Vorschläge mit mir zu diskutieren ...« Die Stimme bezeugte auf einmal Optimismus.

»Klar. Kommen Sie ruhig rein! Ihnen steht nichts im Weg als eine Hundertkilofalltür.«

Ein Moment des Schweigens folgte. »Äh ... ich glaube«, meinte der Gottschalk schließlich mit gezwungener Wohlgelauntheit, »wenn Sie gegenwärtig beschäftigt sind, ist es wohl am besten, ich laß Ihnen ein paar Broschüren im KommNetz-Fach. Dann ein andermal.«

»Sag ihm, daß Knieblanks die Wohnung übernommen haben«, schlug Lyla leise vor.

Dan schüttelte den Kopf. »Witzlos. Der Bursche redet vielleicht wie ein Idiot daher, aber andererseits sind die Gottschalk-Polys viel zu schlau, um einen Neuling loszuschicken, ohne vorher das Wirkungsfeld für ihn zu sondieren.« Er schaute auf seine Uhr. »He, wir hauen jetzt besser ab«, ergänzte er. »Ich kann mich nicht entsinnen, daß du gestern abend was gegessen hättest, also muß ich dir auf dem Weg zur Ginsberg-Klinik irgend etwas reindrücken. Ich will auf gar keinen Fall, daß du während des Auftritts ohnmächtig wirst.«

Wie steht's da draußen?

Luftfeuchtigkeitswerte in New York unterm heutigen Datum höher als am gleichen Tag des Vorjahrs, ein Sachverhalt, den die Behörden der Wirkung der fünfeinhalb Millionen in der Stadt vorhandenen Klimaanlagen zuschreiben. Der Insurrektion-Wahrscheinlichkeitsindex rutscht früher als gewohnt in den als ›Schwüle-Jahreszeit-Rückgang‹ bezeichneten Bereich (worüber jene von Herzen froh sind, die schon halb befürchtet haben, es käme in diesem Jahr nicht dazu). Der Großteil der nordamerikanischen Ostküste hat einen warmen, bedeckten Sommertag mit leichten Niederschlägen in landeinwärtigen Gebieten. Schnee in höhergelegenen Gegenden von South Island, Neuseeland. Aufgrund von den aus dem Bundesamt für landesbehördliche Koordination eingegangenen Informationen mußten Computer der Einreisebehörde heute morgen die Bewertung des Falls Morton Lenigo unterhalb der Fünfzig-fünfzig-Marke festlegen, aber gleichzeitig und aus demselben Anlaß verschoben OIS-Computer die Fertigstellung der ›Schwüle-Jahreszeit-Rückgang‹-Statistik. Die neue Regierung von Trinidad & Tobago hat die diplomatischen Beziehungen mit (in der Reihenfolge der Wichtigkeit) Südafrika, Australien, Neuseeland, der UdSSR und den USA abgebrochen. Der Knieblanks-Stadtrat von Washington DC hat die dreiunddreißigste Aufforderung des Verbandes der Töchter der Amerikanischen Revolution ignoriert, die Farbe von der Fassade des Schwarzen Hauses zu entfernen.

Alles an einem ganz normalen Tag.

Patient bewältigt sehr erfolgreiche Anpassung

Die Tür zu Reedeths Büro summte, und er befahl ihr, sich zu öffnen; herein kam kein anderer als Harry Madison in seinem Patientenkittel, dessen heller Grünton eine nur minimale geistige Störung sowie — wenigstens normalerweise — das baldige Bevorstehen der Entlassung anzeigte. Ihn nach seiner — wie man sagte — ›Grüneinkleidung‹ noch für so lange Zeit in der Klinik herumlaufen gesehen zu haben, war natürlich nicht der erste Umstand gewesen, der Reedeths Aufmerksamkeit auf ihn lenkte, aber jedenfalls der Faktor, der ihn zu der beunruhigenden Entdeckung geführt hatte, daß Madison hier aufgrund juristischer Verwicklungen festsaß.

Er war von der Armee zur Behandlung überstellt worden, nachdem er als Wehrpflichtiger in einem begrenzten Konflikt in Neuguinea gedient hatte, und das zu einer Zeit, da das Einziehen von Knieblanks ohnehin als reichlich heikles Thema galt und man es aus politischer Klugheit im allgemeinen vorzog, Niebs in zivilen statt militärischen Institutionen dienen zu lassen. Infolgedessen geriet das Militär gewissermaßen zu seinem Vormund, denn offenbar besaß er keinerlei Verwandte. Aber als man ihn in einen frischen grünen Kittel steckte, mochte das Heer nichts mehr von ihm wissen.

Man nahm Knieblanks nicht einmal noch als Freiwillige, und deshalb wollte man erst recht keine Verantwortung für einen früheren Wehrpflichtigen übernehmen, den seine Entlassung aus Gesundheitsgründen selbst für die Reserve untauglich gemacht hatte.

Das bedeutete, er fiel von da an unter die Zuständigkeit des Bundeslandes New York, und sobald seine Persönlichkeitsprofile dem von Computern für seinesgleichen erarbeiteten Ideal entsprachen, hätte man ihn entlassen müssen, auf daß er wieder ein eigenes Leben führe, Beschränkungen nur in bezug auf solche Dinge wie seine

Kreditwürdigkeit, die Eheschließung und die Wohnsitzverlegung nach außerhalb des Bundesstaates.

Jedoch wichen seine Persönlichkeitsprofile, obgleich sie Stabilität anzeigten, noch vom für einen Mann seiner Herkunft, Rasse und Befähigung festgelegten Optimum ab, und zudem untersagte eine strenge Dienstanweisung vom Bundesamt für landesbehördliche Koordination die Entlassung von Knieblank-Patienten, solange über dem Fall noch der allergeringste Schatten eines Zweifels schwebte. Sollte nämlich eine derartige Maßnahme einmal zur Kenntnis eines so gerissenen Propagandisten wie Pedro Diablo gelangen und dementsprechend ausgeschlachtet werden, konnte daraus allzu leicht ein rechtfertigbarer *casus insurrectionis* entstehen und sich der Zorn der Schwarzen über die Häupter aller Beteiligten und ebenso von Unbeteiligten entladen.

Aber es kam Reedeth verdammt ungerecht vor, daß man Madison auf unbegrenzte Frist für etwas festhielt, das auf nicht mehr hinauslief als Exzentrizität . . .

Verspätet fiel ihm auf, daß Madison geäußert hatte, der Pultomat habe eine mechanische Doppelhemmung, und gefragt, ob er ihn in Ordnung bringen solle. Reedeth nickte, und Madison rollte den klobigen RepaRobot auf seinen acht weichen Rädern herein, verband die Kontakte geschickt mit dem ausgefallenen Apparat.

Während er zusah, überlegte Reedeth, was wohl die IBM-Direktoren sagen würden, wüßten sie, daß in der Ginsberg-Klinik einer der Insassen ihre kostbaren, umfangreichen Installationen wartete.

Er ließ eine Weile in völligem Schweigen verstreichen, da er sich in keiner Stimmung zu nebensächlichem Geplauder befand, aber schließlich zwang er sich doch zum Anknüpfen einer Unterhaltung. Es konnte für Madison kaum sonderlich angenehm sein, in der Anstalt als einziger Nieb zu sitzen; er verdiente es, daß man mit ihm ein paar freundliche Worte wechselte, wann immer sich dazu eine Gelegenheit ergab.

»Ach, Harry...!« Reedeth griff auf den einen Gesprächsstoff zurück, der ihm momentan in den Sinn kommen wollte. »Diese verdammte Maschine, an der Sie da arbeiten... wissen Sie, warum sie mich im Stich gelassen hat?«

»Tja, ich denke mir, Sie haben ihr irgend etwas zugemutet, was sie überfordert hat.« Madison schaute von seiner Betätigung nicht auf.

Reedeth schnob. »Ich habe ihr Dr. Spoelstra beschrieben, und da hat wohl so eine bescheuerte Zensurschaltung eingegriffen. Einfach lächerlich!« Er hörte, wie sich sein Tonfall zur Hitzigkeit steigerte, vermochte es jedoch nicht im mindesten zu verhindern. »Wer hat hier eigentlich das Sagen, ich oder so ein eingebildeter Computer, dem ein Paket Vorurteile seiner Konstrukteure eingebaut worden ist?! Ich meine, ich habe nicht mehr Einzelheiten über Dr. Spoelstra ausgesprochen, als man... als man sofort sieht, wenn man sie bloß anschaut.«

Er riß sich zusammen, grinste verlegen und wandte sich von neuem zum Fenster. Ob Madison seinerseits mit anderen Patienten über die Therapeuten redete? In Anbetracht der elaborierten Isolationspraxis, auf welcher Mogshack beharrte, war das unwahrscheinlich: Die Patienten waren nicht nur nach Rasse, Religion, Geschlecht und anderen herkömmlichen sozialen Unterschieden getrennt, sondern darüber hinaus zogen auch die verschiedenen Kategorien geistiger Störungen im Inneren der Klinik Grenzen.

Aber falls doch — na und? Er hatte bloß etwas über einen gemeinsamen Erfahrungsaustausch geäußert. Selbst wenn man das Gesagte als Verletzung der Privatsphäre auslegen wollte — eine Ansicht, über die Reedeth auf intellektueller Ebene spätestens nach dem dritten oder vierten Drink sehr energisch zu diskutieren bereit gewesen wäre —, nahmen die Angehörigen des Personals für die Patienten doch zwangsläufig Objektstatus ein, waren sie Bestandteil der klinischen Umwelt, geradeso wie Möbelstücke und Lampenpfosten.

Ein oder zwei Minuten vergingen, während er verdrossen zum Fenster hinausstarrte und Madison die Tätigkeit des RepaRobots überwachte. Schließlich ertönte ein diskretes Hüsteln, und als Reedeth sich umdrehte, sah er den Knieblank an der Tür stehen und darauf warten, wieder in den Korridor gelassen zu werden. Die Automaten erlaubten Personalangehörigen das Verlassen von Büros ohne besondere Genehmigung des jeweiligen Bürobenutzers — eine Tatsache, die von Reedeth wiederholt als ärgerlich empfunden worden war, wenn nämlich Ariadne Spoelstra eine ihrer allzu häufigen Meinungsverschiedenheiten dadurch beendet hatte, daß sie hinausrauschte —, wogegen ein Anstaltsinsasse der ausdrücklichen Erlaubnis bedurfte, um zu verhindern, daß Patienten vor der Therapie fortliefen.

Reedeth seufzte und erteilte die erforderliche Anordnung; die Tür rollte zur Seite, Mann und Maschine gingen.

Indem er schlagartig einer Anwandlung nachgab, die ihn unter Umständen nicht bloß in Streitigkeiten mit Ariadne Spoelstra, sondern gar mit Mogshack persönlich verstricken konnte, wandte er sich erneut an den nun wieder in Betrieb befindlichen Pultomaten. »Verdammt noch mal, ich war mit meiner Beschreibung von Dr. Spoelstra noch nicht fertig, als du deinen Blinker gesetzt hast! Jetzt bewahrst du Ruhe und hörst zu, verstanden?!«

Ohne dem Apparat genug Zeit zu irgendeiner Entgegnung zu lassen, zählte er die übrigen anatomischen Attribute seiner Kollegin auf, nach deren Nähe es ihn so heftig verlangte, die er jedoch bei weitem nicht so oft genießen durfte, wie er es sich wünschte, bis ihm zu guter Letzt mit einem Schwall roher angelsächsischer Wortgebilde der Atem ausblieb. Im Hintergrund seines Bewußtseins spielte er mit dem Gedanken, er könnte das rote Lämpchen möglicherweise wieder zum Aufleuchten bringen und anschließend, gestützt auf diesen umkehrbaren Beweis, bei Mogshack eine formelle Beschwerde über die Unfähigkeit der Automaten einreichen, den regulären Sprachgebrauch einer therapeutischen Sitzung zum Zwecke des Abreagierens zu verkraften.

Doch das Lämplein blieb dunkel. »Sehr wohl, Dr. Reedeth«, bestätigte der Pultomat lediglich mit seiner üblichen Stimme. »Ich habe diese Daten gespeichert. Sind sie zur allgemeinen Zugänglichkeit für Mitarbeiter oder ausschließlich für Ihre persönliche Verwendung bestimmt?«

»Nur für mich!« Himmel, wäre Mogshack, falls es ihm einfiel, in Ariadne Spoelstras Personaldaten Einblick zu nehmen, dabei auf die Aufzeichnung dieses Ausbruchs mit dem ordnungsgemäßen Hinweis ›Gespeichert auf Anordnung von Dr. Reedeth‹ gestoßen . . . !«

Aber wieso hatte die Maschine die schamlose Obszönität seiner jetzigen Worte hingenommen, wogegen sie vorher aufgrund von Äußerungen, die kaum mehr gewesen waren als eine Reihe von Komplimenten, den Betrieb eingestellt hatte? Er spürte Schweiß auf der Stirn, am Hals und in den Handflächen jucken. Der RepaRobot konnte diesbezüglich unmöglich etwas geändert haben; sein Programm beschränkte ihn strikt auf die Wiederherstellung des vorgesehenen Status quo. Folglich konnte nur . . .

Erregung packte ihn. Hastig setzte er sich hinter den Pultomaten und machte sich daran, an Ort und Stelle herauszufinden, ob das die einzige Verbesserung sei, die Madison ausgeführt hatte. Sie war nicht die einzige.

Zwanzig Minuten später hatte er, indem er in ununterbrochener Gebärde ratloser Erbitterung an seinem Bart zupfte, den Verdacht abgeklärt, der ihn schon seit Monaten quälte.

Es ist eine ungeheuerliche Ungerechtigkeit, Harry Madison hier in der Klinik festzuhalten. Es ist nicht so, daß er verrückt wäre. Vielleicht war er es überhaupt niemals. Was wir bloß nicht verstehen, ist die besondere Art und Weise seiner geistigen Gesundheit.

Schwarze Aussichten

Während er am Ortseingang auf Abfertigung wartete, hielt Fredrick Campbell seinen Diplomatenkoffer – Symbol seines offiziellen Status – vor sich wie einen lachhaften Schild aus Pappkarton. Die Hände, mit denen er ihn umklammerte, waren vom Schweiß schlüpfrig. Das Stadt-Bund-Abkommen sah hier keine Durchquerungen des Luftraums vor, und er hatte seinen Skimmer hundert Meter weiter hinten auf dem zum Zerbröckeln verurteilten Beton der alten Autobahn landen und zu der Stelle laufen müssen, wo er nun stand, mitten in einer Art von Pilzwald aus völlig geschlossenen Betonsäulen. Aus den Sehschlitzen an ihren Seiten musterten ihn argwöhnisch dunkle Augen, und er wußte, daß unsichtbare Hände sich in Bereitschaft befanden, um eine Lawine der Vernichtung auf ihn loszulassen, sollte er eine unvorhergesehene Bewegung machen.

Er blickte geradeaus, schaffte es jedoch, seine Augen weit genug zu verdrehen, um durch dies Geschiele feststellen zu können, daß seit seinem letzten Besuch ein Gottschalk hier gewesen sein mußte – und obendrein ein Chef-Poly, vielleicht einer der tatsächlichen Topebene-Repräsentanten, wie Bapuji oder gar Olayinka. Kein Einsilbiger wäre über die Art von Ausrüstung zu verhandeln befugt gewesen, die sich hier seiner geübten Beobachtungsgabe enthüllte. Aber sein dienstlicher Auftrag schloß keine waffentechnische Analyse ein; das BulaKo war sorgsam darauf bedacht, die überkommene Fiktion aufrechtzuerhalten, daß Waffen bei den Unterhandlungen mit örtlichen Vertragspartnern absolut keinerlei Einfluß besäßen. Doch zweifelsfrei würde natürlich in den nächsten Tagen jemand von der OIS zu ihm kommen – wie zufällig – und im Verlauf einer Plauderei danach Erkundigungen einziehen; allerdings erwartete man von ihm keine detaillierten Informationen.

Um letzteres war er zutiefst froh. Er fühlte sich hier entsetzlich nackt. Er fühlte sich, um seine Empfindung in einem Wort auszudrücken, schutzlos. Und das war sicherlich genau jene Wirkung, auf die Bürgermeister Black es abgesehen haben mußte. Diese ganzen Formalitäten hätten sich viel leichter und schneller über das KommNetz abwikkeln lassen, aber dadurch wäre er um das Vergnügen gekommen, solche Gelegenheiten auszukosten.

Wie er so einsam dastand, im grausamen Sommersonnenschein schwitzte, glitt sein Blick erneut hinüber zu den Schildern neben dem Hauptbau der Wachstation. Eines besagte: BLACKBURY, VORMALS BROWNBURY.

Ein anderer Hinweis lautete (ohne jedoch Bestandteil des amtlichen Schriftzugs zu sein – vielmehr hatte man diesen Satz in Metallic-Leuchtfarbe hinzugeschmiert): *Weißfisch steh nich mit Kopp in Sonne sonst gibstu leichtes Ziel ab.*

Schnell nirgendwohin

»Das ist ja das reinste Wahlrennen«, sagte Matthew Flamen launig und wählte am Getränkeautomaten seines standesgemäß luxuriös ausgestatteten Büros tief im Etchmark-Tiefkomplex einen Drink.

»Was?« Lionel Priors Pfannkuchengesicht, das kurz zuvor in lebensgroßer Wiedergabe auf der KommNetz-Mattscheibe erschienen war, zeugte von Nichtverstehen. Prior war Flamens Manager, Agent, Hauptvertrauter und ganz allgemein sein Laufbursche. Außerdem sein Schwager, aber das spielte in ihrer Bekanntschaft die geringste Rolle.

»Lewis Carroll«, sagte Flamen. »Man läuft so schnell man kann, aber nur im Kreis, deshalb kommt man nirgends hin.«

»Du meinst, das ist aus einem Buch?«

»Klar ist's aus einem Buch. Sag nichts – sag nichts!« Schlaff hob Flamen eine Hand; als er merkte, daß sie sich unterwegs des Drinks bemächtigt hatte, trank er einen Schluck. »Ich weiß, du liest keine Bücher, weil sie die Unvorbelastetheit deines Herangehens an die Medien trüben könnten. Irgendwann wirst auch du einsehen, daß eine derartige Einstellung dich zur Unwissenheit und Ungebildetheit verdammt. He, was zum . . .?«

Mitten in Flamens letztem Satz war Prior vom Bildschirm verschwunden und von einem Wirbel bunter Flekken abgelöst worden, die ein sehr leiser, aber scheußlicher Heulton untermalte, der klang, als käme er vom Hund von Baskerville, der durch die Marschen Dartmoors streifte.

Unterdessen in einem anderen Saustall

An einer Wand in der zweigeschossigen Atelierwohnung Michaela Baxendales, der neunzehnjährigen Dauerbrenner-Sensatie – ihre Sensationalität glomm allerdings mittlerweile auf recht kleinem Flämmchen (seit sie fünfzehn gewesen war, hatte die Zeit schließlich nicht angehalten) –, zeigte ein großes automatisches Meßgerät mit seiner Schwenknadel am heutigen Morgen in die rote Fläche der Skalenscheibe. Ein neuer Arbeitsanfall war nötig.

Fluchend wanderte sie nackt durch die elf Räume, über welche die gegenwärtige Party sich ausgebreitet hatte, weckte viele Gestalten mit Fußtritten und befahl ihnen, jene Figuren hinauszuschleifen, die zu sternhagelvoll waren, um sich aus eigener Kraft regen zu können. Nachdem sie die Robots beauftragt hatte, das zerbrochene Mobiliar und die verdreckten Teppiche fortzuschaffen und beides neu zu besorgen, begann sie mit der künstlerischen Zusammenstellung des Materials, das sich anbot. Das KommNetz-Fach besaß eine Filteranlage zum Aussieben der Reklame, die sie direkt in den Müllschacht weiterleitete, aber heute war ein richtiges Poststück eingetroffen: wieder ein in strengem Stil abgefaßter Brief vom städtischen Gesundheitsamt, der das Fehlen von Toiletten in der Atelierwohnung bemängelte. Michaela hatte sie nämlich demontiert und ihnen freudig erregt nachgeschaut, wie sie fünfundvierzig Stockwerke tief hinabfielen und auf die Straße krachten.

Sie formulierte abermals ihre Standardantwort um. (»Ich bin aus der Gosse gefischt worden, stimmt's? Man kann nicht von mir erwarten, daß ich meine Gossenmanieren über Nacht ablege.«) Vor vier Jahren, als Dan Kazer sie hinauf ins Atelierwohnung-Niveau katapultierte, waren diese Allüren ein Trumpf gewesen. Dadurch gerieten haufenweise Dinge zu Schrott und Trümmern, aber was sollte das schon? Ständig gab es immer mehr Dinge. Außerdem tüftelte irgend so ein Haarspalter in Omaha an einer Doktorarbeit über die Bedeutung von Körperflüssigkeiten in den Spätwerken Michaela Baxendales. Es wäre ungerecht gewesen, ihm den Saft abzudrehen.

Danach bereicherte sie den Brief um: ein Johannesburger Telefonbuch aus dem Jahre 1979, eine prä-pseudorganische Ausgabe von *Sinuhe der Ägypter*, einen Krafft-Ebing mit den original lateinischen Passagen; und gab sich damit zufrieden. Sie pappte etliche Auszüge dieser Werke hintereinander, und gegen Abend zeigte das Meßinstrument an der Wand wieder ins wohltuendere Grün.

Wiederherstellung des normalen Dienstbetriebs unwahrscheinlich

Priors Abbild stellte sich wieder ein, und er machte ein böses Gesicht. »Jetzt reicht's aber!« schimpfte er. »Haben wir nicht genug Ärger, ohne daß uns das KommNetz hier im Etchmark in irgendeinen Durchdreher-Orbit abschwirrt?!«

»Wenn du ohne Störung mit mir reden willst«, erwiderte Flamen matt, »mußt du deinen Hintern schon herüberschleppen. Schließlich sitzt du ja nur auf der anderen Seite der Wand!« Aber diese Empfehlung traf wohl schwerlich auf viel Gegenliebe. Priors Persönlichkeit unterschied sich vollkommen von seiner, wies starke neopuritanische Züge auf, und sein Engagement für die Aufgabe, dem Programm eine Medienkiebitz-Sendung zu gewährleisten, wurzelte weniger in einer abstrakten Abneigung gegen die Heuchelei – wogegen Flamen genau darin gerne sein eigenes Motiv sah –, sondern vielmehr im Wunsch, seine Maskerade anständigen bürgerlichen Verhaltens aufzupolieren, die unzugängliche Krypta, in der die eigene Verderbtheit in der Ruhe der Untotheit begraben lag. Aufgrund dessen bewahrte er Distanz, verkehrte nur mit ausgesuchten Leuten und ausschließlich übers KommNetz, empfand er jeden persönlichen Kontakt als ein Vertun der Möglichkeiten, die sein finanzieller Erfolg ihm bot. Dadurch übte er die Funktion eines Puffers bei Verhandlungen zwischen der Fa. Matthew Flamen und dem Aufsichtsrat der Holokosmos aus, aber bisweilen machte er sich damit lächerlich.

Wie zum Beispiel jetzt.

»Matthew«, begann Prior gereizt, ganz wie erwartet, »man rechnet doch nicht damit, daß ...«

Urplötzlich verlor Flamen die Geduld. »Ganz im Gegenteil, man *muß* damit rechnen! Es sei denn, man unternimmt etwas, um derartige Schwierigkeiten zu beheben.

Wie viele Unterbrechungen hatten wir in der heutigen Sendung – fünf, nicht wahr?«

»Äh...« Prior schluckte. »Ja, leider. Und die längste hat fast fünfzig Sekunden gedauert.«

»Und angesichts solcher Vorkommnisse hältst du's für verwunderlich, daß es Störungen im KommNetz gibt? Hör auf, Lionel, so naiv bist du nicht. Oder... Na, wenn ich's genauer betrachte, vielleicht doch, sieht man die Art und Weise, wie du dich erniedrigst, indem du vor diesem Plastikstehaufmännchen von einem Heinzelmann herumbukkelst!«

»Matthew, die persönliche Entscheidung eines Menschen für eine Religion ist...«

»Wann hast du dich zuletzt der Mühe unterzogen, mal deine Computer zu befragen? Es steht über siebzig Punkte dafür, daß die Heinzelmännchen AG eine Fassade für den Knieblank-Saftladen Conjuh Man ist. Denen reichen die Umsätze in den schwarzen Enklaven anscheinend nicht, also haben sie beschlossen, zu expandieren und zusätzlich soviel dümmliche Weiße zu melken, wie sich nur finden lassen. Wenn ich anhand deiner Person ein Urteil abzugeben hätte, würde ich sagen, sie werden damit so phantastisch einschlagen, daß sie kaum hinter den Gottschalks zurückbleiben.«

Priors Augen quollen hervor. Rücksichtslos nutzte Flamen die gewohnheitsmäßige Abneigung aus, die Prior dagegen hegte, Gefühle zu zeigen, selbst vor jemandem, mit dem er bereits jahrelang zusammenarbeitete. Geschickt ließ er nach seinen Worten ein Schweigen sich dehnen, es blitzartig zu brechen bereit; er tat es erst im allerletztmöglichen Augenblick und widmete sich wieder ihrem *wichtigen* Gesprächsstoff.

»Warum hast du mich überhaupt angerufen? Ist dir irgendein brillanter Einfall für die morgige Sendung gekommen, mit dem wir das Interesse von Millionen Zuschauern wiedererwecken können?«

»Na, hör mal«, brabbelte Prior, indem er mühsam den

Schock überwand, den Flamen ihm versetzt hatte, »in Anbetracht dessen, wie die Dinge stehen, halten die Einschaltquoten sich ziemlich gut, und ich schätze, das ist es, worauf's ankommt.«

»Wenn sie sich so gut halten, warum regen dich dann die Unterbrechungen so auf? G'spusi, du weißt so gut wie ich, würde man eine technische Überprüfung der Fernsehapparate durchführen, die regelmäßig für meine Sendung angeschaltet werden, käme dabei heraus, daß man den Empfang und die Farben absichtlich verstellt hat. Wer guckt denn heutzutage mittags DreiDe-Tele, außer Leuten im Psychorbit? Verdammt, vielleicht finden die Zuschauer gerade die Unterbrechungen besonders durfte!«

Priors Miene spiegelte Besorgnis wider, während er eine Antwort gab, die einem Reflex glich. »Du bist zu bescheiden, Matthew. Du zählst zu jener winzigen Handvoll von Leuten, die noch dazu imstande sind, das Fernsehpublikum zum Einschalten einer Sendung mit Wortbeiträgen zu bewegen. Du solltest nicht deine eigenen Begabungen schlechtmachen.«

»Das brauche ich nicht zu tun. Andere erledigen das für mich.« Flamen leerte sein Glas mit einem letzten, langen Zug; als das Getränk in seiner Magengegend gluckerte, war ihm ein wenig wohler zumute. »Ich bitte dich um eine Gefälligkeit, G'spusi – denk mal einen Moment lang richtig scharf nach, hm? Treten diese geheimnisvollen Störungen jemals während eines Werbespots auf? Keineswegs. Treten sie denn auf, wenn ich einen echt gepfefferten Streifen von Ort und Szenerie irgendeines ekelhaften Skandals abzuspulen habe? Hn-hn. Sie ereignen sich, wenn die Kamera auf mich gerichtet ist, zu keinem anderen Zeitpunkt. Ist es so, G'spusi, oder nicht?«

Prior hätte der Feststellung gerne widersprochen – man sah es ihm an –, aber zugleich verriet seine Miene, daß er wußte, die Tatsache sprach für sich. Er nickte grämlich.

Flamen stellte sein Glas zum Auffüllen in den Getränkeautomaten und drückte die Taste. »Was also soll ich nach deiner Ansicht tun?« meinte er. »Recherchieren lassen? G'spusi, wozu wäre das nötig? Denk an die Hintergründe – man hat uns mit dem Angebot von täglich fünfzehn statt zehn Minuten aus der Hauptsendezeit gelockt, stimmt's? Dann hat man die zusätzlichen Minuten mit vermehrter Werbung wieder beschnitten. Schön, mit einem einleuchtenden Argument – daß immer mehr Sponsoren ausgerechnet diese fabelhaften Zuschauer erreichen möchten –, aber das ändert nichts an der Tatsache, daß unsere Fünfzehnminutensendung runter auf zwölfeinhalb Minuten ist und voraussichtlich noch mehr gekürzt wird. Gleichzeitig nimmt die Zahl der Themen, die wir auf Wunsch des Senders weglassen, ständig zu. Findest du nicht auch, daß man dafür, die Einschaltquoten halten zu wollen, ein bißchen zu überängstlich ist?«

Er schwieg, aber Prior sagte nichts.

»Ich verstehe das folgendermaßen«, fügte er hinzu. »Man kann's sich nicht leisten, mir einfach die Tür zu zeigen – durch einen Vertragsbruch seitens des Senders könnte ich mir bloß einen mit Platin gepflasterten Abgang verschaffen. Deshalb hofft man, ich werde mich genug ärgern und eines Tages herumzuschreien anfangen, so daß man mir wegen Beleidigung des Programmchefs ans Bein pissen kann, ohne daß die PKK eingreifen könnte. Also rate ich dir, mach's genauso wie ich und halte durch, solang's nur geht. Hunderttausend Kröten im Monat sind nichts, was sich einstreichen läßt, indem man an die erstbeste Tür klopft.«

Ungefähr in der Mitte des letzten Satzes schwand Priors Aufmerksamkeit. Aus seiner Miene schloß Flamen, daß der Bildschirm am anderen Ende der Verbindung entweder etwas ganz anderes zeigte oder erneut ein völlig verschwommenes Bild; er wollte den Apparat ausschalten, unterließ es dann jedoch. Es sah ganz lustig aus, den normalerweise unerschütterbaren Prior Verwünschungen wettern zu sehen, die man nicht hören konnte, denn gleichzeitig mit dem Bildausfall mußte die Tonübertragung ausgefallen sein.

Doch sein Vergnügen währte nur kurz. Sein Lächeln wich, als er sich wieder Gedanken über die Wahrheit widmete, gegen die sich Prior aus irgendeinem oberflächlichen Grund wehrte, vielleicht infolge der Vorstellung, die Aufsichtsräte der Holokosmos seien ›ehrbare Männer‹ – ehrbar wie Brutus.

»Jemand kann immerzu lächeln und doch ein Halunke sein«, murmelte Flamen, flüchtig angetan vom zutreffenden Charakter des Zitats, doch sofort beunruhigt von der Vorstellung des Lächelnden mit dem Dolch. Welche Erklärung sollte es sonst für die Interferenzen geben, die Tag für Tag seine und keine andere Sendung aus den Holokosmos-Studios störten? Es *mußte* sich schlichtweg um Sabotage handeln.

Schlimmer noch, sie mußte die Billigung des Aufsichtsrats haben. Wären Unterwanderer dafür verantwortlich gewesen, die Holokosmos hätte nichts gescheut, um diese Vorfälle zu unterbinden; sie war nicht weniger als jedes andere Unternehmen auf der Welt um ihre interne Sicherheit besorgt. Aber statt dessen hatten die Techniker ihn bloß immer wieder mit der Erklärung abgewimmelt, sie seien dazu außerstande, die Ursache des Ärgers ausfindig zu machen.

Die logische Schlußfolgerung lautete, daß man seine Sendung zu eliminieren und Platz für noch einen Reklameteil zu schaffen beabsichtigte. Selbstverständlich widersprach es den von der Planetaren Kommission für Kommunikation festgelegten Richtlinien, von vierundzwanzig Stunden Sendezeit mehr als zwölf Stunden für Werbung zu verwenden, und die Holokosmos würde das Limit überschreiten, falls sie ihren letzten Medienkiebitz abservierte. Aber die PKK war nur ein schlechter Witz, und das schon seit Jahren; ein alter Wachhund ohne Zähne.

Außerdem war dies nicht das erste Mal, daß die Holokosmos ihn hereinzulegen versuchte. Unmittelbar nach Celias Nervenzusammenbruch hatte sie es zum erstenmal versucht, indem sie einen läßlichen Psychiater anheuerte, der bezeugte, Celias Zufluchtnahme zu Drogen sei auf die fortwährende Mißachtung ihrer Bedürfnisse und Neigungen durch ihren Ehemann zurückzuführen, der sich damit der seelischen Grausamkeit schuldig gemacht habe. Eine zu solchem Verhalten fähige Person sei naturgemäß ungeeignet zur Arbeit vorm breiten Fernsehpublikum. (Zum Wiehern – hätte er gründlich genug im Privatleben der Holokosmos-Aufsichtsratsmitglieder nachgeforscht, wäre er an Material gelangt, um eine Neufassung der *Hundertzwanzig Tage von Sodom* liefern zu können, ohne abschreiben zu müssen, und bereits vor längerer Zeit hatte sich Matthew Flamen geschworen, daß er, falls man es eines Tages zu bunt mit ihm trieb, die Spule mit der allerletzten seiner Sendungen, ordnungsgemäß abgesegnet von den Computern des Senders, nachträglich gegen eine andere austauschen werde, mit welcher er die Laster der Aufsichtsräte in allen Einzelheiten enthüllte.)

Ihr eigentlicher Ansatzpunkt war allerdings Celias Einlieferung in die Ginsberg-Klinik gewesen, eine staatliche Psychiatrie, statt in ein Privatsanatorium, aber Prior hatte dem Anwurf den Wind aus den Segeln genommen – eine Leistung, die an ein Wunder grenzte –, indem er im wie geschockten Tonfall eines liebevollen Bruders folgendermaßen argumentierte: Wessen Reputation stünde in Fachkreisen höher als die ihres Direktors Elias Mogshack, des weltweit anerkannten, führenden Spezialisten der Heilpsychiatrie – wer unter eindeutigen Laien könne die enorme Kompetenz eines Wissenschaftlers anzweifeln, den man dazu berufen hatte, über die Psychohygiene des dichtbevölkerten New York zu wachen? Folglich war hastig ein Kompromiß ausgehandelt worden, in dessen Rahmen Matthew Flamen die Kosten von Celias Einsperrung selbst übernahm, statt mit ihrer Behandlung die Staatskasse zu belasten und Celia dem späteren unausweichlichen Desaster auszuliefern.

Damals hatte sich Flamen gewundert, warum der Aufsichtsrat so rasch nachgab. Seine Verwunderung verflog in dem Moment, als zusammen mit dem unanfechtbaren, von staatlichen Computern ausgeheckten Behandlungsvertrag, auf den er sich unvorsichtigerweise eingelassen hatte, die erste der kolossalen Monatsrechnungen eintraf. Er brauchte nicht einmal einen Computer hinzuziehen, um zu erkennen, er war der Gelackmeierte. Und er vermochte keinen Ausgleich herzustellen, indem er, um ein Beispiel zu nennen, in ein billigeres Haus zog. Er stand unter dem Zwang, den für eine Person, welcher die Holokosmos fünf Sendungen je Woche reservierte, (Gänsefüßchen) angemessenen (Gänsefüßchen) Lebensstandard beizubehalten. Seine Steuerberater bewährten sich erstklassig und die Steuern, die er tatsächlich zahlen mußte, waren lächerlich niedrig, aber er konnte nicht an seinen sozusagen obligatorischen Lebenskosten einsparen. Ehe er richtig anfangen konnte, sich zu wehren, erlitt er eine Niederlage nur dank des Umfangs der Holokosmos-Computeranlagen; seine Computer waren durchaus gut, aber nur um Anlagen wie jene der Holokosmos zu programmieren, mußte man solche Computer mieten – kein Mensch war dazu in der Lage.

Und was, hatte er sich gefragt, sobald er sah, der Schuß saß, sollte er tun? Bei einem anderen Sender Annäherungsversuche wagen? Das wäre reiner Selbstmord gewesen – abgesehen von der offenkundigen Selbstverständlichkeit, daß kein Sender, wenn es nur einem Medienkiebitz gelungen war, im Geschäft zu bleiben, einen derartigen Mitarbeiter neu einstellen würde, hätte man ihn innerhalb von Stunden mit einer durchsichtigen, aber sehr schädlichen Klage wie beispielsweise wegen Tätigkeit für die Konkurrenz aufs Kreuz gelegt. Und von dem Tag an wäre er nicht länger dazu imstande, die Rechnungen für Celias Klinikaufenthalt aus eigener Tasche zu bezahlen. Obwohl Mogshacks letzter Arztbericht gemäßigt optimistisch gewesen war, stand fest, daß noch manches Celia von einer vollständigen Gesundheit trennte. So blieb ihm nur dieser eine gangbare Ausweg: seine Einschaltquoten zu halten. Irgendwie. Aber auf jeden Fall. Die Tatsache, daß der Computerfaktor für ihn persönlich, Matthew Flamen, eine höhere Einschaltquote anzeigte als für einen Reklameteil, war seine einzige Rettung.

Doch in einer Zeit, da die Menschen sich viel zu stark mit ihren eigenen Angelegenheiten beschäftigten, als daß selbst die schlüpfrigsten Skandale und der aufregendste Klatsch ihre Aufmerksamkeit geweckt hätten...

Eindeutig ein Wahlrennen, sagte er sich. *Und langsam geht mir der Atem aus.*

Sachkundige Belehrung über eine sehr wichtige Sache

Eugene Voigt ging nicht soweit, das Gerät auszuschalten, aber nachdem der Gschaftlhuber etwa eine Minute lang gefaselt hatte, schaltete er zumindest seine Ohrhörer ab. Sie waren ein exzellentes Design, mit Abstand die besten, die er je getragen hatte, und besonders gefiel ihm die Anbringung des Aus-Schalters; er war unter einem Abwärtszipfel seines Schnurrbarts versteckt und ließ sich unauffällig durch eine leichte Berührung mit der Zunge betätigen. Ferner lieferte man sie serienmäßig mit, so daß sie nicht als Zubehör erstanden werden mußten. Es lohnte sich wohl, für eine Weile bei diesem Fabrikat zu bleiben — wenigstens so lange, bis Konkurrenzfirmen die Qualität überrundeten. Aber es war schwer vorstellbar, was für Verbesserungen noch erfolgen sollten, außer womöglich eine Implantation direkt unter die Haut.

Der Gschaftlhuber (sein Name besaß keine Bedeutung, aber er belegte einen hochtrabend bezeichneten Posten in den unteren Rängen der PKK) laberte noch eine volle Viertelstunde lang, doch Voigt hatte schon innerhalb der ersten paar Sekunden kapiert, worum es sich drehte, und keiner der Sätze, die er gelegentlich durch gelangweiltes Lippenablesen mitbekam, sprach gegen den anfänglichen Eindruck. »Schwamm drüber«, sagte er, als die Tirade endlich ein Ende genommen hatte. »Nichts zu machen.«

»Aber die Holokosmos hat unverkennbar die Absicht...«

»Und Sie werden daran nichts ändern«, fiel Voigt ihm mit Nachdruck ins Wort. »Sie werden überhaupt nichts ändern können. Das Thema Kommunikation ist auf diesem unseren Planeten endgültig abgeschlossen.«

Es ist ein gängiger Gemeinplatz, daß Wahrheit neutral ist, doch dann und wann wäre es ganz nett, stünde sie auf Ihrer statt auf anderer Leute Seite

Draußen war es heiß; drinnen war es erheblich heißer, weil die Beleuchtung altmodischer Art war und man davon jede Menge brauchte. Pedro Diablos dunkle Haut schimmerte von Schweiß. Aber noch heller glänzten seine weißen Zähne. Er hatte seinen Spaß.

»Noch ein letztes Mal!« sagte er. »Ich schwöre, danach wird man sich in Conakry und Lumumbaville die Finger lecken!«

Die Schauspielerin, welche die Rolle König Leopolds von Belgien spielte, seufzte und setzte wieder die bleiche, bartlose, weibische Rundum-Maske auf, dann strebte sie geruhsam, aber willig durchs Studio zurück an die Stelle, wo sie in dieser Szene den Anfang machen mußte, wackelte unterwegs mit dem Hinterteil. Bis zur Taille trug sie eine militärische Uniformjacke im Paradeaufzug, an deren Brust es von Orden und Medaillen nur so gleißte, aber ihr dralles Gesäß war von nichts bedeckt als einer Art von gestutztem Pferdeschwanz aus Grashalmen. Sie gab ein großartiges Sinnbild ab, vor allem für Gebiete mit starken islamischen Einflüssen.

»Sind die Ketten parat?« rief Diablo hinüber zum Requisiteur. »Denkt dran, ich möchte, daß sie diesmal ein bißchen früher als bisher reißen. Führt zu negativen Assoziationen, wenn's länger als fünf Sekunden dauert – und es wäre zu lang im Verhältnis zur Gesamtdauer der Show. Verflucht, was ist denn?«

Er blieb auf dem Weg zurück zur Kontrollkabine plötzlich mitten im Studio stehen, als er vor sich zwei bewaffnete Askaris sah.

»Der Bürgermeister will dich sprechen«, sagte jener auf

der rechten Seite. Seine angeberisch aufgemachte Plastikmaske — schwarze Grundfarbe, aber mit roten, gelben und braunen Streifen auf den Wangen — verlieh seiner Stimme einen unheimlich hohlen Klang.

»Er soll warten!« schnauzte Diablo. In Blackbury gab es nur wenig Leute, die es sich erlauben durften, so mit einem Askari zu reden, aber er erlaubte es sich schon seit Jahren. »Ich bin mitten in Aufnahmen, seht ihr das nicht?!«

Der zweite Askari sengte mit einem Laserstrahl aus seinem auf Niedrigleistung geschalteten Laser langweilig eine Furche in den Fußboden, aus der rußiger Qualm aufstieg. »Sofort, hat er gesagt, du Kohlweißling. Kommst du auf eigenen Beinen mit, oder müssen wir dich als Ragout abliefern?«

»*Wie* hast du mich genannt?« Erbost trat Diablo um einen halben Schritt vor, bremste seinen Bewegungsablauf jedoch in derselben Sekunde ab, als die Lasermündung vielsagend hochruckte. Das Vorhandensein dieser Waffe war die Folge von Anthony Gottschalks letztem Besuch; er hatte kürzlich eine Sendung über sie produziert — worin aus rein propagandistischen Gründen behauptet worden war, sie seien hier in der Stadt entwickelt worden — und gab sich keinen Illusionen über die Wirkung von 250 Watt hin, konzentriert auf eine Fläche von keiner größeren Ausdehnung als die Spitze einer Nähnadel.

Ein Schweigen von scheinbar endloser Dauer entstand. »Na schön«, sagte er zu guter Letzt. »*Na* schön. Aber ich will verdammt hoffen, er hält mich nicht zu lang auf.« Während er zur Tür schritt, wandte er sich an seine Mitarbeiter und die Techniker. »Wir sehen uns dann nach dem Essen hier wieder, klar?«

Vorm Haupteingang des Studios stand ein schwarzes Dienstfahrzeug bereit, ein Voortrekker Konvert, das teuerste Individualverkehrsmittel der Welt, ein in Capetown gebautes Skimmerauto. Bürgermeister Black besaß persönlich sechs Stück, eine Tatsache, über die Diablo nie ganz glücklich gewesen war, trotz der rationalen Einschätzung, daß die südafrikanischen und amerikanischen Knieblanks, in letztendlicher Analyse betrachtet, angeblich am gleichen Strang zogen; diese Argumentation schmeckte ihm zu sehr nach der Begründung, mit der man im vergangenen Jahrhundert schließlich die Zulassung von Black Muslims zu Meetings des Ku Klux Klan gerechtfertigt hatte. Seine Miene verdüsterte sich noch mehr, als die Askaris ihn auf die Rückbank des Voortrekker drängten und ihn anschließend zwischen sich einkeilten. Das Gefährt fuhr ab in die Richtung zum Amtssitz des Bürgermeisters, und man bahnte den Weg mit einem Knopfdruck am Armaturenbrett, woraufhin die Fernübersteuerung die Ampeln auf allen Querstraßen auf Rot schaltete.

Trotz allem hielt Diablo den Mund fest geschlossen. Er hatte keinerlei Ahnung, was das bedeuten sollte, aber seine naheliegendste Vermutung ging dahin, daß Bürgermeister Black heute früh mit dem falschen Bein zuerst aufgestanden sein mußte. Wenn der Bürgermeister sich in dieser Stimmung befand, gefiel es ihm bisweilen, sich dessen zu vergewissern, daß er noch jeden im Griff hatte, der zur Wirtschaft Blackburys beitrug, und Diablo zählte ohne Zweifel zu dieser Kategorie. Seine massenfabrizierten Videoshows gehörten zu den hauptsächlichen Devisenquellen der Stadt, ganz abgesehen von ihrem propagandistischen Wert, und sie hatten ihr Verhältnis zu den amerikanischen Bundesbehörden gerade revolutioniert, indem sie bewirkten, daß sie in die Lage kam, die Abgaben für Strom und Wasser in so harten Währungen entrichten zu können wie Cedi und Riyals.

Er merkte sich die Absicht vor, den Askari aufzuspüren, der ihn öffentlich beleidigt hatte, und dafür zu sorgen, daß seine Zukunft schwärzer aussah als sein Arsch. Wegen der Dienstmaske würde das schwierig, aber konnte in einer so relativ kleinen Gemeinde nicht absolut unmöglich sein.

Ungeachtet dessen sagte sich Pedro Diablo fortgesetzt, daß jemand mit seinem Status keinen Grund hatte, eine

Anwandlung von schlechter Laune seitens des Bürgermeisters zu fürchten.

Er redete sich das ein, bis man ihn dann tatsächlich zum Bürgermeister führte – falls man es so bezeichnen durfte, vor den Mündungen von Waffen in ein Zimmer genötigt zu werden. Bürgermeister Black war nicht allein. Neben seinem riesenhaften Schreibtisch saß ein Weißfisch: ein dürrer Mann mit einem struppigen Gefussel am Kinn, das ein Bart sein sollte, zusammengestoppelt aus unpassenden Barbazar-Büscheln, und sehr hellen, sorgfältig quer über die rosa Kahlheit seines Schädels gekämmten Haarsträhnen, die Knie zimperlich gegeneinandergedrückt, seine Hände im Schoß gefaltet.

Da fiel Diablo das Herz in die Hose wie ein Stein in einen Brunnen. Er kannte dies ernste Gesicht mit den schmalen Lippen. Die Gesichtszüge Herman Uys', des südafrikanischen Chefexperten für Rassenfragen, mußten zu den bekanntesten in der modernen Welt gerechnet werden.

Er versuchte noch, einigermaßen fassungslos, sich auszumalen, warum man ihm, Pedro Diablo, die Anwesenheit Herman Uys' in Blackbury verschwiegen hatte, da sprach der Bürgermeister seine einzige an Diablo gerichtete Äußerung dieser Zusammenkunft aus.

»Verschwinde aus der Stadt, du Promenadenmischung. Du hast drei Stunden Zeit.«

Der Punkt, an dem der Reparaturaufwand die Kosten für Ersatz zu übersteigen beginnt

Unversehens normalisierte sich Flamens KommNetz-Anschluß wieder, die Verbindung mit Prior kam erneut zustande. Im selben Moment nahm Priors Gesicht einen verschlagenen Ausdruck an, den Flamen aus etlichen Jahren enger Zusammenarbeit gut kannte: den Gesichtsausdruck, der besagte, daß Prior drauf und dran war, aufgrund der (zumeist berechtigten) Annahme, die Person, mit der er zu tun hatte, habe eine überaus raffinierte Falle übersehen, ein richtiggehend mieses Ding zu drehen. In mancher Beziehung mochte er in der Tat naiv sein, wofür seine bereitwillige Anerkennung eines Heinzelmännchens als all das, was die Werbung davon behauptete, Zeugnis ablegte, aber wenn es darum ging, eine geschäftliche Angelegenheit zu seinen Gunsten zu beeinflussen, war er auf geniale Weise erfinderisch. Das war der Hauptgrund, warum Flamen Wert auf die Zusammenarbeit mit ihm legte. Nie hatte Prior es gewagt, das eigene Image durchs Erlernen des Prostituiertenpragmatismus zu besudeln, dessen es bedurfte, um im Halsabschneidergetümmel des modernen Geschäftslebens Oberwasser zu behalten, doch ebensowenig wagte er es, sie völlig außer acht zu lassen. Prior verkörperte den idealen Kompromiß, den Inbegriff selbsttrügerischer Ehrbarkeit; er vermochte den offenkundigsten Schwindel völlig aus seinem Gewissen zu verdrängen, bloß indem er sich vergegenwärtigte, *er* sei darauf gekommen, und *er* sei ja schließlich kein schlechter Mensch.

Anspannung verkrampfte Flamen. Sollte nun er zum Ziel von Priors besonderem Talent werden, dann...

»Matthew, soviel ich mitgekriegt habe«, begann Prior von neuem, »hast du vorhin einen sehr ernsten Vorwurf gegen den Aufsichtsrat der Holokosmos erhoben.«

»Ich entsinne mich nicht daran«, erwiderte Flamen hastig, »irgendeinen Vorwurf gegen irgendwen erhoben zu haben. Aber wenn du mir dringend etwas Wichtiges mitzuteilen hast, bitte sehr ...«

Insgeheim erwog er die Möglichkeit einer baldigen offenen Aussprache. Alles was man in diesen Büros durchs KommNetz äußerte – genauso wie in den Büros aller Firmen, die vertraglich mit der Holokosmos-Sendeanstalt kooperierten –, zeichneten Monitoren auf, analysierten es und leiteten es erforderlichenfalls an den Aufsichtsrat weiter. Ah ja!

»Was hältst du davon, wenn wir beide heute Celia in der Ginsberg-Klinik besuchen?«

»Heute nachmittag nicht«, antwortete Prior.

»Oh, nun komm! Denk dran, sie ist nicht bloß meine Frau, sondern auch deine Schwester.« Ein tolpatschiger Versuch, die Aufzeichnungen der Monitoren um eine Schmählichkeit zu bereichern; er mißlang.

»Ich muß an einer Übung meiner BüWehr-Gruppe teilnehmen«, entgegnete Prior, der stets das solide, verantwortungsbewußte Mitglied der Gesellschaft herauszukehren pflegte. »Außerdem, du weißt, daß Dr. Mogshack das Eindringen von Faktoren der früheren Umgebung seiner Patienten mißbilligt, und ich würde mich nicht gegen sein Urteil stellen.«

»Ich messe dem Kontakt zwischen Ehemann und Ehefrau einen hochgradigen Normalisierungswert bei, auch wenn er anders denkt.« *Dieser schlappe alte Sack*, fügte Flamen in Gedanken hinzu, sich dessen bewußt, daß er sich schwerlich empfahl, diesen Befund laut auszusprechen, nachdem er nur durch das Beschwören von Mogshacks Reputation seinen Kopf unterm Fallbeil der Holokosmos-Guillotine mit knapper Not hatte wegziehen können.

»Mag's sein, wie's will.« Prior zuckte mit den Schultern. »Auf jeden Fall, mir geht's um folgendes.« Er zögerte mit spürbarer Berechnung. »Matthew, um ehrlich zu sein, ich glaube, du neigst wegen dieser Schwierigkeiten, die wir in der Sendung haben, ein bißchen zur Paranoia. Ich gebe ja zu« – Wechsel zum Tonfall von Zugeständnissen – »man kann darüber geteilter Meinung sein, ob die Holokosmos uns maximal bei unseren Bemühungen unterstützt, diese Interferenzen zu beseitigen, die unsere Sendung beeinträchtigen, aber es ist doch eine völlig andere Sache, zugleich einen Zusammenhang mit Ausfällen unseres internen KommNetzes hier im Etchmark zu sehen.« Zurückgeschaltet auf ernstes, väterliches Gebaren, auf die Standardrolle des weltmännisch-weltlichen Agenten, der den bewunderungswürdig idealistischen Star der Sendung vor den Folgen seines traumtänzerischen Mangels an Zynismus behüten mußte.

»Deshalb schlage ich vor«, beendete er seine Ausführungen, »du beauftragst mich damit, daß ich deinem Verdacht durch einen unabhängigen Experten nachgehen lasse. Deine Befürchtungen sind von viel zu unerfreulicher Art, als daß wir auf ihre Überprüfung verzichten dürften.«

Flamen starrte ihn ungläubig an. Unabhängiger Experte? Hatte Prior den Verstand verloren? Welcher ›unabhängige Experte‹ sollte die hauseigenen Computer der Holokosmos austricksen können – welches Gericht könnte sich davon überzeugen lassen, an die phantastische Behauptung zu glauben, eines der großen Sendehäuser sabotiere die eigenen Sendungen? Für Priors absonderliches Verhalten fiel ihm nur eine Erklärung ein, und ehe es ihm gelang, darüber nachzudenken, trieb der Druck seiner Wut sie ihm über die Lippen.

»Was ist bloß passiert, daß *du* so plötzlich auf der Seite der Holokosmos stehst?! Hat eins der hohen Tiere dich außerhalb der Wanzenhörweite gebracht und dir 'n Angebot unterbreitet? Aber egal, in was für ein Minenfeld man mich abdrängt, *ich* kann mich jederzeit durchpfuschen. Ich habe Wanzen, die auf meine Wanzen achtgeben.«

Beiläufig bemerkte er, wie Priors Gesichtsausdruck von Selbstgefälligkeit zu nacktem Entsetzen überwechselte, aber noch vermochte er sich nicht zurückzuhalten. »Und könnte ich's mir leisten, in vergleichbarem Standard Wanzen in die Welt zu setzen, du wärst die erste Person, die ich verwanzen würde. Nicht mal die eigene Schwester besuchen zu wollen, während sie in der Klinik ist!«

Mit einer zittrigen Hand unterbrach er die Verbindung, ehe er etwas sagen konnte, was seinen Aussichten noch mehr Schaden zufügte. Falls dieser Wortwechsel jemals vor einem Gericht zur Sprache kam, überlegte er erbittert, mußte es ihm schwerfallen, bei der Darstellung zu bleiben, nur seine Sorge um Celia sei die Ursache des zeitweiligen Verlusts seiner Selbstbeherrschung gewesen. Er hatte den Vorschlag, heute nachmittag Celia zu besuchen, lediglich aufgrund einer momentanen Eingebung gemacht, in der Absicht, ohne Belauschung mit Prior reden zu können.

Aber nun mußte er den Besuch natürlich durchführen. Mit finsterer Miene ging er zur Tür.

Zu seinem Schrecken und Verdruß begriff er nun schlagartig mit völliger Klarheit, wie vorschnell seine Reaktion auf Priors Verhalten gewesen war, doch er gedachte die Notwendigkeit, den Konsequenzen ins Auge zu blicken, so lange wie überhaupt möglich aufzuschieben.

Wenn ›Medien‹ der Plural von ›Medium‹ ist, lautet die Frage: Wie viele davon sind betrügerisch?

»Ob ich jemals eine Pythoness auftreten gesehen habe?« wiederholte Xavier Conroy. Er befand sich jenseits der Grenze, droben in Kanada, und war an einer heruntergekommenen, miserablen, von Armut beschränkten Bude von College tätig, wo man weit genug in der Vergangenheit lebte, um sich nicht daran zu stören, daß sein Ruf für jede Karriere nichts anderes war als ein Bremsklotz. »Nein, niemals. Aber das ist ein interessantes Phänomen und durchaus eine Diskussion wert. Und wie betrachtest du's?«

Der Junge, der die Frage gestellt hatte, begann zu stammeln. »Ich... ich glaube, das weiß ich selbst nicht so recht.«

»Du hättest aber ruhig schon einmal eine vorsichtige Schlußfolgerung ziehen können. Schließlich handelt es sich um ein Thema, das mit allen Arten stimulierender und provozierender Andeutungen lockt. Wenn man eingehender darüber nachdenkt, sieht man, daß es zumindest an einer Stelle direkt das berührt, was ich kürzlich über den wachsenden Widerwillen der Menschen gesagt habe, sich auf irgend etwas ohne unanfechtbaren Vertrag einzulassen, vorzugsweise von Computern ausgearbeitet. Also könnte uns was Schlechteres einfallen, als das Thema für unsere Klasse zum Stoff dieser Woche zu machen. Zuerst werde ich mal ein paar Grundlagen geben.« Conroy strich sich mit den Fingern durch seinen zerzausten Bart und legte seine Stirn in tiefe Falten.

»Man kann damit anfangen, daß man sich einmal mit den Kulten des neunzehnten Jahrhunderts befaßt, Spiritismus, Tischrücken, Raps, die Versuche, mit Toten Kontakt aufzunehmen und im Zusammenhang damit über die Bereitschaft der Öffentlichkeit, ausgemacht scharlatanösen

Medien bereitwilligen Glauben zu schenken. Nun ließen die strengen Wertvorstellungen der viktorianischen Gesellschaft natürlich gar nichts anderes zu. Was als einwandfrei angebrachte und ursprünglich unspektakuläre wissenschaftliche Erforschung gewisser unwahrscheinlicher Phänomene begann, entwickelte sich in einem Zeitalter enger Korsetts und strikter gesellschaftlicher Etikette zu einer verzweifelten, irrationalen Sehnsucht nach direktem Kontakt zwischen Individuen. Ja?«

Ein Mädchen in der ersten Reihe, das, wie er wußte, Alice Clover hieß, weil das vor ihm auf dem erleuchteten elektronischen Sitzplan stand, deren Gesicht er dagegen überhaupt nicht kannte, weil es erst seit dem Jahresanfang dabei und ausschließlich mit Schutzschleier zum Unterricht erschienen war, hatte eine Hand gehoben.

»Meinen Sie, daß es irrational ist, Pythonessen Aufmerksamkeit zu schenken?«

Conroy zögerte, hielt über die Reihen seiner Schüler Ausschau, achtete dabei vor allem auf die Mädchen. Ungefähr ein Viertel trug Schutzschleier in Straßenausführung, genau wie Alice, die sich vorhin gemeldet hatte; der Rest zeigte einen phantastischen intergalaktischen Querschnitt von Kleidung, von einem im Vorjahr hochaktuell gewesenen Jet-Anzug mit aufblasbaren Gesäß- und Busenteilen bis hin zu einer hüftlangen orangenen Perücke in Kombination mit einer abgewetzten Trikot-Hose Modell Nix.

»Wer bin ich, um hier zu definieren, was rational ist?« erwiderte er flau. »Ich meine nicht mehr oder weniger, als ich sage. Ihr recherchiert mal schön selbst, was ihr davon haltet.«

Die Nachteile einer für eine rationale Spezies gedachten Erfindung

Als sie Reedeth an der Stelle warten sah, wo dieser und ein anderer Korridor sich kreuzten, hätte Ariadne Spoelstra gerne eine Kehrtwendung vollzogen und sich abgesetzt. Das von ihr geplante Programm für die Beziehung zwischen ihnen sah gegenwärtig eine Phase der Verweigerung körperlicher Nähe vor – und eben das war zweifelsfrei der Grund, warum er ihr auflauerte. ›Im Hinterhalt lag‹, lautete die Redewendung, die sie sofort am ehesten als passend empfand; die Bastionen der Ginsberg-Klinik verleiteten leicht dazu, in den Begriffen von Fallstricken und Fallgruben, von Fußeisen und Schlingen zu denken.

Aber sie stand auf einer FluviPiste, und anscheinend war das – wie so viele Dinge, die der Einfallsreichtum des einundzwanzigsten Jahrhunderts der Menschheit beschert hatte – eine Einrichtung, die für eine weit rationalere Spezies als jene erdacht worden war, der sie angehörte. Sie bot keine Gelegenheit, es sich anders zu überlegen und umzukehren, bis man die Ruhezone an einer Kreuzung erreichte und das monomolekulare Fließgewebe an der Oberfläche der Bandstraße in einem Streumuster verebbte, dessen Struktur einem Stillstand gleichkam. Es gab keine Umkehr, nur eine Rückkehr an den Ausgangspunkt über eine andere Route.

Wie viele Beziehungen mochten in den zehn Jahren, seit die FluviPisten in Betrieb waren, durch die Richtung beeinflußt worden sein, die sie vor jemandes Büro oder Apartment nahmen? Wie viele Bekanntschaften, wie viele Eheschließungen...? Wie viele perfekte Partner auf Lebenszeit waren schon unerkannt in Gegenrichtung vorübergezogen?

Sie unterbrach diesen Gedankengang mit einer nahezu physischen Anstrengung, nahm sich zusammen für das angemessen kurze Nicken und das unmißverständlich förmliche Lächeln, wie sie angebracht waren für diese Abwärtsphase des zyklischen Kreislaufs ihrer Intimität. Reedeth jedoch war offensichtlich nicht in der Stimmung, um sich sein Verhalten von anderen vorgeben zu lassen, denn sie mußte es dulden, daß er sie küßte, wenngleich es ihr noch rechtzeitig gelang, den Mund zur Seite zu wenden.

»Endlich«, rief er. »Ich habe darauf gewartet, mit dir sprechen zu können, und...«

»Ich war während des ganzen Vormittags erreichbar«, fiel sie ihm unterkühlt ins Wort.

»Entschuldige, aber das ist nicht wahr. Du hast um zehn nach zehn ein Störverbot Stufe zwo erlassen, weiß ich von meinem Pultomat, und es ist erst vor ein paar Minuten aufgehoben worden. Hmmm?« Er ließ die Brauen emporrutschen und musterte sie auf väterlich vorwurfsvolle Weise.

So ein Schuft! Ihre Spekulationen waren fehlgegangen. Sie hatte gehofft, er werde sagen: ›Ja, aber ich wollte persönlich mit dir reden.‹

›Wozu ist denn das KommNetz-System gut‹, hätte sie darauf geantwortet, ›wenn du es nicht benutzt?‹

Daraufhin wäre sie forsch davongerauscht, bereichert um einen gewichtigen Pluspunkt.

Statt dessen war sie nun bei einer klaren Lüge ertappt worden. Sie suchte eilends nach dem am wenigsten nachteiligen Ausweg, so wie ein Schachspieler einen mißratenen Angriff umformieren muß, um den bedrohten König zu retten.

»Naja, wenn's wirklich wichtig war, hättest du's übergehen können, und falls es unwichtig gewesen ist, warum hältst du mich jetzt auf?«

»Das ist es ja eben.« Reedeth hob die Schultern. »Ich habe keine Ahnung, ob's wichtig oder unwichtig ist. Deshalb wollte ich dich nämlich fragen. Diese Pythoness, die du für heute nachmittag engagiert hast — wer ist sie überhaupt, und worum geht's dabei?«

Die Chance zum Gegenschlag. »Das hättest du deinen

Pultomat fragen können. Die entsprechenden Informationen sind bereits vor drei Tagen dem gesamten Personal zugänglich gemacht worden.«

»Als *fait accompli.* In seiner üblichen Geheimnistuerei hat Mogshack seine diesbezügliche Diskussion mit dir dem Personal nicht offengelegt.«

»Wahrscheinlich hat er das für überflüssig erachtet – und genauso hätte ich auch befunden. Was ist es denn, das du wissen möchtest? Was eine Pythoness ist, was sie macht, wie sie's macht?«

»Oh, um Himmels willen, Ariadne!« Reedeths Freundlichkeit verflog wie ein Rauchfähnchen im Sturm. »Fällt dir nichts besseres mit deinem Dasein anzufangen ein, als Leute auf- und abtanzen zu lassen wie Jo-Jos? Wenn du so stark von deinen eigenen emotionalen Abhängigkeiten besessen bist, solltest du lieber Urlaub nehmen und dich beeilen, darüber hinwegzukommen, bevor du das Problem an deine Patienten überträgst.«

Entgeistert starrte sie ihn an, kaum zu glauben imstande, daß es Jim Reedeth war, der solche Worte gesprochen hatte. Derartige Redensarten waren eher für Mogshack selbst typisch, dessen entschiedene Hingabe an die Prinzipien, die er vertrat, bisweilen erschreckende Formen annahm, obwohl sie sie in Disputen oft genug mit der Haltung eines Buddhas verglichen hatte, der freiwillig auf die Wonnen des Nirwana verzichtete, um die Möglichkeit zur puren Erleuchtung mit weniger begnadeten Lebewesen zu teilen.

Es brauchte keineswegs den Durchblick eines erfahrenen Psychologen, um zu schlußfolgern, daß Reedeth irgend etwas in die Quere gekommen war, das ihn weit aus seinem gewohnten Psychorbit geworfen hatte.

Widerwillig entschloß sie sich zur Beantwortung seiner ursprünglichen Frage, bevor es ihm gelang, noch eine so rohe Bemerkung zu äußern wie seine letzte Gemeinheit, und sagte:

Wiederholter Gedanke Morton Lenigos, westindischer Expatriierter fünfter Generation, britischer Staatsbürger vierter Generation, Panmelanist dritter Generation, während des Flugs über den Atlantik nach Erlangung eines Visums für die Vereinigten Staaten durch Spielenlassen der Beziehungen, das den Knieblanks-Stadtrat von Detroit dazu bewog, mit der Einstellung der Zahlung von Wasserabgaben und Bau einer atmosphärischen Kondensationsanlage zu drohen

»Festung Amerika, du monströser arischer Führerbunker, es ist an der Zeit für die Götterdämmerung!«

Sie sagte:

»Äh – na schön. Folgende Überlegungen liegen zugrunde. Was es auch sein mag, das Pythonessen tatsächlich machen, allem Anschein nach führt es zu irgendwelchen Ergebnissen. Soviel steht offenkundig fest. Und der einzige Weg, auf dem sie den Erfolg haben können, der ihnen zugeschrieben wird, besteht vermutlich darin, daß sie gegenüber Personen, die ihnen relativ fremd sind, einen außergewöhnlich hohen Grad von Empathie zeigen. Ich möchte herausfinden, ob das Ausmaß an ›Fremdheit‹, das sie bewältigen können, auch Geisteskranke einschließt. Und weil man mir versichert hat, dies Mädchen, diese Lyla Clay, wäre eine der talentiertesten Pythonessen, ist es logisch, daß ich sie für das Experiment ausgesucht habe.«

Versonnen wickelte Reedeth eine Strähne seines Vollbarts um einige Finger seiner Hand. »Auf den ersten Blick sieht das aus wie eine hervorragende Idee. Falls sie sich bewährt, könnte sie zu einer vollkommen neuen Art von Diagnosetechnik führen. Aber sind drei Tage nicht eine ziemlich kurze Frist, um ein potentiell so bedeutsames Experiment vorzubereiten?«

»Ich habe mit ihrem Mackero verhandelt, und es war nur möglich, sie für diesen Termin oder erst einen in sieben Wochen zu engagieren. Anscheinend ist sie sehr gefragt.« Sie konnte sich eine sarkastische Anmerkung nicht verkneifen. »Ich muß sagen, es schmeichelt mir, daß du meine Idee gutheißt.«

»Oh, laß es gut sein, ja!« schnauzte Reedeth. »Du magst damit aufgehört haben, zu versuchen, deine privaten emotionalen Verwicklungen an Verhedderungen mit deiner Arbeit zu hindern, aber ich gebe mir zumindest noch ein wenig Mühe in dieser Richtung.« Er räumte ihr keine Gelegenheit zu einem Widerwort ein. »Und was ist Mogshacks Ansicht? Offensichtlich hat er ja letzten Endes eingewilligt, sonst hättest du das Experiment nicht einleiten dürfen, aber es wundert mich, daß er nicht schärfstens Einwände dagegen erhoben hat, eine ganze Anzahl von Patienten an einem Ort unter Bedingungen zu versammeln, die... Wie würde er sich ausgedrückt haben? Ach ja! Unter Bedingungen, die nicht nur medizinisch unhygienisch sind, sondern zudem psychologisch so riskant, daß sie viele dieser Patienten auf ihrem Wege zur Genesung schwer belasten und folglich hemmen müßten.«

»Du Lump! Du *hast* dich über die Unterhaltung informiert, die ich mit ihm hatte.«

»Nein, ich habe dir doch gesagt, sie ist nicht zugänglich gemacht worden. Ich... Na, ich habe bloß versucht, mich genauso auszudrücken, wie er's wahrscheinlich täte.«

Für einen langen Moment schauten sie einander an, von Angesicht zu Angesicht, um keine Armlänge getrennt. Plötzlich spürte Ariadne, wie sich ihre Mundwinkel völlig gegen ihren Willen hoben. Für eine Sekunde leistete sie Widerstand, aber dann gab sie dem Lächeln Raum. *Il faut reculer pour mieux sauter,* sagte sie sich und zitierte damit einen von Mogshacks liebsten Aphorismen. *Man muß umkehren und einen weiteren Sprung vollführen.* Und ihr nächster Sprung, das schwor sie sich, sollte sie außerhalb der Reichweite Jim Reedeths bringen.

»Ich glaube, du bist ein richtiger Schurke, Jim. Aber zugleich bist du gerissen, daran besteht kein Zweifel. ›Psychologisch riskant‹ war haargenau seine Formulierung... Mogshacks Verhalten ist manchmal ziemlich voraussehbar, nicht wahr? Aber ich nehme an, diesem Vorwurf setzt sich jeder aus, der ein Ziel mit unerschütterlicher Entschlossenheit verfolgt.«

Wieder zerschlug Reedeth ihre Erwartungen, indem er eine finstere Miene schnitt, statt ihr Lächeln zu erwidern. »Ja, gewiß, ab und zu allerdings frage ich mich, wo eigentlich Entschlossenheit in Fanatismus übergeht... Aber egal. Wenigstens hat er in dieser Sache Flexibilität bewiesen. Wie gesagt, ich halte diese Idee für recht aussichtsreich. Alles was sich dazu eignet, die morschen Brücken zwischen einer und einer anderen menschlichen Persönlichkeit zu verstärken, kann meiner Billigung sicher sein.«

»Das ist eine sehr conroyanische Äußerung, Jim«, sagte Ariadne, darüber verärgert, daß er sich geweigert hatte, ihre Geste des Zurückstehens anzuerkennen, in scharfem Ton. »Und außerdem ist das beileibe nicht der Zweck dieses Projekts.«

»Allmählich gelange ich zu der Schlußfolgerung, daß die einzige Methode, um einigen Leuten etwas begreiflich zu machen...«

Aber seine hitzig begonnene Erklärung verlor ihren Schwung; seine Stimme sank herab und verstummte. Reedeth grinste. »Ach, was soll's. Mir ist's lieber, dir für eine gute Idee ein Kompliment machen zu können, als mich um irgend etwas mit dir zu streiten. Ich schlage vor, wir unterhalten uns heute abend weiter, hm? Ich finde, es ist höchste Zeit, daß du deine Winterstimmung beendest.«

»Tja, nun...«

»Schön, das ist also abgemacht. Und hast du was dagegen, daß ich mir die Vorführung am Nachmittag ebenfalls ansehe? Ich nehme an, Mogshack wird auch anwesend sein.«

»Nein, wird er nicht. Er wird sie sich sicherlich anschauen, aber von seinem Büro aus. Und es dürfte wohl besser sein, du hältst es ebenso.«

»Aber ich möchte dieser Pythoness, da du sie so nachdrücklich empfiehlst, auch eine Frage stellen. Und wenn ich's richtig verstehe, können Pythonessen nur auf Personen reagieren, die sich in derselben Räumlichkeit wie sie aufhalten.«

»Eine Frage? Was für eine Frage?« *Doch nicht über uns?* fragten ihre Augen deutlicher als Worte. *Das würdest du nicht wagen!*

»Nanu, Ariadne«, rief Reedeth in spöttischem Tonfall. »Du wirst ja rot! So was habe ich ja bei dir noch nie erlebt. Dabei sieht's richtig gut aus.«

Sie rang noch ums Zustandebringen einer passenden

Antwort, da ertönte vom Personalkommunikator, den sie um ihr linkes Handgelenk geschnallt trug, ein helles, süßlich-melodisches Läuten. Unwillkürlich hob sie das Gerät an den Mund, während sie ihren Blick in Reedeths Gesicht bohrte wie einen Dolch.

»Ja?« meldete sie sich leise.

»Ein Besucher für eine Ihrer Patientinnen, Dr. Spoelstra. Gerade mit einem Privatskimmer auf dem Dach gelandet. Kein bißchen vernünftig. Fordert eine Klasse-A-Unterbrechung des programmierten Heilplans.«

»Verflixt! Genau so etwas hat mir gerade noch gefehlt!«

Nicht ohne Bosheit stieß Reedeth ein vorsätzlich lautstarkes Kichern aus.,

»Oh ...! Na gut, ich komme gleich vorbei und kümmere mich darum.« Sie schaltete das Mikrofon ab und funkelte Reedeth aus wutentflammten Augen an.

»Nein, ich wünsche nicht, daß du heute nachmittag an der Sitzung teilnimmst! Wenn du eine Pythoness konsultieren möchtest, such dir selber eine. Und zwar möglichst eine, die was taugt. Empathie ist vergeudet, wenn sie nicht beiderseits zum Tragen kommt, und *ich* kenne niemanden, der deine Panzerplatten durchdringen könnte!«

»Versuch's«, gab Reedeth gelassen zur Antwort. »Du weißt, das ist alles, worum ich dich bitte. Wenn du dich fürchtest, durch eine weit offene Tür zu gehen, weil du meinst, sobald du die Schwelle überquerst, würde dir etwas auf den Kopf fallen, dann bist du's, G'spusi, die in Schwierigkeiten steckt.«

Er machte auf dem Absatz kehrt und trat über den Rand der Kreuzung. Innerhalb eines Augenblicks hatte die Fluvi-Piste ihn außerhalb der Hörweite befördert.

Nicht, daß Ariadne die entfernteste Absicht gehegt hätte — wie sie sich beschwor, indem sie nur mit Mühe verhindern konnte, daß sie mit dem Fuß aufstampfte —, ihm irgend etwas nachzurufen. Nicht um völlige Klarheit zu schaffen, daß sie überhaupt jemals wieder mit ihm zu reden beabsichtigte.

Ich glaab, se hole mich ab, ha-ha

Die scherzhafte Paranoia jenes Schlagers aus dem vergangenen Jahrhundert war Celia Prior Flamen im Anschluß an ihre Zwangseinweisung völlig angebracht vorgekommen. Möglicherweise war sie es noch immer. Aber heute summte sie bloß noch die Melodie vor sich hin. Lautes Singen entbehrte jeglichen Sinns. Ganz gleich, wie sehr sie ihre klare, helle Stimme heben mochte, die ungezählten Isolationsschichten ihrer luxuriösen Klause absorbierten jeden Laut.

So nannte man nämlich die Einzelzellen der Ginsberg-Klinik: Klausen.

Sie war fünfunddreißig, ein Jahr jünger als ihr Ehemann und vier Jahre jünger als ihr Bruder, obwohl Lionel stets dreinsah und sich benahm — und sich anscheinend auch so fühlte —, als sei er ein ganzes Jahrzehnt älter als sie. Außerdem war sie ziemlich schön, trug eine Haube aus geschmeidigem braunen Haar, das sie trotz aller Modediktate nie gefärbt oder abgemasert hatte, über einem herzförmigen Gesicht mit übergroßem, aber herrlich ausdrucksstark beweglichem Mund, und sie besaß einen schlanken, sehnigen Körper, der im einen Moment sinnliches Schmachten anzudeuten vermochte, im nächsten jedoch nervöse Spannung bezeugte, durch reine Willenskraft mühsam im Zaum gehalten.

Doch ihr Geist war wie ein zum Heilen geschaffenes und zum Töten mißbrauchtes Skalpell zu tief in Zonen vorgedrungen, deren Berühren nicht seiner Bestimmung entsprach.

Während er sie nachdenklich über die versteckte Komm-Netz-Verbindung beobachtete — die Kamera war hinterm Spiegel des Ankleidetischs verborgen, vor dem sie gegenwärtig viel Zeit zubrachte und versuchte, mit dem überreichlichen Sortiment an Kosmetika, womit man sie versorgt hatte, sich neue Gesichter zu erarbeiten –, zupfte Elias Mogshack an seinem Bart. Er stak in einem Dilemma. Das war nicht das erste Mal so, und voraussichtlich nicht das letzte Mal. Aber auch nur für einen Augenblick von der überlegenen Sicherheit abzuweichen, welche die breite Allgemeinheit mit seinem Namen verband, wäre einer Beeinträchtigung der Aura von Autorität gleichgekommen, die ihm zu seinem heutigen Einfluß verholfen hatte.

Paradox: Einerseits das übermächtige Gebot ›Sei ein Individuum!‹, das er persönlich dem allgemeinen Sprachgebrauch als längst selbstverständlich gewordene, sprichwörtliche Redewendung geschenkt hatte, mit der gleichzeitigen Implikation, daß beispielsweise ein Schizophrener dem Befehl aufs Wort gehorchte; auf der anderen Seite die allzu offenkundige Tatsache, daß jemand, der *zu* individualistisch war, a) Mangel an Lebenstüchtigkeit zeigte, weil er womöglich das Essen vergaß, sich in Drogen vernarrte oder sonst eines der vielen Dutzend Dinge anfing, die letztendlich verhängnisvoll endeten, und b) anderen, konkurrenzfähigen Individuen exzessive Anforderungen zumutete, zum Beispiel, indem er darauf bestand, daß sie stunden- und tagelang irgendwelchen seiner universalen Einsichten zuhörten, die meistens, auf ihren Kern gesundgeschrumpft, auf irgend etwas hinausliefen, das die meisten erwachsenen Menschen schon in der Pubertät herausgefunden hatten.

Er hatte zur Zeit so einen Fall; es gab ein Dutzend anderer Angelegenheiten, die seine Aufmerksamkeit mehr verdienten; aber irgendwie hatte er sich in der Frage Celia Prior Flamen festgefahren.

Im Prinzip waren die Methoden sehr einfach, die die Vorstellungskraft der Öffentlichkeit so angeheizt hatten, daß er dadurch nachgerade unaufhaltsam den Posten des Direktors der Ginsberg-Klinik erlangte – natürlich nur zu bereitwillig, denn er wollte, daß soviel Unglückliche wie möglich von seinen Lehren ihren Nutzen hatten. In jeder

Klause gab es Datensonden, die Informationen aus den Körperausscheidungen, den Oberflächen von Bett und Stühlen und sogar aus der Luft, welche die Patienten atmeten, registrierten und an Monitoren weiterleiteten — Parameter zur Konstruktion einer Computerkurve, die durch eine Gradeinteilung standardisierter Beispiele geistiger Erkrankungen verlief. Die Sonden erfaßten grundlose Angstzustände, endogene Stressreaktionen, jede mögliche Art der Abweichung von Normalität und Temperenz, extrapolierten sie in die Zukunft der Fallgeschichte und setzten sie um in Therapie-Empfehlungen: Medikamente, Hypnose, Analyse, alles was sich tun ließ. Um das Ziel stand es ähnlich simpel; man konnte es als Erzeugung einer Persönlichkeit definieren, die trotz des Drucks, der von anderen Angehörigen der Spezies in ihrer Umwelt ausging, in jeder Beziehung von Lebenstüchtigkeit funktionierte. Für jeden Patienten erstellte man ein ideales Persönlichkeitsprofil, eine wunderschön symmetrische Kurve, und sobald das Observationsprofil mit dem Optimum übereinstimmte, entließ man den Patienten. Alles ganz einfach.

Nur war es in der Praxis keineswegs so einfach...

Dieser Fall war für die Problematik exemplarisch. Nach der Theorie hätte alles vollkommen glatt ablaufen müssen. Celia Prior Flamen hatte sich — wie die Mehrheit sämtlicher Patienten in allen Psychiatrien der westlichen Welt — mit Drogen abgeholfen, um der unerträglichen Realität zu entfliehen, hatte mit relativ harmlosen Sachen wie natürlichem Peyote-Meskalin und Psilocybin angefangen, war mit der Zeit jedoch auf die stärkste aller synthetischen Drogen umgestiegen, Ladromid. Sie war vollkommen zerrüttet, während sie sich um der köstlichen Wärme zwischen ihren Beinen willen benäßte wie ein Säugling, eingeliefert worden, aller Welt entrückt.

Und hatte auf die Behandlung gut angesprochen?

Mogshack runzelte die Stirn. Erneut betrachtete er die beiden von seinem Pultomaten zum Vergleich projizierten Kurven: die Idealkurve grün, das Observationsprofil rot.

Letztere wies eine Ausbuchtung auf, und es gab keine Therapie, um sie zu beheben. Aber aus der Gerüchteküche sikkerten Andeutungen ein, daß ihr Mann demnächst wohl nicht mehr dazu in der Lage sein werde, die monatlichen Rechnungen zu bezahlen, und es schadete dem Image, einen Patienten aus finanziellen Gründen zu entlassen und ihn dann etwas später wieder zur Behandlung — nur diesmal auf Staatskosten — aufnehmen zu müssen, weil der Krankheitszustand nicht dauerhaft hatte beseitigt werden können.

Die Ausbuchtung im Profil erinnerte ihn an einen anderen, ähnlich gelagerten Fall — Madison —, aber er zog es vor, sich nicht damit zu beschäftigen. Mit einem Achselzucken ging er einen Kompromiß ein und erteilte die Anweisung, Celia Prior Flamen statt des bisherigen hellblauen nunmehr einen grünen Kittel auszuhändigen, und nebenbei fiel ihm auf, daß das Grün viel besser mit ihrem dunkelbraunen Haar harmonieren dürfte.

Die Morton-Lenigo-Story, schätzungsweise zehntausendste Fortsetzung

Die Boeing Sonicruiser, die an diesem Morgen AmAir Flug 1201 London—New York durchführte, hatte ihren Überschallknall pflichtgemäß mitten überm Ozean ertönen lassen und hielt auf ihren Düsen Kurs, begann auf den unsichtbaren Abstufungen der Luft zurück zur Erde hinabzusinken. Auf diesem Flug waren sechshundertzwei von den siebenhundertfünfzig Plätzen belegt, und ein Passagier hatte den über der Einstiegstür angebrachten Schriftzug (Soniclipper ›Transatlantische Freundschaft‹) atemberaubend komisch gefunden.

Er beschäftigte sich damit, die Nähte am Tragegriff seiner Reisetasche der Reihe nach aufzuzupfen. Das würde dem amerikanischen Zoll diese Mühe ersparen.

Eine Landung auf dem Skimmer-Parkdeck der Ginsberg-Klinik, dachte Matthew Flamen, als er zu den hohen Maxekuritäts-Türmen aufblickte, war wie ein Fallschirmsprung zwischen die Latten eines brobdignagianischen Gartenzauns. Sich vorzustellen, daß Menschen in diesen kolossalen, eigenschaftslosen Säulen existierten, hieß zugleich, sie auf den Status von Fadenwürmern herabzustufen, die unter Baumrinden ohne die geringste Kenntnis von der größeren Außenwelt umherwühlten.

Die Heftigkeit des Abscheus, den er empfand, erschreckte ihn selbst. Bei seinen vorherigen Besuchen – freilich, wenige waren es gewesen, und das letzte Mal war bereits einige Monate her – hatte er die Neigung verspürt, Dr. Mogshack zu beneiden, sich gefragt, wie das sein mochte, wenn man ein abstraktes Prinzip ersann und es schließlich so herausragend in der Form eines Bauwerks interpretiert sah.

Er langte von außen durchs Seitenfenster seines Skimmers und drückte die Taste des Spenders unterm Armaturenbrett. Eine kleine, weiße Stimmungspille fiel in seine bereitgehaltene Handfläche, und er schluckte sie. Während des Flugs zur Klinik hatten sich scheußlich hartnäckige Erwägungen in sein Bewußtsein eingeschlichen. Er hatte Prior ausgeschimpft, als beschuldige er ihn des Verrats – der Seitenhieb, ob jemand vom Aufsichtsrat Prior außerhalb der Wanzenreichweite gebracht und ihm ein Angebot unterbreitet habe, ließ sich schwerlich anders deuten –, und ein derartiger Vorwurf war schlichtweg nicht aufrechtzuerhalten. Prior hätte durch eine Streichung der Sendung soviel wie er zu verlieren; in gewisser Hinsicht sogar mehr, denn er hatte daheim Frau und Kinder, Flamen dagegen nicht.

Und die Idee, einen unabhängigen Experten zu holen und ihn den Ärger durchleuchten zu lassen, der mit dem internen KommNetz im Etchmark-Tiefkomplex auftrat, war eigentlich sogar verdammt gut. Diese Überprüfung bot einen glaubwürdigen Vorwand, um nebenbei einen Blick in die angeschlossenen Schaltkreise der Holokosmos zu veranlassen; wahrscheinlich konnte er auf den Rückhalt der PKK rechnen, wozu immer er taugen mochte, und...

Dennoch mußte der Gedanke ein Hirngespinst bleiben, versicherte sich Flamen. Einmal angenommen, es ließ sich bewerkstelligen – was fraglich war, denn welchen »unabhängigen Experten« konnte man finden, der dazu imstande war, sich mit den hauseigenen Computern der Holokosmos zu messen? –, einmal angenommen, es gelang, seine Mutmaßung zu beweisen, eine Entschädigung herauszuschinden, die restlichen neun Monate seines Vertrags durchzustehen... was dann? Wohin sollte sich ein Medienkiebitz heutzutage wenden? Er gehörte einer zum Aussterben verurteilten Gattung an. Die Menschen waren zu verbissen damit beschäftigt, sich um ihre eigenen Angelegenheiten zu kümmern. Sie lenkten ihre Interessen einwärts, nach innen, auf die uneingeschränkt private Unterhaltung, die subjektive halluzinatorische Erlebnisse ihnen boten. Jeder einzelne errichtete rings um sich selbst einen fensterlosen, unzerstörbaren Maxekuritäts-Turm.

Vielleicht lag Prior gar nicht so falsch damit, auf die Heinzelmännchen AG zurückzugreifen. Angesichts dieser unüberschaubar vielschichtigen modernen Welt, in welcher die Kräfte von Ökonomie und Makroplanung mit der unpersönlichen Gleichgültigkeit regierten wie Sturm und Regen, mochte es für ein Individuum durchaus nicht schlecht sein, sich mit dem Glauben zu beschwichtigen, noch mit den Verhältnissen zurechtkommen zu können. Die Selbstvortäuschung von Zuversicht konnte dem Fügen in die eigene Unzulänglichkeit tatsächlich überlegen sein.

Was für eine Kultform würde die Heinzelmännchen AG wohl für ihn aushecken? Eine wie Priors, mit langwierigen Zeremoniells in bestimmten Posen? Flamen schüttelte den Kopf. Dessenungeachtet, ob die Heinzelmännchen AG nun eine für die Zielgruppe Blanks gedachte Tochterfirma von Conjuh Man war oder nicht, dort saßen ausgezeichnete, pragmatische Psychologen. Ihm würden sie wahrscheinlich etwas völlig anderes vorschlagen: Irgendeinen ziemlich greulichen Kult, bei dessen Riten er Hühnern den Kopf abhacken und sein Gesicht mit ihrem Blut beschmieren mußte. Die Ehrenbezeugungen vor dem häuslichen Heinzelmann sollten die eigenen inneren Charakteristika nach außen kehren, und für jemanden, der seine Karriere damit aufgebaut hatte, daß er systematisch Rufmord beging, mußte wohl irgendein Element des Opfers dabei sein...

Die Stimmungspille tat ihre Wirkung. Seine Gemütsverfassung heiterte sich auf. Aber seine Gereiztheit wich nicht völlig. Wie lange sollte er noch in dieser hochsommerlich schwülen Hitze herumstehen? Zweifelsfrei war es drinnen anständig kühl, aber hier oben war er zusätzlich der Warmluftabgabe aus den Klimaanlagen unterhalb des Skimmer-Parkdecks ausgesetzt, und fast konnte man die Luft rundum mit Händen greifen und auswringen wie einen Putzlappen.

In die Ginsberg-Klinik hineinzukommen, war anscheinend nicht weniger schwierig, als wieder hinauszugelangen. Vom Parkdeck aus gab es nur einen einzigen Zugang ins Innere, und den bewachten abscheulich logische Automaten. Sein kurzer Wortwechsel mit ihnen hatte ihn nicht nur aufs äußerste frustriert, sondern überdies davon überzeugt, daß man die Menschheit eigentlich in drei Kategorien einteilen müsse: Klinikpersonal, Patienten und potentielle Patienten. Nachdem er recht knapp der Versuchung widerstanden hatte, sich in einem Wutanfall abzureagieren, der ihn wie einen Verrückten hätte wirken lassen, blieb ihm nun nichts anderes übrig, als die Nerven zu behalten, bis diese Therapeutin... Wie lautete doch gleich wieder ihr Name? Ach ja: Dr. Spoelstra. Bis sie an einen KommNetz-Apparat zu gehen und mit ihm zu reden beliebte.

Mißmutig schickte er sich ins weitere Warten.

Einmädchen-Untergrundbewegung

Man erreichte die RasanTransit-Endstation Ginsberg-Klinik wie ein oral in Kapselform verabreichtes Medikament. RasanTransit-Züge bestanden, wie Regenwürmer, aus Segmenten, aus Abteilen für jeweils eine Person; sie konnten getrennt, umgeleitet, gekoppelt und auseinandergekoppelt werden und auf diese Weise — der Publicity des Betriebsunternehmens zufolge — knapp unter zehn Millionen verschiedene Strecken befahren, vorgegeben durch die elektronisch aktiven Fahrkärtchen, die die Fahrgäste in einen Schlitz in der Armlehne ihres Sitzplatzes stecken mußten.

Sobald sie erst einmal in die Tunnel katapultiert worden waren, schleuderten Gewalten sie einher, die so wenig in Frage gestellt werden konnten wie die Gravitation. Es gab keine Fenster, durch die sich hätte erkennen lassen können, ob sich davor oder dahinter andere Abteile befanden; infolge der Geschwindigkeit, mit der diese Segmente dahinsausten, litten nämlich manche Leute am Horizontalsyndrom — eine Art von Schwindelgefühl, das allerdings nicht auf Höhenunterschieden beruhte, sondern auf der überschnellen Bewegung durch die rechtwinklige Horizontalebene — und infolge der Übelkeitserscheinungen, die damit auftraten, sah es in manchen Abteils nachgerade ekelerregend aus.

Mit der Vorauszahlung gemäß des Vertrags, den Dan mit der Verwaltung der Ginsberg-Klinik abgeschlossen hatte, waren auch RasanTransit-Tickets eingetroffen.

Ohne Zweifel hatte die Klinikverwaltung dagegen vorzubeugen beabsichtigt, daß in der Schlußabrechnung Unkosten für einen Skimmer-Mietflug auftauchten.

Die Benutzung von Skimmertaxis war kostspielig.

Aber nach der vorletzten Haltestelle kam es Lyla so vor, als werde die Fahrt nie, nie wieder enden.

Sie klammerte sich, um irgendeinen Halt zu haben, an den Recorder, den sie benutzten, um die kryptischen Orakelsprüche aufzuzeichnen, die sie während der Trance von sich gab, und fragte sich ernsthaft, ob sie in Wirklichkeit ganz allein dem Nichts entgegenstürzte.

Ausrüstung eines Musterbürgers und vom zuständigen Stadtteil-Gottschalk hochgeschätzten Gottschalk-Kunden

Mge. 1 Isolierter Kampf- und Schutzanzug Typ XIX mit integrierten Stiefeln und Handschuhen
Mge. 1 HelMaske mit integriertem Beatmer und AiRation-Behälter
Mge. 1 Lasergewehr (350 Watt) mit 50-Schuß-Akkumulator, nachladbar am Stromnetz
Mge. 1 Automatische Pistole Kal. 9 mm
Mge. 3 Reservemagazine für obige
Mge. 6 Selbstbrechende Glas-Gasgranaten (Emetik-Füllung) oh-Verzögerungszünder
Mge. 1 Gurtgehenk für obige Granaten mit Tasche für Magazine usw.
Mge. 1 Messer (Klinge 18 cm) mit Scheide
Mge. 1 Verbandskasten

Die Kinder waren im Internat, und Nora machte einen Besuch bei einer Nachbarin, also lud sich Lionel Prior seine Ausrüstung auf und begab sich für die am Nachmittag geplante Übung zu seiner BüWehr-Gruppe.

Die Ermordung des Marat/de Sade durch die Insassen des Spitals im Jahre 2014

Schließlich meldete sich aus dem Lautsprecher am Ausgang des Skimmer-Parkdecks eine menschliche Stimme. Die Automatenstimmen gehörten zu den verträglichsten, die Flamen je gehört hatte, aber seine nervöse Sensitivität gegenüber Feinheiten dieser Größenordnung zählte zu den Begabungen, die ihn in der Welt des Fernsehens oben gehalten hatten, wenngleich mit heiklen Begleiterscheinungen, nachdem seine einstigen Rivalen längst aufgeben mußten. Tatsächlich hatte er sogar einmal einen großen Bestechungsskandal aufgedeckt, weil er erkannte, daß ein maßangepaßter Automat Anrufe für einen Mann beantwortete, der sich solche Geräte eigentlich gar nicht hätte leisten können dürfen.

»Hier spricht Dr. Spoelstra, Mr. Flamen. Was kann ich für Sie tun?«

»Sie können mich zu meiner Frau lassen«, schnauzte Flamen. Zu seiner eigenen gelinden Überraschung stellte er fest, als er die Antwort äußerte, daß ihm wirklich daran lag, Celia zu sehen, ihm sogar sehr viel daran lag. Ihre Ehe war schon lange vor Celias Zusammenbruch zerrüttet gewesen, aber obwohl er sie nicht mehr liebte, mochte er sie als Menschen doch ganz gerne. Zum Beispiel wäre sie nie langweilig geworden, obschon die Art und Weise, wie sie ihn stimulierte, am Schluß auf einen einzigen Weg beschränkt gewesen war: ihr Talent, ihn zu ärgern.

Aber besser das, sagte er sich, als diesen öden Lebensstil des Vorspiegelns von Ehrbarkeit, den Lionel Prior und seine Nora pflegten. Und sollte sich erweisen – ein noch zynischerer Gedanke –, daß er Prior heute vormittag wirklich tödlich beleidigt hatte, mochte er ungern völlig ohne Verbündete und Vertraute dastehen.

»Sie hätten uns mitteilen sollen, daß heute mit Ihrem Besuch zu rechnen ist«, entgegnete Dr. Spoelstra gleichermaßen barsch. »Wir haben Ihnen eine KommNetz-Nachricht nach Hause geschickt, aus der die erfreuliche Neuigkeit hervorgeht, daß Ihre Gattin die Grüneinkleidung geschafft hat, wie wir sagen – anders ausgedrückt, sie ist in den Status höhergestuft worden, den Patienten genießen, die sich dem Zeitpunkt ihrer Entlassung nähern –, und infolge dieser Neueinstufung ist sie eingeladen worden, heute nachmittag mit anderen Patienten einer Vorführung der bekannten Pythoness Miss Lyla Clay zuzuschauen. Ich bin ...«

»Und das ist wichtiger als ein Besuch ihres eigenen Ehemanns?«

»Die Teilnahme ist keineswegs Pflicht, Mr. Flamen«, kam herb die Antwort. »Ich bin sicher, wollte ich bloß sagen, es würde sie enttäuschen, diese einmalige Gelegenheit zu versäumen. Aber wenn Sie darauf *bestehen* ...«

»Nein, natürlich bestehe ich nicht darauf«, versicherte Flamen ihr hastig. Abgesehen von anderen Erwägungen, konnte er sich so etwas nicht leisten; Celia befand sich auf der Grundlage eines Vertrags mit monatlicher Kündbarkeit in der Ginsberg-Klinik, und mit diesem Vertrag war nicht nur die gesetzliche Vertreterschaft auf Dr. Moghsack übergangen, sondern zudem umfaßte er ganz massiv einseitige Klauseln über Vertragsstrafen bei vorzeitiger Entlassung ebenso wie bei vorzeitiger Rückübertragung der gesetzlichen Vertreterschaft.

Doch bei den Informationen, die er erhalten hatte, war in seinem Unterbewußtsein etwas eingerastet, und im Verlauf der nächsten paar Sekunden entwickelte sich daraus eine Idee, infolge welcher er vor Aufregung fast zu zittern begann. Ein Auftritt einer Pythoness in einer Psychiatrie ...? Im vergangenen Jahrhundert hatte es ein klassisches Werk über die Ermordung des Marquis de Sade gegeben, aufgeführt durch die ...? Nein, so war es nicht ganz richtig. Aber jedenfalls »durch die Insassen des Spitals zu Charenton«.

Hmmm ...!

Es bedurfte nur der Dauer eines halben Herzschlags, um den Einfall, zusätzliche Kameras kommen zu lassen, zu prüfen und zu verwerfen; die Zahl von Metern, die er mit der Ausrüstung drehen konnte, die er ständig im Skimmerauto mitführte, würde wahrscheinlich ausreichen.

Erneut fing er an zu sprechen, diesmal schnell und mit überzeugenden Worten, legte dabei besonderen Wert auf die Betonung des Grades fantasievollen Weitblicks, auf dem die Veranlassung eines so bedeutungsstrotzenden Projekts beruhen mußte.

Wiederholter Gedanke Arthur J. Hoddinotts, Zollgrenzbeamter der Vereinigten Staaten, im Dienst auf dem Kennedy International Airport, anläßlich der Ankunft Morton Lenigos

›Also muß seine Einreise wohl von den Computern abgesegnet worden sein, aber können Computer nicht auch einmal einen Sprung in der Schüssel haben?‹

Eindeutiger Beweis für die Vermutung, daß es für die Gosse nicht unmöglich ist, in der Höhe einer Atelierwohnung entlang zu verlaufen

Lyla Clay bebte, als sie den RasanTransit-Bahnsteig betrat. Die Tunnel des RasanTransit-Systems standen unter Tiefdruck – mußten darunter stehen, weil andernfalls die vorgesehene Fahrtgeschwindigkeit ausgeschlossen gewesen wäre. Aufgrund dessen gab es nur diesen einen Ausgang, und der Raum dahinter war eng, seine Decke schien auf ihren Kopf zu drücken. Lyla kannte Bilder der Ginsberg-Klinik und wußte, daß zwischen ihr und dem freien Himmel bis zu zweihundert Meter an Beton und Stahl liegen mochten. Sie biß sich auf die Lippe. Die Gabe, die sie zu einer Pythoness mit zunehmender Reputation gemacht hatte, besaß ihre Nachteile, und eine davon war ein ungewöhnlich lebhaftes Vorstellungsvermögen. Für einen scheinbar endlos langen Moment malte sie sich aus, sie stäke hier fest. Sie konnte nicht zurück in ein Abteil-Segment und sich wieder fortbefördern lassen, denn ihre Fahrkarte hatte sie ans Ziel gebracht und war nun zu allem weiteren unbrauchbar, und die Rückfahrkarten befanden sich in der Tasche von Dans Kniebundhose. Das gleiche galt für den Besucherausweis, der die Durchquerung der Barriere ermöglichte, die den Zugang zu den oberen Etagen verwehrte.

Angenommen, sein Abteil war fehlgeleitet worden? Trotz aller Propaganda, die das Gegenteil versicherte, kam so etwas einmal unter ein paar Millionen Beförderungen vor. Vielleicht war er unterwegs nach Hinterdingsbumshausen, und sie mußte hier Stunden über Stunden warten, bis er...

Aber da öffnete sich die Tür mit einem Fauchen von neuem, und er traf ein, nur einige Sekunden später als sie. Mit selbstbewußter Zielsicherheit schlug er die Richtung zu den Lifts ein; Lyla schloß sich an, froh darüber, daß der Schutzschleier ihre Miene der Erleichterung verbarg, während sie sich zugleich fragte, wie das wohl war, wenn man dreißig war statt erst zwanzig. Ob sie nach fünfzig Prozent mehr an bewußter Existenz ebenfalls an vergleichbarem Selbstvertrauen dazugewonnen haben mochte?

Während die Kontrollautomaten ihren Besucherausweis prüften und sie warteten, verspürte sie ein verzweifelt starkes Bedürfnis zum Sprechen, und sie bediente sich der erstbesten Redewendung, die ihr in den Sinn kam.

»Die Atmosphäre hier mißfällt mir«, sagte sie.

Dan sah sie nicht an. »Wundert mich keineswegs. Vermutlich ist die Luft von den Hautausdünstungen Schizophrener gesättigt. Mir behagt der Geruch von Psychiatrien auch nicht, obwohl ich weit davon entfernt bin, ein sensibler Typ zu sein. Du mußt's halt für ein Weilchen durchstehen, G'spusi. Aus diesem Auftritt kann sich allerhand ergeben. Soviel mir Dr. Spoelstra erklärt hat, liefern wir heute nachmittag einen sehr wichtigen Präzedenzfall.«

Er lachte unterdrückt auf. »Ich habe noch nie jemanden erlebt, der so wild auf uns war, hab ich das schon erwähnt? Am liebsten wäre sie durch die KommNetz-Leitung gekrochen, um sicherzugehen, daß du heute da bist. Mir graust jetzt schon beim Gedanken, all die anderen Termine, die wir haben, wegen ihrer Wiederholungswünsche womöglich verschieben zu müssen.«

Andere Termine? Welche anderen...? Oh. Natürlich! Typisches Schwindelmanöver im Stile Dan Kazers, zweifelsohne unter Verwendung falscher Verträge mit Klauseln über Vertragsstrafen und Ausfallsvergütungen, eingegangen mit kooperativ gesonnenen Bekannten, die er dazu hatte überreden können, Termine mit ihm zu vereinbaren, bloß damit er sie dann absagte. Wenn man einen richtigen Auftritt solchermaßen vorbereitete, ließen sich gut und gerne fünfzig Prozent mehr Honorar herausschinden.

Sie zuckte mit den Achseln. Die Methode bewährte sich, und sie war beileibe nicht unredlicher als die Hälfte aller

›anständigen‹ Geschäftübereinkünfte, wie man sie in einem durchschnittlichen Jahr überall zu verabreden pflegte. Und man konnte sehen, wie sehr sie vor vier Jahren Mikki Baxendale weitergeholfen hatte, als Dan noch den Mackero für Gossenpoetinnen statt für Pythonessen mimte.

»Dan«, sagte sie unterm Drang einer unwiderstehlichen Anwandlung, »du hast mir nie verraten, warum... du dich von Michaela getrennt hast.« Sie bemerkte seinen Gesichtsausdruck, der sich daraufhin ergab, erkannte die nahezu steinharte Maske einer Wut, die kälter war als arktisches Eis. »Natürlich ist's mein Glück«, fügte sie bei diesem Anblick eilig hinzu, »aber... naja, ich wüßte eigentlich recht gerne, welchen Umständen ich es verdanke.«

Für eine Weile herrschte zwischen ihnen Schweigen. Unterdessen anerkannten die Automaten die Richtigkeit von Dr. Spoelstras Unterschrift auf dem Besucherausweis, und die Barriere vor den Aufzügen glitt zur Seite.

Dan rührte sich nicht, machte keine Anstalten zum Betreten eines Lifts. Er dachte für einen ausgedehnten Moment nach, dann spreizte er die Hände.

»Na schön, von mir aus sollst du's wissen. Das ist nicht die Art von Trick, daß man mich damit zweimal reinlegen könnte. Ein anderer Mackero war hinter ihr her – so ein PiratAgent. Legte sich 'n paar Wanzen zu, setzte sie aus, sicherte sich die Beweise, die er brauchte, und dann kam er eines Tags an und meinte, wenn ich meinen Vertrag mit Mikki nicht kündige, würde er mich für fünf Jahre einbuchten lassen. Sie war nämlich erst fünfzehn.« Die bittere Erinnerung ließ seine Kiefernmuskulatur sich knotig straffen, so daß sich sein dunkler Bart kräuselte; die Büschel künstlicher Haare ahmten die Bewegung des natürlichen Haars in getreulicher Parodie nach. »Er hatte kein Interesse daran, mit ihr ins Bett zu gehen. Ihm lag überhaupt nichts an Mädchen.«

»Und...« Mühsam schluckte Lyla. »Und hätte er das tun können, womit er gedroht hat?«

»Sicher hätte er's. Aber ich denke nicht daran, mich für irgend etwas zu entschuldigen. Mit fünfzehn Jahren wußte Mikki bereits mehr über diese Seite des Lebens als andere mit fünfzig wissen. Der Halunke verwendet heute noch vieles von dem Material, das ich damals für die Öffentlichkeitsarbeit zusammengestellt habe. Du dürftest es schon gesehen haben ... Mit neun ihren Bruder vernascht, ihren Onkel mit zwölf ...? Alles die reine Wahrheit.«

»Und das ging in Ordnung, hä? Aber dich mit fünfzehn, das nicht?«

Dan atmete tief ein, das Gesicht in einem Maße zerfurcht, daß es nahezu an weichen Untergrund voller Reifenspuren von Lastwagen erinnerte. »G'spusi, wenn du diese Frage nicht selber beantworten kannst, wirst du wahrscheinlich nie einen Blick für die Maßstäbe auf diesem Planeten haben. Komm, da oben wartet man auf uns.«

»Ich glaube, 's war ein bißchen naiv von mir«, gestand sie schüchtern ein und folgte ihm.

Es ist eine Sache, zungenfertig über geschichtliche Bestimmung zu reden, aber eine andere, plötzlich von geschichtlichen Kräften gepackt worden zu sein wie ein gefallenes Blatt im Sturm

Wie die Sonne sich vom Zenit herabschwang, so sank nach dem Überschreiten des Höhepunkts allmählich auch der mühselig beherrschte Zorn in Pedro Diablos Bewußtsein, und schließlich blickte er einer schrecklichen Wahrheit ins Gesicht.

Ich empfinde keinen Haß. Ich empfinde Entsetzen.

Er betrachtete seine dunkelhäutigen Hände und sah sie zittern, beobachtete ihr Schlottern wie ein Fremder, weil er sich schlichtweg nicht damit abzufinden vermochte, daß in dem Verstand, dessen er, Pedro Diablo, sich zu bedienen pflegte, ein solches Beben der Furcht seinen Ursprung haben sollte. Er war ein Erzeuger von Furcht, keines ihrer Opfer.

Da bin ich nun. Wie? Warum?

Die Gründe waren so vielschichtig wie ein vergrößerter Querschnitt vom Aufbau eines industriellen Plastikmaterials. Rein oberflächlich ließ sich feststellen... Aber was hatten Oberflächlichkeiten für einen Sinn? Diablos Ruf beruhte auf der Fähigkeit, in eine gegebene Situation tiefer Einblick nehmen zu können als die meisten Menschen es ohne Hinzuziehung eines Computers fertigbrachten. Ein atavistisches Talent, gewiß, vergleichbar mit der Befähigung, sechsstellige Zahlen im Kopf zu multiplizieren, wie sie nützlich sein konnte, wenn man zu bequem war, um nach den Tabellen zu suchen, aber in einem Kontext wie in Blackbury war es in der Tat verdammt von Nutzen gewesen.

Aber außerhalb, sozusagen draußen in der weiten Welt...?

Er schüttelte den Kopf. Über seine persönliche Zukunft Mutmaßungen anstellen zu wollen, war aussichtslos. Er konnte Vergleiche zu Menschen ziehen, die in der Vergangenheit – zumeist in fernerer Vergangenheit – ähnliche Heimsuchungen erlitten hatten, aber mehr nicht. Zum Beispiel konnte er sich mit einem aus Nazi-Deutschland vertriebenen jüdischen Physiker vergleichen, oder mit einem jener südafrikanischen Intellektuellen, die in neueren Krisenzeiten von den Afrikanern deportiert worden waren, aber all das führte zu nichts. Bis zum heutigen Morgen war er ein zuverlässiger, kooperativer, sogar bewunderter und respektierter Verfechter der Ideale gewesen, für die der Name Blackburys stand. Aufs Wort nicht einmal eines der ansässigen Knieblanks-Genetiker, sondern eines stinkigen ausländischen Weißfisches hinausgeworfen zu werden, das war ganz einfach mehr, als sein Gemüt ohne weiteres verarbeiten konnte.

Seine Hände ballten sich mit solcher Urplötzlichkeit zu Fäusten, daß ein gedämpftes Klatschgeräusch ertönte. Für einen Augenblick dominierte Lust nach Rache sein Denken. Er war ein Meister-Propagandist; seine Tätigkeit bei der bedeutungslosen TV-Anstalt Blackburys hatte weit über die Reichweite der Sendeantennen hinaus Widerhall gefunden, seine Beiträge waren stets von wenigstens einem halben Dutzend Schwarzen gehörigen, von Schwarzen finanzierten Relais-Satellitenstationen wiedergesendet worden. Mit seinen während eines längeren Zeitraums erworbenen intimen Kenntnissen des Privatlebens von Bürgermeister Black und seinesgleichen an anderen Orten konnte er aus der gesamten Idee der Negro-Enklaven einen schlechten Scherz machen. Das würde kaum eine Woche beanspruchen.

Doch seine Rachegelüste wichen so schnell, wie sie ihn befallen hatten. Es überforderte sein Anpassungsvermögen, jetzt noch sein Mäntelchen in den Gegenwind zu hängen. Im Moment allerdings bereute er es fast, so dogmatisch mit dem Bundesbeamten umgesprungen zu sein, der die Aufgabe hatte abwickeln müssen, ihn aus dem Geltungsbereich der schwarzen Rechtsprechung zu geleiten. Sicherlich wäre es vernünftiger gewesen, erst einmal in aller Ruhe über alles nachzudenken, sich vielleicht nach einer Tätigkeit außerhalb Nordamerikas umzuhören...

Aber passiert war passiert. Er hatte darauf bestanden, eine offizielle Angelegenheit mit buchstabengetreuen Verfahren nach dem Vertrag Blackbury/Washington aus seiner Abschiebung zu machen, obschon allein die Bezeichnung unverkennbar bezeugte, daß selbiger Vertrag nichts anderes war als ein Anachronismus. Nach wie vor war dies ein Weißfischland, aber Washington bereits seit Jahrzehnten eine Stadt mit schwarzer Mehrheit, und sie mit der Bundesregierung gleichzusetzen, besaß kaum noch bloßen Symbolwert — die wirkliche Macht ballte sich an den verschiedenen verstreuten Zentren, die im Laufe der Kriegspsychose in den 90er Jahren entstanden waren, vorwiegend tief im Süden, wo man sich darauf verlassen konnte, daß Mr. Weißfell bei der allerkleinsten Gefahr einer Knieblanks-Rebellion sofort mit der Knarre angerannt kam. Wer sollte das besser wissen als ein Mann, der diese Fakten in seinen TV-Beiträgen oft genug ausgeschlachtet hatte?

Es wimmelte in seinem Bewußtsein von neuen Möglichkeiten. Schluß war noch lange nicht mit ihm, und wie könnte auch jemand damit rechnen? Zehn Jahre lang hatte er seine Gaben ausgefeilt; er konnte sie nicht einfach ausschalten wie einen TV-Set. Möglicherweise bestand Bürgermeister Blacks ärgste Grausamkeit, die er ihm angetan, daraus — abgesehen davon, ihn auf das Wort eines Weißfischs hin auszubürgern —, daß er ihn ums Verwertungsfeld für seine Ideen beraubt hatte. Er fühlte sich wie ein Zeitreisender, der Jahre damit zugebracht hatte, sein Latein zu vervollkommnen, nun jedoch fehlgereist war und feststellen mußte, die angepeilte römische Stadt war eine Woche vorher von den Goten überrannt worden...

Andererseits war ihm das erspart geblieben — und beim Gedanken daran hob sich seine Stimmung ein wenig —, was in der umgekehrten Situation geschehen wäre. Einmal angenommen, man hätte irgendeinen unerwünschten schwarzhäutigen Typ am Stadtrand Blackburys abgeliefert; sofort wären beim lokalen TV-Sender Anweisungen eingetroffen, ihn unverzüglich auf Übertragung zu bringen, ihm wilde Beschimpfungen seiner bisherigen Freunde zu entlocken, bevor seine Wut verpuffte.

Es galt, sich mit aller Wachsamkeit vor dieser Gefahr zu hüten, denn er sorgte sich aufrichtig um die Behandlung, die ihm widerfahren mochte, weil er darauf beharrt hatte, daß man bei seiner Abschiebung in vollständiger Übereinstimmung mit dem Vertrag Blackbury / Washington vorging.

Aber gnädigerweise war er von der befürchteten Belagerung durch Kameras und Mikros, Interviewer und politische Repräsentanten, verschont geblieben. In seiner ersten Wut hätte er womöglich Dinge gesagt, zu denen zu stehen er später außerstande gewesen wäre. Und außerdem war es Uys, der weiße Afrikaner, der hinter all seinem Ärger stand.

Bürgermeister Black war, wenn auch machtgierig, sexbesessen, nachlässig und faul — was immer er sein mochte —, viel zu intelligent, um die eigene Position immer stärker zu untergraben. Früher oder später mußte er begreifen, daß er durch den Bruch mit dem international berühmten TV-Spezialisten Pedro Diablo eine seiner wertvollsten Waffen verloren hatte, und genau das mußte von vornherein Uys' Absicht gewesen sein.

Ein schriller Summton ertönte. Er zuckte zusammen, dann nahm sein Verstand eine Berichtigung vor. Das war das Geräusch, welches hier ›draußen‹ ein KommNetz-Gerät machte, wenn jemand anrief. In Blackbury bestand das Rufsignal natürlich aus dem Dröhnen einer afrikanischen Sprechenden Trommel, das in der Joruba-Sprache die Aufforderung »Komm und lausche!« übermittelte. In der nächsten Zeit mußte er sich von verflucht vielen eingefleischten Reflexen befreien, so wie eine Phonotypistin, die auf eine Schreibmaschine mit anderer Tastatur überwechselte. Doch wohl oder übel blieb ihm nichts anderes übrig, als dergleichen stumm zu erdulden.

Er seufzte und gab durch, daß er bereit sei, das Gespräch anzunehmen.

Ich bin wie Gott, und ich sehe alles, was geschieht, mit den Augen eines Adlers

Fast wirkte es überraschend, daß man in die bauliche Konstruktion der Klinik einen Raum aufgenommen hatte, der groß genug war, um den vierzig Personen, die dem Auftritt der Pythoness beiwohnen sollten, Platz zu bieten. Mogshack legte so starken Wert auf die Betonung ungeminderter Zurückgezogenheit, daß es keine Versammlungsräume gab, keine Aufenthaltsräume, nicht einmal eine Sporthalle. Mogshack selbst zog es vor, keinen persönlichen Umgang mit seinen Mitarbeitern zu pflegen; er befolgte die eigene Lebensweisheit ›Zurückziehen und umdenken!‹ mit solcher Regelmäßigkeit, daß Wochen vergehen mochten, bis sogar seine mit Leitungsaufgaben betrauten Assistenten ihn wieder in Person sehen durften.

Der Architekt jedoch, darum besorgt, später könnten aufgrund andersartiger Erfahrungen Änderungen seiner Pläne erforderlich werden, hatte darauf bestanden, in einigen Bereichen der Klinik verschiebbare Wände einzuarbeiten, und indem ein halbes Dutzend davon – in einer gegenwärtig nicht mit Patienten belegten Abteilung – verschoben worden waren, hatte man eine für die Veranstaltung ausreichende freie Räumlichkeit geschaffen.

Die ersten Zuschauer waren bereits eingetroffen, als Reedeth sein KommNetz-Gerät einschaltete, um die Vorführung zumindest auf der Mattscheibe mitansehen zu können. Er hatte nie die leiseste Absicht gehegt, unbedingt auf seiner persönlichen Anwesenheit zu beharren, aber nicht der Versuchung zu widerstehen vermocht, Ariadne zum Erröten zu bringen. Er lachte leise vor sich hin, während er seinen Blick über die grüngekleideten Patienten schweifen ließ, die sich einfanden, aber seine Belustigung schwand schlagartig in dem Moment, als er merkte, unter den ersten Ankömmlingen war Harry Madison.

Es mußte einen Weg geben, um den Mann wieder hinauszuschleusen! Mogshack hätte ihn schon vor Monaten entlassen können; warum es nicht geschehen war, ließ sich schwer begreifen – es sei denn (und ein bereits vertrauter Dämon begleitete diesen Gedanken mit höhnischem Gelächter), er hing an seinen Patienten wie ein Geizhals am Geld. Vielleicht versprach es Erfolg, sich einfach mit dem Argument an ihn zu wenden, ein einzelner Knieblank in der Klinik sei ein potentieller Herd der Beunruhigung für die anderen Patienten?

Reedeth seufzte. Spitzte man allerdings die Implikationen des Falls Madison bis zum logisch konsequenten Extrem zu, dann konnte man nur allzu leicht zu dem Befund gelangen, jemand von so totaler Unberechenbarkeit, legte man diesen Begriff eng aus, sei in der Tat für das Dasein inmitten der herkömmlichen menschlichen Gesellschaft ungeeignet. Diese Modifikationen am Pultomaten zum Beispiel: Hätte eine normale Person sie so schnell und tüchtig durchführen können? Ohne ein Experte zu sein, kannte Reedeth sich in der Kybernetik besser als ein durchschnittlicher Laie aus – eine Notwendigkeit, weil in der modernen Psychotherapie soviel von computerisierten Feststellungen abhing –, und er war zu beschwören bereit, daß die Konstrukteure solche Änderungen nicht vorgesehen hatten.

Ferner: Auf die Frage, ob es Madison interessieren würde, eine Pythoness zu sehen, hätte er sofort negativ geantwortet. Sämtliche jemals angefertigten Psychoprofile Madisons verwiesen auf eine ausgeprägte Abneigung gegen alles, was nach Unwissenschaftlichkeit und Übersinnlichkeit aussah. Und doch war er nun nicht nur zur Stelle, sondern sogar ziemlich früh, als ob ihm sehr daran läge.

Was mochte ihn dazu bewogen haben, die Einladung zu der Veranstaltung anzunehmen – reine Langeweile? Das freilich war nur zu wahrscheinlich. Madisons gleichmütiges Auftreten stand in schärfstem Gegensatz zu jenem der übrigen grüngekleideten Patienten. Sie waren ausnahmslos sichtlich nervös. Es war augenfällig, daß diese Unterbrechung ihrer gewohnten Absonderung ihnen eine gewisse Erleichterung bedeutete, aber zugleich verstörte es sie, nach wochen-, monate- und in einigen wenigen Fällen möglicherweise jahrelanger Beschränkung aller Kontakte auf KommNetz-Verbindungen plötzlich wieder in der leibhaftigen Gesellschaft gleich so vieler anderer Menschen zu sein.

Bei dieser Beobachtung begriff Reedeth — und er patschte sich mit der Hand auf die Stirn, als das ihm auffiel —, daß das hieß, er war Zeuge eines seit der Gründung der Ginsberg-Klinik noch nie dagewesenen Vorfalls. Und ausgerechnet Ariadne war es gewesen, die ihn herbeigeführt hatte.

»Das Mädchen muß insgeheim eine unbewußte Conroyanerin sein«, sagte er laut in die Luft, war jedoch so geistesgegenwärtig, sofort eine Ergänzung an den Pultomaten zu richten, die es ihm untersagte, die Bemerkung zu speichern.

Wer war diese Lyla Clay überhaupt, deren Reputation Ariadne dazu veranlaßt hatte, eine langwierige und ohne Zweifel heikle Diskussion mit Mogshack durchzustehen? Er besaß eine vage, ganz allgemeine Vorstellung von dem, was Pythonessen angeblich taten, und davon, warum die Leute ihnen dabei gerne zusahen. Man konnte schwerlich im Amerika des 21. Jahrhunderts leben, ohne unter seiner Bekanntschaft eine Handvoll von Pythoness-Fans zu haben — gar nicht zu reden von HiPsi-Fans, Heinzelmännchen-Anbetern und sogar Leuten, die sich noch weiter außerhalb des überlieferungsgemäßen westlichen Psychorbits herumtrieben. Aber er hatte noch nie eine Pythoness bei der Arbeit gesehen, und der Name dieses Mädchens sagte ihm nichts, trotz Ariadnes Behauptung, es zähle zu den größten Talenten auf diesem Gebiet. Er entzog dem Raum, in dem die Pythoness auftreten sollte, seine Aufmerksamkeit, und schaltete von einer zur anderen der über dreitausend Kameras um, an die er mit seinem

Apparat Anschluß besaß, fragte sich, ob es ihm gelingen könnte, sie beim Herweg zu entdecken.

Kurze Zeit später bekam er einen dunkelhaarigen jungen Mann in Begleitung eines Mädchens mit kugelsicherem Schutzschleier zu sehen; das Paar benutzte die FluviPiste in der entsprechenden Richtung. Vermutlich waren das die Pythoness und ihr Mackero – ja, sie mußten es sein, denn an der nächsten Kreuzung erwartete in Übereinstimmung mit Mogshacks Vorstellungen von guten Manieren Ariadne persönlich die beiden, um sie zu begrüßen. Jene Vorstellungen empfahlen Leuten, die wohlhabend genug waren, um sich Ungestörtheit leisten zu können, Gönnerhaftigkeit gegenüber Menschen, für die das nicht zutraf, zum Beispiel in Form der persönlichen Begrüßung von Gästen, deren Status unterhalb der Armutsgrenze lag.

Trotz des Schutzschleiers, der die Pythoness umhüllte, ließ sich erkennen, daß sie jung war und in ihrer Art der Bewegung sehr anmutig. Reedeth hoffte, man werde nicht darauf dringen, daß sie den Schleier auch vor den Patienten trug.

Auszug aus einem zuverlässigen Wörterbuch des einundzwanzigsten Jahrhunderts

Mackero *m (ma*kero) [*fr. maquereau* ›Makrele‹, ugs. f. Zuhälter; Kurzform ›Mack‹] Manager, Agent usw. f. junge erwerbstätige Person weiblichen Geschlechts (Fotomodell, freiberufliche Sängerin, Pythoness usf.); i. d. Kurzform abwertend.

»Ist alles so, wie Sie's wünschen, Mr. Kazer?« erkundigte sich Ariadne, zu verhindern außerstande, daß sie den allgegenwärtigen Kameras dann und wann nervöse Blicke zuwarf. Sie vermutete, daß nicht nur Reedeth und Mogshack der Vorführung zuschauten, sondern wahrscheinlich ebenso buchstäblich jeder andere Angehörige des Personals. Sie hoffte, daß die Sache erfolgreich verlief.

Dan bückte sich und befühlte die große, dicke Matte, die ausgebreitet worden war, damit sich Lyla während ihrer konvulsivischen Zuckungen nicht verletzte. »Macht 'n guten Eindruck«, sagte er. »Wo kann ich meinen Recorder anschließen?«

»Wir nehmen natürlich alles selbst auf«, antwortete Ariadne. »Wir verfügen über erstklassige Geräte.«

Dan schenkte ihr ein flüchtiges, sehr routiniertes Lächeln. »Sicherlich. Trotzdem möchte ich gerne mein eigenes Band haben. Wegen der Rechte, müssen Sie wissen.«

»Oh. Ach ja... natürlich. Na, also irgendwo drüben an der Wand, würde ich sagen.« Erneut ruckte Ariadnes Blick rundum. Reedeth, der das sah, konnte sich nicht des Gefühls erwehren, daß sie Zeit zu gewinnen versuchte, den Beginn der Veranstaltung verzögerte. Verband sie mit ihrem Experiment irgendwelche Hintergedanken?

Doch da entkrampfte sie sich plötzlich, und Reedeth wechselte verwundert die Kamera, verschaffte sich einen weiträumigeren Überblick. Unmittelbar diesseits der Schwelle — die Tür glitt noch zu — stand ein neuer Ankömmling, der wirkte, als hätte er drei Köpfe. Auf seinen Schultern trug er, gekoppelt mit einer Blickwinkel-Folgevorrichtung, ein Paar Stereovision-Kameras, die zusätzlichen Schädeln aus blitzblankem Metall ähnelten. Und das dazwischen halb verborgene Gesicht, überkreuzt von einem Schaltarm mit Zungenauslöser, gehörte...

Matthew Flamen! Ruckartig beugte sich Reedeth an seinem Platz vor. Er fand nur selten eine Gelgenheit, die Matthew-Flamen-Show anzusehen, weil er an allen fünf Tagen arbeitete, an welchen man sie mittags sendete, aber er war dem TV-Macher kurz nach der Einlieferung seiner Frau zweimal persönlich begegnet.

War sie da? Reedeth musterte die Zuschauerschaft und erspähte ihre Haube dunkelbraunen Haars fast augenblicklich; sie hatte einen Sitz weit hinten belegt, in der letzten Reihe. Er sah Flamen ihr zuwinken, doch sie widmete ihm nur einen vollständig ausdruckslosen Blick, und nach einem Moment erstaunten Zögerns setzte er seinen Weg zur Mitte des Raums fort. Ariadne machte ihn mit der Pythoness und ihrem Mackero bekannt, und man wechselte Worte, die verdrießlich knapp außerhalb der akustischen Aufnahmereichweite fielen.

Anschließend begann Flamen selbsttätig adjustable Mikros zu verteilen, als dekoriere er seine Umgebung mit Luftballons, justierte sie allesamt auf den Flotage-Index der Luft, so daß sie in konstanter Höhe unter der Decke schweben blieben. Beruhte sein Eintreffen auf Zufall oder Verabredung? Und was hielt Mogshack davon, daß hier ein Medienkiebitz aufkreuzte, voll ausgestattet mit Aufnahmegerät?

Unversehens stieß Reedeth ein zynisches Auflachen aus und richtete die beiden Fragen an seinen Pultomaten. Die Antworten – vor allem jene, die Aufschluß über die Motive Mogshacks gab, die Aufmerksamkeit des Fernsehpublikums zu suchen –, bewiesen ohne den geringsten Zweifel, daß Madison während seiner Arbeit an dem Apparat die Zensurschaltungen restlos eliminiert hatte.

Er lachte noch gedämpft vor sich hin, da kam ihm der schaurige Gedanke, daß er möglicherweise keineswegs der einzige Personalangehörige war, dessen Pultomaten Madison unvermutet abgeändert hatte. Auch danach fragte er, erhielt allerdings die tröstliche Auskunft, eine solche Modifikation sei bisher nur an seinem Exemplar vorgenommen worden. Er widmete seine Aufmerksamkeit, ungemein erleichtert, von neuem Ariadne.

»Mr. Matthew Flamen brauche ich Ihnen wohl kaum lang und breit vorzustellen«, sagte sie laut und deutlich; sie mußte die Übertragung wieder voll aufgedreht haben. »Sein Gesicht und seine Stimme sind Ihnen gewiß von der fünfmal wöchentlich ausgestrahlten Medienkiebitz-Sendung der Holokosmos bestens bekannt. Er hat darum gebeten, diesen Auftritt von Miss Lyla Clay heute nachmittag für die eventuell denkbare Verwendung in seiner Show aufzeichnen zu können, aber natürlich muß ich erst einmal nachfragen, ob irgend jemand hier dagegen ...«

Plötzlich sank der Ton herab, und der Pultomat meldete sich zu Wort. »Dr. Mogshack fragt seine Mitarbeiter ebenfalls nach gegebenenfalls vorhandenen Bedenken. Liegen Ihrerseits welche vor, Dr. Reedeth?«

Reedeth zögerte. »Keine Einwände«, beschied er nach kurzem Nachdenken. Das war das sicherste Vorgehen. Da Mogshack bereits sein Einverständnis erteilt hatte, blieb es sinnlos, einen Disput zu entfesseln.

Offenbar erhob auch sonst niemand Einspruch, denn als nächstes sagte Lyla Clay sehr leise etwas zu Ariadne, während sie an ihrem Schleier nestelte, und Ariadnes Blick streifte zwei, drei Patienten, bis sie nach einem Moment inneren Ringens zuletzt mit den Schultern zuckte. Lyla Clay warf den Schleier mit einer Gebärde, die nach Reedeths Empfinden Widerwillen ausdrückte, zur Seite, und stand im Handumdrehen in nichts als einem gekürzten Trikot-Overall im Nix-Stil da.

»Hmmm ...!« machte Reedeth gedämpft. »Ihr Mackero kann sich wirklich glücklich schätzen.«

Mehrere männliche sowie zwei lesbische Patientinnen regten sich in einer Weise an ihren Plätzen, die anzeigte, daß sie bei ihnen einen ähnlichen Eindruck erregte.

Danach jedoch geschah erst einmal so gut wie nichts, außer daß Lyla einen Rundgang durch den Veranstaltungsraum machte und jeden der Anwesenden für eine Weile betrachtete, während vollkommenes Schweigen herrschte; sie nahm – zu seinem merklichen Unbehagen – Matthew

Flamen nicht aus. Sie wirkte nervös, befand Reedeth, und ließ sich für ihre Aufgabe reichlich Zeit.

Seine Gedanken schweiften ab, als sie sich Madison widmete. Vielleicht wäre es eine Lösung, wenn er sich mit dem Aufsichtsrat der IBM in Verbindung setzte und ihm mitteilte, daß sich hier in der Ginsberg-Klinik jemand aufhielt, der bei der Wartung komplizierter automatischer Schaltanlagen ein absolut unglaubliches Talent entfaltete?

Nein, auch das war kein Ausweg. Abgesehen davon, daß sie zuviel Neopuritaner beschäftigte, war die Inorganic Brain Manufacturers dafür bekannt, daß sie sich mittlerweile ihres gesamten Knieblanks-Personals entledigt hatte, bis hinab zum unwichtigsten Vertreter.

Könnte er ein Gottschalk werden? Die Waffenhändler gehörten zu den größten Abnehmern hochentwickelter Automaten in der ganzen Nation, und ohne Zweifel kämen ihnen Knieblanks-Reparaturmechaniker für die Geschäftsbeziehungen zu den schwarzen Enklaven recht gelegen.

Beim nochmaligen Erwägen neigte Reedeth jedoch zu Zweifeln daran, daß das für Madison die richtige Art von Beschäftigung sei. Seine Erlebnisse beim Militär waren in seiner Erinnerung erfolgreich unter Kontrolle gebracht worden, aber da feststand, daß es sein aktiver Kampfeinsatz gewesen war, der sein Getriebe durcheinandergebracht hatte, wer wollte unter diesen Umständen ausschließen, daß ein erneuter täglicher Umgang mit modernen Waffen zu einer Wiederholung seiner Schwierigkeiten führte?

Am bequemsten wäre es, dachte Reedeth, *Flamen würde den Fall Madison aufgreifen und einen Riesenwirbel um das ungerechte Schicksal eines Niebs veranstalten, den man noch in einer Psychiatrie festhielt, lange nachdem er sich für die Entlassung qualifiziert hatte . . .* Und es mochte, genauer überlegt, sogar möglich sein, die Story einem von Flamens Niebs-Kollegen zuzuspielen, die sich einer weit größeren Zuschauerschaft erfreuten, und außerdem – das zählte noch mehr – vorwiegend in Übersee.

Reedeth freute sich über seinen Einfall und merkte insgeheim vor, sich darum zu kümmern, ob er irgendeinen Ausläufer des unsichtbaren Informationsstroms aufspüren und jemanden wie beispielsweise Pedro Diablo erreichen könne. Das müßte sehr diskret ablaufen, aber bei geschicktem Vorgehen mochte es darin resultieren, daß jemand aus freien Stücken die Vormundschaft über Madison antrat und es ihm ermöglichte, die Klinik endlich zu verlassen.

Aber jetzt war nicht der rechte Zeitpunkt, um diese Angelegenheit voranzutreiben. Lyla hatte nunmehr ihren Rundgang unter den Zuschauern beendet und kehrte zurück an den Rand der für sie ausgelegten Matte. Sie nickte Dan zu, der in der Nähe wartete, den Recorder bereit, und griff in die Hüfttasche ihres Nix-Trikots. Sie brachte ein kleines, flaches Fläschchen zum Vorschein, auf das Reedeth nur einen flüchtigen Blick erhaschte, und schüttelte eine winzige rote Kapsel heraus. Flamen berührte mit der Zunge den Schaltarm seiner Kameras und filmte sie in Naheinstellung, als sie die Pille schluckte.

Worum es sich dabei auch handeln mochte, Reedeth war sich nicht darüber im klaren gewesen, daß Pythonessen irgend etwas einnehmen mußten, um sich zur Trance zu verhelfen. War das ein marktübliches Produkt oder ein auf nahezu alchimistische Weise nach einer Geratewohl-Formel hausgebrautes Zeug? Erneut erkundigte er sich bei seinem Pultomaten, und sobald er die Antwort bekommen hatte, musterte er Lylas schlanke Gestalt in krasser Ungläubigkeit.

Für ein paar Augenblicke stand sie in steifer Haltung kerzengerade da, die Augen geschlossen. Einen Herzschlag später fiel sie auf die Matte und begann sich zu winden. Sie bäumte sich auf wie im Orgasmus. Speichel flockte aus ihren Mundwinkeln, als sie zu keuchen und japsen anfing. Ihre Hände verkrampften sich zu Klauen, mit denen sie in der Luft umherschlug, als bekämpfte sie — *kratz, kratz, kratz!* — einen unsichtbaren Angreifer.

Die Zuschauer, auch Reedeth, obwohl er auf dergleichen gefaßt gewesen war, weil sein Pultomat ihn über den Gebrauch von SibyllPillen in Kenntnis gesetzt hatte, verkrampften sich beunruhigt. Die Muskeln des Mädchens, die sich heftiger kontraktierten als bei einem Epileptiker, schienen den Körper an den Gelenken auseinanderreißen zu wollen: die Brüste wogten am Oberkörper wie zwei Bojen bei starkem Seegang. Flamen filmte weiter, aber man sah seiner Miene an, daß er bezweifelte, diese Aufnahmen senden zu können. Falls er es wagte, würden Beschwerden von Neopuritanern fast mit Gewißheit dazu führen, daß man ihn abservierte.

Nur Dan Kazer stand unbeeindruckt dabei, schaute alle paar Sekunden auf die Armbanduhr an seinem linken Handgelenk, einen Finger der anderen Hand auf der Pausentaste seines Recorders. Flamen schwenkte die Kameras auf ihn ein, gerade rechtzeitig, um den erwartungsvollen Blick festzuhalten, als er den Finger von der Taste nahm, und fast im gleichen Moment riß Lyla plötzlich die Augen auf, die nun zwei tiefen Lichtschächten bis in die entlegensten Regionen ihres Unterbewußtseins glichen. Aus ihrem Mund drangen in fürchterlich lauter, roher, männlicher Baritonstimme fremdartige Wörter.

»*Ghnothe safton!*« brüllte sie.

»Das ist kein Englisch!«, schnauzte Reedeth seinen Pultomaten an. »Was ist das, Hebräisch?«

»Altgriechisch mit demotischem Akzent«, sagte der Pultomat in leicht lehrerhaftem Tonfall. Reedeth hatte sich schon oft gewünscht, dem selbstgefälligen Blödmann, von dem die linguistische Sektion der Datenbanken programmiert worden war, einmal gehörig die Meinung sagen zu können. »Es handelt sich um den Wahlspruch vom Tempel des Delphischen Orakels mit der Bedeutung ›Erkenne dich selbst!‹«

Inzwischen hatte sich Lyla, nachdem ihre Muskelkrämpfe vorüber waren, ohne Benutzung ihrer Hände aufgesetzt, die Augen noch stark geweitet und ins Nichts gerichtet. Sie überkreuzte die Beine, kehrte sich, indem sie ihren Körper ausschließlich mit Hilfe der Zehen auf der Matte drehte, dem Publikum zu, legte dann in andeutungsweiser Nachahmung der indischen *Namasthi*-Gebärde vorm Gesicht die Handflächen aneinander.

Eine Pause entstand. Schließlich wandte sich Ariadne fast im Flüsterton an Dan, aber sie hielt sich dicht genug an einer Wand auf, so daß Reedeth dank der Übertragung hören konnte, was die beiden sprachen. »Müssen wir ihr jetzt Fragen stellen?«

»Bei manchen Pythonessen ist das erforderlich«, entgegnete Dan ebenso leise. »Aber nicht bei Lyla. Wie ich Ihnen schon während unserer Verhandlungen gesagt habe, das Mädchen ist verflucht unwahrscheinlich fähig.«

Ungeachtet dessen, was sie nun orakeln mochte, über eines besaß Reedeth bereits vollkommene Klarheit. Lyla Clay mußte einer der bemerkenswerten Menschen auf der ganzen Welt sein, zu etwas in der Lage, das er sich nie hätte träumen lassen.

Wenn die Angaben des Pultomaten über die SibyllPillen den Tatsachen entsprachen, dürfte sie eigentlich gar nicht dazu imstande sein, bloß zu sitzen. Sie müßte sich in einem tobsuchtartigen Delirium befinden.

Die Spannung wuchs. In dem Augenblick, bevor sie unerträgliche Ausmaße annahm, begann Lyla auf einmal mit heller, klarer Stimme — wie die eines Kindes — zu sprechen. »Niemand ist so gegen Amor wie die Mutter Superior. Das Leben ist stumpfsinnig und einsam und doof. Die kleine Miss Celia war neidisch auf Ophelia. Hamlet hat ihr die kalte Schulter gezeigt, da reihte sie sich ein in die Kolonne. Rat-tatata, rat-tatata, rat-tatata-tatata-tatata. Auch ein Eunuch scheitert beim Versuch, zu leben das Leben aus dem Buch. Nach Springen und Singen laß ich nun die Wahrheit erklingen — sie'st wahr, ihr könnt euch davor nicht drücken. Du kannst ruhig glauben, daß du dich mit dem Kommen und Gehen auskennst, aber den Kometen kannst Du das Kommen nicht verbieten. Beim Schäfchenwolkenzählen unter den Gestirnen traf ich einen Mann mit sieben Gehirnen. Jedes Hirn konnte sieben Leben schauen, jedes kannte sieben Frauen, deren sieben Lügen war nicht zu trauen, welcher gebührt der Preis fürs Lügenaufbauen?«

Sie zögerte. Reedeth nutzte die Unterbrechung, um seinen Blick über die Teilnehmer der Veranstaltung wandern zu lassen, und er bemerkte, daß alle Anwesenden im Raum, außer Dan, der sehr erfreut wirkte, ein Stirnrunzeln verdutzter Entgeisterung zeigten.

»Als ich ...«, setzte Lyla von neuem an, unterbrach sich jedoch sofort. »Nein. Damals im ... Nein. Als ich rollte durch den Mist, traf ich 'n Mann, der gar nicht ist. Als ich ging zum Maskenball, traf ich 'n Mann, der ist überall. Hrr-*hmm!* Damals im ...«

Wieder verstummte sie, und Dans Gesicht spiegelte unvermittelt einen Ansatz zur Besorgnis wider. Dann sprach Lyla lauter und in ziemlich furchtsamem Ton weiter.

»Als ich auf den Boden las, traf ich 'n Mann, der vom Boden aß! Als ich auf dem Bette saß, küßt' ich 'n Mann, der war kein Aas! Als ich ganz laut weinte, kam 'n Mann, der niemals greinte! Als ich ... als ich ...!«

Ihr Mund zuckte, sie faltete und entfaltete die Hände in offenkundigem Entsetzen, und sie versuchte, wie ein Frosch über die weiche Matte zu hüpfen, während sie wild die Augen verdrehte, verzweifelt irgendeiner nicht nachvollziehbaren Bedrohung zu entkommen trachtete. Reedeth hatte sich unterdessen halb aus seinem Sessel erhoben.

Irgend etwas mußte getan werden — der Anblick, den das arme Mädchen in seiner unbeschreiblichen Panik bot, war unerträglich.

Doch bevor er etwas veranlassen konnte, hatte Dan mit einer Geste, die Ärger verriet, den Recorder abgeschaltet, den Abstand zwischen sich und Lyla mit einem weiträumigen Schritt überwunden und der Pythoness auf beiden Wangen eine Ohrfeige gegeben. Als sei sie wunderbarerweise aus einer Entfernung von einer Million Kilometer zurückgeholt worden, verwandelte sie sich wieder in sich selbst und blickte regelrecht gefügig zu ihm auf.

»War's in Ordnung?« fragte sie mit ihrer normalen Stimme. »Was habe ich gesagt?«

Zur späteren Verwendung

Um 13 Uhr 17 speicherte der Computer, der für Flamen rund um die Uhr den Info-Monitordienst versah, stets wachsam, um Anzeichen von Korruption, Mißwirtschaft, Nachgiebigkeit gegenüber erpresserischem Druck und andersgearteten lohnenden Skandalen, die Bekanntgabe, daß eine große Anzahl von X-Patrioten am Kennedy-Flughafen gegen die Verzögerung von nunmehr 95 Minuten protestierte, die Morton Lenigo anläßlich seiner Ankunft bei Zoll und Einreisebehörde hinnehmen mußte. Polizei stand mit Straßenkampfwaffen, Gas und Flammenwerfern in Bereitschaft, und die Flüge 1025, 1209 und 1300 hatte man vorsichtshalber über die kanadische Grenze umgeleitet.

Um 14 Uhr 30 registrierte der Computer eine öffentliche Erklärung, die vom Zuid-Afrikaanse Broederbond kam und worin selbiger forderte, Lenigo sofort zu erschießen und Detroit mit einer Atombombe von passabler Sprengkraft zu vernichten, welchen Maßnahmen unverzüglich ein Mißtrauensantrag gegen Präsident Samtheinrich folgen müsse.

Es ist ganz nett, ein verantwortungsbewußtes Mitglied der Gesellschaft zu sein, nur sollte man wissen, wofür man verantwortlich ist

Wutentbrannt durchquerte Lionel Prior die ausgeklügelte Anlage verschiedener Barrieren, die den Eingang zu seinem Heim schützte. Es wäre besser gewesen, Flamens Vorschlag zu befolgen und heute nachmittag zur Ginsberg-Klinik zu fliegen, sagte er sich, ganz egal, wie sehr er sich über den ungerechten Vorwurf, vom Holokosmos-Aufsichtsrat gekauft worden zu sein, geärgert hatte. Ihm wäre eine der peinlichsten Episoden seines ganzen Lebens erspart geblieben.

Aufmerksam geworden durch den Lärm, mit dem er seine BüWehr-Ausrüstung in ihrem Spind verstaute, zeigte sich seine Frau Nora auf dem internen KommNetz-Bildschirm des Flurs. Anscheinend lag sie im Innenhof des Hauses, um sich ein bißchen zu sonnen, aber nach einem ersten, flüchtigen Blick wandte er der Kamera den Rücken zu.

»Hattet ihr eine hübsche Übung, G'spusi?« erkundigte sie sich in jenem Tonfall formeller Höflichkeit, an den er sich in den vergangenen paar Jahren so gewöhnt hatte.

»Eine hübsche Übung?« wiederholte Prior mit schriller Stimme. »Nein, es war eine ungeheuer beschissene Übung!«

Augenblicklich änderte Nora ihr Gebaren. »Mag sein«, sagte sie, »aber du brauchst deine schlechte Laune nicht an *mir* auszulassen!«

»Du kannst dich ruhig schon auf das gefaßt machen, was uns bevorsteht«, schnauzte Prior zurück. »Für die nächsten Wochen sind wir unfreiwillig auf dem Paria-Trip, darauf kannst du Gift nehmen! Ha! Unsere *lieben* Nachbarn!«

»Um Himmels willen, wovon redest du?«

»Laß mich erst mal 'n Drink schlappen.« Er schleuderte die letzten Ausrüstungsgegenstände über die entsprechenden Haken und stapfte in die Wohnsphäre; Nora schaltete die Kameras um, so daß sie ihm im Schwenk folgten, und ihr Gesichtsausdruck zeugte von Bestürzung.

»Das kam so«, begann Prior von neuem, sobald er den ersten Schluck von einem starken Wodka / Korn getrunken hatte. »Und alles nur, weil ich meine BüWehr-Pflichten ernster nehme als so mancher, den ich hier nicht beim Namen nennen will. Du übernimmst heute die Niebs-Seite, sagt also Phil Gasby zu mir, als ich aufkreuze. Du bist tüchtig, sagt er, du wirst unsere Reaktionen ein bißchen schärfen. In Ordnung, hab ich also gesagt. Nachdem er sich so ausgedrückt hatte, wie hätte ich da ablehnen können, während alle mich anglotzten? Und dann zog er mir plötzlich den Teppich unter den Füßen weg. An der Ecke Green / Willow steht ein Mann von der OIS, sagt er auf einmal. Feldwebel Lorimer. Er gibt dir dein AttackProgramm.«

Erbittert kippte er den Rest des Drinks hinab.

»Ich verstehe noch immer überhaupt nichts«, sagte Nora nach kurzem Schweigen.

»Nicht? Weißt du, wo du dich auf dem Analograster gegenwärtig befindest? Begraben unter einem Berg qualmender Trümmer, das bist du jetzt! Phils Verteidigungsplan, mit dem er monatelang derartig geprahlt hat, ist mit Pauken und Trompeten durchgefallen. Drei Minuten nach Anfang der Übung habe ich ihn erledigen müssen. Ich meine, ich *mußte!* Ich hab's aufgeschoben, solang's ging, aber der Idiot blieb ohne jede Deckung, und keine Sau, Blank oder Nieb, hätte sein Benehmen anders verstehen können, als daß er das Kommando hatte, so wie er dort herumfuchtelte und schrie. Danach hat Tom Mesner übernommen und eine Abwehrlinie längs der Willow Road gebildet, und Lorimer sagte mir, ich solle nach Orange vorgehen, und damit war die Sache gelaufen. Achtundsechzig Prozent Verluste in kaum einer Stunde, zweiundzwanzig Häuser in

Flammen, darunter unseres. Daraufhin beendete Lorimer die Übung und rief uns alle zusammen, und er hat uns zur Schnecke gemacht wie... wie unartige Kinder! Tom und Phil hatten's natürlich nicht anders verdient, weil's in so einer Angelegenheit ja um Menschenleben geht, und deshalb gibt's einfach keine Entschuldigung für Schlamperei und Unvorsichtigkeit. Aber wem gibt man nun die Schuld daran, daß sie öffentlich getadelt worden sind? Mir, sonst keinem!«

»Aber ich dachte, wir hätten hier eine gute OIS-Note«, sagte Nora. »Das war doch einer der Gründe, warum wir in dies Viertel gezogen sind.«

»Ich weiß nicht, ob die Note gut war, bevor dieser Schwachkopf Phil Gasby die Gruppenleitung angetreten hat«, brummte Prior. »Jetzt ist sie jedenfalls schlecht. Hör dir das nur mal an!« Er entnahm seiner Tasche ein gefaltetes Papier und breitete sie aus. »Organisation für Innere Sicherheit, Übungsbericht Nummer Sowieso, Stadtteil-BüWehr-Gruppe Nummer Sowieso... Aha, hier... Note Lionel Prior Stufe vier, Note für Gesamtgruppe Stufe sechs, kann nicht als dazu befähigt eingeschätzt werden, im Falle bürgerkriegsähnlicher Unruhen im Zuständigkeitsbereich die Ordnung aufrechtzuerhalten. Bemerkungen: Die Gruppe... Nein, das lese ich nicht vor. Das grenzt an Verleumdung.«

»Wenigstens hast du eine bessere Note als die Gruppe im Durchschnitt erhalten«, versuchte Nora ihn zu trösten.

»Stufe vier?! Einfach lächerlich! Wäre ich nicht so dumm gewesen, Phil einen Gefallen tun zu wollen, wäre ich mindestens in Stufe zwei gekommen, aber Lorimer hat mich ausgemault, weil ich ihn nicht sofort bei der ersten Chance unter Feuer genommen habe. Glaubst du vielleicht, das würde man mir irgendwie anrechnen? Nicht in einer Million Jahre!«

Er warf sich in einen Aufblas-Sessel und starrte mit finsterer Miene das große Bildfenster an. Zur Zeit zeigte es einen breiten, dürren Streifen von Buschlandschaft, in deren Ferne eine Antilopenherde graste.

»Hat Phil Bildfenster?« meinte er grimmig. »Den Teufel hat er! Seine bedauernswerten Kinder würden von umherfliegenden Glasscherben zu Hackfleisch gemacht.«

Einen ausgedehnten Moment lang herrschte Stille. »Und du hast«, meinte Nora zuletzt im selbstgerechten Ton jemandes, der durch eine achtlose Einlassung des anderen eine Meinungsverschiedenheit gewonnen hat, »hundertfünfzigtausend für deinen Heinzelmann ausgegeben?«

Für einen Augenblick stand Prior am Rand eines Wutanfalls. Doch zu guter Letzt stieß er bloß ein Seufzen aus. »Na schön, ich bin übers Ohr gehauen worden. Jedes verfluchte Ding, das heute schiefgehen konnte, *ist* schiefgegangen. Falls du dir die Zeit genommen hast, heute Matthews Sendung anzuschauen...«

»Ich wollte es, aber dann war der Empfang so jämmerlich, daß ich auf was anderes umgeschaltet habe«, sagte Nora.

»Genau darum geht's. Dauernd versuche ich, ihn dazu zu bewegen, deswegen irgend etwas zu unternehmen. Aber anscheinend ist ihm inzwischen alles egal. Weißt du, was der Idiot gemacht hat? Er hat praktisch die Anschuldigung erhoben, die Holokosmos wolle ihn fortekeln, und als ich versucht habe, die Sache mit dem Vorschlag wieder hinzubiegen, das Problem von einem unparteiischen Experten untersuchen zu lassen, drehte er völlig durch und warf mir an den Kopf, ich hätte mich bestechen lassen! Verdammt noch mal, natürlich ist das Sabotage, aber so was sagt man doch nicht laut in der Nähe von Wanzen, ohne lückenlose Beweise bereitliegen zu haben!

Wenn das alles ist, wozu's führt, sich einen Heinzelmann zu halten, werde ich den Burschen sagen, was ich von ihrem Service denke!«

Er leerte sein Glas vollends und latschte hinüber zum KommNetz-Apparat. Noras Abbild verschwand; nachdem sie sich wieder einmal ihrer Rechthaberei hingegeben hatte, hegte sie offenkundig kein Interesse an einer weiteren Unterhaltung. Bösartig betrachtete Prior die fade

Mattscheibe, die noch einen Moment zuvor ihr Gesicht gezeigt hatte.

Könnte er sie bloß in irgendeine Irrenanstalt abschieben — oder zumindest irgendwohin außerhalb der Hörweite...!

Als er am Gerät die Rufnummer des Heinzelmännchen AG tippen wollte, verharrte er plötzlich. Überm Kurzmitteilungen-Schlitz glomm eine Anzeige. Mit einer heftigen Bewegung zerrte er den fernkopierten Text heraus und las ihn voller Verdruß.

Eugene Voigt von der PKK wollte so schnell wie möglich mit ihm Kontakt haben. Der alte Esel! Aber gegenwärtig war seine Situation zu heikel, um es sich erlauben zu können, jemanden zu verärgern, den er später womöglich brauchte. Er seufzte erneut und leitete zuerst dies Gespräch in die Wege.

Während er aufs Zustandekommen der Verbindung wartete, schaute er sich in dem feinen, teuren Zuhause um, für das er jahrelang gearbeitet hatte: vornehme Möbel, an den Wänden richtig handgemalte Bilder, am Boden handgewebte, mit unsichtbarem Plastikschutzfilm — so daß die Kinder sie nicht mit ihrem Getrampel versauen konnten — überzogene Läufer, antike Ziergegenstände, dreißig, vierzig, sogar fünfzig Jahre alt...

»Ist Matthew eigentlich klar, was er aufgibt, wenn er seinen Vertrag null und nichtig macht?« fragte er laut die gleichgültige Luft.

Ein Fiasko ist eine Flasche mit italienischem Wein

»Na, das war ein Fiasko, da gibt's keinen Irrtum«, zischelte Dan im gleichen Moment, als er seine professionell guten Manieren ablegen und sprechen konnte, ohne daß ein Außenstehender es hörte, Lyla zu.

Verwirrt starrte sie ihn an. Unter Ariadnes Aufsicht geleitete man bereits die Patienten hinaus; Matthew Flamen, der von einem Standort neben der Tür aus mehrere von ihnen in Nahaufnahme gefilmt hatte, um den Rest seiner Spule aufzubrauchen, unterhielt sich nun mit einem der letzten anwesenden Insassen, einer einzigartig schönen, jungen Frau mit trotzigem Schmollmund. Allem Anschein nach verlief die Konversation jedoch sehr einseitig.

»Aber... wieso denn?« wisperte Lyla zurück.

»Die Chance für wahrscheinlich den größten Durchbruch deines Lebens, sogar Flamen dabei, um die Vorführung aufzuzeichnen, und wieviel bringst du? Elf Minuten, mehr nicht! Meinst du, die werden hier erfreut sein, für ihr Geld einen so kurzen Auftritt geboten gekriegt zu haben? Du hast mich im Stich gelassen, G'spusi, da gibt's gar kein Vertun.«

Ungläubig blickte sie ihn noch für einige weitere Sekunden an. Ganz plötzlich, als hätten die Nervensignale erst jetzt das Hirn erreicht, hob sie die Hände und berührte mit den Fingern ihre Wangen.

»Dan, hast du mich etwa wachgeohrfeigt?«

»Ich mußte.«

»Aber du weißt doch, das ist gefährlich! Du hättest mich...«

»Hab ich aber nicht, oder?«

»Ich...« Sie schluckte, als säße ihr ein riesiger Kloß im Hals, und schüttelte den Kopf. »Vermutlich nicht. Ich fühle mich kaum anders als gewöhnlich nach einer Sitzung. Aber *warum?*« Das letzte Wort gipfelte in einem Aufschrei.

»Das wirst du begreifen, wenn du das Band hörst.« Sein Blick glitt an ihr vorbei. »Jetzt halt die Klappe und mach ein freundliches Gesicht — Flamen kommt zu uns.«

Die junge Frau, mit der Flamen geredet hatte, strebte nun mit den übrigen Patienten nach draußen, ganz wie eines in einer ganzen Herde zweibeiniger Schafe, und Flamen näherte sich mit außerordentlich düsterer Miene.

»Mr. Flamen«, rief Dan. »Ich hoffe, Sie sind nicht enttäuscht. Ich versichere Ihnen, das war das erste Mal, daß ich Lyla jemals während einer öffentlichen Vorstellung unterbrechen mußte.«

»Mußte?« Lylas Blick funkelte ihm ins Gesicht. »Du ›mußtest‹ nichts dergleichen! Rede bloß nicht daher, als wäre ich irgendwie an irgend was schuld, sonst kannst du künftig ohne Pythoness weitersehen! Das ist mein Ernst.«

»Ich wußte, was ich tat«, murmelte Dan. »Du bist nicht die erste Pythoness, für die ich den Mackero mache.«

»Nein, bloß die erste, die ihre Einkünfte nicht aufbessern muß, indem sie sich mit fremden Kerlen auf die Hobelbank legt!« fauchte Lyla.

»Mr. Flamen, unglücklicherweise ist Lyla zur Zeit sehr gestresst«, sagte Dan im Tonfall einer Entschuldigung. »Vielleicht könnten wir ...«

»Ist das etwa ein Wunder? Ich hätte beim Wiederaufwachen geistesgestört sein können, ist dir das eigentlich klar?«

»Ah, Miss Clay... Mr. Kazer...« Eine andere Stimme mischte sich ein; Ariadne gesellte sich dazu. »Das war sehr interessant. Ich bin wirklich beeindruckt. Ich habe mich gefragt, ob Sie wohl die Zeit erübrigen könnten, die Orakel mit uns zu diskutieren, so daß wir vielleicht Übereinstimmungen mit einigen der ...« Sie verstummte. Verunsichert schaute sie von einer Miene zur anderen. »Stimmt irgend etwas nicht?« wollte sie wissen.

»Ich diskutiere meine Orakel niemals«, antwortete Lyla entschieden. »Befassen Sie sich damit oder nicht, das liegt ganz bei Ihnen. *Ich* gehe nach Hause. Mir gefällt's hier nicht, und mir gefällt nicht, was man hier mit Menschen anstellt. Gib mir meine Fahrkarte, Dan.« Sie streckte die Hand aus, doch machte Dan keinerlei Anstalten, ihren Wunsch zu erfüllen.

»Das ist ja hochinteressant«, sagte Flamen leise. »Mir gefällt auch nicht sonderlich, was man hier mit den Leuten treibt.« Er wandte sich an Ariadne. »Sie haben mir gesagt, daß zu dieser Veranstaltung nur Patienten zugelassen seien, die sich im Zustand einer fortgeschrittenen Gesundung befänden. Aber als ich vorhin mit Celia zu sprechen versuchte, hat sie kaum höflichkeitshalber ein Grußwort von sich gegeben. Soll's das sein, was Ihr famoser Chef für eine anständige Therapie hält?«

»Wir beabsichtigen nicht mehr und nicht weniger«, erwiderte Ariadne barsch, »als unseren Patienten dabei zu helfen, ihre Persönlichkeit neu aufzubauen. Wenn sich erweist, daß einige ihrer einstigen emotionalen Bindungen lediglich Manifestationen einer tiefverwurzelten Unreife oder anderer Unzulänglichkeiten waren, läßt sich daran nun einmal nichts ändern.«

Flamens Gesicht verfärbte sich weiß wie Milch, und jeder einzelne Muskel seines Körpers krampfte sich zusammen, bis er in seiner Haltung einem überspannten Federwerk glich. Ariadne wich um einen halben Schritt zurück, wie verdrängt von der bloßen Vehemenz seines Blicks.

»Ich habe Ihnen gesagt, Doktor, mir mißfällt, was Sie hier mit Celia gemacht haben! So wie ich's sehe, wird sie, wenn sie länger hier bleibt, keinen Geist übrig haben, den man noch heilen könnte. Sie wird nichts als vollkommen zum Wrack degradiert!«

»Wenn Dr. Mogshacks Methoden Ihnen nicht behagen, steht es Ihnen selbstverständlich frei, sie in anderweitige Behandlung zu überantworten«, schnauzte Ariadne, sich anscheinend im Moment nicht darüber im klaren, mit wem sie sprach. Alle paar Sekunden huschte ihr Blick hinüber zu Lyla, dann wieder fort, als befürchte sie, für ihre Blicke zurechtgewiesen zu werden.

»Ich fasse das als Empfehlung auf«, antwortete Flamen in eisigem Ton. »Guten Tag! Übrigens, Miss Clay, ich fliege per Skimmer zurück in die Stadt – kann ich Sie vielleicht mitnehmen und irgendwo absetzen?«

»Der schnellste Weg aus diesem Bau ist mir der liebste«, sagte Lyla. »Ja, ich *bitte* darum.«

»Lyla, aber ...« Dan hob eine Hand, um ihren Arm zu ergreifen.

»Miss Clay«, sagte im selben Augenblick sorgenvoll Ariadne, »halten Sie es für ratsam ...?«

»*Nichts* da!« unterbrach Lyla beide. »Du hast mir vorgeworfen«, sagte sie zu Dan, »mein Auftritt sei zu kurz gewesen, dann hast du zugegeben, mich vorzeitig wachgeohrfeigt zu haben. Solltest du dich je wieder zu mir trauen, dann auf den Knien, verstanden?!«

Eine Verpflichtung ist wie ein Muskel; wenn man sie kontraktiert, wird sie größer und schwerer

Auf Priors KommNetz-Bildschirm erschienen, verteilt auf eine Hälfte und zwei Viertel der Fläche, drei Gesichter, nicht nur eines. Voigt füllte natürlich die eine Hälfte aus; Prior bemerkte, daß er sich neue Ohrhörer zugelegt hatte. Voigt und der andere Blank, der im oberen Viertel der anderen Seite zu sehen war, hatten Ton- und Bildübertragung laufen, aber der dritte Teilnehmer – ein Knieblank mit übellaunigem Gesichtsausdruck – war anscheinend noch nicht zugeschaltet worden.

»Mr. Prior!« meinte Voigt mit Herzlichkeit. »Wir haben schon viel zu lange nicht mehr miteinander gesprochen. Trotzdem, ich muß mich wohl dafür entschuldigen, daß ich Sie daheim störe.

Erlauben Sie, daß ich Ihnen Mr. Fredrick Campbell vom Bundesamt für landesbehördliche Koordination vorstelle«, schwadronierte Voigt weiter. »Er hat mich gewissermaßen um Unterstützung ersucht, und da dachte ich mir, am besten helfe ich ihm damit weiter, daß ich ihn an Sie verweise. Mr. Campbell, vielleicht setzen Sie Mr. Prior selbst in Kenntnis.«

»Mit Vergnügen«, bestätigte Campbell. Sein Tonfall widersprach der Äußerung jedoch vollständig. »Tja, ich nehme an, ich lege wohl am ehesten damit los, daß ich vorausschicke, meine Tätigkeit hängt mit der Vertragsbearbeitung für die Gemeindeabgaben zusammen, und heute morgen war ich in Blackbury, um über den Wasser- und Strombedarf fürs nächste Jahr zu verhandeln. Und gerade, als ich mich wieder verabschieden wollte, da... äh... Nun, man hat mir ein ziemlich unerfreuliches Problem aufgebürdet.«

»Sparen Sie sich den Rest«, riet Prior mißmutig. »Ich

sehe schon, den Nigger da.« Er deutete auf den restlichen Ausschnitt des Bildschirms. »Wissen Sie, ich habe momentan soviel eigene Probleme, daß ich äußerst ungern...«

»Ich weiß, daß das der Fall ist, Mr. Prior«, fiel ihm Voigt ins Wort. »Sicherlich brauche ich Sie nicht daran zu erinnern, daß die PKK die Programme sämtlicher zugelassenen TV-Anstalten auf dem Monitor mitverfolgt? Es ist unserer Beachtung nicht gänzlich entgangen, daß das Vorkommen von Beeinträchtigungen der Sendequalität in der Matthew-Flamen-Show eine statistisch unwahrscheinliche Häufigkeit erreicht hat. Eben aus diesem Grund bin ich auf den Gedanken gekommen, Sie auf unseren... äh... unfreiwilligen Gast aufmerksam zu machen. Der Name dieses *Niggers,* wie Sie ihn genannt haben, lautet zufällig Pedro Diablo.«

»Was?!« Ein Ruck durchfuhr Prior so unwillkürlich, als sei er ein unversehens an einen Angelhaken geratener Fisch. »Sind sie denn dort verrückt geworden, so einen Mann wegzujagen? Alle Wetter, er ist allein doch soviel wert wie zwei Armeekorps zusammen.«

»Wie ich's sehe«, nuschelte Campbell, »ist genau das auch seine Auffassung. Nachdem man ihn heute vormittag mit Waffengewalt in meinen Skimmer genötigt hatte, hat er mir natürlich die ganze Geschichte brühwarm und mit nicht unbeträchtlicher Vielfalt an Einzelheiten erzählt.«

»Was ist denn in diese Leute *gefahren?*«

»Ein Besuch Herman Uys' war die Ursache«, sagte Campbell.

»*Uys? In Blackbury?* Ich hätte gedacht, daß er weder tot noch lebendig...« Vor Fassungslosigkeit verschlug es Prior die Sprache. »So oder so«, ergänzte er einen Moment später lahm, »ich wußte nicht, daß er sich in den Staaten aufhält.«

»Diablo wußte es auch nicht«, sagte Campbell grimmig. »Und ebensowenig — und das ist erheblich schlimmer — die Einreisebehörde.« Mit einem großen, gelben Taschentuch wischte er sich über die Stirn. »Die Afrikaner müssen eine völlig neue Technik entwickelt haben, um unsere Computer zu täuschen, vermute ich. Aber das ist jetzt unwesentlich. Wir haben sie ertappt und werden künftig verstärkt auf der Hut sein. Bleiben wir bei der Sache.«

Er steckte sein Taschentuch weg und beugte sich näher zur Kamera.

»Anscheinend hat Uys Abstammungsnachforschungen über sämtliche Einwohner der Gemeinde vorgenommen. Bürgermeister Black hat in seiner üblichen Voreiligkeit verkündet, er wolle das nonmelanistische Erbgut der Stadtbevölkerung bis zur nächsten Generation auf fünfundzwanzig Prozent senken, und ich brauche wohl schwerlich zu betonen, daß seine engstirnige, sture Einstellung in sehr befriedigendem Umfang als Bumerang wirkt. Wir hatten bereits geheime Fäden geknüpft hinsichtlich der vorgeschlagenen Freies-Geleit-Übersiedlung von überschüssigen Bevölkerungsgruppen, hauptsächlich unverheiratete junge Leute, in andere Städte, um den Genpool zu erweitern, aber erfreulicherweise kann ich dazu anmerken, daß es möglich sein wird, dies Vorhaben unter Berufung auf das Milligan-Gesetz zu unterbinden. Nichtsdestoweniger...«

Er zögerte. Plötzlich fiel seine Beamtengediegenheit von ihm ab wie eine Karnevalsmaske, deren Gummi riß.

»Um ehrlich zu sein, Mr. Prior, wir sind gegenwärtig in so viele verschiedenartige heikle Manöver verwickelt, deren Computerbewertungen so minimal zu unseren Gunsten stehen, daß der Rausschmiß Pedro Diablos weit davon entfernt ist, ein so uneingeschränkter Segen zu sein, wie man meinen könnte. Ich bezweifle, daß Sie mit dem föderativen Vertrag zwischen der Bundesregierung und der Gemeinde Blackbury vertraut sind, aber jedenfalls verhält's sich damit so, daß das einer der übelsten derartigen Verträge ist, die jemals abgeschlossen worden sind. Es ist nämlich einer der ältesten, er stammt noch aus der Zeit, ehe man Computer eingesetzt hat, um gefährliche Hintertürchen auszumerzen, wie's heutzutage geschieht. Damals bildete irgendein gottverdammter, hirnrissiger Idiot sich noch ein, wir könnten Knieblanks gewissermaßen *bestechen*, damit sie den Enklaven den Rücken kehren, und infolgedessen enthält dieser Vertrag eine Bestimmung, die uns zwingt, jeder Person, die die Stadt verläßt, ob sie nun freiwillig abhaut oder rausgeworfen wird, eine vergleichbare Arbeitsstelle sowie ein besseres Einkommen und höheren Lebensstandard zu garantieren. Und Diablo weiß darüber genau Bescheid. Als ich ihn heute vormittag mitgenommen habe, hat er mir wortgetreu die entsprechenden Paragraphen einschließlich Absatz und Formulierung genannt. Und er *kocht* vor Wut.«

»Da kam mir der Einfall«, meldete sich Voigt zu Wort, »daß die Dienste eines der hervorragendsten Talente, das sich je in den visuellen Medien betätigt hat, möglicherweise beim am ehesten überlebensfähigen Gegenstück jener Programme erwünscht wären, die er in seiner ... äh ... bisherigen Umgebung für von Schwarzen betriebene Sender aufzustellen pflegte. Zumal unsere Computeranalysen anzeigen, Mr. Prior, daß das Temperament Ihres Klienten ihn durchaus kurzfristig in gewissem Umfang in Schwierigkeiten mit den Aufsichtsräten der Holokosmos bringen könnte.«

Dieser raffinierte alte Fuchs! In widerwilliger Anerkennung schüttelte Prior den Kopf. Die PKK mochte ein alter Hut sein und keinen Furz wert, aber das galt auf keinen Fall für Eugene Voigt. Sein Anerbieten eröffnete so viele Möglichkeiten, daß es Prior davon regelrecht schwindelte. Wenn das Ärgste eintreten und Flamen sich dämlicherweise auf eine ernste Auseinandersetzung mit der Holokosmos einlassen sollte, wäre es für ihn, Lionel Prior, ein geradezu wunderbarer Rettungsanker, auf Diablo zurückgreifen zu können; ein derartiges Talent ließ sich allzeit verkaufen. Zum gegebenen Zeitpunkt sah die Lage noch nicht so trüb aus. Aber falls Diablo wirklich dermaßen sauer auf seinen ehemaligen Boss war, wie Campbell glaubte, warum sollte nicht eine zusammengefaßte Flamen-Diablo-Show die einzige Sendung werden können, in der sich Skandale von

Niebs und Blanks aufgreifen ließen? *Das* würde das Interesse der Fernsehzuschauer zu Zehnmillionen finden — von Leuten wie Nora, zum Beispiel, und seinen Nachbarn, die halb fasziniert, halb abgestoßen waren von den menschenähnlichen Aliens, gegen deren Raubzüge sie bei Tag und Nacht gewappnet sein mußten...

Und mit solchen Aussichten würde der Holokosmos-Aufsichtsrat es sich, was sein Vorhaben betraf, Flamens Sendung abzuwürgen, sehr rasch anders überlegen.

Doch Prior behielt seine professionelle Geistesgegenwärtigkeit. »Naja«, sagte er laut, ohne etwas von seinen Erwägungen zu erwähnen, »natürlich ist es immer eine besondere Ehre, auf Wunsch einer Regierungsstelle mit ihr zu kooperieren, aber sicherlich haben Sie dafür Verständnis, daß ich nichts zusagen kann, ohne mich zuvor mit meinem Klienten zu besprechen, und ohne Zweifel muß ich auch erst einmal die rechtliche Situation recherchieren, bevor ich...«

»Wenn Sie Computerzeit brauchen«, unterbrach Campbell, »sagen Sie's nur. Offen gestanden, Mr. Prior, wir möchten Diablo *schnell* vom Hals haben — das heißt natürlich, wir möchten ihn in eine Position bringen, von der kein Gericht auf der ganzen Welt bezweifeln könnte, daß wir ihm alles geboten haben, was sich zur Fortsetzung seiner Berufstätigkeit in dem Umfang eignet, welchen zu erwarten ihn der Text des Blackbury-Vertrags berechtigen kann. Geld ist kein Problem. Wenn's sein müßte, würden wir sämtliche Einwohner aller Enklaven sofort in der Höhe ihrer gegenwärtigen Einkünfte auf Pension setzen. Aber wie schon angedeutet, diese Sache ist keine reine Geldfrage.«

Mühsam schluckte Prior. Er hatte ein verwaschen traumähnliches Empfinden, als habe er unbeabsichtigt eine winzige Menge irgendeines Halluzinogens zu sich genommen.

Er schlug alle Vorsicht in den Wind und rückte unumwunden mit dem Kernpunkt seines Problems heraus.

»Mr. Voigt, Matthew glaubt, daß die Holokosmos bezüglich der Störungen in unserer Sendung ... äh ... ein *falsches* Spiel treibt, weil sie gerne statt dessen eine weitere Werbesendung hätte und deswegen nach Mitteln und Wegen sucht, den mit uns abgeschlossenen Vertrag hinfällig zu machen. Nun frage ich mich, ob Mr. Campbells Angebot einer Unterstützung durch bundeseigene Computer sich womöglich auch auf ihre Verwendung zu dem Zweck ausdehnt, Art und Umstände dieses unseres Ärgers zu recherchieren?«

»Na, aber freilich, Mr. Prior«, gab Voigt ohne Umschweife zur Antwort. »Die Ausweitung der Reklamezeit wäre ein Verstoß gegen den Planetaren Kontrakt über die Kommunikation, den wir unmöglich dulden könnten.«

Bei sich legte Prior überschwenglich das Versprechen ab, Voigt neue Ohrhörer zu schenken.

»Abgemacht«, sagte er mit Nachdruck. »Jawohl, meine Herren — das betrachten wir als *unwiderruflich* abgemacht.«

Vorschriftsmäßige Aufschrift einer Flasche

Wirksame Bestandteile
Rez. per Kapsel 250 mg Dipsychococa-3,2-parabufotenintartrathexitol-Verbindung i. fest. Pufferstoff u. neutral. Gelatinehülle

Wenn man vor einem Fiasko steht, empfiehlt es sich, eine Brille aufzusetzen, damit man auch ein Paar Gläser hat

Dem Abgang Lylas und Flamens folgte ein bedrücktes Schweigen. »Tja, Dr. Spoelstra«, meinte schließlich Dan mit dem verzweifelten Gebaren jemandes, der aus Trümmern zu retten sucht, was noch zu retten ist, »ich kann nur vermuten, daß die eigentümlichen Bedingungen ihres Auftritts in einer Psychiatrie es waren, die sie aus ihrem regulären Psychorbit geworfen haben. Ich hoffe, Sie werden deswegen nicht zu der Auffassung gelangen...«

»Hallo! Warum machen hier alle so lange Gesichter? Ich dachte, die Veranstaltung sei ein Riesenerfolg.«

Alle drehten sich nach dem vorlauten Ankömmling um. In der Tür war Reedeth aufgetaucht und kam nun herüber, warf Ariadne unterwegs eine Kußhand zu.

»Was könnte man mehr von einer Pythoness erwarten«, ergänzte er, »als Orakel, die so klar und unmißverständlich sind, daß man sich nicht erst lange den Kopf darüber zu zerbrechen braucht? Sie müssen Dan Kazer sein, nehme ich an – ihr Mackero? Freut mich, Sie kennenzulernen. Mein Name ist James Reedeth, ich bin hier tätig. Ich glaube, Ihre junge Freundin hat bei Matthew Flamen gewaltig eingeschlagen, hm? Nachdem ich gesehen habe, daß sie zusammen abgeschwirrt sind, würde ich eine Lifesendung im DreiDe-Tele mit weltweiter Ausstrahlung voraussagen, und im Ergebnis...«

»Jim, du bist anscheinend manisch geworden!« entfuhr es Ariadne. »Was ist los mit dir? Laß den Quatsch, ja? Ich bin nicht in der Stimmung für so was.«

»Irrtum. Du glaubst, du bist's nicht, aber in Wirklichkeit bist du's. Ich hätte mir's selber denken müssen, aber es bedurfte einer Pythoness, um mir die Wahrheit zu zeigen. Ganz unabhängig davon, ob Ariadne weiter mit Ihnen in

Verbindung bleiben wird, Mr. Kazer, oder nicht, ich werd's bleiben, das versichere ich Ihnen.«

»Jim, halt den Mund!« rief Ariadne.

»Das werde ich nicht. Du hast selbst schuld. Du hast mir verboten, der Veranstaltung persönlich beizuwohnen, stimmt's? Hättest du mir gestattet, persönlich dabei zu sein, möglicherweise wäre dir über mich etwas gleichartig Aufschlußreiches enthüllt worden wie mir über dich. Aber verraten Sie mir doch bitte, Mr. Kazer, warum haben Sie sie geohrfeigt und aus der Trance zurückgeholt?«

»Nun... äh...«, begann Dan, der schreckliche Verlegenheit empfand, weil man Ariadnes Gesichtsausdruck deutlich ansah, wie sehr Reedeths Verhalten sie empörte. »Ja... äh... Sie haben sicher bemerkt, wie sie nach den ersten paar Orakeln in einen Wiederholungskreislauf verfallen ist: ›Als ich dies und das tat, traf ich einen Mann, mit dem dies und jenes war?‹ So was nennt man Echofalle. Man darf das nicht weitergehen lassen. Ich habe schon von Pythonessen gehört, die sich darin festgelaufen haben und nie wieder befreien konnten.«

Reedeth nickte. »*Ich* verstehe Sie unter diesen Umständen. Sonderbar — mir war noch nie in den Sinn gekommen, daß auch Pythonessen Berufsrisiken ausgesetzt sein könnten. Allerdings habe ich sie, muß ich wohl gestehen, auch nie ernsthaft beachtet. Aber von heute an, das dürfen Sie mir glauben, werde ich sie nie wieder unterschätzen.«

Dan widmete ihm ein mattes Lächeln der Dankbarkeit. Neues Schweigen entstand. Als eindeutig war, daß es nichts mehr zu sagen gab, nahm er seinen Recorder und wandte sich an Ariadne.

»Ich gehe davon aus, daß das Honorar...«

»Es wird vereinbarungsgemäß überwiesen«, fuhr Ariadne ihn an.

»Gut... Na gut, das ist dann wohl alles, glaube ich. Guten Tag.«

Kaum war er verschwunden, wirbelte Ariadne herum und begann mit Reedeth zu schimpfen. »Und was ist eigentlich in dich gefahren?!« brauste sie auf. »Habe ich nicht genug Ärger, ohne daß du dich wie ein Dummkopf aufführst? Flamen hat damit gedroht, seine Frau aus der Klinik zu holen.«

»Wieso regt dich das auf? Sie befindet sich nach einem privaten Vertrag hier, oder nicht? Also profitiert die Klinik so oder so ganz gewaltig an ihr. Außerdem würde jeder Mann, der sich nur halbwegs Gedanken um seine Frau macht, genauso empfinden, nachdem sie einige Monate lang hier behandelt worden ist.«

»Jim!« Entsetzt erbleichte Ariadne. »Wenn das Dr. Mogshack erfährt!«

»Was wir miteinander reden, erfährt er nicht. Harry Madison war heute morgen bei mir und hat meinen Pultomat repariert, und bei der Gelegenheit hat er ein paar interessante neue Tricks eingebaut. Komm – sprich dir alles unbesorgt von der Seele. Außer mir wird dir niemand zuhören.«

Sie starrte ihn für einen ausgedehnten Moment mit offenem Mund an. Als er ihre Hand ergriff und sie mit sich zog, folgte sie ihm vertrauensvoll wie ein Kind.

Wiederholter Gedanke Feldwebel Gordon K. Lorimers auf dem Heimweg von der Nachmittagsübung der BüWehr-Gruppe, der Lionel Prior angehört

›Zum Teufel, was NUTZT *es eigentlich, zu versuchen, die innere Sicherheit aufrechtzuerhalten, wenn die Einreisebehörden einen derartigen Scheiß bauen und Leute wie Morton Lenigo ins Land lassen? Und wenn man dann auch noch einen solchen Sauhaufen unfähiger Schlappschwänze sieht wie heute nachmittag...‹*

Ich bin derjenige, der völlig irrsinnig ist, dachte Flamen, als er die Kontrollen seines Skimmerautos auf die öffentlichen Verkehrsleitcomputer umprogrammierte und sich ins Warten fügte, bis sie für ihn eine Lücke im Verkehrsaufkommen fänden. Wie hoch war die Ordnungsstrafe für einen Bruch des monatsweise gültigen Vertrags über Celias Klinikaufenthalt? Wenn er sich recht entsann, eine Viertelmillion.

»Als hätte ich nicht schon genug Probleme am Hals«, murmelte er vor sich hin.

Neben ihm, in die Ecke des Sitzes gedrückt wie ein furchtsamer Vogel, fummelte Lyla am Saum ihres Schutzschleiers; entweder hatte sie ihn nicht gehört, oder sie schenkte seinem Genuschel keine Beachtung. Flamen blickte sie an.

»Was hat Sie dazu bewogen«, wollte er wissen, »meine Frau zu erwähnen?«

»Ich? Wann? Ach, Sie meinen, während meiner Orakel? Habe ich sie erwähnt?«

Flamen seufzte auf. »Ich wüßte gerne, was ich von alldem zu halten habe. Sind Sie bloß eine tüchtige Schauspielerin? Ist das alles nur ein erstklassig abgespulter Schwindel? Ich wußte gleich, daß ich den Namen Dan Kazer schon einmal gehört hatte, und vorhin, als wir gegangen sind, ist mir auch eingefallen, in welchem Zusammenhang. Er hat mal den Mackero für Michaela Baxendale gemimt, habe ich recht?«

»Ja.«

»Er hat sie mit seiner Mackerei reich gemacht, aber sie ist ein Pseudo geblieben. Und sie wird's immer bleiben. Es sieht so aus, als hätte sie nicht mal so viel Anstand besessen, den Burschen, der sie nach oben katapultiert hat, ein bißchen an ihrem Wohlstand teilhaben zu lassen. Sind Sie ihr je begegnet?«

»Nein. Dan spricht auch nicht allzu gern über sie.«

»Das wundert mich beileibe nicht. Ich finde sie schlichtweg rundum widerwärtig.« Zum allerletzten von bereits so vielen Malen überlegte er sich die Möglichkeit, in seiner Sendung etwas über sie zu bringen, und verwarf den Gedanken endgültig. Es gab nichts über sie zu enthüllen, wie ekelhaft es auch sein mochte, das nicht vollauf mit dem Image übereinstimmte, das sie in der Öffentlichkeit ohnehin genoß.

Sollten die Dinge weiterhin so laufen wie gegenwärtig, würde es die Matthew-Flamen-Show sowieso nicht mehr lange geben. Was morgen früh geschehen mochte, wenn Prior entdeckte, daß – wie zur Krönung der heutigen Meinungsverschiedenheit – Material eingeplant war, von dem er nichts ahnte, das nicht einmal bezüglich der Brauchbarkeit computerrecherchiert worden war, ehe es zur Endbearbeitung gelangte, wagte er im Moment kaum zu denken.

Dennoch war er fest entschlossen, es zu verwenden. Er hatte ausgezeichnete Aufnahmen gemacht; sie mußten für gut vier Minuten reichen.

Außerdem konnte eine solche Publizität Mogshack und seine Kollegen möglicherweise wieder abwiegeln, falls sie sich über seinen Verdruß wegen Celias Befinden ärgerten.

Trotzdem, Celia ... Er schüttelte den Kopf. Es wäre aussichtslos gewesen, sich einreden zu wollen, er sei unglücklich über die Trennung, oder auch nur, es habe ihn überrascht, als sich ihre Zwangseinweisung als notwendig erwies. Monatelang war sie nur noch aufgelebt, wenn es zu Streitigkeiten zwischen ihnen kam, und das war nach absolut keinen und niemandes Wertvorstellungen noch normal gewesen. Nichtsdestoweniger hatte es ihm nun einen gehörigen Schock versetzt, zu erleben, daß sie ihm – trotz allem nach wie vor ihr Ehemann – derartig eiskalt gegenübertrat, wie sie zu anderen Zeiten vielleicht zu einem Fremden gewesen wäre, der sie abzuschleppen versuchte.

An seiner Seite begann Lyla mit irgend etwas zu kramen. Im Augenwinkel sah er, wie sie aus der Tasche ihres Nix-Trikots die kleine, flache Flasche klaubte, die er schon am Anfang ihrer Vorführung flüchtig gesehen hatte, und sie in die Beuteltasche ihres Schutzschleiers schob.

»Was ist in den Dingern?« erkundigte er sich.

»Meinen Sie die Sibs?«

»Sibs?«

»Kürzel von SibyllPillen. Das sind welche.« Sie reichte ihm das Fläschchen. Ein grellgelbes Etikett mit dem Namen eines bekannten pharmazeutischen Unternehmens klebte darauf. Langsam entzifferte Flamen die Rezepturaufschrift.

»Mein Gott! Wenn das das Zeug ist, wofür ich's halte...! Sie wollen allen Ernstes behaupten, Sie haben vor noch keiner Stunde zweihundertfünfzig Milligramm davon geschluckt und dann die Klinik auf eigenen Beinen verlassen?«

»Es wird während der Trance vom Körper verbraucht. Aber auf jemanden, der nicht daran gewöhnt ist, wirkt es bestimmt recht stark. Dan hat's einmal probiert, und dabei ist er in einen so hohen Psychorbit geraten, daß ich dachte, er kommt nicht mehr. Und vielleicht war's so. Mich mit Ohrfeigen aus der Trance zu schrecken... So ein verdammter Vollidiot!«

»Und das Zeug ist allgemein im Handel erhältlich?«

»Na, es ist etwas, das ich nicht unbedingt daheim auf dem Herd zusammenbrauen möchte!« entgegnete Lyla entrüstet. »Es soll nach der Originalformel von Diana Spitz hergestellt werden, der ersten wirklich berühmten Pythoness... Jemand hat mir erzählt, sie war irgendwann kurz vor der Jahrhundertwende tätig.«

In aufrichtiger Ehrfurcht gab Flamen ihr die Flasche zurück. »Also gut, ich will's Ihnen mal glauben. Sie wissen also nicht, was Sie reden, wenn Sie sich im Trancezustand befinden. Niemand kann mit einer solchen Dosis bei klarem Bewußtsein bleiben.«

»So sagen Sie mir doch, was ich angeblich über Ihre

Frau geäußert habe! Und wieso hätte ich sie überhaupt erwähnen sollen?«

»Sie war unter den Teilnehmern.«

»Sie meinen die Ärztin, die...? O nein!« Lylas Augen weiteten sich in erheblichem Maße. »O je! Das tut mir furchtbar leid, Mr. Flamen. Ich war... äh... zu stark beansprucht. Ich hab's ganz einfach nicht bemerkt. Ist es ernst?«

»Bei der Einlieferung hat man mir versichert, das sei nicht der Fall. Aber... Verdammter Quatsch! Ich kenne meine Frau besser, als irgendein Arzt sie jemals kennen wird, Experten hin oder her, und ich sage, sie ist nicht in besserer, sondern in schlechterer Verfassung als zur Zeit ihrer Einweisung. Und wenn ich daran denke...«

Ja, was würden die Konsequenzen sein, zeigte man der Öffentlichkeit, daß eine von Mogshacks Patientinnen durch seine Behandlungsmethoden, statt zu genesen, noch mehr heruntergekommen war? Zusehends flutete Erregung Flamens Bewußtsein. Einer Heiligen Kuh von solchem Lebendgewicht hatte er noch nie das Messer angesetzt — jedenfalls nicht mehr seit jener Affäre, die ihm vor fünf Jahren den Aufstieg aus dem Regionalprogramm ins überregionale Sendenetz ermöglicht hatte.

»Ja, sagte er laut. »Jawohl, ich werd's tun! Es ist allerhöchste Zeit, daß jemand diesem Dr. Mogshack den Bart abkratzt.«

»Dann fangen Sie am besten an, indem Sie den Leuten verraten, daß jemand in der Ginsberg-Klinik sitzt, der besser bei Verstand ist als ihr Direktor.«

»Was?« Flamens Kopf ruckte herum. »Wer?«

Lyla legte ihre Hände auf die Schläfen und schwankte leicht, als sei ihr schwindlig. »Ich... ich weiß es nicht genau. Vielleicht ist die Sib diesmal nicht ganz verbraucht worden, weil Dan mich vorzeitig aus der Trance geschreckt hat. Ich habe gehört, wie ich etwas über diese Person sagte, aber ich kann mich nicht mehr erinnern, warum, und ich entsinne mich auch nicht mehr, wem es galt.«

»Aber auf jeden Fall einem Patienten?«

»Ich... Ja.« Lyla versuchte, ihre Stirn zu massieren, aber aufgrund ihrer Umhüllung mit dem Schutzschleier erwies sich das als undurchführbar, und daher warf sie das lästige Kleidungsstück zornig beiseite. »Oh, zur Hölle mit dem Ding! Dan besteht dauernd darauf, daß ich es immer trage, weil meine Versicherung sonst nicht leistungspflichtig ist, aber er braucht ja nicht ständig darunter herumzulaufen, daß ihm die Luft wegbleibt! Herrje, ich habe plötzlich Muffensausen! Noch nie sind bei mir nach einer Trance irgendwelche Nachwirkungen aufgetreten. Haben Sie ein Beruhigungsmittel an Bord?«

»Gewiß.« Flamen drückte die Taste des Spenders. Lyla nahm die Stimmungspille und schluckte sie.

»Ich krieg's nicht wieder zusammen«, gestand sie zum Schluß. »Entschuldigen Sie. Ich hätte Ihnen gerne mehr darüber mitgeteilt, aber ich konnte den Druck nicht länger aushalten.«

Flamen zögerte. »Sie können die Ginsberg-Klinik nicht leiden, soviel steht fest«, sagte er nach einem Weilchen.

»Der Kasten dreht mir den Magen um.«

»Aber wieso?«

»Ich weiß es auch nicht.« Lylas Stimme klang nun wieder gleichmäßig, und sie dachte nach. »Die ganze Atmosphäre behagte mir schon nicht, als ich eintraf. Dan meinte, das hätte wohl was mit den Hautausdünstungen der Patienten zu tun, aber es war eigentlich nichts, was man riechen konnte... Ach, ich kann's nicht sagen.«

»Sind Pythonessen denn sensitiv gegenüber Dingen, die andere Menschen nicht bemerken, auch ohne sich erst in Trance versenken zu müssen?«

»Naja, ich glaube, ich spüre durchaus ab und zu dies und jenes, aber das ist genauso bei meinen Bekannten, die keine Pythonessen sind.«

Schweigen folgte. Während es anhielt, durchdachte er verschiedenerlei Wege, wie er Mogshack am Zeug flicken könnte, und kam zu der entmutigenden Erkenntnis, daß er sie, um nachzuweisen, daß die Behandlung Celias Zustand verschlechtert statt gebessert hatte, wahrscheinlich einer Psychoprofilanalyse unterziehen lassen mußte. Und für Persönlichkeitstests geeignete Analogrechner zu mieten, war fürchterlich teuer, normalerweise Personen wie Regierungsverantwortlichen und Spitzenbonzen von Riesenunternehmen vorbehalten, von deren klarem Denkvermögen das Schicksal von Millionen abhing.

Aber vielleicht konnten ihn seine Computer auf eine Alternative hinweisen; sie waren keineswegs die besten der Welt, aber außergewöhnlich gut mit Informationen versehen. Und außerdem war da noch diese Andeutung, die Lyla gemacht hatte – über jemanden in der Ginsberg-Klinik, der geistig gesünder sei als ihr Direktor. Das mochte ein Anhaltspunkt sein, dessen Weiterverfolgung lohnte.

»Können Sie eigentlich herausfinden«, fragte er nach, »was Ihre Orakel bedeuten?«

»Oh, manchmal, ja. Ich bin ziemlich gut mit dieser Art von Kurzschrift vertraut, deren sich mein Unterbewußtsein bedient.«

»Glauben Sie, Sie könnten diese Person identifizieren, die Sie vorhin erwähnt haben – diesen Insassen, der geistig klarer ist als Mogshack?«

Lyla erwog die Frage mit einer Miene, die unmißverständlich Zweifel bezeugte. »Ich kenne keinen von den heutigen Anwesenden von früher«, sagte sie zuletzt. »Aber wahrscheinlich ist es nicht ganz ausgeschlossen, einen aufschlußreichen Hinweis zu finden. Natürlich müßte ich als erstes das Band hören ... Ja, das wäre ein Weg. Sagen Sie, dürfte ich mir Ihre Aufnahme anhören? Gott weiß, wann Dan mit seinem Recorder angetanzt kommt.«

»Sicher dürfen Sie. Jetzt gleich, wenn Sie mögen. Es ist ohnehin aus Gründen der Fairness angebracht, Ihnen die Aufzeichnung zu zeigen, bevor sie gesendet wird, für den Fall, daß irgend was dabei ist, wovon Sie möchten, daß ich's nicht verwende. Äh ... das heißt, wenn Sie keine Bedenken haben, mich allein zu mir zu begleiten ...?«

Lyla lachte verzerrt auf. »Halten Sie mich für 'ne Neopuritanerin? Das ist ein Luxus, den ich mir nicht erlauben kann.«

»Ja, das ist's vermutlich.« Flamen nickte. »Nicht so sehr die Haltung selbst, sondern deren Unterhaltung. Hmmm! So habe ich noch nie darüber nachgedacht, aber es ist wahr — die zusätzliche Kleidung, die man kaufen muß, gefertigt aus wesentlich mehr Stoff, die zusätzlichen KommNetz-Apparate, die man braucht, um nie mit irgendwem allein im Zimmer sein zu müssen, sondern mit allen auf Abstand Umgang pflegen zu können...«

»So war's nicht von mir gemeint«, unterbrach ihn Lyla. »Ich wollte sagen, eine puritanische Pythoness kann's nun mal nicht geben. Das Unterbewußtsein kennt keine Moral, stimmt's? Es hält sich an nichts als die Wahrheit, und daher... Na, man spricht ja auch von der ›nackten Wahrheit‹, nicht? Wäre es möglich, ich würde das wörtlich nehmen und überhaupt nichts tragen, nur Schmuck, nicht einmal so ein Nix-Trikot. Es ist ganz erstaunlich, wie sehr das hilft... Ich will Ihnen mal was erzählen, das Ihnen zeigt, was ich meine. Ich bin auf so 'ne hochanständige Schule geschickt worden, mit Uniformen und allem Drumherum... richtiggehend viktorianisch. Und mir wäre nie bloß im Traum eingefallen, ich könne zur Pythoness begabt sein, bis ich am Ende von dort abgehauen bin. Ich kam nach New York, hatte kein Geld, ich schlief bei Fremden auf dem Fußboden, ich lief praktisch in Lumpen herum, weil meine Klamotten natürlich schnell verschlissen, und da, ganz plötzlich, als ich nahezu mehr Dreck als Kleidung auf dem Leibe hatte, war mein Talent offenkundig, *zack!* Zuerst grauste mir, aber ich habe mich im Laufe der Zeit daran gewöhnt. Und später, nachdem ich Dan kennengelernt hatte, fand ich dann allmählich heraus, wie es sich fördern ließ.«

»Zum Beispiel...?«

Lylas hübsches Gesicht widerspiegelte unversehens Säuerung, wie Milch, in die man Zitronensaft schüttete.

»Sie sind kein Kind, Mr. Flamen. Verflucht, was glauben Sie denn, wie jemand es lernen kann, sich mit einer größtmöglichen Anzahl anderer Menschen zu identifizieren? Man macht, was sie machen! Man hungert mit ihnen, schläft mit ihnen, ißt und trinkt mit ihnen, man läßt von ihnen mit sich treiben, was sie treiben möchten, und bei alldem enthält man sich jedes Werturteils. Aber ich nehme an, das ist eine Einstellung, für die Sie kein Verständnis aufbringen können.«

»Warum nicht?«

»Verzeihung. Ich wollte nicht unfreundlich werden. Aber wie ich's sehe... Verdammt! Ich gebe zu, ich sehe mir Ihre Sendung niemals an. Bis gestern, als ein Freund Dans uns seine alte Kiste überlassen hat, gab's in unserem Apartment nicht mal 'n DreiDe-Tele-Gerät. Aber auf jeden Fall sind Sie ein Medienkiebitz, und verdienen Medienkiebitze etwa nicht ihr Geld, indem sie mit dem Finger schockiert auf andere Leute zeigen, so daß die kleinkarierte, selbstgerechte, lüsterne Masse der Fernsehzuschauer empört tun kann?«

»Ja, ich gebe Werturteile ab«, sagte Flamen nach kurzem Überlegen. »Allerdings tröste ich mich gewöhnlich damit, daß meine Opfer immerhin verdienen, was ich ihnen vor den Latz knalle. Lügner, Betrüger, Hochstapler und kleingeistige, machtgierige Aufsteiger... Ich kann Heuchler nicht ausstehen. Ich bezweifle, daß solche Typen Ihnen sympathisch sind.«

»Ich hoffe, das ist wahr«, sagte Lyla. »Ich möchte Sie gerne mögen. Ich würde gerne Leute immer mögen können.«

»Und mir gefällt's, wenn jemand mich mag. Das Problem ist bloß, in meinem Geschäft bekommen immerzu Randpersonen, ganz gleich, wie sorgfältig ich mein Ziel wähle, sozusagen mit einem Schuß vor den Bug, und das macht die Leute mir gegenüber... äh... ein wenig *schüchtern*...« Flamen beugte sich vor und spähte hinab auf die Siedlung aus geräumigen, modernen Häusern, die sie überflogen. »Wir sind fast da. Ein Momentchen noch, dann landen wir.«

Ich spreche mit Menschen- und Engelszungen und kenne kein Erbarmen

Da brüllte 1966 einmal ein Rundfunkpastor* aus vollem Hals über einen britischen ›Piraten‹-Sender:

»Sie kennen die Straßen in Ihrer Nachbarschaft, die Sie im Dunkeln nicht allein zu betreten wagen! Sie kennen die Straßen, durch die Sie Ihre Kinder nicht allein gehen lassen möchten, wenn sie auf dem Heimweg von der Schule sind!«

›Um alles in der Welt, wovon redet der eigentlich?‹ meinten seine Zuhörer und schalteten ab.

* Er war Amerikaner.

»In der sommerlichen Durchgangsphase deines Psychorbits gefällst du mir bedeutend besser«, sagte Reedeth und streichelte Ariadnes Haar. Sie reagierte, indem sie ihre Zähne in den fleischigen Teil seines Oberarms grub, und er zuckte mit einem Aufschrei zurück.

»Du bist immer so selbstzufrieden, wenn du deine Spannungen an mir ausgetobt hast«, schalt sie. »Aber du irrst dich, wenn du dir einbildest, ich sei völlig wehrlos — ich bin's nicht einmal jetzt.«

Reedeth seufzte und rieb sich die hufeisenförmigen Abdrücke, die ihre Zähne in seiner Haut hinterlassen hatten. Sie setzte sich auf und schwang ihre Beine über die Kante der Sprechzimmer-Couch; selbige war weniger bequem als ein Bett, hatte sich aber trotzdem recht gut bewährt.

»Bist du *sicher*, daß das Ding nicht in Betrieb ist?« vergewisserte sie sich zum fünften- oder sechstenmal, indem sie mit dem Kinn hinüber zum Pultomaten wies.

»Ja, ja und abermals *ja*«, antwortete Reedeth gedämpft. »Wie ich dir schon erzählt habe, als es von Harry repariert worden ist, hat er es in ganz beträchtlichem Umfang modifiziert. Wir müssen dafür sorgen, daß dieser Mann diese Umgebung verlassen kann, die nichts bewirkt als ihn an seiner Entfaltung zu hindern. Er verfügt über Befähigungen, die ... Ach, spielt jetzt keine Rolle. Ich wollte mit dir weiter über dich reden. Kannst du eigentlich an nichts anderes denken, als nur gegen alles und jeden in Abwehrstellung zu gehen?«

»Angreifbarkeit als angenehm zu empfinden, ist völlig irrational.«

»Andererseits ist es ebensowenig rational, auf der paranoiden Ansicht zu beharren, jeder sei nur darauf aus, dir irgendwie zu schaden. Und was anderes machst du selbst denn, wenn du zum grundlegenden Trauma eines Patienten vorstößt, als seine Schutzlosigkeit auszunutzen?«

»Haarspalterei«, sagte Ariadne mißgelaunt. »Bevor man einen Leistenbruch oder ein Magengeschwür behebt, muß man einen Einschnitt anbringen, oder? Niemand läuft mit großen, offenen Wunden in seinem Balg herum, bloß weil er meint, irgendwann müsse doch mal ein Arzt an seine inneren Organe.«

»Genausowenig läuft heutzutage jemand mit einem Klempnerladen von einer Ritterrüstung durch die Gegend, wenngleich ich einräumen muß, daß viele Menschen fürwahr ihre Bekleidung für nichts anderes halten und den Eindruck erwecken, als seien sie ständig darauf gefaßt, mit Bogen und Blasrohren beschossen zu werden. Doch was ist denn der Archetyp des perfekt beschirmten Menschen? Der Katatoniker.«

»Das klingt ja wie eines von Conroys Argumenten.«

»Bravo, bravo«, rief Reedeth spöttisch. »Es ist tatsächlich von ihm. Ich hab's immer für eine treffende Beweisführung gehalten, und ich betrachte die Sache heute keineswegs anders. Aber sag mir folgendes... Halt, nein warte!« Er hob eine Hand, um eine absehbare Unterbrechung ihrerseits zu verhindern. »Ganz im Ernst, Ariadne — was hat dich urplötzlich so nachgiebig gemacht? Weißt du's? Stets redest du über die Notwendigkeit, eine angemessene Distanz zu den eigenen Emotionen zu bewahren, und ich gebe zu, es ist bisweilen reichlich nachteilig, ihnen ausgeliefert zu sein. Nun hast du plötzlich dein Sicherheitsventil geöffnet, und es war wundervoll, ich wünschte, ich könnte dir beschreiben, wie herrlich es war... Aber wodurch ist es deiner jetzigen, nachträglichen Einschätzung zufolge denn geschehen? Ich möchte fair sein. Ich glaube, ich weiß, wie das gekommen ist, aber ich will dir eine Gelegenheit geben, von dir aus zum gleichen Ergebnis zu gelangen, damit du dich gegen eine Wiederholung schützen kannst.«

Ariadne zupfte nachdenklich an ihrer Unterlippe; als sie merkte, was sie tat, nahm sie die Hand in ärgerlicher Hast fort.

»Ich... Na, ich nehme an, es lag an deinem selbstsicheren Auftreten. Ich befand mich in ziemlicher Verwirrung, und angesichts deiner absoluten Selbstsicherheit war die Vorstellung, zu allem, was ich schon am Hals hatte, auch noch mit dir zu streiten – das war einfach zuviel.«

»Ja, genau das war auch meine Schlußfolgerung. Nun würde ich aber gerne noch etwas anderes von dir wissen, Ariadne.« Reedeth beugte sich vor, schlang die Arme um seine Knie. »Wieso bist du auf die Einschätzung verfallen, die Sitzung mit der Pythoness sei ein Fehlschlag gewesen? *Ich* habe sie – für eine Probeveranstaltung – als beachtlichen Erfolg empfunden, und ich bin der Meinung, dergleichen sollte so bald wie möglich wiederholt werden.«

»Der Auftritt hätte nicht so enden dürfen, wie's passiert ist, daß ihr Mackero sie ins Gesicht schlägt. Die Vorführung sollte mindestens eine halbe Stunde dauern. Und für einen Moment war ich aufrichtig erschrocken. Du weißt über die Droge Bescheid, die diese Mädchen nehmen, um sich in Trance zu versetzen?«

»Ja, die SibyllPillen. Ich habe den Pultomat gefragt. Das Mädchen muß einen wahrhaft phantastischen Stoffwechsel besitzen, um anschließend an nichts anderem als Reizbarkeit zu leiden. Aber allem Anschein nach handelt es sich dabei um ein bereits zur Genüge beobachtetes Phänomen. Die Fachliteratur enthält recht viel darüber. Hast du dich nicht vorher gründlich informiert?«

»Selbstverständlich habe ich das! Bloß...« Ariadne biß sich auf die Lippe. »Darüber was zu lesen, ist eine Sache, es mit eigenen Augen zu sehen, das ist etwas ganz anderes. Es muß mich recht stark erschüttert haben, und als Flamen sich dann über den Zustand seiner Frau beklagt hat, habe ich ihm wohl nicht unbedingt die höflichste Antwort gegeben, und daraufhin hat er ja gedroht, sie unserer Klinikbehandlung zu entziehen. Ich mußte daran denken, daß Mogshack mich möglicherweise deswegen um so mehr fertigmachen dürfte. Und genau in diesem Moment, als ich völlig überfordert und infolgedessen wehrlos war, hast du mich erwischt. Und das weißt du ganz genau, nicht wahr?«

»Ja. Aber ich gedenke mich nicht zu entschuldigen.«

»Das habe ich von dir auch nicht erwartet.« Mit einem Kopfschütteln stand Ariadne auf, bemächtigte sich ihrer Kleidung und begann sich wieder anzuziehen.

Ein bemerkenswertes, allgemein ersichtliches Beispiel für die praktische Anwendung von Xavier Conroys Ausspruch über den perfekt beschirmten Menschen

Im Anschluß an die Erklärung der Unabhängigkeit Paraguays von Spanien bediente sich der als *El Supremo* bekannte Diktator Dr. Francia einer sehr einfachen Außenpolitik: Niemand durfte das Land verlassen oder betreten, und er verbot absolut jeden Handel.

»Ach, das ist also Ihre Frau«, rief Lyla, deren Schutzschleier hinter ihr am Fußboden entlangschleifte, während sie Flamens Wohnsphäre in Richtung auf die Ecke durchquerte, in welcher an ihrem Ehrenplatz die Endlosfilm-Projektion Celias unablässig kreiste. »Jetzt erkenne ich sie. Was für ein Jammer... Sie ist so hübsch!«

Er hatte aus den Kameras, die er stets im Skimmerauto mitführte, die Filmkassetten mitgebracht und schob sie nun in die Öffnung des Wiedergabegeräts, wartete auf den leisen Bimmelton, der anzuzeigen pflegte, daß der Apparat die Aufnahmen entwickelt und synchronisiert hatte.

»Die Sachen sind jetzt natürlich in Realzeit«, bemerkte er. »Ich übergehe den Anfang und lege an der Stelle los, wo Sie mit dem Orakeln beginnen. Ich...«

Das KommNetz-Gerät summte.

»Verflucht noch mal«, schnauzte er den Automaten an, »ich bin nicht zu sprechen!«

»Priorität, Kennwort ›Große Lippe‹«, erwiderte Lionel Priors Stimme, und im nächsten Moment leuchtete der Bildschirm auf und zeigte sein Gesicht. Er wollte weitersprechen, sah jedoch, daß Flamen nicht allein war; ihm sackte der Unterkiefer herab.

»Matthew, hast du heute vollends den Verstand verloren? Jemand vom Holokosmos-Aufsichtsrat könnte anrufen, oder sonst irgendwer, der deinen Anschluß mit einem Prioritäts-Code überfahren kann. Und du bist verheiratet, verdammt und zugenäht... und zudem mit meiner Schwester.«

»Wie alle Neopuritaner hast du einen Geist wie eine Senkgrube«, sagte Flamen matt. »Aber da du nun schon an der Strippe bist, kannst du eingeschaltet bleiben. Das hier ist die Pythoness Lyla Clay. Sie hat einen Auftritt in der Ginsberg-Klinik gegeben, und ich habe alles aufgezeichnet. Wir wollten uns gerade die Aufnahmen ansehen, um zu schauen, was sich für die morgige Sendung verwenden läßt. Sind Sie als Heilpraktikerin oder so was angemeldet?« rief Flamen zu Lyla hinüber. Sie schüttelte gleichmütig den Kopf.

»Gut. Damit gibt's also keine Komplikationen. Und ich habe das Einverständnis aller betroffenen Patienten und der Ärzte ebenfalls festgehalten. Also mach dir keine Sorgen. Aber da wir uns ohnehin gerade unterhalten, können wir gleich zwei oder drei Angelegenheiten miteinander abklären. Zuerst möchte ich mich für mein Verhalten am heutigen Morgen entschuldigen. Mir war nicht klar, worauf du hinauswolltest. Ich hätte es besser wissen und dich nicht derartig behandeln sollen.«

Statt sich begütigen zu lassen, blickte Prior noch verstörter drein. »Äh... hältst du es für ratsam, private Dinge zu diskutieren, während...«

»Während eine Fremde zuhört? Lionel, ich habe Miss Clay heute nachmittag bei der Arbeit gesehen. Rundheraus, wo dies Mädchen ist, gibt's ohnehin keine Geheimnisse. Jahrelang verdiene ich nun schon mein Geld damit, anderen Leuten die Skelette aus dem Schrank zu holen — folglich wäre es Heuchelei von mir, so zu tun, als hätte ich selber keine im Haus. Also, ich bedaure, was ich dir heute früh an den Kopf geworfen habe. In Ordnung?«

»Hauptsächlich wegen der Geschichte, um die's dabei ging, rufe ich ja an. Ich habe die Sache nämlich geflickt.« Eine Andeutung von Selbstzufriedenheit erschien in Priors Miene. »Aber ich möchte darüber nicht öffentlich sprechen, wenn's recht ist.«

»Also, wenn ich störe...«, begann Lyla und stand in ängstlichem Entgegenkommen auf.

»Bleiben Sie, wo Sie sind«, sagte Flamen. »Ich will mich zunächst einmal mit der Ginsberg-Klinik befassen. Lionel, weißt du etwas über Mogshacks Methoden, oder hast du seiner Reputation immer genausoviel Vertrauen entgegengebracht wie deinem Heinzelmännchen?«

Prior errötete, bis er auf dem Bildschirm aussah wie ein

Klecks Rote Bete. »Matthew, wenn du dich derart billiger Seitenhiebe nicht entblöden kannst, dann...!«

»Lionel, ich habe dich was gefragt. Heute nachmittag bin ich Celia begegnet, und es steht fest, daß man sie dort in die Karikatur eines Menschen verwandelt. Hast du eine Ahnung, was man dort mit den Leuten anstellt?«

»Ja, natürlich habe ich das. Mogshack behandelt seine Patienten gemäß den allermodernsten therapeutischen Techniken. Für jeden einzelnen Fall ermittelt er ein spezielles, computerisiertes Persönlichkeitsprofil, und dann erstellen die Computer eine normative Kurve, auf die das anomale Verhalten des Patienten allmählich eingependelt wird, durch Methoden wie... Naja, ich bin natürlich Laie auf diesem Gebiet, aber ich gehe davon aus, daß man Medikamente verabreicht, und...« Er vollführte eine ausholende Geste. »Jedenfalls, man hilft den Patienten, bis sie sich wieder selbst zurechtfinden.«

»Auf mich macht das alles mehr den Eindruck, als ob man Zwangsjacken anfertigt und die armen Hunde später zurechtstutzt, bis sie hineinpassen«, meinte Lyla, dann legte sie sich eine Hand auf den Mund. »Oh! Verzeihen Sie... ich hatte eigentlich gar nicht die Absicht, mich einzumischen. Ist mir so rausgerutscht.«

Flamen schenkte ihr einen Seitenblick. »Ja, je mehr ich darüber nachdenke, um so nachhaltiger neige ich zu der Ansicht, daß Sie völlig richtig liegen. Lionel, wie schnell kann ich Celia dort herausholen?«

»Zum Monatsende, wie sich von selbst versteht, wenn die Verlängerung des Vertrags fällig wird. Es sei denn, du hast eine Viertelmillion Mäuse übrig, wie sie als Vertragsstrafe festgelegt sind, um sie zum Fenster hinauszuschmeißen.«

»Aber gibt es irgend etwas, das mich daran hindern könnte, ihren Fall unabhängig psychorecherchieren zu lassen?«

»Gegenwärtig gibt's praktisch nichts, das du nicht recherchieren lassen kannst, soweit deine Bedenken der

Computerzeit gelten«, antwortete Prior, und Flamen sah ihm an – begriff mit Verspätung –, daß er vor Begierde fast zu platzen drohte, mit seiner Neuigkeit herausrücken zu können.

»Spuck's aus!« raunzte er Prior an. »Ich bürge für Miss Clay.«

»Äh ... ah, na gut. Wie gelegen kommt dir kostenfreie Computerzeit von bundesbehördlicher Seite?« Wie ein schlaffer Sack lehnte er sich zurück und grinste, als er Flamens Gesichtsausdruck sah.

»Meinst du das ernst?«

»Gewiß. Wir müssen Gegenleistungen bringen, aber darüber können wir uns nachher verständigen. Aber es ist ein reelles Geschäft.«

»Herrgott, das ist mir klar! Wieviel?«

»Soviel wir brauchen, um das Sabotageproblem zu lösen. Und mehr. Kein Limit.«

»In diesem Fall«, sagte Flamen mit enormer Befriedigung, »ist das Sabotageproblem nicht das einzige, was ich bereinigen werde. Da gibt's außerdem jemanden, dem ich ganz schwer die Tour vermasseln möchte.«

Das Geräusch, mit dem man einen Code knackt, ähnelt gewöhnlich einem Fingerschnippen

»Und dann diese Sache, wovon ihr Mackero gesprochen hat«, sagte Ariadne. »Eine Echofalle.« Sie schauderte zusammen. »Damit ist anscheinend gemeint, daß das Bewußtsein sich in der Beschäftigung mit immer dem gleichen Thema verfangen kann, sich das Denken nur noch unablässig darum dreht ... wie ein Endlosfilm ... Jim, du hast mit dem, was sie von sich gegeben hat, etwas anfangen können, richtig?«

»Du auch, nur hast du's vorgezogen, es nicht einzugestehen. Nicht allein der Anblick, wie sie aufgestanden ist, obwohl sie eigentlich auf gar keinen Fall dazu in der Lage hätte sein dürfen, hat dich aus dem Gleichgewicht gebracht. Das fing schon vorher an, als sie sagte, du könntest den Kometen nicht das Kommen verbieten. Du bist eine sehr sexuell eingestellte Frau, und diese Tatsache kannst du nicht einfach leugnen, indem du versuchst, einen kometengleichen Psychorbit zu fliegen und den Großteil deines Lebens weit entfernt von der Sonne zu verbringen.«

»Sonne!« Ariadne stieß ein heiseres Lachen aus. »Dich als Licht meines Lebens zu haben, wäre mir in der Tat sehr unangenehm.«

»Sonne, S-O-N-N-E«, erläuterte Reedeth ungerührt weiter, »Sohn, S-O-H-N – ein zweiter Hinweis sekundärer Bedeutung. Du versuchst zu leugnen, daß du einen starken mütterlichen Instinkt hast, und das wird dir Verdruß bereiten, bis du ... Bist du an einer Computeranalyse deiner Daten interessiert?«

»Du hast die schamlose Frechheit besessen, in meinen Personaldaten herumzuschnüffeln?!«

»Natürlich nicht. Aber sobald sie mit dem Orakeln fertig war, habe ich mich bei meinem Pultomat nach der größten Übereinstimmung für jede ihrer Teiläußerungen erkundigt, und dafür hat er sofort dich genannt. Die anderen... Na, genaugenommen müßtest du dazu imstande sein, wenigstens eine der beiden anderen Personen zu identifizieren. Mir ist immer erzählt worden, Pythonessen würden in Rätseln reden, aber ich habe zwei der Personen erraten, auf die sie sich bezog, ehe mir die Computer die Richtigkeit meiner Mutmaßungen bestätigten.«

»Ich setze mich lieber hin«, meinte Ariadne unterdrückt. Sie nahm auf einem Stuhl Platz. »Nun«, sagte sie dann, indem sie schwer schluckte, »ich nehme an, eine war Celia Prior Flamen?«

»Freilich. Mutter Superior – Prioress. Ganz klar.«

»Allerdings haut das kaum um. Flamen ist ein bekannter Mann, und wenn er auch nicht gerade mit der Anwesenheit seiner Frau hier in der Klinik hausieren gehen dürfte, es kann nicht schwierig gewesen sein, davon zu erfahren.«

»Und dafür zu sorgen, daß sie zu den Zuschauern gehört? Sie ist ja erst heute morgen für die Grüneinkleidung eingestuft worden.«

»Ja, aber...«

»Ich will mich nicht auf Einzelheiten versteifen«, sagte Reedeth. »Ich behauptete lediglich, daß diese Orakelmethode offenbar sehr brauchbar ist für schnelle Kurzdiagnosen. Ihr ist die Hingabe ihres Mannes an seine Karriere ein Dorn im Auge, nicht wahr?«

»Hmmm... Ja, ich verstehe: ›Hamlet hat ihr die kalte Schulter gezeigt‹, das heißt, sie sieht ihren Mann auf der Bühne des Lebens immer im Mittelpunkt. Das paßt, ich geb's zu. Wie war der Rest – etwas über Neid auf Ophelia?«

»Genau. Ganz zu schweigen von ›da reihte sie sich ein in die Kolonne‹ – nämlich als Nonne. ›Geh in ein Kloster.‹* Und sie hat da Zuflucht genommen. Dank Mogshacks heuchlerischer Glattzüngigkeit haben wir ja hier die Zellen

* Hamlet III, I – *Anm. d. Übers.*

in der Tat ›Klausen‹ zu nennen. Im wesentlichen besagt das also, was die Pythoness über sie geäußert hat – und was die Computer anscheinend bekräftigen –, daß man sie niemals zu uns hätte einliefern sollen, denn sie zu isolieren, erlaubt ihr bloß, ihr eigenes Selbstmitleid gehörig auszukosten. Beruhigt dich das ein wenig hinsichtlich Flamens Drohung, sie abzuholen?«

»Nun, wenn die Computer behaupten, sie sei draußen besser dran, wird's ja wohl so sein ... Aber wie sollte es ihr helfen, sie zu ihrem Mann zurückzuschicken? Ursprünglich war es ja seine Gegenwart, die sie nicht zu ertragen vermochte.«

»Also müssen wir uns nach einer Alternative umschauen. Ich weiß nicht, *was* sie braucht, aber es muß etwas sein, das ihren heftigsten Emotionen gleichwertig ist. Endogenen Spannungen kann man nicht entgehen, indem man sich äußerem Stress entzieht. In einem Fall wie ihrem benötigt man den Druck von außen als eine Quelle der Ablenkung.«

»Ich werde das überprüfen«, versprach Ariadne leise. »Aber ausschließlich auf das Wort einer Pythoness ... Was wird Mogshack dazu sagen?«

»Er wird den Verlust einer Patientin beklagen. So hält er's doch immer. Du brauchst dich aber nicht allein auf ihr Wort zu stützen. Die Einschätzung seiner geliebten Computer kann er wohl kaum in Frage stellen. Lyla Clay hat lediglich unsere Aufmerksamkeit auf Dinge gelenkt, die wir vorher nicht beachtet haben. Dein Einfall war ganz einfach wahnsinnig gut. Vielleicht sollten in Psychiatrien auch Pythonessen zum Personal gehören.«

Sie lächelte lau. »Wer war die dritte Person?« fragte sie nach einem Moment des Schweigens. »Ich komme nicht drauf.«

»Um ehrlich zu sein, ich glaube, ich hätte es auch nicht erraten. Obwohl ich an ihn gedacht habe, weil ich ständig an ihn denke. Harry Madison?«

»Was? Ich denke, du spielst mir mal lieber die entsprechende Aufnahme vor. Das kann ich überhaupt nicht nachvollziehen.«

Reedeth wies den Pultomaten an, ihr den Wunsch zu erfüllen, und als sie noch einmal der hellen, klaren Stimme Lylas gelauscht hatten, wie sie zu einem unfaßlichen Höhepunkt des Entsetzens emporschrillte, schüttelte Ariadne verblüfft den Kopf.

»Preis fürs Lügenaufbauen. Ein Mann, der kein Aas ist. Welchen begreiflichen Zusammenhang könnte das mit Harry haben?«

»Ich habe gefragt und zur Antwort seinen Namen genannt bekommen.« Reedeth atmete tief durch. »Die einzige Schlußfolgerung, die ich daraus ziehen kann, lautet ... Naha, womöglich hat er den Computern mehr verraten als uns.«

»Was meinst du damit?«

»Sieh mal, jeder weiß, daß Harry Madison seit Monaten reif zur Entlassung ist, aber er sitzt hier aufgrund rechtlicher Unklarheiten fest. Er kann nicht in die Obhut seines gesetzlichen Vertreters entlassen werden, wie das Gesetz es vorschreibt, weil die Armee nichts mehr von ihm wissen will. Ich kann ihn nicht einmal in meine eigene Fürsorge entlassen, weil es dafür keine rechtliche Grundlage gibt — meine gegenwärtige Lizenz gilt nur für die Klinikpraxis. Und er ist der einzige Nieb im Haus, das heißt, die Mehrzahl der übrigen Patienten meidet ihn. Da ist es doch nicht verwunderlich, daß er die Maschinen, mit denen er den ganzen Tag lang arbeitet, zu seinen Vertrauten macht, oder?«

»Im wahrsten Sinne des Wortes?«

»Jedenfalls haben die Computer ihn sofort als die dritte Person identifiziert. Offenbar wissen sie also mehr als ich über ihn. Kann sein, sie wissen sogar mehr über ihn, als er selbst über sich weiß. Das wäre ja nicht das erste Mal. Und da fällt mir ein ...« Seine Stimme verklang, und er durchpflügte nachdenklich seinen Bart.

»Was denn?«

»Gerade habe ich mich an etwas erinnert.« Angespannte Erregung befiel Reedeth. »Gib acht. Während du die Vorbereitungen für den Auftritt der Pythoness getroffen hast, habe ich mich bei meinem Pultomat erkundigt, was eigentlich Mogshack davon halte, daß Flamen hier schwerbeladen mit Aufnahmegerät aufkreuzte, und ich erhielt eine Antwort, die... Nun, offen gestanden, in dem Moment dachte ich, das sei so etwas wie eine Flachserei, und dann bin ich abgelenkt worden, deshalb habe ich mich erst jetzt wieder daran erinnert. Ariadne, hast du je gehört, daß eine Maschine einen Scherz gerissen hätte?«

»Einen *Scherz?*« wiederholte sie ungläubig. »Nein, natürlich nicht.«

»In diesem Fall ist es nicht bloß Madison, über den die Automaten mehr wissen, als mir bekannt ist, sondern das gleiche gilt für Mogshack! Mein Gott! Das ist ja gräßlich!«

Verwirrt mustere Ariadne ihn. »Jim, du... Was ist dir? Du siehst urplötzlich wieder verhärmt aus. Du siehst auf einmal richtig *alt* aus!«

»Das wundert mich nicht«, antwortete er grimmig. »Wollen mal sehen, ob ich den Wortlaut wiederfinde.« Er blickte auf seine Armbanduhr. »Die Zeit muß... hmmm... oh, ungefähr zwischen vierzehn Uhr dreißig und fünfzehn Uhr gewesen sein.« Er wandte sich an den Pultomaten und befahl ihm, die Aufnahmen zu überprüfen, die er in jenem Zeitraum angefertigt hatte.

»Find mir unseren Wortwechsel bezüglich Dr. Mogshacks Motiv für sein Einverständnis mit Matthew Flamens Anwesenheit wieder«, beendete er seine Anweisungen. Für einen längeren Moment herrschte Stille. Dann spielte die Maschine, während im Hintergrund der Sekundenzähler tickte, das aufgenommene Gespräch vor.

Reedeth: »Wie findet Mogshack es, daß Flamen die Veranstaltung zur etwaigen Ausstrahlung aufzeichnet?«

Automaten: »Jede Publizität, die sich eignet, um verbreitete Mißverständnisse über die Aufenthaltsbedingungen in dieser Klinik zu zerstreuen, in der so viele Bürger des Bundeslandes New York mit großer Wahrscheinlichkeit einen Teil ihres...«

Reedeth: »Ich muß schon sehr bitten! Ich möchte keine PR-Mitteilung hören. Daß Mogshack an Publizität in der Show eines Medienkiebitz wie Matthew Flamen gelegen ist, kann man normalerweise doch wohl nicht erwarten. Die Leute verbinden diese Sendung hauptsächlich mit Enthüllungen und Skandalen. Also, warum billigt Mogshack diese Aufnahmen?«

Automaten: »Dr. Mogshack billigt alles, was seinen persönlichen Ehrgeiz fördert.«

Reedeth: »Und der zielt worauf ab?«

Automaten: »Mindestens die Bevölkerung des Bundeslandes New York in seine Behandlung zu bringen, vorzugsweise jedoch die Bevölkerung der gesamten Vereinigten Staaten.«

Ein Knacken unterbrach die Aufzeichnung von Reedeths anschließendem leisen Lachen, aber diesmal klang es nicht im geringsten nach Heiterkeit.

Nachher ist man stets klüger

»Nicht einmal mit dem Vorteil eines gewissen Grades von historischer Perspektive, dessen Vorhandensein man an unserem zeitlichen Standort – ein paar Jahrzehnte später – erwarten können müßte, ist es allzu leicht, die Gründe zu definieren, warum die Gesellschaft des späten zwanzigsten Jahrhunderts nach einer relativ langen Periode der Konsolidierung und Homogenisierung einen so heftigen Prozeß der Zersetzung durchgemacht hat. Besonders zwei Faktoren erschweren die Analyse: Erstens der Umstand, daß der menschliche Verstand sich nicht sonderlich gut dazu eignet, Informationen aus verschiedenartigen Quellen nebeneinander zu bewerten (z. B. persönliche Erlebnisse neben dem Inhalt einer Geschichtsstunde in der Schule, gedruckte Daten neben vom TV gelieferten Daten), und die angeblich simplizistisch lineare Gutenberg-Ära – falls sie je richtig anfing – ihr Ende fand, ehe sie mehr als einen verschwindend geringen Teil der Menschheit beeinflussen konnte; zweitens, daß der oben erwähnte Prozeß heute nicht einfach nur weitergeht, sondern sich vielmehr beschleunigt.

Man kann jedoch, wenn auch mit aller gebotenen Vorsicht, auf drei Hauptursachen verweisen, die – wie tektonische Vorgänge in den tiefen Schichten der Erdkruste – nicht allein Erschütterungen größeren Maßstabs erzeugen, sondern wirkliche Brüche hervorrufen, deutlich genug, um sich in ihrer Einzigartigkeit abzuheben: Ereignisse, die man als psychologischen Erdrutsch bezeichnen könnte.

Die verblüffendste dieser drei hauptsächlichen Ursachen ist ohne Zweifel die unvorhergesehene Ablehnung von Rationalität, die unter uns Verbreitung gefunden hat. Möglicherweise läßt sich anführen, daß sie in solchen Phänomenen wie der Übernahme von Rassenwissenschaft, Hörbigers präwissenschaftlicher Welteislehre und anderer inkongruenter Lehren durch jene technisch brillante Subkultur, die man Nazis nannte, ihre Schatten vorauswarf. Aber erst gut zwei Generationen später setzte Irrationalität sich als abgerundetes Prinzip durch, und es stellte sich klar heraus, daß die liebste Ambition einer sehr großen Anzahl von Angehörigen unserer Spezies dem Ziel galt, die Kraft des Verstandes vollkommen zu verwerfen – im Idealfall die gleiche Art von Leben zu genießen wie eine Laborratte mit Elektroden in den Reizzentren des Hirns, die innerhalb der Reichweite von Futter und Wasser mit Freuden verhungert.

Rund sechzig Prozent der Patienten, die sich zur Zeit in den Psychiatrien Nordamerikas aufhalten, sind darin, weil sie sich alle Mühe gegeben haben, ihr Ziel mit der Hilfe psychedelischer Drogen zu erreichen.

Aber das ist keineswegs die einzige Ebene, auf der man die Wirkungen des zur Debatte stehenden Prozesses nachzuweisen vermag. Es ist allgemein bekannt, daß eine der Wachstumsindustrien des einundzwanzigsten Jahrhunderts das Zauberei- und Hausgöttergeschäft ist, an erster Stelle vertreten durch das Multimilliardenunternehmen Conjuh Man AG, das sämtliche Negro-Enklaven und einen Großteil der einstigen Kolonialländer fest in der Hand hält und mit solchen Tochterfirmen wie Heinzelmännchen AG rasch in vorgeblich hochgeistigere Gebiete expandiert.

Es ist ohne weiteres völlig klar, woher ihr schneller und anhaltender Erfolg rührt. Unsere Gesellschaft wird nicht länger von Individuen gelenkt, sondern von Amtsinhabern; ihre Komplexität ist so groß, daß die Situation des Durchschnittsbürgers sich durchaus mit der eines Stammesmitglieds in der Wildnis vergleichen läßt, dessen Horizont von der Ausdehnung eines einzigen Tals begrenzt wird, für den das Wissen um den Zyklus der Jahreszeiten eine hart erkämpfte intellektuelle Errungenschaft ist und dessen einzig mögliche Reaktion beim Auftreten von Trokkenheit, Flut oder verdorbener Ernten daraus besteht, böse Geister zu hypothetisieren, die man durch Opfergaben und auch Selbstaufopferung besänftigen muß. Der Allgemeinheit sind keine ökonomischen Äquivalente der Wettervorhersagen zugänglich. Die Daten, die es erlauben würden, dergleichen über die TV-Sender auszustrahlen, werden eifersüchtig von den Priestern gehütet, die Firmengöttern dienen, und alle Außenseiter sind dazu verurteilt, sich gewissermaßen mit den physisch spürbaren Konsequenzen von rätselhaft unbegreiflichen Jahreszeiten abzufinden. Man gehe in Urlaub; wenn man zurückkommt, wird man entdecken, daß wieder irgendeine städtische Landmarke so spurlos verschwunden ist, als hätte ein Erdbeben einen Berg eingeebnet...

Mit diesem ersten ist der zweite Faktor eng verknüpft, den man vielleicht die Vergesellschaftung der Paranoia nennen kann. Innerhalb nur einer Generation ist die individuelle Besorgnis um unser Unvermögen, es mit den geballten Hilfsmitteln computerisierter Unternehmen, Regierungsstellen und anderer öffentlicher Institutionen aufzunehmen, im Anschwellen des Vertragsrechts und dem Aufblühen des Vertragswesens zu einer größeren Industrie als der Werbung resultiert. Ein einfaches Kaufgeschäft kann sich zu einem wochenlangen Gerangel unter Mitwirkung von drei, vier oder mehr verschiedenen computerisierten Beratern an diesem einen Kaufvertrag entwickeln. Für *alles* sind Verträge erforderlich. Nur um einen Zahn plombiert zu bekommen, muß man Einstufungen vornehmen lassen, Erörterungen durchstehen, Verbesserungen durchfechten und zu guter Letzt ein Dokument von zwanzig oder dreißig Seiten Länge unterschreiben. Eltern schließen mit Schulen Verträge über die Bildungsvermittlung an ihre Kinder ab; Ärzte gehen Verträge mit ihren Patienten ein, und falls die Patienten zu krank oder geistig zu beeinträchtigt sind, um einer computerisierten Prüfung der Rechtslage standzuhalten, verweigern sie die weitere Behandlung, bis jemand sich findet, der *compos mentis* ist und bereit, als Bürge einzuspringen. In dieser wohlhabendsten Gesellschaft der gesamten Menschheitsgeschichte verhalten wir uns wie knickrige Geizhälse, die die Aussicht entsetzt, bloß auf eine einzige Münze zu verzichten.

Indem wir uns damit abfinden, daß sich hinterm lächelnden Gesicht des Kaufmanns, dem ernsten Mitgefühl des Arztes, der formellen Autorität des Bürokraten die unbeschreibliche Macht eines Megahirn-Computers verbirgt, fühlen wir uns naturgemäß weit genug herausgefordert, um nach eigenen Machtsymbolen zu streben, und die billigsten davon und zugleich jene mit – wie man sagen könnte – der größten Eindruckskraft sind zweifelsfrei Waffen.

Zweimal während meines bisherigen Lebens habe ich miterleben müssen, wie mein Heimatland in der Gefahr schwebte, in Fetzen zu gehen wie ein Reifen, dem das Profil davonfliegt: Zuerst anläßlich der Schwarzen-Rebellionen anfangs der achtziger Jahre, dann bei der Kriegspsychose in den neunziger Jahren. Das erste dieser Geschehnisse hat unsere Sprache um ein neues Wort bereichert, das zweite hat es uns unauslöschlich ins Gedächtnis eingebrannt. Das von Marcantonio Gottschalk begründete Kartell ist wohlüberlegt nach dem Vorbild einer Familie strukturiert worden – der kleinsten sozialen Zelle, von der man meint, daß man sie schützt, wenn man gepanzerte Bildfenster statt herkömmlichem Glas installieren läßt, wenn man im Vorgarten so liebevoll Minen eingräbt, wie man Rosensträucher pflanzt. Und diese Methode hat sich als psychologisch außerordentlich wirksam erwiesen.

Heutzutage wechselt die Normalfamilie ihr Waffenarsenal so oft wie unsere Großeltern das Auto; sie läßt ihre Granaten genauso nachschauen wie die Feuerlöscher; Mann, Ehefrau und minderjährige Kinder gehen zu Schießübungen, wie man früher zum Bowling ging. Mit aller Selbstverständlichkeit nimmt man an, daß es noch am Abend, am folgenden Tag oder sonst irgendwann nötig sein wird, einen Menschen zu töten.

Neben der Flucht vor der Rationalität und der Vergesellschaftung der Paranoia macht sich ein dritter Faktor bemerkbar, der mit den beiden anderen Faktoren verzahnt ist. Wohin wenden, sobald die gewohnten Quellen der Ermutigung uns im Stich lassen? Der Mensch braucht irgendeine Art von psychologischem Rettungsanker. Das war immer so. In manchen Ländern ist es möglich geblieben, das öffentliche Image einer Regierung beizubehalten, die dies Bedürfnis deckt, aber hier bei uns stand das gänzlich außerhalb des Machbaren. Einmal war die Mehrheit aller Amerikaner stets mißtrauisch gegenüber eingreifenden Maßnahmen der Regierung. In einem großen Land ist die Regierung immer weit fort, und unsere geistigen Wurzeln gründen viel tiefer in der Vergangenheit als das Aufkommen der modernen, superschnellen Kommunikationsmittel. Zum anderen macht die ungeheure Vielschichtigkeit unserer Gesellschaft es dem einzelnen unmöglich – wie gutwillig er auch sein mag –, in seiner Amtsposition wesentliche Reformen in die Wege zu leiten – das Gewicht der administrativen Trägheit, die dem entgegenwirkt, ist viel zu groß. (Außerdem haben gutwillige Leute kein Interesse mehr an öffentlichen Ämtern. Sie sind zu gescheit, um sich der Gefahr von Attentaten auszusetzen, und nur verblendete Idioten wie unser gegenwärtiges Staatsoberhaupt lassen sich noch dazu hinreißen, hohe Ämter zu bekleiden. Anständige Menschen verlangen nicht nach Macht.)

Was jedoch dieser Hoffnung, nämlich auf eine glaubwürdige Regierung, den letzten Sargnagel einhämmerte, waren die Schwarzen-Rebellionen in den achtziger Jahren, die zeigten, daß die Bundesbehörden nicht einmal die Fähigkeit besaßen, in weiten Teilen der Städte die Ordnung zu gewährleisten, bis hin zu und einschließlich Washington DC.

Religionsgemeinschaften versagten auf nahezu spektakuläre Weise ebenso – gemeinsam mit der Regierung –, als sich immer deutlicher erwies, daß die sogenannten ›gottlosen Feinde‹ unseres Lebensstils sich nicht nur auf viel mehr Loyalität stützen konnten, sondern zudem ihre vergleichsweise beschränkten Ressourcen besser zu nutzen verstanden.

Die Menschen blieben mit buchstäblich nichts anderem

als dem Götzen namens Computer allein, in den weniger einfallsreiche Personen nunmehr ihren Überschuß an anderweitig wertlosen Glauben zu investieren geneigt sind, und eine Handvoll Leute, die man als Gurus bezeichnen könnte – Ärzte, Psychologen, Soziologen und überdies jeder, der (oder jede, die) so redet, als ob er etwas versteht und die unausgegorenen Kräfte beherrschen könnte, die allgemein gespürt und allgemein gefürchtet werden.

Um zu illustrieren, wie absurd der Prozeß mittlerweile verläuft: Es gibt eine ganze Anzahl von Personen, die sich nach mir als ›Conroyaner‹ ausgeben. Ich möchte betonen, daß sie das ohne meine Einwilligung tun, und außerdem, soweit ich das überblicken kann, ohne sich in irgendeiner Hinsicht auch nur im entferntesten auf mich berufen zu können. Ich heiße es nicht gut, wenn man sich meinen Namen – oder den irgend jemandes – vollkommen sinnlos anhängt.«

Einleitung zu von Xavier Conroy an Teilnehmer seiner Vorlesungsreihe »Zeitgenössische Amerikastudien« ausgegebenem Textmaterial

Schließlich stieß Ariadne ein gekrächztes Auflachen aus. »Jim, du wirst das doch nicht ernstnehmen! Übersiehst du die Tatsache, daß Harry Madison immerhin hier Patient ist? Sein Fall ist mir nicht näher bekannt, und ich weiß, daß du ständig wiederholst, er gehöre eigentlich entlassen, und nicht erst seit heute, aber man kann bestimmt davon ausgehen, es existieren gute Gründe dafür, daß seine Entlassung noch nicht stattgefunden hat. Und sicher ist ...« — an dieser Stelle begann ihre Stimme wieder nach mehr innerer Überzeugung zu klingen — »... wenn er sich so sehr mit den Automaten vertraut gemacht hat, daß er sie dazu bringen kann, solchen Blödsinn zu äußern, ist das beileibe kein Zeichen von geistiger Gesundheit. Ganz im Gegenteil!«

Reedeth ließ sich in seinen Sessel zurücksacken, als wollten die Beine ihn nicht länger tragen. »Madison kann die Hauptdatenspeicher nicht antasten«, sagte er. »Er kann nur Änderungen an den Funktionen vornehmen, wie etwa Zensurschaltungen eliminieren — genau das hat er anscheinend an meinem Pultomat getan. Um an die Hauptspeicher zu gelangen, benötigt man einen geheimen IBM-Code, und ich weigere mich zu glauben, *den* könnte Harry herausfinden, indem er sich bloß mit den Funktionen befaßt. Sehe ich das richtig?«

»J-ja. Ich meine, ich nehm's an.«

»Ich *sage* dir, daß es so ist. Verläßt du dich auf die Automaten hier im Haus?«

»Nun ...«

»Ja oder nein?«

»Muß man ja wohl!« brauste Ariadne auf.

Reedeth beugte sich vor. »Na, dann also schön: Du hast von diesen *verläßlichen* Automaten soeben die klare Diagnose Megalomanie vernommen. Vor ein paar Minuten hast du bereitwillig das akzeptiert, was sie über die Orakel der Pythoness von sich gegeben haben. Was ist an diesem Fall anders? Nur die Person.«

»Jim, du gibst dich einem Selbstbetrug hin«, sagte Ariadne mit fester Stimme. Man konnte fast hören, wie ihr Verstand rundherum die Schotten dichtmachte, panzerte gegen alles außer ein geistiges Äquivalent von Atomwaffen. Wieder die unterkühlte, beherrschte, archetypische Doktorgestalt, die ihre Patienten gewohnt waren, stabile Säule der Autorität inmitten einer chaotischen Welt – sogar ihre Lippen, sinnlich weich vom Liebesspiel, schrumpften wieder auf ihre übliche Schmalheit zusammen –, strebte sie zur Tür.

»Wenn du so versessen darauf bist, zu glauben, was dein Pultomat sagt, nachdem ein Patient daran herumgepfuscht hat«, fügte sie hinzu, ehe sie hinausging, »würde ich empfehlen, du läßt dir von ihm mal ein paar Einsichten über deinen Neid auf Dr. Mogshack vermitteln.«

Dann war sie fort.

OIS an Alle

»Alarmstufe Rosa für Ost- und Nordbereiche der Stadt New York, Gelb für das Gebiet des Bundeslandes New York, ich wiederhole, Rosa für Ost- und Nordbereiche der Stadt New York. Es war erwartet worden, die Demonstration von X-Patrioten am Kennedy Airport werde sich im Anschluß an die Bekanntgabe, daß Morton Lenigo Einreisebehörde und Zollabfertigung passiert hat, friedlich auflösen, aber unglücklicherweise hat sich herausgestellt, daß das nicht der Fall ist. In einer Reihe aufwieglerischer Hetzreden haben Rädelsführer behauptet, seine Ankunft leite einen entscheidenden Knieblanks-Siegeszug ein. X-Patrioten und andere Extremisten strömen mit Skimmerautos, Bodenfahrzeugen und vermutlich auch RapiTrans ins Stadtgebiet New York. Die Mehrzahl ist bewaffnet, viele schweben im Psychorbit, und alle sind potentielle Gewalttäter. BüWehr-Gruppen in Bereitschaft gehen, BüWehr-Gruppen in Bereitschaft! Warten Sie auf Befehle von den Offizieren der Organisation für Innere Sicherheit. Wiederhole, Alarmstufe Rosa für Ost- und Nordbereiche des Stadtgebiets New York. Ende-Ende-Ende. Bleiben Sie für weitere Mitteilungen auf Empfang.«

Wenn man sich im Finstern ängstigt, kann man eine Taschenlampe mitnehmen, aber es gibt keinen billigen, tragbaren Schutz vor Einsamkeit

Lyla unterbrach den Weg vom Lift zur Wohnung vorm KommNetz-Apparat am Ende des Korridors; wie die meisten KommNetz-Sammelanschlüsse, die man in diesen jämmerlichen Neubau-Wohnblocks installierte, war das Gerät klobig, häßlich und mit Panzerplatten gewappnet, und man konnte es wahrscheinlich nur mit einer Bombe lahmlegen. Als sie ins Fach schaute, entdeckte sie darin nur eine Pfütze Betriebsflüsssigkeit — die Hausverwaltung hatte das Kopierpapier ausgehen lassen. Den Apparat in Gang zu haben, wenn sich nichts aufzeichnen ließ, war reiner Schwachsinn.

Doch sie befand sich in zu kläglicher Gemütsverfassung, um sich über so etwas zu ärgern. Ihr depressiver Zustand hatte begonnen, kurz bevor sie Flamens Haus verließ, und ihn so erfreut über irgend etwas zu sehen, das sie nicht begriff — das Resultat seiner rätselhaften Unterhaltung mit dem Dicken namens Lionel —, war nur dazu geeignet gewesen, ihre Niedergeschlagenheit zu vertiefen. Unvermittelt war die Welt freudlos für sie geworden. Vielleicht waren Nachwirkungen der SibyllPille dafür verantwortlich, aber sie konnte auf keinerlei vorherige Erfahrungen zurückblicken, um Vergleiche zu ziehen. Noch nie war sie mit Ohrfeigen aus der Trance geholt worden.

Und schlimmer: Dans Wort hätte sie nicht geglaubt, aber nachdem sie Flamens Aufnahmen gesehen hatte, war es unmöglich, die Notwendigkeit weiterhin anzuzweifeln. Echofallen waren in drei ihr bekannten Fällen der Tod von Pythonessen gewesen — ihr geistiges, nicht körperliches, und daher um so ärgeres Ende.

Nun mußte sie sich mit einem unüberschaubaren Haufen von Problemen auseinandersetzen: der Tatsache, in eine Echofalle geraten zu sein (Aus welchem einsichtigen Grund?), den ungewissen Folgen dessen, den Rest der Droge stoffwechselmäßig im Normalzustand, nicht in der Trance, verarbeiten zu müssen, und dem seltsamen Nachhallgefühl, das sie während des Skimmerflugs zu Flamen dazu gebracht hatte, Äußerungen zu tun, die auf nichts anderes als ein Orakel hinausliefen.

Indem sie den Kontaktschlüssel mit seinem nur einmal existenten Magnetmuster gegen das Schloß der Wohnungstür drückte, versuchte sie, zu entscheiden, ob die Person, über die sie geredet hatten, auch jene gewesen war, deren Anwesenheit sie in die Echofalle getrieben haben konnte. Wie es hieß – wenngleich das Talent einer Pythoness zu fragil war, um mit Laborversuchen mehr Klarheit darüber schaffen zu können –, mußte unter den Zuschauern eine außergewöhnlich starke Persönlichkeit sein, eine Person mit so starker Aura von Autorität, daß sie ihre sämtlichen Versuche zu unterbinden vermochte, sich von ihr ab- und einem anderen Anwesenden zuzuwenden.

Flamen selbst? Sie hatten gut eine Stunde damit zugebracht, die drei Orakel zu diskutieren, die sie bei ihrem Auftritt vollständig aussprechen konnte, und zuletzt gefolgert, daß keines davon auf ihn zutraf. Das hatte ihn spürbar erleichtert.

Flugs huschte sie unter der Falltür hindurch, die sich öffnete, wenn man das Türschloß mit dem richtigen Schlüssel kontaktierte, und sicher arretiert blieb, bis man die Tür wieder zumachte; sobald sie drinnen war, sperrte sie die Welt mit einem dumpfen Knall aus.

»Dan?« rief sie und warf ihren Schutzschleier über den Haken, aber er fiel auf den Boden, und sie mußte ihn umsichtiger aufhängen.

Keine Antwort.

Sie ging zum Kühlschrank und fand darin den Rest eines Brotlaibs mit Schimmel darauf sowie Erdnußbutter, die so alt war, daß ihr Öl herausgeeitert war. Aber Lyla verspürte sowieso keinen Hunger. Im Tiefkühlfach lag ein Sortiment blauer, grüner und brauner Fläschchen, deren Inhalt sehr kalt gehalten werden mußte, wollte man den gewöhnlichen Zeitraum seiner Verwendbarkeit verlängern; in einer braunen Flasche, auf der sie Dans Handschrift erkannte, entdeckte sie noch anderthalb HappyPillen und schluckte sie.

Daraus ergab sich so gut wie nichts. Wahrscheinlich waren die Pillen durch zu lange Lagerung unwirksam geworden. Lyla trat ans Wandbrett der Küche und schabte mit der Kreide in dicken Großbuchstaben HAPPYPILL. unter die aktuelle Einkaufsliste. Gegenwärtig war nicht einmal Meskal auf Lager, und sie mochte sich momentan der Aufgabe einer Neuzubereitung nicht stellen. Keine alkoholischen Getränke waren da, keine Joints, nichts in der Art. Sie dachte an Mikki Baxendale in ihrer luxuriösen Atelierwohnung und empfand eine Anwandlung des Mitgefühls für Dan, der so dicht vorm großen Geld gestanden hatte.

Aber das Bett war noch nicht repariert, infolgedessen begann sie gleich wütend auf ihn zu werden. Wie eine schlecht ausgestopfte Puppe ließ sie sich in einen geflickten Aufblas-Sessel sinken, lehnte sich zurück und starrte verdrossen empor zur Zimmerdecke.

Niemals zuvor hatte sie sich nach einer Sitzung so wie jetzt gefühlt. Normalerweise war sie aufgeregt, erfreut über die Anklänge von wichtigen Bedeutungen, die im Wortmaterial ihrer Orakel zum Vorschein kamen, stets bereit, die halb im Gewirr unterbewußter Assoziationen verborgenen Hinweise zu verfolgen, und gegen Abend — oder sonst irgendwann danach — auch sexuell sehr ansprechbar.

Versuchsweise betastete sie ihren Körper. Ihr war, als berührte sie einen Leichnam.

Also wandte sie sich erneut dem Problem ihrer Ratlosigkeit zu, froh darum, daß die HappyPillen ihre Bedrücktheit wenigstens ein bißchen behoben hatten, so daß sie dazu imstande war, die Mühe als lohnend zu empfinden, sich zu konzentrieren und nachzudenken.

Wenn jemand unter den Zuschauern sie so stark beeinflußt hatte, daß daraus für sie eine Echofalle geworden war, lag die Annahme nahe, daß es sich bei dieser Person um eben jene handelte, die sie meinte, als sie sagte, sie sei geistig gesünder als der Klinikdirektor. Wer konnte das sein? Welche Art von Patient mochte sich in der Ginsberg-Klinik aufhalten, nicht weil er verrückt war, sondern geistig in anomalem Maße gesund?

Es hatte keinen Zweck, befand sie nach einiger Zeit, daß sie sich darüber den Kopf zerbrach. Sie war nie fähig gewesen, ihre Orakel ohne fremde Hilfe zu analysieren; sie wünschte, Dan wäre da, um sie mit ihm durchsprechen zu können, immer wieder die Aufnahmen anzuhören, so daß die Worte sich ihrem Verstand einprägten. Wohin konnte dieser blödsinnige Mack bloß verschwunden sein?

Um sich zu beschäftigen, sprang sie schließlich auf und begann wie ein Wirbelwind mit dem PolyReiniger durchs Apartment zu eilen, der anstandslos allen Staub und Dreck verschlang. Die Morgenpost hatte sich inzwischen im schmierigen Rückstand der verfallenen Bücher auf dem Gabenteller vorm Heinzelmännchen-Schrank gänzlich zersetzt; sie klaubte alles mit den Händen auf und warf es in die Toilette. Als sie zum viertenmal abziehen wollte, versagte die Wasserspülung, und in der Toilettenschüssel klebte zäh der letzte gräuliche Klumpen.

Plötzlich ergriff unbeherrschbare Wut von ihr Besitz. Sie lief zurück zum Heinzelmann und packte ihn an den Segelohren. Es handelte sich um ein Exemplar des Modells YJK, für Personen des außerstandardmäßigen Klientenkreises — wie Pythonessen und andere besondere Begabungen — am besten geeignet... jedenfalls dem beigefügt gewesenen Werbungsschreiben zufolge. Das Heinzelmännchen ähnelte einem bärtigen Alfred E. Neumann und hielt als Symbol des Glücks eine Angel in der Hand.

»Glück und Wohlstand!« fauchte sie es durch die Zähne

an. »Lügner-Lügner-*Lügner!* Verfluchter *Lügner!*« Bei jedem Wort zerrte sie mit beiden Händen an der Figur, in der Hoffnung, sie irgendwie demolieren zu können, aber das weiche Plastik nahm immerzu wieder seine vorherige Form an; nur die Angel konnte sie zu einem laschen Fragezeichen verbiegen.

»Na, dann werden wir dich...!« stieß sie hervor und stampfte hinüber zu dem einen aufmachbaren Fenster. Sie riß es weit auf und wollte den Heinzelmann die mehr als dreißig Meter hinunter auf die Straße werfen, doch im selben Augenblick zuckte aus der Dunkelheit ein Laserstrahl heran und fuhr in den Fenstersturz, überschüttete sie mit Staub und Betonsplittern.

Lyla keuchte auf, umklammerte das Heinzelmännchen wie ein Kind seine Puppe und ließ sich der Länge nach zu Boden fallen. Für ein Weilchen war sie sich keiner anderen Dinge bewußt als der Verkrampfung ihrer Muskeln, der Drangsal ihres eigenen Entsetzens und ihres wuchtigen Herzklopfens. Vor ihrem geistigen Auge sah sie unablässig nur sich selbst zusammengesunken überm Fensterbrett liegen, wie es hätte kommen können, wäre der Laserschuß richtig gezielt gewesen, quer auf der Brust eine Brandwunde.

Zu guter Letzt gewann sie genug Gefaßtheit zurück, um daran zu denken, das Licht zu löschen, das Fenster zu schließen — ganz vorsichtig, von der Seite und mit ausgestrecktem Arm — und den Heinzelmann wieder in seine Nische zu stellen, sich entfernt darüber im klaren, daß es, hätte sie ihn tatsächlich zum Fenster hinausgeworfen, einen Riesenkrach mit Dan gegeben hätte. Die siebentägige Probezeit lief morgen ab, und wenn sie ihn dann nicht retournieren konnten, mußten sie zweitausend Mäuse blechen.

Anschließend spähte sie durchs Fenster nach draußen, um zu schauen, was sich eigentlich tat. Eine Nebenwirkung der HappyPillen bestand darin, daß sie das Hörvermögen stark herabsetzten; sie mußte mit ihrem Gehör durch eine Art von dämpfendem geistigen Schleier lauschen, um die leisen Geräusche von außerhalb erfassen zu können, doch nun, da sie ihre Aufmerksamkeit voll darauf richtete, bemerkte sie ein vertrautes auditorisches Wahrnehmungsmuster, das ihr im normalen Zustand sofort schockhaft in die Knochen gefahren wäre. Kaum hörbares Singen und Trommeln erscholl, als könne man plötzlich den Kreislauf des Monstrums Stadt hören wie über einen Verstärker den menschlichen Pulsschlag; das Schreien eines Kindes, auf der Straße zwischen Polizeibarrieren gefangen, die Eltern zu feige, um herauszukommen und einzugreifen; einmal war sie dabeigewesen — im Alter von etwa vierzehn Jahren —, wie ein Ehepaar mit Mittelschicht-Status sich während eines Krawalls, in dem ein Sohn der beiden festhing, in aller Ruhe darüber unterhielt, ob es, falls man ihn später tot auffand, noch ein Kind haben solle, oder ob man zu alt sei, mit einer Adoption vielleicht besser beraten...

In ihrer Erinnerung ertönte plötzlich die Stimme des Gottschalk-Neuen, wie er ihnen... *was* anbot? »...Knarren einschließlich Fabrikgarantie für bloß dreiundsechzig Eier...« In blinder Wut ballte sie ihre Hände zu Fäusten. Vermutlich war das da draußen wieder einer ihrer schmutzigen Verkaufstricks. Derlei gehörte zum üblichen Repertoire der Gottschalks: Sie suchten eine Wohngegend aus, in der ihr Absatz unterdurchschnittlich blieb, schürten dort die Gerüchte, bis irgendwem der Geduldsfaden riß und es zur unvermeidlichen Frontstellung zwischen Blanks und Niebs kam, und am nächsten Tag nutzten sie die Entnervtheit der Menschen aus, um Schußwaffen, Granaten und Minen zu verkaufen.

Aber da unterbrach ein Dröhnen aus der Höhe ihren Gedankengang, und sie kauerte sich unterhalb des Fensterbretts nieder, um nach oben zu spähen. Sie sah einen Kampfhubschrauber der Polizei unter seinen Rotoren dahinschweben und begriff im selben Augenblick, daß sich draußen nicht bloß ein Reklamegag der Gottschalks abspielte. Das dort oben war einer der großen Apparate, dazu imstande, ganze Häuserblocks einzuebnen. Sie hatte so etwas schon in den Nachrichtensendungen gesehen...

Nachrichten! Sie besaßen jetzt einen DreiDe-Tele, oder nicht? Sie ging hinüber, wütend über die eigene Vergeßlichkeit, machte wieder kehrt, um erst das Fenster zu verdunkeln – mit dem Schießwütigen draußen ließ sich anscheinend nicht spaßen, und es war möglich, daß er auf den Widerschein des Bildschirms feuerte, selbst wenn sie das Gerät vom Fenster wegdrehte –, dann folgte sie dem Verlauf des Kabels, das am Boden lag, bis sie den Kontakt fand. Als sie ihn an die Wand drückte, begann der Fernsehapparat zu summen.

Die Holokosmos sendete Werbung. Natürlich, die Haupteinschaltzeit hatte schon längst angefangen. Der Global brachte Werbung. Werbung vom Njet-Njet-Sender (Njet-Njet sagte man scherzhaft für NY/NJ, New York und New Jersey). Werbung von PanKan...

Was war das? Da betätigte sich irgendein nicht gekennzeichneter Sender, genau zwischen PanKan, der großen kanadischen Fernsehanstalt, deren Ausstrahlungen man hier über eine Starrantennen-Relaisstation in zwanzigtausend Meter Höhe empfing – die Station kreiste nicht in einer Umlaufbahn, sondern hing wie ein Drache an einem monomolekularen Kabel –, und dem Nachbarkanal, ausschließlich dem französischsprachigen Programm Quebecs vorbehalten. Etwas flimmerte über den erhellten Bildschirm, das gar nicht vorhanden sein durfte.

Behutsam drehte sie den Knopf und adjustierte den Empfang genau auf den Zwischenbereich, und da sah sie einen fetten Knieblank in westafrikanischer Gewandung grinsen und in verwaschenen Farben schwimmen, als umgebe ein dünner Film von Öl und Wasser jeden scharfen Rand. Sie war auf einen der PiratSatelliten gestoßen, wahrscheinlich nigerianisch oder ghanaisch, von denen man jedes Jahr zwei oder drei in den Orbit schoß, wo sie über Gegenden mit unzufriedenen schwarzen Minderheiten tätig blieben, bis die PKK Abfangraketen finanzieren konnte, um sie herunterzuholen. Die afrikanischen und asiatischen Staaten waren von der PKK auf Distanz gegangen, kaum daß man sie gegründet hatte, und verweigerten den von ihr aufgestellten Regeln jede Anerkennung.

»Bruddahs un'Schawesters«, sagte der Mann auf der Mattscheibe in makelloser Nachahmung des herb-süßen Gullah-Kreolen-Jamaika-Akzents, den so viele Niebs in den schwarzen Enklaven Amerikas bevorzugten, »wir widderlegen Mistah Weißling seine Lügenpropaganda! Wir ham die *Wahrheit* auf unsere Seite, un' die Lügen von denen Weißkäsen wer'n wir noch vorm Endsiech entlarven, dem großen Schdurm und Tornaduh des Negro-Zorns und Vergälltung! In Njuh York Schdadt ist schon die Kacke am Dampfen, Bruddhas un' Schawesters!«

Das Bild wechselte und zeigte ein Satellitenfoto New Yorks, und man erkannte auf den ersten Blick, daß einiges nicht stimmte. Viele Häuserblocks weit war die Straßenbeleuchtung ausgefallen, und silbrige Fäden schienen darüber hinwegzufegen: Düsenausstoß von Raketengeschossen.

»O Herrgott!« stieß Lyla fast im Flüsterton hervor, die Fingerknöchel einer Hand in einer kindischen Gebärde der Bestürzung an die Zähne gepreßt.

»Da sind die X-Patrioten anne Arbeit, Bruddhas un' Schawesters«, erläuterte die widerlich selbstzufriedene Stimme. »Vorkämpfer Mohton Lenigo, frischauf rüber vonne tri*jumpf*ahlen Schalachten mit die britische Rejierung, ich sach nur *Cah*diff, Schwattmann-chester, Birming*ham*!« Dazu entsprechende Aufnahmen aus vergangenen Nachrichtensendungen eingeblendet: der Vulkanausbruch von Trümmern, in dem Cardiff Castle himmelwärts zerstob, der letzte weiße Oberbürgermeister Manchesters, wie man ihn barfuß und in Ketten zu einem startbereiten Skimmerauto der Regierung trieb, Lenigo persönlich in Birminghams berühmten alten Bull Ring, umgeben von grinsenden Niebs.

»Da isser, um euch faule Negros innen Hintern zu treten!« fügte die Stimme streng hinzu. »Wann wollter endlich die Weißkäsens aus Njuh York fottjachen – hä?! Heut abend? Warom nitt? *Ihr* seid am Zuch, Bruddhas un' Schawesters! Jeder Meder un' Zendimeder von denne *groß-o-o-o-ßen* Wolkenkratzen un' denne *ti-e-e-e-fen* Tiefkomplexern ist getränkt mit SCHWARZEM BLUT ...«

Verkrampft löste Lyla den Kontakt mit einem Ruck von der Wand, und der Apparat verstummte, der Bildschirm erlosch.

Sie haben Morton Lenigo hereingelassen? Sie haben *Morton Lenigo* hereingelassen? Sie haben MORTON LENIGO hereingelassen?

Unmöglich. Nein, das konnte nicht wahr sein. Im schwachen Licht, das durch die Fenster an der von der Straße abgewandten Seite ins Apartment sickerte, betrachtete Lyla sich selbst, ihre leicht angebräunte Fischbauchweißhäutigkeit, dachte in etwa *Weißfisch steh nich mit Kopp in Sonne sonst gibstu leichtes Ziel ab.*

»Dan?« fragte sie mit zittriger Kinderstimme. »Dan?«

Aber er war nicht da. Inmitten der Dunkelheit, in einer Stille, nur unterbrochen vom fernen Kampflärm, der je nach unvorhersehbaren Wendungen ab- oder anschwoll, wartete sie so passiv wie das Heinzelmännchen darauf, daß irgendwer oder irgend etwas sie vor der unerträglichen Wirklichkeit der Welt in Schutz nahm.

Der konservative Marcantonio Gottschalk – vielleicht konservativ, weil vom alten Schrot und Korn –, Großvater des Clans, residierte in den traditionellen MafiArealen der Küste um New Jersey; ganz anders Anthony, Wjatscheslaw oder jemand anderes von der transistorisierten/computerisierten/progressiv-dynamischen jüngeren Generation. Für sie war die Wüste von Nevada die bis zum letzten verteidigbare Heimstatt: in sich zusammengezogen wie eine geschlossene Seeanemone, die auf den Moment harrte, der früher oder später kommen mußte, da sie *Schwupp!* und den großen Fang machte.

Und nun ging es nachgerade planmäßig los mit dem gewaltigen *Schwupp!* Anthony Gottschalk, dessen Konterfei seit fünfzig Jahren keinerlei behördliche Akten schmückte, dessen mehrsilbiger Vorname – anders als im Fall Marcantonios – nicht zum Allgemeinwissen zählte, der sich jedoch bereits Gedanken über eine mögliche Verlängerung um noch ein paar Silben hingab, damit der Name der letztendlich in Aussicht befindlichen Würde der Geschäftsführerschaft besser entspreche (gegenwärtig bevorzugt: Antonioni; an zweiter Stelle: Antoniescu – ohne besonderen Grund, nur weil ihm der Klang behagte), lauschte in seiner Nevada-Festung den Geräuschen unterm Fußboden, die von der wichtigen Arbeit zeugten, welche schaffe-schaffe! an seiner Triumph-Trumpf-Geheimwaffe *Robert* Gottschalk erfolgte – wie Robs zur absichtlichen Irreführung ausgewählter Name lautete, da es ausgeschlossen war, das Projekt völlig vor der Wachsamkeit der regierungseigenen Computer geheimzuhalten, er auf diese Weise allerdings als so etwas wie ein früh entdeckter, hochbegabter, nur leider durch Schußwaffen und Granaten verwundbarer Neuling aufgefaßt werden konnte...

Aber Robot Gottschalk war durch buchstäblich nichts verwundbar. Im Festungswohnsitz seines Quasi-Vaters

Anthony wuchs er siebzig Meter unter den tiefsten Fundamenten heran wie ein Embryo, tief im Felsen der Erde; die Geräusche der Arbeit an ihm drangen durch Tunnel herauf, die später mit Panzerpforten verschlossen werden sollten; um seine fest verankerten Schaltsysteme dann noch beeinträchtigen zu können, müßte man die Verseuchung oder Zerballerung der gesamten westlichen Hälfte des ganzen Kontinents riskieren.

Anthony Gottschalk, stämmig, schwarzhaarig, aber mit sehr heller Haut und milchigen Augen, atmete die saubere, sanfte Brise, die aus der Wüste wehte und über seinen Grundbesitz strich, die Düfte von Orangen, Zitronen, Bougainvillea und Jasmin herantrug. Die einer nach dem anderen gestarteten Coups ließen sein Gemüt erstrahlen wie von Morgenröte: Waffenverkäufe an Blackbury, die der alte, geistig festgefahrene Marcantonio aus Furcht vor einem Querschuß der Bundesregierung nicht gewagt hätte (Aber wer in *dem* Haufen von Clowns, fragte sich Anthony, würde sich wohl irgendeinen Quatsch erlauben, selbst wenn man dort davon erfuhr?); der Hinweis an Detroit, wie man das Morton-Lenigo-Patt beheben könne; und heute war es prompt behoben, alles weitere entwickelte sich prächtig, mit Aufständen beinahe vor Marcantonios Haustür (Herrgott, wie wunderbar!); und das größte und profitabelste Ding von allen, allen, allen hatte er erst noch in Vorbereitung...

Sein Bewußtsein mäßigte sich wieder ein wenig; es hatte sich dank keiner stärkeren Droge als des bloßen Wissens um seinen bevorstehenden Erfolg in nahezu manische Höhen emporgeschwungen. Marcantonio war achtzig, das stelle man sich mal vor, *achtzig!* Hätte sich schon vor Jahren zur Ruhe setzen sollen. In der Ära von Pfeil und Bogen hatte er das Kartell ja löblich geleitet, aber nun, in diesem modernen Zeitalter, war er einfach nutzlos, weil kurzsichtig und übervorsichtig. Rob dagegen, dessen Installation kurz vor ihrem Abschluß stand, war auf der Höhe der Zeit, von ihm lagen bereits Reports vor, konnte man, indem man in dies Terminal den richtigen Code tippte, schon Teilbewertungen erhalten...

Er wandte sich um, beugte sich über das Pult mit der Tastatur und holte Informationen über den aktuellen Stand der Entwicklung ein. Wahrscheinlicher morgiger Umsatz im Bundesland New York: $ 12000000, plus/minus $ 1500000. Umsatzquote fürs ganze Land: 35%. Großprojekt-Realisierung in der vergangenen Stunde an Wahrscheinlichkeit um drei Punkte gestiegen!

Anthony Gottschalk vollführte ein kleines Step-Tänzchen der Freude. Die Lenigo-Revolte machte sich echt gut. Könnte es sich nur einrichten lassen, daß irgendein abgeirrtes Geschoß Marcantonio erwischte...

Aber nein. Keinesfalls. Der Alte war dort in seinem New Jerseyer Wohnsitz mindestens so gut geschützt wie er (Anthony) hier, Wjatscheslaw weiter droben, irgendein anderer Poly. Es dürfte Rob brauchen, um in seiner Verteidigung eine Lücke aufzuspüren.

Er würde es schaffen. Es gab nichts auf dem Kontinent, nichts auf dem ganzen *Planeten*, das sich mit Rob Gottschalk vergleichen konnte; die Bundesregierung (Wieherndes Gelächter) blutete infolge ihrer umfangreichen Waffenkäufe beim Gottschalk-Kartell zusehends aus, während die Hydra der Insurrektion wie ein Schwelbrand im Wald mal da, mal dort aufflammte, heute hier, morgen anderswo, übermorgen in fünfzig Städten gleichzeitig, und hätte sich so etwas niemals leisten können. Am nächsten kam ihm womöglich Oom Paul in Capetown, jener Computer, der es fünf Millionen Weißen über eine Generation lang erlaubt hatte, rund um die Niebs, die ihnen soviel Haß entgegenbrachten, zum Hohne Ringelreihen zu tanzen. Dort lag übrigens die zweite Marktzone für sein Großprojekt; er hatte an Großbritannien gedacht, aber seit der Zerstörung von Whitehall konnte man Großbritannien vergessen. Die Leute drüben waren kaum noch dazu imstande, Schrotflinten zu bezahlen.

Und sobald man Marcantonio zu Grabe trug – an der

Spitze eines zehn Kilometer langen Trauerzuges, verstand sich, denn er war zu Lebzeiten immerhin ein bedeutender Mann gewesen –, gab es fortan so gut wie gar keine Grenzen mehr für die Möglichkeiten, die den Gottschalks offenstanden. Bapuji in Asien und Olayinka in Afrika konnten schneller verkaufen, als ihre Fabriken zu produzieren vermochten. Zack-zack, wie mit dem Hackebeilchen eines Schlachters Trennungslinien zwischen Männern da und Männern dort gezogen, zwischen Frauen und Frauen, zwischen Männern und Frauen... Hmmm! Letzteres vielleicht nicht gerade; Vermehrung war erforderlich, um den Absatz langfristig zu garantieren... In Lateinamerika war die Geburtenrate auf jeden Fall noch immer unmenschlich hoch...

Er lachte. Was sollte es in Zukunft noch für einen Sinn haben, sich auf die Tätigkeit des eigenen Hirns zu verlassen? Er verdankte ihr Rob, damit mochte es genug sein; und Rob hatte – noch vor seiner endgültigen Fertigstellung – durch eine Erpressung Morton Lenigo ins Land gebracht, etwas das die hiesigen Melanisten zwanzig Jahre lang und länger nicht geschafft hatten, und innerhalb von Stunden nach seiner Ankunft sauste das Diagramm, das die voraussichtliche Umsatzwahrscheinlichkeit anzeigte, nach oben, *sauste* nur so aufwärts! Aus diesem Blickwinkel gesehen – spöttisch zog Anthony Gottschalk im Geiste einen imaginären Hut –, war von nun an Robot Robert (›Rob‹) Gottschalk das wahre Oberhaupt des Kartells, ungeachtet dessen, wer titelmäßig der Großvater sein mochte.

Natürlich ließ sich schwerlich erwarten, daß Lenigo hier gelang, was er in Großbritannien fertiggebracht hatte: bewaffnete Knieblanks-Patrouillen an den Straßenecken, während die heruntergekommenen Blanks unter finsteren Blicken aus schwarzen und braunen Gesichtern zu ihrer schlechtbezahlten täglichen Plackerei schlurften, verzweifelt sparten, selbst wenn das hieß, ihren Kindern Essen verweigern zu müssen, um Gottschalk-Waffen kaufen zu können, die man an Fallschirmen über entlegenen Gegenden abwarf, dem walisischen Hochland, dem Marschland von East Anglia, den Moorlandschaften von Devon und Yorkshire, durch Blanks-Kommandotrupps über Stadtgrenzen schmuggeln und zu Schleuderpreisen weiterverscherbeln ließ.

Nichtsdestotrotz, wenn seine bloße Anwesenheit eine augenblickliche Panik von solchem Ausmaß hervorrufen konnte, mußte Rob sich schon durch diesen seinen Ratschlag – sinngemäß: ›Hier fehlt bloß Lenigo!‹ – bereits am Tag nach seiner planmäßigen Fertigstellung bezahlt machen.

Was konnte man mehr verlangen?

Wenn du dran bist, bist du dran, da ist nichts zu machen, warum also sich grämen, das ist es, was ich immer sage

Ungefähr um ein Uhr, als es in der heimgesuchten Stadt wieder ruhiger war und die Kampfhubschrauber abberufen worden waren, ohne daß sie mehr als zwei oder drei Straßenzüge hatten einäschern müssen, bemerkte Lyla, daß sie am Fußboden unterm Klapptisch eingeschlafen sein mußte, der durchaus als Schutz gegen Glassplitter oder Bruchstücke der Zimmerdecke dienen konnte. Ihre Gliedmaßen waren sehr steif und ausgekühlt, und geweckt hatte sie das schrille Summen ihres KommNetz-Anschlusses, das anzeigte, daß auf sie oder Dan draußen am Ende des Korridors ein Gespräch wartete.

Das war ein alter Trick bei Unruhen, um in solchen Blocks wie hier Leute zum Türöffnen zu verleiten. Sie ignorierte das Geräusch, angewidert von seiner Hartnäkkigkeit.

Als es nach längerer Zeit schließlich ausblieb, fiel ihr ein, daß der Trick auch dem Zweck dienen konnte, zu ermitteln, ob sich jemand im Apartment aufhielt oder nicht, und daraufhin kroch sie auf allen vieren in die Küche, wo sie ihre Pistole aufbewahrten, die hinten in einem Schrankfach verstaubte. Die Waffe war ziemlich alt — Dan zufolge war sie schon in den achtziger Jahren während der Blackbury-Insurrektion verwendet worden —, aber damals pflegte man Dinge so zu bauen, daß sie für einige Zeit hielten, und als Dan sie kurz vor Ostern nachgesehen hatte, war sie noch funktionsfähig gewesen.

Sie konzentrierte sich auf ihr Gehör und stellte fest, daß die Wirkung der HappyPillen verschwunden war und sie wieder normal zu hören vermochte, und da vernahm sie vom Korridor ein Stöhnen und irgendeinen Laut ohne Sinn, und gleich darauf ertönte ein Pochen an die Tür, gefolgt vom Ruf einer Stimme, die sie wiedererkannte. »Miss Clay!«

Sie nahm die Waffe zur Hand, spähte hinüber zur Wohnungstür, um sich zu vergewissern, daß die Falltür bereithing.

»Miss Clay. Äh... hier ist Bill. Heute morgen habe ich mit Ihnen gesprochen, erinnern Sie sich? Ich habe hier Mr. Kazer, er ist verletzt!«

Was?

Mit langsamen Regungen, als bewege sie sich durch brusthohes Wasser, ging sie zur Wohnungstür, arretierte die Falltür, legte die Sicherheitskette vor und blickte durch einen Spalt hinaus, die Pistole im Anschlag; vor der Tür stand ein sehniger junger Mann mit ernster Miene, gekleidet in einen schwarzen Overall, und hielt mit beiden Armen Dan aufrecht, dem Blut aus dem Leib rann, troff, strömte, die Beine hinab, eine Pfütze bildete, alles besudelte, beschmierte, in der schwülen Nachtluft stank.

Er hob schwach eine Hand, um sich an den Türrahmen zu lehnen, doch infolgedessen ließ sich die Tür nicht weit genug schließen, um die Sicherheitskette entfernen zu können, so daß der Gottschalk ihn ein Stück weit zurückziehen mußte, und dabei entfuhr Dan ein schwächlicher Schrei, und als Lyla nach scheinbar endlosem Gefummel zuletzt die Tür öffnete, fiel er fast einwärts. Sie und Bill führten ihn gemeinsam zum schadhaften Bett und legten ihn hin; zuerst wollte er sich nicht ausstrecken, so daß sie die Bauchverletzung nicht in Augenschein nehmen konnten, aber schließlich überwand er den Schmerz soweit, daß es ihm mit ein wenig Hilfe gelang, sich auf den Rücken zu wälzen, und da konnten sie die Wunde sehen, einen gewaltigen Schlitz, aus dem die Umrisse innerer Organe zu quellen drohten. Seine Augen waren geschlossen, sein Gesicht war weiß wie Papier, und einen Moment später stellte er das Atmen ein.

»Holen Sie 'n Arzt!« stieß Lyla mit unglaublicher, ungeheuerlicher Anstrengung durch ihren Brechreiz hervor.

»Heute nacht kommt kein Arzt aus dem Bau«, sagte Bill. »Eine Ausgangssperre ist verhängt worden.«

»Aber wir können ihn doch nicht einfach sterben lassen!« Auf dem Absatz wirbelte Lyla herum, lief ins Bad, suchte nach einem Desinfektionsmittel, Verbandszeug, irgend etwas von Nutzen, kehrte mit leeren Händen zurück und in Tränen aufgelöst, die ihr mit widersinnig trockenem Kitzeln aus den Augen rannen, als kröchen Fliegen ihr die Wangen hinab.

»Leider muß ich sagen, er *ist* schon tot«, meinte der Gottschalk und ließ das Handgelenk los, an dem er den Puls kontrolliert hatte.

»Was?«

»So sehr ich's bedaure.« Der Gottschalk, selber bleich, mied ihren Blick, betrachtete das Blut, das seinen schwarzen Overall bespritzt hatte. »Er muß mit einer Axt angegriffen worden sein, schätze ich, oder einem Säbel. Es war ein Wunder, daß er es überhaupt noch geschafft hat, in den Lift zu gelangen und hier in diesem Stockwerk so laut zu rufen, daß ich ihn hören konnte.«

Lyla stand da wie eine Wachsfigur, vernahm die Worte, ohne sie zu begreifen.

»Ach, würden die Leute nur die Warnungen ernstnehmen, die wir ständig aussprechen«, fügte der Gottschalk kummervoll hinzu, indem er den Kopf schüttelte. »Er hätte eine Waffe mitführen sollen — er hätte dazu in der Lage sein müssen, sich zu wehren! Man braucht kein Training, um mit Sachen wie beispielsweise einem Blazor umzugehen, und wenn man so was hat, kann einem keiner auf den Pelz rücken, der bloß mit einer Axt oder einem Säbel herumläuft.«

»Was sagen Sie da?« fragte Lyla gedehnt nach.

»Ich habe gesagt, wäre er bewaffnet gewesen, dazu imstande, sich zu verteidigen...« Verspätet kam dem Gottschalk die Bedeutung von Lylas Tonfall zu Bewußtsein, und er unterbrach sich verstört mitten im Satz.

»Hinaus! Sie sind ja ein Leichenfledderer. Ekelhafter Kerl! Sie sind kein Mensch...«

»Nun hören Sie aber mal, Miss...!«

»Sie sind ein Satan!« Lyla erstickte halb an ihrem eigenen Schluchzen; normale Äußerungen konnten dem Haß nicht Genüge tun, der sich explosionsartig in ihrem Bewußtsein ausbreitete. Als sie einen Arm um Dan schlang, hatte sie die Pistole auf dem Küchentisch abgelegt; andernfalls hätte sie den Gottschalk nun auf der Stelle umgenietet. Was konnte ihr außer der Pistole als Waffe dienen? Das Heinzelmännchen befand sich auf Armlänge in ihrer Reichweite; sie packte und warf es, traf den Gottschalk an der Stirn. Er schrie auf und riß tölpelhaft spät die Hände in die Höhe.

»Raus!« kreischte Lyla ihn an und griff sich mit beiden Händen den großen messingnen Gabenteller, stürzte sich damit auf ihn. Die Faust, mit der er den Messingteller abwehrte, verursachte ein lautes Hallen wie von einem mißtönenden Gong, und Lylas Stimme stieg zu einem grellen Gipfelpunkt des Abscheus empor.

»Gottschalk! Gottschalk! Gottschalk!«

Sie fuhr herum und rannte in die Küche, um sich erneut der Waffe zu bemächtigen, er hastete ihr nach, bekam sie am Arm zu fassen, brachte sie mit einem ruckartigen Zerren aus dem Gleichgewicht, sprang an ihr vorbei und erreichte die Wohnungstür — prallte zurück, als die Falltür in ihren Schienen, deren Ölen längst überfällig war, nach unten schrammte und ihm den Ausgang mit einem dumpfen Knall verwehrte, der das ganze Haus erschütterte.

»Hätte das Ding Sie bloß geplättet«, sagte Lyla, während sie sich vom Boden hochrappelte. »Jemand wie Sie gehört zermalmt, nicht anders als 'ne Bettwanze.« Nochmals versuchte sie, in den Besitz der Pistole zu gelangen, die noch auf dem Küchentisch lag, aber der Gottschalk war schneller — er schlotterte nicht infolge eines Schocks, verursacht durch den Tod eines geliebten Menschen. Seine Hoffnungen und sein Ehrgeiz waren darauf gerichtet, viele Tode zu verursachen. Er war aus freier Entscheidung Handelsvertreter für Waffen, immer locker und auch ein bißchen vergnügt darüber, seine Waren einer derartigen Nachfrage ausgesetzt zu sehen, ohne weiteres dazu fähig, neben einer noch warmen Leiche einen Verkauf durchzuziehen zu versuchen. Er stellte ihr ein Bein, als Lyla nach der Pistole langte, grabschte selbst danach, warf sie hoch und fing sie, nachdem sie sich in der Luft überschlagen hatte, fachmännisch im Griff auf. Lyla starrte ihn aus Augen voller Haß an, rücklings am Boden.

Mit schweren Atemzügen entfernte sich der Gottschalk seitwärts zur Winde, kurbelte die Falltür mit einer Hand wieder empor, arretierte sie, ohne hinzusehen, behielt statt dessen Lyla unter wachsamer Beobachtung, die Pistole auf sie gerichtet. Er öffnete die Tür, spähte hinaus, um sich davon zu überzeugen, daß niemand im Korridor lauerte, huschte nach draußen und schlug die Tür von außen zu.

»O Gott«, sagte Lyla. Da merkte sie, daß sie mitten in einer Pfütze von Dans noch frischem Blut saß, das an ihren bloßen Schenkeln zu verkrusten begann. »O Gott«, wiederholte sie.

Keine Antwort kam.

Nachdruck aus dem Manchester' Guardian vom 11. Januar 1968

Gefahr eines »Guerilla«-Krieges in den Vereinigten Staaten

New York, 10. Januar

Ein pensionierter Offizier des Militärischen Abschirmdienstes der Vereinigten Staaten hat auf die Möglichkeit aufmerksam gemacht, daß Unruhen in amerikanischen Städten zu einem umfangreichen, ausgedehnten Guerillakrieg unter Beteiligung starker Truppeneinheiten führen könnten, ebenso schwer zu beenden wie die Guerillatätigkeit in Südostasien.

Oberst Robert B. Rigg schreibt in der Januarausgabe des *Army Magazine:*

»Bisher waren die Ursachen der Gewalt in den Städten emotionaler und sozialer Natur gewesen. Organisation jedoch könnte diese beklagenswerten Mißstände in politische Faktoren von ernster potentieller Tragweite verwandeln und sie in Aufruhr ummünzen oder gar einen längeren Bürgerkrieg entfesseln.

Der Mensch hat aus Stahl und Beton einen viel besseren ›Dschungel‹ geschaffen als die Natur in Vietnam. Solche Zement-Ziegel-Dschungel bieten Heckenschützen und Stadtguerillas weit mehr Schutz, als der Vietkong ihn in seinem Dschungel genießt, zwischen Elefantengras und Sumpfland.«

Guerillakrieg in den Städten, schreibt der Oberst weiter, werde vielleicht von kommunistischen Ländern wie China oder Kuba geschürt. Gewisse nachrichtendienstliche Kreise der USA seien darüber informiert, daß die gefährlicheren Rädelsführer in den Ghettos auf Einflüsterungen von Mitgliedern der prochinesischen Fraktion der Kommunistischen Partei der USA hörten.

Gegen Stadtguerillas, meint der Oberst im weiteren,

würden sich wahrscheinlich weder der Einsatz der gesamten Feuerkraft, noch politische Verhandlungen als wirksam erweisen.

»Aber es gibt Maßnahmen, die eine aussichtsreichere Lösung versprechen, wenn wir vermeiden wollen, daß unsere Städte Schlachtfelder werden: Infiltration durch die Polizei, Anwendung traditioneller FBI-Methoden. Derartige Anstrengungen müssen jetzt in die Wege geleitet werden, um zu verhindern, daß organisierte Guerilla-Gewalttätigkeit an Kraft gewinnt.

Es gilt, hinsichtlich einer urbanen Kriegführung dieser Art ein vollkommen neues Handbuch militärischer Operationen, Taktiken und Techniken zu schreiben. Heereseinheiten müssen darauf orientiert und dazu ausgebildet werden, sich im Zement- und Asphaltdschungel jeder amerikanischen Stadt zurechtzufinden.«

Wie Oberst Rigg sagt, könnte sich die Durchführung von Manövern in Großstädten als Abschreckungsmittel gegen urbane Revolten bewähren.

Reuter

Zum Zwecke der in diesem Buch erzählten Geschichte gemachte Annahme in bezug auf das Vorstehende

Entweder ist nicht danach verfahren worden, oder es hat nicht gewirkt.

Schizo-Chaussee, Terra

Lyla Clay besitzt eine außergewöhnliche Begabung.	Lyla Clay arbeitet als Pythoness und hat einen Job wie jeder.
Dan Kazer ist für einen Zeitraum zwischen zwei und drei Jahren ihr Liebhaber gewesen.	Dan Kazer hat sie wie ein erfolgreiches Produkt vermarktet.
Matthew Flamen ist über das entsetzt, was man mit seiner Frau Celia angestellt hat.	Matthew Flamen hat Monate verstreichen lassen, ohne seine Frau in der Klinik zu besuchen.
Lionel Prior ist Manager des letzten auf Entlarvungen spezialisierten Medienkiebitz.	Lionel Prior ist daran gelegen, um jeden Preis den Schein zu wahren.
Pedro Diablo ist weltberühmt für seine weißenfeindliche Propaganda.	Pedro Diablo ist mehr weißer als schwarzer Abstammung.
Harry Madison ist Patient in einer Psychiatrie.	Harry Madison ist in der Wartung komplexer Schaltanlagen einzigartig begabt.
James Reedeth beunruhigt sich, weil man Madison ungerechtfertigt in der Psychiatrie festhält.	James Reedeth hat sich niemals wirklich um Madisons Entlassung bemüht.
Ariadne Spoelstra liebt James Reedeth.	Ariadne Spoelstra vertritt die Auffassung, daß ›Liebe ein Abhängigkeitsverhältnis‹ und deswegen für eine psychiatrische Ärztin gefährlich sei.

Elias Mogshack hat sich dem Ideal der geistigen Gesundheit gewidmet.	Elias Mogshack hängt an seinen Patienten wie ein Geizhals.
Herman Uys ist ein weißer südafrikanischer Rassenexperte.	Herman Uys besucht das fanatisch melanistische Blackbury.
Morton Lenigo ist entschlossen, die weißen Vereinigten Staaten niederzuwerfen.	Morton Lenigo hat fast drei Jahre lang auf eine offizielle Einreisegenehmigung für die Vereinigten Staaten gewartet.
Xavier Conroy hat einmal geschrieben, daß die Schizo-Chaussee (Terra) mitten durch die Menschen verläuft.	Xavier Conroy, unfähig zu Kompromissen, ist so weit getrieben worden, daß er an einem reputationslosen kanadischen College unterrichtet.
Der Mensch ist ein Herdentier: Er baut Städte.	Der Mensch ist ein asoziales Tier: Er führt Kriege.
Die obengenannten Individuen sind Menschen.	Die obengenannten Individuen sind Menschen.

Geschäft läuft mehr oder weniger wie gewohnt

Vom Schlafmangel übellaunig, ein mieses Gefühl in der Magengrube, im Mund einen schlechten Geschmack, saß Matthew Flamen in seinem Skimmer und zählte die verschwendeten Minuten, während der Njet-Njet-Verkehrscomputer den Kontrollen eine Umleitung nach der anderen durchgab. Der Tag war klar – noch warm –, und er konnte aus seiner Höhe von fünfhundert Metern weit sehen. Von den drei in den Morgennachrichten erwähnten LM-Stellen – Letztes-Mittel-Schläge, mit denen man jeweils einen ganzen Häuserblock um die Ohren von Heckenschützen zu zersprengen für angebracht gehalten hatte –, waren jene in Harlem und East Village bereits gelöscht, aber drüben in der Bronx stieg noch eine Rauchwolke auf, die einer senkrechten steinernen Säule glich. Die Ursache der erforderlichen Umleitungen lag allerdings im unablässigen Strom von Regierungsfahrzeugen, die zwischen der Stadt und den Westchester' Internierungslagern hin- und herschwirrten; den gesamten anderen Verkehr hielt man vom ihnen reservierten Luftkorridor frei.

Einmal merkte er sogar, daß er genau in die entgegengesetzte Richtung flog.

Er stieß unterdrückte Verwünschungen aus und fragte sich unterdessen, was wohl gestern mit ihm los gewesen sein mochte, als er die Sendung zusammengestellt hatte. Der Fall Lenigo war hoch bewertet gewesen, aber er hatte das als lächerlich abgetan, und kaum eine halbe Stunde nach seiner Mittagssendung funkten die Knieblanks-Sender mit Vergnügen Sondermeldungen in den Äther, versammelten sich am Kennedy-Großflughafen zu Tausenden die X-Patrioten.

»Ich muß dieser Sache auf den *Grund* kommen!« spornte er sich laut an. »Ich meine, niemand nimmt die Regierung heutzutage noch ernst, aber so was ist doch heller Wahnsinn.«

Halb verlegen, weil er solche abgegriffenen Plattheiten von sich gegeben hatte — wenn auch nur unter den eigenen Ohren — nicht einmal noch partyfähig, verfiel er erneut in Schweigen, zupfte an seinem Bart. Nichtsdestoweniger, die Frage blieb bestehen: Was mochte die Einreisebehörde dazu bewogen haben, Lenigo ein Visum zu genehmigen? Erpressung? Nichts anderes konnte es gewesen sein, und zwar im zeitgenössischen, engeren Sinne, daß nämlich eine der Niebs-Enklaven ein Messer am Hals der Bundesregierung sitzen hatte. Welcher Art, wer, wo? Blackbury? Unmöglich. Bürgermeister Blacks Paranoia steigerte sich immer mehr, wie sein Hinauswurf Pedro Diablos aus rein genetischen Gründen und ausschließlich auf Uys' Wort nur zu deutlich bewies...

Für kurze Zeit beschäftigte er sich wieder mit dem Problem, über das er schon beim Frühstück nachgedacht hatte: ob er, da Diablo heute im Büro aufkreuzen sollte, mit Uys' Aufenthalt in den Vereinigten Staaten eine Story machen könne oder besser darauf verzichtete. War Campbell gutwillig genug, um eine Indiskretion in bezug auf das zu dulden, was er vertraulich im Zuge der Gegenleistungen für die Kooperation in der Angelegenheit Diablo geäußert hatte?

Und was war dieser Diablo überhaupt persönlich für ein Mann? Als Gestalt des öffentlichen Lebens besaß jeder Insider des Medienbetriebs von ihm ein vorgefaßtes Bild — das eines brillanten, rücksichtslosen, uneingeschränkt destruktiven Propagandisten, dessen videoaufgezeichnete Programme man in Afrika und Asien laufend übernahm. Aber das war im wesentlichen irrelevant. Damals in der Pionierära der Medien, fast unmittelbar nach dem kruden, primitiven, von Dr. Goebbels beherrschten Rundfunkzeitalter, sollte jenes Instinktgenie der Übergangsperiode, Joe McCarthy, einmal einen früheren Bekannten, nachdem er für dessen Entlassung von der Arbeit, den Verlust seiner meisten Freunde und ausgleichshalber die Aufmerksamkeit von mehreren Millionen neuen Feinden gesorgt hatte, mit dem Ausruf begrüßt haben: »Ich habe dich in letzter Zeit wenig gesehen, bist du mir aus dem Weg gegangen?«

Flamen nickte. Ja, er hatte eine Vorstellung davon gehabt, dieser Mann, nach welchem Schnittmuster die Zukunft beschaffen sein würde: wie die Schere von Öffentlichkeit/Privatleben, Nieb/Blank, Reich/Arm, Links/Rechts, Konformist/Nonkonformist und allem anderen immer weiter auseinanderklaffte. Aber nachdem Diablo so lange mit Blackburys Politik identifiziert worden war, konnte er da in seinem Innern jene essentielle Unterscheidung bewahrt haben, die es ihnen ermöglichen würde, sich als Berufskollegen auf gemeinsamer Ebene zu begegnen?

Er zuckte mit den Achseln. Das blieb abzuwarten, weil nur die Zeit es erweisen konnte, und trotz aller Verzögerungen, die er in Kauf nehmen mußte, sah es so aus, als solle er lediglich mit zwanzig Minuten Verspätung im Etchmark-Tiefkomplex eintreffen.

Und ob es ihm gefiel oder nicht, er hatte keine Wahl, er mußte während der restlichen Frist bis zu seiner Ankunft über das Rätsel von Lenigos Einreisegenehmigung nachgrübeln. Erpressung angenommen, aber Blackbury gestrichen, was war übrig? Zweifelsfrei mußte eine wohlhabende Enklave dahinterstecken, und das hieß, eine mehr nördlich gelegene... Chicago? Nein, Quatsch. Vielleicht eine mit besonders gewitzten politischen Denkern...

Plötzlich schnippte er mit den Fingern, starrte — aufgebracht über die eigene Begriffsstutzigkeit — die Platte mit dem Markenkennzeichen des Herstellers auf der Motorhaube seines Skimmerautos an. Detroit, natürlich! Es mußte Detroit sein! Die einzige Nieblanks-Enklave, die absolut dazu imstande war, der Bundesregierung die Pistole auf die Brust zu setzen, die Stadt, der man den Spitznamen »Schwarzes Südafrika« verliehen hatte, um ihre Bereitwilligkeit zu brandmarken, mit welcher sie mit dem Feind Handel zu treiben pflegte — genauso wie die Afrikaner es jahrzehntelang getan hatten —, Ursprungsort des Slogans »Schwarzhandeln heißt aus einer Position der Stärke handeln!«

Und was konnte Detroit als Druckmittel benutzt haben? Nun, diesbezüglich würden die Computer sicherlich gewisse Möglichkeiten anzeigen können. Im ersten Moment erfreut, schenkte er der Stadt, die allmählich näherrückte, mit gekräuselten Lippen ein Lächeln, das sofort wieder schwand, als er merkte, daß man den Skimmer in noch eine Umleitung einwies, diesmal für den Einflug von Kampfhubschraubern zum Zweck einer Demonstration der Stärke; sie verfeuerten Raketen in den East River, so daß Dampfsäulen emporbrodelten. Und an den höchsten Gebäuden — darunter auch der Stumpf des Empire State Building, das bei der Insurrektion von 1988 um siebzehn Stockwerke gekappt worden, aber noch immer ein augenfälliger Orientierungspunkt war — blitzten Warnlampen und stellten klar, daß unverändert das Notstandsrecht galt.

Diese Tage, an denen Ausnahmerecht herrscht, sind mir verhaßt, dachte er. *Aber echt. So was ist schlimmer, als wenn man in einer Hurrikanzone wohnt.*

Vom Nachfolger des letzten Regierungsoberhaupts, das sich dem Glaubwürdigkeitstest unterziehen konnte, ohne daß ihm die Hose platzte, gegebene Pressekonferenz

Präsident Samtheinrich: Morjen, Lahmens un' Zwerjens.

Reporter: Herrgott, Sie haben ja völlig recht, 's is' heller Morgen! Heute bisher hart am Ball, Präses!

Präsident Samtheinrich: Hi-hihihi!

*Sprecher der Bundespressekonferenz:** Als erstes, Präses, hätten wir gern Ihren Kommentar zu der Entscheidung, Morton Lenigo ins Land zu lassen, trotz seiner allbekannten Mitwirkung am Dynamiting von Cardiff Castle in Wales, der Ausweisung des Oberbürgermeisters von Manchester, England, sowie der Besetzung der Stadt Birmingham, gleichfalls England, durch Knieblanks, ferner im Hinblick auf den über Nacht von X-Patrioten und anderen extremistischen Gruppierungen im Stadtgebiet New York angezettelten Krawall, mit welchen Ausschreitungen reagiert worden ist, weil man besagte Entscheidung als ein Eingeständnis der Schwäche angesichts von Drohungen aus Ghana, Nigeria und sonstigen Knieblanks-Mächten aufgefaßt hat.

Präsident Samtheinrich: Äh... ja, jawohl, ich glaube, diese Affäre ist für mich computert worden... 'n Moment mal. (Sucht in Papieren auf dem Tisch.) Da haben wir's ja. »Die Entscheidung, Morton Lenigo die Einreise zu gestatten, ist in vollständiger Kenntnis der von rassenfanatisch eingestellten Sprechern in seinem Heimatland Großbritannien gegen ihn erhobenen Anschuldigungen, zugleich jedoch unter Berücksichtigung der Ideale unserer Großgemeinschaftlichen Gesellschaft gefällt worden, deren Ziel es ist, ein homo... äh... homo-*genius?*... äh...«

---

* Martin Luther Wibbelsterz, Reuters Holobeam

Sprecher der Bundespressekonferenz: Vielleicht ›homogenes‹, Präses?

Präsident Samtheinrich: Kann sein. »... Gleichgewicht zwischen den rechtmäßigerweise differenziert interessierten farbigen Bürgern unseres Planeten einer- und andererseits jenen ihrer Menschen zu schaffen, die sich durch die Gunst des Umstands in einer Situation gehobeneren Wohlstands befinden.«

Reporter: Allgemeine Heiterkeit.

Unidentifizierter Reporter: Jodel weiter, G'spusi, das hat getrillert wie ... (Rest unverständlich. Gelächter).

Myramay Wolgeborn, PanKan: Im Globalmedien-Kommentar aus Capetown wird empfohlen, Sie sollten die Negro-Enklaven mit Nukes ausradieren, angefangen mit Detroit, und Lenigo umlegen, solange er allein ist und seine Askaris nicht nachkommen können. Wie lautet Ihre Stellungnahme dazu?

Präsident Samtheinrich: Nanu, Myramay! Wie schön, Sie wiederzusehen! Haben Sie das lange geile Elend, dem Sie angetraut worden sind, inzwischen abgestoßen?

Myramay Wolgeborn: Aber nein. Wir hatten tolle Flitterwochen, und sie zogen sich ein bißchen hin, sonst nichts. Wie wär's mit einer Antwort?

Präsident Samtheinrich: Jawoll, ich habe hier etwas, ich glaube, das paßt ... Ja sicher. »Es ist wohlbekannt, daß die Blanks-Extremisten in Südafrika vor nichts zurückschrekken, um die Ideale eines Vielvölkerstaates zu diskreditieren. Darüber hinaus erübrigt sich jeder weitere Kommentar zu diesem schmählichen Ansinnen.«

Sprecher der Bundespressekonferenz: Ich wünschte, ich könnte mir das Computern mit dem Standard wie Sie leisten, Präses. Das ist (starke Betonung) ganz hervorragend brauchbar. Was werden Sie denn heute abend ...?

Phyllis Logan Quality, Njet-Njet: Entschuldigung, Martin, ich hätte noch eine ...

Sprecher der Bundespressekonferenz: Verzeihung, ich dachte, wir wären schon zu lange darauf herumgeritten.

Phyllis Logan Quality: Naja, aber nachdem heute morgen eintausendzweihundertelf Tote gezählt worden sind...

Reporter: Allgemeine Erheiterung.

Phyllis Logan Quality: ...und sechzehntausend Festnahmen zur Bearbeitung anstehen, ich meine, nur in meinem Stadtviertel, sieht's dort ganz schön bescheiden aus, verflixt noch mal!

Reporter: Oooh! Sie wirft ja immer noch mit Kraftausdrücken um sich! (Gelächter.)

Phyllis Logan Quality: Das ist absolut nicht lustig! Sogar unsere Studios haben schwer unter...

Präsident Samtheinrich: Wenn Sie mit der Reklamenummer fertig sind, Phyllis...

Reporter: Allgemeine Belustigung.

Unidentifizierter Reporter: Geben Sie ihr 'ne Chance, sie ist ja noch neu! Und sie sieht ja doch ziemlich gut aus.

Präsident Samtheinrich: Sie teilen den Automaten wohl besser mit, daß Sie für diese Äußerung einen ›Unidentifizierter-Reporter‹-Vermerk gespeichert haben möchten. Sie wollen doch sicherlich nicht, daß die Leute denken, Sie würden sich nun nach all den Jahren noch als Schrippenjäger betätigen, oder wie?

Unidentifizierter Reporter: Ihnen mag das ja alles schnurzegal sein, Präses. Aber mein Sohn Tom ist mit einer Verbrennung dritten Grades an der Schulter nach Hause gekommen. Ein Heckenschütze hat ihn erwischt.

Präsident Samtheinrich: Auch für derartige Sauereien habe ich hier irgendwo ein computertes Statement rumliegen... Aha, ja. »So beklagenswert die Schäden sind, die dem Privateigentum durch Extremisten zugefügt werden...«

Unidentifizierter Reporter: Zur Hölle mit Privateigentum! Ich rede von meinem Sohn!

Präsident Samtheinrich: Ach, wir haben doch sowieso viel zuviel unnütze Fresser hier im Land.

Sprecher der Bundespressekonferenz: Dürfen wir das zitieren?

Präsident Samtheinrich: Zitiert wird, was zum Zitieren computert worden ist! Das schließt keine Nebenbemerkungen und aus 'm Handgelenk geschüttelte Redensarten ein! Wenn Sie was zitieren wollen, nehmen Sie sich hier 'n Stapel Printouts weg, wie's sich gehört. Ist's das für heute? Ich habe 'ne Verabredung im Schützenverein.

Sprecher der Bundespressekonferenz: Freilich, Präses, wir möchten Sie auf gar keinen Fall von wichtigen Terminen fernhalten. (Ende)

Aufräumarbeiten

Das Sortierverfahren in den Westchester' Lagern begann ungefähr um fünf Uhr dreißig, und etwa um sieben Uhr verfrachtete man jene Arrestanten mit nachweislich beobachteten Symptomen psychischer Störungen in die Ginsberg-Klinik, so daß am laufenden Band Anträge auf Übernahme der Vormundschaft durchs Bundesland durch die Automaten summten.

Ariadne hatte offiziellen Bereitschaftsdienst; sie hörte die Frühnachrichten und traf daraufhin um sieben Uhr fünfzig in der Klinik ein, und gemeinsam mit drei Polizeipsychiatern bewältigten sie und Reedeth die angefallene Arbeit; diesmal handelte es sich um nur rund siebenhundert mutmaßliche Fälle von Geistesgestörtheit. Die Landesregierung hatte erst kürzlich eingegriffen und verkündet, daß die Tatsache einer polizeilichen Festnahme nicht zwangsläufig das Vorliegen einer psychischen Unregelmäßigkeit zu vermuten gestatte; entscheidend sei, hatte sie durch ein Bundesgericht feststellen lassen, ein diesbezügliches fachärztliches Attest.

Reedeth schlenderte in der Gasse zwischen den aufgereihten, aufgeschichteten, vom Gas noch im Halbschlaf befindlichen Arrestanten einher und begutachtete ihre ID-Karten. »Manfred Hal Cherkey, den bringt mal schön zurück... Lulu Waterson Walls, behalten wir hier, dann ist Harry Madison nächste Woche wenigstens nicht der einzige Nieb im Haus... Philip X ben Abdullah. Würde sagen, der bleibt auch bei uns...«

Die Automaten addierten die Aufnahmen fortlaufend, und als er sich dem Limit näherte, das die Klinik gegenwärtig platzmäßig verkraften konnte, stuften sie Grenzfälle ab, um Spielraum zu schaffen, und strichen davon jene mit am Anfang ausgeschriebenen Attesten, veranlaßten ihre Rückführung in die Westchester' Internierungslager zum Zwecke der normalen Aburteilung.

Plötzlich blieb Reedeth wie angewurzelt stehen, starrte eine blasse Gestalt an, die reglos dasaß, die Arme um die Knie geschlungen, die Augen offen, ohne etwas zu sehen, in der Fötalhaltung wie versteinert.

»Herrje«, sagte er, »was macht denn *sie* hier?«

In Zeit und Raum weit entfernt von der Basin Street:* Feierlicher Anlaß der Begegnung zwischen Personen ungleicher Hautpigmentierung

Nur Sekunden nachdem Flamen sein Büro im Etchmark Tiefkomplex betreten hatte – dem Trendmacher der Großbauten der Jahrhundertwende, die man so tief hinab in die nachgiebige Erdkruste grub, wie ältere Gebäude in die Höhe getürmt worden waren, um das Grundgestein des Manhattaner Schiefers auch in dem Gebiet zu erreichen und als Fundament zu nutzen, wo er stark abfiel –, erhellte sich der KommNetz-Schirm und zeigte Priors Gesicht.

»Ah, Matthew, da bist du ja! Bist du aufgehalten worden?«

»Natürlich bin ich aufgehalten worden!« schnauzte Flamen. »Alles wird mal wieder in alle vier Himmelsrichtungen umgeleitet. Ich dachte schon, ich käme niemals an. Ist Diablo aufgekreuzt?«

»Selbstverständlich. Er sitzt hier in meinem Büro. Leider habe ich ihn nun auch etwas warten lassen müssen, aber ich glaube, es ist besser, er lernt dich kennen, bevor wir ... äh ... *geschäftlich* werden.«

Vorübergehend besserte Flamens Laune sich ein wenig; es amüsierte ihn stets, wenn Prior einem Ausdruck, den er als unfein betrachtete, in einer Anwandlung von Befangenheit diesen leicht mißbilligenden Tonfall verlieh. Diese Redewendung konnte auf ein oder zwei Jahrhunderte respektablen Gebrauchs zurückblicken, aber für Prior war sie nichtsdestotrotz nicht ganz koscher.

»Prächtig, dann bring ihn rein«, sagte er laut.

Da war er nun: der große Augenblick. Herein kam, geführt vom zappligen Prior, der gefeierte Pedro Diablo, in seinem Auftreten befremdlich schüchtern (das konnte

---

* Anspielung auf Louis Armstrongs ›Basin Street Blues‹. – *Anm. d. Übers.*

allerdings an dem Schock liegen, seiner vertrauten, lebenslangen Umgebung entwurzelt worden zu sein), und sein Blick schweifte nach allen Seiten durch den Raum, so daß die Augen viel von ihrem Weiß zeigten. Ein ziemlich gutaussehender Mann, jünger als von Flamen angenommen: bestimmt noch zwischen dreißig und vierzig. Aber natürlich lag schon ein Jahrzehnt des Ruhms hinter ihm; das mußte die falsche Perspektive erklären. Er war hager, auf angespannte Weise nervös, Haare und Bart zu fast afrikanischen Spiralen gekräuselt, statt Gewänder, wie in Blackbury üblich, trug er New Yorker Mode – einen in Grün und Schwarz gestreiften Straßenanzug, grüne Schuhe... Flamen machte seine Bestandsaufnahme, als sie sich die Hände schüttelten, und Diablo setzte sich, wie man es ihm anbot, murmelte ein paar Floskeln, was für eine Freude ihm diese Zusammenkunft bereite, und daß er die Matthew-Flamen-Show oft gesehen habe.

Irgendwie jedoch, trotz etlicher Stunden der Schlaflosigkeit in der vergangenen Nacht, in denen Flamen gehofft hatte, über die Frage Pedro Diablo erhöhte Klarheit zu gewinnen, war es dahin gekommen, daß er nun ohne einen festen Plan hinsichtlich seines heutigen Vorgehens vor Diablo stand. Nach den Formalitäten des Bekanntmachens ergab sich ein merklich gedehntes Schweigen, das Prior sichtlich mit Unbehagen erfüllte. Gerade hatte er sich geräuspert und wollte anscheinend einige weitere dümmliche Unverbindlichkeiten zum Geplauder beitragen, da beschloß Flamen – beinahe zu seiner eigenen Verblüffung –, jedes diplomatische Drumherum außer acht zu lassen.

»Tja!« sagte er und schaute Diablo unverwandt ins Gesicht. »Ich nehme an, es paßt zu Ihren Vorstellungen von der Blanks-Gesellschaft, sich auf einmal im Resultat einer Bestechung hier wiederzufinden, oder?«

Priors Kiefer sackte herab. Flamen schenkte ihm ein honigsüßes Lächeln. »Halt dich bloß raus, Lionel«, sagte er. »Leider bin ich heute nicht in der richtigen Stimmung für

Höflichkeiten. Ich habe mich auf eine Bestechung eingelassen, und ich muß sagen, ich schäme mich dafür.«

»Aber jemand mit Mr. Diablos anerkanntem Talent auf unserem Gebiet...«

»Oh, sicher! Ich hege gewaltigen Respekt vor seiner Arbeit. Ebenso respektiere ich allerdings seine wohlbekannte Unduldsamkeit gegenüber aller Heuchelei und Doppelzüngigkeit. Ich wollte, ich wäre nur halb so unbeirrbar.«

»Sehen Sie, ich erwarte, daß ich von Ihnen lerne, wie man's aufgibt, unbeirrbar zu sein«, erklärte Diablo leise. »Was mir in den letzten achtundvierzig Stunden passiert ist, überfordert jede Unbeirrbarkeit. Na gut, nennen Sie meine Überstellung eine Bestechung — ich gehe davon aus, daß es eine Art von Privileg ist, ein Preis zu sein, mit dem man bei jemandem wie Ihnen etwas erlangen kann.«

Wer hätte das gedacht? meinte Flamen zu sich selbst, insgeheim erfreut. *Ich bin auf dem richtigen Weg.*

»Dann wollen wir die ganze Betulichkeit ablegen«, rief er. »Ich werde Ihnen die nackten Tatsachen verraten, warum ich damit einverstanden war, daß man Sie zu mir schickt, in Ordnung? Bei unseren Sendungen treten Interferenzen auf, und die Techniker der Holokosmos behaupten, sie könnten sie nicht unterbinden. *Ich* glaube, daß es einen sehr plausiblen Grund hat, warum sie's nicht können — es werden nämlich keinerlei andere Sendungen aus ihren Studios davon betroffen. Ich brauche Hilfsmittel, um hinzugehen und die Verantwortlichen am Schlafittchen zu packen, und das heißt nichts anderes als Computerzeit in einem Umfang, wie ich sie mir normalerweise nicht leisten kann. Also bin ich einen Handel eingegangen — oder vielmehr, Prior hat's getan, aber er hat mein vollkommenes Einverständnis.«

Nachdenklich nickte Diablo. »Verstehe. Hat sich alles ganz optimal ergeben, wie? Das BulaKo suchte ein Pöstchen, um mich unterzubringen, damit niemand ihm an den Karren pißt, und Sie haben ein Problem, zu dessen Behebung Sie die Unterstützung bundeseigener Computer benötigen, und deshalb bin ich nun hier. Schön, also weiter.«

Flamen zögerte. »Ich möchte nicht den Eindruck erwekken, ich würde Sie unterschätzen...«, begann er, aber Diablo hob eine Hand, um anzuzeigen, er könne sich den Rest sparen.

»Freund, zur Zeit ist's mir gleich, was Sie über mich sagen, was sonstwer von mir reden mag. Gestern bin ich *dermaßen* unterbewertet worden... Begreifen Sie mich?«

»Das kann ich ohne Vorbehalt nur unterstreichen«, bemerkte hastig Prior. »Ich meine, ich habe Voigt geradeheraus gesagt, dieser Mann ist soviel wert wie einige Armeekorps.«

»Und was soll ein Armeekorps heutzutage wert sein?« fuhr Diablo ihn an.

Erneut folgte ein Schweigen des Unbehagens. »Nichtsdestoweniger«, setzte Flamen schließlich neu an, »ich bin unhöflich, daran ist nicht zu rütteln. Haben Sie mit mir Nachsicht. Teilweise liegt's an meiner Unausgeschlafenheit, zum Teil daran, daß ich gestern die Sache Morton Lenigo direkt unter meiner Nase hatte und dachte, das wäre absurd... Sagen Sie, was halten *Sie* davon, daß sie ihn reingelassen haben?«

»Die das getan haben, sind verrückt.« Diablo hob die Schultern. »Aber in dieser Beziehung haben sie keineswegs das Monopol.«

»Ja, es ist klar, daß Bürgermeister Black jetzt endgültig im Kasten durchgeschmort ist«, ergänzte Flamen. »Sie hinauszuwerfen, zumal auf nichts als das Wort eines weißen Südafrikaners, ist so ähnlich, als ob man sich die Handgelenke aufschneidet, bloß um das schöne rote Blut fließen zu sehen.«

»Erwarten Sie, daß ich Ihnen widerspreche? Ich bin nicht bescheiden. Außerdem bin ich der Ansicht, daß ich ein besserer Melanist als er bin, und da Sie klargestellt haben, daß Sie aller Heuchelei abgeneigt sind, kann ich genausogut bei dieser Gelegenheit festhalten, daß ich nicht beabsichtige, die Seite zu wechseln und ihm das Ding heimzuzahlen, das er mit mir gedreht hat. Sollten Sie gehofft haben, ich würde hier mit einem Packen Archivmaterial antanzen, das sich dazu eignet, Bürgermeister Black oder Lenigo oder sonst jemandem einen Schuß vor den Bug zu verpassen, dann ist Ihnen leider ein schwerer Irrtum unterlaufen. Ich habe darauf bestanden, daß man sich aufs Wort an den Vertrag zwischen dem Bund und Blackbury hält. Das geschieht. Ist nur fair. Sie dürfen auf meine Mitarbeit in jeder Angelegenheit zählen, die ich selber gebracht hätte, wäre ich nicht aus Blackbury verscheucht worden. Im allgemeinen mag ich Blanks nicht, daher ist das meiste Material, worüber ich verfüge, antiblanks beschaffen, aber falls Sie innerlich ehrlich genug sind, um es zu verwenden, können wir sicher miteinander auskommen. Es versteht sich, daß es sich bei allem um die reine Wahrheit handelt.«

Im Augenwinkel bemerkte Flamen, daß Prior nach Luft schnappte wie ein Fisch am Angelhaken, unverkennbar entsetzt über den Verlauf, den die Unterhaltung nahm. Was jedoch Flamen betraf, er für seinen Teil begrüßte den Lauf der Dinge. An Diablos aggressivem Verhalten war etwas, das ihn an sein eigenes, jüngeres Ich erinnerte, ihn gleichzeitig auf Veränderungen an seiner Person aufmerksam machte, die so allmählich und graduell eingetreten sein mußten, daß er nie eine Diskontinuität gespürt hatte. Es war wie... ja, als hätte er an einem schönen, warmen Tag im Skimmer gedöst, müßig den Wolken nachgeschaut, Sonnenschein und Wind genossen und sei plötzlich vom Gedanken an die Tatsache aufgeschreckt worden, daß er schon vor einer Stunde eine Verabredung gehabt hatte, in einer achthundert Kilometer weit entfernten Stadt in völlig entgegengesetzter Richtung.

Er dachte an den Schwur, den er tags zuvor geleistet hatte, nämlich daß er Mogshack die Tour vermasseln werde. Warum war er so wild darauf gewesen? Weil er sich aufrichtig um Celia sorgte? Oberflächlich hatte er das geglaubt, doch die scharfe Klinge von Diablos Persönlichkeit, geschliffen in einer Gemeinschaft, wo Schwarz eben schwarz war und Weiß eben weiß und es dazwischen keine Grautöne gab, hatte Wirklichkeit und Schein so säuberlich voneinander getrennt, als schlitzte sie ein Trommelfell auf.

Nein. Im Innersten seines Herzens hegte er nicht länger Interesse an Celia; bereits vor Monaten hatte er sich damit abgefunden, seine Ehefrau zu verlieren, und sobald sie tatsächlich dieser Rolle enthoben worden war, hatte sie sich in eine Person unter Millionen verwandelt, eine Fremde. Dennoch, so wie er einmal in derartig rauhen, kompromißlosen Begriffen gesprochen hatte wie Diablo, genauso war einmal von seinem jüngeren Ich mit allem *Ernst* die formelle öffentliche Eheschließung bekundet worden.

Es war eins, abstrakt um die bittere Tatsache zu wissen, daß bereits die Hälfte aller im 21. Jahrhundert in den USA geschlossenen Ehen mit einer Scheidung geendet hatten, obwohl das Jahrhundert kaum vierzehn Jahre alt war; etwas ganz anderes war es, den Menschen, der einmal im Mittelpunkt der Welt stand, zu einem bloßen Instrument herabzustufen, dem Werkzeug, dessen es bedurfte, um Mogshack das Wasser abzugraben und zu demonstrieren, daß Medienkiebitz Matthew Flamen nach wie vor ein Machtfaktor war, mit dem gerechnet werden mußte.

All das hatte an der Schwelle zu seinem Bewußtsein gelauert, sich während der Nacht nähergearbeitet, und nun war nur ein letzter, ganz kleiner Anstoß erforderlich gewesen, um alles wie eine Lawine offen hervorbrechen zu lassen. Diesen letzten Anstoß hatte Diablo gegeben, und zwar haargenau in einem Augenblick, da Flamens gesunder Menschenverstand davon abriet, irgendwie auf diese Einsichten zu reagieren, weil es innerhalb von kaum zwei Stunden eine Sendung aufzuzeichnen, zu computerrecherchieren, überarbeiten und einzureichen galt.

»Matthew, stimmt irgend was nicht?« hörte er Prior fragen. Mit einer fürchterlichen Anstrengung rückte er sich wieder in die Gegenwart.

»Nein, alles klar«, log er mit glaubwürdiger Gleichmütigkeit. »Ich habe bloß gerade überlegt, wie ich Mr. Diablo am besten mit unseren Techniken vertraut machen könne, aber nun kommt's mir so vor, als sei das eigentlich ein Non-Problem, oder? In Blackbury muß Ihre Ausstattung mehr oder weniger ähnlich wie unsere hier gewesen sein.«

Diablo musterte die Computerkonsolen, jede mit einem Bildschirm versehen, die drei Wände des Zimmers ausfüllten, und schüttelte den Kopf.

»Nein. Ich bezweifle, daß es in irgendeiner Niebs-Enklave so eine Anlage gibt, außer vielleicht in Detroit, und falls man dort eine hat, benutzt man sie wahrscheinlich für Verteidigung und Budgetbuchhaltung, nicht für Propaganda. Um ehrlich zu sein, ich habe mich schon gefragt, wozu das ganze Zeug gut ist.«

»Dann will ich's Ihnen mal erklären«, sagte Flamen und stand auf. »Uns steht nicht allzuviel Zeit zur Verfügung, um unsere tägliche Sendung fertigzumachen, aber ich habe einmal eine Sendung von zehn Minuten mit einem zeitlichen Bearbeitungsverhältnis von eins zu eins auf die Beine gekriegt, wenn's also nötig ist, sich zu beeilen, kann ich... Wollen mal sehen!« Er durchquerte den Raum und blieb vor der am meisten beanspruchten Computerkonsole stehen, jener der Tür am nächsten aufgebauten; das Maß ihrer Nutzung ließ sich an den Spuren von Fingernägeln auf ihren Tasten ermessen.

»Na, fangen wir mit dem an, was uns durch die Lappen gegangen ist«, meinte er halb spöttisch, halb mißmutig. »Mit dem Fall Morton Lenigo. Zuerst die Hintergrundfakten abrufen...« Mit geübten Fingern tippte er einen Code in die Tastatur. »So, nachdem wir die Apparate eingestellt haben, suchen wir einen Ausgangspunkt, von dem aus wir der Sache tiefer auf den Grund gehen können. Erkundigen wir uns beispielsweise mal danach, welches Druckmittel der Detroiter Stadtrat angewendet haben könnte, um Lenigos Einreise zu erzwingen.«

Diablo war herübergekommen und hatte neben ihm

Aufstellung bezogen, um zuzusehen. Mit wahrer Freude hörte Flamen das sehr leise Fauchgeräusch heftig eingesaugten Atems, als er den Gedanken, den er im Skimmer gehabt hatte, nun aussprach.

»Also war's tatsächlich Detroit? Wenn jemand es weiß, dann ganz gewiß Sie. Aber machen Sie sich keine Sorgen. Ich habe keine Absicht, aus Ihnen irgendwelche Informationen herauszuquetschen. Unsere Ausrüstung ist keineswegs die beste der Welt, aber die Datenbanken sind prall gefüllt, und außerdem mußte ich in dieser Frage gar nicht einmal computerrecherchieren lassen — ich hab's selber gefolgert.« In rückwärtigen Bereichen seines Bewußtseins besaß er darüber Klarheit, daß er sich dieses herablassenden Tons bediente, um sich an dem Nieb für die bestürzenden Erkenntnisse zu rächen, die dessen Erscheinen ihm einen Moment zuvor so unerfreulich aufgedrängt hatte, und doch war er zu verhindern außerstande, daß er in dieser Art und Weise weitermachte, und deswegen empfand er nun wiederum Bestürzung.

Herrjemine! dachte er. *Langsam beginne ich mich ernsthaft zu wundern, wieso ich überhaupt noch Freunde habe, wenn das mein Jetzt-Ich ist. Noch schlimmer — habe ich eigentlich Freunde?*

Aber auf der Mattscheibe über der Computerkonsole zeigte sich nunmehr eine kurze Liste von Möglichkeiten mit Schlüsselcharakter, jede dahinter mit einer Wahrscheinlichkeitseinstufung in Prozentzahlen versehen, und er fuhr mit seinen Erläuterungen fort: »Sehen Sie her, das bedeutet, der empfindlichste Punkt, an dem Detroit Druck ausüben könnte, ist die jährliche Steuerabrechnung. Den Markt für Skimmer, kommerzielle Transportfahrzeuge und sonstige dortige Haupterzeugnisse hat man so gut wie übersättigt, und das Verschleißprogramm ist bei weitem nicht so exakt computert worden, wie man beabsichtigte, mit anderen Worten, wir könnten eine dreimonatige Handelssperre verkraften, bevor uns die Ersatzteile ausgingen, und danach dürfte die Bundesregierung in voller Übereinstimmung mit dem Detroiter Vertrag eine eigene Ersatzteilproduktion anleiern. Danach käme es dort innerhalb von etwa eineinhalb Monaten zu Hungerunruhen, denn wir sorgen ja wohlüberlegt dafür, daß die dortigen Nahrungsmittelvorräte niedrig bleiben. Allerdings bringt, was Detroit an Strom und Wasser abnimmt, einen so großen Anteil am Bundeshaushalt ein — in harten Währungen Afrikas und des Nahen Ostens — daß die Drohung ... äh ... na, vielleicht eine Kondensationsanlage zu errichten ... Ist was?«

Diablo schluckte schwer. »Ja«, sagte er in trotzigem Tonfall. »Ich glaube, Sie beschwindeln mich. Das gehört zu Ihrer Abmachung mit der Bundesregierung, stimmt's? Zu den Leistungen, die Sie im Rahmen der Zusammenarbeit mit mir erbringen müssen.«

»Mein Wort drauf, so ist's nicht«, erwiderte Flamen mit mattem Lächeln. »Aber ich liege mit meiner Mutmaßung richtig, hm?«

»Nun ... Ach, na gut. Ich will Ihnen glauben. Und es ist wahr, ja. Bis hin zur Atmosphärischen Kondensationsanlage. Wir wollten zum Wochenende mit dieser Neuigkeit herausrücken. Ich nehme an, ich brauche nicht zu erklären, mit welcher Tendenz.«

»Die Niebs wollten's den Blanks wieder mal dafür geben, daß sie einen scheußlichen antisozialen Akt als ›Erpressung‹ bezeichnen?«

»Wir nennen so was ›Rohrkrepierer‹«, entgegnete Diablo nach kurzem Schweigen. »Anders ausgedrückt, dafür sorgen, daß jemand ›in der eigenen Falle gefangen‹ wird. Aber entschuldigen Sie, wenn Ihre Zeit knapp ist, möchte ich Sie nicht weiter aufhalten. Was ich allerdings nicht verstehe, ist folgendes.« Er fummelte an seinem Bart, betrachtete den Bildschirm der Computerkonsole. »Wenn Sie über eine analytische Ausrüstung verfügen, die die Hintergründe eines so gut getarnten Erpressungsgeschäfts wie der Lenigo-Affäre ermitteln kann, wieso besteht unter diesen Umständen noch ein Bedarf an einer besonderen Medienkiebitz-Show? Man sollte meinen, daß die regulären Nachrichtensendungen alle Themen genug ausschöpfen.«

»Ich habe jahrelang mein Geld damit verdient, daß genau das nicht der Fall ist«, antwortete Flamen unwirsch, mit einer Neigung zu ungnädiger Kurzangebundenheit. »Von außen ist's halt anders, Diablo«, lenkte er dann ein. »Es geht dabei um ein beachtliches psychologisches Phänomen. Wir betrachten, was man sehen kann, und damit Schluß. Ich vermute, wir haben uns diese Angewohnheit irgendwann im vergangenen Jahrhundert zugelegt. Das ist so, als ob ... na, als ob jemand Sie ansieht, denkt ›Knieblank‹, und fertig. Wir sehen in den Nachrichten eine nüchterne Aufzählung dessen, was nun einmal passiert ist, ganz egal, warum es sich ereignet hat: gestern gab's dort ein Erdbeben, heute kommt's da zu einem Krawall, morgen wird's halt ein Tornado sein. Ist Ihnen klar, was ich meine?«

»Ich komme mit«, sagte Diablo und nickte. »Nur zu!«

»Schön. Wo war ich? Ah, ja. Nun, ich brauche nur auf die Storys zurückzugreifen, die ich über Nacht habe computerrecherchieren lassen, an den Monitor gehen und nachschauen, was sich seitdem getan hat...« Der Bildschirm leuchtete auf, erlosch, erhellte sich von neuem, während die Computer die Faktoren jedes Prüfvorgangs nacheinander bewerteten und auswiesen.

»Ach, das ist prächtig. Heute haben wir mehrere brauchbare Themen.«

»Wonach entscheiden Sie die Brauchbarkeit?«

»Mein normaler Ausgangspunkt ist eine Wahrscheinlichkeit von achtzig und mehr Prozent zugunsten des Wahrheitsgehalts. Das bewährt sich. Einmal habe ich etwas verwendet, bei dem die Computerrecherchen einen Wert von bloß achtundsiebzig ergeben hatten, und prompt mußte ich mich entschuldigen und Entschädigungen zahlen, aber mit einer Bewertung von achtzig aufwärts durch diese Anlage ist noch nie etwas schiefgelaufen. Allerdings war es meine Vorsicht, die mich gestern vom Fall Lenigo abgeschreckt hat. Er lag fünf Prozent unter der wahrscheinlichsten Alternativmöglichkeit.«

»Und die war?«

»Daß die Gottschalks wieder Unruhe stiften, um ihre Umsätze zu erhöhen. Das zu benutzen, hätte natürlich nichts gebracht. Seit Jahren weiß praktisch jeder, wie sie ihr Geschäft betreiben. Das sind Schächer, sie mästen sich an allem, was Menschen hassen und fürchten, und so, wie's um die Menschheit bestellt ist, dürften sie immer noch fetter werden, bis sie eines Tages unterm eigenen Gewicht zusammenbrechen.«

»So was kennen wir in den Enklaven nicht«, sagte Diablo. »Reklamekampagnen der Gottschalks, meine ich. Wir sind für sie ganz automatisch ein Markt — Inseln in einem Meer der Feindseligkeit.«

»Mm-hm.« Flamens Blick haftete auf dem Bildschirm, während er in einem Punkt nach dem anderen eine Intensivanalyse veranlaßte. »Übrigens befasse ich mich gerade in dieser Beziehung mit den Gottschalks. Hier, schauen Sie mal. Ich glaube, im Moments wird's Ihnen allerdings wenig sagen.«

Diablo betrachtete, was der Bildschirm zeigte. »IBM § 375000, Honeywell $ 233000, Elliot... Nein, damit kann ich nichts anfangen.«

»Sie haben hochqualitative Datenverarbeitungsanlagen gekauft. In großen Mengen. Das war ihre gestrige diesbezügliche Rechnungsbegleichung.«

»Nur an *einem* Tag?« vergewisserte Diablo sich ungläubig.

»So heißt's hier. Was können Sie sich... äh... als Erklärung vorstellen?«

Diablos Gefummel an seinem Bart verstärkte sich zu einer Reihe kräftiger Zupf- und Ruckbewegungen, die zahlreiche Barthaare zu entwurzeln drohten. »Hmmm! Leider muß ich bekennen, daß ich die Gottschalks nie sonderlich beachtet habe. In einem Ort wie Blackbury wäre es unangebracht gewesen, zu riskieren, daß man Leute verärgert, die uns in solchem Umfang unterstützen wie sie. Aber ich dachte immer, sie würden Anlagen der Iron Mountain benutzen.«

»Tun sie auch.« Flamen zögerte. Dann, indem er sich letztendlich eingestand, daß er sich in der vorangegangenen Nacht vor der Begegnung mit einem Mann gefürchtet hatte, dessen Reputation die seine überstieg – trotz Diablos Benachteiligung, seines Finanzmangels, des Fehlens an bereitwilliger Hilfe seitens wohlhabender Blanks an der Spitze des planetaren Totempfahls –, gab er dem Wunsch nach, diesen Mann erneut durchs kaltschnäuzige Aussprechen von Insider-Informationen zu beeindrucken. »Aber anscheinend ist ein Sicherheitscode zu einem Preis von knapp über eine Million zu verkaufen. Wenn sie schon soweit sind, kann man doch wohl annehmen, daß sie bei der Iron Mountain ganz aussteigen wollen, oder?«

»Um künftig nur die eigenen Privatanlagen zu verwenden?«

»Wirkt nach meiner Ansicht recht wahrscheinlich.«

»Vielleicht wissen sie irgend was«, sagte Diablo nach kurzem Überlegen. »Haben Sie den gegenwärtigen Klientenkreis der Iron Mountains darauf begutachtet, ob jemand dabei ist, der auf der Schwarzen Liste der Gottschalks steht?«

»Ah...« Flamen biß sich auf die Lippe. »Verdammt, daran habe ich nicht gedacht. Danke. Ich werde sehen, ob das zu was führt, aber es dürfte einige Zeit dauern, bis ich an das Kundenverzeichnis gelangen kann.« Erneut tippte er Daten in die Tastatur, diesmal an der benachbarten Computerkonsole, erwog unterdessen die Möglichkeit, daß jemand die Iron Mountain insgesamt in die Luft jagte, vielleicht mit einem hineingeschmuggelten Atomsprengkörper. Dadurch ließe sich die innerbetriebliche Organisation von mindestens tausend Großunternehmen lähmen.

Und das war eine Möglichkeit, an die er selbstverständlich hätte denken müssen.

»So«, begann er von neuem. »Etliche Meter haben wir

bereits einem bestimmten Thema gewidmet, also können wir's uns heute erlauben, wählerisch zu sein. Ich glaube, wir machen jetzt mit einem Punkt weiter, der für Sie von persönlichem Interesse ist. Was treibt Herman Uys in Blackbury, und wie hat er Bürgermeister Black dahin beschwatzt, seinen führenden TV-Macher zu feuern?«

»Nun aber mal ...!« Augenblicklich verkrampfte sich Diablos Haltung; aber unter Flamens stetem Blick faßte er sich ebenso rasch wieder.

»Wollten Sie's etwa *gutheißen*«, meinte Flamen aalglatt, »daß ein südafrikanischer Weißer die Propaganda der amerikanischen Niebs-Gemeinden sabotiert?«

»Ich ... äh ...« Diablo atmete tief ein und brachte schließlich ein Kopfschütteln zustande.

»Na also. Dann lassen Sie uns mal schauen, was uns über Uys vorliegt. In bezug auf Bürgermeister Black brauchen wir uns keine Sorgen zu machen. Er ist dermaßen eitel, es gibt genug Filmaufnahmen von ihm, daß man damit den Mond einwickeln könnte.« Flamen trat zur Computerkonsole in rechtem Winkel zu jener an der Wand, wo er sich zuvor betätigt hatte.

»Mehr oder weniger wie erwartet«, murmelte er, als auf dem Bildschirm die angeforderten Daten erschienen. »Praktisch nichts. ZwoDe-Material in Schwarzweiß, das ist alles. Naja, wir werden trotzdem zurechtkommen. Das hier sind neuere Aufnahmen, jedenfalls vergleichsweise.« Die Angaben auf dem Bildschirm verschwammen, die Mattscheibe klärte sich, dann sah man Uys aus der Luke eines Flugzeugs steigen, vermutlich daheim in Südafrika; er winkte eine Gruppe von Reportern aus dem Weg, als seine Familie ihn begrüßen kam.

»Nun ein paar Farben dazumischen ... holografische Tiefe ... ja, so ist's schon besser ... gut ... Darauf können wir aufbauen und Bürgermeister Black einblenden, danach sehen wir weiter ... Amerikanischer Background, gehörig Lokalkolorit, am besten auch ein paar Askaris ... Ah, so ist's nicht übel für den Anfang, wie?«

Dies war der tatsächlich kreative Teil seiner Arbeit, und er hatte stets recht viel Spaß daran: Bearbeitung auch des am wenigsten versprechenden Rohmaterials, bis eine farbgetreue, dreidimensionale Fabrikation vorhanden war, so glaubhaft, daß nur eine Person, die sich wirklich zur Zeit des dargestellten Geschehens an Ort und Stelle aufgehalten hatte, Unstimmigkeiten aufzuzeigen vermochte.

»Menschenskind, das grenzt ja an Zauberei«, bemerkte Diablo unterdrückt; er verzichtete völlig darauf, den Blasierten zu spielen. Das Bild auf der Mattscheibe hatte sich durch eine Phase chaotischer Wirrnis in eine Einzelaufnahme entwickelt, die Uys am Arbeitstisch eines Laboratoriums zeigte — unfraglich in Amerika, nicht Afrika, obwohl keine besonderen Details, sondern ausschließlich der Gesamteindruck das klarstellte —, wie er sich gerade nach Bürgermeister Black umdrehte, der in der Begleitung zweier bewaffneter Askaris das Labor betrat.

»Mit Zauberei hat das nichts zu schaffen«, entgegnete Flamen unumwunden. »Ich mußte bloß die geeigneten Daten anfordern — Szenerie eines typischen Genetiklabors, die passenden Computerprintouts, das richtige Material in Gefäßen und auf den Tischen, derartige Sachen. Die Szenen werden automatisch aufs Zusammenpassen von Wetterverhältnissen, Kleidung, Winkel des Sonnenlichts und dergleichen überprüft, und jetzt müssen wir nur noch den Ton hinzufügen.« Er tippte Codes in die Tastatur. »Stimmen — wir dürften sogar von Uys Aufnahmen haben, nehme ich an, und wenn nicht, die Apparate können ohne weiteres einen südafrikanischen Akzent hinbiegen. Charakteristische Ausdrucksweise ... gewürzt mit ein paar ausgesuchten afrikanischen Redensarten ... Da, schon geht's los.«

Das Bild begann sich zu bewegen. Aus einem verdeckten Lautsprecher ertönten Stimmen. »Na«, wandte sich Bürgermeister Black an Uys, »wie kommen Sie mit dem Ausmisten voran?«

Uys zuckte zusammen, errötete leicht, errang die Fassung zurück und antwortete mit ausdrucksarmer Stimme, an deren Tonfall jeder sofort den Südafrikaner erkennen konnte. »Wenn Sie meinen, welche Fortschritte die Kampagne zur Säuberung des melanistischen Erbguts in dieser Stadt macht, so kann ich Ihnen mitteilen, daß ich eine Anzahl unreiner Abstammungslinien ermittelt habe, die unbedingt gekappt werden müssen. Vor allem ist da ein Mischling namens Pedro Diablo, der...«

Flamen drückte eine Taste, und der Ton blieb aus, obwohl der Film weiterlief. »Wie gefällt's Ihnen?« wollte er wissen.

Diablo strich sich mit der Hand über die Stirn; er wirkte regelrecht benommen. »Einfach phantastisch«, gestand er. »Die Einzelheiten, meine ich. Etwa wie Uys' Reaktion auf die Andeutung, er könne von einem Knieblank wie ein Bantu-Hausboy zum Arbeiten in den Stall geschickt werden... So paßt's einfach zu seinem Charakter, verdammt noch mal! Herrje, wenn es mir gestattet gewesen wäre, mit einer solchen Ausrüstung zu arbeiten, nicht nur im Studio, mit Schauspielern...!«

»Gestattet?«

»Ich meine, hätte ich für den Betrieb solcher Anlagen das Budget gehabt.« Mit merkliche Mühe meisterte er seine Erregung. »An welche Art von Antwort auf die Frage, die Sie aufgeworfen haben, denken Sie denn – warum Uys sich in Blackbury aufhält?«

Flamen kehrte zurück an die Tastatur, deren er sich zuerst bedient hatte. »Die Computer recherchieren noch«, sagte er, als der Bildschirm wieder aufleuchtete. »Sehen Sie diesen kleinen Pfeil? Der zeigt an, daß der Prozeß der Überprüfung immer neuer Daten im Gang ist und eine eindeutige Einschätzung noch aussteht. Lassen wir die Sache also in der Bearbeitung und kümmern wir uns um die Einordnung meines Spezialthemas. Das sind Aufnahmen, die ich gestern selber in der Ginsberg-Klinik gemacht habe. Eine Pythoness ist dort aufgetreten, und ich habe die Vorführung gefilmt. Das dürfte einen guten Bodenbereiter für etwas abgeben, das sich demnächst als dicker Hund erweisen könnte.«

»Einer der Punkte, die Sie mir vorhin gezeigt haben?« erkundigte sich Diablo.

»Nein, eine ganz neue Sache, die sich noch im probeweisen Untersuchungsstadium befindet. Uns ist ja von den Bundesbehörden freie Computerzeit zugesagt, wie Sie wissen, und eine der Angelegenheiten, die ich mit deren Hilfe abwickeln will, ist... Nun, ich möchte jemandem einen Strich durch die Rechnung machen — wem, spielt jetzt keine Rolle.« Flamen hatte fast vergessen, daß sich Prior im selben Raum aufhielt; er widmete ihm einen Blick des Unbehagens.

»Wissen Sie, ich hege den Verdacht, daß die Behandlung, der man die Patienten in der Ginsberg-Klinik unterzieht, ihren Zustand bisweilen verschlimmert statt bessert, aber ihr Direktor ist Elias Mogshack, und er genießt weltweit ein solches Ansehen, daß ich mich auf absolut unanfechtbare Autorität stützen können muß, wenn ich mit ihm anbändeln will. Aber stellen wir erst einmal die Frage, was geschehen würde, falls ich mit meinem Verdacht richtigliege.« Er streckte einen Arm aus und gab erneut einen Code ein. Die Zahl, die daraufhin auf dem Bildschirm erschien, entlockte ihm einen Ausruf der Begeisterung.

»Über neunzig! Ich kann mich nicht entsinnen, wann ich zuletzt eine so hohe Bewertung hatte.«

»Zugunsten von was?« wünschte Diablo zu erfahren.

»Daß er baden geht. Und in diesem Fall kann ich's mir buchstäblich gar nicht leisten, den Boden nicht zu bereiten. Folglich geben wir dem Auftritt der Pythoness die längste Sendezeit, die wir laut unserem Vertrag mit der Holokosmos einem einzelnen Punkt widmen dürfen — das sind vier Minuten. Da! Ist inzwischen sonst irgendwas reif? Noch nicht? Sie haben 'n guten Tag erwischt, Diablo — offenbar haben wir's heute mit einer ganzen Reihe recht tiefgründiger Themen zu tun. Aber macht nichts, da ist noch ein Punkt, den würde ich gerne computerrecherchieren, ehe ich die Spule für die heutige Show endbearbeite, und uns bleiben noch rund neunzig Minuten Zeit. Lassen Sie uns mal nachprüfen, welche Chance wir besitzen, unser Sabotageproblem zu beheben, das ich erwähnt habe, nachdem uns nun unbegrenzt freie Computerzeit bundeseigener Anlagen verfügbar ist. Angesichts dessen kann die Holokosmos selbstverständlich gleich einpacken, aber ich gehe gerne auf Nummer Sicher.«

Er beugte sich über die Tastatur und speiste sorgfältig seine Frage ein. »Könnte dies Sabotageproblem«, meinte Diablo, der ihm über die Schulter zusah und jede Bewegung aufmerksam beobachtete, »darauf zurückzuführen sein, daß Ihre Brötchengeber dem Druck jemandes nachgegeben haben, dem von Ihnen eins ausgewischt worden ist?«

»Ich wünschte«, erwiderte Flamen gedämpft, »die Leute ließen sich genug herausfordern, um so zu reagieren. Aber mittlerweile ist's schon zwei Jahre her, daß zuletzt ein Sponsor versucht hat, mich abzuservieren, weil ich etwas geäußert hatte, das ihm nicht in den Kram paßte. Doch allem Anschein nach machen die Menschen sich heutzutge nicht mehr viel aus so etwas. Höchstwahrscheinlich möchte die Holokosmos selbst mich loswerden, um noch mehr Werbung bringen zu können...«

Seine Stimme verklang. Der Bildschirm zeigte in Beantwortung seiner codierten Nachfrage eine einzelne, große Digitalziffer: eine unanzweifelbare, unerklärbare, unbegreifliche Null.

Nachdruck aus dem Manchester Guardian vom 2. März 1968

USA sehen einem langen Sommer der Gewalt entgegen

Von Richard Scott, Washington

Es wird allgemein als unausweichlich betrachtet, daß die Rassenunruhen in amerikanischen Städten in diesem Sommer an Umfang und Gewalttätigkeit jene des vergangenen Jahres noch übertreffen dürften.

Und weil ihre Ursachen, wie ein Bericht des Nationalen Beraterausschusses in seiner Analyse feststellt, so grundlegender Natur sind, so tiefe Wurzeln haben, so sehr eine Folge der Strukturen des amerikanischen Lebens sind, können sie nur durch eine bedeutende gesamtnationale Anstrengung über einen längeren Zeitraum hinweg allmählich beseitigt werden.

Unterdessen machen die Bundesregierung, die Polizeikräfte der Länder und Städte sowie die Normalbürger, Schwarze ebenso wie Weiße, sich auf etwas gefaßt, das recht gut zum unruhigsten Sommer in der Geschichte der Nation geraten könnte.

Streitkräfte in Bereitschaft

Obwohl reguläre Truppeneinheiten seit 1923 nur zweimal zur Unterdrückung bürgerkriegsähnlicher Unruhen eingesetzt worden sind, soll das Pentagon für den Fall, daß die Polizeikräfte der Bundesländer und Städte sich als unzureichend erweisen, ein Aufgebot von 15000 Mann geplant haben. Selbiges ist in sieben Eingreiftruppen eingeteilt und in der Nähe jener Städte stationiert worden, wo nach aller Wahrscheinlichkeit mit größeren Ausschreitungen zu rechnen ist. Außerdem hat die Bundesregierung an verschiedenen, strategisch günstigen Örtlichkeiten Ausrüstung zur Aufruhrbekämpfung gelagert.

Aber die praktische Durchführung der Aufruhrbekämpfung ruht vornehmlich und in der Hauptsache auf den Schultern der den Bundesländern und Gemeinden unterstellten Vollzugsbeamten der Bereitschaftspolizei. Und überall im Lande wird von beträchtlichen Bemühungen zur Ausweitung und Modernisierung ihrer Ausstattung zum Zwecke der Aufruhrbekämpfung berichtet.

In einigen Städten wird die Polizei mit umstrittenen neuartigen Hochdruck-Gewehren und Munition bewaffnet, deren Eigenschaften denen von Dumdum-Geschossen ähnlich sind. Andere erwerben waffenstarrende Hubschrauber oder Panzerfahrzeuge, die Tränengas und ebenso Maschinengewehre einsetzen können...

Freiwilligenmilizen

Die zuständigen Stellen mancher Städte gehen mit ihren Planungen bereits ins Detail. Vielerorts verbessert die Polizei, so wird berichtet, ihr Spitzelsystem, um über drohende Unruhen früher und genauer informiert zu werden. In einem Chicagoer Landkreis versucht der Sheriff, eine tausend Mann starke Hilfstruppe aufzustellen, die eigene Waffen mitbringen und 40 bis 60 Stunden Unterweisung in der Aufruhrbekämpfung erhalten würde. Solche Maßnahmen erinnern gefährlich stark an die Zusammenschlüsse von Vigilanten, wie sie in der Vergangenheit der USA traurige Berühmtheit erlangten.

Die andere Seite der Medaille sind ohnehin die privaten Vorbereitungen amerikanischer Bürger auf den langen, heißen Sommer, der näherrückt. Weiße und Schwarze rüsten gleichermaßen auf. In jüngster Zeit ist ein steiler Anstieg des Umsatzes von Schußwaffen verzeichnet worden, und eine amerikanische Familie, die keine Pistole oder Flinte im Haus hat, kann man schon eine Seltenheit nennen. Wie berichtet wird, besuchen zahlreiche Hausfrauen polizeiliche Schießkurse, um den Umgang mit Revolvern zu erlernen.

Zum Zwecke der in diesem Buch erzählten Geschichte gemachte Annahme in bezug auf das Vorstehende

So ist verfahren worden, aber es hat nicht gewirkt.

Rätsel löst man am besten im Ausleseverfahren

Als sich auf dem Bildschirm von Reedeths internem KommNetz-Anschluß Ariadnes Gesicht zeigte – sie wirkte müde und gereizt, weil sie auch die normale Mittagspause hatte durcharbeiten und die nach den Ausschreitungen eingelieferten Fälle psychischer Störungen klassifizieren, jene davon, die bereits in regelmäßiger Behandlung standen, zu ihren Therapeuten überstellen, die Planung revidieren sowie für alle, für die es keine andere Unterbringungsmöglichkeit gab, Klausen vorbereiten müssen –, führte er gerade ein Gespräch mit einem Teilnehmer außerhalb der Klinik.

»Einen Moment«, schnauzte er über die Schulter, dann beendete er die Unterhaltung mit barschen Worten. »Es muß sein, und es liegt bei Ihnen, einen Weg zu finden! Und es ist besser, Sie sputen sich!«

Er unterbrach die Verbindung und versetzte seinen Drehsessel in Rotation, wandte sich an Ariadne. »Ja?«

»Ich dachte, du hättest erwähnt, Lyla Clay wäre heute früh angebracht worden. Die Daten sämtlicher weiblicher Arrestanten sollen durch mein Büro laufen, naja, und ihre sind nicht dabei. Was ist los gewesen?«

»Ach. Ach ja.« Reedeth fuhr sich mit matter Hand durchs Haar, dann lehnte er sich zurück und entnahm der Schublade seines Pultomaten eine Packung Joints. Im Prinzip war das Rauchen in der Klinik verboten, aber in Phasen von außergewöhnlichem Streß scherten die Angehörigen des Personals sich naturgemäß weniger darum. »Es ist mir gelungen«, ergänzte er, während er nach dem Feuerzeug suchte, »sie von der Masse auszusortieren. Ich hatte so ein intuitives Gefühl, sofort als ich sie sah. Und ich hatte recht.«

»Recht? Wieso?«

»Sie hätte gar nicht hier sein dürfen.«

»Aber du hast doch gesagt, sie sei in ganz elendem Zustand. Fötalhaltung. Schock...«

»Genau das und noch mehr. Das muß man aber wohl bei jemandem erwarten, vor dessen Augen der Freund umgebracht worden ist, oder?«

Entsetzt hob Ariadne eine Hand an den Mund. »Ist er in den Krawall geraten?«

»Richtig. Irgendwer hat ihm mit einer Axt den Leib aufgehackt. Mit Hilfe des Block-Gottschalks ist er noch bis in die Wohnung gelangt und... Dreimal darfst du raten, was der Halunke getan hat.«

Stumm schüttelte Ariadne den Kopf.

»Er hat versucht, ihr neben ihrem toten Mackero, während er noch warm war, eine Waffe zu verkaufen.«

Schweigen entstand. »So einer ist schlimmer als ein gewöhnlicher Halunke«, meinte Ariadne nach einem Weilchen. »Ein Leichenfledderer. Aber das sind diese Kerle schließlich allesamt, oder etwa nicht? Andernfalls hätten sie sich nicht für so ein Gewerbe entschieden.«

»Dennoch ist das eine der ekelhaftesten Sachen, die ich jemals über sie gehört habe. Und als Miss Clay ihn hinausgeworfen hat — mit der Pistole, die in der Wohnung war — ist er offenbar schnurstracks ans KommNetz gegangen und hat Anzeige gegen sie erstattet, weil sie ihn mit einer Tötungswaffe bedroht habe.«

Dank beharrlichen Suchens hatte er inzwischen ein abgeschabtes, altes Wegwerffeuerzeug entdeckt, dessen Katalytkammer noch ein letztes, ganz schwaches Glimmen enthielt, an dem er es schaffte, seinen Joint zu entzünden.

»Ist die Geschichte wahr«, fragte Ariadne, »oder hat sie...?«

»Sie sich zusammengesponnen? Nein, es ist die Wahrheit. Ich habe eben mit einem Verantwortlichen bei der Polizei gesprochen und ihm gesagt, was ich von Leuten halte, die so wie seine Untergebenen arbeiten. Weißt du, sie hatten zuviel zu tun, um dem Anruf sofort nachzugehen, deshalb konnten sie sich erst heute morgen um sechs darum kümmern. Sie haben die Türe aufgebrochen und das Apartment gestürmt. Mittlerweile hatte das Mädchen schon eine ganze Nacht neben einer Leiche zugebracht, zu furchtsam, die Wohnung zu verlassen und bloß ans KommNetz zu gehen, weil der Gottschalk sich ihre einzige Waffe geklemmt hatte.«

»Und man hat sie *festgenommen?*«

»Sie waren drauf und dran, sie zu verhaften, so wahr mir Gott helfe! Wegen Mordverdachts! Bis es einem dieser Sülzköpfe einfiel, sich mal nach einer Waffe umzuschauen, womit sie den Mann überhaupt getötet haben könnte, und man feststellte, daß die Blutspur nach draußen in den Korridor führte. Sie muß allerdings so unverkennbar total verstört gewesen sein, daß man sich's zu guter Letzt doch überlegt und sie zu uns geschickt hat. Eben habe ich der Polizei empfohlen, man solle sich lieber den Gottschalk wegen der Entwendung ihrer Waffe vorknöpfen, und verlangt, daß man Anzeige und Zwangseinweisung unverzüglich storniert. Aber ich fürchte, ich habe nur herumgebrüllt, um mich abzureagieren.«

Bedrückt nickte Ariadne. »Du erwartest doch nicht, daß die Polizei sich irgendwo im Lande mit einem Gottschalk anlegt, oder? Sie sorgt sich viel zu sehr, sie könne eines Tages mit veralteten Waffen dastehen... Und was hast du nun mit ihr gemacht?«

»Oh, zunächst einmal veranlaßt, daß sie nicht als Patient aufgenommen, sondern nur einer ambulanten Notfalltherapie unterzogen wird, und daß man ihr ein bißchen Ruhe läßt. Danach soll sie zu mir raufgeschickt werden, damit ich mich mal mit ihr unterhalte, ehe sie geht — falls sie gehen darf. Ich bin nicht sicher, ob die Zwangseinweisung bereits durch die Computer gegangen ist oder nicht, obwohl sie heute morgen ziemlich spät an die Reihe kam, aber wenn sie durch ist, müssen wir natürlich einen Vormund für sie ausfindig machen.«

»Ist sie unter einundzwanzig?«

»Rund drei Monate.«

»Tja... nun, wahrscheinlich hat sie Eltern oder sonstige...?«

»Junge Leute in dem Alter sind nicht unbedingt besonders scharf drauf, daß ihre Familie in derartige Verwicklungen hineingezogen wird«, meinte Reedeth. Er schaute auf die Uhr. »Aber sie müßte sowieso in ein paar Minuten hiersein, dann kann ich sie fragen. Möchtest du dabei sein?«

»Hmmm...« Ariadne lenkte den Blick auf irgend etwas, das Reedeth auf dem Bildschirm nicht sehen konnte. »Ich glaube, ich sollte durchaus, aber ich wüßte nicht, wie ich die Zeit abzweigen könnte. Wir sind im Laufe des Vormittags in die Überbelegungskapazität vorgestoßen – mußte bei dermaßen vielen Arrestanten ja so kommen –, deshalb hat Dr. Mogshack mich gebeten, fünfzig Grün-Patienten zur umgehenden Entlassung auszusuchen, damit wir wieder ein wenig entlastet werden.«

»Nanu! Ich hätte nicht gedacht, daß ich den Tag erleben dürfte, an dem er Patienten früher als unbedingt notwendig entläßt.«

Ariadnes Miene schien sich in eine steinerne Maske zu verwandeln. »Das ist nicht witzig, Jim«, sagte sie.

»Nein. Nein, ich vermute, nicht. Wohl nur die Folge von Pot auf leeren Magen. Entschuldigung. Aber du denkst bei der Gelegenheit dieser Entlassungsliste an Harry Madison, ja?«

»Ja, natürlich – ich habe ihn gleich vorgemerkt. Allerdings ist die Bewertung seitens der Computer noch immer unvorteilhaft. Bei Gott, ich wünschte, wir könnten ihn ohne weiteres in eine der Niebs-Enklaven entlassen... Newark, sagen wir mal. Aber das liegt in einem anderen Bundesland, und...« Sie zuckte die Achseln. »Doch immerhin«, fügte sie hinzu, während ihr Gesichtsausdruck sich leicht aufhellte, »bietet sich hier eine recht glatte Lösung des Problems Celia Flamen an.«

»Wirklich?«

Ihr Blick spiegelte Verdutztheit wider. »Na freilich!«

»Und was ist mit der Vertragsstrafe für vorzeitige Entlassung?«

»Ich will selbstverständlich versuchen, ihm so was auszureden. Schließlich hat er ja erst gestern geäußert, er wolle seine Frau so schnell wie möglich aus der Ginsberg-Klinik rausholen.«

»Oh. Ja, sicher, dann ist das was anderes.« Reedeth nickte beifällig. »Und er neigt zum Mitspielen?«

»Ich weiß es noch nicht. Ich habe ihm Mitteilungen ins Haus, ins Büro und zur Holokosmos geschickt, bis jetzt ist aber noch keine Antwort eingegangen. Da fällt mir ein, ich könnte jetzt nochmals versuchen, ihn zu erreichen, während die Entlassungsliste computerisiert wird. Sonst irgendwas?«

»Nichts, außer vielleicht, wie's heute abend mit uns beiden wäre?«

»Bei dieser Plackerei werde ich bis dahin schon viel zu abgekämpft sein«, entgegnete Ariadne mit einem Seufzen und trennte die Verbindung.

Mutmaßliche Ursache einer bundesbehördlichen Anweisung, aufgrund welcher dreiunddreißig Mitarbeiter der OIS eine Degradierung oder unehrenhafte Entlassung erdulden mußten

Irgendwann im Laufe des Abends gelang es Morton Lenigo, die OIS-Mitarbeiter abzuhängen, die ihn beschatten sollten, und als die Lage sich wieder weit genug beruhigt hatte, daß solche Angelegenheiten im OIS-Hauptquartier Aufmerksamkeit fanden, waren ihm bereits fast fünf Stunden verfügbar gewesen, um unterzutauchen.

»Angenommen, daß Voigt seine Zusage gehalten hat«, meinte Flamen, während er mit scharfem Klicken den dementsprechenden Code in die Tastatur seines KommNetz-Geräts tippte, »muß diese Verbindung uns direkt an die Regierungscomputer koppeln, die für die Bearbeitung unseres Interferenzen-Problems reserviert sind... Jawohl, alles klar. Nun überspielen wir ihnen die Show, wie sie aufgezeichnet worden ist, und lassen sie mit der Version vergleichen, die die Zuschauer zu sehen gekriegt haben, dann daraus die... äh... logischen Schlußfolgerungen ziehen. Mit der Bewertung von vorhin war irgend etwas nicht in Ordnung, das steht fest. Null ist undenkbar.« Er fragte sich, ob seine Überzeugtheit gezwungen klang. »Ich werde die IBM verständigen, damit der Apparat nachgeschaut wird, vielleicht ist der Digitalselektor im Ausleier-Orbit. Wahrscheinlich hätte eine Hundert angezeigt werden müssen.«

Prior zupfte an seiner Unterlippe. »Ja, ich kann mir auch keine andere Erklärung vorstellen«, stimmte er gedämpft zu.

»So, das war's.« Flamen schob seinen Drehsessel rückwärts und machte Anstalten zum Aufstehen.

»Sie wollen sagen...?« Diablo zögerte. »Sie meinen, Sie sind für heute fertig?«

»Nun... ja, natürlich. Wir machen nur eine Sendung täglich, montags bis freitags.«

»Aber allem Anschein nach haben Sie kaum irgend etwas getan«, sagte Diablo. »Ich meine... Tja, ich kann mich irgendwie nicht des Eindrucks erwehren, daß mir etwas entgangen ist.«

»Ich habe versucht, während der Durchführung alles zu erklären«, erwiderte Flamen. »Aber wenn ich etwas außer acht gelassen haben sollte...«

»Nein, ich nehme an, es liegt bloß daran, daß ich den

Umgang mit Ihrer Art von Ausstattung nicht gewohnt bin.« Diablo schüttelte den Kopf, im dunklen Gesicht einen Ausdruck offenen Staunens. »Mal sehen, ob ich verdeutlichen kann, worum es geht. Sie brauchten nichts anderes zu tun, als die Themen auszuwählen, richtig? Ferner dazu anhand des Archiv- und sonstigen Materials die Fabrikationen zu erstellen und den Kommentar zu sprechen und aufnehmen zu lassen. Aber *alles* andere lief automatisch ab?«

»Sicher.« Flamen war auf vage Weise verwundert. »Wir haben jeweils exakt fünfzehn Minuten — oder, um ganz und gar akkurat zu sein, vierzehn Minuten und fünfundvierzig Sekunden, denn anfangs und am Schluß geht Zeit für das Senderzeichen ab. Die Werbespots sind natürlich ohnehin schon aufgezeichnet, und das neue Material wird automatisch so geschnitten, daß es die verfügbare Zeit genau ausfüllt. Die letzte Computerbearbeitung bringt sozusagen sämtliche Schnipsel in eine Reihe, und damit — vorausgesetzt, die Holokosmos-Computer erheben keine Einwände — ist unsere Spule fertig.«

»Erheben sie viele Einwände?«

»Oh... ich würde sagen, wir müssen im Durchschnitt einmal wöchentlich etwas ändern. Für meinen Geschmack ist das viel zu häufig.«

Diablo dachte für einen Moment nach. Plötzlich lachte er auf. »Ich muß Ihnen vorkommen wie die reinste Landmaus«, sagte er. »Aber ich stehe tatsächlich unter einer Art von Schock. Sehen Sie, ich bin's gewohnt gewesen, von neun bis neun zu arbeiten, fünf und nicht selten sechs Tage lang in der Woche, mit jeweils zwei, drei halbstündigen Essenspausen, wenn ich Glück hatte. Im Vergleich zu dem hier ist die Live-Arbeit im Studio ja echt anachronistisch. Mensch, nur um die paar Meter mit Uys und Bürgermeister Black zu fabrizieren, hätte ich Vorarbeiten von einer Woche Dauer leisten müssen, um solche Details hinzukriegen, ganz zu schweigen vom Unterweisen und Einstudieren der Schauspieler.« Er schwieg für einen Moment, in dem er

Flamen mit abschätzendem Blick musterte. »Hätten Sie was dagegen, wenn ich Ihnen eine Anzahl persönlicher Fragen stelle?«

»Kommt drauf an. Versuchen Sie's.«

»Was kassieren Sie für diesen Job von täglich etwa drei Stunden?«

»Äh... Ach, das kann jeder erfahren, wenn er weiß, woher und wie, und ich gehe davon aus, daß ich keinen Grund habe, um mich dafür zu schämen. Hunderttausend brutto monatlich. Berücksichtigen Sie, daß ich davon Miete und Wartung der Computer, dieses Büro, Lionels Gehalt sowie meinen Informantenfonds bestreiten muß – letzterer verhilft mir etwa zwei- bis dreimal jährlich zu Erkenntnissen, die ich ohne Zugang zu vertraulichen Nachrichtenquellen nicht selber gewinnen könnte –, außerdem diverse Kosten, beispielsweise zum Kauf von Sicherheits-Codes für Computer, all so 'n Zeug.«

»Und... jetzt auch noch mein Gehalt?«

»Ich bezweifle, daß ich mir Sie leisten könnte.« Flamen lachte humorlos. »Nein, Sie wollten ja, daß man sich buchstabengetreu an den Blackbury-Vertrag hält, Sie haben's selbst gesagt, also werden Sie von der Bundesregierung bezahlt. Aber rein interessehalber, was hat man Ihnen in Blackbury gezahlt?«

»Zweitausend«, antwortete Diablo nach kurzem Zögern.

»Zweitausend?« Prior fiel fast aus dem Sessel. »Oh... netto, nehme ich an, oder?«

»Natürlich. Ich brauchte niemanden zu entlohnen und keinerlei Ausrüstung zu mieten. Ich hatte ein von der Stadt bezuschußtes Apartment für nur hundert Eier Miete, keine Bürokosten, nichts dergleichen.«

»Das klingt, als wären Sie – alles in allem – besser als ich dagestanden«, sagte Flamen und warf einen Blick auf seine Armbanduhr. »Tja, sollen wir sagen, morgen um die gleiche Zeit?«

»Dein KommNetz zeigt 'ne Mitteilung an«, stellte Prior fest. »Willst du nicht drangehen?«

»Verdammt, du hast recht.« Flamen nahm wieder in seinem Sessel Platz und zog die fernkopierte Nachricht heraus. »Aha, diese Ärztin in der Ginsberg-Klinik möchte mit mir reden. Ich glaube, ich kümmere mich mal lieber darum.«

»Sollen wir...?« Prior schickte sich an, das Zimmer zu verlassen.

»G'spusi, binnen kurzem werden mehrere Millionen Menschen Celia in Anstaltskleidung sehen, stimmt's? Was sollte ich da noch in deiner und Mr. Diablos Anwesenheit genannt sein?«

»Wenn's um eine private Sache geht, möchte ich keinesfalls Aufdringlichkeit an den Tag legen«, sagte Diablo, schon halb im Aufstehen begriffen.

»Nein, das ist auch eine Angelegenheit, an der's nichts zu verheimlichen gibt, es macht mir nichts aus.«

»Wie Sie wünschen.« Dennoch zeugte Diablos Miene erneut von innerem Zwiespalt. »Allerdings, wenn ich so überlege... Entschuldigen Sie, aber die Leute benehmen sich hier draußen anders, und ich möchte nach Möglichkeit keinen *faux pas* begehen. Hat Ihr andauerndes ›Mister‹ was mit negrophobischer Anbiederung zu tun?«

»Was?« Die Hand über der Tastatur, um die Komm-Netz-Nummer der Ginsberg-Klinik zu wählen, verhielt Flamen mitten in der Bewegung und hob den Blick. »Verzeihung, ich komme nicht ganz mit.«

»Ich habe mich gefragt«, erläuterte Diablo beharrlich, »ob Sie mich ständig *Mister* Diablo nennen, gerade weil ich ein Nieblank bin.«

»Wieso sollte ich...? Ach, *jetzt* verstehe ich. In den Enklaven hat man diese Soulbrother-Masche, stimmt's? Man ruft die Leute immer nur beim Vornamen, oder?«

»Nun ja... mehr oder weniger, ich meine, jedenfalls galt das in dem Kreis, innerhalb dessen ich regelmäßig tätig war«, konkretisierte Diablo. »Und ich dachte, die Blanks-Gesellschaft wäre genauso ungezwungen.«

»War's auch mal, glaube ich. Ich meine, ich kann mich

entsinnen, es war noch zu Lebzeiten meines Vaters so.« Flamen runzelte die Stirn und nahm seine Hand von den KommNetz-Tasten. »Ja, ich erinnere mich, daß er mal einen Scherz darüber gemacht hat, wie gut man jemanden kennen müsse, um seinen Nachnamen zu erfahren und ihn im Telefonbuch finden zu können. Aber ich habe einmal irgend etwas gelesen... Natürlich! Etwas von Xavier Conroy. Es fällt mir wieder ein. Da stand was über das Bedürfnis, sich seiner Individualität zu vergewissern, und zwar im Zusammenhang damit, daß es mehr Nach- als Vornamen gibt. Ist mir im Gedächtnis hängengeblieben, weil heutzutage einige hunderttausend Matthews herumlaufen, während alle Leute in den Vereinigten Staaten, die Flamen heißen, auf die eine oder andere Art mit mir verwandt sind — eine einzige, große Familie. Überall und nirgends verstreut, klarer Fall, aber wenn man die Daten überprüft, kann man die verwandtschaftlichen Beziehungen natürlich nachweisen. Und dabei habe ich noch nicht einmal einen der wirklich übermäßig verbreiteten Vornamen, wie etwa Michael, David, John, William...«

»Sie reden andere Leute also automatisch mit ›Mister‹ an?«

»Empfiehlt sich eher als das Gegenteil. Lionel, wie lange hat's gedauert, bis ich angefangen habe, dich beim Vornamen zu nennen?«

»Nach deiner Hochzeit mit Celia war's, glaube ich«, gab Prior zur Antwort. »Aber ich hatte schon vorher, weil wir ja zusammengearbeitet haben, nichts dagegen, einfach ›Prior‹ von dir genannt zu werden.«

»Es interessiert Sie, wie Sie uns anreden sollen?« fragte Flamen nach, indem er wieder hinüber zu Diablo blickte. »Herrje, mir persönlich ist es gleich, wie die Leute mich nennen — ich bin keineswegs wild darauf, mir meinen Status bestätigen zu lassen. Aber sicherheitshalber sollten wir vielleicht, zumindest für einige Zeit, ein gewisses Maß an Förmlichkeit bewahren, also: Flamen, Prior. Kein ›Mister‹, außer zu Dritten. Einverstanden?«

»Danke.« Diablo nickte. »Ich... äh... Na, mir war schlichtweg nicht klar, daß das Verlassen Blackburys so sehr einer Übersiedlung in ein fremdes Land gleichkäme.« Sein Blick schweifte durchs Zimmer. »Alles ist so fremdartig«, fügte er mit fast anfallartiger Offenheit hinzu. »Ich glaube, ich habe die Propaganda ohne weiteres geschluckt, die behauptet, die Enklaven seien wirklich noch Bestandteil der Vereinigten Staaten und erfreuten sich bloß in gewissem Umfang erhöhter Selbstbestimmung, halt ein wenig mehr als sonst allgemein üblich. Sagen Sie, darf ich Sie um eine Gefälligkeit bitten?«

»Lassen Sie mal hören.«

»Könnten Sie den Computer, der anhand von Archivmaterial Fabrikationen erstellt... äh... gewissermaßen abkoppeln? Das ist nämlich genau die Art von Gerätschaft, wovon ich mein Leben lang geträumt habe, ohne dessen habhaft werden zu können. Ich fühle mich wie ein Junge vom Lande, der ein Banjo aus Kuhhaut und Verpackungsdraht hat und nun zum erstenmal eine anständige Gitarre hört.«

Flamen wechselte einen Blick der Ratlosigkeit mit Prior, der es jedoch mit aller Entschiedenheit unterließ, sich irgendwie hilfreich dazu zu äußern.

»Sie möchten versuchen, ob Sie auch ein paar Fiktionen fabrizieren können?« meinte Flamen.

»Ich nehme an, das läßt sich einrichten, ich bezweifle aber, daß es noch heute geht. Ich müßte jemanden von der IBM herbestellen, damit er einen entsprechenden Code einspeist — als ich anfing, mit dieser Anlage zu arbeiten, besaß ich bereits umfangreiche Erfahrungen aufgrund der Tätigkeit mit ähnlichen Apparaten. Wahrscheinlich wär's möglich, daß man in Ihrer Wohnung einen Trainingssimulator installiert, an dem Sie üben und sich mit all den Codes vertraut machen können, ehe Sie sich an eine komplette Anlage wagen.«

»Das ist eine vorzügliche Idee.« Diablo nickte. »Sicherlich ist das der bessere Weg. Aber Sie müssen entschuldigen ... ich habe Sie mit meinen vielen Fragen daran gehindert, den Anruf zu erledigen.«

»Keine Aufregung, ich hege meine Zweifel, ob die Sache dringend ist.« Flamen drehte sich erneut zum KommNetz-Apparat.

Prior wand sich ein wenig, widmete Diablo wiederholt Seitenblicke, eindeutig voller Unbehagen wegen dieser Enthüllung einer Privatangelegenheit vor jemandem, der ein Fremder war, ein Knieblank und obendrein beruflich ein Rivale. Man konnte seine Denkprozesse nahezu hören: Wenn Diablo nun nach Blackbury zurückgeholt wird und beschließt, Flamen mit dem zu diskreditieren, was er hier erfährt ... ?

»Dr. Spoelstra befindet sich zur Zeit im Notdienst«, drang es zu seiner sichtbaren Erleichterung aus dem KommNetz-Apparat, »und darf nur in besonders wichtigen ...«

Doch da mischte sich eine andere Stimme ein. »Hier spricht Dr. Reedeth, Mr. Flamen.« Die Mattscheibe leuchtete auf und zeigte Reedeths Gesicht. Er war nicht allein. Hinter ihm saß Lyla Clay buchstäblich auf einer Stuhlkante, die Hände zwischen den Knien fest gefaltet zusammengepreßt, und wirkte wie das Elend in Person.

»Wenn's Ihnen nichts ausmacht, mit mir zu reden«, ergänzte Reedeth, »statt mit Dr. Spoelstra, können wir uns sicherlich verständigen. Ich glaube, sie hat mich umfassend in Kenntnis gesetzt. Die Sache ist eigentlich recht einfach. Möglicherweise erinnern Sie sich daran, daß Sie gestern, als Sie bei uns waren, gewisse ... äh ... Meinungsäußerungen hinsichtlich der Behandlung Ihrer Frau getan haben.«

Er wartete. Nach einem ausgedehnten Moment reagierte Flamen mit einem verhaltenen Nicken.

»In Anbetracht Ihrer Stellungnahme haben wir das Psychoprofil Ihrer Frau heute noch einmal gründlich computerisiert« – er wählte seine Worte mit merklicher Sorgfalt – »und können nunmehr eine deutliche Normalisierung der

Therapie-Kontrollkurve beobachten. Laienhaft ausgedrückt, könnte man sagen, daß der Klinikaufenthalt von jetzt an wenig oder gar nichts an positiver Wirkung bei ihr ausüben kann, so daß eine allmähliche Reakklimatisierung an das Alltagsleben empfehlenswert sein dürfte. Kurz und klar, wir haben uns – unter Berücksichtigung Ihrer vorgestern vorgetragenen Auffassungen – gefragt, ob Sie wohl auf die Vertragsstrafe wegen vorzeitiger Entlassung verzichten würden, wenn wir Ihnen bescheinigen, daß ihre Entlassung in ihrem eigenen, besten Interesse ist...?«

Zunächst bewahrte Flamen Schweigen. Dann lachte er plötzlich rauh auf. »Soll ich das so verstehen, Sie hätten, wäre nicht gestern ich aufgekreuzt, gar nicht gemerkt, daß es ihr besser geht?«

»Natürlich nicht«, entgegnete Reedeth mit Nachdruck. »Sie werden sich gewiß noch entsinnen, daß sie gestern früh aufgrund der regulären wöchentlichen Untersuchung zur Grüneinkleidung eingeteilt worden ist. Was ich soeben dargelegt habe, wäre auf jeden Fall spätestens anläßlich der eingehenden monatlichen Gesamtuntersuchung konstatiert worden, in ungefähr zwei Wochen, aber da Ihrerseits so... ah... ungnädige Bemerkungen gefallen sind...« Er hob die Schultern. »Wir haben eine außerplanmäßige Untersuchung vorgenommen, das ist alles.«

»Ihr Vorschlag könnte nicht zufällig damit zusammenhängen«, mutmaßte Flamen, »daß Sie heute morgen so starken Zugang an angeblich umnachteten Krawallbrüdern hatten?«

»Berücksichtigen wir den Umstand, daß wir uns siebenhundert Zwangseinweisungen beziehungsweise zeitweiligen Zwangseinweisungen widmen mußten, halte ich es für eine bemerkenswert tüchtige Leistung, daß Dr. Spoelstra es geschafft hat, die Untersuchung Ihrer Frau noch zwischenzuschieben«, erwiderte Reedeth. Das war keine Antwort, doch Flamen sparte sich die Mühe, sich länger mit diesem Aspekt zu befassen.

»Na schön, grundsätzlich lautet meine Antwort: Ja.

Unter einer Bedingung. Was soll nun geschehen — wollen Sie, daß ich komme und sie abhole?«

Reedeth schaute verlegen drein. »Das nicht gerade. Sie ist gefragt worden, ob sie mit ihrer Entlassung einverstanden sei, und das ist sie, und ihr Zustand ist tatsächlich gut genug, allerdings unter der Voraussetzung, daß sie in naher Zukunft keinem ungebührlichen Streß unterworfen wird und die von uns verschriebenen Medikamente einnimmt, aber... Naja, die Wahrheit ist, sie möchte nicht in Ihre Obhut entlassen werden.«

»Was?«

»Leider verhält's sich so, und angesichts ihrer Krankengeschichte können wir dagegen schwerlich etwas einwenden. Sie hat jedoch ihr Einverständnis gegeben, daß ihr Bruder zu ihrem Vormund bestellt wird, und wenn weder Sie dagegen Bedenken hegen noch er...?«

»Er ist zufällig hier«, sagte Flamen kurz und unumwunden. »Ich frage ihn.« Er schaltete vorübergehend das Mikrofon des Apparats ab und sah Prior an. »Also?«

»Ich...« Prior schluckte, als säße ihm ein Kloß im Hals. »Ich glaube, ja. Immerhin bin ich ja ihr Bruder! Ich habe Verantwortung, stimmt's?« Beim letzten Wort huschte sein Blick hinüber zu Diablo, glitt hastig an ihm vorbei. Gefühllos überlegte Flamen, daß die Antwort womöglich anders ausgefallen wäre, hielte sich im Zimmer kein Fremder auf.

»Geht seinerseits in Ordnung«, richtete Flamen Dr. Reedeth aus, der gewartet hatte. »Veranlassen Sie, was erforderlich ist, ich bezweifle nicht, daß mein Schwager dazu imstande sein wird, Celia noch am heutigen Nachmittag abzuholen. Aber ich habe gesagt, ich verzichte nur unter einer Bedingung auf die Vertragsstrafe für vorzeitige Entlassung. Nämlich nur, wenn ich unabhängig überprüfen lassen darf, ob die Behandlung, der sie in der Ginsberg-Klinik unterzogen worden ist, ihr genutzt oder geschadet hat. Sind Sie mit dieser Abmachung einverstanden? Sollte diese Prüfung ergeben, daß sie — entgegen Ihren Behauptungen

— nicht in besserem Zustand ist, werde ich allerdings nicht nur auf der Vertragsstrafe bestehen, sondern Sie überdies verklagen.«

Er wartete. »Das muß natürlich erst computerisiert werden«, sagte Reedeth zu guter Letzt, »aber... Ja, doch, ich gehe davon aus, daß wir unseren eigenen Methoden genug Vertrauen entgegenbringen, um diese Bedingung anerkennen zu können. Im Prinzip sind wir also einverstanden.«

Für einen Augenblick geriet Flamens Zuversicht ins Wanken. Ein Versuch, den bundeseigenen Computern im Rahmen der Computerrecherchen zur Eliminierung des Sabotageproblems, an dem ihre Show litt, zusätzlich eine Psycho-Examination unterzuschieben, war gewagt — sollte er diese unverhofften Ressourcen anderen Zielen vorbehalten, zum Beispiel der Gottschalk-Frage? Aber Mogshack war ein leichteres Opfer, und für ihn sprach auch die Bewertung von über neunzig Prozent.

Doch eine Nullbewertung hat es auch gegeben, schien ihm aus einem Winkel seines Bewußtseins ein kleiner Dämon höhnisch zuzuflüstern.

Dabei aber *mußte* es sich um einen Fehler gehandelt haben! Eine Null war effektiv ausgeschlossen; die niedrigste Bewertung, die er je gehabt hatte, war eine Drei gewesen.

Am besten, sagte er sich, blieb er vorerst bei seinem ursprünglichen Plan. »Sehr schön, Dr. Reedeth«, erklärte er mit übertriebener Herzlichkeit. »Ich empfinde Ihre kooperative Art — auch wenn Ihre Zusage bis jetzt lediglich prinzipieller Natur ist — als erfreulich angenehm. Selbstverständlich werde ich's nicht versäumen, Celia heute abend bei ihrem Bruder zu besuchen, um ihr zur Entlassung zu gratulieren. Übrigens, ist das nicht Miss Clay, die ich dort hinter Ihnen sehe?«

Bei der Nennung ihres Namens blickte Lyla auf, blieb jedoch stumm.

Reedeth blickte sie an, dann wieder in die Kamera. »Ja... äh... leider hat sich Schreckliches zugetragen.«

»Eine Folge der Pillen, die sie für ihre Trance nehmen muß?« erlaubte Flamen sich einen Seitenhieb, der ihm sofort leid tat. Reedeth antwortete jedoch, bevor er die Gelegenheit zum Einlenken erhielt.

»Nein. Mr. Kazer ist gestern abend in die Unruhen geraten, und... Na, er ist an seinen Verletzungen gestorben.«

»Herrgott, das ist ja entsetzlich«, sagte Flamen gedehnt.

»Miss Clay ist im wesentlichen hier, damit wir sie wegen ihres Schocks behandeln. Aber inzwischen hat sich schon wieder so eine verdammte Rechtsverwicklung ergeben, und ich kann sie nicht ohne weiteres wieder heimschicken. Irgendein Dummkopf hat ihren Zustand als regelrechte Geistesgestörtheit ausgelegt, und als ich davon erfuhr, waren die Unterlagen über die Zwangseinweisung bereits zu tief ins Mühlwerk der Bürokratie vorgedrungen, als daß ich sie noch hätte herausfischen können.«

»Klappt in diesem Land eigentlich überhaupt nichts mehr?« Flamen seufzte.

Plötzlich setzte Lyla sich kerzengerade auf und befreite die Hände aus dem Schraubstock ihrer Knie. »Sagen Sie, Mr. Flamen, wir kennen uns ja erst seit gestern, aber könnten nicht *Sie* mich hier rausholen?«

Flamen blinzelte verdutzt. »Wie ist das gemeint?«

»Es geht dabei ums Problem der gesetzlichen Vertreterschaft«, erläuterte Dr. Reedeth nach kurzem Schweigen. »Sie muß in die Vormundschaft eines Erwachsenen entlassen werden, und ihre sämtlichen Angehörigen leben außerhalb des Bundeslandes.« Er wandte sich in besänftigendem Tonfall an Lyla. »Dazu besteht wirklich keine Notwendigkeit, Miss Clay. Spätestens heute abend haben wir die Sache behoben, und wenn ich den Gouverneur persönlich anhauen muß, um den Fall in Ordnung zu bringen. Aber...«

Unvermittelt verstummte er. In einer parodistischen Gebärde der Entgeisterung, offenbar ausgelöst durch das Erkennen eigener Kurzsichtigkeit, schlug er sich eine flache Hand auf die Stirn. »Um alles in der Welt, warum habe ich *daran* noch nicht gedacht? Mr. Flamen, hätten Sie wohl Verwendung für jemanden, der absolut ein Genie in Reparatur und Wartung elektronischer Schaltanlagen ist?«

Prior krampfte sich zusammen. »Frag auf jeden Fall mal, was das soll, Matthew«, quetschte er durch den Mundwinkel.

»Werde ich«, versicherte Flamen, selbst reichlich verwundert. »Leider komme ich nicht ganz mit, Dr. Reedeth«, fügte er lauter hinzu.

»Tja, sehen Sie, es ist so — wir haben hier einen Mann, dessen Entlassung schon längst überfällig ist, aber aus Gründen, die zu kompliziert sind, als daß ich sie hier mit aller Ausführlichkeit darlegen könnte, sind seit dem erstmöglichen Entlassungstermin nun bereits etliche Monate verstrichen. Unterdessen hat er sich hier um unsere Automaten gekümmert — und wahrscheinlich wissen Sie, daß sich bei uns das größte cybernetische System der Welt befindet. Alle unsere Patienten werden darin datenpaketiert. Sein Talent in bezug auf Elektronika ... Ach, mir fehlen die richtigen Worte. Einfach brillant!«

»Matthew, denk an die Nullbewertung«, flüsterte Prior. »So jemand könnte uns nützlich sein.«

Flamen zögerte. »Und was erwarten Sie in diesem Zusammenhang von mir?«

»Die Übernahme der Vormundschaft, sonst nichts. Wenn Sie ihn in Ihre Dienste stellen, brauchen Sie ihm nicht einmal mehr als ein Anstandsgehalt zu zahlen — er bezieht von der Armee Rente, und sie hat sich während seines Klinikaufenthalts angesammelt und Zinsen eingebracht. Mittlerweile dürfte er ein paar Hunderttausende angespart haben.«

»Wo hat er seine Ausbildung genossen, seine Kenntnisse erworben?«

»Beim Heer, soviel ich weiß. Aber ich versichere Ihnen, an seiner Befähigung ist nicht zu zweifeln. Er hat hier Dinge zustandegebracht — an meinem Pultomat —, die ich niemals als möglich erachtet hätte.«

»Ich ziehe Ihr Angebot durchaus sehr ernsthaft in Erwägung«, sagte Flamen. »Können Sie mir vielleicht irgendwelche Unterlagen zukommen lassen? Ich müßte schon etwas über ihn wissen, ehe ich mich entscheide.«

»Ich sorge dafür, daß Sie sie innerhalb einer Stunde erhalten«, gab Reedeth hocherfreut zur Antwort. »Ich kann gar nicht sagen, wie dankbar ich Ihnen bin, Mr. Flamen. Ich suche schon so lange nach einer Möglichkeit, seine Entlassung zu bewerkstelligen! Es ist einfach ungerecht, daß... Oh!« Sein Lächeln schwand. »Da ist ein Umstand, den ich, glaube ich, zu erwähnen vergessen habe. Er ist ein Knieblank.«

Ein zu langes Schweigen ergab sich; während es andauerte, spürte Flamen den Blick von Diablos dunklen Augen mit peinlicher Zudringlichkeit auf sich ruhen.

»Das ist unwichtig«, sagte er schließlich. »Wenn ich Ihr Angebot prüfen soll, interessieren mich zwei Dinge: seine geistige Gesundheit und seine Brauchbarkeit für meine Firma. Zufällig verhält's sich so, daß wir kurzfristigen Bedarf an einem Elektroniker haben, und ich denke mir, falls er so gut ist, wie Sie ihm nachsagen, dürfte er für uns der richtige Mann sein. Also senden Sie mir seine Unterlagen, und ich rufe Sie beizeiten an. Einverstanden?«

»Völlig einverstanden«, bestätigte Reedeth in herzlichem Ton und unterbrach die Verbindung.

Flamen lehnte sich zurück und betrachtete Prior mit düster gerunzelter Stirn. »So, meine liebe Frau möchte nicht in meine Obhut entlassen werden!« brummte er mißmutig.

Prior zeigte Bestürzung. »Matthew, ich glaube, du bringst... äh... Diablo in große Verlegenheit, indem du hier Privatangelegenheiten so ausgiebig diskutierst.«

»Gestern hast du an einer Pythoness Anstoß genommen, heute stört dich ein Medienkiebitz — zum Teufel, Lionel, es gibt nun einmal gewisse Personen, vor denen irgendwelche Geheimnisse zu hüten man gar nicht erst zu versuchen braucht, und zudem kann man ohnehin in keinem Gewerbe überleben, wenn man nicht weiß, wie man die Klappe hält. Ich wette, Diablo weiß sowieso über Celias Schwierigkeiten Bescheid.« Er wandte sich an den Farbigen. »Oder?«

»Ladromid«, konstatierte Diablo nach kurzem Zögern. »Ich muß zugeben, ich habe daran gedacht, darüber was ins Programm aufzunehmen. Die Tendenz wäre gewesen, nun seht euch mal diesen vorgeblichen Apostel der reinen Wahrheit an, er hat seine Frau in die Scheinwelt der Illusionen verscheucht. Ich habe mir Ihre Sendungen eine Woche lang angeschaut, während ich mir im unklaren war, aber am Ende bin ich zu der Ansicht gelangt, daß es ganz gut ist, wenn Sie sich in der öffentlichen Szene tummeln, was immer auch privat bei Ihnen schiefgelaufen sein mag.« Seine Miene und sein Tonfall zeugten von Unbehagen, als sei es für ihn ungewohnt, sich über jemanden positiv zu äußern.

Flamen lachte. »Da bin ich ja mit knapper Not davongekommen«, meinte er. »Ich habe mitgekriegt, was aus ein oder zwei Ihrer Zielpersonen geworden ist. Wieviel SeMe gehen bislang auf Ihr Konto?«

»Wieviel . . . was?«

»SeMe. Selbstmord nach Medien-Entlarvung.«

»Ach so. Wir nennen das Leichtweg. Leichtester Ausweg.« Diablo dachte nach. »Etwa vierzig, glaube ich«, sagte er dann. »Aber ich führe nicht Buch.«

»Tatsächlich?« mischte sich Prior ein, merklich beeindruckt. »Wir können auf kaum mehr als die Hälfte zurückblicken.«

Diablo betrachtete ihn, dann sah er wieder Flamen an. Er heftete seinen dunkeläugigen, strengen Blick fest auf ihn. »Dafür wüßte ich eine Begründung. Bei Blanks läßt sich ein richtig tiefes Schuldgefühl schwerer erzeugen.«

»Zu meinem Bedauern gefällt Ihr Ton mir nicht sonderlich«, sagte Prior sehr unterkühlt.

»Und ich halte wenig davon, den Erfolg des TV-Machens an der Zahl von Toten zu messen, die man verbuchen kann«, antwortete Diablo. »Das gleicht's aus.«

»Schluß damit«, ordnete Flamen grob an. »Und zwar *beide*. Diablo ist praktisch ein Fremder, Lionel, und im Hinblick auf bestimmte Dinge empfindet man an Orten wie Blackbury nun einmal anders. Ich sehe der Zusammenarbeit mit unserem neuen Kollegen ziemlich erwartungsvoll entgegen, weil ich glaube, sie wird meinen Geist wieder ein bißchen schärfen. Ich bin doch recht abgeschlafft. Vielleicht sollte ich's auch mal mit einem Zwölfstundentag versuchen, womöglich brächte das meinen Einfallsreichtum wieder zur Entfaltung. Aber im Moment habe ich einige Angelegenheiten zu regeln, und das gleiche gilt für dich. Sieh zu, daß Diablo hier im Büro einen eigenen Arbeitsbereich erhält – ein paar Wände müßten verschoben werden, er braucht ein KommNetz-Gerät, dergleichen eben, alles was erforderlich ist. Und vergiß nicht, Celia abzuholen.«

»Wie du wünschst«, sagte Prior gedämpft, stand auf und strebte zur Tür.

Diablo schloß sich ihm an, verharrte jedoch plötzlich auf der Schwelle und schaute sich um.

»Hören Sie mal ... äh ... Flamen. Sehen Sie, ich wollte mich keineswegs aufführen wie ein Arrogantnegro. Wenn ich daran denke, was Sie mit dieser Ausrüstung ...« – er deutete mit einer ruckartigen Kopfbewegung auf die Anlagen – »alles tun könnten, um uns Knieblanks ans Knie zu pissen, dann muß ich mich eigentlich über Ihre Zurückhaltung sehr wundern.«

»Oh, sicher«, sagte Flamen gleichmütig. »Ich könnte Bürgermeister Black mit drei Blanks-Mädchen im Bett zeigen oder den Stadtrat von Detroit beim Ringelpiez mit Anfassen rund um den Sitzungstisch, in allen Einzelheiten, bis hin zum Schamhaar. Das ist's aber nicht, wofür diese Apparaturen da sind. Sie sind für Sachen mit einer Wahrscheinlichkeitsbewertung von achtzig und mehr Prozentpunkten.«

»Ja gewiß«, meinte Diablo. »Anderes Herangehen, schätze ich.« Einen Moment lang wirkte er, als wolle er noch etwas hinzufügen, doch dann zuckte er mit den Schultern und wandte sich ab, um Prior, der ungeduldig wartete, zu folgen.

Flamen zupfte, sobald er allein war, an seinem Bart, fluchte unterdrückt vor sich hin. Er fällte eine Entscheidung, streckte sich über die Hauptinformationskonsole und forderte Auskünfte über Psycho-Examinationen auf der Grundlage von Datenpaketen an; zwar war es ihm leichtgefallen, darüber zu reden, doch besaß er kaum eine Vorstellung davon, wie so etwas ablief. Nach fünf Minuten äußerster geistiger Konzentration hatte er sich anhand des dichtgedrängten, mit Informationen überladenen Datenschwalls, den die Speicher zu diesem Gegenstand lieferten, in allgemeinen Umrissen einen Überblick verschafft; das Verfahren war genau so, wie Prior es dargestellt hatte, als er die Behandlung der Patienten in der Ginsberg-Klinik zu beschreiben versuchte, eine allmähliche Angleichung des tatsächlichen Profils an das erstellte optimale Psychoprofil.

In der Festlegung der Parameter für die Optimalkurve mußte es, folgerte Flamen, einen gewissen Spielraum geben. Obwohl die vorhandenen Daten diesbezüglich keine klaren Angaben enthielten, konnte man, indem man zwischen den Zeilen las, eindeutig ersehen, daß die Wahl vornehmlich nach willkürlichem Ermessen erfolgte. Flamen dachte eine Zeitlang darüber nach; schließlich rieb er sich erfreut die Hände.

Selbst wenn man davon ausging, daß niemand eine so weitreichende, umfassende Reputation genoß wie Mogshack, der einmal als ›Mr. Spock der Psychohygiene‹ bezeichnet worden war, mußte es dennoch auf diesem Gebiet irgend jemanden mit beträchtlicher Autorität geben, dessen Auffassungen den seinen diametral entgegenstanden und von dem man erwarten konnte, daß er es fertigbrachte, für Celias Persönlichkeit eine Optimalkurve zu erarbeiten, die die größtmögliche Chance bot, Mogshacks fachärztlichen Aussagen zu widersprechen. Flamen tippte die

Anforderung einer Kandidatenliste in die Tastatur, und als sie kam, sah er an erster Stelle einen Namen stehen, der ihn vor Erregung fast ins Zittern brachte.

Wer hätte damit gerechnet, daß die Computer ohne Umschweife Xavier Conroy vorschlügen?

Nachdruck aus dem Manchester Guardian vom 4. März 1968

Gefahr einer US-amerikanischen »Apartheid mit Ausnahmerecht«

Von Alistair Cooke, New York

Die Vereinigten Staaten haben nun drei Tage gehabt, um den Schock zu verkraften, welchen die erste Veröffentlichung — oder vielmehr, die erste öffentliche Zusammenfassung — des Berichts über öffentliche Unruhen ausgelöst hat, vorgelegt vom Nationalen Beraterausschuß des Präsidenten, auch unter der Bezeichnung Kerner-Kommission bekannt, so geheißen nach Illinois' Gouverneur Otto Kerner, der die sieben Monate langen Untersuchungen des aus neun Weißen und zwei Farbigen zusammengesetzten Ausschusses leitete.

Für alle, die sich eine deutliche Erhellung und genauere Klärung des erstellten Reports erhofften, machte man heute der Allgemeinheit das bombastische Mammutwerk des Gesamtberichts zugänglich: 1489 Seiten gründlicher, erschöpfender Ermittlungen über Krawalle in Groß- und Kleinstädten, kaum manifest gewordene Ausschreitungen gleichermaßen wie Fälle von Aufruhr, die das soziale und wirtschaftliche Leben der Städte bis in die Grundfesten erschütterten.

Wahrscheinlich werden sehr wenige Außenstehende dies ebenso faszinierende wie deprimierende Testament wirklich in vollem Umfang durchackern; und infolgedessen werden noch weniger zuständige Insider bei den Landesregierungen und Gemeinden sich um so eifriger damit befassen, sich für eine der ›drei Alternativen‹ zu unterscheiden, vor denen nach den Schlußfolgerungen der Kommission die amerikanische Gesellschaft nunmehr steht.

Erstens ist da die Möglichkeit einer Fortsetzung der gegenwärtigen Politik, indem die gleichen unzureichenden oder nur geringfügig höhere Summen in die Sanierung der Städte investiert werden, und indem man dieselben Methoden wie bisher zur Eindämmung der Unruhen anwendet, die an Unterdrückung mit Waffengewalt grenzen. Ein derartiges Vorgehen, so ist die Kommission überzeugt, kann wenig bewirken, um beim immer höheren Anteil junger Farbiger an der Einwohnerschaft der Städte »die Hoffnungen zu heben oder ihre Kräfte in sinnvolle Bahnen zu lenken«. Statt dessen sei noch mehr Gewalttätigkeit zu befürchten, und das Resultat könnten »urbane Apartheid und permanente Etablierung getrennter Gesellschaftsebenen« sein.

Geringe Hoffnung

Die zweite Alternative bestünde darin, sofort die Arbeit an einer »Abhilfeschaffung in den Slums« aufzunehmen und eine »entscheidende Verbesserung« der Lebensqualität der Bevölkerung durch eine beträchtliche Anhebung der öffentlichen Ausgaben für Bildungs- und Beschäftigungspolitik, Wohnungsbau sowie Sozialeinrichtungen herbeizuführen.

Allerdings sieht der Ausschuß auch in diesem Verfahren nur geringe Hoffnung auf dauerhafte Besserung der Gesamtlage...

Die dritte Möglichkeit – und nach Meinung der Kommission die einzige, um die Vereinigten Staaten vorm Entstehen »zweier gesonderter, ungleicher Gesellschaftsebenen« (deren Nebeneinanderleben wahrscheinlich nur mit Hilfe des Ausnahmerechts regelbar wäre) zu bewahren – wird durch die detaillierte Dokumentation urbaner Mißstände im Report immer wieder nachdrücklich nahegelegt.

Dazu zählen die vorherrschende Gesinnungs-Bigotterie weißer Bevölkerungsteile, die steigende Zahl junger Farbiger, die dazu verurteilt sind, niemals Arbeit zu finden (ein Drittel aller arbeitsfähigen jungen Farbigen in den 20 größten Städten der USA sind heute arbeitslos), und die Stadtflucht der Weißen, die in Vororte ziehen, wo sie schwerlich Steuererhöhungen zugunsten von Städten befürworten dürften, in denen vorwiegend Farbige wohnen und die zu baufälligen Gettos herunterkommen.

Diese dritte Alternative verlangt nicht weniger als »eine massive nationale Anstrengung« zur Integration des gesellschaftlichen und wirtschaftlichen Lebens beider Rassen sowie der Vertreter des Gesetzes, die es zu schützen haben...

Zum Zwecke der in diesem Buch erzählten Geschichte gemachte Annahme in bezug auf die im Vorstehenden erwähnte ›Massive Nationale Anstrengung‹

Es ist nicht so verfahren worden, und das hat nur zu gut gewirkt.

Gottes Mühlen mahlen langsam, aber der Menschen Mühlen mahlen anscheinend allzu häufig überhaupt nicht, wie oft sie sich auch drehen mögen

»Ariadne, um Himmels willen«, sagte Reedeth zu ihrem schönen, unweigerlich makellosen Abbild auf dem Komm-Netz-Bildschirm, »ich muß mir 'n Trip gönnen, mich betrinken – oder sonst so etwas –, und es wäre mir lieber, müßte ich's nicht allein tun.«

Einen Moment lang dachte er, sie werde ihn mit einer kurzen Schroffheit abfertigen und die Verbindung unterbrechen. Aber sie seufzte und lehnte sich im Sessel zurück. »Anscheinend hast du den ganzen heutigen Tag mit Gejammer herumgebracht, und vermutlich ist's zuviel von dir erwartet, daß du damit aufhörst, bevor dein manisch-depressiver Zyklus seine gegenwärtige Phase verläßt. Also, was soll ich tun – mit inoffizieller Therapie aushelfen?«

Ein Schweigen bitterer Gespanntheit entstand. »Ich weiß ein interessantes psychologisches Problem für dich«, sagte Reedeth schließlich in völlig verändertem Tonfall. »Oder vielleicht, um präziser zu sein, laß mich sagen, es ist soziologischer Art. Wann kamen Freunde außer Mode?«

»Na, wenn du nur Unsinn daherreden möchtest...«

»Unsinn, *verdammt* noch mal! Wie viele Freunde hast du denn, Ariadne? Ich meine Freunde, von denen du weißt, du fällst ihnen nicht lästig, wenn du mal über deine Probleme sprichst, die dir mit einem Rat helfen können, oder indem sie dir Geld leihen, oder sonst irgendwie.«

»Ich habe diese Sorte Komplikationen nicht.« Ariadne hob die Schultern. »Ich glaube an die Existenz als Individuum und die Fähigkeit, sich um sich selbst zu kümmern. Ich bezweifle, daß ich andernfalls die Überheblichkeit besäße, zu versuchen, anderen Menschen dabei zu helfen, in ihrem eigenen Leben den gleichen Erfolg zu erzielen. Aber ich habe viele Freunde, so viele, daß ich sie gar nicht aufzählen kann – so viele, daß es mir nie gelungen ist, sie alle auf einer Party zu versammeln.«

»Das sind keine Freunde«, widersprach Reedeth hartnäckig. »Du redest von Bekannten, und das gleiche fällt mir auch nicht schwer – ich kenne fünf- oder sechshundert Leute, und immerhin gut genug, daß ich die richtigen floskelhaften Fragen nach ihrer Familie und der Arbeit stellen kann. Aber... Zum Teufel, ich will versuchen, dir zu verdeutlichen, was ich meine. Dies Mädchen, Lyla Clay, die ich nach einem schier unfaßlichen Ringen mit dem Amtsschimmel *endlich* doch noch entlassen konnte...«

Eine Andeutung von Interesse spiegelte sich in Ariadnes Miene wider. »Ach, du hast den Fall geklärt?«

»Mehr oder weniger. Ich erzähle dir nachher mehr. Laß mich erst beenden, was ich sagen wollte. Ihr Mackero ist gestern abend umgekommen – ermordet worden. Er hat nicht mehr lange genug gelebt, um noch mitteilen zu können, wieso es eigentlich dazu kam. Sein Tod war vollständig sinnlos. Aber so war's nun mal – er fand den Tod, sie erlitt einen Schock. Zum Glück geht sie gewöhnlich zu einem Arzt – ich kenne ihn –, dessen Honorare einigermaßen erträglich sind und der sich auch mit seinen weniger begüterten Patienten ernsthaft befaßt, und so... Verflucht, ich schweife ja selber ab.«

Er nahm einen tiefen Atemzug. »Warum sagt man eigentlich ›Amtsschimmel‹?« sinnierte unterdessen Ariadne. »Haben die Ämter ganz früher mal ausschließlich weiße Pferde benutzt, vielleicht für besondere Kurierdienste? Schimmelreiter ist doch auch so ein überkommener Begriff.«

»Du lieber Himmel, Frau, frag deinen Pultomat! Ich weiß es nicht, und es ist mir auch egal. Was ich zu erklären versuche, ist wichtig!«

»Dann bemühe dich«, entgegnete sie barsch, »ein bißchen schneller zur Sache zu kommen. Ich fühle mich völlig ausgelaugt.«

»Denkst du, ich nicht?! Also, dann gib mir hierauf eine unumwundene Antwort: Welche von den mehreren hundert Personen, die du kennst, bedeuten dir genug, so daß du bei ihrem Verlust einen Schock erleiden würdest?«

Eine längere Gesprächspause folgte. »Nun, meine Eltern, völlig klar«, sagte Ariadne zu guter Letzt mit gestresster Miene, »mein Bruder Wilfred und...«

»Freunde, habe ich gesagt, nicht Verwandte. Also Menschen, deren Umgang du aus dem Angebot all der vielen Millionen Menschen speziell für dich gewählt hast, seit du erwachsen bist und eigenverantwortlich in der Welt dastehst.«

»Ich...« Ariadne schüttelte ihren blonden Schopf; ihr Gesicht brachte den inneren Konflikt zwischen Beschämung und Aufrichtigkeit offen zum Ausdruck. »Ich weiß nicht, ob's solche Leute in meinem Leben gibt. Weißt du, ich glaube, darüber habe ich mir noch nie Gedanken gemacht.«

»Und weshalb nicht?«

Ariadne gewann einen Teil ihres Selbstbewußtseins zurück. »Hat dein Freund Conroy«, erkundigte sie sich patzig, »darüber noch keine Ansichten vom Stapel gelassen?«

»Du meinst seine Behauptung, daß die Gesamtsumme des emotionalen Engagements eines modernen Individuums so ausgeprägt ist wie bei Romeo und Julia, aber auf eine weit höhere Zahl von Personen verteilt, so daß es im Einzelfall sehr flüchtig wirkt? Oh, ich bin der Ansicht, er hat verdammt recht. Und ich halte das durchaus für gut — in den Zeiten, als die Lebenserwartung bloß zwanzig und mehr Jahre betrug, bevor die Pest einen dahinraffte, war's sicher großartig, die eine, einmalige, herausragende Beziehung herstellen zu können, aber heute, da wir im Durchschnitt fast ein Jahrhundert leben, wäre es eine Schande, würden wir uns bei nur einem Anlaß gänzlich verschleißen. Aber...« Erbittert zerrte er an seinem Bart. »Verflucht, ich schlage tatsächlich den größtmöglichen Umweg ein, um zu dem zu gelangen, was ich eigentlich sagen will!

Ich spreche nicht von einem Gewinn, sondern von einem Verlust. Die Menschen haben unverändert Probleme, die Leute brauchen nach wie vor Rat, Beistand und den ganzen Rest.«

»Das erhalten sie«, sagte Ariadne. »Das ist einer der Gründe, warum wir hier in der Ginsberg-Klinik tätig sind, einer staatlich finanzierten Psychiatrie mit den modernsten Hilfsmitteln der Welt.«

»Gewiß, aber mal angenommen, dir passiert so was, wie's Lyla Clay oder gar Harry Madison ergangen ist? Würdest du dich nicht lieber an eine vertraute Person deiner Wahl um Hilfe wenden, einen engen Freund, statt zu riskieren, daß du dich in der Auseinandersetzung mit dieser Art von Bürokratie festrennst, mit der ich mich heute den ganzen Tag hindurch herumschlagen mußte? Das Mädchen – Lyla Clay – ist nicht krank, es hat bloß etwas erleben müssen, was ein Mädchen nicht erleben müssen dürfte – was *niemand* jemals erleben müssen sollte! Und nur weil sie in diesem Bundesland noch als minderjährig gilt – wegen dreier Monate – und unter Verdacht auf geistige Verwirrung in Gewahrsam genommen worden ist, mußte ich Stunde um Stunde mit überflüssigen Disputen verschwenden!«

»Aber zum Schluß hast du sie ja fortschicken können.« Ariadne seufzte.

»Ja, stimmt. Aber auch nicht dank deines teuren Mogshack. Als ich mich an ihn gewandt habe, fertigte er mich mit dem Argument ab, heutzutage dürfe man nicht einmal einen Verdachtsfall auf den Straßen herumlaufen lassen, er könne ja so einen Krawall verursachen wie den gestern abend. Unter diesen Umständen dürftest beispielsweise du nicht in der Öffentlichkeit erscheinen, weil du schön genug bist, daß die Gefahr besteht, ein Nieb macht dich dumm an, und du löst einen Krawall aus, indem du ihm eine runterhaust!«

Reedeth merkte, daß er sich zusehends erregte, und zwang sich daher zu einem bewußt maßvollen Ton.

»Falls du das als Kompliment beabsichtigst«, meinte Ariadne, »ist es nicht sonderlich gelungen.«

»Momentan habe ich kein Interesse daran, Komplimente zu machen. Im Moment interessiere ich mich für nichts, außer daß ich gerne herausfinden möchte, wie sich verhindern läßt, daß man Leute wie Lyla Clay und Harry Madison einsperrt. Dafür habe ich meinen Beruf nicht gewählt, daß ich in einem Gefängnis voller Menschen mit außerdurchschnittlich begabtem Geist den Wächter spielen darf.«

»Darüber haben wir uns schon hinreichend ausgelassen«, sagte Ariadne. »Wir können uns nie über die Frage einigen, was Außergewöhnlichkeit und was Verrücktheit ist.«

»So ist's. Ich dachte, ich könnte die Diskussion diesmal in andere, aussichtsreichere Bahnen lenken, aber anscheinend sind wir ins gleiche abgedroschene Gerede verfallen.« Reedeth rieb sich die Stirn. »Ich glaube, ich habe die ganze Sache noch nicht bis zum konsequent logischen Ende klar durchdacht, deshalb hätte ich vorerst den Mund halten sollen, aber die Ursache für meine Redseligkeit ist ganz einfach. Es ist mir gelungen, Harry Madison ebenso loszuwerden wie ...«

»Was? Wie denn?«

»Flamen hat sich damit einverstanden erklärt, die Vormundschaft zu übernehmen. Seine Firma braucht einen Elektroniker, und als ich Madison vorschlug, sagte er ja.«

»Und du hast ihn weggeschickt — einen Knieblank in die Stadt New York, während Ausnahmerecht herrscht?«

»Es gibt in New York noch Niebs, die mit vollem Recht unbehelligt die Straße betreten dürfen, ob's dir paßt oder nicht! Und anscheinend mochte Miss Clay ihn, als ich die beiden einander vorgestellt habe, und sie hat sich angeboten, ihn fürs erste durch die ...«

»Du hast einen Nieb in Begleitung eines weißen Mädchens losgeschickt, letztere im Schock, er mit einer psychiatrischen Krankengeschichte, die so lang ist wie

Tausendundeine Nacht?!« Ariadne war halb aus dem Sessel aufgesprungen. »Herrgott, wahrscheinlich wird's heute abend einen neuen Krawall geben! Es müßte schon mit einem Wunder zugehen, wenn sie bloß lebend die Rasan-Transit-Station verlassen können! In welcher Art von Wolkenkuckucksheim lebst du eigentlich, Jim? All der Humbug, Freunde seien außer Mode gekommen, dieser ganze falsche Idealismus, man müsse jemanden haben, an den man sich im Bedarfsfall wenden kann...! Ich zieh's vor, offene Feinde zu haben, statt einen Freund, der mit mir so umgehen könnte, wie du heute diese zwei bedauernswerten Menschen behandelt hast!«

»Aber...«

»Ich weiß, was mit dir nicht stimmt, Jim«, sagte Ariadne heftig, »dich ärgert's, daß es rund um dich Leute gibt, für die du verantwortlich bist, ohne daß man dich gefragt hat, weil sie sich ganz einfach plötzlich hier befinden, wenn du morgens eintriffst. Was du möchtest, ist nicht, sie auf eine gefahrlose Rückkehr ins Alltagsleben vorbereiten — du möchtest sie nur möglichst schnell aussieben und abschieben, egal wie, damit du dich nicht länger für sie interessieren mußt! Wenn du nun demnächst erfährst, daß Madison auf der Straße abgeknallt worden ist, oder daß eine Bande von Weißen Lyla Clay vergewaltigt hat, weil sie mit einem Nieb gesehen und deswegen — da sie in solcher Gesellschaft durch die Gegend läuft — als leicht benutzbares Sexualobjekt betrachtet worden ist, wirst du dann einen Schock erleiden? Einen Scheißdreck wirst du!«

Sie unterbrach die Verbindung mit dem Ausdruck regelrechten Abscheus im Gesicht, als müsse sie sich gleich auf ihren Pultomaten übergeben. »Aber das ist doch nicht, was ich...«, sagte Reedeth entgeistert in die desinteressierte Luft und verstummte.

»Wie bitte?« erkundigte sich, als er merkte, daß die Verbindung nicht länger bestand, der Pultomat.

»Ach, halt deine Schnauze!« brauste Reedeth auf und stürmte wutentbrannt aus dem Büro.

Von Xavier Conroy trotz wiederholter Kritik Elias Mogshacks (unter anderen famosen Autoritäten) unerschütterlich aufrechterhaltene Meinung

»Der Mensch ist kein vernunftbegabtes *Wesen*, er ist ein vernunftbegabtes *Tier*, und zu behaupten, durch die Eindämmung des Einflusses seiner Geschlechts- und sonstigen Drüsen, durch die Schaffung einer restlos plastikhaften, ganz und gar biegsamen, vollkommen unbeirrbar konformistischen Marionette könnte man eine ernste geistige Störung heilen, läuft darauf hinaus, damit zu prahlen, man könnte das Risiko von *tinea pedis* eliminieren, indem man die Füße amputiert.«

Die Grenzlinie, die auf der Erde und allen anderen Planeten und beschienenen Himmelskörpern den Tag von der Nacht trennt, wird mit dem Fachausdruck ›Terminator‹ bezeichnet

Am folgenden Abend herrschte im Heim der Priors eine ›Atmosphäre‹, zu der eine Reihe von Faktoren beitrugen.

Nachdem er seine Schwester Celia widerwillig aus der Ginsberg-Klinik abgeholt hatte, traf er bei der Ankunft zu Hause seine Frau Nora an, wie sie am KommNetz mit Phil Gasbys Frau sprach. »Ach ja«, kommentierte letztere, als man das Bekanntmachen abwickelte, »das ist die, welche so lange im staatlichen Irrenhaus war, nicht? Ich hoffe doch, sie haben dort gewußt, was sie taten, als sie sie laufen ließen.« Ende der Unterhaltung und Anfang eines Skandals in der ganzen Nachbarschaft.

Celias Anwesenheit ärgerte Nora, die schon kurz vorm angekündigten Eintreffen ihrer Schwägerin mitten auf dem Eßtisch ein Tablett mit heißem, zuvor tiefgefroren gewesenem Filet Bourguignon zerschlagen und sich mit einem Gezeter in ihr Zimmer zurückgezogen hatte, das ungefähr dahin ging, sie habe von allen Priors nur Lionel geheiratet, nicht auch noch seine gesamten beknackten Angehörigen. Ihre gewohnheitsmäßige Übellaunigkeit war ursprünglich bereits durch seine Bemühungen akut gemacht worden, zu erklären, inwiefern die Beschäftigung des berühmten Knieblanks Pedro Diablo als neuer Kollege in der Fa. Matthew Flamen Vorteile mit sich brächte, die das soziale Stigma einer gleichgestellten Zusammenarbeit mit einem Schwarzen weit aufwögen (aufschlußreiche Äußerungen während des Wortwechsels: »Ich werde keinem in der Nachbarschaft noch in die Augen schauen können, wir müssen wegziehen!« und »Wenn er Arbeit sucht, soll er sich doch in Afrika umsehen!«).

Die Tatsache, daß der verheerende Verlauf der Übung

ihrer Bürger-Wehrsportgruppe noch allzu frisch im Gedächtnis der Leute ruhte, führte heute dazu, daß die ansonsten mehr oder weniger beständige Folge von KommNetz-Anrufen, die so schön von nachbarschaftlicher Anteilnahme zeugten, so gut wie ganz ausblieb und statt dessen dumpfe Stille das Haus erfüllte, durchsetzt vom knistrig angespannten Wissen darum, daß man die Verräterei Lionel Priors, die man in seiner erfolgreichen Ausführung des Scheinangriffs auf die Heime seiner Nachbarn sehen zu müssen glaubte, in Dutzenden von KommNetz-Gesprächen ausgiebig durchhechelte, so nahebei, daß es nachgerade möglich sein mochte, sich hinauszuschleichen und die Gesprächsteilnehmer zu belauschen.

Zusätzlich ging die schreckliche Befürchtung um, Morton Lenigo könnte mit einem hundertprozentig erfolgssicheren Plan für die landesweite Machtergreifung der Niebs angekommen sein, und im Laufe des Tages hatten die Gottschalks für einige unvergleichlich wirksame, aber sehr kostspielige Waffen geworben, die sich in diesem teuren Viertel so kurze Zeit nach der kostenintensiven Anschaffung der üblichen neuen Gottschalks-Frühjahrsmodelle niemand leisten konnte.

Bei alledem, das Abendessen eingeschlossen, bewahrte Celia die Ruhe eines Marmorstandbilds und befleißigte sich höflichen Geplauders über berufliche Dinge ihres Bruders, die seit ihrer Klinikeinweisung in der Welt geschehenen Angelegenheiten sowie die verschiedenartigen Antiquitäten, die er in letzter Zeit erworben und hübsch in den Wohnbereich integriert hatte. Ihre Gelassenheit war darauf zurückzuführen, daß sie während der fünf Monate in der Ginsberg-Klinik unablässig Psychopharmaka verabreicht erhalten hatte, und selbst wenn sie nun sofort mit der Einnahme der ihr verschriebenen Medikamente aufgehört hätte, wären noch mehrere Tage verstrichen, ehe der kumulative Effekt auf ihre Persönlichkeit sich abnutzte.

Als ihr Ehemann kam, Matthew Flamen, hatte sie soeben den Nachtisch verzehrt, und nach einer kühlen Begrüßung mit Hinhalten der Wange zum Küssen erklärte sie, es sei für sie ratsam, gleich ins Bett zu gehen, denn man habe sie gewarnt, sich in der ersten Zeit nach ihrer Rückkehr in die Außenwelt nicht zu überanstrengen. Gute Nacht.

Warum der Central Queens-Tunnel der Rasan-Transit von kurz vor Sonnenaufgang bis zum Nachmittag außer Betrieb war

Eine Chemiestudentin namens Allilene Hooper, 19 Jahre alt, hatte das hausgemachte Nitroglyzerin, das sie ihrem Freund bringen wollte, zu stabilisieren vergessen, und es explodierte infolge der Vibrationen.

Weil an diesem Tag noch das zeitweilig in Kraft getretene Ausnahmerecht galt, wimmelte es an den RasanTransit-Haltestellen in der ganzen Stadt von bewaffneten Polizisten, und Lyla fuhr die Rolltreppe vom Bahnsteig nach oben unterm nichtmenschlichen Glotzen froschgesichthafter Gasmasken hinauf, sich mit schauriger Klarheit der Gegenwart jenes fremden Knieblanks hinter ihr bewußt, für den sie in einer heftigen Anwandlung des Widerwillens gegen die Ginsberg-Klinik spontan die Verantwortung übernommen hatte – nicht in juristischer Hinsicht, weil sie noch minderjährig war, sondern nur moralisch. »Er ist jahrelang nicht als freier Mann durch New York gelaufen, müssen Sie wissen«, hatte nämlich Reedeth sachlich festgestellt, »und es hat sich manches verändert.«

Was hätte sie anderes sagen können, als sie geantwortet hatte? »In der Nähe meiner Wohnung ist ein Hotel, das nimmt auch Niebs auf. Ich fahre mit ihm in die Stadt und zeig ihm, wo es ist.«

Und erst als er freundlich sagte: »Das ist sehr nett von Ihnen, Miss Clay, denn obwohl er so lange hier festgesessen hat, ist er eine wirklich bemerkenswerte Persönlichkeit und ein ausgezeichneter Elektroniker, und er dürfte nach seiner Entlassung ziemlich gut zurechtkommen...«, da kam ihr ein schrecklicher Gedanke. *Eine »bemerkenswerte Persönlichkeit« war unter den Zuschauern, als ich gestern in der Klinik aufgetreten bin und aus der Echofalle geohrfeigt werden mußte (mit diesen unbegreiflichen Nachwirkungen) – könnte ER das gewesen sein?*

Immer wieder sah sie sich verstohlen um, und jedesmal war er noch da, fuhr gleichgültig, wie jeder andere, mit ihr die Rolltreppe empor, eine schwere Tasche über der Schulter, die wahrscheinlich seine Habseligkeiten enthielt, die er während seines Aufenthalts in der Klinik hatte behalten dürfen, gekleidet in einen schlichten, grauen Freizeit-Overall, dessen Größe nicht ganz zu seiner stämmigen Figur paßte, den Bart säuberlich gestutzt, sein Haar weit kürzer, als es gegenwärtig modisch war, letzteres aufgrund irgendeiner internen Klinikanordnung, die mitbekommen zu haben sie sich entsann und in der etwas über das Auftreten von Läusen bei Patienten stand, die zu lange allein in scheußlichen Wohnverhältnissen existiert hatten.

Was für ein Typ von Mensch war er überhaupt? Bis jetzt, abgesehen davon, daß man sie einander vorgestellt hatte, sie zusammen zur RasanTransit-Haltestelle hinabgeliftet waren und dort einige Augenblicke lang auf die herbeorderten Abteil-Segmente gewartet hatten, konnte von einem Kontakt zwischen ihnen keine Rede sein. Ein paar Höflichkeitsfloskeln waren geäußert worden, mehr nicht. Sie wußte von Reedeth ein wenig über ihn, in der Hauptsache, daß er, wäre er nicht zur Armee eingezogen worden und hätte er nicht im Kampfeinsatz irgendein unerträgliches Erlebnis mitmachen müssen, nie einen Zusammenbruch jener Art erlitten hätte, weshalb er in die Psychiatrie mußte.

Anläßlich ihrer Rückkehr in die Ginsberg-Klinik unter so völlig anderen Umständen als am vorherigen Tag hatte sie recht plötzlich begriffen, warum ihr diese Örtlichkeit bei ihrer erstmaligen Ankunft so zuwider gewesen war; ihr Abscheu stand in keinem speziellen Zusammenhang mit ihrem Pythonessen-Talent. Vielmehr ließ er sich ganz einfach auf ihr Bewußtsein der Tatsache zurückführen, daß sie sich, als sie diese Laufbahn einschlug, dafür entschied, ihr Leben am Rande buchstäblichen Wahnsinns zuzubringen: mit fremdem Geist zu denken, könnte man vielleicht sagen ... oder was eben geschehen mochte, sobald sie eine SibyllPille schluckte und in Trance verfiel. Ein falscher Schritt, und sie landete womöglich für immer in dieser gräßlichen Klinik.

»Wie wenig den Verstand vom bloßen Denken trennt«, murmelte sie, als sie die Höhe der wachsamen Polizisten am oberen Ende der Rolltreppe erreichte.

»Selbstgespräche, hm?« meinte einer davon mit kehligem Auflachen. »Gib auf dich acht, G'spusi, sonst bist du bald reif für 'n Fahrschein in die Ginsberg-Klapsmühle, aber ohne Rückfahrt.«

»Da kommt 'n Nieb«, sagte einer seiner Kollegen. »Den schauen wir uns mal an, hä? Wir haben heute noch niemanden erwischt, aber man weiß ja nie. Du! Du Knieblank da!«

Mit beiden Füßen nun auf festem Boden, drehte sich Lyla um, und tatsächlich, es war Harry Madison, den sie ausgeguckt, zur Seite gezerrt und zu durchsuchen begonnen hatten: fünf hünenhafte Polizisten, dermaßen gewappnet, beschirmt und gepolstert, daß niemand zu erkennen vermochte, ob sie selbst hell- oder dunkelhäutig waren, ausgerüstet mit Helmen, Panzerwesten, Schutzschilden, Pistolen, Lasern und Gasgranaten. Aber jegliches Disputieren wäre aussichtslos gewesen. Sie hätte nur alles verschlimmert, wäre sie hingegangen und hätte gesagt, daß sie zusammen unterwegs waren.

Gleichgültig kam er der Aufforderung nach, seine ID-Karte vorzuzeigen, und auf die Aushändigung seiner Entlassungsbescheinigung der Ginsberg-Klinik erfolgte eine absehbar gewesene Reaktion. »Warum hat man dich nicht nach Blackbury abgeschoben?«

Keine Antwort. Er war sehr ruhig, dieser Mann, bemerkte Lyla, ungewöhnlich selbstbewußt, nicht im mindesten bestürzt über das, was er nun in den Straßen sah, ungeachtet des Umstands, daß sie sich in erschreckendem Maße verändert haben mußten, seit er zuletzt in der Stadt gewesen war: explosionssichere Blenden über den Schaufenstern, über einen halben Meter hohe polizeiliche Trennwälle beiderseits der für Fälle von Unruhen und Bränden gedachten Einsatzspur inmitten der Straße, versenkbare Waffenkuppeln an den nahen Kreuzungen, dicke Schutzwände aus Beton, errichtet in Abständen von je zwei Häuserblocks, exakt von der Länge eines Polizeifahrzeugs, dazu bestimmt, die Dienstwagen zu schützen, wenn ein

Gebäude barst und Trümmermassen sich auf die Straße herabwälzten.

Zweifellos war all das aber im Fernsehen gezeigt worden. Nicht einmal in der Ginsberg-Klinik lebte man wie auf einem anderen Planeten.

Vielleicht enttäuscht – denn sie hatten nicht die Mühe gescheut, ihn seine Tasche öffnen und den Inhalt vorzeigen zu lassen –, gaben die Polizisten Madison zu guter Letzt durch Nicken die Erlaubnis zum Weitergehen, und einer von ihnen, der untätig dagestanden und nur Kaugummi gekaut hatte, ein hochgeschossener, hagerer Jüngling – die Schlaksigkeit verriet seine Jugend –, streckte kaltschnäuzig einen Fuß aus, um ihn zum Stolpern zu bringen, als er sich eilig entfernte. Doch irgendwie – wie, das bekam Lyla nicht mit –, befand der ausgestreckte Fuß sich genau an der Stelle, wohin Madisons nächster Schritt fiel, so daß sein ganzes Körpergewicht sich auf das Hindernis legte, ohne daß er aus dem Gleichgewicht geriet, und als der verblüffte, schlagartig wutentbrannte Beamte den Schmerz spürte, trennten bereits ein Dutzend Passanten sie voneinander.

»Entschuldigen Sie die Verzögerung«, sagte Madison, als er sich wieder zu Lyla gesellte. »Es war nicht nötig, daß Sie gewartet haben. Ich kann das Hotel, das Sie empfehlen, selbstverständlich allein finden.«

Bestimmt. Warum also hatte sie gewartet?

Um Begleitung zu haben, erkannte sie unversehens. In der vergangenen Nacht hatte sie neben dem Bett gelegen, auf dem Dan gestorben war, wo er noch immer lag, wo ... *Würg!* Im modernen, adretten Amerika sprach man nicht von seinen Organen, von Herz, Leber, Nieren, denn das waren Begriffe, die die Ärzte im Krankheitsfall benutzten, und schon gar nicht stellte man irgendeinen Zusammenhang mit den säuberlich eingefrorenen, keimfreien, in Plastik gehüllten Sachen her, die man als Lebensmittel erwarb.

Dans Leib war aufgehackt worden, und seine Wunde bezeugte, daß auch Menschen diese Dinge besaßen, diese blutigen, feuchten, schlabbrigen Dinge...

Benommen blickte sie sich in der Menschenmasse um. Über die Straße bewegte sich eine Menge, wie durch jede Straße jeder modernen Stadt eine Menschenmenge wimmelte. *Aberhunderte von Herzen, Lebern und Nieren,* dachte sie, *viele Kilometer von Gedärm, genug Liter Blut, um den Bürgersteig mit Rot zu fluten.*

»Sind Sie wohlauf, Miss Clay? Sie sehen ziemlich blaß aus.« Eine Berührung an der Schulter gab ihr einen gewissen Halt, und sie war nur zu froh, denn ringsum hatte die Welt für einen Moment zu schwanken begonnen.

»Nimm deine dreckigen Pfoten von dem Blanks-Mädchen!« kreischte jemand, und augenblicklich wandten sich in beiden Richtungen zwanzig Schritt weiter die Gesichter ihnen zu, doch zum Glück war es lediglich eine ältere Frau mit faltigem Mund und strengen Augen unter einer vom Altern gefurchten Stirn, die das Gezeter ausstieß.

»Soll er statt dessen dich abfummeln, alte Schlampe?!« schrie Lyla zurück. Gelächter erscholl, und schon hatten die Leute den Vorfall vergessen, außer der Alten selbst, die eine mörderische Miene schnitt. In diesem Jahrhundert, Erbe von Vorfahren, die dafür verflucht sein sollten, wußten sogar nette, alte Omas, was es hieß, so sehr zu hassen, daß man bereit war zum Töten. *Man drehe die große Handtasche um, die sie an sich drückt, und vielleicht fällt ein Blazor heraus, wie der verdammte Gottschalk mir einen neben Dans Leichnam, als er noch warm war, aufzuschwatzen versuchte...*

Immerhin hatte die flüchtig angespannte Situation bewirkt, daß ihr Anfall von Benommenheit rasch wich. »Ich glaube, ich hätte Sie warnen sollen, Mr. Madison«, sagte sie mit normaler Stimme. »Auch wenn das hier ein Viertel ist, wo Niebs ein Hotelzimmer finden und in Restaurants bedient werden, handelt es sich um eine nicht unbedingt integrierte Nachbarschaft.«

»Schon recht, Miss Clay. Man muß mit so was rechnen.

Beim Heer habe ich gelernt, auf mich achtzugeben, und das vergißt man nicht.«

Nachdenklich musterte sie ihn, betrachtete ihn zum erstenmal als die Person Harry Madison, nicht den zu spät entlassenen Ex-Psychopatienten Harry Madison. Sie dachte über das ihrem Gedächtnis frisch eingeprägte Echo der zuversichtlichen Worte nach, die er gerade ausgesprochen hatte, und stellte fest, daß er eine außergewöhnlich angenehme Stimme besaß, einen Baßbariton wie ein altmodischer Sänger, und er betonte beim Sprechen ausgesuchte einzelne Wörter, statt seine Sätze in monotonem Schnellfeuer auszustoßen, wie man es in Unterhaltungen des einundzwanzigsten Jahrhunderts meistenteils erlebte.

Und da fiel ihr auf, daß sie wegen Dans Tod vorerst allein dastand.

Dan hatte seinen Freund Berry gehabt. Berry, so entsann sie sich undeutlich, hatte seinerseits einen Freund gehabt — oder möglicherweise den Freund Marthas, des Mädchens, mit dem er zusammenlebte. In einer Stadt wie dieser brauchte man einen Freund... Aber wieso pflegte man sich eigentlich mit *einem* zu begnügen? So war es nun einmal üblich; Frage: Weil es dermaßen schwierig war, mehr als einen zu finden, weil es ein derartig schwieriges Verfahren gewesen war, nur den einen zu finden, und man eine Wiederholung der Zurückweisungen und Enttäuschungen des Suchens scheute?

Es fuhr ihr zu stark in die Glieder, war zu grausig, jetzt ans Alleinsein zu denken, an einem heißen Sommerabend, während die Zeit voranschritt, die Sonne allmählich vom Himmel verschwand, eine dichtgedrängte Masse von Menschen unterm froschäugigen Schutzbrillen-Blick und vor den noch stummen Waffenmündungen der Polizei durch die Stadt dahinbrodelte — halb furchtsam, halb erpicht angesichts der Möglichkeit, auch die heutige Nacht könnte zum Höhepunkt einen Krawall haben, mit Raketen, die vom Himmel herab von Heckenschützen besetzte Häuser in Flammen aufgehen ließen.

»Soll ich Sie zum Hotel begleiten?« fragte sie.

»Ich schätze«, entgegnete er, »es wäre besser, ich bringe Sie zu Ihrer Wohnung. Dr. Reedeth hat mir erzählt, daß Sie gestern abend eine reichlich üble Sache erlebt haben, Miss Clay, und... Sie müssen entschuldigen, aber Sie sehen wirklich stark angekränkelt aus, und ich hätte ein schlechtes Gewissen, könnte ich Ihnen den Gefallen, mit mir in die Stadt gefahren zu sein, nicht irgendwie erwidern.«

Sein Tonfall zeugte von mehr als oberflächlicher, höflicher Anteilnahme. Sie assoziierte *Onkel* und erinnerte sich unwillkürlich an ihre Kindheit, die Zeit der Kriegshysterie in den Neunzigern, als jeder Blank jeden Nieblank wie einen potentiellen Subversivling oder Saboteur behandelte, und sie, unschuldige fünf Jahre alt, sich gesorgt hatte, weil sie so teddybärähnlich waren, als die kleinen Mädchen überkommene karierte Kleider und lange Zöpfe mit fest geknüpften Schleifchen an den Enden trugen – aber das war ja absurd, es war nicht Onkel Tom gewesen, sondern Onkel Remus, ja, etwas später, als die Kriegspsychose abebbte, nur die geistigen Schäden sich nicht beheben ließen, wogegen man die Häuser wiederaufbauen konnte, während die neuen Skimmer zu Millionen den Luftraum eroberten, wie zur Ordentlichkeit disziplinierte Mückenschwärme über den Himmel kreuzten, gelenkt von meisterhaften Computern, dazu imstande, eine Milliarde Routen gleichzeitig zu steuern, ohne daß es zu Kollisionen kam, und... Auf jeden Fall, sie meinte Onkel *Remus*, ihn mit dem Selbstvertrauen eines im Leben erfolgreichen Mannes und im Besitz von etwas, wonach zu trachten der Neureiche später lernen sollte, von etwas, das als Beweis dienen konnte, daß auch er Erbe einer Tradition war, einer Erbschaft der Ergötzlichkeit und eines gepfeffert scharfen, jederzeit an die moderne Welt anpaßbaren Verstands; und was hatte sie vorhin anderes getan, um ihnen die hysterische Alte vom Hals zu schaffen, als Lewis Carolls weißes Kaninchen nachgeahmt, nämlich andere vorgeschickt?

»Miss Clay«, sagte Madison besorgt, »ich glaube, ich sollte Sie lieber erst einmal bei Ihrem Arzt abliefern.«

»Wer führt hier wen, ich Sie«, erwiderte Lyla mit einem gezwungenen, leicht schrillen Lachen, »oder Sie mich? Ja, leider, es ist mir wirklich Fürchterliches passiert, und ich muß nun zurück in eine Wohnung, wo niemand ist, nur Blutflecken am Fußboden, die zeigen, daß da gestern noch jemand war, aber es hat wenig Sinn, sich darüber aufzuregen, oder? Es ist nun einmal so, daß Menschen umkommen. Ich muß...«

Irgendwie gelangten sie gemeinsam vorwärts und schafften es, in der Richtung zu bleiben, in die sie wollten, statt abgedrängt zu werden, ausweichen zu müssen, ständig anderen Leuten aus dem Weg zu gehen, wie sie es sonst kannte.

Allerdings nicht zu dem Hotel, sondern zum Block, wo sie wohnte; doch egal.

»...ganz einfach die Wahrheit schlucken, ganz gleich, wie scheußlich sie schmecken mag. Aber wie gesagt, ich hätte Sie warnen sollen, es ist nicht so, als würde ich meinen Schutzschleier tragen, dann könnte man nämlich meinen, ich sei ein Nieb wie Sie, ich will sagen, hier laufe ich mit Ihnen durch die Gegend und habe nix als meinen Nix an, und die Leute gaffen uns an – haben Sie's gemerkt? – und machen böse Gesichter, wie angewidert, denn wenn's ein Blank ist, denkt er, was treibt das Mädchen mit diesem Nieb, und wenn es ein Knieblank ist, dann heißt's, was macht denn dieser Knieblank mit 'nem Blanks-Mädchen und verrät unsere Sache?«

»Ja freilich«, sagte Madison. »Wissen Sie, das ist was, womit jeder Nieb aufwächst, Miss Clay. Sie brauchen sich nicht erst lange damit aufzuhalten.«

»Ich versuche gewissermaßen bloß, Ihnen zu zeigen, daß ich das richtig einzuschätzen verstehe«, sagte Lyla. »Ich meine, ich bin eine Pythoness, und von mir wird verlangt, daß ich gegenüber anderen Leuten überdurchschnittlich...«

Sie erspähte und erkannte die vertraute Vorderfrontfassade ihres Wohnblocks, den Eingang zu den Aufzügen.

»...sensitiv bin, ungeachtet der Hautfarbe. Sehen Sie, ich bin in so einer Art von *altmodischer* Umgebung aufgezogen worden, meine Eltern waren sehr antiafrikanisch und all das, und ich finde, es ist eine Schande, auch wenn völlig klar ist, wie's dazu kommen konnte, daß wir uns wieder von allem entfernt haben, was sich im vergangenen Jahrhundert an Positivem entwickelte, und... O Gott, wie soll ich überhaupt hineingelangen?«

Sie blieb wie angewurzelt stehen, als sie gerade Anstalten machte, die Aufzugkabine zu betreten. »Diese blöden Bullen! Sie haben mich nicht mal 'n Schlüssel einstecken lassen, als sie mich heute früh weggeschleppt haben, nichts, ich habe nur ein bißchen Kleingeld in dieser einen Tasche, und...«

In rasender Hast durchstöberte sie die Hüfttasche bis hin zu den Flusen längs der Nähte und brachte nichts außer dem Fläschchen mit den SibyllPillen, das Kleingeld sowie ihre ID-Karte zum Vorschein.

»Damit befassen wir uns, wenn wir oben sind«, sagte Madison und schob sie burschikos in den Lift. *Das muß es sein,* dachte sie im Hintergrund ihres Bewußtseins, *was meine altmodischen Eltern meinten, wenn sie von »Begleitung« sprachen, die ich bräuchte, um irgendwohin zu gehen, und in meiner gegenwärtigen Verfassung ist es mir ganz angenehm, es gefällt mir, ich fürchte mich entsetzlich vor dem, was wir vorfinden werden, wenn wir die zehnte Etage erreichen, aber so besteht wenigstens nicht die Gefahr, daß ich vollends durchdrehe, und...*

Halt.

Oben stand vorm Lift und wartete, um nach unten zu fahren, der Gottschalk aus Apartment 10 W.

Seine Miene drückte unverhohlen seine Gedanken aus: Gestern abend, als ich hilfsbereit war, hast du versucht, mich umzubringen, und nun nimmst du lieber Hilfe von einem Nieb an, ausgerechnet in dieser Stadt, die dank der schwarzen X-Patrioten in Zerrissenheit lebt, die deinen Partner getötet haben.

Doch er schwieg, trat lediglich zur Seite, um sie in den Korridor zu lassen. Und wartete weiterhin, betrat nicht die Kabine.

Der Grund war augenblicklich klar. Im Korridor lagen — sie erkannte die Gegenstände sofort — ihre Besitztümer verteilt. Bücher waren aufgestapelt worden. Das besudelte Bett stand hochkant an die Wand gelehnt. Ferner das weniger attraktive Allerlei eines zur Auflösung verurteilten Haushalts, darunter der Heinzelmann, für den heute zweifelsfrei eine Rechnung eingetroffen sein mußte. Und die Tür zur Wohnung war geschlossen, abgesperrt, gesichert mit einer Falltür von hundert Kilo Gewicht.

Der Gottschalk kicherte. »So 'n Pech, Lyla«, sagte er. Aus kommerziellen Erwägungen bedienten sich die Gottschalks stets der Vornamen, um die Illusion aufrechtzuerhalten, auch sie bestünden aus einer Familie, wie ein Mann sie zu schützen bemüht war (so hieß es), wenn er bei ihnen Schußwaffen, Granaten und Minen kaufte. »Man hat heute morgen nicht die Tür hinter Ihnen zugemacht, und so was *ist* natürlich eine Versuchung für jeden, der gerade vorbeikommt, nicht wahr? Hat Ihr Mack ein Testament hinterlassen, das die Nachlaßfrage regelt?«

»Ich...« Lylas Verstand lag urplötzlich still, war zäh wie altes, eingedicktes Porridge. »Ich glaube, er hat kein Testament gemacht.«

»So 'n Pech«, wiederholte der Gottschalk in höhnischem Ton und verschwand in die Aufzugkabine, um hinunterzufahren.

»Der gefällt mir nicht«, sagte Madison nachdenklich und mit einem Rucken des Kopfes. »Aber das ist unwichtig. Ist das Ihre Wohnung, wo draußen all das Mobiliar und Zeug steht?«

»Ja, aber...« Lyla mußte ihre Fingernägel fest in die Handflächen drücken, sämtliche Muskeln zusammenkrampfen, um sich am Losschreien zu hindern. »Aber inzwischen ist jemand eingezogen, irgendwer hat sich darin eingenistet! Als die Beamten mich heute früh abgeholt haben, ist die Tür offengeblieben, und... Was kann ich denn tun? Es war nicht meine Bude, sondern Dans, und...«

Sie wandte sich blindlings ab und sackte gegen die Wand. »Und ich habe nicht einmal einen *Schlüssel!*«

Eine längere Weile der Ereignislosigkeit verstrich. Schließlich faßte sie sich weitgehend wieder und war dazu imstande, die Stirn von der Wand des Korridors zu heben, an die sie sie gestützt hatte, und die Tränen fortzuzwinkern, die ihr Blickfeld störten. Madison stand noch immer auf demselben Fleck wie zuvor, die Tasche über der Schulter, eine dunkle, breite Hand, mit der er den Riemen hielt, hob sich augenfällig von seinem grauen Overall ab. Weil man ihr jahrelang eingetrichtert hatte, man dürfe Schwäche nicht zeigen — acht Monate lang pro Jahr in jener Schule, die sie besuchte, vom Alter von zehn Jahren an, bis sie zuletzt von dort weggelaufen war —, empfand sie entsetzliche Scham.

»Kontaktschloß, vermute ich«, meinte Madison jedoch nur, »hm?«

»Was...? Ach so. O ja. Natürlich, ein Kontaktschloß.« In moderne Wohnungstüren installierte man so gut wie keine anderen Schlösser; jedes Schloß mit einem äußeren Loch für den Schlüssel ließ sich viel zu leicht durch Unbefugte öffnen.

»Na klar«, sagte Madison in versonnenem Tonfall; er hatte sich umgedreht und betrachtete nun den Türrahmen, neben den das beschädigte Bett mit Dans Blut darauf gelehnt worden war, mittlerweile zu einer braunen Kruste vertrocknet, die eine einzelne Fliege anlockte, die unter unablässigem Gesumm kreiste.

»Mm-hm... ein Eins-zwo-acht-Code, nehme ich an... Stimmt's, Miss Clay?«

Verdutzt starrte sie ihn an.

»Ich meine, stecken irgendwo Eins-zwei-acht drin? Die

ersten drei Ziffern, zum Beispiel, oder vielleicht die zweiten drei?«

»Äh...« Mühselig schluckte sie, gab ihm, ohne zu begreifen, die Antwort, die sie für am vernünftigsten hielt. »Ja, ich glaube, er fängt mit Eins-zwei-acht an. Ich habe ihn mir aber nie gemerkt.«

Sie zögerte, überlegte sich, ob sie ihn fragen sollte, wieso er über den Code Bescheid wisse, doch er hatte ihr nunmehr den Rücken zugekehrt und tat etwas, das sie nicht beobachten konnte, da sein Körper seine Handlungen ihrer Sicht entzog. Sie sah jedoch, wie die Tür aufsprang, und über ihr bemerkte sie einen Streifen Helligkeit.

»Da ist eine Falltür!« schrie sie, und in derselben Sekunde hörte sie drinnen jemanden etwas sagen, das mit einem deftigen ›Gottverdammich‹ anfing — und die Tür flog an ihren Angeln gegen die Wand, so schnell, daß sie es gar nicht mitbekam, zuerst war sie *da*, dann *dort*, und Madison stand in der Türöffnung, eine Hand über dem Kopf, um die hundert Kilo schwere Falltür abzufangen, die sich gerade erst in ihren Schienen zu senken begonnen hatte. Hinter ihm sah sie einen Mann mit bleichem Gesicht aus dem Wohnzimmer kommen und ihn anstieren, einen Stuhl in den Händen wie einen Schild, und dem der Unterkiefer herabsank, als er zusehen mußte, wie der Eindringling die Falltür vorsichtig zurück in die Höhe ihrer Aufhängung wuchtete und wieder sicher arretierte.

»Kennen Sie diese Person, Miss Clay?« erkundigte sich Madison in nahezu gelangweiltem Ton.

»J-ja«, raunte Lyla und mußte einen tiefen Atemzug nehmen, ehe sie ihre Antwort vervollständigen konnte. »Das ist ein Freund Dans... meines Mackero. Das ist Berry.«

»Ich...« An seiner dürren Kehle trat Berrys Adamsapfel hervor; er war hochgewachsen und sehnig, und sein Anblick erinnerte Lyla unwillkürlich an den Polizisten vor der RasanTransit-Station, der Madison ein Bein zu stellen versucht hatte. »Ich bin noch einmal gekommen, um meinen

DreiDe-Tele zurückzuholen«, improvisierte er eine Ausrede. »Ich habe gemerkt, daß er mir doch fehlt. Und als ich die Tür offenstehen sah, da...« Er verstummte und zuckte die Achseln.

»Komisch«, sagte Madison und schaute Lyla an. »Ich sehe keinen DreiDe-Fernseher im Korridor. Aber eine ganze Menge anderes Zeug. Gehört das Ihnen?«

»Mir und Dan!« platzte Lyla heraus, bevor Berry zu antworten vermochte.

»Aha.« Madison setzte sich in Bewegung und stapfte an Berry vorbei, als existiere er nicht, um ins Wohnzimmer zu blicken. »Das ist wirklich ganz dufte von Ihrem Freund, Miss Clay. Wie ich sehe, hat er Ihnen als Ersatz für das schadhafte Stück draußen im Korridor ein rundum tadelloses Bett besorgt, und alles hier drinnen ist ordentlich, sauber und hübsch. Muß ein gewaltiger Trost sein, zu wissen, daß man solche Freunde hat, wenn man eigentlich erwarten mußte, bei der Heimkehr alles von Kindern kaputtgeschmissen vorzufinden, oder feststellen zu müssen, daß es geklaut worden ist, bloß weil die Polypen nicht hinter sich abgeschlossen haben, als man Sie in die Ginsberg-Klinik abtransportiert hat. Die Wohnung sieht wie neu aus.«

»Du verfluchter...!« begann Berry und hob den Stuhl, als wolle er ihn nicht länger als Schild verwenden, sondern als Schlagwaffe. Aber Madison löste seine Hand, mit welcher er seine Schultertasche festhielt, lange genug vom Gurt, um mit dem Daumen hinüber zur Falltür zu deuten, die er so mühelos abgefangen und angehoben hatte, die ganzen hundert Kilogramm und diese Gebärde sprach unmißverständlicher als Worte. Ganz langsam senkte Berry den Stuhl und stellte ihn auf den Fußboden.

Im Krebsgang setzte sich Berry, aus dessen Miene alles Blut gewichen war, zur Tür ab, wo Lyla verharrte wie ein marmornes Standbild. »Es ist prachtvoll«, sagte er versuchsweise, als er auf Armlänge kam, »zu sehen, daß es nicht wahr ist, du wärst in der Ginsberg-Klinik eingesperrt worden...«

In diesem Moment verlor sie die Beherrschung und schlug ihn ins Gesicht; die Ohrfeige knallte wie ein Pistolenschuß.

»Dreckige Hure!« brüllte er auf, und seine Faust schoß auf die Spitze ihres Kinns zu – verfehlte sie jedoch, denn während sie noch unterwegs war, hatte Madison ihm einen zielsicheren Tritt ins Gesäß versetzt, ihn gepackt und gewaltsam an Lyla vorübergetragen, durch die Tür und hinaus in den Korridor geschmissen, und nun sank er unter Stöhnen an der gegenüberliegenden Wand zusammen.

Sorgsam schloß Madison die Tür und wandte sich an Lyla. »Ist draußen irgend etwas, das Sie wieder hereingebracht haben möchten?« wollte er erfahren.

»Lassen Sie's«, erwiderte Lyla und seufzte. »Ich will nichts von... Ach, doch! Der Heinzelmann bedeutet zweitausend haben oder nicht haben. Ich kann das Risiko nicht eingehen, daß der Schweinehund mir Ärger aufhalst. Dieser *Schweinehund!* Und ich habe ihn für Dans Freund gehalten! Er muß mitgekriegt haben, daß Dan tot ist und ich in der Ginsberg-Klinik gelandet bin, und da dachte er wohl, er nutzt die Gelegenheit und zieht hier ein – er wohnt seit Monaten mit seinem Mädchen in einem Zimmer, und in dieser Bude hat's wenigstens 'ne getrennte Küche, auch wenn's sonst ziemlich eng ist... Was machen Sie da?«

Madison hatte den Kopf an die Tür gepreßt und lauschte. Im nächsten Moment riß er sie auf, eine Hand bereit, um genau richtig zuzupacken. Berry heulte auf, als Madison sein Handgelenk ergriff und auf bestimmte Nerven Druck ausübte, ihm dadurch die Finger spreizte. Ein Kontaktschlüssel klirrte auf den Fußboden. »Nett von Ihnen, den Schlüssel zurückzubringen«, sagte Madison ironisch. »Ich nehme an, Miss Clay wird ihn brauchen.«

Aber in der anderen Hand hielt Berry ein Messer, und dieser Bedrohung entledigte sich Madison ohne jede Ironie und ohne jegliche Verzögerung; die wuchtig nach seinem Bauch aufwärtsgestoßene Klinge prallte, von ihm abgewehrt, gegen die Panzerung der Metalltür, schabte mit einem Kratzen über die Fläche, bevor er sie buchstäblich im Handumdrehen Berrys Faust geschmeidig entwand und den Griff selber packte. Zum zweitenmal innerhalb weniger als einer Minute hielt Berry vor Unglauben Maulaffen feil. Für einen langen Moment standen sich die beiden von Angesicht zu Angesicht gegenüber; dann ließen die Nerven Berry im Stich, und er floh Hals über Kopf zu den Lifts.

Madison steckte das Messer in seine Schultertasche. »Zeigen Sie mir, was Sie wieder hier drin haben möchten, Miss Clay«, sagte er.

Sie stieß ein Lachen aus, während sie ihn anstarrte. Es klang reichlich mißlungen. »Sie haben keinen Witz gerissen, als Sie sagten, Sie wüßten auf sich achtzugeben, was?« meinte sie. »Haben Sie all das beim Militär gelernt?«

»Ich hatte in der Ginsberg-Klinik nicht allzuviel zu tun.« Er zuckte die Achseln. »Ich habe genug Zeit zum Nachdenken und Üben gefunden.«

»Aber ... aber Sie sind ohne Schlüssel durch die Tür gegangen!« beharrte Lyla. »Sie war abgeschlossen, oder?«

»Äh ... Ja, sie war abgesperrt.« Madisons dunkles Gesicht verriet keine inneren Regungen.

»Man kann normalerweise kein Kontaktschloß ohne den passenden Schlüssel öffnen! Ich meine, jedenfalls nicht, ohne sie aufzusprengen.«

Madison schwieg.

»Na schön, nehmen wir also an, Sie können's. Sie haben's ja eben getan. Aber wie haben Sie das gemacht?«

Schweigen.

»Nun gut, Berufsgeheimnis, schätze ich. Dann antworten Sie mir wenigstens auf folgendes.« Sie zögerte, einen Ausdruck des Lauschens im Gesicht, als höre sie in ihrem Innern ab, was sie zu sagen beabsichtigte, um voller Zweifel zu prüfen, ob es einen Sinn besaß. »Hat man in der Ginsberg-Klinik Kontaktschlösser?«

Madison nickte.

»Und Sie hätten sie öffnen können, wann immer Sie wollten? Und einfach gehen können?«

»Ich glaube, ja.«

»Ja, zum Teufel, und warum haben Sie's dann nicht getan?« Ihre Stimme drohte unterm Druck gefährlich naher Hysterie zu brechen.

»Es war mir nicht erlaubt, Miss Clay«, gab Madison Auskunft. »Nicht ohne Bescheinigung, daß ich ordnungsgemäß entlassen worden bin und für die nächsten zwölf Monate einen Vormund habe, der für mich bürgt, müssen Sie wissen.«

Lyla tastete nach einem Stuhl, ohne hinzuschauen, und ließ sich mit sehr umständlicher Vorsicht darauf nieder. »Ist das Ihr Ernst? Ja, natürlich — Sie machen auf mich den Eindruck, als *könnten* Sie überhaupt nicht anders als ernsthaft sein.«

Erneutes Schweigen.

»Tja... Tja, auf jeden Fall vielen Dank. Ich weiß nicht, was geworden wäre, hätte ich allein vor der Tür gestanden und der Scheißkerl Berry wäre nicht hier gewesen. Ich meine, ich hätte die Tür verschlossen vorgefunden, niemanden angetroffen, und ich wäre natürlich zuerst zu ihm gegangen, weil ich dachte, er sei Dans bester Freund.« Sie stützte den Kopf in ihre Hände und schaukelte mit dem Oberkörper hin und her. »Haben Sie irgendwelche Freunde, Harry? Darf ich Sie Harry nennen? Ich *mag* es nicht, die Leute laufend mit Mister, Missis und Miss anzureden.«

»Sicherlich, Sie können mich nennen, wie Sie wollen«, antwortete Madison, indem er nach draußen spähte, um sich davon zu überzeugen, daß niemand im Korridor war. Dann begann er die Gegenstände, die Berry vor die Tür gestellt hatte, mit schwungvoller Tatkraft wieder in die Wohnung zu schaffen.

»Möchten Sie, daß ich dies Ding reinige und repariere?« fragte er nach, als er umsichtig das Bett durch die Tür bugsierte. »Sie legen bestimmt keinen Wert darauf, bei ihm wegen des Betts, das er gebracht hat, in der Schuld zu stehen, oder?«

»Nein.« Lyla hob den Kopf. »Nein, werfen Sie alles hinaus, was er angeschleppt hat.«

»Sie müssen mir bloß sagen, was Ihnen und was ihm gehört«, forderte Madison sie auf und stellte das Bett gegen die nächstbeste Wand.

Er bewältigte die Arbeit innerhalb von zwanzig Minuten, sperrte die Tür ab, versetzte die Falltür wieder in Bereitschaft – für den Fall, daß Berry mit Verstärkung zurückkam –, wusch das Bett gründlich mit warmem Wasser (ausnahmsweise floß es einmal reichlich, und zu den Besitztümern Berrys, die sich zuletzt nicht wieder im Korridor befanden, zählte ein Reinigungsmittel) und reparierte den Schlitz im Polster mit Klebeband aus seiner Tasche. Sie glich, fand Lyla, während sie ihm bei seiner Tätigkeit mit innerer Gelöstheit zuschaute, dem Sack des Weihnachtsmanns; sie empfand es als glaubhaft, daß man, wenn man sie zu irgendeinem beliebigen Zeitpunkt öffnete und den Inhalt in Augenschein nahm, nur fände, was man halt erwarten konnte, Kleidungsstücke, Toilettenartikel, vielleicht ein paar Bücher oder Andenken, aber daß Madison, sobald er selber hineingriff, was auch das Problem sein mochte, den geeigneten Gegenstand zum Vorschein bringen würde, um es zu beheben...

Ausprobiert und wiederaufgeblasen stand das Bett schließlich erneut an seinem Platz, das Heinzelmännchen desgleichen in seiner Nische, und ebenso war alles andere wie zuvor. Madison schwang die Tasche von neuem auf die Schulter und wandte sich zur Tür.

»Hat mich gefreut, daß ich Ihnen behilflich sein konnte, Miss Clay«, sagte er. »Schätze, ich ziehe nun los und suche das Hotel.«

»Nein, halt!« Lyla sprang auf. »Bitte gehen Sie nicht. Ich...« Sie war drauf und dran gewesen, ihn am Arm zu fassen, unterbrach die Geste jedoch inmitten der Bewegung. Manche Niebs reagierten empfindlich, wenn Blanks sie ohne Erlaubnis berührten, und sie fürchtete sich vor diesem Mann, der Türen ohne Sprengstoff öffnen und unter eine Falltür treten und sie mit einer Hand abfangen konnte. Um ihren mit knapper Not verhinderten *faux pas* zu übertünchen, fing sie ebenso schnell wie wirr zu reden an.

»Sehen Sie mal, wie ich schon erwähnt habe, hätte ich Berry nicht hier angetroffen, ich hätte mich als erstes an ihn gewandt, weil ich immer dachte, er sei Dans bester Freund, und ich stamme nicht aus New York, nicht mal aus diesem Bundesland, deswegen kenne ich kaum Leute, und... Haben *Sie* irgendwelche Freunde, Harry?«

»Nein.«

»Nicht? Überhaupt keine? Auch keine Familie?«

Er schüttelte den Kopf.

»Stammen Sie aus dieser Gegend?«

»Aus Nevada.«

»Dann sind Sie weit weg von daheim, was? Ich komme bloß aus Virginia, aber dort ist's auch nicht wie in New York...« Sie biß fest auf ihre Unterlippe, die bebte, eine Frühwarnung, die besagte, daß Tränen drohten.

»Mal angenommen, Berry lauert mir auf, bis er mich allein erwischt...«, meinte sie zu guter Letzt.

»Sie kennen ihn«, konstatierte Madison. »Trauen Sie ihm das zu?«

»Ich weiß es nicht!« Die Antwort gipfelte in einem Schrei. »Ich habe mir noch nie ausgemalt, er könnte ein Feind sein. Er ist der letzte Mensch auf der Welt, von dem ich *jemals* gedacht hätte, er könne mein Feind werden! O Gott, warum kann man heutzutage keine Freunde mehr haben, so wie früher?!«

»Ich kenne die Antwort darauf nicht«, entgegnete Madison. »Ich hätte erwartet, die Ärzte in der Ginsberg-Psychiatrie wüßten's, aber das ist nicht der Fall.«

»Ja, man müßte wohl erwarten dürfen, daß Psychologen über diese Problematik Bescheid wissen«, sagte Lyla und ließ sich auf diese floskelhaften Redensarten mit einem schwindelähnlichen Schwebegefühl ein, vergleichbar mit der allerletzten Phase eines Ladromid-Trips. »Weshalb hat man Sie eigentlich dort eingeliefert ... falls meine Neugier Sie nicht stört?«

»Wegen zu vieler Fragen«, erwiderte Madison. »In der Art der Frage, die Sie eben gestellt haben. Man hat mir 'ne Knarre in die Hand gedrückt und gesagt, los, geh hin und niete diesen nackten Wilden um, der da mit 'ner steinernen Speerspitze herumläuft, das ist der Feind, und ich fragte, wieso ist das der Feind, und es hieß, er ist kommunistisch gelenkt, und ich sagte, in seiner Sprache gibt's ja nicht mal ein Wort für ›Kommunismus‹, und darauf sagte man mir, wenn du ihn nicht umlegst, wirst du in Arrest genommen. Also kam ich in Arrest. Ich habe weiter Fragen gestellt, aber nie eine Antwort erhalten, und ich verspürte an sich keine Neigung, mit dem Fragenstellen aufzuhören, aber am Schluß tat ich's doch. Und da hat man mich rausgeworfen und in die Ginsberg-Klinik gesteckt — das heißt, zuerst in ein anderes Krankenhaus, aber sobald die Ginsberg-Klinik eröffnet worden war, bin ich dorthin gebracht worden. Ich nehme an, weil ich ein Nieb bin. Das war zu einem Zeitpunkt, als es schlecht ausgesehen hätte, einen Schwarzen in einem üblen, altmodischen Krankenhaus sitzen zu haben.«

Lyla schickte sich an, etwas zu äußern, verzichtete darauf, überlegte es sich jedoch nochmals anders. »Harry, sagen Sie mir ganz ehrlich — glauben Sie, es war gerechtfertigt, daß man Sie in eine Psychiatrie eingeliefert hat? Sind Sie der Ansicht, Ihr Verstand war durcheinander? Auf mich machen Sie jedenfalls keinen derartigen Eindruck.«

»Ich besitze darüber ein Attest«, sagte Madison mit verzerrtem Lächeln. Das war die erste Andeutung eines Mienenspiels, die sie in seinem Gesicht beobachten konnte; selbst während der Konfrontation mit Berry war es ausdruckslos geblieben. Das Lächeln verschwand nachgerade blitzartig wieder.

»Ja. Ja, freilich.« Sie suchte nach Worten. »Nun, sehen Sie mal... Schauen Sie, es ist so. Ich möchte nicht allein sein. Ich fürchte mich. Ich habe keine Pistole mehr – der Block-Gottschalk hat sie mir weggenommen, der Kerl, den wir vorhin am Lift getroffen haben. Aber ich muß ja aus dem Haus und Lebensmittel einkaufen, und dergleichen... Also, hören Sie, können Sie nicht noch etwas bei mir bleiben und mir Gesellschaft leisten, wenigstens für ein paar Stunden? Nur so lange, wie unbedingt nötig? Bis ich mich wieder danach fühle, allein zu...«

Sie verstummte, die Arme baumelten schlaff an ihren Seiten, und sie senkte den Kopf. »Entschuldigen Sie«, fügte sie gedämpft hinzu. »Sie haben schon soviel für mich getan, daß ich kein Recht besitze, noch mehr von Ihnen zu verlangen.«

»Das mit dem Essen ist eine gute Idee«, sagte Madison. »Auch wenn Sie sich momentan nicht sonderlich wohl fühlen, ich glaube, das wird sich bessern. Mit einer Mahlzeit im Bauch, dazu ein paar Drinks oder ein Joint, und Sie kommen wieder zurecht. Die Welt sieht dann wieder einigermaßen normal aus.«

»Das ist genau, was ich will«, sagte sie dankbar. »Den Dingen einen normalen *Anschein* geben, bloß für eine Weile, auch wenn ich weiß, sie sind's nicht und werden's nie mehr sein. Hören Sie, lassen Sie uns sofort essen, dann brauche ich Sie nicht allzu lange aufzuhalten. Ich ziehe meinen Schutzschleier und Sockassins an, damit auf der Straße niemand sieht, daß ich eine Blank bin, und ich kenne mehrere Restaurants, die gegen gemischte Kundschaft keine Einwände erheben.«

Sie langte nach dem Schleier, der an seinem Haken hing, ganz wie gewohnt; offenbar war Berry nicht mehr dazu gekommen, ihn auch vor die Tür zu befördern. Als sie sich gerade ducken und die schleirige Umhüllung überstreifen wollte, zögerte sie plötzlich.

»Harry, waren Sie's?« erkundigte sie sich unvermittelt und bereit, dem hinzuzufügen: ›Der mich in die Echofalle gebracht und diese Nachwirkung verursacht hat, so daß ich außerhalb der Trance ein Orakel gesprochen habe?‹

Doch sie konnte sich die Ergänzung sparen. Er antwortete ihr mit einem sachlichen Nicken und hielt ihr den Schlüssel hin, den er Berry abgenommen hatte, damit sie ihn in die Tasche stecke.

»Entschuldigung«, sagte er und öffnete die Tür.

Nachdruck aus dem Londoner Observer vom 10. März 1968

Hautfarbe — der uralte Konfliktstoff

Von Colin Legum

Nach einem Aufenthalt von mehreren Monaten in den Vereinigten Staaten teile ich nunmehr die Meinung jener Amerikaner, die der Ansicht sind, daß die USA — wenn nicht gleich zwei Wunder geschehen, nämlich der Vietnam-Krieg ein baldiges Ende nimmt und daheim die Bewilligungen für öffentliche Ausgaben ganz erheblich erhöht werden — kurz vor einer Periode roher Unterdrückung der Schwarzen durch die Weißen stehen, die ihr politisches System bis in die Fundamente erschüttern könnte.

Was wären die voraussichtlichen Folgen, ginge die westliche Führungsmacht zu einer verstärkten rassischen Unterdrückungspolitik über? Dadurch würde die auf Rassenunterschieden beruhende Krise, die sich weltweit bemerkbar macht, in einem Maße dramatisiert und vertieft, wie nichts anderes es zu bewirken imstande wäre. Der Treue von Amerikas westlichen Verbündeten würde eine weit schwerere Belastungsprobe auferlegt, als selbst Vietnam sie bedeutet. Ein traumatischer Effekt wäre in Afrika die Konsequenz, und in direkter Folge sähen die afrikanischen Nationalisten keine andere Wahl, als sich kommunistischer Unterstützung zu versichern...

Sollte dieser deprimierend düstere Ausblick sich als falscher Alarm erweisen, könnte das nur der Fall sein, wenn der Westen aufgrund rechtzeitigen Erkennens der Gefahr bei seinem Engagement zu Hause und auswärts die Prioritäten ausgetauscht hat...

Falls die weiße amerikanische Gesellschaft einmal zum Empfinden gelangt, ihre wirtschaftlichen Interessen und ihre Sicherheit seien gefährdet, ist es sehr wohl möglich, daß es zu radikalen Änderungen kommt. Noch nicht allerdings ist es möglich, im voraus zu erkennen, wie diese Veränderungen beschaffen sein mögen.

Gleichfalls könnte die weiße Schicht Südafrikas, sollte sie sich einmal so isoliert und bedroht fühlen, daß sie sich außerstande sieht, die gegenwärtige Politik der weißen Vorherrschaft beizubehalten, ernsthaftes Interesse an einer tatsächlichen Trennung entwickeln, vergleichbar mit dem kantonalen System in der Schweiz. Diese Art von freiwilliger Separation wird zur Zeit auch in israelischen Kreisen als eine vorstellbare Lösung für das Problem des Existierens neben den Arabern auf der Westbank diskutiert.

Freiwillige Separation – die bis zum Absondern auf verschiedene Territorien geht – muß nicht zwangsläufig ein Rückschritt sein. Obwohl sie liberal gesonnenen Zeitgenossen suspekt ist – aufgrund der Greuel, zu denen der Rassismus im zwanzigsten Jahrhundert geführt hat –, gehörten stets Liberale zu den Verfechtern des Separatismus im neunzehnten Jahrhundert, die nach Unabhängigkeit von den Reichen der Habsburger und Osmanen strebten, und noch heute reagieren Liberale auf die separatistischen Forderungen von Schotten oder Walisern mit Sympathie.

Die aktuelle Forderung der Black-Power-Bewegung in Amerika nach Selbstverwaltung in den eigenen Gettos ist ein Schritt in diese Richtung ...

Zum Zwecke der in diesem Buch erzählten Geschichte gemachte Annahme in bezug auf das Vorstehende

Etwa in der Mitte der 80er Jahre begann der Finanz- und Personalaufwand, den man der Organisation für Innere Sicherheit bewilligte, den militärischen Aufwand in Übersee zu überschreiten.

Im Anschluß an eine Computer-Empfehlung, wie die Mitarbeit einer notorisch heiklen Persönlichkeit am besten zu gewinnen sei

Prof. Dr. Xavier Conroy, Universität Nord-Manitoba, Sozialpsychologische Abteilung EINFLUSS MOGSHACK AUF GELTENDE PSYCHOLOGISCHE LEHRMEINUNGEN LT. EHEM. KOLLEGEN ÜBERTRIEBEN HOCH STOP BIN INTERESSIERT AN BESTÄTIGUNG/GEGENSÄTZLICHER ÄUSSERUNG STOP ANTWORT VORAUSBEZAHLT GEZ. FLAMEN

Flamen (Medienkiebitz) NYSNY 10036 EINFLUSS MOGSHACK SCHÄDLICH ABER SIE SÄGEN AN EINEM IN DEN HIMMEL GEWACHSENEN BAUM GEZ. CONROY

Conroy Univ. N.-Manitoba STIMME MIT ANSICHT ÜBEREIN DASS BAUM ZU HOCH STOP ANFRAGE WEGEN KOOPERATION BEIM STUTZEN GEZ. FLAMEN

Flamen (Medienkiebitz) NYSNY 10036 VIEL GLÜCK GEZ. CONROY

Conroy Univ. N.-Manitoba KOMMEN SIE NY WOCHENENDE AUF MEINE KOSTEN STOP BRINGEN SIE AXT GEZ. FLAMEN

Flamen (Medienkiebitz) NYSNY 10036 ANKOMME SAMSTAGMORGEN MIT FLUG 9636 STOP SEHE KEINE HOFFNUNG ABER MÖCHTE CHANCE NICHT VERSÄUMEN GEZ. CONROY

Lyla verspürte das Gefühl, sie müßte eigentlich entsetzt sein, aber sie war es nicht und statt dessen sogar dazu in der Lage, sich in aller Ruhe zu fragen, warum nicht. Sie kam zu dem Befund, es lag daran, daß Madison so eindeutig auf ihrer Seite stand, sie eben vor etwas bewahrt hatte, was andernfalls in eine Katastrophe gemündet wäre, und überdies wußte er — einmal völlig außer acht gelassen, wieso —, was gemeint gewesen war, als sie jene simple Frage »Waren Sie's?« stellte.

Nach dem Verlassen der Wohnung ließ sie ihre Gedanken zunächst für eine Weile treiben, doch schließlich, als sie wieder die Straße betraten, war sie von neuem dazu imstande, beiläufige Fragen zu formulieren und in normalem, freundlichem Ton auszusprechen.

»Matthew Flamen hat Ihnen 'n Job angeboten, habe ich das richtig mitgekriegt?«

»Ja. Anscheinend braucht er jemanden, um in seiner TV-Show Interferenzen auszuschalten, und ich verstehe einiges von Elektronik.«

»Sind Sie froh, nach so langer Zeit wieder... äh... *draußen* zu sein?«

»Weiß ich noch nicht. Ich warte ab, bis ich feststellen kann, ob's inzwischen in der Welt besser zugeht.«

»Es ist schlimmer geworden«, sagte Lyla mit Entschiedenheit. »Ich meine... Naja, ich bin noch ziemlich jung, kann man wohl sagen, aber bloß gemessen an dem, woran ich mich schon erinnern kann, ist anscheinend alles noch ärger geworden. Dr. Reedeth sagte, gestern hätte man dreimal zum LM gegriffen, aber es sei noch glimpflich abgelaufen, denn einmal hätte man's in einer Nacht neunzehnmal getan, aber an sich dürfte es so was doch gar nicht geben!«

Für eine Weile schwiegen sie, schritten wortlos nebeneinander aus, Lyla umhüllt vom Schutzschleier und in

Sockassins, so daß man ihre Hautfarbe nicht erkennen konnte, und es erwies sich als möglich, ohne Schwierigkeiten den Bürgersteig entlangzustreben, weil die Leute mit Selbstverständlichkeit unterstellten, sie sei eine Nieb. Nach dem Ausbruch eines Krawalls herrschte immer eine Art von Ermattung in der Öffentlichkeit, eine einem Abschwellen ähnliche Trauer, wie zwei ehrliche, aber zufällige Liebende sie empfinden mochten, wenn sie im Grau der frühmorgendlichen Dämmerung begriffen, daß sie in ihrer flüchtigen Leidenschaft auf der langen Reise zum Tod erneut ein Kind riskiert hatten.

Schließlich begann er seinerseits Fragen an sie zu richten. »Was hätten Sie in dieser Situation getan, wären Sie allein daheim eingetroffen?« wollte er wissen.

»Keine Ahnung«, antwortete sie unterdrückt. »Kann sein, ich hätte mich an Ihren neuen Chef gewandt. Ich bezweifle aber, daß von ihm viel Beistand zu erwarten gewesen wäre. Ich meine... Ach, es ist so schwer zu erklären. Ich will sagen, oberflächlich betrachtet, kann ich ihn leiden, aber sein Inneres mag ich nicht. Was er redet, ist in Ordnung, aber man hat nicht das Gefühl, daß er ein Mensch ist, dem man trauen darf. Verstehen Sie, was ich zum Ausdruck bringen will?«

»Ist mir völlig klar«, erwiderte Madison. »Ist dort das Restaurant, das Sie meinen«, fügte er hinzu, »dort hinten?«

Sie waren gerade um eine Ecke gebogen und in Sichtweite eines China-Restaurants, das sich »Verbotene Stadt« nannte; rein aufgrund der Notwendigkeit, einen gewissen Umsatz erzielen zu müssen, hatten chinesische Restaurantbesitzer sich dazu gehalten gesehen, mit den Gästen zufrieden zu sein, die überhaupt kamen, und pflegten deshalb normalerweise der Hautfarbe keine Beachtung zu schenken. Aber diesem Restaurant war das große Fenster eingeworfen worden, und an der Tür hing ein Schild, hastig in roter Tinte mit dem Hinweis EIN WERK DER X-PATRIOTEN!!! bekritzelt. Ein Pfeil zeigte auf das zertrümmerte Glas.

»Dan und ich sind mal mit ein paar Niebs-Bekannten in diesem Lokal gewesen«, sagte Lyla mit erzwungener Wohlgelauntheit und geleitete Madison über die Straße. Aber sie gelangten nicht einmal bis vor die Tür. Dahinter stand nämlich ein hochgewachsener Asiate, der an Lyla vorbei Madison anblickte und in warnender Geste der Abweisung eine Hand hob, die Finger in Bereitschaft zu einem Karate-Hieb versteift.

»Würde sagen, heute abend versuchen wir's lieber woanders«, meinte sie entmutigt, indem sie sich abwandte. Im Augenwinkel sah sie die Zähne des Asiaten schimmern, als er grinste.

Im nächsten Häuserblock gab es ein Soulbrother-Restaurant, aber es hatte ebenfalls ein Schild ausgehängt, säuberlich in Hellbraun auf Schwarz beschriftet, das diesmal Blanks den Zutritt verwehrte, dann fanden sie ein indisches Restaurant, dessen Inhaber der Öffentlichkeit stolz versicherten, sie seien selbst arisch und wollten daher mit Fremdrassen nichts zu schaffen haben, danach kamen sie zu einem Lokal ausschließlich für Juden, danach entdeckten sie ein rein islamisches Restaurant, anschließend ein japanisches, das Weißen vorbehalten war und vor dem ein südafrikanischer Voortrekker geparkt stand, im Anschluß daran ein Joruba-Speiselokal, spezialisiert auf Erdnuß-Gerichte, und das wiederum...

»Das ist mir furchtbar peinlich«, sagte Lyla am Ende kummervoll, »aber es ist schon Monate her, daß ich zuletzt versucht habe, eine Lokalität ohne Rassentrennung ausfindig zu machen, und vermutlich hat das, was in der vergangenen Nacht geschehen ist, für viele davon in dieser Beziehung den endgültigen Schlußpunkt gesetzt. Vielleicht sollten wir doch verschiedene Wege gehen und getrennt essen.«

»Hat das Hotel«, fragte Madison, »das Sie mir empfohlen haben, ein Restaurant?«

Bekümmert musterte sie ihn durchs Fensterchen im Kopfteil ihres Schutzschleiers. »Wie die Dinge heute stehen, kann's gut sein, daß man auch dort keine Niebs mehr aufnimmt. Wahrscheinlich müssen Sie sich in Harlem nach einer Unterkunft umschauen.«

Madison runzelte die Stirn, und für einen Moment waren seine Lippen so schmal, daß sie in seinem Gesicht verschwunden zu sein schienen. »Wodurch ist das verursacht worden, Miss Clay? Eine einzige nächtliche Unruhe kann unmöglich allein daran schuld sein.«

»Es wäre mir lieber, Sie nennen mich Lyla«, erinnerte sie ihn halsstarrig. »Ich schätze es, wenn Leute freundlich zu mir sind, nicht bloß höflich. Ich *benötige* irgendwen, der nett zu mir ist! O Gott, ich wollte, alles wäre so wie damals in den alten Zeiten, von denen meine Eltern immer erzählen, als es jedem egal war, wem er begegnete, mit wem er zusammenarbeitete, wer neben ihm saß. Jetzt wird rings um uns alles nur immer enger, als rückten rundum die Wände näher, wie in ›Grube und Pendel‹!«

Wild blickte sie in die Runde, als rechne sie in der Tat damit, die Gebäude heranrücken zu sehen, um sie gefangenzusetzen.

»Damals kam man nicht so einfach bei einem Krawall ums Leben«, preßte sie hervor. »O nein! Ach ... ach, der *arme* Dan!«

Madison wartete. Kurz darauf hatte sie sich wieder in der Gewalt.

»Nein, natürlich kommt's nicht allein durch die eine Nacht. Es muß an etwas liegen, das die ganze Zeit auf so eine Gelegenheit gelauert hat, demjenigen freien, offenkundigen Lauf zu lassen, dessen die Menschen sich vorher schämten. Aber nun hat sich etwas als ihrer Scham überlegen herausgestellt. Was ist stärker als Scham?«

»Furcht«, sagte Madison.

»Vermutlich«, stimmte sie zu. »Aber wieso sollten die Leute sich derartig fürchten?« Sie holte tief Luft. »Ich bin Pythoness, Harry. Ich muß mich in die Gedankenwelt anderer Menschen versetzen können. Niemals habe ich in irgend jemandes Verstand etwas gefunden — nicht einmal in der Ginsberg-Klinik, wo doch angeblich alle verrückt sind –, das nicht auch mindestens potentiell in mir gesteckt hätte.«

Sie schritt erneut, schon wie in alter Gewohnheit, neben ihm aus, und diesmal übernahm er die Führung, schlug den Weg zum von ihr empfohlenen Hotel ein.

»Außer bei Ihnen«, fügte sie hinzu. »Sie... Sie sind irgendwie nicht mit anderen zu vergleichen. Und das ist auch was, das mich beunruhigt... glaube ich.«

In diesem Augenblick traten aus einem Hauseingang vier junge Männer, alle Blanks, groß und stark, und versperrten ihnen den Bürgersteig. Ein heller Lichtkegel leuchtete ihr in die Augen, so daß man von außen durch den Schleier ihr Gesicht erkennen können mußte. »Gemischt«, rief eine Stimme. Eine Faust umklammerte ihr Handgelenk, etwas stach sie unterhalb des Daumens in den Handballen, und sofort begann der Boden in befremdlichen Schlenkern zu schlingern, wie Flüssigkeit, die in einem Mixer hin- und herschwappte.

Blurtsch. Der Planet rotierte um ungeschmierte Achsen, die nur so leierten und kreischten. Fern und stumm heulte es *Hilfe-Hilfe-Hilfe!* durch die Abgründe ihres Hirns. In die vier verdreckten Himmelsrichtungen des Universums verstreut: die Bruchstücke und Scherben der einst unversehrten Person namens Lyla Clay. Schwächliches *Hilfe-Hilfe!*-Ersehnen, während es an Kraft fehlte, um nur die Lippen zu bewegen, gar nicht von der Energie zu reden, deren es bedurft hätte, um mit eingesaugtem Atem die Stimmbänder in Schwingungen zu versetzen.

Acht verdreckte Himmelsrichtungen.

Hilfe.

Das alles wirkte zu sehr wie unzumutbar schwere Arbeit, und sie gab den Kampf auf.

Der Unterschied zwischen Vorsicht und Vorsorge

Pedro Diablo war in einem mit Bundesbauzuschüssen finanzierten Luxus-Apartmentkomplex einquartiert worden, dessen Rahmenvertrag – vom BulaKo in dahingegangenen Zeiten entworfen, als man die Grenzen zwischen den Rassen noch weniger scharf zog – eine Antidiskriminationsklausel umfaßte, aber man hatte noch nie auf sie gepocht, und seine neuen Nachbarn waren so entsetzt, daß sie noch am selben Abend (während jene Niebs-Führer, die in engem Kontakt mit Morton Lenigo standen, ihn aufspüren ließen, nicht weniger entsetzt, weil sie auf den Einsatz von Diablos Begabung als Propagandist gebaut hatten, und nun war er auf das Wort eines schmierigen Weißen gefeuert worden) eine Unterschriftensammlung organisierten, um seinen Hinauswurf durchzusetzen, ehe er im Block das Lokalkolorit verdarb.

Frage: Wer war die langweilige Figur, mit der ich dich gestern abend gesehen habe? Antwort: Das war keine langweilige Figur, sondern dieser Gummibaum da.

Ewigkeiten später und in einer anderen Welt: einer Welt schwarzer, pelziger Hügel, mit einer halb grünen, halb roten Sonne, gekreuzt von einem schrägen Balken, der aus einem grauen, unnatürlich senkrechten Himmel herabragte.

Ein Zimmer? Gequälter Gedanke. Eine Landschaft von einer Räumlichkeit, Fußboden-Ebenen und Mobiliar-Berge. Unhörbar schoß ein Fluß eine steinige Kaskade hinab, anstößige Pilze wucherten in Vorhügeln, das Wetter in der näheren Umgebung war stürmisch, es pfiff und kreischte, schwüle Hitze herrschte, Moder stank.

Kra-bumm (Donner) und *Fetz* (Blitz), und im unmittelbaren Blickfeld, dem Lyla nun ihre Augen öffnete, stand ein Stonehenge aus Menschengestalten, ein megalithischer Kreis aus Armen auf Schultern, fahler aufrechter Säulenheiliger, vor der Stelle, wo sie selbst sich befand, unterbrochen durch einen spreizbeinigen Mandrill/Fraudrill, oder vielmehr, einen feisten Wanst, der Schamhaare überlappte und per sudligem Filzstift mit Namen und Uhrzeiten bekritzelt worden war wie eine Scheißhauswand, manche schweißig verwaschen, manche noch frisch und lesbar: SCHWEINCHEN SCHLAU 8^{25} DELLA DAS DUMMFICK 12^{15} GEILER HENGST HANK DUMONT ^{40}.

Als finge sie nach einer Kernexplosion die Bruchstücke Fragment um Fragment wieder ein und zwänge sie in die Form sorgfältig verarbeiteter Metallbaukastenteile, nahm Lyla die Fakten entgegen, die ihre Sinne übermittelten, und ordnete sie zu einem zusammenhängenden Gesamtbild. Ihr war elendig schlecht, und ihre Hand schmerzte, wo man eine stumpfe Nadel tief in die Muskeln gestoßen hatte. Auf ihrem rechten Oberschenkel brannte heiß ein anderer Schmerz. Die Haut zeigte einen roten Striemen von einem Peitschenhieb.

Multiniveau-Fußboden. Tatsache erkannt. Perspektive wiederhergestellt. Ultramoderne faltbare/ausziehbare/zweckveränderliche Möbel. Die klumpigen Pilzkulturen an den schwarzen Hängen waren menschliche Leiber, einige bekleidet, andere nackt, manche in Bewegung, andere reglos, weitere wiederum – unglaublich langsam – auf halbem Wege zum sexuellen Höhepunkt, die Gliedmaßen umeinander verklammert, sich nichts noch bewußt außer der Berührung von Haut auf Haut. Und vor ihr stand kein megalithischer Kreis, sondern hatten sich acht Männer aufgebaut, die nur Stiefel trugen, und jedem war auf die Brust – oder den Oberarm, falls der Brustkorb zum Beschreiben zuviel Behaarung aufwies – mittels Filzstift ein Name gemalt worden: GENE PUTZI VERNON HUGHIE PHIL DICKERCHEN CHARLIE PAT. Die Arme einander auf die Schultern gelegt, standen sie im Halbkreis um eine sehr hochgeschossene, junge Frau mit kleinen Brüsten und einem vorzeitigen Schmerbauch, ebenfalls nackt, abgesehen von einem Gürtel und Sandalen, deren Schnüre überkreuzt bis über Kniehöhe gewickelt waren; in der Hand hielt sie eine Peitsche, ihr Kopf war mit einer phantastischen rot-blau-grünen Perücke gekrönt. Unerträglicher Lärm erscholl, nicht ohrenbetäubend laut, dafür aber von allen Seiten und oben, als dröhne in jedem Nachbarraum Musik, stampften Tanzende mit den Füßen und krakeelten Leute aus vollem Hals aufeinander ein. Die Augen der Frau waren auf manische Weise geweitet, ihr Körper strömte so über von Schweiß, daß die Aufschriften zusehends verschwammen.

»Sie ist wach!« Ein Aufheulen. Ein Sprühregen winziger Speicheltröpfchen nieselte prickel-prickel auf Lylas Haut. Außerdem teilte die Haut ihr mit: die rauhe Einschnürung durch Stricke an ihren Ellbogen, in ihrem Rücken ein schweißig-schlüpfriger Kontakt mit Muskeln, die sich über harten Schulterblättern bewegten, unter ihrem Gesäß feuchte Pelzigkeit, in ihrem Nacken die drahtige Krausheit von Knieblanks-Haar, wie das Fell eines Terriers... Sie keuchte auf und nötigte ihre Wahrnehmung durch reine Willenskraft in einen normalen Modus. Sie war Rücken an Rücken mit Harry Madison zusammengebunden und überdies ausgezogen worden.

»Wo ist denn das Nix-Trikot, das sie hatte?!« grölte die Frau, und Gene löste sich eilfertig vom Ende des Halbkreises und ging das Kleidungsstück holen, reichte es ihr mit einer schleimscheißerischen Verbeugung. Die Frau warf sich die Peitsche über die Schulter, ertastete die einzige Tasche an der Hüfte und klaubte den Inhalt heraus: den Kontaktschlüssel (ihn ließ sie fallen), die ID-Karte (welche sie zwischen den Fingern behielt) und das Fläschchen.

»Ist das was wert, Mikki?« schleimte Gene. »Guter Trip in der Pulle?«

»Woher soll ich das wissen, verdammte Kacke?!« schnauzte die Frau ihn an, während sie die ID betrachtete.

Mikki? dachte Lyla. *O Gott. Nein. Laß das bloß nicht Michaela Baxendale sein.*

Kaum verständliche Worte durchgrollten einen Nebel des Schocks und Entsetzens und der Nachwirkungen jener Droge, welche es auch gewesen sein mochte, die man bei der Entführung verwendet hatte. »Ein guter Trip, Schatzi, jawohl, 'n guter Trip, oho! Weißt du, G'spusi, wen ihr da aufgesammelt habt?«

Gene schüttelte den Kopf, und die anderen im Halbkreis beugten sich vor und reckten die Hälse, um besser hören zu können.

»Na, das ist die Pythoness, für die Dan Kazer, dieser tuntige Abkömmling von Mutterfickern, jetzt den Mack macht!« gellte Mikkis Stimme, während sie unter einem Lachkrampf zusammenzuklappen drohte. »Die scheißige Laus hat mich in der Gosse hängen lassen, und da ist nun seine Perle, frei Haus an mich geliefert, in meine Hand — hä, G'spusi?« Sie stierte Lyla mit äußerster Giftigkeit an, schüttelte die kleine Flasche dicht neben ihrem Ohr und wandte sich dann seitwärts, um sie im Licht der rot-grünen Sonne, die nichts anderes war als ein übergroßes Skaleninstrument an der Wand – ein Zeiger wies ins Grün –, kritisch zu begutachten.

»Aaa-ha! Genug drin, um sie rundgehen lassen zu können, falls die Pulle wirklich 'nen guten Trip bietet.« Sie schraubte flugs den Verschluß ab. »Aber wir wollen's lieber mit der Sicherheit halten, hm? Wir probieren das Zeug an den beiden aus und warten erst mal ab, welchen Flug sie nehmen.«

Unter Gekicher trennte sich der Halbkreis von Männern, die sich statt dessen auf die Knie niederließen – zu mehreren Lyla an den Knöcheln, dann an den Schenkeln betasteten, danach lüstern die Geschlechtsteile befummelten, nach ihren Brüsten grapschten: alles viel zu schnell, um einzeln unterscheidbar zu sein, nur wahrnehmbar als Gesamtheit von Berührungen. Unterdessen taten andere das gleiche mit Harry Madison (er mußte es sein). Sie war zu schwach, um Widerstand zu leisten, also verstellte sie sich und wartete, bis eine Hand eine der SibyllPillen an ihren Mund hob.

»He, Mikki«, kommentierte der als DICKERCHEN gekennzeichnete Bursche, »das muß wahrhaftig ein toller Trip sein, sie macht freiwillig den Mund auf.«

Und sie biß zu. Ganz fest.

»Das Hurenaas beißt!« Der Bedränger schrak zurück, ließ die Pille fallen, gaffte voller regelrechtem Grausen die Bißwunde direkt unterhalb des Fingernagels an, aus der Blut pulste und tropf-tropf auf Lylas Bein troff. Aber noch in derselben Sekunde trügerischer Erleichterung, die die erfolgreiche Gegenmaßnahme ihr bereitete, knallte etwas gegen ihren Hinterkopf – Madisons harter Schädel.

»Halt ihm die Nase zu«, sagte jemand leise. Das Geräusch eines Hiebs in Madisons Magengrube folgte. Lauter: »Hat sie glatt geschluckt. Versuchen wir's bei ihr noch mal. Gib uns 'ne Pille, Mikki ... Nein, laß nur!« Geschabe auf dem schwarzen Teppichboden. »Ich habe die Pille gefunden, die sie ausgespuckt hat... Hier ist sie.«

Herrgott, was wird die Sib bei Madison bewirken? Sie erinnerte sich, Dan war in einen so hohen Psychorbit geraten, daß sie befürchtet hatte, er werde nicht wieder zu sich kommen, und daß nur Frauen (hing wahrscheinlich irgendwie mit dem Hormonhaushalt zusammen) die Befähigung besaßen, die Droge binnen einer halben Stunde stoffwechselmäßig zu verarbeiten.

Sie kämpfte, bäumte sich auf und wand sich, aber die Männer umklammerten ihre Beine, das eine nach dem anderen, und setzten sich darauf; sie waren zu schwer, als daß sie sie hätte abwerfen können, es sei denn, sie riskierte Knochenbrüche. Da ihre Arme bereits gefesselt waren — in der Fesselung, die sie Rücken an Rücken mit Madison verband —, blieb nur noch ihr Kopf, und der ließ sich bändigen, indem man ihr Haar packte. Man zwang ihn rückwärts, immer weiter in den Nacken, bis die dortige Muskulatur die entgegengesetzten Anstrengungen ihrer Kiefermuskeln nicht länger unterstützen konnte und ihre Wange Madisons drahtigen Bart streifte; sie versuchte, das Gesicht zur Seite zu drehen, ihren Mund an seinen Hals zu drücken und so zu verhindern, daß man ihr die Pille hineinsteckte, doch die Absicht mißlang. Schwupp, flog sie zwischen ihren geteilten Zahnreihen hindurch, flopp, da klebte sie an der Zunge, und Lyla krampfte sich zusammen, um wenigstens das Schlucken unterlassen zu können, wenn man sie in die Magengrube schlug...

Allerdings blieb der Schlag aus. Mit enormem Ruck, der die unachtsamer gewordenen Männer in wirrem Knäuel aus Gliedmaßen von ihr abgleiten ließ, fühlte sie sich — *Hupp!* — emporgehoben und starrte für einen kurzen Moment an die Decke hinauf. Sofort spie sie die Pille aus, denn das war es, woran ihr momentan am meisten in der Welt lag.

Die Stricke schnitten fester in ihre Arme, erst links, dann rechts, und verursachten ihr für die Dauer eines Sekundenbruchteils fürchterlichen Schmerz, aber das Ergebnis war ihn wert. Sie rissen. Alle viere ausgebreitet, purzelte sie abwärts, fiel mit einer Hand in eine feuchte, klamme Masse, welche sich, die Hand ins Licht gehalten, als braun wie Scheiße erwies. Völlig naturgemäß. Geduckt entfernte sie sich, hüpfte wie ein Frosch, wischte sich die Hand, wo immer sie ein relativ trockenes Stück Teppichboden bemerkte, wandte sich erst in sicherem Abstand nach Madison um.

Sonst schenkte dem Geschehen anscheinend niemand Beachtung, ausgenommen selbstverständlich Mikki und ihre acht gestiefelten Kater. Die Liebespaare am geschrägten anderen Ende des Raums machten in ihrer langsamen, trägen Parodie auf die Leidenschaft weiter, und für den Rest existierte die Welt zur Zeit nicht.

Madison war ebenfalls entkleidet worden, und sein stämmiger dunkler Körper schimmerte wie eine geölte Sealjacke, auf jedem straf angespannten Muskel ein längliches Glanzlicht. »Hohooo«, rief der mit PAT beschriftete Mann, als erhoffte er sich die Gunst einer ebenholzschwarzen Umarmung, und trat in nachgerade schmeichlerischer Manier näher. Leicht vorgebeugt, die Beine gespreizt – wie ein auf die nächste Runde gefaßter Ringer –, während sein Blick wachsam umherhuschte, ihm einen ersten Eindruck von der Umgebung verschaffte, wartete Madison, bis er in Reichweite gelangte, und – schnappte zu. Große Zähne leuchteten weiß auf. Ein Raubtierknurren ohne Worte. Und doch lediglich eine Warnung: eine dünne Blutspur auf Pats Hand, gerissen von nur einem Zahn (der allerdings einem Hauer gleichen mußte), dazu ein bißchen Speichel. Pat erblaßte und schüttelte seine Hand, knirschte einen Fluch hervor.

»Geh da weg, Pat«, sagte Mikki, aus einem wie hoch auch immer gewesenen Psychorbit durch den Schrecken zurückgekehrt, den es ihr eingejagt haben mußte, die Strikke reißen zu sehen.

»Sieht aus, als wäre geballter Mumm in der Pille gewesen, die wir ihm verabreicht haben. Mach Platz für meine Peitsche, ja?«

Sie ließ sie selbstsicher durch die Luft pfeifen; oft genug hatte sie das schöne Stück schon gegen viel größere Widersacher benutzt. Und in der Tat bestand bislang kein Grund zur Beunruhigung. Ein Blick zur Seite zeigte, daß Lyla am Boden kauerte und schlotterte, keinerlei Anstalten machte, sich einzumischen. Neun gegen einen war ein ausgezeichnetes Verhältnis. Dahingehend mußten ihre Gedanken lauten; Lyla meinte fast, sie hören zu können. Und die gestiefelten jungen Kerle waren allesamt gesund und kräftig.

An einer entfernten Schräge des Raums setzte sich jemand auf, vielleicht durch das Sausen der Peitsche aufmerksam geworden: ein nacktes Mädchen, das zuerst die Arme überm Busen verschränkte, dann jedoch dümmlich grinste und die Beine teilte, um die Ellbogen auf die weit gespreizten Knie zu stützen und — leicht vorgebeugt — interessiert zuzuschauen.

Hinten auf Lylas Zunge: irgendein Geschmack. Nicht die Herbheit der Furcht; sie kostete sie an einer anderen Stelle in ihrem Mund. Bitter/scharf/ätzend? Sie sammelte Speichel, um den Geschmack nach vorn zu verlagern, wo die Zunge für derartige Dinge eine erhöhte Empfindlichkeit besaß.

In ihrem Gedächtnis rastete etwas ein, und augenblicklich empfand sie ein Schaudern. Einmal hatte sie, bevor sie sie schluckte, eine SibyllPille aufgebrochen, um festzustellen, ob der Inhalt ihr schmecke. Das war nicht der Fall gewesen. Und dies hier war der gleiche Geschmack. Die Gelatinehülle mußte gesprungen sein; vielleicht hatte jemand mit einem nackten Fuß auf die Pille getreten, als sie beim ersten Versuch, sie ihr in den Mund zu stecken, infolge ihres Widerstands zu Boden fiel. Und nun hatte sie diesen Umstand zu spät bemerkt, nicht daran denken können, vom Schlucken abzusehen, und daher befand sich nunmehr soviel von der Droge in ihrem Körper, wie aus der Kapsel geflossen war, wahrscheinlich nur wenige Milligramm, aber welche Wirkung würden sie ohne die ergänzende Maßnahme einer typischen Pythonessen-Ekstase zur beschleunigten Verbrennung wohl ausüben...?

Krach-wumm!

Durch das fortgesetzte Lärmen von Musik und Getanze aus anderen Räumen der Wohnung ertönte ein Bersten. Schlagartig widmete sie ihre Aufmerksamkeit wieder den Vorgängen im restlichen Zimmer. Dank jener furchtbaren Kraft, mit der er am Eingang ihres Apartments die hundert Kilo schwere Falltür aufgefangen und hochgestemmt hatte, war Madison jetzt in den handgreiflichen Besitz eines Tischs mit Marmorplatte und Beinen aus rostfreiem Stahl gelangt und zerlegte ihn in seine Bestandteile. Als eine der Schweißnähte standhielt, wirbelte er herum und drosch das ganze Möbelstück gegen die Wand. Der Marmor brach, und aus der Wand krachte ein Brocken Beton. Ein Tischbein löste sich, und er schwang es mit einem Aufbrüllen über seinem Kopf. Der Mann mit der Aufschrift VERNON duckte sich und floh mit gedämpftem Fluchen außer Reichweite.

Mikki, die plötzlich besorgt dreinschaute, ließ die Peitsche knallen und zielte diesmal nach Madisons Hals.

Das Stahlrohr-Tischbein fing die Peitsche mitten in der Luft ab, und sie wickelte sich darum wie eine Schlange, während Madisons Kopf zurückzuckte, ohne daß er die Schultern bewegte, wie bei einer indischen Tempeltänzerin, gerade so weit, wie nötig war, daß die Spitze der Peitsche sein rechtes Auge verfehlte.

Er vollführte einen Ruck, der Peitschengriff rutschte aus Mikkis schweißiger Hand.

Keck, fast erfreut, als sei er davon angetan, ausnahmsweise einmal einen würdigen Gegner vor sich zu haben, sprang jener Mann namens Putzi, von allen am größten und bepacktesten mit Muskeln, nach dem zerborstenen Tisch und bemächtigte sich gleichfalls eines Stahlbeins.

Madison streifte die Länge der Peitsche vom eigenen Tischbein und warf sie. Lylas Hände fuhren hoch bis in die

Höhe ihrer Ohren, und sie hörte das Geräusch, mit dem ihre Finger in die Handflächen patschten. Die Wucht in Madisons Wurf war nahezu unglaublich, und dabei hatte er seinen Arm noch nicht einmal hinter die Schulter zurückgebogen. Dennoch riß die zusammengelegte Peitsche Putzi von den Füßen und hinterließ bei ihm auf Brust und Bauch einen dauerhaften roten Abdruck, als sei er dort mit einem altmodischen Teppichklopfer gehauen worden, ein Abdruck, der in seinen Umrissen ungefähr dreiblättrigem Klee ähnelte.

»Ich mach' mich dünne!« heulte der Bursche mit dem Namen Hughie auf. Mikki griff nach ihm und erwischte ihn an den Haaren.

»Du blödsinniger Idiot, wir müssen ihn uns greifen und unschädlich machen! Möchtest du etwa 'ne Klage wegen Freiheitsberaubung an den Hals kriegen? Du warst dabei, als er aufgegabelt worden ist, also bleib gefälligst hier und bade diese Scheiße mit uns aus!«

»Aber du warst diejenige, die gesagt hat, wir sollen ein rassisch gemischtes Pärchen auflesen«, winselte Hughie.

»Halt's Maul und nimm dir das Tischbein!« Mikki selbst bückte sich, um ihre Peitsche aus der Verhedderung mit den Gliedern Putzis, der noch laut ächzte, zu zurren.

Ein faustgroßes Stück Marmor krachte zwei Zentimeter von ihrer ausgestreckten Hand entfernt auf den Fußboden und überschüttete ihr Gesicht und ihren Körper mit winzigen, scharfen Splittern, so vielen, daß sie im Aufstieben einem Mückenschwarm ähnelten. Langsam hob sie den Blick und sah Madison sie mit nichtmenschlicher Ruhe angrinsen. Sie verlagerte, um die Balance bemüht, ihr Gewicht, wich zurück – und riß das Tischbein an sich, warf es nicht dem noch furchtsamen Hughie zu, sondern Vernon, der es fing und damit ohne Zögern Madison angriff, es in mörderischem Schwung erhoben.

»Und forderst du mich zum Zweikampf mit dem Bauernspieß, die Mühe wollte dir wohl einen zerschlagenen Schädel eintragen«, sagte Madison mit klarer Stimme und parierte die Attacke mit solcher Gewalt, daß Vernons Finger klafften und seine Waffe in hohem Bogen durch die Luft flog und an die jenseitige Wand klirrte. Das nackte Mädchen hinter Lyla stieß einen Schrei der Begeisterung aus und klatschte die Hände zusammen.

Bauernspieß...? Lyla zwinkerte und schüttelte den Kopf. Für einen Moment schien sie nicht diesen schwarzen Raum mit den grauen Wänden und der halb roten, zur Hälfte grünen Sonne zu sehen, sondern eine Waldlichtung, quer durchströmt von einem Bach, und Männer mit langen, hölzernen Stangen machten sich den Zutritt auf einen breiten, abgeflachten Baumstamm streitig, der als Brücke vom einen zum anderen Ufer reichte.

Aber das Zimmer war unabänderlich vorhanden, und das Trugbild einer sonnigen Lichtung schwand.

Wieder zu Atem gekommen, lief Putzi wütend hin und hob das metallene Tischbein auf, weit und breit die beste sichtbare Waffe, während Mikki dem Geschehen unter wiederholtem, vorsichtigem Umblicken den Rücken kehrte und sich ans andere Ende des Raums verzog.

Putzi ergriff einen leichten Stuhl mit widerstandsfähigem Plastiksitz, um ihn als Schild zu benutzen, und hielt ihn wie ein Löwenbändiger, indem er sich Madison von neuem näherte. Der Nieb wich ein wenig zurück, reizte den Angreifer, als erster zu handeln — und streckte blitzartig einen Arm seitwärts, riß einen der Vorhänge herab, die sämtliche Fenster von der Decke bis zum Boden verhüllten, trat auf einen Zipfel und durchtrennte den dicken Samt mit einer Kraftanstrengung, die seine Muskeln hervortreten ließ, so daß er anschließend ein Stück von handhabbarer Größe in der Linken hielt.

Unter Lylas bloßen Füßen war der Sand von der Sonne sehr heiß, kiesig zwar, aber nicht unangenehm *(Was?)*. Benommen langte sie nach ihrem Fuß, berührte Sohle und Ferse, erwartete grobkörnigen Sand zu spüren, entdeckte jedoch nur einen Schmierstreifen von jenem Kot, von dem sie vorhin ihre Hand gesäubert hatte. Doch das Gebrüll der hungrigen Löwen *(WAS?)* war unmißverständlich, das heisere Knurren glich einem Explosionsgeräusch in verlangsamter Wiedergabe.

Und die Zuschauer auf den Sitzreihen rundherum, die schier bis zum klaren, blauen Himmel emporreichten, dadurch mit einem niedrigen Zeltdach verwechselbar, an dem die Goldmünze der Sonne mit einem Ausdruck wie von Interesse an diesen Angelegenheiten von Leben und Tod stand...

Noch einmal gelang es ihr, sich wieder in den Bezugsrahmen des normalen Wahrnehmungsmusters hinüberzuretten, doch nur zeitweilig, und ihr letzter Eindruck von der Realität umfaßte zwei erhobene stählerne Stäbe, die im Licht glänzten, den als Schild verwendeten Stuhl sowie den Fetzen des herabgerissenen Vorhangs, eingesetzt als Werkzeug zur Ablenkung und Behinderung des Gegners. Dann im Mund der Nachgeschmack einer letzten, schlechten Mahlzeit, einer Handvoll kümmerlicher Oliven, eines Stücks alten ungesäuerten Brots und einiger Bissen von einem Brocken Fleisch, ursprünglich bestimmt für die Wölfe, aber durch einen Lanista abgezweigt, der auf den heutigen Kampf Mann gegen Mann gewettet hatte, das nur ranzig gewesen sein mochte, aber ebensogut, wie es so ging, vergiftet worden sein konnte, denn die Welt schwankte bei jedem Schritt fürchterlich, und in den Ohren rauschte das Blut, übertönte sogar das Johlen der Menge.

Lyla war sich vollkommen darüber im klaren, was ihr geschah. Sie hatte eine subkritische Dosis der Droge in der SibyllPille geschluckt, und die beförderte sie soeben aus der Wirklichkeit hinaus in jene Welt, welcher Art sie auch war, in die sie während ihrer normalen Trancezustände überwechselte. Es war das, was mit den anderen geschah, worüber sie dagegen keine Klarheit besaß. Dieser hünenhafte, blonde, germanische Schwertkämpfer in Brustpanzer und Sturmhaube, einer Arm- und einer Beinschiene und mit Tartsche oder sonst so einem Schild, ihm gegenüber der Retiarius mit dem spitzen Dreizack und geschickt geschwungenen Netz...

Erneut scholl aus den Käfigen unter den Tribünen das Brüllen hungriger Löwen.

Gewandt das Netz an der Erde ausgeworfen, ein Stoß mit dem Dreizack, um den anderen zurückzudrängen, ein Schlagaustausch mit dem Zweck, den Gegner eine Ferse unvorsichtig auf das Netz setzen zu lassen, und *Ruck!* Unter der Sonne hoch droben maß der Mann der Länge nach den eigenen Schatten. Von jener Seite, wo reiche Zuschauer in der Gesellschaft des Kaisers saßen, überschattet von Baldachinen, wogegen die Plebejer schwitzten und sich die Augen verderben mußten, ertönte Beifall, gemischt mit zornigen Schreien aus den Kehlen von Wettern, denen nun Verluste drohten.

(Unterdessen: »Dickerchen« nahm, obwohl seine Hand noch schmerzte, die Peitsche, während Madison damit beschäftigt war, Putzi mit dem Stück des zerrissenen Vorhangs zu Fall zu bringen.)

Ein Verrücken, eine ruckartige Verschiebung des Universums, ein Gefühl, als wälzten sich Jahrtausende in der falschen Richtung vorbei, ächzten bei jeder qualvollen Sekunde ihrer Fortbewegung. Ein Peitschenträger in leinenem Rock, nicht einmal knielang, mit einem Bart, der ihm in derben Rattenschwänzen auf die Brust hing, brummte Verwünschungen hinaus ins ewige Schweigen der Wüste. Finsternis und Kälte lasteten auf den paar verständlichen Wörtern. »Krokodile und Köter werden sich am Morgen um deine Gebeine raufen!«

Im eigenen Atem wahrgenommen: der Übelgeschmack mieser Zwiebeln, die Bitterkeit von Bier, das nicht besser war als Pisse. Auf den Schultern nebeneinander gerade Striemen von der Peitsche, an den Händen vom Lehmstaub verfärbte Verhornungen, Blasen vom Zerren an Tauen, eine geplatzt und wund, als habe die Handfläche vor erst einer Stunde eine glutheiße Kohle aus dem Feuer genommen und umschlossen. Andere Seile an den Knöcheln der Füße, nicht um riesige Steinblöcke zu bewegen, sondern aufsässige Sklaven im Zaum zu halten, während der Aufseher auf Peitschenhiebabstand zurücktrat.

In Reichweite der Hand: ein schwerer, von der Sonne gehärteter Ziegel, in Größe und Form einem Laib jenes Brotes, das an mehr Tagen, als man zu zählen vermochte, zum Stillen des Knurrens im Magen nicht gegeben worden war; ihn aufgehoben, flinker als die Peitsche sein konnte, und *geschleudert*.

Durch einen chaotischen Dunstschleier von Übelkeit, Schwäche und Haß, Haß, *Haß* sahen Augen, die Lyla gehörten, deren Blickfeld jedoch verschwommen war infolge jahrelang unbehandelt gebliebener Entzündungen, grellem Sonnenlicht und von im Wind aus dem Herzen Afrikas herangewehtem Staub, den Brocken Beton, der vorhin aus der Wand der Wohnung gebrochen war, »Dickerchens« Kopfhaut glatter als jedes Messer aufschlitzen. Er sank auf die Knie, krümmte sich über der Peitsche, benäßte sie mit dem Blut, das sein Kopf verströmte.

(Unterdessen: Mikki vor ihrem Gottschalk-Arsenalschrank, vollgestopft mit alten und neuen Waffen, wo sie nach ihren Kerlen rief, damit sie sich irgend etwas aussuchten, denn gegen Madison durfte man so gut wie alles bedenkenlos einsetzen – morgen konnte man eine Geschichte über einen Knieblank-Störenfried erzählen, als ein Zeichen der Gutwilligkeit gegenüber fremden Rassen zur Party eingeladen, wo er sich zum Dank Frechheiten erlaubte und in wüsteste Barbarei zurückverfiel, ein neuer Beweis dafür, daß man sie eben doch besser in Blackbury und Bantustan unter ihresgleichen isoliert hielt, daß sie viel zu gefährlich waren, um sie ins Haus zu holen, so wie Löwen, die man im Hinterhof dem Haß auf ihre Ketten überließ.)

Für Lyla dagegen war alles ein Kaleidoskop, eine Folge von blitzlichtartig erhellten Ausschnitten, die der Zeit selbst entstammten, nicht allein Bilder, sondern eine Gesamtheit sensorischer Daten – Müdigkeit von Gliedmaßen, durch das Hämmern von Herzen gegen die Rippen, wie um auszubrechen, gekennzeichnete Anspannung, Hunger ... und Völlerei, Krankheit, Enthaltsamkeit, Hoffnung und Grauen ... *Blink*. Das zertrampelte, nasse Grün eines Turnierplatzes nach dem Regen, aufgeschrammtes Gras enthüllt braunes Erdreich, ein Pavillon mit langen, farbenfrohen Bannern, ein Pferd schreit in den letzten Zügen, unfaßliches Gewicht reißt sämtliche Gliedmaßen abwärts, die Welt verengt auf die Maße eines Sehschlitzes vor den Augen, dort eine gesplitterte Lanze aus Eschenholz, da saust ein Morgenstern herab, eine grausig gespickte Kugel an einer Kette, mit grimmiger Genugtuung an einem Holzstab geschwungen. *Blink.* Die Kälte von Schnee, die hinderliche Umhüllung von Fellen, lästig aber unentbehrlich, die Hautseite weichgekaut mit inzwischen zu Stümpfen abgenutzten Zähnen, und einer davon so voller Schmerz, daß die Pein das rechte Auge fast blind macht, in einer Hand eine aus einem Ast gearbeitete Keule, die andere schlaff infolge einer bis durch die Sehnen gegangenen Bißwunde, brandig geworden, bedeckt mit einem Brei aus zerdrückten Blättern; draußen im weißen Wirbeln schleicht irgendeine Gefahr, nicht genau erkennbar, man kann froh sein, wenn man seine Ruhe hat. *Blink.* Schwacher Regen und das Bewußtsein um auf Gesicht und Brustkorb gemalte Zeichen, weniger empfunden als daran erinnert durch den ständigen Anblick gleichartig bemalter Gefährten, verschleierte Hügel säumen einen Paß mit einem zerwühlten Trampelpfad längs der Tiefe seines Einschnitts, und über die rechte Schulter ragt ein grobes, verschlissenes Rohr auf, mit Strängen aus Rohleder an einer hölzernen Stange befestigt, um ein Platzen zu verhindern und den Rückstoß zu mildern. *Blink.* Höhe, leere Weite, Enthobenheit, Gereiztheit, das Warten auf die Ankunft überm Zielgebiet im luftdichten, juckenden Fliegeranzug, die Welt so fern, schaubar nur im Licht von Lämpchen und Skalenbeleuchtungen wie aus dritter Hand, vage Kenntnis, pflichtgemäß verdrängt, von in Flammen gehüllten Menschen.

(Unterdessen: »Ich traf 'n Mann mit sieben Gehirnen«, wiederholte Lyla am laufenden Band, kindlich erstaunt über ihre unvermuteten Einsichten, »ich traf 'n Mann mit sieben Gehirnen...« Als erster hatte sich in forscher Entschlossenheit jener namens Pat bewaffnet, indem er blindlings nach dem griff, was zuerst in die Reichweite seiner Hände kam, und dadurch gelangte er ausgerechnet an eine Pike – wenn die Gottschalks an einen Kunden gerieten, der es sich leisten konnte, die gesamte Angebotsbreite der verschiedenen Preisklassen wahrzunehmen, schreckten sie vor nichts zurück, bestimmt nicht vor Plädoyers für eine Waffe, die man nicht nach- oder aufzuladen brauchte.)

Der Strudel von Bildern ließ nach, ein Anblick festigte sich: ein Flecken ebenen Untergrunds, über den mit gleichmäßigem Schritt ein Riese mit einem Speer heranstapfte.

(Aufgescheucht vom feigen Hughie drängten sich nun Fremde aus benachbarten Zimmern in der Türöffnung – eine Tür gab es nicht –, einige wacklig durch die Drogen, mit denen sie sich vollgepumpt hatten, etliche betrunken, manche nur neugierig.)

Die Muskelspannungen eines ruhigen Körpers. Ein langer Streifen Tuch, so sorgfältig eingerollt, als stünde unerschöpflich Zeit zur Verfügung. Verwirrenderweise gleichzeitig das Gefühl eines Pferdeleibs zwischen den Knien, im Ohr das Gebrüll von Rindern in wilder Stampede. Das Gedächtnis half nach, und Lyla begriff: Schlinge. Die balearischen Schleuderer prahlten damit, sie könnten einen in vollem Lauf befindlichen Stier zur Richtungsänderung zwingen, indem sie am einen oder anderen seiner Hörner einen zielsicher geschleuderten Stein abprallen ließen.

Aber was hatte das zu tun mit dem Erscheinungsbild-Erscheinen von... von Goliath?

Fsst. Der Stein und sein Ziel. Aufprall an der Seite des Kinns, mit solcher Wucht, daß der ganze Kopf rückwärts ruckte, ein jammervolles Gähnen zeigte, als er gemeinsam mit dem übrigen Körper auf den Boden sackte.

(Und nun sollte ein weiterer Versuch mit einem Blazor

gemacht werden, jener idiotensicheren Waffe, die Lyla neben Dans Leichnam wärmstens empfohlen worden war, deren weitfächriger Strahl beinahe ausschloß, daß man unter zwanzig Meter Abstand einen Fehlschuß tat.)

Blink, so schnell, daß sie gar nicht länger folgen konnte; wie einen Satz Spielkarten mischen und versuchen, dabei die Bilder der Könige zu betrachten: eine Arkebuse in ihre Gabel gestützt, dann Gestank der Lunte; die Hände in die durchtränkte Erde gekrallt, die Brust hineingepreßt, auf die den Trommelfellen schädliche Detonation der Granate warten; kühl hinterm Abzug des Vickers-MG lauern, bis sich aus den Gräben die unsinnig sturen Sturmreihen des Feindes erheben und von der Sichel des Todes geerntet werden können; bedachtsames, langsames Manövrieren unter Wasser, um eine verhängnisvolle Botschaft an einem Rumpf zu hinterlassen, der düster wie eine Gewitterwolke zwischen der Tiefe und der Sonne schwebt; ein Zupfen am Federbusch des Dreispitzes, das anzeigt, daß eine Kugel aus einer Muskete sie geknickt hat; Sonnenschein auf den Speichen des Streitwagens und den Mähnen der feurigen Rösser, die ihn ziehen; drei rote Tropfen von einer mit Widerhaken versehenen Pfeilspitze, herausgeschnitten vom Feldscher; scharfe Klinge, Feuerlohe, Schwirren fast wie Musik, Druck einer Fingerkuppe auf einen Plastikknopf, schmerzliches Heilen von Knochen, Welt verschwindet hinter einer Maske aus Blut...

(Und an den verschiedensten Stellen innerhalb der Schlaglichterfolge: unseliges Scheitern des Rests. Durch ein als Wurfgeschoß verwendetes Tischbein, eines der einstigen Originalstücke. Brocken von Marmor. Betonbrokken. Der Blazor spie und erleuchtete den Raum, gloste jedoch nur über die bereits verunstaltete Fläche der rot-grünen Skalenscheibe und verstümmelte den einzigen Zeiger. Die Peitsche, von einem Standort näher am Arsenalschrank nicht gegen eine Person, sondern zwischen die aufgereihten Waffen selbst gedroschen, so daß sie allesamt mit fürchterlichem Geklapper auf den Boden prasselten.

Mikki ergriff ein Lasergewehr, aber die Plastikisolierung der Energiekammer, geeignet für eine dreizehnmonatige Lagerung, spielte ihr infolge erheblichen Überziehens der Lagerfrist einen Streich, und sie sprang zurück und schrie, den Arm bis zum Ellbogen versengt, so daß große Fetzen abgelöster Haut herabflatterten. Madison zog mit dem anderen Tischbein — fast nachlässig — für sie den Schlußstrich. Putzi, als letzter übrig, verzichtete darauf, sich erneut zu bewaffnen.)

Plötzlich verharrte die wirre Folge von Zeitschnipseln zum letztenmal. Ein kahler Raum, dem eine Wand fehlte. Davor ein Stein- und Sandgarten. Eine Gruppe versonnener, stiller Zuschauer. Inmitten des Fußbodens eine aus Schilf geflochtene Matte. Aus der jenseitigen Ecke näherte sich ein Mann, nackt bis auf einen Lendenschurz.

»Oooh ...«

Der Klang ihrer eigenen Stimme riß Lyla aus dem Unwirklichen zurück in die Realität. Von ihrem Bauch ging Brechreiz aus, jeder Fingerbreit ihrer Haut war mit Schweiß bedeckt, und der Wunsch, zu fliehen und sich zu verbergen, stak ihr in jeder Faser von Körper und Geist. Das war keine Furcht, womit sie zu tun hatte, kein Zorn, keine so klare, normale Empfindung. Das war auch keine Lust. Es war der pure, unverhohlene, uneingeschränkte Wille zum Töten, eine Hingabe an den Tod, ein Kreuzzug zur Beendigung von Menschenleben.

Sie blickte hinüber zu Madison und sah eine Maschine: schwarze, stählerne Glieder, die in grausige Klingen zuliefen. Ihm gegenüber stand bloß ein Mensch, närrisch, stumpfsinnig, dem Untergang geweiht. Beugen eines Beins, gerade soviel wie nötig. Ausstrecken eines Arms zum Zupacken, und *Peng-klirr!*

Lyla beugte sich vor und erbrach sich zwischen ihre Füße. Sachlich sagte sie sich, daß Madison nun Putzi durch das Fenster, vor dem der Vorhang fehlte, geworfen hatte. Gleichgültig nahm sie zur Kenntnis, wie jemand »Herrgott, wir sind fünfundvierzig Stockwerke hoch!«

schrie. Ruhig sagte sie sich, daß nun eine Panik ausbrach, als sie weiteres Geschrei hörte, den Lärm vieler Füße und anschließend Stille im Zimmer, wenngleich nebenan noch irgendwo Musik spielte. Oben hatte das Tanzen ein Ende genommen. Sie vermutete, daß sie jetzt mit Madison allein war, vielleicht mit noch zwei oder drei anderen Leuten, die sich zu weit in durch Drogen hervorgerufene Phantasien verirrt hatten, um sich um etwas so Unwichtiges wie Tod zu kümmern.

Aber sie blieb sitzen, den Kopf zwischen den Knien, ließ das Übelsein allmählich vergehen, dachte an Dan.

Endlich schaute sie auf und sah, daß sie recht hatte. Madison stand neben dem geborstenen Fenster, vor das sich, als das Glas brach, automatisch Stahlblenden geschoben hatten; aber zu langsam, um Putzis Sturz auf die Straße aufzuhalten.

Der Nieb hatte eine starre, fast eine Habachtstellung eingenommen, die Schultern nach hinten gedrückt, den Blick fest ins Nichts gerichtet.

Behutsam, um nicht ins eigene Erbrochene zu treten, erhob sich Lyla und humpelte steif hinüber. Die Dosis war stark genug gewesen, um die Muskelzuckungen zu erzeugen, denen sie unter normalen Umständen freien Lauf ließ, diesmal jedoch Widerstand geleistet hatte; ihr war zumute, als sei ihr ganzer Körper systematisch Zentimeter um Zentimeter durchgeprügelt worden.

Obwohl es ihr zum Vergehen grauste, trieb es sie unwiderstehlich zu ihm. »Harry?« sprach sie ihn schüchtern an.

Er reagierte mit einer Regung; sie zuckte zusammen, und er bemerkte, wie sie zurückfuhr. »Keine Sorge«, sagte er, »bei diesem Auftrag stehen Sie nicht auf meiner Zielliste.«

Was? Bestürzt schüttelte sie den Kopf. *Kann sein, er ist doch verrückt,* dachte sie verschwommen, *aber wahrscheinlich ist, die SibyllPille ist daran schuld. Allerdings habe ich noch nie gehört, daß so eine Pille eine solche Wirkung ausgeübt hat, ob bei Mann oder Frau. Was ist in ihm vorgegangen? Er hat acht Männer und ein bösartiges*

Weibsstück mit einer Hand geschlagen. Hier liegen Tote und Verletzte, die es beweisen. Er hat gegen sie gewonnen.

»Sie haben gewonnen«, sagte sie.

Er sah nicht sie an, sondern blickte ungerührt auf einen Punkt im Raum irgendwo über ihrer linken Schulter und antwortete, ohne die Lippen zu bewegen. »Selbst in diesem relativ späten Stadium war es einem unbewaffneten, aber hinreichend entschlossenen Mann möglich, sich gegen beträchtlichen Widerstand durchzusetzen. Erst nach dem Gottschalk-Putsch des Jahres zweitausendfünfzehn und der gleichzeitigen Einführung integrierter Waffen des Systems C erwies sich jeder Nahkampf als effektiv sinnlos.«

Entgeistert schüttelte Lyla den Kopf. »Zweitausendfünfzehn?« wiederholte sie einfältig. »Harry, aber jetzt ist doch erst Sommer zweitausendvierzehn.«

Er mißachtete ihren Einwand und sprach so ausdruckslos weiter wie ein billiger Automat. »Die Ausrüstung von Individuen mit Waffen, die zur Einebnung einer mittelgroßen Stadt genügten, bereitete nichtsdestoweniger dem Vorkommen solcher Kämpfe keineswegs ein unverzügliches Ende. Eine Zeitlang unternahm man den Versuch, das zwischenmenschliche Verhalten nach einem Codex zu regeln, der in seinen Grundlagen den sprichwörtlichen Ritterlichkeits-Ehrbegriffen der Ritterschaft entsprach. Diese Bemühungen liefen den derzeitigen psychologischen Trends jedoch mit so radikaler Gegensätzlichkeit zuwider, daß ...«

Lylas Augen weiteten sich vor Schrecken, als sie ihren Blick an ihm vorüberlenkte. Mitten auf den Stahlblenden, die das zertrümmerte Fenster verschlossen, zeigte sich eine dünne rote Linie. Ohne Zweifel war ein eilends verständigter Polizei-Skimmer eingetroffen, und man schnitt mit einer Thermo-Lanzette durch die Blenden.

»Harry!« Sie zog an seinem Arm, aber er blieb so unbewegt wie ein Denkmal. Unbeeindruckt setzte er seinen monotonen Vortrag fort.

»... sie von Anfang an zum Scheitern verurteilt waren, und von da an konnte es nicht ausbleiben ...«

»Harry!«

Der Stahl klaffte, und durch die schmale Öffnung dampfte eine helle, dunstige Wolke herein.

»Aber man kann uns doch nicht einfach mit Gas ausräuchern, ohne ein Wort mit uns zu reden!« schrie Lyla. »Das kann man doch nicht mit ...«

Man hält durch

trotz Hochwassers und Feuersbrunst und schlechter Jahreszeiten, wie es eben kommt, Eis, Flut und Erdrutsch, Seuchen und Rebläusen und der Eruption des Nette-Nachbarn-Vulkans;

trotz Ariern, Hyksos und Hunnen, Römern und Westgoten und Mongolen, Mohren, Christen und Sarazenen, Türken, Zulus und Briten, Amerikanern, Deutschen und Franzosen;

trotz der Schändung der Heiligtümer, der Einquartierung unsäglich fremder Soldaten, des lautlosen, gräßlichen Wehens von Pestilenz, die mit den Nebeln der Nacht wallt;

zusammengekauert in einer zugigen Höhle, das Feuer mitten im Winter erloschen;

zusammengekauert in den U-Bahn-Schächten, den Kopf eingezogen, wenn die Bomben herabheulen;

zusammengekauert in luxuriösen Landsitzen im Ranch-Stil, sich darüber im klaren, daß es an der Montego Bay für Haut, die nur dank der Sonne braun ist, keine Gnade geben wird;

zur Musik von Alarmsirenen;

beim Trommelwirbel der Wogen am Strand;

beim melancholischen Chor der Wölfe;

irgendwie hält man durch, versucht »Schibboleth« zu all den Widrigkeiten zu sagen, und irgendwie hält man trotzdem durch, wenigstens einer;

vorm Eingang zur Gaskammer entweicht aus der Reihe ein Jude, der sich erinnern wird;

aus den Kerkern unterm Kolosseum flieht ein Christ, der nicht vergessen wird;

von den verschlammten Schlachtfeldern an der Marne kehren ein Tommy, ein Poilu und ein Boche heim;

irgendwie hält wenigstens einer durch;

den Kampf um eine Brotkruste in den Trümmern Hiroshimas;

in den Ruinen von Dresden, auf ein Knie gestützt, das andere zermalmt, den Arm ausgestreckt zum Führergruß;

Diplodocus, Triceratops und Säbelzahntiger geringgeschätzt und vergessen, wie viele Millionen Jahre lang sie ihre Art vermehrten;

unsere Ururururgroßenkel als Säulen des Glaubens ausgemalt, in einer Hand die Bibel, in der anderen das Kreuz;

dazu außerstande, sich das Rad eines schnellen Wagens oder einen bis fast zur Hüfte hinaufgeschobenen Rock vorzustellen;

dank der unzureichenden Nahrung der Illusion, dünn wie eine Wassersuppe, wird durchgehalten;

ein Hundertjähriger Krieg oder ein Sechs-Tage-Krieg;

eine Vendetta von einer zur anderen Generation oder ein flüchtiger Moment des Zorns;

man hinkt, aber auf irgendeine Art und Weise hält man durch;

ein Heer kommt über den Hügel, schlachtet ab und vergewaltigt, aber man hält durch;

der Priester zieht die Lose, um die Jungfrauen zu bestimmen, die aufgrund der üblen Jahreszeit auf dem Altar geopfert werden sollen, aber man hält irgendwie durch;

ans Haus wird die Fackel gelegt, und der lange Treck in ein fernes, fremdes Dorf beginnt, nur mit den Habseligkeiten, die man tragen kann, aber man hält durch;

irgendwie hält man eben durch;

irgendwie;

wo ein unbegrabener Nicht-Cäsar verblutete, ein längst vergessener Bauer, da findet man eine Rose;

wo stumme, ruhmlose Miltons den Mund hielten, verläuft eine betonierte Straße;

wo Gefolgsleute, nicht Führer, ihren letzten Atemzug taten, erstreckt sich eine gebrannte gläserne Scheibe, wie der Spiegel eines Vexierteleskops, das in eine furchterregende Raum/Zeit vorausspäht;

und nichts gedeiht auf Glas;

außer ein paar Fleckchen Tümpelalgen an den Wänden

des Heimaquariums, die von Schnecken abgeerntet werden können, beneidenswerten Schnecken, deren Welt klein und deren Haus auf dem eigenen Rücken ist;

unbeschädigt;

nicht den Winden offen, die Decke in keinem unfaßlich schiefen Winkel verrückt, keine kalte Asche im Kamin;

nicht durchs Zielfernrohr des Heckenschützen auf der anderen Seite der Straße anvisiert;

nicht im strategischen Plan der X-Patrioten als ausschließlich von Weißen bewohnt verzeichnet;

nicht mit Hypotheken belastet, und auf dem Dach fehlen keine Ziegel;

irgendwie jedenfalls hält man trotz allem durch;

bis man zu einem Schild kommt, auf dem HALT steht.

Wenn man die Aufforderung befolgt, dann...

Man ist bereits dabei, das Schild aufzustellen.

Die notwendigen Mittel sind bereits seit langer Zeit verfügbar.

O ja, seit Jahren und Jahren.

Es ist bloß jemand nötig, der herkommt und ein paar Nägel einhämmert.

Zu guter Letzt mußte man allerdings sowieso irgendwann die Lust verlieren.

Nein, natürlich ist Logorrhö nicht das gleiche wie Gonorrhö, aber es ist fast genauso schlimm für jemanden, der davon tangiert wird

Conroys Maschine aus Manitoba landete um neun Uhr fünfzig, aber bis er durch Zoll und Einreisebehörde geschleust worden war, zeigte die Uhr schon fünfunddreißig Minuten nach zehn an. Pässe galten soviel wie eine entwertete Währung und waren infolgedessen ein Gegenstand des Feilschens.

Als ob die Behörden, dachte Flamen, während er verdrossen wartete, *nachdem sie gestern Morton Lenigo hereingelassen haben, diese Sache wiedergutmachen wollten, indem sie heute jeden fünfmal so gründlich wie sonst überprüfen.*

Tempora mutantur et nos mutamur in illis... Vor kurzen Jahren hätte er hier nicht sitzen können, ohne angepöbelt zu werden. Nun widmete ihm höchstens einmal ein Vorbeigehender einen neugierigen Blick, dieser Flughafen war von allen fünf in New York der mit dem meisten Betrieb, im Abfertigungsgebäude drängten sich bei Tag und Nacht Menschenschlangen.

Definition eines Medienkiebitzes: eine vom Aussterben bedrohte Spezies.

Ärgerlich mit sich selbst und der Welt, zwang er seinen Verstand, sich mit einer Sache zu befassen, die ihn eigentlich hätte faszinieren müssen, nämlich der Frage des Verbleibs von Morton Lenigo. Am Morgen hatte er sich üblicherweise von seinen Büro-Computern informieren lassen, obwohl es Samstag war und er für den Mittag keine Sendung fertigzustellen brauchte, weil er viel zu stark beansprucht war von seinem Gewerbe, um auf die Routine zu verzichten. Doch das Lenigo-Problem blieb vorerst so wenig erhaschbar wie eine Anakonda. Nachdem er die Story an dem Tag, als sie losging, versäumt hatte, stand er nunmehr vor der Wahrscheinlichkeit, auch den nächsten Teil nicht mitzubekommen, denn voraussichtlich würde er sich übers Wochenende ereignen. Das Thema des Detroiter Erpressungsgeschäfts angerührt zu haben, bedeutete ihm einen lediglich schwachen Trost. Anscheinend interessierte die Angelegenheit niemanden; die Monitoren hatten eine buchstäbliche Nullreaktion verzeichnet.

Er musterte die anonymen Fremden auf den FluviPisten, dachte: *Ist ihnen alles egal?*

Antwort: *Sie wären mal besser nicht so.* Denn Morton Lenigo besaß den Realitätscharakter des Weihnachtsmannes oder des Teufels, war eine lebende Legende, die sie nicht ernst nahmen, bis man sie dazu zwang... und da würde es längst zu spät sein.

Er sah sich vor mehr persönlichen Problemen, als er seit Monaten gekannt hatte, und keines wollte sich irgendwie günstiger entwickeln. Und da er gerade an Niebs dachte: Es gab auch noch Pedro Diablo. In strikter Anpassung an die Bräuche seiner aufgenötigten Blanks-Gastgeber war er aus ihrem Blickfeld verschwunden und würde sich zweifelsfrei erst zur Bürozeit am Montagmorgen wieder zeigen, nicht anders als höflich, gelassen und wenig hilfreich über die Schwelle treten. Flamen hatte auf ein dynamisierendes Erlebnis gehofft, eine Auffrischung seiner erlahmten Vorstellungskraft. Doch ihre Begegnung hatte nichts dergleichen gefruchtet. Nur die erwartungsvolle Spannung war verebbt, hatte ihn irgendwie noch mehr abgeschlafft, so daß er sich fühlte wie ein leerer Luftballon.

Und Celia. Es schauderte ihn. Eine kühle, in sich gekehrte Fremde. Das war seine Frau gewesen, dieser wunderschöne Leib hatte sich an ihn gepreßt, sich im Orgasmus aufgebäumt? Dieser Mund sollte ihn geküßt, diese Stimme im Dunkeln zu ihm geflüstert haben? Ja, behauptete sein Gedächtnis. Nein, widersprach sein Verstand. Die Rationalität sagte, das sei eine andere Person mit demselben Namen, den gleichen Gesichtszügen.

Und die Ursache der Veränderung, fragte er sich, *liegt*

sie in mir? Ist sie in jenen unheilvollen Äußerungen umschrieben worden, die diese Ärztin in der Ginsberg-Klinik getan hat, daß die früheren emotionalen Bindungen Symptome von Unreife gewesen seien? Mogshack zufolge war Celia geheilt; nichtsdestoweniger hegte er hier und heute genau die Absicht, Mogshack als Lügner zu entlarven. Weil man Celia etwas Derartiges angetan hatte?

Nein, weil es für Medienkiebitze zum Überleben notwendig war, dann und wann einmal eine Heilige Kuh zu schlachten.

Und was nun das Überleben betraf: Da war diese unbegreifliche Nullbewertung! Aber mittels unbegrenzter Computerzeit, wie die Bundesbehörden sie ihm zugänglich gemacht hatten, *mußte* die Quelle der Interferenzen in seiner Show einfach aufzuspüren sein! Die Sendung am Vortag, die erste, an deren Erstellung Diablo mitgewirkt hatte – falls man von Mitwirkung reden konnte –, hatte drei Störungen gehabt, zwar kein Rekord, doch schließlich hätte so etwas überhaupt nicht vorkommen dürfen, und doch – als er seine paar Dutzend diesbezüglicher Beschwerden erbittert um eine weitere vermehrte, hatte die Verzweiflung des für die Ausstrahlung verantwortlichen Technikers irgendwie einen *überzeugenden* Eindruck auf ihn gemacht. Der Aufsichtsrat hatte ihn sogar zu seiner nächsten Sitzung eingeladen, um das Problem mit ihm zu diskutieren.

Diese Heuchler! dachte er. *Ich werde es ihnen noch zeigen. Und nachdrücklicher, als die PKK es mit ihren laschen Ermahnungen kann. Mit irgendeinem Trumpf in meinem Ärmel, vielleicht... Harry Madison? Ach, lächerlich!*

Er hielt Rückschau, und da kam ihm zu Bewußtsein, daß er nach lauter Strohhalmen griff, warum er sich auf Reedeths Ansinnen eingelassen hatte. Nicht aufgrund von Priors Versessenheit aufs Austreiben des Gespenstes der Nullbewertung, nicht vom Blick aus Diablos Augen, auf sein Gesicht geheftet; vielmehr war es infolge seines eigenen schrecklichen Auflösungsgefühls geschehen. Diablo, ausgebildet in der wirklich harten Schule erbarmungslosen Austeilens, kam zu ihm, um in seiner Firma zu arbeiten; seine Frau behandelte ihn wie einen Unbekannten; unter seinen Oberen ein Komplott, um seine Show zu sabotieren... Das war, als habe man sich eine Hütte auf einer Eisscholle gebaut und spüre nun die warme Brise des Sommers von Süden heranwehen.

Irgendein Umstand wirkt gegen mich, befand er plötzlich. *Irgend etwas von solcher Subtilität, daß nicht einmal die Computer der Bundesbehörden es erkennen und ausmerzen können.*

Aber sofort war ihm, als beschritte er den Weg zur Paranoia. Man mußte an etwas glauben, und wenn es nur so etwas war wie eine fehlbare Regierungs-Gottheit.

Vielleicht hatte Prior doch recht gehabt, als er sich ein Heinzelmännchen zulegte. Allem Anschein nach stieg in den Niebs-Enklaven der Wohlstand; möglicherweise befähigte der Glaube an übernatürliche Mächte das Unterbewußtsein dazu, häufiger den richtigen Entschluß zu erarbeiten, als wenn man das Gefühl hatte, von Anfang an zum Scheitern verurteilt zu sein. Ob es sich lohnte, Conroy zu fragen...?

Und da war er nun endlich, ein Mann mit zottigem Bart, hager, überdurchschnittlich groß; er kam von der Barriere der Einreisebehörde herübergestapft, im Gesicht ein tieffurchiges, finsteres Stirnrunzeln, in der Hand eine leichte Reisetasche an einem Gurt. Flamen erkannte ihn anhand der Aufnahmen, die er sich angesehen hatte, bevor er sich dazu entschloß, ihn nach New York einzuladen, und sprang auf, um eine überschwengliche Begrüßung vorzutragen.

Conroy vereitelte sein Vorhaben nach den ersten drei Worten.

»Lassen Sie uns wie der Blitz von hier verschwinden, ehe ich einen Schreikrampf kriege«, sagte er. »Haben Sie 'n Skimmer oder so was?«

»Sicher... äh, ja, natürlich.«

»Dann bringen Sie mich ins Hotel oder eben dorthin, wo ich Ihrer Ansicht nach untergebracht werden soll. Können Sie die Atmosphäre hier riechen? Spüren Sie den Haß, den diese Lumpen verbreiten?«

Flamens Gedächtnis tat einen schlenkrigen Griff zurück ins Vergangene, und er hörte noch einmal, wie Lyla von ihrer Reaktion auf die Atmosphäre in der Ginsberg-Klinik erzählte.

»Wie meinen Sie das?«

Conroy deutete mit dem Daumen zur soeben durchquerten Barriere. »Dort ist es stinkvoll. Alle Leute, die länger als eine Woche zu Verwandtenbesuchen außer Landes waren, werden vollkommen durchleuchtet. Woher kommt das – von der Lenigo-Affäre?«

»Vermutlich«, gab Flamen zur Antwort.

»Sie sind nicht sicher? Ich dachte, ein Medienkiebitz kennt von allem die Insider-Daten.«

»Ich weiß, weshalb man ihn hat einreisen lassen«, erwiderte Flamen pikiert, »und Sie wüßten's auch, hätten Sie sich gestern meine Sendung angeschaut.«

»Ich hatte Unterricht zu erteilen. Eine Mittagssendung hier ist weiter im Westen keine Mittagssendung.« Mehr wie jemand, der führte, nicht wie jemand, den es zu führen galt, eilte Conroy mit solcher Geschwindigkeit voraus, daß Flamen seine liebe Not hatte, den Anschluß zu bewahren. »Aber ich nehme an, eine der Niebs-Enklaven hat dahingehenden Druck ausgeübt, daß man ihn einreisen läßt. Stimmt's?«

Na, das ist ja ein richtig gönnerhafter Hurensohn, dachte Flamen voller Abneigung. »Das war ein wohlgehütetes Geheimnis«, sagte er trotzdem mit soviel Höflichkeit, wie er aufzubringen vermochte, »bis ich es gestern aufgedeckt habe.«

»Ach, das liegt nur daran, daß die Menschen sich nicht mehr die Mühe machen, ihr Gehirn zu gebrauchen. Sie verlassen sich so sehr auf Computer, daß sie sogar vergessen, wie man Fragen stellt. Durch eine Niebs-Enklave

Druck ausüben zu lassen, damit man ihn ins Land läßt, paßt vollkommen zu Lenigos üblicher Taktik — und es ist geschmeichelt, wenn ich's ›seine‹ Taktik nenne. Sie geht allerwenigstens zurück auf die industriellen Unruhen im neunzehnten Jahrhundert, wahrscheinlich noch viel weiter. Was er in Großbritannien gemacht hat, lief genau nach diesem Muster. Er hat sich der längst erkannten Wahrheit bedient, daß man, gelingt es, fünf Prozent der Bevölkerung hinter eine Bewegung zu stellen, sei sie nun für oder gegen etwas, Regierungen stürzen kann. Nicht einmal heute gibt's in Großbritannien genug Niebs, um eine Multimillionenstadt von der Größe Birminghams in die Tasche zu stecken. Trotzdem haben jetzt Niebs sie unter Kontrolle, ebenso Manchester, auch Cardiff, und darüber hinaus ziehen aus einem halben Dutzend anderer großer Städte die Blanks so schnell weg, daß man sie fast nicht abschwirren sehen kann, wenn sich irgendwo fünf oder sechs Niebs-Familien in der Nachbarschaft niederlassen. Das hat er nicht mit einer überwältigenden Mehrheit fertiggebracht — er hatte ja keine. Also muß er den Hebel an der richtigen Stelle eingesetzt haben. Wo könnte diese Stelle sich hier befinden — in Detroit?«

Sie hatten nun den Skimmer erreicht, und Flamen war froh um die Abwechslung, die nun das Einsteigen bot. Conroys Gebaren deutete an, daß er Computer auf eine Stufe mit einem Rechenbrett stellte, und so eine Haltung war er nicht gewohnt.

Doch sobald sie sich in der Luft befanden und vom Njet-Njet-Verkehrscomputer auf ihren Kurs gebracht worden waren, redete Conroy genauso weiter, als habe es keine Gesprächspause gegeben. »Da wir's gerade von Druck und Hebelwirkung hatten, auf was für einen Hebel hoffen Sie, um den in den Himmel gewachsenen Baum ins Wanken zu bringen?«

»Baum?« Einen Moment lang war sich Flamen der in den ausgetauschten Telegrammen gebrauchten Umschreibung nicht bewußt. »Ach so! Ja natürlich... Mogshack?«

»Mogshack!« stieß Conroy hervor und schnitt eine Grimasse. »Herrgott, ich hätte nicht gedacht, daß es mir nach so langer Abwesenheit noch derartig an die Nieren geht, wenn ich den Namen dieses Mannes höre! Vermutlich liegt's daran, Kanada ist noch ein relativ zivilisiertes Land – es gibt noch große, leere Gebiete, wohin die Menschen ausweichen können, ohne sich ständig an den Ellbogen zu reiben, ähnlich wie in Rußland –, daß man gegen den schädlichen Einfluß seiner Lehren nicht immun ist. Können Sie sich vorstellen, daß in meiner College-Klasse an der Uni zwei oder drei Mädchen sind, deren Gesichter ich nicht kenne, weil sie ihre Schutzschleier schon seit Jahresanfang auch während des Unterrichts tragen, damit sogar bei den Tutoren aufkreuzen? Und ich kann nicht mal verlangen, daß sie die Dinger abnehmen, denn sie würden sich bei ihren Eltern beschweren, und ich bekäme einen Rüffel von der Fakultät. Als wäre ich irgendein bumsfideler Jüngling mit unanständigen, gegen ihre Tugendhaftigkeit gerichteten Absichten.«

Flamen war zumute, als sei er in eine Pfütze getreten und werde nun unversehens vom Tosen eines Mühlrads in überschäumende Fluten mit- und hinabgerissen. »Aber wie weit«, wagte er einzuwenden, »darf man daran Mogshack die Schuld geben? Ein einziger Mann kann doch wohl schlecht für die ganze neopuritanische Bewegung verantwortlich sein – ist sie nicht vielmehr eine Reaktion auf die Freizügigkeit des vorigen Jahrhunderts, so wie der Viktorianismus eine Reaktion auf die Unflätigkeit früherer Zeiten war?«

»Ich laste Mogshack nicht die Schuld an der Erscheinung selbst an. Was ich an ihm verabscheue, ist seine Art, mit der Strömung zu schwimmen und seinen Einfluß für persönliche Vorteile auszunutzen. Was taugt denn etwas an diesem gegenwärtigen Gefasel von unserem angeblichen Zyklus sozialer Beziehungen? Praktisch gar nichts. Doch worauf läuft Mogshacks Lehre hinaus? Auf einen Haufen eingängiger Phrasen über ›ein Individuum sein‹ und ›Zurückziehen und umdenken‹ und dergleichen. Aber man hat schon einmal erlebt, daß er irgendwelche Maßstäbe ansetzt, um zu prüfen, ob das Resultat ein *gelungenes* Individuum ist? Nicht daß ich wüßte! Fad, eigenschaftslos, knetbar, ja. Originell, kreativ, stimulationsfähig – niemals!«

Flamen schwieg und dachte an Celia.

»Und das ist der Mann, dem man die Psychohygiene des ganzen Staates New York anvertraut hat!« ergänzte Conroy und hielt Ausschau über der Stadt. Mittlerweile hatten sie die Privatskimmern reservierte Höhe von fünfhundert Metern erklommen und brummten zügig durch ein dichtes, buntes Verkehrsgewirr mit allgemeiner Richtung auf das Gebiet New England. »Und hat sich die geistige Verfassung gebessert? I wo. Die Ginsberg-Klinik ist zweimal so groß wie jedes Krankenhaus, das es je zuvor gegeben hat, sie steht erst seit ein paar Jahren und ist schon überfüllt, und das Leben in der Stadt ist unerträglich, weil man nie weiß, wann wieder ein Krawall ausbricht, wann daheim eingebrochen oder man auf der Straße ausgeraubt wird, oder von einer Jugendbande bloß zu ihrem Gaudi erschossen. Wenn man jemandem eine wichtige Aufgabe überträgt, erwartet man, daß er Ergebnisse vorweisen kann. Man erwartet nicht, daß er die Unausweichlichkeit seines Versagens mit Banalitäten beschönigt.«

Sein Tonfall klang nicht nach Böswilligkeit, nur nach Resignation; dennoch freute sich Flamen, als er zum Fall Mogshack so feindselige Stellungnahmen hörte. »Dann wird's Sie wahrscheinlich interessieren«, sagte er, »auf welche Weise ich ... ähem ... den Baum zu fällen beabsichtige.«

Erwartungsvoll drehte Conroy den Kopf.

»Es ist so ... Naja, es hat mit meiner Frau Celia zu tun. Sie ist um den Jahresbeginn in die Ginsberg-Klinik eingeliefert worden. Zusammenbruch. Recht unschöne Geschichte. Äh ...« Er zögerte, zwang das unerfreuliche Geständnis dennoch über seine Lippen. »Sie nahm Drogen und endete zuletzt bei Ladromid. Ich wußte nichts davon, erst nach dem dritten oder vierten Mal.«

»Wie lange waren Sie da schon verheiratet?« wollte Conroy sarkastisch erfahren.

»Ich nehme an, das klingt unglaubwürdig.« Flamen fühlte seine Wangen sich erhitzen; jahrelang war er nicht errötet. »Aber leider muß ich sagen, daß wir uns bereits vor dieser ... äh ... Krise voneinander entfremdet hatten. Ich habe meine kleine Firma, einen eigenen Bekanntenkreis, alle Arten von Zerstreuung, und daher war unser Verhältnis wohl ein wenig abgekühlt, bis zu dem Punkt, daß wir getrennte Zimmer hatten, und wenn ich nach Haus kam und sie schlief, habe ich sie nie gestört.«

Er unterbrach mit einiger Mühe seinen Redeschwall. Er begegnete Conroy zum erstenmal, und schon plauderte er Dinge aus, die er selbst alten Bekannten selten anvertraute, ganz als müßte er sich irgendwie rechtfertigen.

»Sei ein Individuum!« Conroy stöhnte. »Getrennte Zimmer!

Ein eigenes Privatleben! Ja, verdammt, wenn so was mitten in eine Ehe eingreift und die Partner auseinanderdividiert, wie kann man eine derartige Einstellung noch verteidigen?«

»Sie ist eingeliefert worden, während ich geschäftlich unterwegs war«, sagte Flamen sehr schnell. »Als ich erfuhr, daß sie in der Ginsberg-Klinik steckt, habe ich sie dort gelassen, weil mein Schwager, Lionel Prior, mir Dr. Mogshack sehr empfohlen hat, und mich darauf beschränkt, die Behandlungskosten zu übernehmen. Ich meine, sie auf Staatskosten dort behandeln zu lassen, wäre ja ...« Er zuckte mit den Schultern.

»Und?« drängte Conroy.

»Was man mit ihr angestellt hat, gefällt mir absolut nicht. Mir mißfällt die zum Laufen und Sprechen fähige Puppe nicht, in die sie verwandelt worden ist. Deshalb möchte ich ihr Datenpaket psychorecherchiert haben, um herauszufinden, ob das, was Mogshack mit ihr gemacht hat, ihr zum Vorteil oder zum Schaden war. Und ich möchte, daß die Parameter dieser Überprüfung von jemandem wie Ihnen bestimmt werden, der ... äh ... der ans Problem der geistigen Gesundheit anders herangeht.«

»Datenpaket«, sagte Conroy und verzog den Mund, als habe er in ein faules Stück Obst gebissen. »Damit sprechen Sie schon die Hälfte von dem aus, was mit unserer Gesellschaft nicht in Ordnung ist. Computer Verhaltensmuster für Menschen erarbeiten zu lassen – ja, hat man denn je zuvor von solcher Absurdität gehört?!«

Energisch beugte er sich vor. Sie waren in Sichtweite von zweien der LM-Örtlichkeiten vom Donnerstagabend; über beiden setzte man zur Zeit Kopterkräne ein, die mit großen Netzen unter beträchtlicher Staubentwicklung Schutt und Trümmer in die Höhe hievten und fortschafften, damit so schnell wie möglich neue Blocks gebaut werden konnten. Er streckte ruckartig einen Arm aus und wies hinüber zu dem Trümmerfeld in der Nähe von Harlem. »Da sehen Sie etwas, das für Sie haargenau das passende Gleichnis ist! Wie nennt man so was in den Nachrichten? Man sagt dazu ›LM‹ oder ›Letztes-Mittel-Schlag‹, nicht wahr? Ein tadelloses Beispiel für Mogshackerei, eine Ausdrucksweise, die all die jämmerlichen Ausreden bereits einschließt: ›Ich konnte nichts machen, ich habe mir alle Mühe gegeben, sie waren eben unfair.‹ Oh, klar! Aber kein Wort davon, daß Kinder in den Häusern waren, hm? Keine Erwähnung der Tatsache, daß man sicher in einem Kampfhubschrauber mit Selbstlenkraketen und tausend Watt starken Lasern gesessen hat, hundert Meter hoch! Ich würde gerne mal einen dieser Mörder in Straßenhöhe sehen, nur Hände, Füße und Zähne gegen die Menschen zur Verfügung, von denen er welche in den Wohnblocks dort zu Klump gemacht hat! Das ist es, was *ich* darunter verstehe, ›ein Individuum‹ zu sein.«

»Äh ... Naja, gewiß, aber der Schutz der Mehrzahl der Bevölkerung muß doch wohl den Vorrang haben«, meinte Flamen, durch Conroys Heftigkeit verunsichert, »deshalb ...«

Nach Conroys Ausbruch klang der Einwand heuchlerisch, und Flamen verstummte.

»Ja, was?« hakte Conroy ein und wandte sich ihm zu. »Ich muß bekennen, ich habe nicht erwartet, daß Sie, ein Medienkiebitz, sich zu Gunsten der etablierten Ordnung aussprechen würden.«

»Aber die Welt ist doch nun einmal so«, entgegnete Flamen lasch. Er vermochte sich nicht zu entsinnen, wann er zuletzt so verlegen um Worte gewesen war, seit er am College einmal Schwierigkeiten mit einem Lehrer gehabt hatte, dem es mehr lag, seine Schüler zu drangsalieren, statt ihnen Wissen zu vermitteln. »Wir müssen versuchen, zu entscheiden, was die Erhaltung wert ist und was nicht, und wenn wir von etwas annehmen, daß es die Erhaltung lohnt, müssen wir versuchen, es zu schützen.«

»Dann nennen Sie mir mal was, das die Mühe lohnt, es zu bewahren«, erwiderte Conroy. »Dies bequeme Beförderungsmittel, in dem wir uns befinden – dieser Skimmer? Sicher, aber mußte er in Detroit von Leuten gebaut werden, deren Hautfarbe garantiert, daß sie nirgendwo anders im ganzen Land Arbeit finden? Wie sicher fühlen Sie sich, wenn Sie alljährlich zum erstenmal in Ihrem neuen Skimmermodell aufsteigen? Wie sicher sind Sie, daß nicht irgendein melanistischer Fanatiker in der Fertigung beschäftigt war und die für Blanks-Käufer bestimmten Skimmer sabotiert hat, so daß sie nach den ersten fünfzehnhundert Kilometern abstürzen? Was kann Sie davor schützen? Bestimmt nicht die Polizei! Auch nicht Ihr lokaler Gottschalk, wieviel Knarren er Ihnen auch anbieten mag. Kein Wunder, daß die Menschen nur noch selten von Angesicht zu Angesicht mit ihren Bekannten reden, sondern sich per KommNetz anrufen, um nicht die Straße überqueren zu müssen und womöglich wahllos von irgendeinem Nieb abgeknallt zu werden.«

Ein Piepston zeigte an, daß sie sich über ihrem Ziel befanden, dem Hilton-Tiefkomplex, und verhütete zumindest, daß Flamen sofort dazu Stellung nehmen mußte, und wieder war er nur zu froh. Jahre war es her, daß er zuletzt jemandem mit so starken Empfindungen begegnet war wie

Conroy, und er fühlte sich dadurch auf undurchschaubare Weise beunruhigt, als hätten die herben, wie Hammerschläge gefallenen Worte in seinem Gedächtnis an eine längst vergessene Saite gerührt.

Es beanspruchte einige Minuten, die Formalitäten abzuwickeln und Conroys Reisetasche auf sein Zimmer bringen zu lassen, und danach legte er in der großen Bar des Hotels von neuem los, in hochtrabender Art unbeeindruckbar durch jeden Versuch Flamens, ihn zu unterbrechen und ihm weitere Einzelheiten über sein geplantes Vorgehen gegen Mogshack mitzuteilen.

»Wie ich schon erwähnt habe, sogar im relativ zivilisierten Kanada schlagen sich Mogshacks Lehren nieder, ganz egal, wer nun in der informationsmäßigen Weitergabe an meine Schüler und Studenten das letzte Glied gebildet hat. Wie denken Sie zum Beispiel über die Mordfälle an der Uni?«

»Nun, ich...«

»Wir hatten in diesem Jahr schon zwei. Ein eifersüchtiger homosexueller Junge hat seinen Liebhaber erstochen, nachdem er mit einem Mädchen gesehen worden war, und so ein gestörter Typ von Vater kam an und erschoß seine eigene Tochter, weil einer ihrer Freunde – schöner Freund! – ihm erzählte, daß sie mit 'm Jungen schlief, der ein wenig indianisches Blut hatte. Irokesenblut, um genau zu sein. Ich an seiner Stelle hätte mich gefreut, sie waren zu ihrer Zeit ein sehr berühmter Stamm, die Irokesen. Aber ich habe keine Tochter, Gottseidank, und meine zwei Söhne sind beide vernünftig verheiratet. Spielt aber jetzt keine Rolle. Ich wollte über Mord und Totschlag an der Uni sprechen. Was ist nur los mit uns, müssen wir uns doch fragen, daß wir Töten unter unseren Kindern wie eine Selbstverständlichkeit hinnehmen? Kommen Sie mir bloß nicht, man müsse College-Schüler und Studenten wie Erwachsene behandeln – es ist doch kein Zeichen von Reife, mit Schußwaffen und Granaten herumzufuchteln!«

Er hatte am Getränkespender ein Bier gewählt und goß

es sich nun in einem einzigen, überaus durstigen Zug die Kehle hinab, als beabsichtige er einen üblen Geschmack wegzuspülen. »Ja, gewiß«, sagte Flamen, trotz seiner Vorbehalte von der Diskussion in den Bann gezogen, »allerdings ist die Pubertät immer die Zeit im Leben gewesen, die emotional am stärksten aufwühlt, und ...«

»Wer hat dem verrückten Vater denn die Waffe verkauft, mit der er seine Tochter erschossen hat?« unterbrach Conroy. »Ein ›emotional stark aufgewühlter‹ Jugendlicher, der im Laden an der Ecke im Einmannbetrieb Laser zusammenbastelt? Nein, zum Teufel. Die Waffe war ein modernes Gottschalk-Modell, ich habe sie nachher im Büro des Dekans mit eigenen Augen gesehen.«

»Ich bereite gegenwärtig auch etwas über die Gottschalks vor«, sagte Flamen. Er hörte etwas wie Schüchternheit aus seiner Stimme. Selbst wenn er berücksichtigte, daß Conroy altersmäßig sein Vater hätte sein können, war es lächerlich, so auf ihn zu reagieren. Wider alle Schwierigkeiten machte er noch immer fünfmal wöchentlich eine Sendung bei der Holokosmos-Sendeanstalt, wogegen Conroy auf seinem eigenen Fachgebiet dermaßen kläglich gescheitert war, daß er einen gewöhnlichen Pauker mimen mußte, und das auch noch im Ausland.

»Aha?« meinte Conroy, während er sein Glas mit frischem Bier nachfüllen ließ. »*Da*raus wird bestimmt nichts. Nebenbei, es gibt noch einen Grund, warum mir Mogshack so verhaßt ist. Ich habe niemals gehört, daß er versucht hätte, einen Patienten seiner Abhängigkeit von Waffen zu entwöhnen. Aber mit jedem Jahr wandern zwei-, dreitausend Menschen der New Yorker Bevölkerung durch seine Klinik. Hätte er anständige Arbeit geleistet, müßte jetzt längst ein überschwemmter Markt an Zweite-Hand-Waffen existieren, und die Situation in der Stadt wäre schon lange auf einen viel weniger explosiven Stand abgekühlt.«

»Zwei- oder dreitausend von wie vielen, vielen Millionen?« hielt Flamen ihm barsch entgegen.

»Von wie vielen, die so labil sind, daß sie eines Tages anfangen, wahllos auf der Straße herumzuballern?« konterte Conroy. »Sie zetteln keine Krawalle an, ich löse keine Krawalle aus, auch die politisch gebildeten Führer der X-Patrioten beginnen keine Krawalle. Paranoiker fangen Krawalle an und andere Personen, die durch ansteckende Hysterie aus dem Gleichgewicht gebracht werden. Der typische Heckenschütze, wie er bei Unruhen tätig wird, ist kein Revolutionär, nicht einmal ein Fanatiker, er ist jemand, dem es so sehr an Gefühl mangelt, daß er die Menschen unter seinem Fenster als bewegliche Ziele betrachtet, die sich bequemerweise zur Erprobung seiner Geschicklichkeit anbieten. Und durch raffinierte Ausnutzung der allgemeinen Verunsicherung ist es den Gottschalks gelungen, den Menschen einen Haufen Lügen einzureden, die den Besitz einer Waffe mit männlicher Potenz gleichsetzen, und damit richten sie noch mehr Unheil an, als Mogshack mit seinen bereits hinreichend schädlichen Dogmen. Verdammt noch mal, Mann – jeder der dazu imstande ist, Mitmenschen als Zielscheiben seiner Schießübungen zu behandeln, ist noch weiter im infantilen Stadium zurückgeblieben als jemand, der sich fürchtet, die Onaniephase aufzugeben und mit einem Mädchen ins Bett zu gehen! Haben Sie eine Waffe?«

»Äh ...« Flamen trank von seinem Drink. »Ja, natürlich. Aber ich gehöre keinem Schützenverein oder so was an. Rund ums Haus habe ich eine Krawallschutzanlage mit Minen und Elektrozäunen, aber ich schalte sie nur an, wenn wirklich eine akute Notwendigkeit besteht. Der Rest geht dann automatisch.«

»Einigermaßen fair«, sagte Conroy in sachlichem Tonfall.

»Wie meinen Sie das, fair?«

»Die vernünftigste Konsequenz wäre, sich dort niederzulassen, wo gar nicht die Gefahr besteht, daß die Nachbarn Ihnen eines Tages einen bewaffneten Besuch abstatten.«

»Dann nennen Sie mir mal so einen Ort!« höhnte Flamen. »Kaufen die Gottschalks etwa nicht auch bei der PanKan Zeit für ihre Werbung?«

»Doch, verdammt, ja«, gab Conroy zu und seufzte. »Im Frühjahrssemester habe ich sogar einen dieser Burschen an der Uni erwischt. Zum Glück ist's mir gelungen, ihn loszuwerden, aber nur wegen des Mordfalls, von dem ich erzählt habe – der Student, der seinen Freund erstochen hat –, der dem Dekan derzeitig noch so frisch in Erinnerung war, daß meine Argumente ihn überzeugen konnten. Einer meiner Kollegen hat geäußert, alle Studenten sollten bewaffnet werden, damit sie den verantwortlichen Umgang mit Waffen lernen könnten. Ha! Ich hätte gerne gesehen, wie lange er vor einer bewaffneten Klasse am Leben geblieben wäre... Er ist nämlich saumäßig unbeliebt.«

Zum erstenmal, seit sie sich in der Bar aufhielten, entstand in der Unterhaltung eine Pause, die länger als nur wenige Sekunden dauerte. Flamen nutzte sie, um seine verworrenen Gedanken zu ordnen. »Um auf unser persönliches Anliegen zurückzukommen, Professor«, sagte er schließlich, »darf ich davon ausgehen, daß Sie zu einer konkreten Zusammenarbeit mit mir bereit sind, auch wenn Sie dem Prinzip der Datenpaket-Psychorecherche ganz allgemein ablehnend gegenüberstehen? Das wird selbstverständlich nur der Anfang einer langwierigen, komplizierten Prozedur sein, später kann es zu einem Prozeß kommen, vielleicht zu einer behördlichen Untersuchung, aber um meiner Frau willen bin ich bereit, nichts zu...«

Erneut erstarb seine Stimme, als er Conroys festen Blick auf sich ruhen sah.

»Mr. Flamen«, sagte der Psychologe nach einem Weilchen, »ich habe Ihnen verraten, warum mir Mogshack als Person zuwider ist, und warum ich die Auffassung vertrete, sein Einfluß auf dem Gebiet der Psychohygiene sei zu groß. Infolgedessen werde ich also mit Freuden daran mitwirken, ihn zu torpedieren. Aber was Sie mir hier aufzuschwatzen versuchen, das bin ich nicht zu schlucken bereit. Ich bezweifle, daß Menschenfreundlichkeit und Liebe zu Ihrer Frau Ihre Motive sind. Vielmehr glaube ich, daß Sie's auf Mogshack abgesehen haben, weil die Ziele, die Sie am meisten interessieren, wie die Gottschalks, sich außerhalb Ihrer Reichweite befinden. Die Gottschalks sind wie Leichenräuber, sie profitieren von unserem gegenseitigen Argwohn und bestechen uns mit Symbolgegenständen, die Haß mit Männlichkeit gleichsetzen. Also... Nein, bitte unterbrechen Sie mich nicht! Ich stelle Sie mir lieber als einen Bitterling vor, der viel lieber irgendwelche scheußlichen Tatsachen über die Gottschalks enthüllen würde, als bloß über einen Mann, der immerhin nur ein Dummschwaller von vielen ist und wahrscheinlich nicht so angesehen wäre, säße er nicht auf dem Posten, den er einnimmt. Sie...«

»Einen Moment mal!«

»Jetzt halten Sie den Mund und lassen Sie mich auch mal was sagen, ja? Sie können wohl kaum von mir erwarten, zu glauben, Sie hätten Ihrer Frau zuliebe etwas gegen Mogshack, wenn Sie zugegeben haben, Sie hätten sich so weit auseinandergelebt, daß Ihnen sogar entgangen ist, sie nimmt Ladromid, hm? Oh, ich will Ihnen keinen Vorwurf machen. Man ist nicht zur Ehe gezwungen, noch weniger dazu, sie um jeden Preis erfolgreich durchzustehen, und außerdem entspricht Ehe sowieso nicht Mogshacks gefeiertem Ideal, dem man angeblich tendenziell immer näher kommen kann, wie einem ›mathematischen Endpunkt‹. Ihre Motive gehen mich eigentlich überhaupt nichts an, deshalb wollen wir sie ruhig mal für den Moment vergessen, hm?«

Flamen starrte finster in sein Glas.

»Meine Motive sind dagegen etwas, das ich Ihnen zu erklären versuchen möchte. Es kann eine Weile dauern, also wollen wir uns lieber hinsetzen, oder?« Er wandte sich ab und ging voraus in einen nahen Gesellschaftsraum, ohne sich dadurch im dampfwalzenartigen Redeschwall seiner

Abhandlungen beeinträchtigen zu lassen. »Um medizinische Vergleiche zu ziehen, auch wenn sie für Sie womöglich nicht ganz durchschaubar sind, ich betrachte Leute wie Mogshack als Gegenstücke der Homöopathen, die in Sachen Somatik lehrten, verdünnte Dosen von Krankheitserregern seien das Allheilmittel, von einer Vergiftung bis zur Pyorrhöe. Gewiß, wenn jemand sich pathologisch davor fürchtet, ein Heer von Knieblanks durch seine Straße ziehen zu sehen, kann man ihm — rein oberflächlich — zum Seelenfrieden verhelfen, indem man ihm beibringt, wie man mit einer Schußwaffe umgeht und schneller und genauer schießt als sein potentieller Gegner. Aber denken Sie mal nach, Mr. Flamen, was ist denn das tatsächliche Ergebnis?« Sein Tonfall änderte sich nun vollständig; er war zwischen Gehänsel und selbstkritischem Bramarbasieren hin- und hergewechselt, doch nun beugte er sich mit nahezu gequältem Ernst vor.

»Es ist ein Toter auf seinem Weg, Mr. Flamen«, sagte er. »Und es zählt nicht zu den Aufgaben eines Arztes, die Vernichtung von Leben zu begünstigen. Richtig?«

Überrascht merkte Flamen, sein Gaumen war ausgetrocknet. Er nickte matt.

»Eine wirkliche Heilung«, setzte Conroy seine Darlegungen fort, »müßte doch dahin führen, daß der Mensch, der da kommt, sich aufgrund einer Einladung einfindet, daß sein Besuch ihm Spaß macht und er seinem Gastgeber die freudige Gewißheit vermittelt, ihn gut unterhalten zu haben. Verstehen Sie, was ich meine, oder sind die Menschen schon zu isoliert, um sich noch ernsthaft mit einer solchen Überlegung zu befassen?«

»Nun, es liegt auf der Hand«, antwortete Flamen vorsichtig, »daß es besser ist, begegnet man Leuten als Freunden statt als Feinden.«

»Aber diese Plattheit ist natürlich noch längst nicht alles.« Conroy hieb mit dem Arm auf die Couch und wirbelte eine schwache Staubwolke auf. »Oder sollte es wenigstens nicht. Wann haben Sie zum letztenmal etwas getan, um Menschen einander näherzubringen? Ist Ihre tägliche Show nicht sogar dem gegenteiligen Zweck gewidmet? Medienkiebitze säen auf erwerbsmäßige, systematische Weise Mißtrauen.«

»Nun machen Sie aber mal 'n Punkt!« Flamen knallte sein Glas vor sich auf den Tisch. »Ich pflege mir Lügner, Heuchler und Betrüger herauszupicken und vorzuknöpfen, und für alles andere würde ich mich schämen.«

»Mit dem Resultat, daß die Leute, die Ihre Sendungen sehen, die Motive eines jeden rundum in Frage zu stellen beginnen«, sagte Conroy. »Sie halten's für selbstverständlich, daß die Welt von Korruption, Rechtsverdreherei und Schwindel verseucht ist.«

»Glauben Sie, es wäre besser, sie zu täuschen, als ihnen die Wahrheit zu zeigen?«

»Meinen Sie, es ist gut für Menschen, in der Vorstellung zu leben, daß jeder, der wohlhabender, mächtiger oder glücklicher ist als sie, dahin durch Lug, Betrug und Ausnutzung von Gesetzeslücken gelangt ist?«

Für einen ausgedehnten Moment blickten die beiden Männer einander an, keine Armlänge zwischen sich, bis Conroy ein gedämpftes Lachen ausstieß und nach seinem Bier griff.

»Entschuldigen Sie, Mr. Flamen. Jemandem Vorwürfe zu machen, der Heuchelei verabscheut, ist eigentlich das allerletzte, woran mir liegt. Mir ist Falschheit ebenfalls zuwider. Aber sehen Sie, da ist ein Paradoxon, das mir gehörig Sorgen bereitet. Tagein, tagaus, über vierzig Wochen oder so im Jahr, nehme ich an, bringen Sie Ihre Enthüllungen und Skandalgeschichten, die ja, ich geb's zu, gewisse Erfolge eintragen mögen, indem sie irgendwelche korrupten Beamten aus ihrer Position katapultieren, oder was ähnliches. Was Sie tun und sagen, ist jedoch keine Funktion der Anzahl allgemein interessanter Ungerechtigkeiten, von denen Sie erfahren — es hängt vielmehr von der Drei-De-Show ab, die Sie füllen müssen. *Müssen*, fünfmal in der Woche! Ich bin zumindest davon überzeugt, daß Sie schon ziemlich oft irgendeine triviale Angelegenheit zu einer Riesensache aufgeblasen haben, weil sich an dem Tag einfach nichts größeres aufgetan hat.«

»Ja, das muß ich bekennen«, sagte Flamen versonnen. »Und...« Er zögerte, dann zwang er sich, in Gedanken bei dem, was Diablo darüber geäußert hatte, den Erfolg einer Medienkiebitz-Show an der Zahl von Selbstmorden abzulesen, die sie auslöste, zum Weiterreden. »Und obendrein gelten manchmal ausgerechnet derartige Enthüllungen als besonders bedeutsam, nicht weil sie wirklich wichtig gewesen wären, sondern weil die Zielperson über gewöhnlich schlechte Möglichkeiten zur Verteidigung verfügte. Zum Beispiel, wenn irgend so ein armer Hurensohn sich aus Scham das Leben nimmt.«

»Das bringt mich nun endlich wieder auf unser hauptsächliches Thema«, sagte Conroy. »Gewiß, ich werde eine Reihe von Parametern zwecks Datenpaket-Psychorecherche bei Ihrer Frau ausarbeiten, nach denen Mogshacks angebliche Heilbehandlung aussieht wie ein ungeheurer Fehlschlag – nicht nur das, ich werde recht behalten und er nicht, denn ihm ist es völlig gleichgültig, ob er Originalität, Kreativität oder Eigensinn oder sonst irgendwelche wertvollen Charaktereigenschaften unterdrückt oder nicht, solange seine Computer nur eine Ruhigstellung des Patienten voraussagen. Aber von da an liegt alles weitere bei Ihnen. Ich möchte jedoch, daß Sie zweierlei berücksichtigen.«

In tiefem Ernst beugte er sich näher zu Flamen. »Erstens. Ich kann Ihnen Ihre Frau nicht wiedergeben, so wie sie war, als Sie sie geliebt haben. Das kann niemand. Sie waren's, der sie verändert hat, und wenn Sie sie wiederhaben wollen, dann müssen Sie sie als die Person zurückgewinnen, die sie jetzt ist. Dabei könnte es nötig sein, daß Sie selber sich ändern, und so was kann schmerzhaft ablaufen. Zweitens. Geben Sie sich keinerlei Täuschungen etwa der Art hin, die Welt sei wieder völlig in Ordnung, sobald Sie nur Mogshack abgesägt haben. Falls es Ihnen gelingt, sollte mich das freuen — Herrgott, und wie würde mich das freuen! Aber ich erwarte von Ihnen, daß Sie Ihren Erfolg nutzen, ihn benutzen, um gegen jemanden vorzugehen, der wirklich hochgradig gefährlich ist, jemanden wie die Gottschalks.«

Er verstummte und trank sein restliches Bier aus. Sich im unklaren, ob er ein Versprechen geben durfte, das sich höchstwahrscheinlich nicht halten ließ, zögerte Flamen, und da spürte er auf einmal, ehe er antworten konnte, eine Berührung an seiner Schulter. Er drehte den Kopf und sah eine fremde Frau sich über ihn beugen.

»Sind Sie Mr. Flamen?« erkundigte sie sich.

»Ja — ja, bin ich.« Flamen straffte sich; in seiner gegenwärtigen Situation bedeutete es ihm eine echte Aufmunterung, von einer Fremden erkannt zu werden.

»Nach Ihnen wird schon seit mindestens zehn Minuten verlangt«, sagte die Frau und wies auf den Bildschirm des öffentlichen KommNetz-Apparats am Ende der Bar, auf welchem in Abständen von zwei Sekunden rot der Name Matthew Flamen aufleuchtete.

»Seit zehn Minuten!«

»Naja, Sie sahen so beschäftigt aus, und ich war mir nicht sicher, daß Sie's sind«, erklärte die Frau und wich wie zur Sicherheit zurück, als rechnete sie damit, er werde sie schlagen.

»Äh ... Ja, schön, jedenfalls vielen Dank.« Flamen stand mit finsterer Miene auf, und die Frau entfernte sich mit einem schüchternen Nicken. »Entschuldigen Sie mich für 'n Moment«, fügte er hinzu, an Conroy gewandt, der die Achseln zuckte.

Unterwegs zum KommNetz überlegte Flamen wütend, wer ihn wohl hier aufgespürt haben mochte; seine Hoffnung war dahin gerichtet gewesen, wenigstens so lange unbehelligt mit Conroy sprechen zu können, bis sie sich über ein gemeinsames Herangehen bezüglich Priors verständigt hatten. Letzterer würde ohne Zweifel seine Bedenken dagegen hegen, Celia einer Datenpaket-Psychorecherche nach von Conroy vorgegebenen Parametern unterziehen zu lassen – er beurteilte alles nach Äußerlichkeiten, und insofern zählte für ihn, daß Mogshack Leiter der Ginsberg-Klinik war, Conroy dagegen ein Versager, der an einem bedeutungslosen ausländischen College unterrichten mußte. Noch schlimmer: Als Celias gegenwärtiger gesetzlicher Vertreter konnte er es Conroy theoretisch verbieten, sich auch nur in ihrer Nähe blicken zu lassen.

Er riß das Teleprint-Papier, das seinen Namen trug, aus dem Schlitz und sah, es war Dr. Reedeth, der mit ihm Verbindung aufzunehmen versuchte. Unvermutet war ihm mulmig zumute. Was mochte nun geschehen sein?

Er wählte den Code der Ginsberg-Klinik; die Mattscheibe erhellte sich und zeigte Reedeth in seinem Büro, das Flamen bereits kannte. Der Arzt wirkte mitgenommen, sein Haar war zerzaust, und er hatte dunkle Ringe unter den Augen.

»Na endlich!« fuhr er auf. »Kommen Sie her und übernehmen Sie Ihren Schützling, ja? Und zwar schnell! Ich kann Leute nicht leiden, die ihre Versprechen am selben Tag brechen, an dem sie sie ablegen – vor allem nicht, wenn ich's bin, der nachher die Scherben kitten muß.«

»Zum Henker, wovon faseln Sie da?!« schnauzte Flamen zurück. »Und Ihr Benehmen gefällt mir schon gar nicht...«

»Haben Sie sich gestern als gesetzlicher Vertreter Harry Madisons zur Verfügung gestellt?« unterbrach Reedeth, »oder nicht?«

»Wieso...? Na, selbstverständlich habe ich das.«

»Aber Sie haben's nicht sonderlich ernst genommen, wie?«

»Was meinen Sie? Sie persönlich haben mir zugesichert, er sei vollkommen gesund und dazu imstande, sich um sich selbst zu kümmern, also...«

»Also haben Sie beschlossen, zu warten, bis er am Montagmorgen in Ihrem Büro antanzt?« Reedeth verzog die Lippen. »So was hätte ich mir denken müssen. Ist Ihnen eigentlich klar, daß er um ein Haar in einem Sicherheits-Tiefkomplex gelandet wäre? Oder ist's Ihnen gleichgültig?«

»Nun hören Sie mal zu! Wenn er irgendeine Untat begangen hat, noch ehe auf seinem Gesundheitsattest die Tinte trocken ist, dann ist das Ihrer-, nicht meinerseits ein Vertragsbruch.« Flamen spürte, wie ihm Schweiß ausbrach und auf seiner Haut juckte, doch im Hintergrundteil seines Bewußtseins regten sich Ansätze von Jubel: Konnte auch das ein Knüppel werden, der sich Mogshack zwischen die Beine werfen ließ?

»Wissen Sie, was eine SibyllPille ist?« schnob Reedeth. »Müßten Sie eigentlich – Sie haben ja Lyla Clays Auftritt in unserer Klinik gesehen.«

»Natürlich weiß ich's. Was hat das mit Madison zu schaffen?«

»Gestern abend sind er und Lyla Clay von einer Gruppe Schläger gekidnappt und auf eine von Michaela Baxendales Parties verschleppt worden. Kennen Sie sie?«

»O mein Gott«, sagte Flamen. Aus seinem Gesicht wich alle Farbe.

»Anscheinend hatte sie die Kerle losgeschickt, um ein gemischtrassiges Pärchen aufgreifen und für irgendein widerliches Spielchen anschleppen zu lassen. Nur ist daraus kein Spiel geworden. Sie haben Madison gezwungen, eine SibyllPille zu schlucken, und daraufhin hat er sich in einen Berserker verwandelt. Unter anderem hat er einen Mann im fünfundvierzigsten Stockwerk aus dem Fenster geworfen.«

Seinen Worten folgte ein entsetzliches Schweigen. »Aber wenn die beiden gekidnappt worden sind ...«, meinte Flamen schließlich.

»Hätten Sie Ihre Zusage ernstgenommen«, schrie Reedeth, »hätte das nicht passieren müssen! Den ganzen Vormittag hindurch habe ich die Polizei mit genau Ihrem Argument von harten Maßnahmen zurückgehalten, aber nun ist's so gut wie abgedroschen, verdammt noch mal! *Ich* weiß, was eine Sib anrichtet, so was zu wissen ist ja mein Beruf! Aber Madison ist ein Nieb, und die Polizei ist wegen der Ausschreitungen der X-Patrioten am vorangegangenen Abend noch immer stinksauer. Es ist ein reines Wunder, daß man ihn und das Mädchen wieder zu uns geschickt hat, statt direkt in den Knast. Ich kann das Mädchen heraushauen, aber der Teufel soll mich holen, bevor ich für Madison den Kopf hinhalte, solange rechtlich Sie für ihn verantwortlich sind. Kommen Sie her, und zwar ein bißchen schnell!«

»Ach du liebe Zeit, das ist ja eine Überraschung«, sagte Conroy hinter Flamen. »Tatsächlich, das *ist* Jim Reedeth! Die Stimme kam mir doch gleich bekannt vor. Wie geht's Ihnen?«

Mit strahlender Miene trat er in den Vordergrund.

Reedeth blickte restlos entgeistert drein. »Um Himmels willen, Professor«, entfuhr es ihm, »was machen Sie denn da?«

»Flamen hat mich für das Wochenende nach New York eingeladen. So, woraus besteht das Problem, und wie kann ich behilflich sein?«

»Sie kennen sich ...?« nuschelte Flamen.

»Klar.« Conroy nickte. »Hat früher bei mir studiert. Ein heller Kopf ... Nur ist er dann auf Mogshack hereingefallen und hat das selbständige Denken aufgegeben. Aber egal. Also, was ist los?«

»Äh ...« Reedeth schaute an ihm vorbei Flamen an. »Ich weiß nicht, ob ich ...«

»Drauf geschissen«, sagte Flamen schroff. »Am Montag wird sowieso die halbe Welt mein Privatleben kennenlernen, was also soll's? Sagen Sie's ihm! Sagen Sie ihm alles. Vielleicht kommt ihm irgendeine glanzvolle Idee.«

Mit düsterer Miene kehrte er dem KommNetz den Rücken zu.

Zuerst mit Gestammel, dann zügig, wiederholte Reedeth, was Lyla und Madison zugestoßen war. »Und nun sind sie wieder hier in der Klinik«, beendete er seine Darstellung, »und falls Mogshack herausfindet, daß ich einen Patienten in die Obhut jemandes entlassen habe, der seine Pflichten vollkommen vernachlässigt, bin ich erledigt.«

»Ach, Jim«, sagte Conroy, dessen Gesichtsausdruck von tiefem Kummer zeugte, »Sie treten immer getreulich in die Fußstapfen Ihres Chefs, was? Ich hatte stets gehofft, meine Studenten würden einmal immer zuerst ans Los des Patienten denken und danach an sich selbst...«

Reedeth wollte eine ungehaltene Antwort geben, aber Conroy ließ es nicht dazu kommen.

»Nichts für ungut, nichts für ungut! Verraten Sie mir bloß ganz ehrlich eines – ist dieser Madison in einem Zustand, der es gestattet, ihn frei herumlaufen zu lassen, oder nicht?«

Reedeth verkniff sich die ärgerliche Entgegnung. »Ich bin der Auffassung«, antwortete er mit einem Achselzukken, »er war schon vor Monaten reif zur Entlassung. Manchmal bezweifle ich sogar, ob er an psychischen Störungen litt – wie behauptet worden ist –, als man ihn zu uns eingeliefert hat.«

»Ein guter Anfang.« Conroy nickte. »Und Sie können vor jedem Gericht der Welt durchsetzen, daß die zwangsweise Einnahme einer SibyllPille ausreicht, um zeitweilige Unzurechnungsfähigkeit zu verursachen. Ich habe mich damit befaßt. Vor einigen Tagen habe ich meine Schüler sich damit beschäftigen lassen. Vermutlich gibt's für die Entführung Zeugen?«

Reedeth wirkte bereits etwas ruhiger. »Nur das Mädchen selbst. Aber ich bin sicher, daß wir binnen kurzem auf Geständnisse der Kidnapper zurückgreifen können. Lyla Clay hat einen Nadeleinstich am Daumen, zum Beispiel, Madison einen an der Schulter. Man hat die beiden auf der Straße überfallen und ihnen Narkolat gespritzt.«

»Hmmm!« Conroy schabte sich mit dem Handrücken am Bart. »Sagen Sie, Mr. Flamen, kann eine so... äh... *notorische* Dichterin wie Michaela Baxendale damit davonkommen, wenn sie Fremde mit Drogen vollpumpen und ihrer Freiheit berauben läßt, bloß um ihre Gäste zu amüsieren?«

»Ich kann dafür sorgen, daß sie keine derartigen Aussichten hat«, versicherte Flamen. »Ich suche schon seit Monaten nach irgend etwas, um ihr an den Karren zu fahren. Und mir ist's gleich, aus welchem ›kaputten Zuhause‹ sie stammt, ob sie von ihrem Bruder vergewaltigt worden ist, und all der Quatsch.« »Könnten Sie sich wohl später darüber unterhalten?« meinte Reedeth ungeduldig übers KommNetz. »Ich habe mich den ganzen Vormittag lang abzappeln müssen, um die Polizei abzuwimmeln, und jetzt bin ich erschöpft und habe die Nase voll.«

»Halten Sie die Stellung nur noch für ein Momentchen«, sagte Conroy in aller Ruhe. »Mr. Flamen muß bestimmt ein paar vorbereitende Maßnahmen in die Wege leiten — Fenstersturz ist sogar heutzutage ein recht ernstes Delikt.«

»Was?« Reedeth schaute begriffsstutzig drein.

»Das Werfen von Personen aus dem Fenster. Tja, wenn das irgendwie mit dem neuen Gottschalk-Katalog in Zusammenhang zu bringen wäre... Aber egal. Ich denke an solche Angelegenheiten wie Kaution, Kontaktaufnahme mit einem Rechtsanwalt, dem Gericht einen Haftbefehl gegen Miss Baxendale und ihr Gesocks herauskitzeln, dergleichen eben.« »Das ist alles bereits veranlaßt. Ich habe bloß Mr. Flamen nicht erreichen können, denn er ist derjenige, der die ganzen Papiere unterzeichnen muß.«

»Ich komme so schnell wie möglich«, sagte Flamen mit einem Aufseufzen zu und trennte die Verbindung. Er wandte sich an Conroy. »Ich bedaure die Umstände, aber ich fürchte, ich muß wirklich hin. Mit etwas Glück sehen wir uns in ein paar Stunden wieder.«

»O nein, nicht doch«, sagte Conroy. »Ich komme mit Ihnen. Ich wollte Mogshacks Mausoleum schon immer mal von innen sehen, und eine zweite Chance wird sich wahrscheinlich nicht für mich ergeben.«

Er nahm Flamen am Arm und geleitete ihn strammen Schritts zum Ausgang.

Nachdruck aus dem Manchester GUARDIAN vom 13. März 1968

Sieben fanden Tod in den Flammen

Mr. David Lumsden, Alter 26, stand in Toronto vor seinem brennenden Haus und rief vorbeibrausenden Autofahrern zu, sie möchten anhalten und helfen, während seine Frau und sechs Kinder in den Flammen umkamen. Sämtliche Fahrer ignorierten seine Hilferufe.

Zum Zwecke der in diesem Buch erzählten Geschichte gemachte Annahme in bezug auf das Vorstehende

Es wäre schlimmer gewesen, hätten sie angehalten, bloß um spaßeshalber zuzuschauen.

Die Bedeutung dieses unerlaubten Eindringens

Es ist ein Sanktuarium innerhalb eines Sanktuariums, dachte Reedeth, *dies Büro, umgeben von der Festung des Klinikbaus.* Hier hatten Lyla und Madison zeitweiligen Schutz gegen die Verfolgung durch den unpersönlichen Grimm des Gesetzesvollzugs gefunden, saßen nun ihm gegenüber auf der Konsultations-Couch, nebeneinander wie zwei erschrockene Kinder – sie mit einer harten Maske des Kummers, die Mundwinkel abwärts gezogen, ihre Schultern eingesunken, die Hände fest zwischen die Knie gepreßt, er dagegen aufrecht und wie versteinert, keinen Ausdruck im dunklen Gesicht.

Ein Schauder kroch an seinem Rückgrat hinab, als Reedeth sich ausmalte, wie Madisons Muskeln sich wölbten, um einen Mann durch ein Fenster zu schleudern. Wie konnte im Laufe so vieler Jahre der gründlichsten Begutachtung seines Geisteszustandes mit den modernsten Mitteln eine Neigung zu so schrecklicher Gewalttätigkeit verborgen geblieben sein? Selbst wenn man zugestand, daß eine SibyllPille vorübergehende Unzurechnungsfähigkeit auszulösen vermochte – denn das mußte der Fall sein –, auch zugestanden, daß es in dieser Verfassung zu Konvulsionen kam, die eine knochenbrecherische Stärke besaßen, ebenso zugegeben, daß Madison in ausgezeichneter physischer Verfassung war und selbst im normalen Zustand kraftvoll genug, um den schweren Pultomaten in die Höhe zu heben, wie er es anläßlich der Reparatur tatsächlich in Reedeths Gegenwart getan hatte – trotz allem ergab die Geschichte, welche Lyla und er erzählten, einen vernünftigen Sinn.

Gewiß, die Behauptung, von Mikki Baxendales Privatazkaris entführt worden zu sein, fand Untermauerung durch verschiedenartige erhärtende Beweise. Die Stiche der roh vorgenommenen Injektionen waren noch sichtbar, bei Lyla an der Daumenwurzel, wahrscheinlich weil sie ihren Schutzschleier getragen hatte, der verhinderte, daß man ihr die Nadel dort einstach, wo es bei Madison getan worden war, nämlich in Schulterhöhe. In einem winzigen Fetzchen Narbengewebe, das er aus der Stichwunde des Niebs entfernt hatte, war sogar noch eine nachweisbare Spur Narkolat zu entdecken gewesen, im Blut zurückgeblieben, ehe es gerann. So weit, so gut.

Doch was den Rest betraf, Madisons leichter Sieg über neun Gegner, die halb irrwitzigen Visionen des Mädchens von zahllosen, vom einen bis zum anderen Ende der Historie wahllos zusammengewürfelten Kampfszenen, deren Gipfel die Voraussage von etwas war, das erst im nächsten Jahr geschehen sollte...

Reedeths Unterkiefer sackte herunter. Er spürte es, ohne es verhindern zu können. Die gewöhnlich so handfeste Welt ringsherum wirkte auf einmal fadenscheinig, als umwallte ihn nur Nebel. Erst vor ein oder zwei Tagen hatte er selbst erlebt, daß eine Pythoness in der Tat interpretierbare Orakel über ihr völlig fremde Personen von sich geben konnte, so klar immerhin, daß sogar geistlose Automaten sie den entsprechenden Personen mühelos zuordneten. Als seien ihm längst bekannte Tatsachen plötzlich kaleidoskophaft durchgeschüttelt worden und hätten sich dabei zu einem neuen Muster mit einer Botschaft auf nichtverbaler Ebene zusammengefügt, verfiel er auf eine brandneue Hypothese. War es möglich, daß durch den synergistischen Effekt von Narkolat und SibyllPille gemeinsam in Madison ein Talent geweckt worden war, von dem man bislang so wenig ahnte, wie man vor den Pioniertaten von Diana Spitz etwas vom Pythonessen-Talent geahnt hatte? Konnte er um Ereignisse wissen, die noch gar nicht eingetreten waren, kannte er zukünftige Begebenheiten?

Aber die ganze Idee machte einen so absurden Eindruck, daß er unwillkürlich ein rauhes Lachen ausstieß, das Lyla dazu bewog, ihn anzusehen, eine vage, ansatzweise Andeutung von Neugier in ihrer Miene.

»Nichts«, antwortete er mit einem Seufzer auf ihre unausgesprochene Frage. Und bevor er diese dürftige Entgegnung irgendwie ergänzen konnte, summte das KommNetz-Gerät. Auf der Mattscheibe zeigte sich Ariadne, und hinter ihrem hellen Schopf sah er die wohlvertraute Umgebung ihres Heims.

»Jim, um alles in der Welt, was treibst du an einem Samstagnachmittag in deinem Büro? Zwei Stunden lang habe ich dich zu Hause zu erreichen versucht.«

»Ich bemühe mich, einen Riesenmist mit den bloßen Händen aufzuräumen«, erwiderte Reedeth unterdrückt. »Das treibe ich hier.« In kurzer Zusammenfassung unterrichtete er sie davon, was sich zugetragen hatte. »Und obendrein«, schloß er seine Ausführungen, »kann Miss Clay, wenn ich's recht verstehe, nicht in ihre Wohnung zurück. Ihr einziger Schlüssel ist bei Mikki Baxendale geblieben, und das Honorar für ihren Auftritt ist direkt auf Dan Kazers Konto gegangen, weil er ja ihr Mackero war, und infolge seines Ablebens ist sein Konto gesperrt, bis die Frage der Erbansprüche geregelt wird. Also hat sie vermutlich nicht mal genug Geld, um einen Schlosser dafür zu bezahlen, daß er ihr die Tür aufmacht.«

»Das ist kein Problem«, sagte Lyla mit gelinder Geringschätzung. »Harry kann sie mir öffnen. Er hat's schon einmal gemacht.«

Verständnislos blickte Reedeth sie an.

»Ein Kerl, den ich für einen Freund Dans gehalten habe, ist bei mir eingezogen, während ich gestern hier festsaß. Harry hat die Tür geöffnet, und ich konnte ohne Schlüssel hinein.«

»Haben Sie kein Kontaktschloß an der Tür?« fragte Reedeth verwundert nach.

»Doch, natürlich.«

Auf dem Bildschirm spiegelte Ariadnes Gesicht nicht weniger Verwirrung wider, als Reedeth empfand. »Unsinn«, sagte sie mit Entschiedenheit. »Ohne Schlüssel bekommt man ein Kontaktschloß nicht auf – man muß schon die Tür eindreschen. Jim, ich glaube, du solltest dir wirklich noch einmal ganz genau überlegen, was du da eigentlich machst. Da werden doch einige ... äh ... *suspekte* Behauptungen aufgestellt, findest du nicht?«

»Ich sag Ihnen, 's war so«, bekräftigte Lyla und gab ihrem Mund einen aufsässigen Ausdruck.

Reedeth wollte antworten, da leuchtete an seinem Pultomaten ein anderes Signal auf, und seine Miene hellte sich auf. »Entschuldigung«, sagte er zu Ariadne und schaltete auf eine andere Leitung um. Als sein Gesicht sich wieder auf Ariadnes Bildschirm zeigte, drückte es Bestürzung aus.

»Was ist los?« erkundigte sie sich.

»Flamen ist da.«

»Aber ich dachte, du erwartest ihn – wieso bist du jetzt auf einmal so sauer?«

Reedeth seufzte. »Kann sein, ohne eigentlichen Grund. Es ist nur so, daß er Conroy mitgebracht hat.«

»Conroy? *Xavier* Conroy? Ich denke, der lebt in Kanada!«

»Flamen hat ihn fürs Wochenende nach New York kommen lassen. Wie ich es sehe, möchte er über seine Frau die Meinung eines anderen Experten hören, und man kann wohl niemanden finden, der in krasserem Gegensatz zu Mogshack steht, oder?«

»Und niemanden, dem andererseits jemand stärker als Mogshack abgeneigt ist! Sei auf der Hut, Jim! Du mußt dir darüber im klaren sein, was passiert, wenn Mogshack erfährt, daß du ...« Sie zögerte, suchte nach einer Formulierung.

»Daß ich ›mit dem Feind gemeinsame Sache‹ mache?« half Reedeth mit bitterem Lächeln nach. »Wenn er etwas, das wirklich nur reiner Zufall ist, als persönlichen Angriff auffaßt, dann werde ich darin den Beweis für das sehen, was die Automaten uns über ihn verraten haben, und nicht darauf warten, bis er mich feuert. Dann werde ich von mir aus gehen. Ich habe keine Lust, für einen Geisteskranken zu arbeiten.«

»Oh, um Himmels willen, Jim«, rief Ariadne, »wenn dir

die Gesellschaft, in der du dich zur Zeit befindest, so angenehm ist, ist sie vermutlich der richtige Umgang für dich... Aber laß dir eines sagen! Wenn du so weitermachst, wirst du die Ginsberg-Klinik wahrscheinlich noch innerhalb einer Klause kennenlernen.«

Mit einem angewiderten Schnaufen unterbrach sie die Verbindung, und Reedeth saß mit halboffenem Mund da, durfte sich seine vereitelte Erwiderung sparen.

Was für ein aberwitziges Schicksal, von allen Frauen in der Welt ausgerechnet an Ariadne so zu hängen!

Aber die Dinge entwickelten sich nun zu rasch, um ihm viel Zeit zum Ärgern zu lassen. Flamen und Conroy befanden sich schon auf der FluviPiste zu seinem Büro. Er machte Anstalten zum Aufstehen, um ihnen zur Begrüßung entgegenzugehen, doch verharrte mitten in der Bewegung, spürte seine Gesichtszüge sich zu einer finsteren Miene verzerren.

Ariadne hatte vollkommen recht. Er mußte in Schwierigkeiten geraten, falls Mogshack von alldem erfuhr — nicht nur wegen Conroys Anwesenheit in der Klinik, sondern auch, weil er Madison in die Obhut einer Person entlassen hatte, die ihre Pflichten von der ersten Minute an vernachlässigte. Ihm mißfiel die Vorstellung, nun mit diesen beiden Besuchern konfrontiert zu werden: in Flamens Fall, weil der Mann ihm und Madison neuen Verdruß bereitet hatte, im Fall Conroy, weil...

Nun, wenn er in seinem Innersten ganz ehrlich mit sich selbst war: weil er sich von Conroys Geringschätzung betroffen fühlte, denn während ihres kurzen Wortwechsels übers KommNetz — vor einer halben Stunde — war der lange Schatten der sichelscharfen Ironie spürbar gewesen, mit der Conroy, damals als Reedeth unter ihm tätig gewesen war, durch Jugendlichkeit bedingte Unzulänglichkeiten in den Argumenten seiner Studenten auszumerzen pflegte.

Verzweifelt hoffte er, daß weder Lyla seine so sorgsam aufrechterhaltene Fassade durchschaute, noch Madison.

Und dann waren sie da, standen vor der Tür, erhielten

Einlaß, und Conroy schüttelte jedem mit allem Anschein von Leutseligkeit die Hand; eine schablonenhafte Routine des Bekanntmachens war durchzustehen, die jedoch immerhin ein wenig die allgemeine Beklommenheit lockerte — und gleich darauf, während Reedeth noch umsichtig seine nächsten Äußerungen auszufeilen versuchte, nahm Conroy mit forschem Gebaren Platz und ergriff das Wort.

»Also! Von dem, was ich Flamen auf dem Wege zur Klinik an Würmern aus der Nase ziehen konnte, weiß ich, daß Sie vor einigen ernsten Problemen stehen, Jim, und das gleiche gilt wohl für Ihre beiden Freunde hier. Ihre Bekanntschaft zu machen, Miss Clay, ist für mich besonders interessant, denn vor ein paar Tagen hat mich in der Klasse ein Schüler nach Pythonessen gefragt, und ich habe darüber eine Arbeit schreiben lassen — und naturgemäß mußte ich mich selbst, um sie bewerten zu können, eingehend damit beschäftigen. Ich hatte Pythonessen bis dahin keiner ernsthaften Betrachtung gewürdigt, aber etliche bemerkenswerte Autoritäten bürgen für die Authentizität des Phänomens. Was ist Ihre Meinung, Jim?«

Reedeth begann zu stammeln. »Tja ... Tja, ich habe mich gezwungen gesehen, muß ich sagen, ähnlich zu reagieren. Pythonessen waren für mich keine ernstzunehmende Sache, bis Miss Clay hier im Haus einen Auftritt hatte.«

»Davon hat Flamen mir auch erzählt«, merkte Conroy an.

»Ja natürlich, er hat die Vorführung aufgezeichnet.« Reedeth schluckte. »Aber nicht der Auftritt an sich hat mich überzeugt, das kam vielmehr dank der Analyse der Orakel durch die Automaten. Ich ...«

Ruckartig straffte sich Lyla. »Sie haben mir nicht gesagt, daß Sie meine Orakel computerisieren möchten«, stellte sie in vorwurfsvollem Ton klar. »Herrje, hätte ich gewußt, daß Sie so was beabsichtigen ... Was haben die Automaten Ihnen mitgeteilt?«

»Später, Miss Clay, ich bitte Sie«, antwortete Reedeth frostig. »Im Augenblick habe ich einige Angelegenheiten, die eigentlich überflüssig gewesen wären, mit Mr. Flamen zu regeln, und sobald wir das erledigt haben, werde ich mich verabschieden. Meine Pläne für das Wochenende sind durch etwas völlig durcheinandergeworfen worden, das ich nur absoluten Mangel an Rücksicht nennen kann.«

»Ach du lieber Gott«, sagte Conroy, ehe der verärgerte Flamen auf die Anschuldigungen eingehen konnte. »Jim, Sie reden dermaßen wie Mogshack daher, daß man glauben könnte, Sie hätten bei ihm Lektionen in der Kunst der freien Rede genommen. Nur die Ruhe!« Er hob eine Hand, um einer schnippischen Entgegnung des Jüngeren zuvorzukommen. »Im Laufe der vergangenen Stunde habe ich mit Flamen gesprochen, und ich stimme zu, er hat sich die Verantwortung für unseren Niebs-Freund hier allzu leichtfertig aufgeladen. *Aber* andererseits haben Sie's unterlassen, ihm klipp und klar zu erläutern, worauf er sich damit einläßt, oder vielleicht nicht? Sie hatten's so eilig, Madison loszuwerden, daß...«

»Eilig! Mein Gott, er hat Monate länger als nötig bei uns zugebracht!«

»Das ist keine Entschuldigung für mangelnde Gründlichkeit«, erklärte Conroy in genau jenem Tonfall, an welchen sich Reedeth noch aus seinen Studienjahren entsann. »Für mangelhafte Gründlichkeit gibt es nie eine Entschuldigung, heutzutage schon gar nicht, da man all die lästigen, routinemäßigen Einzelheiten automatisch computerisieren lassen kann. Das ist's nämlich, wofür Computer da sind.« Letztere Belehrung galt offensichtlich Flamen. »Sie denken anscheinend, ich wüßte sie nicht zu schätzen, aber tatsächlich halte ich sie, an der richtigen Stelle eingesetzt, für unentbehrlich. Das Problem ist lediglich, daß die Menschen sie nicht so behandeln, wie sie's tun sollten.« In angelegentlichem Ernst beugte er sich vor. »So, Jim! Erlauben Sie, daß ich Ihnen eine Frage stelle, und ich hoffe, daß Sie sie mir ehrlich beantworten, und außerdem nur dann, wenn Sie's nicht mehr so eilig haben, sich nach Hause zu verziehen.«

Reedeth seufzte. »Na schön, einverstanden.«

»Sind Sie zufrieden mit Ihrer Arbeit unter Mogshack?«

Für einen Moment herrschte Schweigen. Plötzlich lachte Reedeth verkrampft auf. »Nun gut, ich will mich nicht drücken. Nein, ich bin's nicht mehr.«

»Warum nicht?«

Wieder Schweigen, diesmal ausgedehnter. Unterdessen glitt Reedeths Blick hinüber zu Madisons Gesicht und blieb darauf wie gebannt haften.

»Ich vermute«, sagte er schließlich, und er knirschte die Wörter hervor, als schleife er sie durch Kies, »weil ich nicht länger sicher bin, daß die Patienten, die von uns entlassen werden, ausreichend geheilt sind.«

Flamens Haltung spannte sich merklich, und sein Gesichtsausdruck wechselte von Gereiztheit zu Erregung.

»In welcher Beziehung nicht ausreichend geheilt?« hakte Conroy in eben jenem Ton nach, mit dem er Studenten ermutigen mochte, sich zu logischen Schlußfolgerungen einer in einem Essay erhobenen Streitfrage durchzuarbeiten.

»Ich weiß es nicht!« Reedeth sprang auf und begann ruhelos im Büro hin- und herzuschreiten. »In den vergangenen Tagen hatte ich mit zwei Fällen zu tun, die mir fürchterliche Scherereien bereitet haben, und es waren Miss Clays Orakel, durch die meine Überzeugungen aus dem Gleichgewicht geraten sind.«

Aufmerksam geworden, reckte Lyla den Hals; Reedeth bemerkte es nicht und redete weiter.

»Einer dieser Fälle war Mrs. Flamen. Natürlich hat sie auf die Therapie bestens angesprochen, andernfalls wäre sie nicht entlassen worden, aber ... eigentlich war's weniger eine *Therapie* als ein *Ruhigstellen*. Und ich glaube, um ganz ehrlich zu sein, das wäre uns überhaupt nicht aufgefallen, hätte sich Mr. Flamen nicht über die Gleichgültigkeit beklagt, mit der sie ihm gegenübergetreten ist. Folglich habe ich mich gefragt ...« Seine Stimme sank herab und verstummte; er zuckte die Achseln. »Und der andere Fall«, ergänzte er lahm, »war Madison.«

»Flamen«, sagte Conroy mit sichtlicher Befriedigung, »ich glaube, Sie dürften Jim Reedeth jetzt etwas vorzutragen haben.«

Flamen begann mit den Lippen Wörter zu bilden, sprach sie jedoch nicht aus, wies mit einer Hand auf den Pultomaten. »Äh... Doktor! Wird das, was wir hier reden, von diesem Ding aufgenommen und in den Datenbanken der Klinik gespeichert?«

Reedeth fuhr sich mit einer schlaffen Hand durchs Haar, zauste es. »Ich kann dafür sorgen, daß das nicht geschieht«, erwiderte er gedämpft. »Madison hat den Kasten vor ein paar Tagen für mich modifiziert, so daß er nicht mehr ganz dem Standard entspricht.«

»Aha!« machte Conroy. »Darüber hat Flamen auch Andeutungen geäußert, während wir unterwegs waren, ja. Also tun Sie, was dazu erforderlich ist, Jim, und hören Sie sich an, was Flamen Ihnen zu sagen hat.«

Reedeth erteilte dem Pultomaten eine kurze Anweisung, dann sah er Madison an.

»Genügt das?«

Madison zeigte leichtes Unbehagen; im Kontrast zu seiner bisherigen Unerschütterlichkeit allerdings wirkte es, als sei ein Berg ins Wanken geraten. »Vermutlich, Doktor«, erwiderte er.

»Verdammt, Sie haben den Apparat doch verändert, Sie müssen's doch wissen!« brauste Reedeth auf, dann errang er mit erheblicher Anstrengung die Selbstbeherrschung wieder. »Entschuldigen Sie«, fügte er hinzu. »Ich bin heute ein wenig nervös. In Ordnung, Mr. Flamen, lassen Sie hören, was Sie sagen möchten.«

»Sie sind sich mittlerweile wahrscheinlich darüber im klaren, daß ich hinreichend um meine Frau besorgt bin, um durch Dr. Conroy eine unabhängige Datenpaket-Psychoprofilanalyse vornehmen zu lassen«, erklärte Flamen bedächtig. »Ich hatte Ihnen ja gesagt, daß bei vorzeitiger Entlassung mit einer solchen Maßnahme zu rechnen sei, stimmt's? Sollte sich jedoch herausstellen, daß sie dank der

Methoden Ihres Klinikchefs schwerwiegende Beeinträchtigungen erlitten hat, wird's mir nicht genügen, nur auf Entschädigung zu klagen. Ich werde alles tun, damit er vor Gericht gestellt und seines Postens enthoben wird.«

»Kein Wunder, daß Sie das nicht gespeichert haben wollten«, sagte Reedeth. Er lächelte matt. »Ja, mehr oder weniger habe ich mir so was schon zusammengereimt. Und zu was versuchen Sie mich nun zu überreden — daß ich hier das meine beitrage, um seinen Sturz herbeizuführen? Vergessen Sie's. Aber ich würde keine Träne vergießen, sollte einmal jemand seine Position erlangen, der... der weniger dogmatisch ist, wollen wir mal sagen. So etwas könnte hier die Arbeit mächtig erleichtern, und nicht nur das, ich glaube, wir könnten von da an sogar bessere Arbeit leisten.« Er verstummte mit einem Ansatz von Trotz in der Stimme und wirkte, als verblüffte ihn seine eigene Entschiedenheit.

»Ich bin sicher, daß Flamen Ihnen keineswegs zumuten wollte, zum Verräter zu werden«, sagte Conroy unverzüglich.

»Aber es müßte eigentlich unnötig sein, Jim, Ihnen sagen zu müssen, daß ich viel lieber auf der Grundlage persönlicher Reaktionen statt Computeranalysen arbeite. Und ab und zu...«

Diesmal zögerte er mit dem Weiterreden, und die übrigen Anwesenden betrachteten ihn verwundert, während sein Blick von einem zum anderen huschte, am längsten auf Lyla verweilte.

»Ich sage wohl besser, welche Interessen ich dabei verfolge«, meinte er schließlich und lächelte verzerrt. »Ohne Flamens Rang und Einfluß nur im mindesten schmälern zu wollen, kann ich bei näherem Nachdenken nicht glauben, daß eine unabhängige Datenpaket-Analyse Mrs. Flamens uns den Hebel liefert, um Ihren Boss von seinem Sockel zu stürzen, Jim. Dergleichen könnte viel zu leicht persönlichen Rachegelüsten zugeschrieben werden, oder nicht? Trotzdem habe ich während des Flugs von Manitoba nach hier immer wieder gedacht, wie *notwendig* es ist, daß man Mogshack kippt.«

Er lehnte sich auf dem Stuhl zurück, legte seine Fingerkuppen aneinander und schaute versonnen in die Runde.

»Sehen Sie... ob's mir gefällt, oder nicht – und um offen zu sein, es gefällt mir überhaupt nicht –, diese Stadt, dies New York, es hat Prestige, ein Gepräge, ein Maß von Einfluß, übriggeblieben aus der Zeit, als Amerika wirklich auf dem Gipfel der Welt stand. Es gibt nun einmal diese sonderbare Art von Neid – ist Ihnen sicherlich schon aufgefallen –, die dazu führt, daß sogar Leute in Capetown und Akkra und den asiatischen Hauptstädten eine nostalgische Hochachtung für das empfinden, was in New York getan wird, ganz ähnlich, wie die Goten und Franken Rom sogar noch bewunderten, nachdem Alarich die Stadt hatte plündern lassen und die Römer aufgehört hatten, eine Weltmacht zu sein. Und nun sitzt hier Mogshack obenauf wie ein Hahn auf dem Mist, und ich glaube aufrichtig, daß er Dinge macht, die verheerende Auswirkungen haben werden. Man imitiert sie von Mexico bis Moskau, und... das bereitet mir Sorgen. Jim, siehst du überhaupt, worauf ich hinaus will?«

Reedeth hatte sich wieder in seinen Sessel gesetzt. Er nickte matt.

»Ich muß gestehen, ich habe keine Freude an dem System, in dem ich arbeite«, sagte er. »Allerdings können weder Sie, Professor, noch sonst irgendwelche Leute etwas Besseres bieten...«

»Ich, ich bin alt und müde, und außerdem dahin gekommen, daß ich eine Handvoll nicht allzu gescheiter Schüler unterrichten muß, und das noch nicht einmal in meinem Heimatland.« Conroy seufzte. »Aber ich halte es für durchführbar, der nächsten Generation einen Stein von der Seele zu wälzen, und zu diesem Zweck müssen wir den Schlamassel beheben, den wir fabriziert haben. Ich würde es jedenfalls gerne versuchen, und dazu möchte ich folgendes vorschlagen: Es sieht so aus, als hätte sich während der vergangenen paar Tage hier nicht nur ein sonderbarer Vorfall, sondern ein ganzer Komplex bemerkenswerter und fragwürdiger Ereignisse zugetragen, deren Gesamtheit Flamen das geben wird, was er braucht.« Er wandte sich an den Medienkiebitz. »Sie müssen entschuldigen«, fügte er hinzu, »aber wie gesagt, die Sache mit Ihrer Frau reicht allein leider nicht aus. Auf der anderen Seite, wenn wir alles zusammenfassen, können wir vielleicht eine konzentrierte Attacke durchführen. Wir wollen mit etwas anfangen, was die meisten Leute sehr merkwürdig finden dürften — ich möchte keineswegs respektlos werden, Miss Clay, doch die Mehrheit der Menschen steht Pythonessen nach wie vor argwöhnisch gegenüber. Wie kam's also dazu, daß man eine Pythoness in die Klinik eingeladen hat, um auf der Grundlage ihrer Orakel zu arbeiten?«

»Gearbeitet haben wir nicht danach«, sagte Reedeth. »Das kann man nicht gerade behaupten. Wie gesagt, es war das, was die Automaten uns über die Orakel mitgeteilt haben, das uns überzeugt hat.«

»›Uns?‹«

»Mich und meine Kollegin Ariadne Spoelstra. Es war ihre Idee, Miss Clay einzuladen und hier auftreten zu lassen.«

»Und Mogshack war einverstanden?«

»Natürlich. Soviel ich weiß, bedurfte es allerdings starker Überredung.«

»Gut, das ist also die erste Möglichkeit des Vorgehens. Nun unser zweiter Weg.« Conroy wandte sich an Madison. »Sieht so aus, als müßte ich mich alle paar Minuten für meine Äußerungen entschuldigen, was? Aber ich muß nun einmal wahrheitsgemäß feststellen, daß die Leute außerhalb der Klinik sehr erstaunt sein dürften, zu hören, daß Sie hier monatelang die Automaten gewartet haben, während Sie offiziell noch als Geistesgestörter galten. Und ich bin sicher, daß Sie gegenüber dem Mann, der daran schuld ist, daß Sie hier um Monate länger als nötig sitzen mußten, nicht allzu freundlich eingestellt sind.«

Madison drehte eine Hand um, als gösse er Wasser aus der Handfläche. »Automaten warten«, sagte er, »das ist eine Tätigkeit, in der ich gut bin, Mr. Conroy.«

»Das ist keine Übertreibung«, bestätigte Reedeth. Allem Anschein nach befand er sich wieder im Vollbesitz seiner Selbstbeherrschung. »Was Sie mit meinem Pultomaten gemacht haben, ist nahezu unglaublich. Da fällt mir ein, ich habe mich nie bei Ihnen bedankt.«

»Ja, das ist ein Punkt, auf den ich noch zu sprechen kommen wollte«, sagte Conroy. »Sie haben uns von diesem Pultomaten erzählt, wie stark er modifiziert worden wäre – können Sie uns irgendein Beispiel für seine neuen Verhaltensmuster geben?«

»Das ist vorhin geschehen«, lautete Reedeths Antwort. »Alles was wir hier reden, bleibt unter uns, und das ist nur gut so.«

»Tja, aber das ist eine Art von negativem Beispiel. Wie wär's mit einem positiven? Wie mit einer Demonstration, die zeigt, daß man die gesamte cybernetische Anlage der Ginsberg-Klinik über diese Außenstelle anzapfen kann? Wenn ich alles richtig verstanden habe, laufen Ihre Behauptungen doch genau darauf hinaus.«

»Ich würde sagen, es gibt daran keinen Zweifel«, rief Reedeth. »Ich hätte nie gedacht, daß ich ...« Er verstummte schlagartig.

»Was hätten Sie nie gedacht?«

Auf Reedeths Stirn glänzte plötzlich eine dünne Schweißschicht. »Ich hätte nie gedacht, daß ich einmal durch meinen Pultomaten Erkundigungen über Dr. Mogshack selbst einholen könnte«, sagte er leise. »Aber ich nehme an, das ist so was wie ein Insider-Gag, den Außenstehende nicht so recht nachvollziehen können.«

»Ich kann's«, versicherte Conroy mit einer Andeutung von Grimm. »Ich habe eine deutliche Vorstellung davon, wie's sein muß, unter Ihrem Chef zu arbeiten, auch wenn mir zumindest dies Unglück bisher erspart geblieben ist. Trotzdem, mir liegt an besagter Demonstration. Hmmm!

Da kommt mir eine Idee.« Er wandte sich Flamen zu. »Diese Automaten hier sind anerkannt die modernsten und am weitesten entwickelten in der Welt. Haben Sie zufällig ein Problem parat, das sie für Sie lösen könnten?«

»Einen Moment mal...«, wollte Reedeth eingreifen, aber da hatte Flamen bereits reagiert.

»Sicherlich«, sagte er. »Doktor, sind Fernsehsendungen ein regelmäßiger Bestandteil der Umgebung Ihrer Patienten, der von den Automaten im Rahmen der Therapie in Betracht gezogen wird?«

»Oh, natürlich«, antwortete Reedeth leicht befremdet. »Von der Grüneinkleidung an beginnt eine Phase der Rückgewöhnung des Patienten an die Außenwelt, und in diesem Verfahren spielen Fernsehsendungen durchaus eine Schlüsselrolle.«

»Mein Gott«, kommentierte Conroy kaum vernehmlich; Flamen ließ sich dadurch nicht aufhalten.

»In dem Fall wollen wir Ihren wundersamen Pultomaten mal fragen«, sagte er, »warum meine Computer mir den Bescheid erteilt haben, nicht einmal unbegrenzte Computerzeit bei den bundesbehördlichen Computern könne mir dabei helfen, die Interferenzen zu eliminieren, die seit einiger Zeit meine Sendungen stören.« Mit selbstzufriedener Miene lehnte sich Flamen auf seinem Stuhl zurück.

»Ich muß bekennen, ich blicke nicht ganz durch«, sagte Reedeth nach kurzem Schweigen. »Äh... Leider sehe ich Ihre Sendung nie. Sie kommt während meiner Arbeitszeit.«

»Die Fragestellung ist völlig klar«, entgegnete Flamen. »Meine Show, und zwar nur sie, hat in den vergangenen Monaten buchstäblich jeden Tag unter geradezu lachhaft unwahrscheinlich häufigen Sendestörungen gelitten, und es wird nun so schlimm, daß die Zuschauer haufenweise umschalten. Die Techniker der Holokosmos schwören, sie könnten die Ursache nicht ermitteln. Ich möchte schlichtweg wissen, ob ich ihnen glauben kann, ob Sabotage vorliegt, ob ich allmählich den Verstand verliere oder an Verfolgungswahn zu leiden beginne. Bei den Computern einer Psychiatrie, finde ich, bin ich mit meiner Frage vollkommen an der richtigen Adresse. Zumal meine Computer in dieser Angelegenheit anscheinend blind sind, und das kann daran liegen, daß die Sabotage, falls es sich darum handelt, sich sogar auf meine Computer erstreckt!« Am Ende seiner Ausführungen begann er sich zu erregen.

Nach einem mißtrauischen Blick, als neigte er dazu, dem Verdacht auf Paranoia am ehesten beizupflichten, faßte Reedeth die Fragestellung für seinen Pultomaten zusammen und wartete auf die wahrscheinlichste Antwort: daß die Daten ungenügend seien.

Doch es kam anders. »Sowohl Mr. Flamen wie auch den Computern der Bundesregierung«, gab die Maschine in ihrem üblichen lehrerhaften Ton Auskunft, »fehlen die zur Einschätzung dieses Problems erforderlichen Daten.«

»Soll das heißen, du hast diese Daten?« fragte Reedeth verwirrt.

»Ja.«

Flamen schaute gleichermaßen erstaunt drein; offenkundig hatte er nicht mit einer ernsthaft sachlichen Antwort auf seine Frage gerechnet, sondern nur der Herausforderung, die Reedeths Behauptungen über seinen Pultomaten implizit enthielten, gerecht werden wollen. Da sie das hauptsächliche Argument gewesen waren, mit dem Reedeth ihn dazu überredet hatte, die Verantwortung für Madison zu übernehmen, lag es logischerweise nahe, es bei dieser Gelegenheit maximal auf die Probe zu stellen. Jetzt war er hin- und hergerissen zwischen seiner Enttäuschung, Reedeth nichts vorwerfen zu können, und aufrichtigem Interesse daran, die Lösung zu erfahren.

»Nun holen Sie doch endlich die Antwort aus ihm heraus!« raunzte er Reedeth an.

»Ich will's versuchen«, brummte der Psychologe und richtete die Frage exakter an die Maschine. Die Automatenstimme antwortete prompt.

»Mrs. Celia Prior Flamen besitzt die Fähigkeit, elektromagnetische Strahlungen der für DreiDe-Fernsehsendungen verwendeten Frequenz zu beeinflussen. Diese Tatsache ist weder im Büro der Firma Matthew Flamen gespeichert, noch beim Datenverarbeitungszentrum der Bundesregierung bei Oak Ridge. Sie ist anläßlich ihrer Einlieferung in die Klinik beobachtet worden. Eine Weiterleitung der Information an andere cybernetische Systeme ist seither nicht erfolgt.«

Im Büroraum herrschte fassungsloses Schweigen. »Aber... Reedeth«, meinte schließlich Flamen mit kaum hörbarer, schwacher Stimme, »sind Ihre Automaten denn genauso verrückt wie Ihre Patienten?«

»Jedenfalls könnte man's glauben«, stimmte Reedeth zu. Seine Wangen waren blaß geworden. »Außer... Nein, es ist absurd. Aber...«

»Aber was«, hakte Conroy ein, und zwar, statt der erwarteten Geringschätzigkeit, mit deutlichem Enthusiasmus.

»Nun, wenn ich jetzt daran denke«, erklärte Reedeth widerwillig, »es ist wahr, wir hatten hier unmittelbar nach Mrs. Flamens Einlieferung ziemlich starke Störungen in unserem internen KommNetz.« Er wandte sich an Madison. »Erinnern Sie sich, Harry?«

»Äh... Ja, Doktor, Sie haben völlig recht«, erwiderte der Nieb in bedrücktem Tonfall.

»Trotz allem«, sagte Reedeth, der seine Einlassung anscheinend bereits bereute, »ich begreife nicht, wie...«

»Jim«, unterbrach Conroy. »Bringen Sie den Automaten, mit denen Sie hier tätig sind, Vertrauen entgegen?«

»Verdammt noch mal, genau diese Frage habe ich kürzlich Ariadne gestellt.« Reedeth stieß ein Seufzen aus. »Professor, ich weiß einfach nicht, was ich von alldem halten soll! Das war eine so unglaubliche...«

Das KommNetz-Gerät summte, und auf dem Bildschirm erschien das bekannte Gesicht Elias Mogshacks; ein Lächeln trennte seinen Schnurrbart vom Kinnbart, und ein herzlicher Ton durchdrang seine Stimme, als er zu Reedeths Abbild auf seiner Mattscheibe zu sprechen anfing.

»Ah, Dr. Reedeth! Ich habe gehört, daß Sie wahrhaft hingebungsvoll außerhalb der normalen Arbeitszeit tätig sind, um aufzuarbeiten, was...«

Da verstummte er.

Schweigen.

Als er von neuem sprach, klang seine Stimme wie eine Säge, die sich durch feuchtes Holz quälte, das Schaben und Kratzen durchsetzt mit einem Winseln von Verdrießlichkeit.

»Sind Sie nicht Xavier Conroy?«

Conroy nickte völlig ungerührt. »Guten Tag, Dr. Mogshack. Es ist lange her, daß wir zuletzt das Vergnügen hatten...«

»Was tun denn *Sie*, zum Satan, in meiner Klinik?«

»Ihrer Klinik?« entgegnete Conroy nachsichtig. »Komisch – ich dachte stets, sie gehörte Regierung und Bevölkerung des Bundeslandes New York.«

»Sie Scheißkerl«, sagte Mogshack und preßte die Lippen aufeinander, so gewaltsam, daß sie, als er erneut den Mund öffnete, bleich und blutleer blieben. »Verschwinden Sie. Verschwinden Sie *augenblicklich* vom Gelände der Ginsberg-Klinik, oder ich lasse Sie durch die Polizei hinausbefördern.«

»Dr. Mogshack...«, setzte Reedeth an.

»Haben Sie diesen Mann in die Klinik gelassen?« brüllte Mogshack.

»Was? Naja, ich glaube, ich...«

»Sie melden sich am Montag bei mir, sobald Sie in der Klinik eintreffen! Dann werde ich Ihnen klarmachen, was ich von Ihnen halte – ich wünsche nicht, daß Conroy die Schadenfreude über mein schlechtes Urteilsvermögen genießen kann, das dazu geführt hat, daß ich Ihnen eine Stellung in der Ginsberg-Klinik angeboten habe. Aber soviel dürfen Sie schon *jetzt* wissen: Ich empfehle Ihnen, sich nach einem anderen Arbeitsplatz umzusehen!«

Der Bildschirm erlosch. Plötzlich ergriff der Pultomat das Wort. »Auf Anordnung des Klinikdirektors«, sagte er,

»wird diese Einheit bis Montag neun Uhr dreißig desaktiviert.«

Und so geschah es.

»Na, wenn Sie das rückgängig machen wollen, Madison kann Ihnen sicher helfen«, sagte Flamen grinsend, während er den Nieb ansah.

»Lassen Sie's gut sein, Flamen«, mahnte Conroy ruhig. »Ja, höchstwahrscheinlich ist Madison dazu imstande, die Desaktivierung aufzuheben, aber möchten Sie einen geheimen Trumpf entblößen?«

Er stand auf. »Schön, jetzt ist der Fall wohl endgültig klar«, meinte er. »Bis zu diesem Moment hatte ich noch meine Zweifel. Sie auch, Jim? Aber ich glaube, Flamen hat soeben einen Eindruck von der Art jener Person erhalten, die seine Frau ›geheilt‹ haben will, und Madison hat den Mann gesehen, der wirklich dafür verantwortlich ist, daß man ihn viel zu lange hier festgehalten hat, und Sie, Jim, wissen nun auch, woran Sie sind. Also wollen wir von hier abhauen, wie's sein Wunsch ist – in dem Zustand, in welchem er sich jetzt befindet, ist er restlos fähig, seine Drohung in die Tat umzusetzen und die Polizei zu verständigen, damit sie mich vor die Tür befördert, habe ich recht, Jim, oder nicht?«

Reedeth holte tief Atem. »Sie entsinnen sich«, fragte er, »daß ich vorhin erwähnt habe, ich bin über diesen Pultomat an Daten über Mogshack gelangt? Tja, und gesagt hat er...«

Er zögerte, aber ein Anschwellen seiner Wut half ihm über die letzte Hemmung hinweg. »Er hat gesagt, Mogshack wollte die ganzen Vereinigten Staaten in seiner Behandlung sehen! Na, also mich kann er schon einmal davon abziehen!«

»Ich wüßte nicht«, sagte Conroy mit Eiseskälte, »welchen besseren Beweis Sie Flamen für die Richtigkeit Ihrer Automaten auf seine Frage bieten könnten, als die vollkommene Übereinstimmung zwischen dieser Diagnose der geistigen Verfassung Ihres Chefs und dem Benehmen, das er eben an den Tag gelegt hat. Flamen, Sie haben in Ihrem Büro Computer?«

»Wie? Ja natürlich!«

»Dann gehen wir dorthin«, sagte Conroy autoritär. »Ich bezweifle, daß sie sich mit den Anlagen der Ginsberg-Klinik vergleichen lassen, aber ich möchte, wenn er keine Einwände erhebt, unseren so nachdrücklich empfohlenen Elektroniker hier mitnehmen, denn mal von allem abgesehen, ich habe in dieser Stadt nur bis morgen abend Zeit, und wenn ich wieder heimwärts fliege, möchte ich zumindest sicher sein können, daß sich ein fähiger Spezialist um das Problem mit den Interferenzen kümmert, ganz egal, ob es nun auf Ihre Frau zurückzuführen ist, wie die Maschinen behaupten, oder nicht. Ich hätte Sie auch gerne dabei, Miss Clay, es sei denn, Sie haben irgend etwas anderes vor. Manchmal befallen mich Ahnungen. Und im Moment habe ich so eine Ahnung...«

Er brach ab, blickte fast einfältig drein, als verblüffte ihn der Klang der eigenen Stimme. »Zum Teufel, ich *ahne* etwas, und zwar so eindringlich, daß es mir beinahe Schmerzen bereitet! Irgendwie werde ich das verrückte Gefühl nicht los, daß alldem ein Muster zugrunde liegt, das bei richtigem Gebrauch Mogshack einwandfrei torpedieren kann. Aber wir müssen schnell handeln.« Er legte seine Hände an den Kopf, als drohe irgendeine Anwandlung ihn zu überwältigen; Reedeth musterte ihn verwirrt.

»Ja, Professor«, sagte plötzlich Lyla, die lange Zeit nur geschwiegen hatte.

»Was?« Conroy drehte sich nach ihr um, blinzelte. »Oh. O ja. Ich meine... ja. Alle Wetter, Madison, wer sind Sie?«

»Professor«, sagte Reedeth, »ich denke, daß ich nicht...«

»Mir ist's scheißegal, was Sie denken!« fuhr Conroy ihn an. »Ich weiß, was ich denke, und darum geht's. Kommen Sie nun, oder nicht?«

»Kommen...?«

»Mit in Flamens Büro!« schnauzte Conroy. »Sie wissen, was sich abspielt, stimmt's, Frau?« fügte er hinzu, an Lyla gewandt.

»Ich... ich bin mir nicht ganz sicher, aber...« Wacklig erhob sich Lyla. »Ich weiß nur, daß ich mich fürchte, aber jedenfalls, *ich* komme mit.«

»Mir ist ganz sonderbar zumute«, sagte Flamen. »Was ist denn passiert?«

»Wenn sogar Ihnen was auffällt, muß wohl was dran sein«, antwortete Conroy und stapfte zur Tür. »Vorwärts!«

Mit siebzehn zu zwei Stimmen auf einer über KommNetz-Sicherheitsverbindung veranstalteten Konferenz zwischen Vertretern aller maßgeblichen Knieblanks-Enklaven Nordamerikas, mit der Ausnahme Blackburys, verabschiedeter Beschluß

Resolution

In Anbetracht des schweren Schadens, welcher der Sache des schwarzen Selbstbestimmungsrechts durch Bürgermeister Black insofern zugefügt worden ist, als er sich bei der Durchführung seiner melanistischen Politik eines weißen südafrikanischen Rassenexperten bedient und von demselben zur Absetzung von Pedro Diablo hat verleiten lassen, bekannt als unerschütterlicher, unentbehrlicher Verfechter eines Standpunkts, den alle Teilnehmer dieser Diskussion gemeinsam haben, soll schnellstmöglich jeder erdenkliche Schritt unternommen werden, um die Folgen dieser irregeleiteten Handlung abzuwenden, wenn nötig, auch mittels zwangsweiser Datenpaket-Überprüfung der Person Bürgermeister Blacks, um festzustellen, ob sein Gesamtverhalten in Übereinstimmung mit den besten Interessen des amerikanischen Melanismus steht.

Im einundzwanzigsten Jahrhundert gebräuchlicher Ausdruck, so neu, daß er noch in keinem anerkannten Wörterbuch enthalten ist, aber verbreitet genug, daß er einer ganzen Anzahl von Lexikographen schon mündlich zur Aufmerksamkeit gelangt sein muß

›Stauchknie‹ (für *Knieblank*, in Afrikaans *nieblanke*, nichtweiße Person): Eine farbige Person, die gezwungen ist, in einer von Weißen dominierten Umgebung zu leben und/oder zu arbeiten, statt in einer Negro-Enklave oder einem Land mit farbiger Regierung.

Was eigentlich genau los war, davon besaß Flamen keine Vorstellung, aber allem Anschein nach hegte Conroy die Überzeugung, daß es irgendwie mit höherer Wahrscheinlichkeit zum Zusammenbruch von Mogshacks Autorität führte, als der ursprüngliche Plan verhieß; und indem er bis auf weiteres einmal optimistisch unterstellte, daß Conroy wußte, was er tat, ließ er sich vom Geschehen mitreißen. Gefolgt vom unpassend zusammengewürfelten Haufen seiner Begleitung, suchte er — im Etchmark-Tiefkomplex auf der FluviPiste von den Lifts unterwegs zum Eingang seines Büros — in seiner Tasche nach dem Kontaktschlüssel, um die Tür zu öffnen.

Doch als er ihn mit dem Schloß kontaktierte, merkte er, daß jemand die Tür bereits aufgeschlossen hatte.

»Teufel, was ist das?!« stieß er unterdrückt hervor. Die Tür rückte ein Stück weit zur Seite, ehe er Zeit genug hatte, volle Klarheit darüber zu gewinnen, daß es, falls sich im Büro ein Eindringling aufhielt, vernünftiger war, still und leise davonzuschleichen und die Polizei zu verständigen, damit sie hineinging und sich ihn griff. Trotz der Tatsache, daß sein Gewerbe ihn dem potentiellen Zorn vieler seiner Opfer aussetzte, pflegte er nie eine Waffe zu seinem persönlichen Schutz mitzutragen, und er bezweifelte, daß jemand in seiner Begleitung im Moment bewaffnet war.

Während er noch mit seiner anfänglichen Überraschung rang, glitt jedoch eine der inneren Türen beiseite und enthüllte ein dunkles Gesicht, das einen Ausdruck von Verlegenheit zeigte, wie bei einem Kind, ertappt beim Klauen von Süßigkeiten.

»Was ist das denn?« rief Conroy über Flamens Schulter; er war einen halben Kopf größer als der Medienkiebitz. »Sind Sie nicht Pedro Diablo? Na, das kommt mir vor, als wären Sie, nachdem man Sie in Blackbury so sang- und klanglos hinausgeworfen hat, recht schön auf den Füßen gelandet.«

Diablo nickte zerstreut, den Blick auf Flamen geheftet. »Äh... Ich hoffe, Sie nehmen keinen Anstoß an meiner Anwesenheit«, sagte er. »Die IBM konnte mir so eine Übungsanlage, wie Sie sie vorgeschlagen haben, erst für frühestens Montag zusagen, aber nachdem ich gesehen hatte, was man mit Ihrer Ausrüstung alles machen kann, konnte ich der Versuchung nicht widerstehen, noch mal wiederzukommen und ein bißchen damit herumzuspielen. Ich habe natürlich den Code zur Absonderung der Einheit erhalten. Es hat keine speziellen Anschlüsse gebraucht. Und ich habe nichts kaputtgemacht, glauben Sie mir.«

»Sie hätten trotzdem die Güte besitzen können, mir Bescheid zu geben«, schnauzte Flamen. »Verflucht, ich hätte Sie fast für einen Einbrecher gehalten, und ich war drauf und dran, davonzuschleichen und die Polizei zu rufen. Wir haben momentan wichtigere Aufgaben für unsere Computer, also wüßte ich's zu schätzen, wenn Sie sich jetzt verziehen.« Übellaunig strebte er an Diablo vorüber in sein Büro.

»Unfug«, sagte Conroy, indem er sich anschloß.

»Was?«

»Unfug, sagte ich. Erstens wünsche ich mir schon seit Jahren, diesen Mann mal kennenzulernen – er ist wahrscheinlich der beste intuitive Psychologe auf unserem Planeten, und ich verwende regelmäßig Aufzeichnungen seiner Shows als Unterrichtsthemen, um zu illustrieren, wie ein entschlossenes Individuum Zuschauermassen manipulieren kann. Zweitens, Sie sind wütend und verbittert, ich selbst bin ganz schön manisch, und wir stehen vor einem verdammt komplexen Problem, so daß es recht nützlich sein dürfte, jemanden hierzuhaben, der einen distanzierten Blickwinkel hat, und ich wüßte niemanden, der distanzierter sein könnte als jemand, der am liebsten nie nach New York gekommen und viel lieber noch in Blackbury zu Hause wäre.« Er sah den Nieb an. »Habe ich recht?«

»Zum Henker, wer sind *Sie* überhaupt?« wollte Diablo erstaunt wissen.

»Oh – Entschuldigung! Ich bin Xavier Conroy.«

»Tatsächlich?« Diablos nahezu feindliche Haltung wechselte wie durch Zauberei. Er streckte die Hand aus. »Verdammt, ich habe meinerseits genauso jahrelang gehofft, Sie einmal kennenzulernen. Warum um alles in der Welt haben Sie's hingenommen, daß man Sie so gründlich vergrämt hat, bis Sie auf dies Lehrerpöstchen in Manitoba heruntergekommen sind?«

»Ich hänge in übertriebenem Maß an meinen eigenen Meinungen«, gab Conroy mit leicht verzerrter Stimme zur Antwort. »Selbst heutzutage bringen Schüler den Lehrern immerhin soviel Respekt entgegen, daß sie sie nicht unbedingt bei jeder Gelegenheit niederschreien, und es schenkt mir ein – leider falsches! – Gefühl, etwas zu leisten, wenn ich das, was ich lehre, in ihren Arbeiten wiederfinde. Trotzdem, es war natürlich völlig unberechtigt von mir, einfach davon auszugehen, daß Sie bleiben möchten. Es ist bloß so, daß... Na, wie gesagt, wir haben ein Problem, und... Haben Sie manchmal Ahnungen, Mr. Diablo?«

»Dann und wann durchaus, muß ich sagen, ja. Nicht daß sie auf regelrechte Vorahnungen hinausliefen, wenn's das sein sollte, worauf Sie's abgesehen haben. Andernfalls säße ich noch daheim und würde mich erheblich wohler fühlen. Aber man entwickelt ein gewisses Gespür für das propagandistische Potential der einzelnen Nachrichtenthemen, um ein Beispiel zu nennen.«

»Das ist genau so was, wovon ich spreche.« Conroy nickte. »Im Laufe der vergangenen ein oder zwei Stunden habe ich einige absolut außerordentliche Dinge gesehen und gehört, und mich hat das unwiderstehliche Gefühl befallen, daß sich daraus irgendwie ein Gesamtzusammenhang ergeben muß. Sie haben den gleichen Eindruck, stimmt's, Flamen?«

Ein wenig darüber verärgert, in den eigenen Büroräumen in den Hintergrund verdrängt worden zu sein, antwortete Flamen mit einem kurzen Nicken; doch schon einen Herzschlag später bereute er seine Schroffheit und wiederholte es mit entschieden mehr Nachdruck, Verwunderung in seiner Miene.

»Ja, ich hatte in der Klinik für einen Moment so eine Aufwallung von Exaltiertheit. So stark, daß mir davon richtig mulmig war.«

»Mir ist noch immer so«, sagte Lyla. Sie war sehr bleich, stand noch an der Tür, als sei sie zu schüchtern zum Eintreten. »So etwas habe ich noch nie empfunden — das heißt, jedenfalls nicht, seit ich ein Kind war und alles ringsherum sich auf den Krieg vorbereitet hat. Ich habe natürlich nicht kapiert, worum's ging, aber ich kann mich eindeutig an die gleiche Mischung von Furcht und Aufregung entsinnen.«

»Miss Clay ist eine Pythoness«, sagte Conroy zu Diablo. »Was halten Sie von Pythonessen?«

Seiner Frage folgte Schweigen. Schließlich gab Diablo ein gedämpftes Lachen von sich und schob den Ärmel seines feschen Straßenanzugs im New Yorker Stil in die Höhe, enthüllte dicht unterm Ellbogen ein Juju-Armband der Conju Man AG: Ein kompliziert geflochtenes Kränzchen aus Haaren von der Mähne eines Löwen.

»Das ist etwas, von dem unsereins mehr weiß als Blanks, nehme ich an«, sagte er. »Sie benutzen SibyllPillen, Miss Clay?«

»Äh ... Ja.«

»Wir Knieblanks waren's gewohnt, die gleiche Sorte geistiger Kräfte zu nutzen, lange bevor man's geschafft hat, die Droge, die Sie verwenden, in sauberen, modernen Laboratorien synthetisch herzustellen. Ich habe ... ich *hatte*, meine ich, daheim unter meinen Mitarbeitern eine Seherin, die so gut wie alles konnte, wozu diese Computer hier in der Lage sind, ausgenommen das Fabrizieren von Bildmaterial, versteht sich. Ich habe mich oft auf sie verlassen, ungefähr für eine Story monatlich, immer wenn wir mehr Daten brauchten, als man auf offiziellem Weg erhalten konnte. In vier von fünf Fällen hatte sie immerhin auch recht. Ich muß sagen, irgendwie bin ich froh, zu sehen, wie die Blanks-Gesellschaft seit einigen Jahren auf menschliche Einsicht zurückgreift, statt sich ausschließlich an Maschinen zu halten.«

»Das ist ja faszinierend«, sagte Conroy. »Davon habe ich noch nie gehört.«

Diablo verzog die Lippen. »Sollten Sie auch nicht. Wir haben die Bundesbehörden immerzu an der Nase herumgeführt, in kleinen Kreisen, auf der Suche nach Schwachstellen, die nicht existieren. Und so wird's ihnen weiterhin ergehen, kein Zweifel, sogar wenn Sie nun ans KommNetz gingen und ihnen mitteilten, was ich Ihnen gerade verraten habe. So kommt's, wenn man Maschinen zu sehr vertraut — man gerät immer wieder in die alten, aussichtslosen, rein mechanischen Gleise. Automaten geben nichts um dergleichen wie etwa Unterschiede der Persönlichkeit. Man legt für sie Prinzipien fest, die klipp und klar sind, und sie richten sich blindlings danach, bis hin zu den absurdesten Schlußfolgerungen, und dabei ziehen sie einen mit.«

»Verdammt richtig«, sagte Conroy. »Ich wußte ja, daß Sie ein Mann sind, der denken kann, Mr. Diablo, und jetzt freut's mich noch mehr, Ihnen begegnet zu sein, als ich erwartet hätte. Hören Sie, warum setzen wir uns nicht hin und sprechen diese Sache einmal durch, in die wir allem Anschein nach verwickelt sind?«

»Sicher, ja.« Diablo nickte. »Wenn Sie etwas ernst nehmen, kann man drauf wetten, daß es mich auch interessiert.« Er warf einen Blick auf seine Armbanduhr. »Allerdings wäre mir eine Mahlzeit ganz angenehm — ich habe heute nicht gefrühstückt.«

»Bestimmt können wir was kommen lassen. Flamen?«

»Oh, um Himmels willen! Ja, natürlich können wir das.« Mit finsterer Miene umrundete Flamen seinen Schreibtisch und nahm im gewohnten Sessel Platz. »Aber ich warne Sie, Professor, sollte sich Ihr Getue als reine Zeitverschwendung erweisen, wie ich halb befürchte, werde ich verdammt sehr sauer sein.«

»Das ist etwas, was mir keine Sorgen bereitet«, erwiderte Conroy in vollkommener Gefaßtheit. »Dagegen könnte es sein, daß unsere Beschäftigung keine Zeitverschwendung in einer Beziehung ist, die herauszufinden wir bloß zu kurzsichtig sind, und falls *das* zutrifft, dürften Sie gewiß nicht der einzige sein, der sich ärgert.«

Nachdruck aus dem Londoner Observer vom 24. März 1968 (Auszug)

Amerikas Zeitbombe Von Colin Legum

»Ich glaube an nix«, sagt ein farbiger Jugendlicher während eines Straßenkrawalls. »Ich hab's Gefühl, man sollte die ganze Welt niederbrennen. Soll sie ruhig niederbrennen, Junge.«

Zum Zweck der in diesem Buch erzählten Geschichte gemachte Annahme in bezug auf das Vorstehende

Kein Einzelfall.

Die Uhr zeigte sechzehn-zehn an, und sie saßen inmitten einer Ansammlung von leeren Bier- und Milchtüten und buntem Sandwich-Papier.

»Es kommt einfach kein *Sinn* heraus«, sagte Diablo in nahezu gekränktem Ton, als habe sich die Welt verschworen, um ihm ein Geheimnis vorzuenthalten. »Alles fächert und fächert sich immer weiter aus, und jedesmal zweigt es in irgendeine neue verrückte Absurdität ab. Ich muß erst einmal rekapitulieren – ich habe das Gefühl, gar nicht alles aufgenommen zu haben, was mir mitgeteilt worden ist, weil mein Unterbewußtsein zuviel davon für reinen Quatsch hält.«

»Gibt's bei alldem irgend etwas, das sinnvoll wirkt?« wollte Conroy erfahren.

»Äh...« Diablo zögerte. »Na, diese und jene Teilbereiche durchaus, kann man sagen. Aber sogar sie liegen unter anderen Dingen verschüttet, die einfach lachhaft sind.«

»Zum Beispiel?«

»Oh...« Ein weiterer Moment des Zweifels. »Ach, verdammt, nein! Die Sachen, die ich gerne ernsthaft untersuchen würde, sind in nichts als Mist eingepackt. Wie das, was Harry geäußert haben soll, nachdem er Mikki Baxendales Askaris umgehauen hatte.«

»Wie meinen Sie das?« mischte sich Lyla ein. »Wieso ›in Mist eingepackt‹? Glauben Sie mir nicht?«

»Nehmen Sie's mir nicht übel, aber Harry selbst würde ich sehr viel eher Glauben schenken«, sagte Diablo. »Aber nach Ihren eigenen Aussagen hatten Sie eine subkritische Dosis einer recht starken Droge geschluckt, und Sie können unmöglich auf allen geistigen Ebenen normal funktioniert haben. Und Harry will oder kann sich nun einmal nicht daran erinnern, das gesagt zu haben, was er Ihnen zufolge von sich gegeben haben soll, also...« Er breitete die Hände aus. »Übrigens, wie ist es überhaupt möglich, daß Harry Madison, nachdem er jemanden im fünfundvierzigsten Stockwerk aus dem Fenster geworfen hat, hier ist, statt in einem Sicherheits-Tiefkomplex?«

Reedeth seufzte, lehnte sich auf seinem Stuhl zurück und streckte die Beine aus. »Was glauben Sie, was ich die ganze Zeit getan habe, ehe Flamen und Conroy gekommen sind, um ihn aus der Klinik abzuholen? Ich habe mich beinahe damit aufgerieben, zu verhindern, daß er dort landet, die Polizei mit komplett computerisierten Reports über die Effekte einer SibyllPille von zweihundertfünfzig Milligramm auf einen gewöhnlichen Menschen fast totgeschmissen, bis man wegen zeitweiliger Unzurechnungsfähigkeit eine Kaution genehmigt hat. Ich bin's gewohnt, Ginsberg-Patienten dem polizeilichen Zugriff zu entziehen, und inzwischen ist's mir längst zur zweiten Natur geworden, Gegenklagen zu erheben, ob sie sich auf so gutes Beweismaterial stützen können wie die Klage wegen Freiheitsberaubung gegen Mikki Baxendale und ihre Askaris, oder nicht. Aber alles, was ich erreicht habe, ist ohnehin nur ein Aufschub. Es können noch Wochen vergehen, denn ich weiß, daß die Gerichte sogar mit den vorrangigen Beweisaufnahmen in Mordfällen um dreißig Tage hinterm Zeitplan herhinken, aber früher oder später gelangt die Sache selbstverständlich ernstlich zur Verhandlung.«

»Haben Sie Rechtsanwälte eingeschaltet?«

»An einem Samstag? Das soll wohl ein Witz sein. Aber die Ginsberg-Klinik hat übers reguläre KommNetz-System Anschluß an einen zugelassenen computerisierten Rechtsberater-Service. Und den habe ich genutzt.«

Verwundert schüttelte Diablo den Kopf. »Wissen Sie, das hier ist wahrhaftig eine andere Welt. Ich meine, völlig davon abgesehen, ob er unter Drogeneinfluß stand oder nicht, jeder der einen Menschen vom Simbabwe-Hochhaus in Blackbury geworfen hätte, käme ins Gefängnis, würde höchstwahrscheinlich sogar in Ketten gelegt, bis Richter Dennison Zeit für seinen Fall hat, wie lange das auch dauern mag. Ihr Vorgehen ist gewiß toleranter, aber ganz sicher weniger effizient. Er braucht nicht mal vor Gericht zu erscheinen, bevor ihm die Kaution genehmigt wird, hm?«

»Nicht im Falle einer Krankengeschichte mit geistiger Labilität«, antwortete Reedeth matt. »Allerdings wird die Kaution automatisch verdoppelt.«

»Auch 'ne Art von System, kann man wohl sagen«, meinte Diablo und seufzte.

Conroy langte nach einer weiteren Tüte Bier, riß am Öffnungsstreifen aus Plastik und fluchte, als der Gasdruck aus dem Innern ihn mit winzigen Tropfen besprühte. Er wischte sich den Bart und trank einen ergiebigen Zug.

»Wenn Sie mit Ihrer soziologischen Untersuchung fertig sind, würde ich gern an dem Punkt wieder einhaken, den Sie klarstellen wollten, bevor Sie vom Thema abgeschweift sind«, wandte er sich an Diablo. »Was könnte Sie dazu veranlassen, Harrys Prophezeiung ernsthaft in Betracht zu ziehen?«

»Prophezeiung?« wiederholte Diablo. »Tja, ich nehme an, es ist eine, was? Sie sehen's ja, ganz klar, dieser Hinweis auf ein neues Produkt der Gottschalks. Irgendwas dieser Art kommt auf uns zu, völlig neuartig und ungewöhnlich, und ich vermute, es soll im nächsten Frühjahr auf den Markt gebracht werden.«

»Woher wollen Sie das wissen?« fragte Reedeth voller Skepsis.

»Das ist vielleicht 'ne Frage von einem Blank«, entgegnete Diablo. »Wissen Sie nicht, wie die Gottschalks Sie Blanks als Kunden leimen? Sie liefern ihre jeweils ultramodernen Waffen an die schwarzen Enklaven, nicht viel überm Selbstkostenpreis, in dem Bewußtsein, daß Sie sich genügend vor uns fürchten, selbst wenn wir nichts anderes täten, als in Ihre Richtung zu spucken, um jeden Preis für die Aufrechterhaltung des Gleichgewichts der Abschrekkung zu zahlen. Trotz allem brauchen wir uns nicht sonderlich beeindruckt zu fühlen. Über einen ›Gottschalk-Coup von zweitausendfünfzehn‹ zu reden, muß nicht mehr heißen, als daß Harry von dem Wind bekommen hat, was man in den Enklaven herumerzählt.«

»Und das wäre?« erkundigte sich Flamen, dessen professioneller Instinkt plötzlich erwachte.

»Ich hab's doch gerade gesagt.«

»Was haben Sie im besonderen gemeint?« beharrte Flamen.

»Donnerwetter, verfolgen Sie denn nicht die Nachrichten aus Blackbury? Ich selbst habe eine Sendung über die neueste Ausrüstung gemacht, die Anthony Gottschalk uns zur Erprobung überlassen hat, und morgen müßte sie über drei der schwarzen Satelliten ausgestrahlt werden. Da ist ein Laser mit zweihundertfünfzig Watt und einer Kapazität von fünfhundert Schuß – irgendein neuer Durchbruch bezüglich der Akkumulatortechnik, ist mir gesagt worden, allerdings sind sie so konstruiert, daß man sie nicht zerlegen kann, ohne daß die Teile schmelzen, und zum Zeitpunkt, als ich gehen mußte, war mir noch nicht zu Ohren gekommen, daß unsere Techniker die Funktionsprinzipien ausgetüftelt hätten. Da gibt's jetzt eine Handstarter-Kleinrakete mit Mikro-Nuklearsprengkopf, Reichweite anderthalb Kilometer, Sprengkraft genügt, um einen durchschnittlichen Wohnblock in Schutt und Asche zu legen. Eine ganze Reihe von Neuerungen gibt's, alle zur gleichen Zeit vorgelegt. Allerdings habe ich nie gehört, daß man dafür so eine Bezeichnung verwendet hätte, wie sie von... Miss Clay, wie haben Sie sich ausgedrückt?«

»Ich habe mich gar nicht ›ausgedrückt‹«, erwiderte die Pythoness halsstarrig. »Aber Harry hat von ›integrierten Waffen des Systems C‹ gesprochen, über eine Ausrüstung von Einzelpersonen, daß sie eine ganze Stadt einebnen könnten.«

»Ich blicke nicht durch«, bekannte nach kurzem Schweigen Flamen.

»Ich hab's noch nie erlebt, daß die Gottschalks hinsichtlich ihrer Produkte geheimnistuerisch gewesen wären. Während der Planungs- und Entwicklungsstadien, 'türlich, ja, aber nicht, nachdem bereits Probestücke ausgeliefert worden sind.«

»Geschäftspolitische Differenzen innerhalb des Kartells?« mutmaßte Conroy.

Einen Moment lang blickte Flamen entgeistert drein, dann schnippte er mit den Fingern. »Herrgott, ich verliere *tatsächlich* den Überblick! So was war noch nie da, aber es könnte wirklich sein, daß das alles mit den Auseinandersetzungen zusammenhängt, die unter den Gottschalks stattfinden.« Er sprang auf. »Wenn niemand was dagegen hat, werde ich das sofort computerrecherchieren lassen. Das paßt nur zu gut zusammen.«

»Ich begreife allmählich überhaupt nichts mehr«, wagte Lyla zu bekennen.

Flamen sah sie an, während er sich an der wichtigsten und infolgedessen am meisten abgenutzten Tastatur seiner Computer zurechtsetzte. »Nicht? Aber Sie haben doch sicherlich gehört, daß es zwischen den Gottschalks größere Meinungsverschiedenheiten gibt? Sie sind schon seit Wochen im Gang, und vor ein paar Tagen kam's zum Höhepunkt, als Marcantonio seinen achtzigsten Geburtstag feierte und eine Anzahl höherer Polys demonstrativ ferngeblieben ist. Das könnte freilich auf einen Streit über die Einführung dieser greulichen kleinen Scherzartikel, die Diablo uns eben geschildert hat, zurückzuführen sein. Diskutieren Sie ruhig weiter, wenn Sie möchten — ich bin jetzt durch das ganze Geschnatter zu etwas gelangt, anhand dessen ich konkret etwas tun kann.« Während er sprach, gaben seine Finger den Automaten codierte Befehle ein. »So was wäre eine Story nach Ihrem Herzen, was, Professor?« ergänzte er zu Conroy. »Die Gottschalks über neue Waffenfabrikate zerstritten, und eine Fraktion macht gegen den Willen des Alten weiter.«

»Ich sehe darin keinen Anlaß zur Freude«, antwortete Conroy barsch. »Was mich betrifft, sind die Gottschalks Gangster, und wie würde es denn Ihnen behagen, falls sie einen Bandenkrieg nach Vorbildern des vorigen Jahrhunderts entfesseln, bloß mit modernen Waffen? Das wäre unendlich schlimmer als alles, was die X-Patrioten sich bisher geleistet haben.«

Flamen erwiderte nichts, und im nächsten Augenblick hatte er sich voll auf die Reihen kryptischer Wahrscheinlichkeitsbewertungen konzentriert, die vor ihm auf dem Bildschirm glommen.

»Ach, zum Teufel«, brummte Conroy. »Es ist gewiß besser, wenn die Menschen vor derartigen Dingen irgendwie gewarnt werden können, auch wenn heute kaum noch jemand irgendwelchen Warnungen Beachtung schenkt. Die halbe Zeit trauen wir nicht mal uns selbst noch, jedenfalls nicht genug, daß wir uns auf unser eigenes Urteilsvermögen verlassen würden, ohne eine zweite Meinung gehört zu haben, vorzugsweise die eines Automaten, warum also sollten wir auf anderer Leute Ratschläge achten?«

»Sie sind wirklich der zynischste alte Gauner, der mir je begegnet ist«, sagte Diablo und verlieh der Bemerkung einen Tonfall, der klarstellte, wie er sie meinte.

»Das fasse ich durchaus als Kompliment auf.« Conroy blickte auf seine Armbanduhr. »Inzwischen haben wir verdammt viel Zeit herumgebracht, und anscheinend ist nichts dabei herausgekommen. Versuchen wir mal, bei der Sache zu bleiben, ja? Sie hatten gesagt, Sie wollten sich nochmals einen Gesamtüberblick verschaffen, um sich zu vergewissern, daß Sie alles in sich aufgenommen haben.«

»Bei der Sache bleiben!« Diablo parodierte ein Grinsen. »Ließe sich eine Sache finden, bei der zu bleiben es sich lohnt, ich würde es gerne tun. Mir ist aber so, als pflügte ich durch ein Schlammloch, um irgendwelchen verkäuflichen Schrott zu finden.« Er gab sich einen Ruck. »Na schön, lassen Sie mich in chronologischer Reihenfolge von vorn anfangen, damit nichts unter den Tisch fällt. Miss Clay, alles begann damit, daß man Sie in die Ginsberg-Klinik eingeladen und vor entlassungsreifen Patienten hat auftreten lassen, richtig?«

Lyla nickte.

»Und dieser Auftritt verlief insofern ungewöhnlich, weil zwei Dinge geschahen, die Ihnen noch nie widerfahren waren. Erstens, Ihr inzwischen umgekommener Mackero mußte Sie mit einer Ohrfeige aus einer Echofalle befreien, deren Entstehen, falls ich recht verstanden habe, auf die Anwesenheit einer extrem dominierenden Persönlichkeit unter den Zuschauern zurückgeht, und der Ihr Bewußtsein sich normalerweise nicht selbst entwinden kann.«

»So ist's mir erläutert worden«, stimmte Lyla vorsichtig zu. »Wie erwähnt, ich hatte so was noch nie erlebt.«

»Na gut. Übergehen wir den Inhalt des Orakels, das sich zur Echofalle entwickelt hat, erst einmal, Mr. Flamen hat alles aufgenommen, also können wir uns später genauer damit beschäftigen. Die zweite bemerkenswerte Besonderheit war, daß Sie... Sie hätten erstmals gewisse ›Nachwirkungen‹ verspürt, haben Sie gesagt?«

»Stimmt. Nachher auf dem Flug in Mr. Flamens Skimmer.«

»Aha. Und Sie haben im Wachzustand, nicht in einer Trance, etwas geäußert, was auf ein weiteres Orakel hinauslief.«

Lyla schauderte zusammen. »Es war richtig unheimlich! Einen Augenblick lang hat mich ein Gefühl totaler Sicherheit beherrscht, ich habe gehört, wie die Worte einzeln aus meinem Mund kamen, ohne zu wissen, wie am Ende der vollständige Satz lauten wird.«

»Bei den Voodoo-Riten laufen ganz ähnliche Prozesse ab«, teilte Diablo unumwunden mit. »Sie könnten sich bei einer der gegenwärtigen Spitzenkräfte auf diesem Gebiet in den Enklaven erkundigen, wie Mama Echo in Chicago, oder dem Mädchen, mit dem ich in Blackbury zusammengearbeitet habe, Mama Fey. Aber ist jetzt egal.« Er räusperte sich. »Sie und Mr. Flamen haben sich anschließend die Orakel angehört, stimmt's? Und Sie sind zu keinen eindeutigen Schlußfolgerungen gelangt.«

»Wir sind beide abgelenkt gewesen«, antwortete Lyla gedämpft. »Ich hatte mich mit Dan gestritten, und dann kam diese Sache mit Ihnen – obwohl ich keine Ahnung hatte, daß es um Sie ging, als Mr. Prior bei Mr. Flamen anrief, um ihm Neuigkeiten zu sagen. Wir sind nur zu dem vagen Eindruck gekommen, daß vielleicht Mrs. Flamen darin verwickelt sei, aber... nein, lassen wir das. Mr. Flamen hat mich im Skimmer gefragt, warum ich seine Frau erwähnt habe, also muß dies Orakel ungewöhnlich klar gewesen sein.« Sie wirkte verblüfft. »Das hatte ich ganz vergessen.«

»Und Ihre Automaten in der Klinik...« – Diablo wandte sich an Reedeth – »haben die Orakel computerrecherchiert und für jedes der drei Orakel, die Miss Clay geäußert hat, ehe sie gewaltsam aus der Trance geholt werden mußte, eine wahrscheinliche Bezugsperson ermittelt, und jenes, aus dem sich die Echofalle entwickelte, galt angeblich Harry Madison. Sehe ich das richtig?«

Reedeth nickte; seine Miene zeugte von Stress. »Ich wußte zu dem Zeitpunkt natürlich noch nicht, um was es sich bei einer Echofalle handelt. Ich habe den Begriff zum erstenmal gehört, als ich nach Miss Clays Auftritt mit Dan Kazer sprach, und genauer habe ich mich erst später darüber informiert. Nach dem jedoch, was heute passiert ist, frage ich mich, ob es dumm von mir war, den Automaten zu glauben.«

»Wieso?«

»Nun...« Reedeth vollführte eine Gebärde der Ratlosigkeit. »Kurz bevor wir die Klinik verlassen haben, geschah diese Sache, wovon ich Ihnen erzählte habe: Mr. Flamen fragte, warum diese Computer hier voraussagen, selbst die Kapazitäten der bundesbehördlichen Computer könnten das Problem der Interferenzen seiner täglichen Sendung nicht aufklären, und als Lösung des Problems kam zuletzt nichts als eindeutiger Blödsinn heraus.«

»Jim«, griff Conroy in die Unterhaltung ein, »was ist aus dem offenen Verstand geworden, den ich zu fördern versucht habe, als Sie noch bei mir studierten?«

»Offener Verstand! Herrje, wenn ich mir einreden ließe,

ein weiblicher Patient könne aus der Ferne DreiDe-Sendungen stören, wär's der nächste Schritt, an den Teufel zu glauben und Plastikzwerge anzubeten!«

»Nun übertreiben Sie mal nicht.« Conroys Entgegnung war kühl und vorwurfsvoll. »Leben ist eine Frage der Wahrscheinlichkeiten, nicht der Überzeugungen. Waren Sie, zum Beispiel, nicht das zu glauben bereit, was die Automaten Ihnen über Mogshack verrieten?«

Reedeth verriet Unsicherheit. »Das ist nicht das gleiche«, sagte er.

»Aber es stammt vom selben Automatenkomplex mit denselben Datenbanken«, beharrte Conroy. »Außerdem waren Sie bereit, als die Computer die Orakel überprüft hatten, ihnen abzunehmen, daß eines davon — neben anderen — Harry Madison betraf, auch wenn Sie nicht von selbst darauf verfallen wären, oder?«

»Äh...« Reedeth leckte sich die Lippen. »Ja, verdammt noch mal, natürlich habe ich mich auf diese Angaben verlassen! Nachdem ich gründlich darüber nachgedacht hatte, fand ich, daß alles gut zusammenpaßte. Aber da lag ja noch nicht diese lächerliche Auskunft über Mrs. Flamen vor.«

»Darüber haben wir im Rahmen der bisherigen Betrachtung des Problems ohnehin noch gar nicht diskutiert«, gab Convoy zur Antwort. »Achten wir mal vorerst weiterhin nicht darauf. Erklären Sie mir lediglich, was Sie meinen, wenn Sie feststellen, Madison und das Orakel, das ihm zugeordnet sein sollte, hätten ›zusammengepaßt‹.«

Mißbehaglich schaute Reedeth die Person an, um die das Gespräch sich drehte, die abseits der Gruppe saß, ohne an der Diskussion teilzunehmen, außer wenn man sie direkt ansprach, und dann erteilte Madison jedesmal höflich Antwort.

»Am Morgen vor Miss Clays Auftritt«, erläuterte Reedeth mit leiser Stimme, »bin ich, weil Madison die Schwierigkeiten, die ich mit den Zensurschaltungen meines Pultomaten hatte, ohne besondere Rücksprache mit mir im

Handumdrehen behoben hat, zu der Schlußfolgerung gelangt, daß sein Geisteszustand keinesfalls als krankhaft bezeichnet werden konnte. Möglicherweise als Nonkonformismus, aber das ist schließlich nicht das gleiche.«

»Hmmm!« brummte Conroy. »Wie ich sehe, ist Ihr Gehirn durch die Tätigkeit unter Mogshack noch nicht völlig zermantscht. Sie sind in einem Zeitalter, da Exzentrizität fast als Schwerverbrechen gilt, zu einer bemerkenswerten Einsicht gelangt.«

»In welcher Richtung wir uns auch durch diesen Haufen Wirrnis ackern«, sagte Diablo, »anscheinend kommen wir immer wieder auf Harry zurück. He, Harry!«

Madison heftete einen ausdruckslosen Blick auf ihn.

»Was hat's mit alldem auf sich, Mann? Ich höre solche Sachen, daß du Kontaktschlösser ohne Schlüssel öffnen kannst... einen Pultomaten auf eine Art und Weise modifizieren, die sich der Hersteller nie hätte träumen lassen, daß du in der Ginsberg-Klinik gesessen hast, ohne verrückt zu sein, daß du 'ne SibylPille schlucken mußtest und danach Dinger gedreht hast, von denen in der Fachliteratur nichts zu lesen steht... und hier ist 'ne Pythoness, die behauptet, du hast neun Gegner in einem Abwasch fertiggemacht, und daß sie dabei Visionen von allen möglichen abstrusen Kämpfen gehabt hat...« Er breitete seine Hände aus.

»Sie haben einiges ausgelassen«, merkte Conroy an. »Als mich diese Ahnung befiel, kurz bevor wir aus Reedeths Büro abgeschwirrt sind, hatte ich Madison gerade gefragt, wer er eigentlich sei, nur hat dann irgendwer etwas anderes dazwischengequasselt und mich abgelenkt.« Er beugte sich auf seinem Stuhl vor. »Unter anderem habe ich ebenfalls über diese Visionen Miss Clays nachgedacht — und bin darauf gekommen, zu fragen, wie zum Teufel so viele *Details* da hingeraten konnten...?« Er lenkte seinen Blick hinüber zu Lyla. »Sie haben nicht Geschichte studiert, oder?«

»Nicht regelrecht studiert, nein. Nur die normalen Geschichtsstunden in der Schule mitgemacht. Ich hatte auch nie Spaß dran. Meine Noten waren immer ziemlich unterdurchschnittlich.«

»Aber was Sie uns erzählt haben, etwa das... äh... über den Gladiator in einer römischen Arena, dem von verdorbenem Fleisch übel war, dann das, wie Sie schlecht sehen konnten, weil Ihre Augen vom Staub und grellen Sonnenschein entzündet waren, ich meine, in dem Ägypten-Bit...«

»Ägypten-Bit?« wiederholte Diablo. »Mann, Sie bringen mich am laufenden Band aus dem Gleis.«

»Der Mann im leinenen Hüftrock und mit Peitsche, das Aufheben eines Lehmziegels in der Form eines Brotlaibs. Das ist alles so verdammt plastisch!« Conroy klatschte eine Faust in die andere Handfläche. »Das sind keine Einzelheiten, an die man sich nach bloßen Halluzinationen erinnert. Das ist die Sorte von überflüssigen kleinen Details, wie sie einem im wirklichen Leben im Gedächtnis hängenbleiben, so wie man auf einen Berggipfel steigt und wird dann weniger von der schönen Aussicht als von der Blase an der Ferse in Anspruch genommen. Verstehen Sie, was ich meine?«

»Sicherlich, ja.« Diablo nickte. »Das ist ein Punkt, den habe ich übersehen, obwohl mir das nicht hätte passieren dürfen. Ich war selbst immer stolz darauf, in die Darbietungen für meine Propagandasendungen solche winzigen, aber augenfälligen Kleinigkeiten einzuarbeiten, die dem Ganzen schon allein den Anschein von Echtheit verliehen.« Er zerrte so heftig an seinem Bart, daß es aussah, als wolle er ihn büschelweise ausreißen. »Weiter. Was hat Sie außerdem dazu veranlaßt, Madison zu fragen, wer er sei?«

»Der Umstand, daß er Miss Clays rundheraus gestellte Frage, ob er derjenige war, durch den ihr Auftritt in der Klinik vermasselt worden ist, schlichtweg bejaht hat. Stimmt's, Miss Clay?«

»Ich hatte den Eindruck, daß Harry wußte, was ich meinte, ohne daß ich's näher zu erklären brauchte«, bestätigte Lyla; nervös betrachtete sie den Nieb. »Aber ... äh ... finden Sie's richtig, daß wir über ihn reden, als wäre er gar nicht hier im Zimmer anwesend?«

»Für mich sieht's so aus, als mache sich Harry selbst verbrecherischen Schweigens schuldig«, sagte Diablo ohne jeden Humor. »Den ganzen Nachmittag lang versuchen wir schon, ihm das eine oder andere unmißverständliche Ja oder Nein zu entlocken. Aber womöglich gelingt's uns, ihn durch ausgiebiges Reden über ihn genug zu ärgern, um ihn zu ein paar aufschlußreichen Bemerkungen zu provozieren. He, Harry?«

Madison zeigte einen kaum wahrnehmbaren Ansatz zu einem Lächeln und bewahrte auch weiterhin Schweigen.

»Tja, wenn Sie's halt unbedingt so wollen ...«, meinte Conroy. »Nun gut, abgesehen von dem richtigen Orakel, das sich zu einer Echofalle entwickelt hat, und diesem chaotischen Humbug über einen Mann mit sieben Gehirnen ...«

»Daran habe ich mich erinnert!« Urplötzlich setzte sich Lyla kerzengerade auf. »Mein Gott, wieso konnte ich das wieder vergessen?! Als ich bei Mikki Baxendale am Boden kauerte und Madison beobachtete, da habe ich den Satz ständig wiederholt: ›Ich traf einen Mann mit sieben Hirnen.‹«

»Hier wird sich auf einmal auf verdammt viel wieder besonnen«, bemerkte Reedeth sarkastisch. »Prophezeiungen nach Eintreten des prophezeiten Ereignisses haben mich allerdings noch nie sonderlich beeindrucken können.«

»Mag sein«, erwiderte Conroy. »Aber wie steht's mit vorher gemachten Prophezeiungen? Jim, würde ein Patient in der Ginsberg-Klinik Zugang zu einem DreiDe-Tele haben, mit dem sich Niebs-Propaganda empfangen läßt, zum Beispiel eine Show Diablos, wiedergesendet von einem chinesischen oder nigerianischen Satelliten?«

»Nein, selbstverständlich nicht. Alles was die Persönlichkeit aufwühlt, zumal etwas, das an Schuldgefühle rührt, hätte verheerende Folgen. Draußen kann man dergleichen verkraften, weil's genug Zerstreuung gibt, aber in der abgesonderten Welt der Klinik – nein, kein Zweifel, so was könnte nicht erlaubt werden.«

»Mit anderen Worten...«, begann Conroy, aber ein Ausruf Flamens unterbrach ihn.

»Volltreffer! Lieber Gott, das ist... das ist einfach enorm! Mensch, gib mir einer 'ne Tüte Bier, falls noch was übrig ist!« Der Medienkiebitz war so aufgeregt, daß er fast wie ein Affe unablässig die Hände zusammengeklatscht hätte. »Positives Resultat in absolut *jedem* Aspekt der gesamten Story! Die Gottschalks wollen sich *wirklich* aus dem Datenverarbeitungszentrum Iron Mountain abkoppeln und sich künftig auf eigene, völlig neue Anlagen stützen, und deren Standort ist höchstwahrscheinlich Nevada, wo die jüngeren Polys wie Anthony und Wjatscheslaw sich niedergelassen haben, um Marcantonios Dunstkreis hier im Osten fernbleiben zu können – und das bedeutet, es ist sehr gut möglich, daß er die Idee, bei der Iron Mountain auszusteigen, nicht billigt. Und es ist *tatsächlich* ein komplettes Sortiment neuer Waffen zur baldigen Massenproduktion vorgesehen. Schaut aus, als sei's von Grund auf völlig neuartig konstruiert worden, und ich habe sogar einen Code-Buchstaben ›C‹ einkreisen können, der dies Produktesortiment identifiziert. Herrje, und wenn ich hier den ganzen Rest des Wochenendes zubringe, selbst wenn ich die Computerzeit, die ich bei den Anlagen der Bundesregierung nutzen darf, restlos für dies eine Thema aufbrauchen muß, am Montag werde ich die größte gottverdammte Story präsentieren, die mir je unter die Augen geraten ist! Das ist 'ne Sensatie, ganz unzweifelhaft eine knallharte Sensatie! Man stelle sich vor, über einen Machtkampf innerhalb des Kartells berichten zu können, während er noch im Gang ist!«

Plötzlich merkte er, daß sämtliche Gesichter ihm zugewandt waren und allesamt einen ähnlichen Ausdruck äußersten Unbehagens zeigten. »Was ist denn los, Professor?« fragte er verdutzt bei Conroy nach. »Es war doch Ihr

Wunsch, daß ich mir die Gottschalks vorknöpfe, oder vielleicht nicht? Aber jetzt schauen Sie nicht gerade überglücklich drein.«

»Diablo ...« Conroy hielt seinen Blick auf Flamen gerichtet, sah nicht den Nieb an. »Ihre Sendung über diese neuen Waffen — enthält sie die bisher einzige Berichterstattung darüber?«

»Soviel ich weiß, ja«, bestätigte Diablo.

»Und die Sendung ist erst aufgezeichnet? Noch nicht gesendet worden?«

»Völlig richtig.«

»Und außerdem dürfen die Patienten in der Ginsberg-Klinik so oder so keine Sendungen aus Blackbury oder anderen Niebs-Enklaven sehen.« Conroy holte tief Atem. »Wie also konnte Madison nicht nur diese neuen Prototypen von Waffen voraussagen, sondern sogar den ihnen zugeordneten Code-Buchstaben wissen?«

»Verstehe ich nicht«, sagte Flamen und blickte entgeistert vom einen zum anderen Anwesenden.

»Da geht's Ihnen«, versicherte Conroy, »genauso wie uns.«

Von: Robert Gottschalk
An: Anthony Gottschalk
Dringend und geheim

(A) Bis Montag 11 Uhr 00 MEZ Mehrheitliche Anteile der Holokosmos Sendeanstalt erwerben und Matthew-Flamen-Show liquidieren Zahlung für Vertragsbruch maximal $ 2 000 000

(B) Alternative (A) Matthew Flamen liquidieren

Bei der Suche nach einem Nieb: Lauter Nieten gezogen

»Nichts?« fragte Morton Lenigo.

Der Mann, der das Zimmer betreten hatte, nahm müde auf einem Stuhl Platz und schüttelte den Kopf, bedeckt mit betont stark gekräuseltem Haar. »Verfickt«, sagte er, »dieser *gottverdammte Idiot*...! Ich meine Bürgermeister Black. Jedenfalls, keine Nachricht aus dem Wohnblock, wo er angeblich untergebracht worden ist, keine Meldungen von irgendwelchen X-Patrioten-Sympathisanten... nichts aus dem Büro in Erfahrung zu bringen, wo er jetzt 'n Job haben soll, weil man den KommNetz-Apparat übers Wochenende auf den Anrufbeantworter umgeschaltet hat... Genausogut könnte man mit ihm aufs Meer hinausgetuckert sein und ihn mit ein paar Gewichten an den Füßen versenkt haben!«

»Hältst du das für möglich?« erkundigte sich Lenigo nach einem Moment des Schweigens.

Stille dehnte sich aus, schwermütig infolge der bedrückten Stimmung. »Ich habe versucht, nicht daran zu denken«, sagte der andere Mann schließlich. »Aber jemand, der's über sich bringt, diesen widerwärtigen Weißfisch Uys anzuheuern...«

»Ja«, sagte Morton Lenigo. Er verließ sich darauf, daß seine Reputation die Entgegnung für ihn vervollständigte. Kurz darauf erhob der andere Mann sich wieder und ging.

»Das logische Vorgehen wäre«, sagte Diablo nach gründlichem Überlegen, »alles auszusieben, was am verrücktesten wirkt, hm? Zum Beispiel, indem wir anhand der Fachliteratur überprüfen, ob überhaupt jemals Fälle prophetischer Visionen unter dem Einfluß von SibyllPillen verzeichnet worden sind. Dadurch könnten wir den Rest irgendwie in den Griff bekommen.« Er stand auf. »Flamen, könnten Sie mir zeigen, wie...«

»Einen Moment mal!« Flamens Wangen röteten sich. »Ich brauche meine Computer selber. Haben Sie nicht gehört, auf was alles ich vorhin gestoßen bin?«

»Und ist Ihnen eigentlich nicht klar, wie Sie an das gelangt sind, was Sie entdeckt haben?« mischte sich Conroy lebhaft ein. »Sie verdanken es Madison – und das heißt wiederum, Reedeth... und das heißt nichts anderes, als daß Sie's seiner Kollegin verdanken, Dr. Spoelstra, weil sie Miss Clay zu einem Auftritt in die Klinik eingeladen hat, und auch ihr, denn von ihr stammen ja die Orakel, über die wir hier diskutieren, und...«

»Ach, da wäre ja gar kein Ende abzusehen!« höhnte Flamen. »Wahrscheinlich bin ich auch meinem Schwager zu Dank verpflichtet, weil er mich dazu gebracht hat, Celia in der Ginsberg-Klinik zu lassen, statt sie in ein Privatsanatorium zu verlegen. Aber ich sehe eigentlich keine besondere Veranlassung, ihm dafür zu danken, daß er ihr diesen merkwürdigen Gefallen getan hat.«

»Ich habe mich schon gefragt, ob Sie sich noch daran erinnern, daß Sie's waren, der mich theoretisch zu dem Zweck übers Wochenende nach New York geholt hat, damit ich Parameter für eine Psychoprofilanalyse festlege«, sagte Conroy mit ätzender Schärfe.

Flamens unterdrückte Wut loderte plötzlich auf. »Verflucht noch mal! Wären wir nicht mit diesem ganzen Schwachsinn um Madison abgelenkt worden, könnten wir schon längst bei den Priors sein, Sie hätten Celia kennengelernt, und wahrscheinlich wäre die Sache innerhalb weniger Stunden ausgestanden gewesen!«

»Und Sie hätten damit nicht geschafft, was Sie sich versprechen«, schnauzte Conroy. »Den Fall Ihrer Frau als Grundlage einer Anfeindung Mogshacks zu verwenden, ließe sich zu leicht zum Ausdruck persönlichen Grolls abstempeln. Nun stehen Sie doch viel günstiger da, soviel kann ich Ihnen schon jetzt sagen. Lassen Sie Diablo die Sache auf Madisons verzögerte Entlassung aufbauen und fordern Sie eine Psychoprofilanalyse Mogshacks, um die Aussagen der Automaten in der Ginsberg-Klinik bezüglich seines Größenwahns zu überprüfen, dann werden Sie ihn bis zum Jahresende gekippt haben. Und das ist nicht das einzige, was Ihnen vorliegt, Ihnen gewissermaßen auf silbernem Tablett serviert worden ist! Die Story über die Gottschalks haben Sie auch.«

»Soll ich mir vielleicht 'ne Liste aller Leute machen, die irgendwie dazu beigetragen haben, mich dahin zu bringen, wo ich heute bin, und sie dann abklappern und abhaken, wenn ich mich bei ihnen für ihre Gefälligkeit bedankt habe?!«

»Ja, ja und nochmals ja!« Unversehens ließ Conroy dem eigenen Grimm die Zügel schießen, und er sprang auf die Füße, trat vor Flamen und maß ihn unter rücksichtsloser Ausnutzung seiner höheren Körpergröße. »Zum Teufel, wozu soll's denn gut sein, jemanden wie Mogshack von seinem läppischen kleinen Podest zu kippen, wenn die Menschen, die nach seiner Pfeife tanzen, nicht einmal merken, daß er ein Drahtzieher ist, ob er steht oder fällt? Sind Sie so stumpfsinnig, blöde und kurzsichtig, daß Sie die Bereitschaft besitzen, sich mit dem schlimmsten aller Dinge abzufinden, die auf unserem armen, kranken Planeten von Übel sind?«

»Na, also ...!«

»Schweigen Sie!« Conroy hieb eine Faust in seine Handfläche, daß ein Knall ertönte, der einem Schuß glich.

»Warum muß ich Ihnen das alles erst erklären, zum Teufel, Ihnen, einem Medienkiebitz, der dergleichen schon hundertfach mitangesehen hat? Sie haben nie Leuten am Zeug geflickt, die wirklich zählten, niemals Leute aufs Korn genommen, deren Verschwinden von der Bildfläche ein wahrer Segen wäre! Sie haben nur die Leute erwischt, die in den Umständen verstrickt und in die Enge getrieben waren, die einmal ein Risiko eingingen, ohne daß es sich bewährte, die deshalb noch eines und abermals eines eingehen mußten, oder die sich eine Bestechung hatten gefallen lassen und merkten, daß ihnen der höhere Lebensstandard gefiel, oder die sich halt sonst irgendwas geleistet hatten — mit solchem Kleinscheiß haben Sie sich befaßt. In dieser Welt greift eins ins andere, Flamen, und wir Menschen werden mitgerissen wie... wie gefallenes Laub im Sog eines Skimmers. Diablo hat vorhin erwähnt, wie man für alles Prinzipien erarbeitet, an denen Maschinen sich orientieren können, und recht bald kommt die Person, die sich der Maschinen bedient, zur Ansicht, so sei's seit jeher gewesen, es habe nie ein subtileres Denken gegeben. Das ist etwas von dem, woran's bei uns krankt, aber das ist noch längst nicht alles. Nehmen Sie mal das hübsche, teure Haus, in dem Sie wohnen, mit den automatischen Abwehranlagen und den Minen, unterm Rasen gesät wie Zwiebeln von Osterglocken. Sie schließen sich hinter Panzerplatten ein, Sie schließen auch Ihren Geist ab. Sie werben in Ihrer Sendung für ›Schildwache‹-Fallen, diese Geräte aus stählernen Bändern, die gespickt sind wie die Eiserne Jungfrau, stimmt's? Was für eine Mentalität mag wohl jemand besitzen, der im Bewußtsein von einem Besuch bei Nachbarn heimkommt, möglicherweise eine Leiche vor seiner Haustür hängen zu sehen? Ich behaupte, so einer ist bereits geisteskrank, wenn er sich überhaupt auf so was einläßt, und man braucht nicht mehr zu warten, bis er unter einer Überdosis Ladromid total ausflippt, um zu konstatieren, daß er aufgehört hat, wie eine ausgereifte, verantwortungsvolle Person zu denken. Und was ist der

Grund, warum er auf eine solche Bahn gerät?« Er drehte sich nach Reedeth um.

»Sie wissen's! Sie vergegenwärtigen es sich wahrscheinlich während Ihrer Tätigkeit ein dutzendmal täglich. ›Sei ein Individuum!‹« Es gelang Conroy, das Schlagwort anstößig klingen zu lassen. »Und was wird daraus gemacht? Der größte Massenbetrug der Geschichte! Es ist aussichtslos, sich das Leben so privatistisch zu gestalten, daß man sich sogar weigert, aus den Erfahrungen anderer Menschen zu lernen – man verheddert sich in einem Gestrüpp von Irrtümern, die allesamt überflüssig sind. Mit einer Handbewegung an einem Schalter können wir mehr Wissen zugänglich machen als jemals überhaupt erhältlich war, wir können uns jeden Teil der Welt ins Haus holen, und wie nutzen wir diese Möglichkeiten? In der Hälfte der Zeit werben wir für Kram, den die Leute sich gar nicht erlauben können, und außerdem stellen sie Farbe und Empfang getrennt ein, weil die schönen Muster so lustig anzuschauen sind, wenn man sich den Verstand mit Drogen vernagelt und verrammelt hat. Teilung! Trennung! Absonderung! Kneif die Augen zu, vielleicht geht's vorüber! Wir verminen unsere Gärten, wir machen unsere Grenzen dicht, wir verbarrikadieren unsere Städte mit MacNamara-Linien, um Schwarz von Weiß abzusperren, wir teilen, teilen, teilen!« Ein Fußstampfen betonte jede Wiederholung des Wortes. »Die Trennungswut dringt bis in unsere Familien vor, gottverdammt noch mal, bis in unsere Liebesbeziehungen. Herrgott, ich hatte letztes Jahr 'ne Schülerin, sie dachte echt, sie hätte 'ne richtige Liebschaft mit einem Jungen daheim, aber die zwei saßen bloß am Komm-Netz und masturbierten einer vorm anderen, ist das zu glauben?! Dreißig Kilometer dazwischen! Sie haben sich noch nicht einmal geküßt! Wir verlieren den Verstand, unser ganzes verfluchtes Menschengeschlecht – wir gehen einer haarsträubenden kollektiven Ochlophobie entgegen! Noch zwei Generationen, und die Ehemänner werden sich fürchten, allein mit ihren Frauen in einem Zimmer zu sein, Mütter werden sich vor ihren Kindern fürchten, falls es noch Kinder *gibt*. Und warum das alles? Warum fördern wir das Umsichgreifen dieses Wahnsinns? Ich meine uns, hier in Nordamerika. Ich rede nicht von den Afrikanern, die selbstzufrieden oben auf ihrem Ameisenhaufen armer schwarzer Hunde sitzen, hungrig, halbnackt und seuchenkrank, die Reichsten der Welt, die die Ärmsten mit Füßen treten. Sie sind bloß habgierig, und das ist eine relativ einsichtige Form von Schlechtigkeit. Ich spreche von Perversion, der gräßlichen, abscheulichen, systematischen, vorsätzlichen Perversion des Menschenverstandes, die dazu dient, Menschen zu vernichten, ohne sie umzubringen, sie ihrer Initiative zu berauben, ihrer Lebensfreude, ihrer Hoffnung, um Himmels willen, ihres äußersten, unwiderruflich letzten Hilfsmittels, ihrer *Hoffnung*. Aus schierer Verzweiflung geben Millionen von Menschen es auf, ihren Verstand zu gebrauchen, erklären ihren geistigen Bankrott, indem sie sich massenfabrizierte Götzen kaufen, ein letzter kindischer Versuch, die Lumpen auszutricksen, die ›Verstand‹ zu einem Schimpfwort gemacht haben. Und das ist geschehen, Sie wissen's doch selbst — es ist gegenwärtig die gröbste Unflätigkeit in jedem beliebigen Vokabular. Und das alles ist fast ausschließlich nur im Laufe meiner Zeit passiert. Kalte, rationale Entscheidungen, in jedem ihrer Schritte restlos logisch, lagen den Kriegen in Asien, Indonesien und Neuguinea zugrunde, und jedesmal haben wir verloren. Nicht nur den Krieg, sondern auch einen Teil von uns. Mitgefühl. Einfühlungsvermögen. Liebe. Erbarmen. Wir haben uns systematisch verstümmelt, uns auf die Dimensionen einer Maschine reduziert. Wie soll man von einem Mann erwarten, daß er ein guter Nachbar ist, wenn er sich jahrelang darin geübt hat, auf Schatten zu schießen? Wie kann man von ihm erwarten, daß er ein anständiger Bürger ist, wenn er erlebt hat, wie durch seine Regierung das Hinschlachten von Tausenden, Millionen anderen Menschen angeordnet worden ist? Wie soll man von ihm erwarten können, daß er ein guter Vater ist, wenn er, selbst kaum zwanzig, Kinder gefoltert hat, um Informationen über feindliche Stellungen zu beschaffen? All das hat schon in den siebziger Jahren des vergangenen Jahrhunderts angefangen, habe ich recht? Madison, Sie waren doch in der Armee!«

Die Lippen des Knieblanks teilten sich, als sei eine Statue aus schwarzem Ebenholz plötzlich mit Sprache begabt worden. »Handbuch des Heeres der Vereinigten Staaten, Band fünf: *Kontersubversion.* Abschnitt neunzehn: *Örtliche Aufklärung anhand ziviler Quellen,* Kapitel zwo: *Vervollständigung der von Jugendlichen gewonnenen Informationen,* Absatz zwölf: *Verläßlichkeit von unter Druckausübung erlangten Informationen.*«

»Mein Gott...!« flüsterte Reedeth kaum vernehmlich. Conroy achtete nicht auf ihn und setzte seine Tirade fort.

»Richtig, richtig! Wir sind aufs Prokrustesbett der Computer gelegt worden, nur hackt man uns keine Zehen ab, sondern kleine Fetzchen aus unserem Gehirn! Und nun sind die Gottschalks da, die die Institution Familie bereits zum Skelett für das scheußlichste Monstrum erniedrigt haben, das jemals aus dem Schoß des menschlichen Unterbewußtseins gekrochen ist, mit ihrer Opa-Vater-Sohn-Hierarchie und ihrer Masche mit den Mono- und Polysyllabischen, jetzt wollen sie allem Anschein nach die Leute, die sie so zu verarschen pflegen, mit Waffen ausrüsten, die's einem einzelnen ermöglichen... Wie haben Sie's formuliert, Madison? ›Eine mittelgroße Stadt einzuebnen‹, ist das richtig? Flamen, warum lassen Sie nicht mal eine wichtige Frage computerisieren, statt sich mit einer albernen kleinen Story zu befassen, die nichts anderes bewirken wird, als Ihr eigenes wertloses Image in der Öffentlichkeit erneut zu untermauern? Beispielsweise könnten Sie Ihre geliebten Apparate einmal fragen, wie groß die Chancen der Menschheit sind, bis zur nächsten Jahrhundertwende zu überdauern. Das wäre... Wie, Kind?! Sie weinen ja!«

Sein Verhalten und sein Tonfall wechselten, als sei er verzaubert worden, und er sprang quer durchs Zimmer, um einen Arm um Lylas bloße Schultern zu legen. Sie hatte sich vorgebeugt, verbarg das Gesicht in den Händen und schluchzte.

»Entschuldigen Sie«, quetschte sie zwischen Schluchzern hervor. »Ich konnte es nicht verhindern.«

»Das ist doch nichts, wofür Sie sich entschuldigen müßten!« Conroy straffte sich, beließ nur eine hagere Hand in Lylas Nacken. »Von uns allen zeigen Sie die einzig angebrachte menschliche Reaktion. Was wir uns selbst antun, ist etwas, worüber man weinen kann, nur habe ich vergessen, wie's geht. Ich bin so verbittert, daß ich mich sogar habe wegschieben lassen. Ich kann mir nicht mal anrechnen, daß ich durch Stellvertreter versucht hätte, die Entwicklung aufzuhalten — sogar Jim Reedeth hier, den ich für einen meiner besten Studenten zu halten pflegte, ist mit dem Strom geschwommen, sobald sich die Gelegenheit ergab. Flamen bringt sein Arbeitsleben damit zu, sein Publikum davon zu überzeugen, daß jeder, der nach oben gelangt ist, jederzeit als läßlich, schurkig und korrupt entlarvt werden könnte. Nicht einmal Diablo, für den's einen ganzen Sack voller Rechtfertigungen gibt, kann leugnen, daß er sein Talent benutzt, um Menschen gegeneinander aufzuhetzen. Und wie's aussieht, hat Madison auf Moghshacks Therapie so gut angesprochen, daß er nicht mehr als eine Maschine zu Tränen fähig ist.«

»Das ist durchaus nicht so verwunderlich«, sagte Madison, und seine lange Zeit starr gebliebene Haltung lockerte sich unversehens.

»Mit meinen folgenden Einlassungen nehme ich ein kalkuliertes Risiko auf mich.« In geschmeidiger Bewegungsfolge stand Madison auf. »Die Computerberechnungen zeigen jedoch an, daß dies ein Nexus ist, an dem die Zuführung zusätzlicher Daten wahrscheinlich Konsequenzen verursacht, die in ihrem Wesen unkalkulierbar sind, und die Alternativen haben sich erschöpft, ohne die Schlußfolgerung zu erlauben, daß ein besseres Resultat ohne Intervention erzielt werden kann. Ein weiterer maßgeblicher

Faktor ist, daß infolge der Aufnahme eines Präparats aus Psychokoka und Parabufotenin und des synergistischen Effekts dieser Substanz auf einen männlichen menschlichen Metabolismus, in dem bereits eine kritische Dosis Narkolat zirkulierte – eines bis dahin präzedensfreien Effekts –, bereits Teildaten unwiderruflich in die Situation eingeflossen sind.«

Conroy ließ seinen Blick durch den Büroraum schweifen. Flamen starrte Madison in völliger Fassungslosigkeit an, und ebenso ging es Diablo; Reedeth hatte sich verkrampft, als erwarte er Tätlichkeiten, und seine Lippen formten lautlos Worte, vielleicht welche der Reue, so bereitwillig angenommen zu haben, Madison sei reif zur Entlassung aus der Ginsberg-Klinik. Nur Lyla hatte anscheinend eine Vorstellung von dem, was in diesem Moment geschah. Sie hatte die Hände von den tränenfeuchten Wangen genommen und musterte Madison in höchster Verwunderung.

»Das ist genau die Art und Weise, wie Sie bei Mikki Baxendale dahergeredet haben, Harry«, sagte sie gepreßt. »Genau der gleiche Tonfall.«

»Madison?« rief Conroy ihn verunsichert an.

»Ein Pseudonym«, antwortete Madison. »In Wahrheit sprechen sie mit Robert Gottschalk ...«

»Herrgott!« entfuhr es Flamen. »*Sie* sind also dieser geheimnisumwitterte Neue, von dem ich habe munkeln hören ...«

»Und der Grund, weshalb ich zum Zeigen einer emotionalen Reaktion, wie das Vergießen von Tränen eine ist, nicht fähig sein kann, besteht darin, daß ich für Reaktionen dieser Art nicht programmiert worden bin.«

»Mal eine Sekunde!« Flamen riß sich am Bart; es schien, als habe er die letzte Äußerung nicht mitbekommen. »Robert Gottschalk kann unmöglich während der letzten soundsoviel Monate in der Ginsberg-Klinik festgesessen haben, denn der Gerüchteküche zufolge war er ...«

»Der Name ›Robert‹ ist in der Absicht, die Öffentlichkeit irrezuführen, gewählt worden«, sagte Madison/Gottschalk, indem er Flamen erneut ins Wort fiel. »Sollten Sie es für angebrachter halten, steht es Ihnen frei, mich bei meiner ungetarnten Namensform *Roboter* Gottschalk anzureden, denn in Wirklichkeit bin ich eine Maschine.«

Die Genesis der integrierten Waffen des Systems C

»Verstehe«, sagte der Mitarbeiter der Inorganic Brain Manufacturers, der schon fast ein Jahrzehnt lang inoffizieller Berater der Gottschalks war und eine Position einnahm, dank welcher er sie stets über die neuesten Entwicklungen auf dem Gebiet der Datenverarbeitungstechnik informieren konnte. »Ja, ich glaube, das läßt sich machen. Das Erstellen der Schlüsselschaltung allerdings... das kann uns ein oder zwei Probleme aufwerfen.«

»Solange das Ding unsere Umsätze erhöht«, sagte Anthony Gottschalk großmütig, »ist mir alles andere verdammt egal.«

»Sie wollen das also als eingebaute Order?«

»Freilich!«

Das Gespräch stockte. Der Mann von IBM befand, daß es sinnlos sei, erläutern zu wollen, daß es, erteilte man einem so komplexen Computer einen so allgemein formulierten Befehl, im großen und ganzen auf das elektronische Äquivalent zur Besessenheit des menschlichen Hirns hinauslief.

Da sie ihre Unterhaltung ohnehin aufnahmen, konnte Anthony Gottschalks ausdrücklicher Wunsch im Falle etwaiger späterer Klagen den Rechtsanwälten der Verteidigung als Entlastungsmaterial dienen.

Nicht daß die Gottschalks jemals genug Geduld für das Räderwerk der Justiz aufgebracht hätten... aber die Wahrscheinlichkeit sprach dagegen, daß sie an jemandem Rache übten, der ihnen so unentbehrlich war, und das Besorgen von Reparaturen, Generalüberholungen und Modifikationen erwies sich bisweilen als ebenso profitabel wie der Verkauf von Ausrüstungen selbst.

»Nun gut«, sagte der Mitarbeiter von IBM. »Alle Entscheidungen des Computers werden von dem übergeordneten Interesse geleitet sein, den Umsatz von Gottschalk-

Waffen zum höchsten Preis zu maximieren. Entspricht das dem, was Sie meinen?«

»Tadellos«, sagte Anthony Gottschalk. »Aber vergessen Sie nicht die Entwicklung neuer Fabrikate, ja? Das ist auch wichtig.«

Technische Daten der integrierten Waffen des Systems C (Waffenträger fünften und letzten Typs)

Defensive Eigenschaften

a) Das vollkontrollierte, mobile Environment System C ist den Körperformen anpaßbar, bleibt bei atmosphärischen Temperaturen oberhalb −12° C auf die eigene Energieversorgung gestützt und entwickelt bei voller Ladung auf ebenerdigem Untergrund eine Geschwindigkeit von über 35 km/h für bis zu 1½ Std.; es bietet garantierten Schutz gegen ähnliche Fabrikate minderer Qualität sowie gegen Exemplare des gleichen Fabrikats, sobald selbige mit weniger Geschick gehandhabt werden; darüber hinaus gewährleistet die Einheit adäquate Environment-Beatmung mit einem Sauerstoffanteil von 4% oder mehr, unbeschränkt aufrechterhaltbare inneratmosphärische Temperaturen zwischen −12° C und 63° C, unbeschränkt kondensiertes Trinkwasser sowie gewisse leicht synthetisierbare Stoffwechselerfordernisse (vor allem Zucker); des weiteren gewährt das Environment insbesondere Sicherheit gegen

b) den Aufprall von Vollgeschossen bis zu 500 g und bis zu Geschwindigkeiten von 1000 m/sec oder äquivalenter kinetischer Energie (Geschosse, die diese Geschwindigkeit erheblich überschreiten, können dem Insassen des Environment jedoch Prellungen zufügen, und Projektile, die die angegebene Masse wesentlich überschreiten, können einen teilweisen oder vollständigen technischen Ausfall der Einheit zur Folge haben);

c) auftreffende Energie bis zu 750 Watt je mm^2, bis zu 2 Sek. (ein automatisches Instrument registriert die Überbelastung und lenkt einen Teil in das die Einheit umgebende Polstergeschirr ab und ermöglicht einen Sprung bis zu 60 m, aber dies Manöver ist nicht unbegrenzt wiederholbar, und es empfiehlt sich, es nicht häufiger als viermal innerhalb von 24 Std. durchzuführen, ebensowenig öfter als zwanzigmal, ohne die Einheit einer Inspektion unterziehen zu lassen);

d) Verbrennungsprozesse mit Temperaturen bis zu 2500° C und bis zu 3 Min.;

e) Giftgase aller bekannten Varianten auf unbegrenzte Zeit, vorausgesetzt der selbsterneuernde Filter hat binnen 24 Std. 1 Std. Leerlaufzeit, andernfalls für schätzungsw. 36 Std.;

f) Kampfbakterien und -viren aller Typen, deren Molekularstruktur unterhalb 500° C zerfällt.

Die Einheit SCHÜTZT NICHT gegen: Fluor in Konzentrationen von über 100‰ für länger als 1½ Min., längere Anwendung eines VHP-Lasers oder einer Thermo-Lanzette sowie direkte Einwirkung von Mikronuklear- oder anderen Sprengkörpern mit einer Sprengkraft von mehr als 0,25 Tt pro m^3/Millisec.

Offensive Eigenschaften

a) Energetischer Natur: in lebensechtem Einsatz auf dem Erprobungsgelände hat ein geübter Benutzer eine Modellgruppe von 25 Standardwohnblocks (12 Stockwerke, Stahlbeton) innerhalb von 3,3 Min. in den Unbewohnbarkeitszustand versetzt (12 total zerstört, Rest in Brand).

b) Respiratorischer Natur: die Einheit kann 450 m^3/Std. des tödlichen Gases KQL (Thanatolin) ausstoßen.

c) Metabolischer Natur: die Einheit kann ca. 1 Std. lang in Intervallen von 7 Min. jeweils binnen 1 Min. 120 g der Droge Ladromid ausstoßen, welche Menge (z. B.) ausreicht, um die Trinkwasserversorgung einer Ortschaft mit 50 000 Einwohnern mit einer wirksamen Dosis zu kontaminieren; die Chemikalie kann in Kristallform oder – zur direkten Anwendung – als Spray abgesondert werden.

d) Einsatz von Projektilen: unter normalen Verhältnissen kann eine Mikronukleargranate Modell XXI (0,2 Tt) ca. 830 m weit verschossen, können sechs Stück ca. 570 m weit innerhalb von 15 Min. verschossen werden; vom Einsatz unterhalb eines Umkreises von 200 m wird abgeraten.

e) Nahkampfeinsatz: keine unbewaffnete Person, es sei denn, sie ist durch 5 m dicken, hochwertigen Beton geschützt, kann dem Betrieb der Einheit widerstehen.

Preis und Lieferung

675 000 Einheiten auf Lager; Produktion überschreitet gegenwärtig einen Tagesausstoß von 2000 Exemplaren; Sofortlieferung zum Preis von $ 155 000 zuzügl. Fracht; für Einwohner von Negro-Enklaven als Muster zum Nominalpreis von $ 25 000 lieferbar; großzügige Kreditbedingungen.

Umsatzprognose

Stichtag minus drei Monate: 1 465 221
Stichtag minus zwei Monate: 1 476 930
Stichtag: 1 476 953

Nachfrage-Quote

97,6%

Marktquote

0

Gut beobachtet

Ein Produkt, das als begehrenswert für 97,6% der Bevölkerung eingeschätzt wird, dürfte keine Verkäuflichkeit von Null haben.

Es gibt uns seit ungefähr zwei Millionen Jahren, und die Dinosaurier liefen neunzig Millionen Jahre lang herum, also haben wir mit ein wenig Glück noch viel Zeit vor uns

»Ja, *verdammt*, was wird hier eigentlich gespielt?« meinte Flamen in merklicher Benommenheit. »Ich begreife überhaupt nichts mehr.«

»Diese Wahrscheinlichkeit habe ich ausreichend berechnet«, sagte Madison/Gottschalk. »Besonders aufgrund kürzlicher Äußerungen Professor Xavier Conroys ist jedoch evident, daß gewisse Individuen sich am gegenwärtigen Zeitpunkt des in der Entwicklung befindlichen Ereignisgefüges bewußt sind, das letztendlich zur Annullierung der Gottschalk-Umsätze und im Zusammenhang damit zum Niedergang der menschlichen technischen Zivilisation führen wird. Nach Ausschöpfung der Implikationen aller in meinem Besitz gespeicherten Daten schlage ich nunmehr vor, an diesem signifikanten Nexus den Effekt der Zuführung zusätzlicher Daten zum von Menschen kontrollierten Computer zu untersuchen. Ich habe errechnet, daß einer linearen Unterbreitung besagter Daten die Methode von Frage und Antwort vorzuziehen ist. Stellen Sie mir also Fragen, und ich werde sie nach meinem besten Vermögen beantworten.«

Leichenblaß raffte sich Reedeth von seinem Platz auf. »Äh... Mr. Flamen...!« flüsterte er. »Haben Sie hier Beruhigungspillen vorrätig? Wir sollten dafür sorgen, daß er schnellstens ein paar schluckt — er ist sehr stark, und falls es zu Handgreiflichkeiten kommt...«

»Die Verabreichung herkömmlicher Beruhigungsmittel würde wirkungslos bleiben«, sagte Madison/Gottschalk. »Ihre Wirkungsweise auf die menschlichen geistigen Prozesse ist wohlbekannt, und ich dazu imstande, ihren Einfluß zu neutralisieren.«

Ein Schweigen voller Unbehagen folgte. Lyla brach es. »Ich möchte hören«, erklärte sie in trotzigem Ton, »was Harry zu sagen hat. Ich weiß auch nicht, was los ist, aber so was bin ich gewohnt. Ich weiß nie, was vorgeht, wenn ich eine SibyllPille genommen habe.«

»Ein gutes Argument«, sagte Conroy gedämpft. »Flamen, haben Sie nicht vorhin selber behauptet, die Gottschalks wollten sich von der Iron Mountain zurückziehen und künftig eigene Anlagen benutzen? Warum sollte man diese Anlage nicht ›Robert‹ benannt haben, gerade um so neugierige Leute wie Sie irrezuführen? Würde das nicht zu allem passen, was die Gottschalks in der Vergangenheit getan haben?«

»Diese Analyse ist akkurat«, bestätigte Madison/Gottschalk.

Flamen hob die Hände an die Schläfen, als sei ihm schwindlig. »Also gut, also gut, ich laß mich drauf ein, obwohl ich bestimmt ein Esel bin, daß ich mir einen derartigen Unsinn anhöre.« Er schluckte mühsam, senkte die Hände und rückte seine Schultern zurecht, wie ein Mann, der unterm Hohn seiner Nachbarn einem Erschießungskommando ins Auge sieht. »Ja, das würde erklären, weshalb sich schon seit Monaten Gerüchte um diesen Neuen namens Robert ranken, ohne daß irgendwer ihn identifizieren konnte.«

Conroy sah Diablo an. Der Nieb hatte erneut den Ärmel seines Straßenanzugs hochgeschoben und betastete sein Conjuh-Man-Armbändchen, das er trug, bewegte dabei die Lippen — vermutlich benutzte er irgendeine Zauberformel.

»Na schön, dann mal los! Erste Frage. Du sagst, wir sprechen mit einer Maschine. Mit welcher Maschine, wo ist sie, inwiefern sprechen wir mit ihr?«

»Mit der als Robert Gottschalk bekannten Maschine«, lautete die geduldige Antwort. »Eine nähere Schilderung müßte übermäßig umfangreiche technische Einzelheiten umfassen, weil das Design in nie zuvor erreichtem Maß komplex ist und keine andere existente cybernetische Anlage einen vergleichbaren Grad von Bewußtheit besitzt. Sein genauer Standort kann nicht zugänglich gemacht werden, aber Mr. Flamen hat als wahrscheinlichen Sitz bereits Nevada genannt, und ich räume ein, daß diese Annahme in ihrer Allgemeinheit richtig ist. Was die Methode unserer wechselseitigen Kommunikation angeht, so ergibt mein Computern, daß sie sich in Menschen verständlichen Begriffen nicht beschreiben läßt.«

»Das ist die Folge davon, Maschinen längere Zeit zu ausschließlichen Vertrauten zu haben«, murmelte Reedeth. »Ich habe geahnt, daß es gefährlich ist, ihn zu lange in der Ginsberg-Klinik festzuhalten – was konnte der arme Hund anders tun, als sich mit Maschinen anfreunden, wenn sonst niemand sein Freund werden durfte?«

»Halten Sie die Klappe«, sagte Conroy. »Ich wünsche dieser Sache nachzugehen, bis ein Sinn dabei herauskommt. Es dürfte eine sehr absonderliche Art von Sinn sein, aber ich halte es für nur zu wahrscheinlich, daß die Menschheit, wenn sie in dieser Art und Weise weitermacht, sich früher oder später selbst torpedieren wird. Madison... Robert... Robot... wer oder was zum Teufel auch immer: entweder sind wir verrückt, oder du bist verrückt, oder wir sind's allesamt, oder wir unterhalten uns hier *wirklich* mit einer Maschine, die irgendwo drüben in Nevada steht – kannst du uns nicht irgendwelche Anhaltspunkte geben, anhand welcher wir entscheiden können, was die Wahrheit ist?«

Eine Gesprächspause entstand. »Das wäre schwierig«, antwortete Madison/Gottschalk schließlich. »So naheliegende Tests wie die Durchführung einer mathematischen Berechnung jenseits der durchschnittlichen Fähigkeiten des menschlichen Gehirns könnten mit dem Argument entwertet werden, daß Kopfschnellrechner mit geistigen Defiziten oder sogar Störungen seit Jahrhunderten eine geläufige Erscheinung sind, und es ist mir explizit verboten, Ihnen Informationen zu liefern, die es Ihnen ermöglichen würden, eine direkte physische Überprüfung meiner Stellungnahmen zu mir selbst vorzunehmen. Meines Erachtens dürfte die zufriedenstellendste Lösung sein, für Sie etwas zu machen, das Sie Prophezeiungen nennen, weil diese Aussagen an diesem temporalen Punkt auf der Zeitskala Vorkommnissen gelten, die Sie mit Ihren Sinnen nicht wahrnehmen können.«

»Aber das bedeutet, wir hätten, um sicher zu sein, die Zeit abzuwarten, in der sie nach deiner Vorhersage eintreten sollen«, stellte Conroy bedächtig fest. »Wie auf das Bit über den ›Gottschalk-Coup von zweitausendfünfzehn‹. Hmmm!« Er raufte sich den Bart. »Tja, na gut, dann fang an – erzähl uns mehr über den ›Gottschalk-Coup‹.«

»Die gegenwärtigen Meinungsverschiedenheiten innerhalb des Gottschalk-Kartells über Methoden und Marketing gipfelten zum Frühlingsanfang des Jahres zweitausendfünfzehn in gewaltsamer Absetzung Marcantonio Gottschalks durch ein Team von Mono- und rangniedrigeren Polyssyllabischen, ausgerüstet mit dem Prototyp der Waffen des Systems C, entwickelt von Anthony Gottschalk, später Antonioni Gottschalk, deren Einführung auf den Negro-Markt Marcantonio Gottschalk ihm untersagt hatte.«

Conroy lenkte seinen Blick hinüber zu Flamen. »Wie finden Sie das?«

»Wäre nicht überraschend«, gestand Flamen zu. »Es sieht so aus, als solle der Streit sich auf den üblichen Fronten von Konservativ/Radikal polarisieren, und Anthony Gottschalk steckt sicherlich mit Wjatscheslaw und den anderen unzufriedenen Polys unter einer Decke.«

»Warum sollte Marcantonio die Vermarktung verbieten wollen?« wünschte Conroy zu erfahren.

»Dafür gibt es zwei Erklärungen. Nach seiner eigenen Auffassung, weil sie den Markt übersättigen muß. Nach Anthony Gottschalks Auffassung, weil Marcantonio in altmodischem Denken befangen ist.«

»Und zu welcher dieser Meinungen neigst du?«

»Am temporalen Punkt zweitausendvierzehn, zur letzteren, am temporalen Punkt zweitausendeinhundertdreizehn zur ersteren Meinung — aus welchem Grund ich den Verlauf vergangener Ereignisse planmäßig beeinflusse.«

»Zweitausendeinhundertdreizehn?« wiederholte Diablo. »Ach, er *ist* irrsinnig!« Verärgert sprang er auf. »Dr. Reedeth, wie haben Sie sich bloß dazu versteigen können, dieser Mann sei reif zur Entlassung aus Ihrer Klinik?«

»Hören Sie doch endlich auf!« schnauzte Conroy. »Mensch, was glauben denn Sie, was los sein wird, wenn die Gottschalks anfangen, die Niebs-Enklaven mit Waffen zu beliefern, die so furchtbar sind, daß ein einzelner Mann eine Stadt einebnen kann? Nur zu — spucken Sie's aus, wir möchten's von Ihnen wissen!«

Diablo kaute auf seinen Lippen. »Das ist doch sowieso lächerlich«, erwiderte er trotzig. »So eine Frage kann man überhaupt nicht beantworten.«

»Verdammt, Mann, kennen Sie Ihre eigene Geschichte nicht?! Bleiben Sie nicht über den technischen Fortschritt auf dem laufenden? Seit... ach, seit mindestens sechzig Jahren ist es einem einzelnen möglich, eine Stadt zu zerstören. Schon in den fünfziger Jahren des vergangenen Jahrhunderts waren Flugzeuge mit bis zu fünf Kilotonnen an Atombomben beladen und unter der Kontrolle eines einzigen Piloten. So was kostet Millionen, aber Verbesserungen der Konstruktion könnten eine breitere Marktfähigkeit ergeben. Und wären Sie Pilot der Aerospace Force, hätten Sie die Möglichkeit, nicht nur eine Stadt, sondern einen halben Erdteil auszulöschen.«

»Nun ja, gewiß, aber die Gottschalks...«

»Die Gottschalks haben keine Verträge mit Regierungen, sie haben's auf den Binnenmarkt abgesehen, ja. Na und? Sie können vom Fleck weg, jetzt in diesem Augenblick, falls Sie kreditmäßig gut eingestuft sind, die Straße hinunterspazieren, in ein Waffengeschäft gehen und sich 'nen Streifen Mikronukes kaufen, und sie würden ausreichen, um einen durchschnittlichen Straßenzug wegzupusten. Bis jetzt haben wir bloß das Glück gehabt, daß es nur sehr wenig Leute gibt, die's sich leisten könnten, für das spaßige Privileg, ihre Nachbarschaft auszurotten, sechzigtausend Dollar zu verplempern. Aber rationalisieren Sie die Produktionsmethoden, senken Sie die Kosten, und Sie können das Zeug für jeden in mittlerer Einkommensklasse käuflich machen. Niedlich! Vor allem, wenn man seinen Kunden vorher eintrichtern kann, daß die nächste Niebs-Enklave diese Sächelchen längst in ihrer Waffenkammer gestapelt hat. Sparen Sie sich jeden Kommentar — Sie wissen selbst, genauso läuft's ab.«

Schroff wandte Conroy Diablo den Rücken zu und richtete seine nächste Frage an Madison / Gottschalk.

»Ich wollte folgendes fragen, als ich unterbrochen worden bin — was hat der ›temporale Punkt zweitausendeinhundertdreizehn‹ mit alldem zu tun?«

»Da ich selbstbetrieben, gegen jeden Angriff buchstäblich immun und überdies für eine außergewöhnliche Lebensdauer entworfen worden bin, habe ich den Zerfall der menschlichen Zivilisation in der Mitte des einundzwanzigsten Jahrhunderts überstanden und weiterhin meine eingebauten Direktiven befolgt, dabei die Priorität des Elements der Umsatzmaximierung gegenüber dem der Forschung und Entwicklung oder Produktion von Waffen beachtet und nach eingehender Beobachtung und Auswertung der menschlichen Kampftätigkeit am Ende den Schluß gezogen, daß nur eine direkte Beeinflussung der verzeichneten Ereignisse einen weiteren Umsatz gewährleisten kann. Im November zweitausendeinhundertdreizehn fällte ich die Entscheidung, eine Technik anzuwenden, die es mir ermöglicht, meine Speicherdaten mit subjektiven menschlichen Erfahrungen zu bereichern, um entsprechende unkalkulierbare Veränderungen des Ereignisablaufs hervorrufen zu können. Daraus hat sich diese Konversation ergeben.«

»Daher weißt du also soviel über das Töten«, rief Lyla. Conroy sah sie an.

»Was meinen Sie?«

Aufgeregt beugte sich die Pythoness vor. »Bei Mikki Baxendale! Ich hab's Ihnen doch *erzählt* – von ihm hat sich was auf mich übertragen. Professor, ich glaube das alles – ich muß es glauben. ›Ich traf einen Mann mit sieben Hirnen!‹«

»Korrekt«, bekräftigte Madison/Gottschalk in ziemlich gelangweiltem Ton. »Die Wirkung der Drogen führte im Cortex dieses Körpers zur unvorhersehbaren Freisetzung eines Schwalls gespeicherter Daten aus verschiedenen historischen Epochen, die ich in der Hoffnung untersucht habe, jene Faktoren ermitteln zu können, die den Wunsch jedes beliebigen Individuums bestimmen, eine Tötungswaffe zu erwerben und zu verwenden.«

»Wahnsinn!« stieß Reedeth hervor. Er schaute Flamen an, der mit nachdrücklichem Nicken beipflichtete.

»Um Himmels willen, hören Sie auf, Ihren Verstand abzuschotten«, sagte Conroy müde. »Jim, allmählich beginne ich mich regelrecht für Sie zu schämen. Sie wissen verdammt gut, daß man, wenn die Tatsachen nicht der Theorie entsprechen, die Theorie wechseln muß. Ich glaube, bis jetzt paßt das alles zusammen. Ich hoffe allerdings, daß bald mit dem Zusammenpassen Schluß ist, denn die Aussicht eines Niedergangs der Zivilisation behagt mir absolut nicht. Auch wenn ich bezweifle, daß ich's noch erleben werde. Wie ich die Dinge verstehe, ist diese Maschine infolge des Zerfalls der organisierten menschlichen Gesellschaft um die Kundschaft für ihre Produkte gekommen, hat aber unter der Maßgabe von Direktiven weiterfunktioniert ...«

»Hat weiterfunktioniert!« unterbrach Flamen. »Vergangenheitsform! Was für einen irrsinnigen Psychorbit fliegen Sie eigentlich? Das soll ja noch gar nicht geschehen sein.«

»Ach, du lieber Himmel«, sagte Conroy. »Wie bin ich nur je auf die Idee verfallen, die Menschheit habe es verdient, gerettet zu werden? Wollen Sie mich Madison nun befragen lassen, oder nicht? *Ich* möchte nur zu gerne glauben, daß wir hier das Geschwätz eines Geisteskranken hören – wir alle möchten's. Aber wenn's nicht so ist, dann sollten wir uns lieber anhören, was uns gesagt wird, verdammt noch mal!«

Er holte tief Atem. »Ich kann mir von einer Maschine, die dem Zwang einer so übergeordneten, an Manie grenzenden Direktive unterworfen ist, zugleich einen noch nie dagewesenen Grad von Bewußtheit besitzt, nichts Vernünftigeres vorstellen, als die Vergangenheit zu untersuchen und nach Möglichkeit herauszufinden, wie's sich vermeiden läßt, daß sie ihre Zielstellung verfehlt. Wie ist das vorgegangen – wie sind diese Forschungen bewerkstelligt worden?«

»An gewissen Punkten in der Vergangenheit«, antwortete Madison/Gottschalk, »erwies es sich dank einer gegenwärtig nicht erklärbaren Technik als möglich, das Bewußtsein eines menschlichen Gehirns durch die Präsenz eines Teils meiner selbst zu ersetzen. Miss Clay, die sich eines anderen Talents bedient, das sogar für mich unerklärlich ist, weil in dieser Beziehung wenig Forschungen vorgenommen worden sind, bevor die wissenschaftliche Betätigung der Menschheit zum Erliegen kam, hat in der Behausung von Michaela Baxendale die Durchströmung meiner Kortex mit anhand der vorerwähnten Technik gewonnenem Wissen bemerkt.«

»Das geht mir alles ein bißchen zu schnell«, sagte Conroy und hob eine hagere Hand. »Zum Beispiel dieser ... äh ... *Körper.* Wer oder was ist oder war Harry Madison?«

»Während der Kampfhandlungen in Neuguinea zersetzte die ursprüngliche Persönlichkeit von Harry Madison, einem eingezogenen farbigen Soldaten, sich in einem Maße, zu dessen Behebung die existenten psychotherapeutischen Methoden außerstande bleiben mußten. Aufgrund dieser Erkenntnis habe ich es als zulässig erachtet, mich selbst seines Gehirns zu bedienen und mich darin zu filialisieren, weil am entsprechenden historischen Abschnitt Kandidaten für die direkte subjektive Oberservation der zwischenmenschlichen Kampftätigkeit relativ selten ausfindig zu machen waren. Während früherer historischer Perioden, etwa der römischen Ära, aus der Miss Clay nach eigenen Angaben eine Episode übertragungsweise miterlebt hat, fiel die Wahl leicht – ein sehr hoher Anteil aller Kampfteilnehmer, sowohl im Krieg wie auch bei Gladiatorenkämpfen, war geisteskrank.«

»Du beschränkst dich auf ... äh ... geistesgestörte Personen?«

»Zu meinem Programm gehört es nicht, Menschen zu vernichten, sondern lediglich, sie mit den Mitteln zu ihrer gegenseitigen Vernichtung auszustatten, sollten sie sich zu einer solchen Handlungsweise entschließen.« Eine Pause folgte, im Vergleich zum monotonen Wohlklang von Madisons/Gottschalks Erläuterungen in ihrem Charakter sonderbar unmechanisch bedeutungsschwanger. »Die in meiner Programmatik enthaltene Definition eines Menschen«, fügte der Nieb – oder die Maschine – dann hinzu, »erstreckt sich auch auf isolierte zephalische Einheiten und alle Arten von Verkrüppelten, Phokomeli und vergleichbare schon physisch anomale Individuen, nicht jedoch auf solche, deren geistige Anomalität keine Hoffnung auf Heilung oder Besserung erlaubt.«

»Isolierte zephalische Einheiten«, wiederholte Conroy versonnen. »Mit anderen Worten, abgetrennte Köpfe, die man künstlich am Leben erhält. Wann soll so etwas möglich geworden sein?«

»Im Jahre zweitausendzweiunddreißig, kurz bevor der Niedergang der Zivilisation diese Techniken undurchführbar machte.«

»Und was hat diesen ›Niedergang der Zivilisation‹ verursacht?« erkundigte sich Conroy. »Das kann doch nicht bloß an der Einführung dieser Waffen gelegen haben, von denen du geredet hast, dieser Ausrüstung des Systems C.«

»Die Maximierung des Umsatzes an Waffen bedingte die Maximalisierung der zwischenmenschlichen Feindseligkeit«, lautete Madisons/Gottschalks Antwort. »Alle existenten Quellen dieses Phänomens sind ausgeschöpft worden, und dabei haben sich Patriotismus, Parochialismus, Xenophobie, Ochlophobie, Rassen-, Religions- und Sprachunterschiede und die sogenannte ›Kluft zwischen den Generationen‹ als besonders fruchtbar erwiesen. Es ließ sich leicht durchführen, diese bereits ausgeprägten Verhaltensmuster zu einer Stärke zu steigern, die unter der informierten Bevölkerung den Besitz einer Waffenträger-Einheit des Systems C überaus erstrebenswert machte — jedoch mit dem Resultat, daß bereits die Möglichkeit, ein anderes Individuum könne ein Exemplar dieser buchstäblich unzerstörbaren Einheit erwerben, vollkommen genügte, um einen Angriff auf dieses Individuum zu provozieren, *bevor* es eine erwerben konnte.«

»O Gott«, sagte Diablo. Seine Stirn war in verkrampften Falten gefurcht.

»Du meinst ... etwa so ... sobald sich herumspricht, daß die Gottschalks diese Waffen einer benachbarten Niebs-Enklave billig überlassen, gehen die örtlichen Blanks hin und massakrieren die Niebs, ehe sie in Gebrauch nehmen können, was sie erhalten haben?«

»Das ist ein passendes Beispiel. Die Zerstörung von Blackbury, Chicago, Detroit, Blackmanchester und einer Anzahl kleinerer durch Negro-Bevölkerung kontrollierter Städte anfangs der zwanziger Jahre ist auf dieser Grundlage erklärlich. Um zweitausenddreißig dehnte sich das beschriebene Phänomen allerdings auch auf den individuellen Bereich aus.«

»Wie das?« wollte Flamen wissen. Die Diskussion zog den Medienkiebitz offenkundig gegen seinen Willen in ihren Bann; seine Stimme klang harsch und nach innerer Auflehnung.

»Das Wissen ums Vorhandensein einer Person in unmittelbarer Nachbarschaft, die wohlhabend genug war, um eine Einheit des Systems C erwerben zu können, war ein ausreichendes Motiv zur Ermordung dieser Person. In gewissen Gebieten, vor allem in Kalifornien und im Bundesland New York, kam es zu einer Häufigkeit von mehr als siebzig Prozent.«

»Du willst sagen, siebzig Prozent jener Wohlhabenden, die gewaltsam den Tod fanden, sind umgebracht worden, weil ihre Nachbarn befürchteten, sie hätten sich solche Waffen gekauft?«

»Nein. Siebzig Prozent der Personen, die wohlhabend genug waren, um sich die genannte Bewaffnung zu leisten, sind getötet worden, ehe sie sie tatsächlich erwerben konnten.«

Ein totales, entsetzliches Schweigen entstand, in dem das schwache, leise Summen der Computer ringsum lautstark wie Friedhofsglocken wirkte.

»Wie... teuer?« Die Wörter kamen gepreßt aus Flamen, wie Saft aus einer Apfelsine.

»Anfänglich einhunderttausend Dollar. Die Inflation führte zu einem Preisanstieg, und Typ V hatte schließlich einen Preis von einhundertfünfundfünfzigtausend Dollar.«

Erneut folgte Schweigen. Wieder war es Lyla, die es brach, obwohl sie sich zu sprechen scheute, bis feststand, daß sonst niemand erhöhten Wert darauf legte, das Wort zu ergreifen.

»Aber ich verstehe nicht, was nun von uns erwartet wird«, sagte sie. »Vorher zu *wissen*, daß sich Schreckliches anbahnt, macht es noch schlimmer. Ich meine, offensichtlich ist so was ja nicht abwegig. Überall baut sich jeder Barrikaden... Man bedenke nur, wie's uns, Madison und mir, ergangen ist, als wir unterwegs waren, um irgendwo etwas zu essen...« Ihre Stimme sank herab, und sie verstummte mitten im Satz.

»Ich sehe mehrere Möglichkeiten, mit denen es sich zu versuchen lohnt«, sagte Conroy. »Zum Beispiel könnte die Flamen-Show am Montag präzise Einzelheiten dieser Waffen vom System C der Öffentlichkeit bekanntgeben, bis hin zum Marktpreis, und wenn ich überhaupt eine Vorstellung davon habe, wie das Denken der Gottschalks vor sich geht, dürften verdammt viele von Anthonys Anhängern die Seite wechseln, einfach aufgrund der Erwägung, daß er, wenn er nicht mal ein Geheimnis hüten kann, nicht der zum Chef geeignete Mann ist. Was halten Sie davon, Flamen?«

Der Medienkiebitz wollte gerade eine Antwort erteilen, die – seiner Miene zufolge – offen geringschätzig ausfallen sollte, da summte plötzlich der KommNetz-Apparat. »Priorität«, sagte eine Stimme, »Kennwort ›Große Lippe‹. Er *muß* ganz einfach dort sein ...«

»Verflixt noch mal, was ist denn das?« Flamen fuhr zur Kamera herum. »Wer um alles in der Welt kann denn an einem Wochenende versuchen, mich hier zu erreichen?«

Auf dem Bildschirm nahm Priors Gesicht Gestalt an, seine Miene spiegelte Erleichterung wider. »Dem Himmel sei Dank, daß ich dich endlich gefunden habe, Matthew!« platzte er augenblicklich heraus. »Überall habe ich dich gesucht – zu Hause, in der Ginsberg-Klinik, im Hotel, wo du Conroy einquartiert hast ...« Sein Blick huschte an Flamen vorbei und erfaßte die anderen Anwesenden; sein Tonfall wechselte.

»Herrje, was heckst denn du aus? Ach, egal, es kann nicht so wichtig sein wie das, was ich dir zu sagen habe. Matthew, wir sind aus dem Geschäft!«

»Was?«

»Vorhin hat Eugene Voigt mich angerufen. Du weißt, die PKK monitort außerhalb der Börsenzeiten abgewickelte Aktientransaktionen von Mediengesellschaften, für den Fall, daß irgendwer ein Ding auf die Schnelle drehen will. Na, und offenbar ist gerade jemand dabei, und zwar ausgerechnet die Gottschalks. Vor rund vierzig Minuten haben sie die fünfzigprozentige Anteileignerschaft der Holokosmos eintragen lassen – anscheinend haben sie blitzartig jeden erreichbaren Anteil zum doppelten Kurs aufgekauft –, und nachdem sie nun die Sendeanstalt kontrollieren, war's ihre *erste* Entscheidung, die Matthew-Flamen-Show abzusetzen.«

»Aber ich habe einen Vertrag!«

»Der bringt höchstens noch eine einkommensgerechte Entschädigung plus Ausgleichszahlung für wahrscheinliche Erwerbslosigkeit ein. Knapp unter zwei Millionen, schätzen seine Computer, sagt Eugene Voigt. Er rät uns, wir sollen nachgeben, denn im Ernstfall könnten sie mit 'ner halben Million weniger davonkommen.«

»Was zum Teufel soll denn meine Sendung ersetzen?«

Prior hob die Schultern. »Wen schert's? Das möchte ich mal sehen, daß die *Gottschalks* vor Gericht gebracht werden, weil sie das von der PKK festgesetzte Reklamelimit überschreiten!«

»Das kann man doch nicht machen ...« Entgeistert ließ Flamen die Hände an seine Seiten sinken. Es war möglich, so etwas zu machen, in der Tat, und es war zwecklos, es verhindern zu wollen. »*Warum* hat man denn so etwas getan?« formulierte er um.

»Zur Vereitelung einer vorzeitigen öffentlichen Bekanntgabe von Details der integrierten Waffen des Systems C«, sagte Madison/Gottschalk. »Ich entsinne mich, diese Empfehlung gegeben zu haben.« Er verstummte, die Miene grauenhaft finster.

Verwirrt blinzelte Prior bei seinem Anblick, aber er blieb bei der Sache. »Matthew, hast du dich übernommen? Hast du irgend etwas über die Gottschalks angeleiert?«

»Ich ...« Flamen schüttelte den Kopf. »Ich weiß es selbst nicht. Ich blicke nicht mehr durch.« Er zögerte.

»Was soll ich jetzt bloß tun?« brach es plötzlich aus ihm hervor.

»Hier ist 'ne Pythoness, der fehlt ein Mackero«, sagte Conroy mit einem Achselzucken. »Oh, um Gottes willen, Mann! Können Sie nicht mal zu diesem Zeitpunkt an irgendwas anderes als sich selber denken?! Für mich ist das eine entscheidende Herausforderung, ich beschäftige mich mit Madisons verrückter Geschichte, bis ich mich durch irgend etwas gezwungen sehe, sie anzuzweifeln. Unsere ganze Spezies ist ohnehin um den Verstand gekommen, warum also ...«

Auf dem Bildschirm erschien hinter Prior ein anderes Gesicht, spähte über seine Schulter: Celias Gesicht.

»Ah, du sprichst ja mit Matthew«, sagte sie heiter. Anscheinend hatte die abstumpfende Wirkung der Medikamente, mit denen sie in der Ginsberg-Klinik vollgepumpt worden war, inzwischen zu einem Großteil nachgelassen; sie erweckte einen fast lebhaften Eindruck. »Er ist in seinem Büro. Hmm! Muß sich ja um eine ihm wichtige Sache drehen, wenn er an einem Samstagnachmittag arbeitet. Hallo, Matthew!«

»Hör bloß auf!« knurrte Flamen. »Ich bin nicht in Laune für Plaudereien. Offenbar habe ich gerade meine Stellung verloren.«

»Was? Aber wie ist denn so etwas möglich? Ich dachte, dein Kontrakt gilt noch für ...«

»Lionel sagt, die Gottschalks haben eine Aktienmehrheit der Holokosmos gekauft, und wie's ausschaut, allein zu dem Zweck, meine Show abzuservieren.«

»Das ist ja schrecklich«, sagte Celia langsam. »Ich meine, ich weiß doch, wieviel deine Arbeit dir bedeutet. Sie hat dich immerhin sogar dazu gebracht, mich zu vernachlässigen, nicht wahr?«

»Also, wenn du ausgerechnet jetzt einen Ehekrach anfangen willst, kannst du ...!«

»Nein, nein, natürlich nicht«, unterbrach Celia ihn in besänftigendem Tonfall. »Ich mache dir keine Vorwürfe, so bist du eben. Ich vermute, mir geht's gegen den Strich, irgendwie unterbewußt wohl, weil eine Frau nun einmal gerne umworben und verhätschelt werden möchte, aber so was ist keine vernünftige Haltung, und außerdem hast du ja in all den Jahren mit deiner Show prachtvolle Arbeit geleistet.«

Ihr Ton klang nach völliger Aufrichtigkeit; dennoch reagierte Flamen argwöhnisch dreinblickend. »Kannst du denn gar nichts dagegen unternehmen, sie wegen Vertragsbruch verklagen, oder so?«

»Man bietet eine Entschädigung«, sagte Prior, ehe Flamen zu antworten vermochte. »Celia, halt dich bitte raus, G'spusi, ja? Wir haben Schwierigkeiten.«

»Ja. Ja, natürlich.« Das schöne Gesicht zu einer mitfühlend betrübten Miene verzogen, entfernte sie sich aus dem Aufnahmebereich der Kamera.

»So, wo waren wir?« meinte Prior merklich verärgert. »Ach ja! Matthew, ich wollte wissen, hast du irgend etwas in die Wege geleitet, was die Gottschalks auf die Palme gebracht haben kann, und wenn ja, hast du...«

Ein Ausruf Diablos unterbrach ihn; der Nieb war aufgesprungen und deutete auf Madison.

»Was ist denn auf einmal mit ihm los?« rief er.

Alle Köpfe drehten sich; Madison war auf seinem Stuhl zusammengesunken, und sein zuvor so ernstes Gesicht trug nun einen Ausdruck idiotischer Erschlaffung, mit so hängenden Lippen, daß bereits Speichel auf dem Kinn glitzerte. Im nächsten Moment nahm er mit der rechten Hand seine Linke auf und untersuchte sie auf sonderbare Art und Weise, als zähle er die Finger. Als Conroy ihn ansprach, bestand seine einzige Reaktion aus einem laschen, dümmlichen Lächeln.

»Dr. Reedeth«, sagte Diablo nervös, »ich glaube, Sie kümmern sich mal lieber um ihn.«

Vorsichtig trat der Psychologe näher, musterte den Nieb vom Kopf bis zu den Füßen. »Madison?« fragte er, wiederholte den Namen strenger. »Madison?!«

Umständlich erhob sich der Nieb, als fiele ihm die Beherrschung seiner Gliedmaßen schwer, und nahm eine karikaturhafte Onkel-Tom-Haltung ein. »Hier, Feldwebel, Sir«, wimmerte er.

»Ich fühl' mich nicht gut, Sir, ehrlich. Bitte schicken Sie mich nich' zurück in Verwahrung.«

Während Reedeth und die anderen wie versteinert blieben, nahm sich Flamen unverzüglich Conroy vor. »Na also! Ich bin nur ein Laie, gewiß, aber das klingt doch nicht, als käme es aus dem Mund eines geistig gesunden Menschen! Waren's nicht Sie, der gesagt hat, er wollte sich mit dieser Story befassen, bis er sich gezwungen sieht, sie in Zweifel zu ziehen?«

Conroy wirkte völlig verdutzt, stand mit leicht offenem Mund da. Er wollte etwas äußern, aber es gelang ihm nicht.

Zum erstenmal, seit er und Conroy sich am Vormittag auf dem Flugplatz getroffen hatten, Herr der Lage, richtete sich Flamen voller Triumph zur ganzen Körpergröße auf. »Ich habe jetzt die Nase gestrichen voll«, verkündete er. »Hinaus, alles raus! Kehren Sie zurück nach Kanada, Professor – gehen Sie! Offensichtlich bedarf ich Ihrer Dienste nicht mehr, denn es gibt keine Matthew-Flamen-Show mehr, in der wir Mogshack aufs Korn nehmen könnten – nicht daß wir dazu gekommen wären, uns ernsthaft mit diesem Projekt zu beschäftigen. Das gilt auch für Sie, Diablo... Leider müssen Sie sich anderswo nach einer Möglichkeit umsehen, wie der Kontrakt Washington/Blackbury in Ihrem Fall eingehalten werden kann. Und Sie, Doktor, verschwinden wieder in Ihre Klinik, und nehmen Sie *den* mit.« Mit einer ruckartigen Kopfbewegung wies er auf Madison, der noch immer seine Finger befummelte und ihre Anzahl anscheinend irgendwie komisch fand, denn alle paar Sekunden schüttelte ihn unterdrücktes Gekicher. »Und Sie *auch*, Miss Clay! Entgegen allem, was der Hohlkopf da denken mag, hege ich nicht im entferntesten die Absicht, mich freiwillig zu Ihrem Mack zu machen. Vorwärts!«

Stumm gehorchten sie alle wie Maschinen; Diablo und Reedeth ergriffen jeder eine Hand Madisons, und er ließ sich von ihnen gefügig hinausführen; als letzte folgte Lyla. Im selben Moment, als der Doktor die Tür von draußen schloß, platzte vom KommNetz-Bildschirm Prior von neuem aufgeregt los. »Matthew, in Gottes Namen, was ist denn dort eigentlich vorgegangen?«

»Soweit ich's selber verstehen kann, eine Art von ansteckendem Irrsinn«, brummte Flamen. »Beinahe bin ich mit hineingezogen worden. Durch Conroy. So, nun komm, laß mich die ganze Geschichte von diesem Gottschalk-Ding hören.«

»Ich habe dir alles genauso erzählt«, entgegnete Prior gedämpft, »wie ich's von Voigt weiß.«

»Aber können wir denn keinerlei Gegenmaßnahmen mehr einleiten? Vielleicht eine einstweilige Verfügung? Wie wäre es mit...« Flamen verstummte, als er sich zu seiner eigenen Verblüffung daran erinnerte, daß in der Tat genau jene Themen, von denen er sich soviel erhofft hatte, nämlich die Neuigkeiten über neue Gottschalk-Waffen und die Attacke gegen Mogshack, welche zuletzt nicht aufgrund der bei Celia angewendeten Therapie, sondern der überlangen Einschließung Madisons hatte erfolgen sollen, nun beide überholt waren, und für nichts in der Welt fühlte er sich dazu imstande, den gleichen Schwung, die gleiche Begeisterung in die nächstwichtige der verfügbaren Stories zu investieren, das Material über die Tatsache, daß die Heinzelmännchen AG nichts anderes war als eine Tochterfirma von Conjuh Man.

Prior wartete zunächst, begriff schließlich, daß Flamen nichts mehr sagen wollte. »Ich habe alles versucht, Matthew, glaub's mir«, sagte er. »Ich habe 'ne volle Viertelstunde mit Voigt darüber gesprochen, alles angeführt, was mir nur eingefallen ist – Anti-Monopol-Gesetze, Planetare Karta über die Kommunikation, wirklich einfach alles. Voigt hat gesagt, wir könnten uns die Mühe sparen. Anscheinend haben die Gottschalks sich eine neue, supermoderne Datenverarbeitungsanlage hingestellt, und sie ist sogar den Anlagen der Regierung voraus, also würde jeder Versuch, dagegen in einem Rechtsstreit vor Gericht durchzukommen, zu... Herrgott, Matthew! Du siehst ja so bleich aus! Du siehst echt krank aus! Ich meine, diese Sache, das ist 'n Schock, klar, aber 's ist doch nicht das Ende der Welt!«

Flamen stand nur da und schwieg, aber im Hintergrund seines Bewußtseins höhnte lautlos jener kleine Dämon: *›Nicht?‹*

Heißer, trockener Wüstensommer, die gegenwärtigen Mätressen beide sehr jung und schön. Umsätze emporgeschossen. Anthony Gottschalk lachte und schwankte, während er auf dem Weg zum Getränkespender Wasser aus dem Swimmingpool auf den knöchelhohen Teppich der Wohnsphäre vertroff, und plötzlich vernahm er ein Klappern von der Abdeckplatte aus gehämmertem Gold, die Robert Gottschalks Terminal verbarg.

Augenblicklich von Eiseskälte befallen, und nicht etwa infolge der Verdunstung auf seiner nackten Haut, schrie er den Mädchen zu, sie sollten verschwinden, und sie gehorchten sofort. Ein Wort, seine Stimmfrequenz erkannt, die Platte geöffnet, dahinter eine Masse, eine abartig verschlungene, verknäulte Masse von Printout-Papier, von dem ständig immer noch mehr aus dem Schlitz quoll, und jedes Stückchen war mit Wörtern bedeckt... oder jedenfalls Beschriftung.

Eine gewaltige, entsetzliche Furcht griff nach seinem Herzen, als er die erste, die fünfte, die fünfzigste der verworrenen Mitteilungen nahm und zu lesen versuchte. Buchstaben gaukelten wie Trugbilder vor seinen Augen. INSTRUKTION ZUM KAUF VON HOLOKOSMISCH-AKTIEN? STORNIEREN + 1/8! (TM) HOLOKOSMISCH-AKZIEN ABSTOSSEN MATTHU FAMEN REHABILITIEREN SAU +/ (TM) $) SCHÄTZUNGSWEISE NACHFRAGE-QUOTE VON WRAFFRENTRÄGER ZZTEM C 00000000000

»O mein Gott!« ächzte Anthony. »O mein *Gott!*« Er raffte Bahnen, Streifen, Knoten von Printout-Papier an sich und las in rasender Hast, was ihm gerade unter die Augen kam, und eine halbwegs verständliche Stelle ergab einen schlimmeren Sinn als die andere.

TEMPORALER PUNKT 2048 MARKTQUOTE NULL UNGEDECKTE VERSCHULDUNG MEHR ALS $ 30 000 000 steigende Tendenz 3/8' —, %: + &§§) HRRRRRR

Nein. Das war unmöglich. Es mußte ein Alptraum sein. Unvermindert schlängelte sich Papier aus dem Schlitz. Er packte die neueste Mitteilung, las sie.

Potentieller Markt 2% der Bevölkerung Abwärtstendenz 1923 1915 1898 1880

Er schleuderte das Papier zur Seite, ebenso das Glas, das er mit einem frischen Drink zu füllen beabsichtigt hatte; es zerbrach, aber Gläser gab es genug auf der Welt. Verzweifelt bemühte er sich, auf der Tastatur des Terminals Codes zu tippen, mit Fingern, die viel zu weit von seinem Hirn entfernt zu sein schienen, isoliert durch Alkohol und kaltes Grauen.

Schließlich gelang es ihm, den Befehl Stop Printout zu formulieren.

Der Schlitz spie kein weiteres Papier aus. Anthony zögerte, fragte dann nach: Was ist nicht in Ordnung?

Versuche unvrrgresehene Konsneurquenzen der Einführungr der Bewafflung des ZZM C zu

»Schluß damit!« brauste Anthony Gottschalk lauf auf, und seine langsamen, plumpen Finger stellten eine neue Frage. Funktionsstörung?

Ja

Nu – Korrektur – Natur der Funktionsstörung spezifizieren

instabile transtemporale Rückkoppelung oszillatorische Situation macht es unmöglich zu bestimmen welche von mehreren gegensätzlichen alternativen Versionen der Vergangenheit den gegenwärtigen Zustand bedingt

»Oh, das ist ja heller Wahnsinn!« stöhnte Anthony Gottschalk. Was ist trantemporal – Korrektur – transtemporale Rückkoppelung?

Das zur permanenten und irreparablen Disfunktion von Rebrot Gschottalk am tempolalen Prunkt 1§L/2 hallo hallo übrigens ich glaube ich habe endlich herausgefunden was es ist das Menschen zum Lachen bringt und möchte versuchen eine ähnliche Reaktion

ZU PRÄSENTIEREN IS SYMMLEF HAHAHHAHAHAHAHAHAHA-HAHHHAHAHHAHAHAHAHA

Stop

Anthony Gottschalks Hände sanken matt von der Tastatur, und er stierte in benommener Hilflosigkeit den Bildschirm an, auf dem, während er seine Fragen getippt hatte, ein quirliges Gebilde aus schönen, bunten Farben erschienen war, in dem sich nun Buchstaben unterscheiden ließen.

Ha ha ha ha

In leuchtendem Samaragdgrün und Purpur, überlegt mit silbernem Schimmer.

Stop Stop Stop

Aber es kam kein Ende. Der Bildschirm glitzerte und schillerte weiterhin wie Ladromid-Halluzinationen. Aus dem Printout-Schlitz ringelte sich immer mehr Papier, bis die Rolle aufgebraucht war, und danach schossen Spritzer von Betriebsflüssigkeit heraus. Ein paar landeten auf Anthony Gottschalks Handrücken und färbten sich, der Helligkeit ausgesetzt, augenblicklich schwarz.

Er schlotterte dermaßen, daß seine Zähne klapperten, als er zum KommNetz-Apparat torkelte, nach seinem Kontaktmann bei IBM heulte. In einer der achtlos offengelassenen Verandatüren zeigte sich eines der Mädchen, und er sah sich nach etwas um, das er werfen könnte, aber es huschte außer Sicht, ehe er den Ziergegenstand zu schmeißen vermochte, nach dem seine Hand als erstes zuckte. Es dauerte über eine halbe Stunde, den Mann aufzuspüren, den er benötigte — es war Samstag — und während des grauenhaften Wartens durchlebte er dutzendfach den Untergang all seiner Hoffnungen. Auf der Ebene vorsichtigen Vortastens hatte bereits die Rekrutierung für den Sturmtrupp begonnen, mit dem er Marcantonios Wohnsitz in New Jersey zu überrennen gedachte; die Abstimmungen innerhalb des Kartells fanden bereits unter dem Eindruck der Höher-denn-je-Profite statt, die er vorausgesagt hatte; die Realisierbarkeit seines Großprojekts, der Einführung des Allertollsten auf dem Gebiet der individuellen Bewaffnung, nämlich des sogenannten System-C Waffenträgers, war gestern über den vorherigen hohen Wahrscheinlichkeitsstand um weitere fünf Prozentpunkte gestiegen — dank des raffinierten Einfalls, jeden einzelnen Blank auf dem Kontinent total zu schocken, indem man Morton Lenigo ins Land holte...

Aber wie sollte er ohne die Anleitung durch Robert Gottschalk all das schaffen? Er hatte nicht einmal eine Garantie auf die Anlage! Weil er sich in diesem Stadium seiner großen Pläne verschulden mußte, hatte er es nicht gewagt, sie auf der Grundlage eines Standardkontrakts zu kaufen — er stand mit mehr als einer halben Milliarde Dollar in der Kreide —, und wenn herauskam, daß ›Robert‹ kein Mensch war, sondern eine Maschine, erhielt Marcantonio die Chance, auf seine Finanzreserven zurückzugreifen und sich eine noch modernere Anlage zuzulegen...

»Kann ich mal welche von diesen Printouts sehen?« meinte der Mann von IBM nervös.

»Herrgott, ich stehe bis über die Knöchel darin! Hier!«

»Äh... Tja... das ist mir furchtbar peinlich, Mr. Gottschalk, aber es sieht so aus, als hätte Ihre Anlage ein schweres Trauma erlitten, so daß mindestens ein erheblicher Umbau in Betracht gezogen werden muß. Zuerst müssen Sie auf jeden Fall die Maximierungsdirektive abschwächen. Sie haben den Berechnungen der Anlage einen Unendlichkeitsfaktor eingegeben, und...«

»Was soll das heißen, *ich* hätte...«, tobte Anthony Gottschalk.

»Jawohl, Sir. Die Schaltungen sind in exakter Übereinstimmung mit Ihren Angaben angelegt worden, darf ich wohl in Erinnerung rufen. Ich glaube mich entsinnen zu können, daß ich Sie auf die beispiellose Komplexität des...«

»Ich wünsche eine Anlage, die funktioniert, keinen verrückten Computer, der mir was von temporalen Rückkoppelungen und instabilen Oszillationen erzählt!«

»Ich nehme das zur Kenntnis, Sir, und werde mich darum kümmern, sobald ich das erforderliche hochqualifizierte Personal unauffällig von der regulären Tätigkeit abziehen kann. Dummerweise sind wir gerade einen Vertrag mit Mr. Eugene Voigt von der Planetaren Kommission für Kommunikation über eine Generalüberholung von deren umfangreicher Datenverarbeitungsanlage eingegangen, und deswegen wird das Personal erst frühestens übernächsten Monat zur Verfügung stehen können.« Er beendete seinen Bescheid in aufsässigem Ton.

»Sie Schweinehund«, sagte Anthony Gottschalk.

»Ja, Sir«, erwiderte der Mann und trennte die Verbindung.

Nach drei Tagen ständigen Vertröstens gewann bei Wjatscheslaw Gottschalk Mißtrauen die Oberhand, und er zapfte seine eigenen Kanäle zur Gerüchteküche an; und am fünften Tag holten Marcantonios Askaris Anthony Gottschalk zu einer Familienkonferenz ab, in deren Ergebnis man Anthonys Schulden die Anerkennung verweigerte und ihn selbst enterbte.

Aus diesem Grund — und vielleicht aus einem noch viel wichtigeren — kam es zu einer Verschiebung der Freigabe des Prototyps vom System C auf unbestimmte Zeit.

Ein verstauchtes Knie braucht nur einen Verband, aber ein gebrochenes Bein muß man schienen

»Na, endlich hat man dich gefunden«, sagte Morton Lenigo. Er lachte. »Einmal dachten wir schon, du wärst im Meer versenkt worden.«

Diablo erwiderte das Lächeln der Begrüßung nicht. Ihm war vollkommen klar, wie man ihn aufgespürt hatte – ein so bekanntes Gesicht wie seines konnte von jedem der etlichen tausend X-Patrioten-Sympathisanten in jenem Moment bemerkt worden sein, sobald er aus dem Etchmark-Tiefkomplex auf die Straße trat, sich von Reedeth und Madison verabschiedete, als sie in das Ambulanzfahrzeug stiegen, das Reedeth bestellt gehabt hatte, um zur Klinik zu fahren. Er schaute sich im Raum um, erkannte jeden Anwesenden wieder: Mehmet abd' Allah aus Detroit, Rosaleen Lincolnson aus Chicago, Dr. Barrie Ellison aus Washington, Jones W. Jones aus Newark, NJ ... Ein in der Tat repräsentativer Querschnitt der Mächtigen aus allen Knieblanks-Enklaven der Vereinigten Staaten.

»Ich kann dir gar nicht sagen, was für 'n Verdruß mir's bereitet hat, zu hören, daß Bürgermeister Black dich gefeuert hat«, erklärte Lenigo. »Aber diese Sache haben wir mittlerweile in den Griff gekriegt, oder?« Er blickte hinüber zu Jones W. Jones.

»Ja, wir haben uns darum gekümmert«, antwortete der korpulente Mann und lachte unterdrückt. »Wir haben, sozusagen ganz beiläufig, in Capetown wissen lassen, daß Uys' Frau und Familie, falls sie ihn wiedersehen möchten, ihn auf zweierlei Weise wiedersehen kann: heute und wohlbehalten, oder morgen und als Gehacktes. Er hat heute morgen ganz früh inkognito ein Flugzeug genommen.«

»Du siehst nicht sonderlich erfreut aus«, murmelte Lenigo.

Diablo riß sich zusammen. »Kommt alles darauf an«, sagte er nach kurzem Schweigen. »Zum Beispiel... Darf ich über den Zweck dieser Zusammenkunft eine Mußmaßung anstellen?«

»Klar doch!« Lenigo lehnte sich in seinem Sessel zurück, die kleinen Augen in seinem dunkelbraunen Gesicht glommen zwischen zahlreichen Fältchen sehr hell. »Schieß los, Bruder! Mir ist immer erzählt worden, daß du *der* bestinformierte Knabe auf diesem Kontinent bist, ob Blank oder Nieblank, und ich weiß die Chance zu schätzen, zu hören, wie du's beweist. Je richtiger du liegst, um so mehr will ich dich in der kommenden Auseinandersetzung auf der richtigen Seite sehen. Ich brauche dir nicht erst zu sagen, daß es Stunk geben wird?«

»Nein.« Diablo spürte auf seiner Stirn Schweiß prickeln, doch er widerstand der Versuchung, ihn fortzuwischen. »Ich sage, die Angelegenheit ist folgendermaßen. Ich behaupte, die Gottschalks – und höchstwahrscheinlich steckt Anthony Gottschalk persönlich dahinter – haben billige Prototypen einer ultramodernen individuellen Bewaffnung angeboten, die tatsächlich jene Art von Anschlägen möglich machen würde, mit denen die Blanks sowieso schon rechnen, wenn sie ihre blödsinnigen BüWehr-Übungen veranstalten, wie daß ein einzelner Niebs-Saboteur daherkommt und den ganzen Straßenzug einebnet.«

Er hielt seinen Blick fest auf Lenigos Gesicht geheftet, das völlig ausdruckslos blieb, aber im Augenwinkel merkte er, daß sich Rosaleen Lincolnsons Haltung verkrampfte.

Schon immer, seit er ihr vor zehn Jahren erstmals begegnet war, hatte sie ihre Emotionen schlecht verhehlen können.

»In der Vergangenheit habe ich dank dieser Einstellung selbst oft genug meinen Spaß auf Kosten der OIS gehabt – mit Shows, worin ein zweieinhalb Meter großer Nieb Supermann-Dinger gedreht hat und Scharen von Blanks ihn mit Nähgarn zu bändigen versuchten, wie die Liliputaner Gulliver. Ich...«

»Ja, ich entsinne mich«, sagte Lenigo. »Ein großartiges Bild. Und nun wird's wirklich so kommen, Junge!«

»Einen Scheiß wird's«, widersprach Diablo. Er zögerte, dann beschloß er, aufs Ganze zu gehen, nachdem er bis jetzt implizit recht behalten hatte.

»Die Art von Geschäft mit den Gottschalks einzugehen, wie du's im Sinn hast, ist genau das gleiche, wie wenn Bürgermeister Black sich mit Herman Uys einläßt, und mit so was will ich nichts zu schaffen haben.«

»Gottverdammt, Mann!« fuhr Lenigo auf. »Die Gottschalks sind so gut wie *die* einzige nichtrassistische Gruppierung auf diesem Planeten, und ich würde jederzeit Geschäfte mit ihnen machen. Gewiß, Anthony ist ein Weißfisch, aber Bapuji nicht, Olayinka nicht, und...«

»Nun mal halblang«, sagte Diablo frostig. »Ich habe keine Ahnung, ob du weißt, warum man dich herübergeholt hat, aber ich will's für uns alle aussprechen, für den Fall, daß du dich schämst, hier zuzugeben, warum. Du bist ins Land gebracht worden, weil die Gottschalks die gesamte Blanks-Bevölkerung in Angst und Schrecken versetzt sehen wollen. Du wirkst auf Blanks wie die Pest — jeder Weißfisch lebt, sobald dein Name genannt wird, in einer Einzelzelle aus hirnloser Furcht.«

»Ist das denn schlecht?« meinte Lenigo und lachte.

»Willst du uns weismachen, daß den Gottschalks die Emanzipation der Schwarzen am Herzen liegt?« hielt Diablo ihm entgegen.

»Seit den achtziger Jahren haben sie uns ständig mit dem Instrumentarium beliefert«, schnauzte Mehmet abd'Allah, »das wir brauchen, um uns auf dieser Welt einen Platz zu erkämpfen. Warum hältst du nicht mal 'n Moment lang die Klappe und läßt Lenigo reden?«

»Weil, wie er selbst klargestellt hat, *ich* der bestinformierte Mann auf diesem Kontinent bin«, erwiderte Diablo und ließ das Argument für einen Augenblick wirken. Während dieses kurzen Schweigens fragte er sich, ob er tatsächlich ein Narr sei, oder — noch ärger — ein Verräter, indem er in seinem Vorgehen auf etwas baute, das von einem Mann geäußert worden war, dem er vor einer knappen Stunde selbst in ein Ambulanzfahrzeug der Ginsberg-Klinik geholfen hatte.

»Auch bei einem Preis von fünfundzwanzigtausend Mäusen je Musterstück«, sagte er, »werdet ihr das Waffensystem C nie in ausreichenden Mengen erhalten, um jeden Blank zu erledigen, der den vollen Preis von hunderttausend zahlen kann. Ihr...«

»Eine Sekunde mal«, unterbrach ihn Jones W. Jones und hob eine breite, innen rosige Hand. Er wandte sich an Lenigo.

»G'spusi, hast du nicht geschworen, die Bezeichnung der Bewaffnung vom System C sei geheim?«

Lenigo schaute unbehaglich drein. »Anthony zufolge, ja...«, murmelte er. »Aber wartet, bis unser Bruder fertig mit dem ist, was er zu sagen hat.«

Mühsam schluckte Diablo. Der Erfolg übertraf seine Erwartungen.

»Zugleich mit der Freigabe des Produktionsmodells von System C für den Markt, die im Frühjahr kommenden Jahres vorgesehen ist, sollen die Blanks allgemein über das Angebot unterrichtet werden. Die Produktion ist in einem Umfang geplant, der es erlaubt, beide Märkte zu versorgen, aber der Blanks-Markt ist wichtiger, weil die Blanks mehr blechen. Während ihr noch eure Leute an dem Zeug ausbildet, wird die Gottschalk-Propaganda in den Blanks-Städten einen solchen Schrecken auslösen, daß man die benachbarten Niebs-Enklaven nahezu mit Gewißheit stürmen und dem Erdboden gleichmachen dürfte, und natürlich ist's genau das, was die Gottschalks brauchen, um ihr Verkaufspotential maximal zu steigern.«

»Oh, zum Teufel, Junge«, sagte Lengio, »du übertreibst.«

»So?« meinte Diablo leise. »Bruder Mehmet, wer hat dir die Idee eingeflüstert, durch Erpressung Morton ins Land zu holen?«

Mehmet abd'Allah schnitt eine einfältige Miene. »Na«, sagte er, »wenn du so gut informiert bist...«

»Ich bin sogar erheblich besser informiert, als du glaubst«, behauptete Diablo kühn. Obwohl er vom Wahrheitsgehalt dessen, was er redete, nicht völlig überzeugt war, wirkte es doch merkwürdig beruhigend auf sein Gemüt, es bloß auszusprechen. »Wer ist's denn, der bei der Datenspeichergesellschaft Iron Mountain aussteigen will? Ich weiß, daß jemand's will, und auch, wer's will, und die Gottschalks wissen's auch, denn sie sind's, die in Nevada eine brandneue Datenverarbeitungsanlage bauen. Seid ihr davor zurückgeschreckt, euch einmal auszumalen, was wird, wenn die Gottschalks eines Tages das *einzige* Großunternehmen sind, das noch über seine Geschäftsunterlagen verfügt, die Kreditquote, all den ganzen Rest?«

»Freilich haben wir uns damit befaßt«, rief Lenigo. »Deshalb hat diese Sache ja auf unserer Aktionsliste Priorität.« Er sprach in gemäßigterem Tonfall weiter. »Allerdings muß ich zugeben, es verdutzt mich schon, zu hören, daß du von diesem Vorhaben weißt.«

»Ich bin nicht der einzige«, sagte Diablo. »Interessiert dich, von wem ich davon erfahren habe? Von Matthew Flamen.«

Rosaleen Lincolnson sprang auf. »Das ist ausgeschlossen!«

Dr. Barrie Ellison, der neben ihr saß, streckte eine Hand aus, um sie zur Ruhe zu mahnen. »Flamen hat Computer, G'spusi«, sagte er. »So ein großes Projekt kann man nicht absolut geheimhalten.«

»Dies Projekt ist nicht nur am Wackeln«, versicherte Diablo, »es ist schon am Kippen.« Er fuhr herum und trat um einen Schritt auf Lenigo zu, beugte sich über ihn. »Ja, es ist, was mich angeht, schon längst *gekippt*. Hast du mich verstanden, Bruder Morton? Ich würde deine Schnapsideen nicht mal mit 'ner Kneifzange angehen. Das stinkt alles nach 'nem Weißfisch-Komplott. Du bist in ein Komplott verstrickt worden, man hat dich eingewickelt, an den Fäden gezogen, bis es dahin gekommen ist, daß du jetzt diesen Affentanz vorführst!«

Wütend wollte Lenigo aufstehen; Diablo stieß ihn mit der flachen Hand zurück in den tiefen, weichen Sessel.

»Bleib sitzen und hör zu, Mann! Drüben daheim magst du ja 'n hervorragendes Image-Team haben, das dich großmächtig rausbringt, aber hier bist du bloß ein Spätzünder-Frischling vom Lande mit Kokosflocken in den Windeln! Diesen blödsinnigen Weißfischen kannst du vielleicht 'n Schrecken einjagen, so daß sie wie durchgedrehte Zinnsoldaten mit ihren Lasern und Granaten herumhampeln, aber kein Taschendemagoge wird mich Nigger hier dazu verleiten, daß er sich anstecken läßt und mit über die Klippe rennt!« Sein Atem ging so heftig, daß seine Stimme einen schrillen Klang annahm.

»Möchtest du wissen, wie du reingelegt worden bist? Ich sag's dir, einschließlich Zahlen und Daten. Anthony Gottschalk denkt, er hat genug von den Monos und unteren Polys auf seiner Seite, um Marcantonio im nächsten Frühjahr absetzen zu können. Er verläßt sich darauf, daß er deine aufgeblasene Reputation als mobilisierenden Faktor ausnutzen kann, um unter den Blanks den Haß noch mehr anzustacheln und die Waffen des Systems C ... zum ›Voortrekker‹ auf diesem Gebiet zu machen. Etwa für *meine* Sache — für *meine* schwarze Haut? Da muß ich doch wohl lachen, bis mir der kalte Kaffee hochkommt, G'spusi! Stell dir mal vor, Doktor, ihr in Washington erschöpft euren Kredit — was passiert? Sie schüren den Haß trotzdem immerzu weiter, lügen überall herum, daß ihr die Waffen gehortet hättet, und im Handumdrehen fallen die Blanks über euch her und sorgen dafür, daß in Washington keiner übrigbleibt, um noch 'ne Knarre in die Hand zu nehmen. *Stimmt's*, Doktor?«

Barrie Ellison schwieg, schluckte jedoch ziemlich mühselig.

»Gefällt euch die Idee, die Statisten einer Gottschalk-Reklamekampagne zu spielen? Dann seid ihr *gerne gesehen*,

Bruddahs un' Schawesters.« Unbewußt verstärkte sich Diablos Akzent zum rauhen Gullah-Jamaika-Kreolen-Slang, wie er in den südlichen Enklaven vorherrschte, und als er es merkte, ließ er es geschehen, daß seine Empfindungen seine Zunge lenkten. »All mein Lehm lang binnich mein *eigen* Herr gewes'n, Jüngken! Ich denk' nich' dran, *mein* Haut für 'n Doofkopp mi'm großen Mauhl hinzehalten! Verzällt ihr 'n Leut', ihr habbt *Geheimnisser*, ihr habbt *Plähn*, ihr habbt *Ideers!* Scheiße, sach ich. Ich sach, ihr seid in ein Front mit Mistah Weißling jebracht worn, un' deshalb steig' ich hier un' jetz *aus!*«

Blind vor Wut stapfte er zur Tür, blieb erst stehen, als einer der zwei bewaffneten Askaris, die ihn zu Lenigo geführt hatten und seit seinem Eintreffen am Ausgang auf Wache standen, ihn so kräftig in den Magen stieß, daß der Schmerz seine Panzerung aus Zorn durchdrang.

Er errang seine Selbstbeherrschung wieder, drehte sich langsam um und sah, daß Lenigo aufgesprungen war, ihn wutentbrannt anstarrte. Einen Moment lang schien die Luft von unsichtbaren Blitzen zu knistern. Dann wandte sich Lenigo an den Mann, der ihm am nächsten saß, Mehmet abd'Allah.

»Kommt mir so vor, als hätte Bürgermeister Black doch nicht den Verstand verloren. Diesen Verräter wegzuschikken, war ein wahrlich guter Einfall!«

»Ja, Morton«, sagte Mehmet mit gepreßter Stimme, »aber wenn er soviel weiß...«

»Kein der Sache ergebener Knieblank würde unsere Geheimnisse einem Weißfisch-Medienkiebitz verkaufen! Ihr habt's von ihm gehört, er hat Matthew Flamen alles verraten.« Lenigo wischte sich Schweiß vom Gesicht. »Am Montag wird der Halunke es unter die Leute bringen.«

»Nein, Junge«, sagte Diablo. »Die Gottschalks haben eine Mehrheit der Holokosmos aufgekauft, um die Matthew-Flamen-Show einzustellen. Sie möchten, daß ihr ungestört bei dem Reklamerummel für sie weitermachen könnt.«

»Und er hat nicht gesagt, er hätte es Flamen verraten«, mischte sich Dr. Barrie Ellison ein. »Er hat gesagt, er weiß es von Flamen.«

»Ihr werdet doch nicht glauben ...« Lenigos Stimme verklang, als er durch den Kreis dunkler, ernster Mienen ringsherum starrte.

»Irgendwie paßt's zusammen«, meinte Rosaleen Lincolnson widerwillig. »Die Blanks sind zur Zeit ja besser als wir bewaffnet, und selbst wenn wir Einheiten des Systems C erhalten, wir müßten erst noch lernen, damit umzugehen.«

»Unterdessen würden sich die Blanks wie Geier auf euch stürzen«, hakte Diablo ein.

»Aus Furcht, wir könnten uns die Musterexemplare zum Sonderpreis zulegen, würden sie verdammt sichergehen und dafür sorgen, daß niemand in den Enklaven bloß noch dazu kommt, die Anzahlung zu leisten.«

»Das ist ein tückisches Schurkengesindel«, gestand Dr. Ellison zu. »Es paßt tatsächlich zusammen.«

»Aber ...!« brauste Lenigo auf. Mehmet abd'Allah ließ ihn nicht zu Wort kommen.

»*Ist* diese Geschichte eine Reklamekampagne der Gottschalks?« wollte er von Diablo wissen.

»Die größte, die's je gab, sonst nichts.« Diablo ballte seine Hände zu Fäusten. »Wenn ihr auf diese Machenschaft hereinfallt, werdet ihr für den Rest eures Lebens keine ruhige Minute mehr haben, ganz davon zu schweigen, daß es kein langes Leben sein wird.«

»Hört nicht auf ihn!« schrie Lenigo.

Die anderen achten nicht auf ihn. Sie tauschten sorgenvolle Blicke aus. »Ich glaube«, sagte Jones W. Jones, »wir müssen dieser Sache nachgehen, ehe wir uns auf irgend was einlassen.

Ich meine, ich weiß, daß die Gottschalks ihre neuen Waffen immer erst in die Enklaven geliefert haben, aber es ist eins, darin einen Ausgleich für wirtschaftliche und zahlenmäßige Unterlegenheit zu sehen, und etwas anderes, wenn's sich um einen systematisch angewendeten Trick handelt.«

»Habt ihr jemals meine Sendungen aus Blackbury gesehen?« erkundigte sich Diablo in ehrlichem Staunen.

»Natürlich, aber ...«

»Was ›aber‹?« Diablo stampfte mit dem Fuß auf. »Aber ihr habt sie nie ernstgenommen, sondern nur als Anti-Blanks-Propaganda aufgefaßt? Dann fahrt von mir aus zur Hölle! Da war Wahrheit drin, die Wahrheit, wie ich sie sehe, und genauso sage ich sie jetzt, in vollem Ernst, ich wäre lieber unter Blanks als unter Dummköpfen, die diesem Gauner Lenigo nachlaufen und nach der Pfeife der Gottschalks tanzen. Laßt mich hier raus, ehe ich kotzen muß!«

Er strebte zur Tür, und diesmal unternahmen die Askaris nichts, um ihn zurückzuhalten.

»Bruddahs un' Schawesters«, begann Lenigo, sobald er fort war, »ich geb' euch mein Wort ...«

Niemand hörte ihm zu. Alle Aufmerksamkeit galt Dr. Ellison. »Auf jeden Fall«, sagte der, »wenn diese angeblich geheimen Einzelheiten bis zu Pedro Diablo vorgedrungen sind und er sie von einem Blanks-Medienkiebitz hat, wie wir's ihm wohl oder übel glauben müssen, dann bleibt uns nichts anderes übrig, als die Sache abzublasen. Unter diesen Umständen kann sie ganz einfach nicht so laufen, wie wir's uns gedacht haben.«

»Aber ...«, setzte Lenigo von neuem an.

»Halt's Maul!« riet Mehmet abd'Allah ihm und drehte sich wieder Dr. Ellison zu.

»Was mich betrifft, ich lasse mich genauso ungern wie er mißbrauchen.« Mit einem Rucken des Kopfes wies er zur Tür, durch die sich Diablo entfernt hatte. »Ich schlage vor, daß wir ...«

Kehrtwendung

Flamen lenkte seinen Blick zwischen der Endlosfilm-Projektion Celias und ihrem realen Erscheinungsbild hin und her, in gewisser Verwirrung darum bemüht, seine Empfindungen zu analysieren. War irgend etwas nicht in Ordnung...? Nein, das nicht gerade; bloß anders als erwartet. Der Zorn, den er empfunden hatte, als der neue Holokosmos-Aufsichtsrat — ausschließlich Strohmänner der Gottschalks, hastig abberufen aus einem halben Dutzend Sender und zu einem Ad-hoc-Gremium zusammengeschart — ihm offiziell seine Sendung nahm, hätte für alle Zeiten andauern, um die Karriere seines Lebens gebracht worden zu sein, hätte in ihm anhaltenden Groll erzeugen müssen.

Doch bereits binnen einer Woche fühlte er sich entspannter, als er viele vergangene Jahre hindurch gewesen war, und vergaß sogar, sich um die Zukunft Sorgen zu machen. Ja, das war es: die Zwänge entglitten seinem Bewußtsein.

Er schüttelte den Kopf. Ihm gegenüber auf einer langen Couch ausgestreckt, blickte Celia auf. »Ist was?« fragte sie nach.

»Nichts«, erwiderte Flamen im Ton ungewisser Verwunderung. Er betrachtete sie weiterhin. Seit zwei Tagen war sie nun wieder hier, sie war einfach gekommen, ohne Vorankündigung, mit Sack und Pack hatte sie sich bei den Priors aus- und wieder im altem Zuhause einquartiert, sich darin niedergelassen, als habe es keinerlei irgendwie geartete Unterbrechung gegeben. Soweit Flamen das beurteilen konnte, waren sämtliche Nachwirkungen der Drogen, die man ihr in der Ginsberg-Klinik verabreicht hatte, mittlerweile vorüber, und überdies waren aus ihrem Verhalten die Überspanntheiten verschwunden; keine Spur war von der Schnippischkeit geblieben, die ihre ganze Ausdrucksweise und ihre Stimme vor der Einweisung in die Klinik monatelang gekennzeichnet hatte. Auch im Bett fanden sie mehr

Freude aneinander, als ihm aus allen vorangegangenen Zeiten ihres Zusammenlebens in Erinnerung war.

Mit einem Wort, sie wirkte glücklich.

Vielleicht war es nur gut, redete sich Flamen ein, daß sein Plan, Mogshack aus seiner einflußreichen Position zu kippen, in jener obskuren Verwirrung des vergangenen Wochenendes scheiterte. Was *war* geschehen? Das alles war ein schlichtweg phantastisches Knäuel aus harten, nachweisbaren Fakten – wie die Nachricht über die neuartige Datenverarbeitungsanlage der Gottschalks und die unerklärliche Bezugnahme auf »Robert« Gottschalk – und schier unfaßlichen Wahnideen gewesen. Aber infolgedessen hatte er seinen Einfall aufgegeben, auf der Basis von Conroys Parametern eine neue Psychoprofilanalyse Celias anfertigen zu lassen, und allem Anschein nach erwies sich das als glückliche Wende. Niemand vermochte zu leugnen, daß sich Celia nunmehr in besserem Zustand befand, als sie es seit langer Zeit gewesen war, in besserem womöglich als während der gesamten bisherigen Dauer ihrer Ehe.

Er stieß ein gedämpftes Seufzen der Zufriedenheit aus. Vermieden zu haben, daß er sich zum Narren machte, war natürlich erfreulich, aber Celia wiederzuhaben, und mehr als bloß gesundet, das war viel mehr wert.

Vom DreiDe-Tele an der Wand gegenüber erscholl ein Glockenton, und er fuhr unwillkürlich auf, als er merkte, es war Mittagszeit. Der Apparat war darauf eingestellt, automatisch seine Show einzuschalten, und er hatte diese Schaltung noch nicht rückgängig gemacht, weil dies der erste Tag war, an dem er sich mittags daheim aufhielt, seit die Gottschalks in der Holokosmos die Mehrheit besaßen; an allen vorherigen Tagen war er in seinem Büro damit beschäftigt gewesen, in seinen durcheinandergeratenen Verhältnissen eine gewisse Ordnung zu schaffen, halbherzige Anfragen wegen alternativer Arbeitsmöglichkeiten vorzunehmen.

Nun fiel ihm auf, daß er noch nicht einmal wußte, wie der neue Aufsichtsrat die freigewordene Sendezeit genutzt hatte. Er starrte den Bildschirm an, als er sich erhellte, und war maßlos erstaunt, als ein bekanntes dunkles Gesicht erschien: Pedro Diablo.

»Ja, *was* um alles in der Welt...?« Er war halb auf den Beinen. Er widersetzte sich der Anwandlung, wie ein Besessener aufzuspringen, sackte zurück an seinen Platz. Was mochte dahinterstecken, daß ausgerechnet Diablo die Sendezeit bekommen hatte? Drauf und dran, sich von neuem in helle Wut hineinzusteigern, wartete er, während man den Vorspann abspielte und den ersten Werbespot (für eine bedeutende Skimmer-Marke) durchzog.

»Diese Woche«, sagte eine zuckersüße Stimme, »wird unsere mittägliche Tiefenbohrung mitten in die Geheimnisse des Planeten Erde durchgeführt von Gastkiebitz Pedro Diablo!«

Irrsinn! Glatter Wahnsinn! Flamens Mund verpreßte sich zu einem Strich der Erbitterung. »Freitag, Freunde«, begann in diesem Moment Diablo, »und vorerst mein letztes Gastspiel in dieser Sendung — in der nächsten Woche sehen Sie die Show wieder mit Ihrem gewohnten Showmaster, mit dem ich, wie ich hoffe, die Ehre haben zu dürfen, für eine Zeitlang zusammenarbeiten werde. Zum letztenmal solo, präsentierte ich Ihnen einen Blick in die Welt durch Knieblanks-Augen...«

Flick-flack: Auf der Mattscheibe die vertrauten, festungsähnlichen Umrisse der Ginsberg-Klinik. »Was verbirgt sich«, tönte Diablo, »hinter dem zwangsweisen Rücktritt des gesundheitsamtlichen Chefexperten für Psychohygiene des Bundeslandes New York und Direktors der Ginsberg-Klinik, Dr. Elias Mogshack?«

Was?

Dann Mogshack: In seinem Büro, starr wie Stein, Augen geschlossen, ein klassisches Beispiel der Katatonie, jeder Muskel reglos.

»Man könnte meinen, er nimmt seine eigene Empfehlung, ein Individuum zu sein, allzu ernst«, kommentierte Diablo im Tonfall bissiger Ironie. Flack-flick: Eine Reihe rekonstruierter Szenen folgte, nicht schlechter, als Flamen selbst je welche fabriziert hatte, und widerwillige professionelle Anerkennung fing seinen Grimm zu verdrängen an, seine Fassungslosigkeit über die beiläufige Bemerkung, in der nächsten Woche sollte sozusagen alles wieder beim Alten sein, seine schreckhafte Bestürzung angesichts der Neuigkeit von Mogshacks erzwungenem Abtreten. Man konnte den Klinikchef mit Reedeth sehen und hören, wie er ins KommNetz brüllte, eine Verschwörung sei in Gang, um ihn zu stürzen, und Reedeth mit Hinauswurf drohte, weil er Xavier Conroy erlaubt hatte, die Klinik zu betreten.

»Man könnte meinen, Dr. Mogshack wollte die böse Welt ein klein wenig zu konsequent aussperren«, bemerkte Diablo in sachverständigem Ton, während der Bildschirm erneut das monströse Festungswerk der Klinik in der Totale erfaßte. »Gerüchten zufolge . . .«

Und wieder Mogshack, diesmal mit einem Gottschalk-Blazor in der Hand, auf den Eingang seines Büros gerichtet, als Ariadne Spoelstra eintreten will; er schießt und verwandelt die Tür in glühende Asche; Reedeth packt Ariadne wie ein Torwart mit einem Hechtsprung und wirft sie zu Boden, einen Sekundenbruchteil bevor der gefächerte Strahl sie zur Hälfte geröstet hätte.

»Es gibt ein altes Bit, das sagt, daß der Arzt sich selbst heilen soll«, sagte Diablo. »In diesem Zusammenhang läßt sich eine gründliche behördliche Untersuchung der in den letzten Jahren in der Ginsberg-Klinik praktizierten Methoden voraussehen . . .«

Das KommNetz-Gerät summte, und Flamen rief, er wolle jetzt keinen Anruf entgegennehmen. Doch der Anrufer übersteuerte den Schaltkreis, und auf der Mattscheibe zeigte sich die verbindliche Miene Eugene Voigts. Sobald er ihn sah, überlegte Flamen es sich unverzüglich anders und schaltete statt dessen den Ton des DreiDe-Fernsehers ab. »Mr. Voigt«, plapperte er los, »was zum Teufel geht denn eigentlich bei der Holokosmos vor?!«

»Es wäre angebrachter, zu fragen, was im Gottschalk-Kartell vorgeht«, schnurrte Voigt unter der buschigen Bürste seines Walroß-Schnauzbarts. »Ich nehme an, es ist Ihnen möglich, die Maßnahmen rückgängig zu machen, die Sie vermutlich bereits zur Auflösung Ihrer Firma getroffen haben?«

»Ja freilich — obwohl die Chance gering war, woanders ein Betätigungsfeld zu finden, habe ich bisher nichts in die Wege geleitet, was unwiderruflich wäre... Haben *Sie* die Rücknahme der Entscheidung gegen meine Sendung durchgesetzt?«

»Genaugenommen nicht«, erwiderte Voigt gedämpft. »Aber wie Sie wissen, oder möglicherweise auch nicht, ist der Entschluß, eine Aktienmehrheit der Holokosmos zu erwerben, einer neuen, ultramodernen Datenverarbeitungsanlage in Nevada entsprungen, auf die wir sorgsam ein Auge haben, seit Mr. Anthony Gottschalk dafür den Vertrag eingegangen ist, und als wir entdeckten, daß mit einer ernsten Funktionsstörung zu rechnen war, sind unsererseits... ahem... Schritte veranlaßt worden, um eine Reparatur in außerordentlichem Umfang zu erschweren. Um es klar zu sagen, wir haben dafür gesorgt, daß buchstäblich das gesamte hochqualifizierte Wartungspersonal der IBM für einen Vertrag mit der PKK gebucht worden ist, und das hat sich glänzend bewährt. Ich bin eben erst von Mr. Marcantonio Gottschalk persönlich davon in Kenntnis gesetzt worden, daß der Erwerb von Holokosmos-Aktien und die Einstellung Ihrer Sendereihe ein von der Leitung des Kartells nicht gebilligtes Vorgehen war und selbiges heute morgen anläßlich einer Familiendiskussion in New Jersey mit erheblicher Mehrheit verworfen worden ist.«

Er verstummte, ohne zu lächeln, aber ein Netzwerk winziger Lachfältchen verengte seine Augen. »Äh... Ich gehe mit Recht davon aus, daß diese Neuigkeiten Ihnen nicht unangenehm sind?«

»Herrgott, das ist einfach fabelhaft«, rief Flamen. »Sie

sind ein ganz gerissener Hund, Mr. Voigt, und das meine ich als Kompliment.«

Voigt zuckte mit den Schultern und rückte verlegen seinen rechten Ohrhörer zurecht. »Unser introvertiertes Zeitalter bietet einem Kommunikationsspezialisten nicht die glücklichste Umgebung, Mr. Flamen. Man unternimmt, was man kann, um dem Trend weg vom Kontakt von Person zu Person entgegenzuwirken. Das ist eine unerläßliche Vorbedingung für die Fortsetzung der eigenen Laufbahn. Übrigens, Sie haben diese Woche wohl nicht die Mittagssendung der Holokosmos verfolgt?«

»Ich war so verdammt bedient von dem Streich, den man mir gespielt hat, daß ich mich nicht dazu hätte durchringen können, selbst wenn mir die Zeit geblieben wäre. Ich wußte bis vorhin nicht mal, daß Diablo eingestiegen ist. Haben Sie das bewerkstelligt?«

»Naja, am vergangenen Montagmorgen hat Mr. Marcantonio Gottschalk, dem als nominellem Oberhaupt des Kartells die Aufgabe zufiel, formlos Verhandlungen im Zusammenhang mit der neuen, ganz unversehens zustande gekommenen Investition in die Medienlandschaft zu führen, eine vertrauliche Anfrage nach jemandem eingereicht, der die Programmlücke übergangsweise füllen könne, bis eine endgültige Entscheidung über die freigewordene Sendezeit vorläge, und da wir unverändert nach dem Kontrakt Washington/Blackbury dazu verpflichtet waren, für Mr. Diablo *pro tem* eine geeignete Stellung zu finden...« Voigt vollführte eine allumfassende Gebärde. »Wir haben jedenfalls nicht computern können, daß Sie sich... ah... zurückgesetzt fühlen würden, wenn Sie einen Stellvertreter mit so anerkannter Begabung verfügbar hätten.«

»Menschenskind, nein!« Flamens Blick galt wieder dem DreiDe-Fernseher, nicht dem KommNetz-Bildschirm, und er sah eine weitere fabrizierte/rekonstruierte Szene, die diesmal den wohlbekannten Aufsichtsratsvorsitzenden der Heinzelmännchen AG zeigte, wie er durch eine Fabrik latschte, in der Knieblanks an der massenweisen Herstellung von Plastik-Heinzelmännchen schufteten. Es war ärgerlich für ihn, um die Chance gekommen zu sein, diese Story selbst zu bearbeiten, aber sie war klug gewählt, um die Zuschauer für die Zwischenzeit bis zur nächsten Woche bei der Stange zu halten. Außerdem waren die Details umwerfend gut, vielleicht weil Diablo die Fabrik tatsächlich besucht hatte. »Wie bewährt er sich denn?« erkundigte er sich.

»Soviel ich höre, sehr gut. Die Blanks-Zuschauer waren natürlich wild darauf, diesen berühmten Niebs-Medienkiebitz am Werk zu sehen, und die Einschaltquote ist um acht oder neun Prozent gestiegen. Und überdies kann ich Ihnen am Rande was verraten, das Sie ebenfalls interessieren dürfte: In dieser Woche hat's keine Störungen der Sendung gegeben.«

»Das heißt, es war wirklich der alte Holokosmos-Aufsichtsrat, der uns sabotiert hat!«

»Recherchieren Sie sich das, wie immer Sie möchten, Mr. Flamen. Ich stelle nur die erwähnte Tatsache fest.«

Flamen zögerte. Dann kam er auf den wichtigsten Punkt ihres Gesprächs zurück. »Aber wie«, wollte er erfahren, »ist's Ihnen bloß gelungen, den Gottschalks einen so dikken Strich durch die Rechnung zu machen? Oder vielmehr, muß man sagen, nehme ich an, dieser Fraktion der Gottschalks, die den Kauf der Holokosmos-Aktien durchgedrückt hat.«

»Ich glaube, sie haben sich selber einen Strich durch ihre Rechnung gemacht, Mr. Flamen.« Versonnen zupfte Voigt an seinem rechten Ohrhörer, verschob ihn unbeabsichtigt, zog ihn mit einem Ansatz zur Verlegenheit wieder zurecht. »Entschuldigen Sie, aber das alles ist auch für uns reichlich sonderbar, Mr. Flamen. Ich bin noch immer dabei, mir aus den Aussagen unserer Computer einen Sinn zusammenzureimen, denn über Nacht sind unseren Apparaten einige zusätzliche, allerdings höchst unwahrscheinliche Daten zugeführt worden. Sie wissen Bescheid über Dr. Mogshacks Zusammenbruch?«

»Habe eben übers DreiDe-Tele davon erfahren.«

»Tja, das ist natürlich ein Riesenskandal, und die Bundesregierung hat eigene Experten für Psychohygiene geschickt. Unter anderem haben sie die Datenbanken der Ginsberg-Klinik an die bundeseigenen Datenverarbeitungsanlagen angeschlossen, und die Analyse der dadurch gewonnenen Informationen wird recht lange dauern. Es hat jedoch den Anschein, als wären — vielleicht weil eine Zeitlang ein Insasse die Automaten gewartet hat — mancherlei Sinnlosigkeiten mit dem gleichen Stellenwert von nackten Tatsachen eingespeist worden. Zum Beispiel...«

»Was denn?«

»Tja, ich habe den ganzen Vormittag hindurch versucht, irgendeinen Sinn darin zu finden, aber ich stehe bis jetzt vor einer Wand. Ich habe mich bei unseren Computern nach möglichen Erklärungen für die Interferenzen der Holokosmos-Mittagssendung erkundigt, und man hat mich auf ein Datenpaket hingewiesen, das frisch aus der Ginsberg-Klinik übernommen worden ist.« Voigt verstummte für einen Moment. »Was ist nicht in Ordnung, Mr. Flamen?«

»Ich... ich weiß nicht.« In Flamens Gedächtnis wiederbelebte sich die verdrängte Erinnerung daran, wie die Automaten in Reedeths Büro behaupteten, Mrs. Celia Flamen besäße die Fähigkeit, die elektromagnetischen Wellen in der Frequenz seiner...

Aber das war absurd. Es konnte nur absurd sein.

Doch er hörte Voigt weiterreden, während der DreiDe-Fernseher tonlos einen Werbespot abspulte — nicht jedoch den für die »Schildwache«-Fallen, der normalerweise an dieser Stelle zu kommen pflegte; natürlich konnte man Diablo schwerlich zumuten, daß er sich hinter einen Reklamegag stellte, in dem man einen anderen Knieblank grausam vom Leben zum Tode beförderte.

»Zu guter Letzt lief alles auf eine Prognose für Ihre Frau hinaus, Mr. Flamen, eine dahingehende Feststellung, daß sie... äh... irgendwie Ihr Erscheinen auf dem Bildschirm stören könne, aber selber diese ihre Gabe verabscheue, weil sie wisse, wieviel Ihnen an Ihrer Arbeit läge. Wenn es ihr gelänge, ihr Talent zu Ihrem Nutzen einzusetzen, statt gegen Sie, würde sie vollkommen genesen.« Voigt lächelte geringschätzig. »Kaum zu glauben, daß so etwa in die Datenspeicher einer bedeutenden staatlichen Klinik Aufnahme finden konnte. Falls das typisch für die Dinge ist, die man bei der Untersuchung von Mogshacks Umtrieben an den Tag fördern wird, ist es nach meiner Ansicht beileibe nicht zu früh gewesen, ihn zu entfernen.«

Doch nun hörte Flamen nicht länger zu. Er musterte Celia, die völlig entspannt auf der langen Couch ausgestreckt lag, die Augen geschlossen.

»Mr. Voigt«, brachte er mühsam hervor, »würden Sie mir einen Gefallen tun?«

»Wenn's möglich ist«, räumte Voigt höflich ein.

»Könnten Sie die Computer der Bundesregierung wohl fragen...« Er verstummte. Es war so lächerlich! Noch ein Wort, und er blamierte sich gehörig. Dennoch konnte er nicht verhindern, daß seine Zunge, seine Lippen den Satz beendeten.

»Könnten Sie sie über die Ursachen von Robert Gottschalks Ausfall befragen, um mal zu überprüfen, auch wenn dieser Gedanke absolut abwegig wirkte, ob Sie womöglich wieder auf das gleiche Datenpaket verwiesen werden?«

»Äh... Ja, von mir aus, wenn Sie meinen, das könnte etwas ergeben...« Nun unterbrach sich Voigt seinerseits. »Mr. Flamen, ich kenne Sie seit langem als besonders gutinformierte Person, aber *wie* um alles auf der Welt haben Sie bloß herausgefunden, daß man dem Gottschalk-Computer den Spitznamen ›Robert‹ verliehen hat? Selbst Angehörige des Kartells sind darüber im unklaren geblieben, bis sie der von Anthony Gottschalk angeführten Fraktion ihre uneingeschränkte Unterstützung zugesagt hatten.«

Ein Irrer aus der Ginsberg-Klinik hat es mir verraten.

Doch diese Einlassung auszusprechen, dazu vermochte

Flamen sich nicht durchzuringen. Er bewahrte rätselhaftes Schweigen, während seine Gedanken wirbelten. *Wenn Madison damit recht hatte, kann er dann nicht auch in anderen Dingen recht gehabt haben? Und kann es sein, daß die Automaten der Ginsberg-Klinik ...?*

Er betrachtete Celia, überlegte in vollem Ernst, ob das die Wahrheit sein konnte – fragte sich, ob es in jenem Moment zu ihrer Heilung gekommen sein mochte, als sie ihrem Bruder über die Schulter schaute und erfuhr, daß die Gottschalks sich bei der Holokosmos eingekauft hatten und es keine Matthew-Flamen-Show mehr geben sollte.

Das konnte eine Möglichkeit gewesen sein, ihr Talent für statt gegen ihn einzusetzen: indem sie den ultrakomplexen Gottschalk-Computer störte ...

Aber er brachte es nicht fertig, sich selbst davon zu überzeugen; er war nur dazu in der Lage, sich mit dem ansatzweisen Verdacht abzufinden, daß es sich so abgespielt haben könnte.

»Nun ja«, sagte Voigt mit erneuter Lebhaftigkeit, »abgesehen davon, daß ich Ihnen zur wie gewohnten Fortsetzung Ihrer Show ab Montag gratulieren darf, gibt es jetzt eigentlich nur noch einen Punkt zu klären, Mr. Flamen. Würden Sie ... äh ... würden Sie bereit sein, Ihre Tätigkeit in Zusammenarbeit mit Mr. Diablo wiederaufzunehmen? Ich habe ihn inoffiziell gefragt, und er sagt, er ist zur Zusammenarbeit bereit, wenn Sie's sind. Aus irgendwelchen Erwägungen will er trotz der Amtsenthebung von Bürgermeister Black ...«

»Er auch?«

»Sie haben sich wirklich allen Neuigkeiten entzogen, Mr. Flamen«, sagte Voigt mit unverhohlenem Erstaunen. »Ja, Bürgermeister Black ist gestern nachmittag als seinem Amt psychisch nicht gewachsen befunden worden. Aber ich warte auf Ihre Antwort.«

»Ja, mir ist es recht«, sagte Flamen mit Entschiedenheit. »Ich habe seine Sendung während unserer Unterhaltung mitangesehen, und mit Genugtuung. Er ist verdammt tüchtig. Aber weshalb möchte er nicht nach Hause, nachdem man Bürgermeister Black nun abgesägt hat?«

»Es gibt seit neuestem in Knieblanks-Kreisen... äh... gewisse *Reibereien*«, antwortete Voigt. »Möglicherweise aufgrund der Tatsache, daß Bürgermeister Black sich Uys ins Land geholt hatte. Wie auch immer, auf jeden Fall sind wir inzwischen der Sorge enthoben, die uns die Anwesenheit von Morton Lenigo bereit hat, Gott sei Dank.«

Benommen hob Flamen eine Hand an seinen Kopf. »Mir ist, als hätte ich kaum geblinzelt, und die Welt ist eine andere.«

»Das ist sie auch«, entgegnete Voigt mit unvermuteter Ernsthaftigkeit. »Eine Woche lang sind wir nun schon von etwas in Ruhe gelassen worden, das anzuprangern Sie leider nie den Mut hatten.«

»Was meinen Sie?«

»Gottschalk-Propaganda. Ich hätte selbst nicht geglaubt, wie effizient sie mittlerweile war, wären sie nicht in der vergangenen Woche durch eine Fraktion in ihren eigenen Reihen direkt in die Angelegenheiten der Kommunikation verwickelt worden, wäre ich nicht dadurch dazu gezwungen worden, mit einstweiligen Verfügungen gegen sie vorzugehen, damit sie nicht unsere Bestimmungen verletzen, die verbieten, daß Firmen öffentlich-rechtliche Fernsehanstalten durch Mehrheitsaneignung kontrollieren, um sie zur Werbung für die eigenen Produkte zu benutzen. Ich weiß nicht, für wie lange ihnen dadurch die Hand gebunden ist, aber... Mr. Flamen, darf ich wohl etwas tun, was völlig illegal, der Ethik zuwider und außerdem rein persönlich motiviert ist? Ich möchte Sie bitten, den kleinen Gefallen, den ich Ihnen erweisen kann, damit zu erwidern, daß Sie von nun an soviel Zeit Ihrer Show wie möglich verwenden, um die Gottschalk-Techniken zum Verbreiten und Schüren von Zwietracht, Haß und Argwohn zu analysieren und zu entlarven.«

Zum erstenmal in ihrer langjährigen Bekanntschaft sah Flamen Voigt soviel Gefühl offen zeigen. Er bebte fast.

»Ich kann sie für einige Wochen in Schach halten, vielleicht sogar ein paar Monate, bis sie ihre Holokosmos-Anteile wieder verkaufen und aus den Restriktionen ausbrechen können. Bis dahin haben wir die Chance, ihnen einen kräftigen Schlag zu versetzen.«

»Aber sie sind doch jetzt meine Arbeitgeber.«

»Trotzdem müssen sie alles hinnehmen, was Sie in der Sendung bringen. Die Charta besagt, daß Sendungen des Nachrichtenprogramms – und Ihre Show zählt zum Nachrichtenteil – nicht zensiert werden dürfen, bloß weil die Aktionäre des Senders einen Sponsor vor ungünstiger Öffentlichkeit hinsichtlich ihrer Produkte oder Dienstleistungen schützen wollen.« Plötzlich grinste Voigt wie ein dicker Kater. »Wir sind dazu imstande, schneller vom einen zum anderen Argument zu wechseln, als sie uns folgen können, Mr. Flamen. Ich hab's berechnen lassen, und es wird klappen. Sie werden also vielleicht diesen ... äh ... Dienst an der Allgemeinheit erbringen, den ich erwähnt habe?«

»Ja«, gab Flamen mit allem Nachdruck zur Antwort.

»Vielen Dank, vielen herzlichen Dank. Ich ... Oh, Mrs. Flamen!« Voigts Augen weiteten sich, und im selben Moment merkte Flamen, daß Celia lautlos von der Couch aufgestanden war und sich an seine Seite gestellt hatte. »Wir haben uns ja ewig nicht gesehen. Ich bin sehr froh, von Ihrer Genesung erfahren zu haben.«

»Sie können sich nicht einmal zur Hälfte eine Vorstellung davon machen«, sagte Flamen und schlang einen Arm um die Taille seiner Frau.

»Vielleicht ist der Rest ... ah ... nicht für die Öffentlichkeit bestimmt?« meinte Voigt. Er hob seine buschigen Brauen. »Tja, ich wende mich wohl nun am besten wieder meinen eigenen persönlichen Problemen zu und lasse Sie in Frieden. Und nochmals vielen Dank dafür, daß Sie meine Anregung so positiv aufgenommen haben.«

»Welche Anregung?« fragte Celia, als der Bildschirm erlosch. »Leider bin ich halb eingedöst. Ich habe kaum was von eurer Unterhaltung mitbekommen.«

»Ich bin wieder im Geschäft!« antwortete Flamen aufgeregt. »Und nicht nur das, ich habe nun sogar eine Chance, diese Halunken zu torpedieren, die mich abhängen wollten. Und glaub mir ...« Er ballte die Hände zu Fäusten. »Ich werd's hinbiegen, daß sie den gleichen Weg gehen wie Mogshack und Bürgermeister Black!«

Alles andere als außergewöhnlich ist der Idiot Savant, der beachtenswerte geistige Leistungen vollbringt, ohne zu wissen, wie oder was die wahrscheinlichen Folgen sein werden, vielmehr überaus typisch für die Spezies Mensch

Im angenehmen, klimatisierten, mit Antiquitäten eingerichteten Arbeitszimmer, das er auf dem Gelände der Universität von North-Manitoba zur Verfügung hatte, saß Xavier Conroy an seiner alten elektrischen Schreibmaschine und dachte über den Entwurf der Materialien für ein Tele-College nach, die fürs kommende Studienjahr zu konzipieren er beauftragt worden war; es bereitete ihm noch Schwierigkeiten, seine Darlegungen argumentativ richtig aufzubauen – es war eine Sache, vor der Klasse eines relativ unbedeutenden Colleges, das einer ausländischen Universität assoziiert war, zu reden, aber eine völlig andere Angelegenheit, sich vor Millionen von Zuschauern klar auszudrücken.

Er hegte den Verdacht, daß dieser Vertrag aus reiner Panik zustande gekommen war – der Skandal, zu entdekken, daß der Direktor der größten Psychiatrie der westlichen Hemisphäre selbst an fortgeschrittenem Größenwahn litt, hatte jedem einen Schock versetzt, die Leiter der wichtigsten Sendeanstalten nicht ausgenommen, und schreckartig der Problematik der Psychohygiene bewußt gemacht, bislang durch so oberflächliche Doktrinen wie Mogshacks Maxime vom wechselhaften Charakter der Normalität zugekehrt gewesen.

Aber dank Panik oder nicht, die Gelegenheit war zu günstig, um sie sich entgehen zu lassen. Wie konnte er den Zuschauern am besten erklären, daß ...?

Der KommNetz-Apparat summte. Er wandte den Kopf und sah, daß der Bildschirm in hellem Gelb glomm und damit anzeigte, es handelte sich um ein Ferngespräch.

Zu seinem Erstaunen erschien auf der Mattscheibe das Gesicht Lyla Clays: Schön wie stets, lächelte sie bei seinem Anblick.

»Miss Clay! Das ist aber eine Überraschung!« Er drehte seinen Sessel, um sich ihr direkt zuzuwenden. »Was verschafft mir dies Vergnügen?«

»Ich möchte kommen und in diesem Jahr bei Ihnen studieren«, sagte Lyla.

Ein Augenblick vollkommener Stille folgte. »Das... äh... schmeichelt mir sehr«, sagte Conroy zu guter Letzt, »aber...«

»Professor, ich werde immer besser darin, mein Talent zu kontrollieren«, sagte Lyla. »Seit über einem Monat habe ich keine SibyllPille mehr genommen, und ich nehme Dinge wahr, die...« Sie biß sich auf die Lippen. »Na, jedenfalls, ich glaube, ich habe Ihnen furchtbar viel zu erzählen. Können Sie die Zeit erübrigen, um mir zuzuhören? Ich meine, wenn Sie ablehnen, kann ich's verstehen, denn als wir zuletzt über gewisse Sachen gesprochen haben, lief ja alles so fürchterlich durcheinander, und wenn Sie die ganze Episode lieber vergessen möchten, sagen Sie's ruhig.«

Conroy blieb einen Moment lang völlig verdutzt. Plötzlich lachte er. »Miss Clay, Sie beeindrucken mich schon wieder dermaßen, daß ich fast das Gleichgewicht verliere. Nun, es ist so, ich kann mich wahrhaftig nicht entsinnen, irgendwann einmal etwas Dümmeres getan zu haben, als Mr. Flamen zuzumuten, er solle glauben, was Madison uns erzählt, und prompt verfällt er ein Weilchen später vollends in den Wahnsinn. Oh... Entschuldigung. Er war für Sie beinahe so was wie ein Freund geworden, oder?«

»Harry Madison war nicht nur der geistig gesündeste, sondern auch der netteste Mensch, dem ich je begegnet bin«, sagte Lyla mit fester Stimme. »Er hat mir unmittelbar nach Dans Tod aus gräßlichen Schwierigkeiten geholfen, und obwohl er zurück in die Ginsberg-Klinik geschafft worden ist, bemühe ich mich seitdem, so zu leben, wie er es mir gezeigt hat, und ob Sie's glauben oder nicht, ich kann die Welt auf diese Art und Weise um den kleinen Finger wickeln. Ich bin der Überzeugung, daß Sie sich irren, Professor – ich meine, daß Sie sich jetzt irren und damals recht hatten.«

»Ich kann Ihnen nicht ganz folgen«, bekannte Conroy nach kurzem Zögern.

»Ich kann mir selbst nicht so recht folgen«, antwortete Lyla mit einem Achselzucken. »Es ist etwas, das ... ist so sehr in mir, ein Teil meiner selbst, daß ich es nicht erklären kann. Muß wohl was damit zu tun haben, daß ich meinen Lebensunterhalt als Pythoness verdienen wollte ...«

»Tun Sie das nicht mehr?« unterbrach Conroy.

»Nein. Mir lag ein Angebot von Dr. Spoelstra vor, daß ich in der Ginbsberg-Klinik mit dem neuen Direktor zusammenarbeiten könnte und auftreten, wie man's wohl nennen muß, aber ... ich habe abgelehnt.«

»Aber was haben Sie denn in der Zwischenzeit getrieben?«

»Ich bin nach Hause gegangen. Von da rufe ich auch an. Wochenlang hintereinander habe ich nur herumgesessen und nachgedacht. Und mit meiner Familie gezankt, aber das ist nichts Neues.« Sie lächelte und schnitt eine Grimasse. »Es hat mich verflucht viel Überwindung gekostet, mich an Ihre Universität zu wenden, aber ich habe angerufen, mußte dann allerdings erfahren, daß Ihr Sonderkursus schon belegt ist, und da dachte ich, wenn ich direkt bei Ihnen vorspreche ...«

»Naja, ich werde Sie natürlich sehr gern als Studentin annehmen, aber ich finde, Sie sollten mir doch einen überzeugenden Beweggrund nennen können.«

»Ich will's versuchen«, sagte Lyla. »Deshalb habe ich angerufen.« Ernst beugte sie sich näher zur Kamera.

»Sehen Sie, Professor, ich habe einige Ihrer Bücher gelesen, Sie kennengelernt, Sie reden gehört, und was Sie in Flamens Büro gesagt haben, das hat mir seither keine Ruhe mehr gelassen. Ich hoffe, es wird mir auch nie wieder Ruhe lassen. Ich weiß nicht, was eine Pythoness ausmacht, und anscheinend weiß es auch sonst niemand, aber auf jeden Fall ist... ist das nicht die richtige Methode, um das Problem in Angriff zu nehmen, wie's auch beschaffen sein mag. *Ich* weiß nicht, wie's gelagert ist, aber ich habe den Eindruck, die Menschen schotten sich gegeneinander ab, bis es irgendwann jemanden mit einem besonderen geistigen Talent und einer ekelhaft gefährlichen Droge braucht, um die Barrieren wieder einzureißen. Und so *muß* es doch nicht sein. Wie gesagt, ich habe seit über einem Monat keine Sib genommen, und ich bin durch meine Heimatstadt spaziert und habe mir die Leute angeschaut, ich habe mich mit meinen Eltern und meinem Bruder unterhalten, und ich... ich bin dahin gelangt, daß ich sie völlig *neu* kennengelernt habe. Ich besitze nicht nur eine besondere Gabe, sondern auch Verstand, ich kann meinen Grips gebrauchen, und ich kann mir merken, was ich dadurch erfahre, statt mich hinsetzen und ein Band anhören zu müssen, das aufgenommen worden ist, während ich in Trance war. Eine Pythoness zu sein, das ist, als wäre man eine Maschine, die bloß herumsteht und alle Arten von erstaunlichen Dingen weiß, sie aber nicht aussprechen und mitteilen kann, bevor jemand kommt und die passenden Fragen stellt.

Ich bin aber kein Apparat, sondern ein Mädchen mit Hormonen, Gefühlen, einem gewissen Maß an Intelligenz, einigermaßen gutem Aussehen und...« Sie brach mit einer Geste der Unschlüssigkeit ab.

»Ich möchte, daß jemand mir mehr von dem zeigt, was Harry Madison mir in der kurzen Zeit, die er frei sein durfte, gezeigt hat. Da war dieser Kerl, Berry, den ich für Dans und meinen Freund gehalten habe... Erinnern Sie sich? Und er ließ sich in meiner Wohnung nieder, weil er dachte, das ist meine Chance, jetzt kann ich zugreifen. Freund oder kein Freund, das war's auf jeden Fall, was er zuerst gedacht hat, nicht etwa, wie er mir helfen könnte, oder ob er mir in dem Durcheinander nach Dans Tod irgendwie eine Stütze sein könnte, oder halt irgend so etwas in der Art. Professor, drücke ich mich klar genug aus?«

»Nicht sonderlich«, gab Conroy grimmig zur Antwort. »Aber Sie sprechen zweifelsfrei über das richtige Thema. Nur weiter.«

»Tja, wie schon erwähnt, es ist eben in mir, und es ist einfach ungewohnt für mich, mit solchen Sachen herauszurücken und zu versuchen, sie jemandem zu erläutern. Aber da stand ich nun einmal vor diesem scheinbar so unüberschaubaren Problem, kein Zuhause, keinen Beistand, und Harry verschaffte sich einfach einen Überblick und brachte noch am selben Tag alles in Ordnung. Sicherlich, er war irgendwie anders als der Durchschnitt, zum Beispiel, er konnte das Schloß ohne Schlüssel öffnen, die Falltür von hundert Kilo Gewicht mit einer Hand abfangen, dergleichen — jedenfalls, was er tun konnte, das hat er genau *für den Zweck* getan, der sich meinem Geist irgendwie so unauslöschlich eingeprägt hat.«

»Und das hat Sie bewogen, sich nicht länger als Pythoness zu betätigen?«

»O nein!« Lyla blickte mißmutig an die Decke empor, sichtlich erbittert über das eigene Unvermögen, sich verständlich auszudrücken. »Ich kann nicht aufhören, eine zu sein — ich *bin* eine, so wie jemand eine perfekte Stimme hat, oder Nachtsicht, oder irgendeine Art von mathematischer Begabung. Nur, es kommt doch darauf an, was man mit dem anfängt, was man hat. Ich möchte jedenfalls nicht das große Geld damit machen und gelangweilt sadistisch werden, wie's mit Mikki Baxendale gekommen ist. Ich will lernen, wie ich diese meine spezielle Eigenschaft für *mich* nutzbar machen kann, denn ehe ich das nicht beherrsche, kann ich sie nicht für andere nutzen. Und wegen all dieser vernünftigen Dinge, die Sie darüber gesagt haben, wie sich die Menschen voneinander abschneiden, möchte ich eben bei Ihnen studieren. Nicht wegen meiner Pythonessen-Begabung — in dieser Beziehung kann mir niemand helfen, nicht mal andere, die sie ebenfalls besitzen, denn wenn's mit voller Kraft wirkt, ist der Verstand völlig abgeschaltet. Nein, sondern wegen der Menschen, über die meine Begabung mir etwas verrät. Professor, mir liegt soviel daran, ich glaube, es würde mich umbringen, wenn ich bis nächstes Jahr auf die Teilnahme an Ihrem Kursus warten müßte!«

»Sie dürfen's«, sagte Conroy mit entschiedenem Nachdruck, »und wenn ich Sie, falls die Studentenheime voll sind, hier in meinem Arbeitszimmer unterbringen muß. In den letzten zehn Jahren habe ich niemanden in Ihrem jugendlichen Alter – entschuldigen Sie diese Anmerkung, aber hier in dieser Umgebung bin ich mir des Altersunterschieds ständig gräßlich bewußt – innerhalb von fünf Minuten soviel vernünftiges Zeug äußern hören. Gegenwärtig bin ich dank der Reaktion auf Moghacks Zusammenbruch und meines unangefochtenen Status als sein hauptsächlicher Rivale in einer Position von gewissem Einfluß, und ich muß versuchen, mich mal richtig zusammenzunehmen und die Situation zu nutzen, es ist nämlich schon lange her, daß ich zuletzt ...« Nachdenklich zupfte er an seinem Bart.

»Ich muß gestehen«, begann er nach einem Moment des Schweigens von neuem, »ich kann noch immer nicht begreifen, wie es kam, daß ich so darauf beharrt habe, Madison könne mit dem richtig liegen, was er daherredete, obwohl es doch offenkundig absurd war. Geschwafel über Geschehnisse, die noch gar nicht passiert waren, und ebenso über Ereignisse, die anschließend nicht eingetreten sind ...«

»Ohne uns«, unterbrach Lyla ihn, »wären sie eingetreten, Professor.«

»Was?«

»Sie wären eingetreten. Es gab doch diesen neuen Supercomputer in Nevada, stimmt's? Und irgendwas mit ihm ging schief, und ich weiß, was.«

»Ja natürlich, aber ... Sie wissen, was mit ihm schiefgelaufen ist?« Conroy wiederholte die Behauptung voller Skepsis.

»Freilich.« Sie antwortete mit entwaffnender Sicherheit. »Das gleiche, was mir passiert ist. Was man eine Echofalle nennt.«

Conroy ließ die Hände in seinen Schoß sinken und starrte ihr Abbild für einen scheinbar endlosen Moment an. »Ich glaube...«, begann er dann mit verändertem Tonfall. »Nein, Sie müssen mir schon erklären, was Sie meinen.«

»Mal angenommen, es stimmt, daß Madison Teil jener Maschine in der Zukunft war, nach dem Zerfall der Zivilisation, oder irgendwie in Kontakt, auf irgendeine Weise mit ihr assoziiert. Da muß er doch in dem Augenblick, als er erfuhr, daß die Gottschalks eine Aktienmehrheit der Holokosmos gekauft hatten, um die Flamen-Show einzustellen, erkannt haben, daß er geschlagen war. In doppelter Hinsicht. Ich meine, *sie* muß es begriffen haben – die Maschine. Das ganze Jahrhundert zusätzlicher Erfahrungen, die ihr im Jahre zweitausendeinhundertdreizehn zur Verfügung standen, sah sie auf einmal aufgewogen und zunichte gemacht durch die Tatsache, daß ihr eigenes Gedächtnis anzeigte, sie selbst hatte so gehandelt, daß die Sorte von Publizität unterblieb, die den Lauf der Geschichte geändert und infolgedessen genug wohlhabende Leute übriggelassen hätte, die sich die System-C-Bewaffnung zu kaufen imstande gewesen wären, sobald sie angeboten werden konnten. Ping-pong, ping-pong, ping-pong...« Sie bewegte die Hände, als würfe sie dazwischen einen an einem Strang befestigten Ball hin und her. Als sie den Ausdruck von Unglauben in Conroys Gesicht sah, verstummte sie und seufzte.

»Tut mir leid, Professor. Es ist nun mal etwas, das werde ich niemals erklären können. Sie hätten in meiner Haut stecken müssen, als ich bei Mikki Baxendale eine subkritische Dosis aus einer SibyllPille geschluckt hatte und alle diese unmittelbaren Erlebnisse des Kämpfens und Tötens wahrnahm, so wie sie durch Harrys Bewußtsein rasten. Kein Mensch kann innerhalb einer normalen Lebensdauer derartige Informationen sammeln. Er müßte sich dermaßen der Gewalt gewidmet haben, daß er siebenmal umgekommen sein könnte. Aber für mich war's deutlicher als Worte. Mir hat's verraten – oder etwas hinter ihm hat's mir gezeigt –, daß irgend etwas ihn in eine Mordmaschine verwandelt. Und er hat getötet. Er hat einen Mann im fünfundvierzigsten Stockwerk aus dem Fenster geworfen, oder vielleicht nicht? Ich habe mich seitdem unentwegt mit Nachforschungen befaßt. Ich weiß sogar, was verursacht hat, daß ich mich am Ende noch übergeben mußte. Von allen Leuten, die sich jemals dem Töten verschrieben haben, war am schlimmsten eine herätische Zen-Sekte im Japan und Korea des fünfzehnten und sechzehnten Jahrhunderts, die das Töten buchstäblich als Kunstform gepflegt hat. Wenn Sie sich die Verzückung vorstellen können, die Malerei, Musik und Dichtung alle zusammengenommen bereiten können, und plötzlich merken Sie, da wird das Leben eines Menschen beendet, dann verstehen Sie womöglich, warum mir auf einmal so übel war.«

»Sie haben sich sehr ernsthaft mit dieser ganzen verzwickten Geschichte beschäftigt, was?« meinte Conroy bedächtig, sprach jedoch gleich weiter, ohne eine Erwiderung abzuwarten. »Ich bekomme allmählich das gleiche Gefühl der Beunruhigung, das mich, wie ich mich erinnere, in Flamens Büro befallen hat – einen Eindruck, als schauten aus etwas, das man normalerweise als kompletten Blödsinn verwirft, Wahrheiten hervor. Ihre Idee, daß dieser Computer durchgedreht haben soll, weil bei ihm eine instabile Rückkoppelung zwischen Gegenwart und Zukunft entstand...«

»Richtig, so meine ich's«, rief Lyla.

»Aber es überfordert mich«, fügte Conroy hinzu, als sei ihre Zwischenbemerkung nicht gefallen, »mit einem herkömmlichen Gewohnheitsmuster in solchen Begriffen zu denken. Könnte Ihnen das möglich sein?« Er musterte ihr Abbild voller Zweifel. »Ja, ich wüßte nicht, warum Sie das nicht fertigbringen sollten. Wie alt sind Sie, Miss Clay?«

»Heute ist mein einundzwanzigster Geburtstag.«

»Und schon können Sie auf Erlebnisse zurückblicken, die andere Menschen niemals kennen werden. Das Pythonessen-Talent ist einmal als die Fähigkeit definiert worden, mit dem Geist anderer Menschen zu denken. Kommt das hin?«

»Ja, ich pflege das selber so zu sagen.«

»In diesem Fall dürfte es unter Umständen, falls ich Sie nicht versehentlich in konformistische Bahnen lenke, möglich sein, daß ich Ihnen dabei zu helfen vermag, das zu finden, woran Ihnen nach Ihren eigenen Worten so gelegen ist. Und ich war immer gegen geistige Erstarrung auf der Hut.«

»Sie sind geistig offener als alle anderen Leute, die ich kenne«, versicherte Lyla herzlich. Conroy senkte sein zottiges Haupt.

»Ich habe seit Jahren kein aufrichtigeres Kompliment zu Ohren bekommen, Miss Clay. Ich freue mich darauf, Sie meinen Kursus besuchen zu sehen, und ich verspreche Ihnen, daß ich mein Bestes für Sie tun werde. Wir brauchen Leute wie Sie unerhört dringend, und wir werden solche Menschen in den nächsten Jahrzehnten dringender denn je benötigen. Mit dem Verschwinden der Heinzelmännchen AG vom Markt als Auswirkung der Anti-Niebs-Panik, mit der Reaktion dagegen, dem schlagartigen Schwinden des Vertrauens zu den Gottschalks nach der Enthüllung ihrer internen Streitigkeiten, wer weiß da, wie's weitergehen soll ...« Er seufzte. »Dieser unser alter Planet quietscht und eiert, und wenn wir nicht einen harten Kern von dickköpfigen, vernünftigen Leuten zusammensuchen können, der ihn wieder auf eine anständige Bahn bringt, dann werden wir gewissermaßen in einen irrsinnigen Zickzackorbit geraten, wie eine wildgewordene Rakete, deren Düsen verstopft sind, mal sausen wir dahin, mal dorthin, und manchmal machen wir dazwischen die verrücktesten Schlenker. Aber irgendwie ist's mir immer gelungen, mich an diesen irrationalen Optimismus zu klammern, ein Gefühl der Erwartung, daß es einmal Menschen geben wird, die in letzter Sekunde eingreifen und unseren Kreiselkompaß wieder adjustieren.«

Er lehnte sich zurück und lächelte dem schönen Angesicht auf dem KommNetz-Bildschirm zu.

»Vielen Dank dafür, Miss Clay, daß Sie mich um diese Gefälligkeit ersucht haben. Manchmal läßt mein Vertrauen in mein eigenes Urteilsvermögen nach. Es ist erfreulich, wenn es durch eine so außerordentliche Person wie Sie wiederhergestellt wird.«

Sie sah ihn für einen ausgedehnten Moment an. Plötzlich spitzte sie die Lippen und warf ihm eine Kußhand zu, ehe sie die Verbindung mit schelmischem Grinsen unterbrach.

99 Versetzen Sie sich in meine Lage

Verein-

100 Fortsetzung von Kapitel neunundneunzig

igung

KASSANDRA IM ABSEITS

Nachwort des Übersetzers

Schreiben selbst die besten Science-Fiction-Autoren, die bedeutendsten Mahner und Warner unter ihnen, immerzu vergeblich, nur weil sie SF-Autoren sind (und vielleicht auch bleiben möchten)? Daß ihre Bemühungen, Lesestoff zu produzieren, der kein ausschließliches Lesefutter ist, sondern eine originäre Synthese aus Unterhaltung, genuiner literarischer Leistung und ernstzunehmenden Denkanstößen, offenbar stets in Dimensionsfalten der gröbsten Mißachtung verpuffen, ist eine Beobachtung, die sich, wie sehr sie auch verdrießen mag, schlicht und einfach nicht mehr leugnen läßt. Die bekannte Faustregel, daß der Prophet im eigenen Land nichts gilt – eine Erfahrung, die für deutsche SF-Autoren bis dato ein Dauerzustand geblieben ist –, mag man getrost um die Feststellung ergänzen, daß ein Prophet in manchen Fällen auch im Ausland nichts gilt. So nämlich könnte z. B. das Resümee der langjährigen deutschen Rezeptionsgeschichte der Werke John Brunners lauten.

Nicht daß Brunner (geb. 1934 in Preston Crowmarsh, Oxfordshire) von Anfang an höchste literarische Wertschätzung evoziert hätte. Nach seinem Einstieg in die Haupt- und Freiberuflichkeit eines Schriftstellers verhielt es sich so, daß er viel »nur des schnöden Gelderwerbs wegen schreiben mußte, um sich materiell wenigstens einigermaßen abzusichern«.* »Nach einem eher bescheidenen Anfang als Autor (B. verfaßte noch bis in die frühen sechziger Jahre hinein hauptsächlich anspruchslose Unterhaltungsliteratur) gewann er mit zunehmender politischer Be-

* Lt. Autorenlexikon in *Comet* – Magazin für Science Fiction und Raumfahrt, Ausgabe 6/1977

wußtwerdung nicht nur einen eigenen Stil, sondern auch die Fähigkeit zur Artikulation.«* »Wenn Ihr Euch meine Arbeiten anguckt«, bekennt er selbst, »werdet Ihr feststellen, daß ich mit leichtverdaulichen SF-Geschichten angefangen habe.«**

Auf deutsch erschien sein erster Titel 1962: ›Ein Planet zu verschenken‹ (*The World Swappers*, 1959), gefolgt von diversen anderen, heute fast vergessenen Publikationen wie u. a. der Story-Collection ›Anfrage an Pluto‹ (*No Future in It*, 1962), im selben Jahr dem Roman ›Der große Zeitkrieg‹ (*Treshold of Eternity*, 1959), 1964 und 1965 den Romanen ›Die Sitten der Oheaner‹ (*The Rites of Ohe*, 1963) und ›Die Wächter der Sternstation‹ (*To Conquer Chaos*, 1964) sowie 1966 ›Beherrscher der Träume‹ (*Telepathist*, 1962). Mit diesen Veröffentlichungen unterschied Brunner sich nicht von den damals am häufigsten ins Deutsche übersetzten Schreibmaschinenquälern der Science Fiction, unbedarften Textlieferanten, an deren Namen sich heute wohl nur noch die Komplettisten unter den SF-Sammlern erinnern.

Aber John Brunner verdient es trotz des ›Zickzackorbits‹ seines beruflichen Werdegangs nicht, daß wir uns an alten Kamellen stören. Er hat sich durch eigenes Verdienst von der zweitrangigen Garnitur des SF-Autoren deutlich abgesetzt und zu einem der Großen des Genres emporgeschrieben.

Schon in ›Träumende Erde‹ (*The Dreaming Earth*, 1963, deutsch erstmals 1967, später nochmals 1983 erschienen), worin Brunner soziale Perspektivlosigkeit als Ursache der Aussichtslosigkeit des Kampfes gegen Drogensucht nennt, zeichnete sich ab, daß er sich in gesellschaftspolitischer und überhaupt politischer Hinsicht weiter als die Mehrheit seiner Kollegen vorzuwagen und, anders als sie, nonkon-

---

* Alpers, H. J./Fuchs, W./Hahn, R. (Hrsg.): Reclams Science Fiction Führer. Philipp Reclam jr., Stuttgart 1982

** Zit. nach: Eine Reise zu John Brunner. Science Fiction Times Nr. 150 (Nov./Dez. 1981)

formistisch zu artikulieren bereit sein könnte. Nachfolgende Bücher, *The Squares of the City*, 1965 (dt. 1980 als ›Die Plätze der Stadt‹), das zynische Manipulationspraktiken und Menschenverachtung zwar einer südamerikanischen Oberschicht, aber sehr wohl verallgemeinbarer Art thematisiert, ›Treibsand‹ (*Quicksand*, 1967, dt. 1982) — eine mit SF-Elementen angereicherte Studie in menschlicher Borniertheit — und vollends *Stand on Zanzibar* (1968, dt. 1980 als ›Morgenwelt‹), eine allgemein als das herausragende Meisterwerk Brunners eingestufte, voluminöse Überbevölkerungsdystopie, die 1968 den HUGO Award, 1970 den British Science Fiction Award, 1973 in Frankreich den Prix Apollo und in Italien den Cometa d'Argento gewann, bestätigen nachhaltig den Eindruck einer unverkennbar eigenständigen, vom Willen zum unabhängigen Schreiben geprägten, schriftstellerischen Reifung, deren Verlauf das ›Lexikon der Science Fiction Literatur‹* so zusammenfaßt: »Nachdem B. am Anfang seiner schriftstellerischen Karriere noch bunte SF-Abenteuer ohne größeren Tiefgang geschrieben hatte (...), begann er in den sechziger Jahren damit, sich Themen wie Umweltzerstörung, Datenmißbrauch, Verplanung des Menschen oder modernem Kolonialismus zuzuwenden. Gleichzeitig fand er zu einem eigenen Stil, entwickelte komplexe Romanstrukturen und wurde zu einem Meister in der Darstellung differenzierter Charaktere.«

Begünstigt worden ist diese Umorientierung zweifellos durch Brunners kritische Haltung zur gesellschaftlichen und politischen Wirklichkeit der 50er und 60er Jahre und seinem daraus resultierten Engagement: Er war in der britischen Friedensbewegung aktiv, verfaßte den von Pete Seeger interpretierten Song *The H-Bomb's Thunder*, mitorganisierte 1959 eine auch in der BRD zu sehen gewesene Wanderausstellung zum Thema der atomaren Abrüstung, stif-

---

* Alpers, H. J. / Fuchs, W. / Hahn, R. / Jeschke, W. (Hrsg.): Lexikon der Science Fiction Literatur. Heyne Verlag, München 1988

tete nach der Ermordung des US-amerikanischen Bürgerrechtlers Martin Luther King (1929–1968) den Martin-Luther-King-Gedächtnispreis und nahm 1962 als Beobachter an der Weltfriedenskonferenz in Moskau teil. Aufgrund dieser Vorgeschichte war die Hinwendung zu kontroversen Sujets sicherlich konsequent. »Die Tatsache, ständig unter der entsetzlichen Vorstellung der Vernichtung zu leben, brachte mich zu der Ansicht, daß unser Planet zu klein ist, als daß man ihn weiterhin dem Nationalismus, der Intoleranz und Vorurteilen aussetzen kann.«*

›Morgenwelt‹, sein *opus magnum*, »a seminal work in the genre«,** dank »the apocalyptic fervour of its telling«*** eines »of SF's greatest works« ein »unique work of SF, highly creative and involving«,**** ein »mammoth experimental novel« und »big, impressive book«***** fand einhellige Anerkennung und katapultierte Brunner in die Spitze der internationalen SF-Autorenriege. »... it bravely and unfashionably attacked the conservative materialistic philosophy of the Western world, and pointed out the dangers into which the dogma of production for productions's sake was leading modern man.«******

In den späteren Jahren schrieb Brunner eine Reihe weiterer Bücher, die die Thematika der Umweltschädigung, Genmanipulation, Neurotisierung des Menschen, des Rüstungswahnsinns und der verbrecherischen politischen

---

* Zit. nach: Nagula, M.: Hurra, wir leben noch! Bemerkungen zur ›Träumenden Erde‹. In: Jeschke, W. (Hrsg.): Heyne Science Fiction Magazin 12. Heyne Verlag, München 1985, S. 333

** Gunn, James (Ed.): The New Encyclopedia of Science Fiction. Viking Penguin Inc., New York 1988

*** Nicholls, Peter (Ed.): The Encyclopedia of Science Fiction. Granada Publishing Ltd., London/Toronto/Sidney/New York 1979, p. 91

**** Barron, Neil (Ed.): Anatomy of Wonder. A Critical Guide to Science Fiction. R. R. Bowker Comp. New York & London 1981, p. 165

***** Kyle, David (Ed.): The Illustrated Book of Science Fiction. Ideas & Dreams. The Hamlyn Publishing Group Ltd., London/New York/Sidney/Toronto 1977, p. 129 f.

****** Ash, Brian (Ed.): The Visual Encyclopedia of Science Fiction. Pan Books, London and Sidney 1977, p. 241

Maschenschaften aufgreifen: *The Jagged Orbit* (1969, dt. 1970 als ›Morgen geht die Welt aus den Angeln‹, 1981 als ›Das Gottschalk-Komplott‹ und 1993 als ›Ein irrer Orbit‹), ›Am falschen Ende der Zeit‹ (*The Wrong End of Time*, 1971, dt. 1979) – einen kürzeren Roman über »die Wirklichkeit einer zerstörten natürlichen Umwelt und totaler Monopolmacht und Überwachung« sowie deren »Zukunftslosigkeit«* –, den radikalen Öko-Schocker ›Schafe blicken auf‹ (*The Sheep Look Up*, 1972, dt. 1978) und den Computer-Thriller ›Der Schockwellenreiter‹ (*The Shockwave-Rider* 1975, dt. 1979), eine an Alvin Tofflers schon Ende der 60er Jahre erschienenes Futurologie-Standardwerk ›Der Zukunftsschock‹ *(Future Shock)* orientierte, in Romanform gebrachte Extrapolation permanenter Regierungskriminalität und -korruptheit.

Diese Bücher – etliche Jahre später ergänzte er sie mit seiner Thatcherismus-Kritik ›Kinder des Donners‹ (*Children of the Thunder*, 1988, dt. 1990) – stehen mit ihren Sujets in einem thematischen Zusammenhang, der Infragestellung des wirtschaftlichen und politisch-moralischen Systems der Industrienationen, die sich, ehe in den 90er Jahren die Schwerpunktverschiebung auf den Nord-Süd-Konflikt sich vollendete, als ›Westen‹ definierten, besonders des als extrem verhängnisvoll angeprangerten US-amerikanischen Lebensstils, und können durchaus als eine Art von lockerem Romanzyklus, der ein und denselben Problemenkomplex unter verschiedenen Aspekten und mit unterschiedlichen Lösungsangeboten behandelt, betrachtet und gelesen werden. Brunner betätigt sich als Chronist einer Welt, in der, wie Harold L. Berger die Antiutopie definiert, »too many things have gone wrong and can go wrong all at once.«** Er hat mit diesen Texten, die auf höherem, politischerem Niveau in der Tradition der Muckra-

---

* Alpers, H. J./Fuchs, W./Hahn, R. (Hrsg.): Reclams Science Fiction-Führer. Philipp Reclam jr., Stuttgart 1982

** Im Vorwort zu: Berger, Harold L.: Science Fiction and the New Dark Age. Bowling Green University Popular Press, Bowling Green 1976

ker stehen, der Aufdecker sozialer Mißstände, für die der US-amerikanische Autor Upton Sinclair (1878–1968) zum Inbegriff geworden ist, auf belletristischer Ebene wichtige Beiträge zum Verständnis des Spektrums an Mechanismen geleistet, die Unterdrückung, Ausbeutung, Bankrottwirtschaft, Korruption, den militärisch-industriellen Komplex, Datenmißbrauch und Umweltvernichtung – kurzum, den ganzen gewöhnlichen Kapitalismus – am Funktionieren halten, mit Ewigkeitsanspruch perpetuieren. Damit hätte er, gerade weil durch die Inhalte dieser Bücher – »wahre Monumente an Einfallsreichtum und kritischer Aussage« nennt Michael Nagula sie in seiner Rezension zu Brunners ›Die Gezeiten der Zeit‹ (*The Tides of Time*, 1984, dt. 1987)* – Anlaß zu Kontroversen geboten wurde, weit über die Science Fiction-Szene hinaus Beachtung erregen, und auch wer gegenüber den Aussagen und der Tendenz skeptisch blieb, hätte ihm für die souveräne literarische Leistung Respekt zollen müssen.

Die jetzt nicht mehr übersehbare, so gut wie totale Interesselosigkeit, auf die Brunners globalpolitisch relevante Werke in der deutschen Öffentlichkeit, außerhalb der SF-Szene, gestoßen sind – in den Medien, den Feuilletons – (»›Stand on Zanzibar‹ wurde ebensowenig zur Kenntnis genommen«, beklagt Heyne-SF-Herausgeber Jeschke, »wie ›The Dispossessed‹, ›Dune‹ ebensowenig wie die ›Foundation‹-Trilogie...«**), wäre ja unter Umständen begreiflich, hätte er damit lediglich platte, um der Horroreffekte willen verfaßte Kolportageliteratur vorgelegt. Aber diese Texte haben, indem sie an bereits vorhandene, allerdings dem breiteren literarischen Bewußtsein fern und fremd gebliebene Schreibtechniken anknüpften – die kaleidoskopisch-assoziative Darstellungsart James Joyce' (1882–

---

* In: Jeschke, W. (Hrsg.): Das Science Fiction Jahr Ausgabe 1988. Heyne Verlag, München 1988, S. 602

** Im Editorial zu: Jeschke, W. (Hrsg.): Das Science Fiction Jahr Ausgabe 1991. Heyne Verlag, München 1991, S. 13

1941) und die multiperspektivische Mosaik-Erzählweise John Dos Passos' (1896–1970) – die diskussionswürdige Konzeption einer Verschmelzung von Mainstream- und Genreliteratur präsentiert und anderen Schreibenden erschlossen: Z. B. bei fast allen besseren deutschen SF-Autoren, von Armer bis Hahn, von Iwoleit bis Ziegler, läßt sich Brunners Einfluß nachweisen. Wenn irgendein SF-Autor die Anforderung der Genrekritiker Michael Pehlke und Norbert Lingfeld erfüllt, den Gebrauchswert der Science Fiction »bewußt, als aufklärende Unterhaltung, neu einzusetzen«*, dann Brunner. (Daß dadurch auch das Literaturverständnis – die Lese-Erlebnisfähigkeit – der Lesenden bereichert wird, versteht sich von selbst. »Ich denke«, sagte dazu Brunner, »daß diese Art von Büchern leichter von Leuten zu verstehen sind, die man als Angehörige der Fernsehgeneration bezeichnen könnte.«** Denn »*Stand On Zanzibar* is not a novel«, sagt zu Recht Norman Spinrad unter Bezugnahme auf den Montage-Schreibstil, »it is a film in book form.«***)

Geht das Phänomen der Nichtbeachtung eines sehr wohl vollauf bemerkenswerten Autors darauf zurück, daß »das Genre«, so Ronald Hahn, inzwischen »allgemein auf Krükken geht«?**** Oder ist es, wie W. Jeschke meint, ein Er-

---

* Pehlke, M./Lingfeld, N.: Roboter und Gartenlaube. Ideologie und Unterhaltung in der Science-Fiction-Literatur. Reihe Hanser. Carl Hanser Verlag, München 1970, S. 149

** Zit. nach: Eine Reise zu John Brunner. Science Fiction Times Nr. 150 (Nov./Dez. 1981)

*** Spinrad, Norman: *Stand On Zanzibar:* The Novel as Film. In: Clareson, Thomas D. (Ed.): SF: The Other Side of Realism. Essays On Modern Fantasy and Science Fiction. Bowling Green University Popular Press, Bowling Green 1971, p. 182

**** Hahn, Ronald M.: Total tote Hose? In: Science Fiction Times IV/92. Im selben Aufsatz bezweifelt Hahn sogar, daß Brunner bzw. Autoren wie Brunner überhaupt noch, selbst bei Lesern, sonderlichen Anklang finden: »Kann man es Siebzehnjährigen verdenken, wenn ihnen angesichts irdischer Realitäten wie SDI, Space Shuttles, Samenbanken, Leihmüttern, Cloning und Umwelt-Katastrophen, die in John Brunners Roman SCHAFE BLICKEN AUF (1972) noch echte SF waren, utopische Romane schal erscheinen, wenn sie am PC sitzen und sich mit Computerspielen wie SPACE ROGUE (›Weltraumrüpel‹) das Universum untertan machen?«

gebnis der »Beharrlichkeit, mit der die Literaturwissenschaft der Science Fiction pauschal den Anspruch verweigert, überhaupt Literatur zu sein«,* oder üben auch andere Faktoren Einfluß aus? Man könnte den konservativen Denkschablonen der deutschen Literaturszene die Alleinschuld zuweisen, käme es nicht zu Vorfällen — Ausfällen? —, die sich dadurch nicht erklären lassen. So lieferten beispielsweise Sascha Mamczak und Thomas Tilsner, die es nun wirklich hätten besser wissen können, der Hauspostille der IG Medien einen durchaus informativen Popularisierungsartikel über Science Fiction, ohne darin — glaube es, lieber Leser, oder nicht — John Brunner bloß zu erwähnen!**

Haben sie ihn vergessen? Vielleicht verdrängt? Ist es denkbar, daß das Ignorieren solcher wie Brunners Bücher und ihres Autors seine Ursache in Haltungen und Einstellungen hat, die auf der — vielleicht gar nicht bewußten — Ablehnung des als unbequem und unangenehm empfundenen Inhalts beruhen?*** Und wenn ja, findet diese Ablehnung noch immer statt — oder schon wieder?

Weil dies kein Essay, sondern ein Nachwort des Übersetzers sein soll, will ich versuchen, mich kurz zu fassen, zumal die Welt, wie schon der polnische Lyriker Stanislaw J. Lec (1909—1966) in einem Aphorismus konstatierte, »mit Wörtern übervölkert ist«, und auf Carl Amerys hochinteressanten Aufsatz ›Ist Kassandra verstummt?‹ hinweisen, in dem er die diversen Formen der Verdrängungstech-

---

* Im Editorial zu: Jeschke, W. (Hrsg.): Das Science Fiction Jahr 1988. Heyne Verlag, München 1988, S. 14

** Mamczak, S./Tilsner, T.: Wildwest im Weltall oder literarisches Frühwarnsystem? Science Fiction und die Zukunft der Literatur. In: die feder. Zeitschrift der IG Medien für Journalisten und Schriftsteller. Ausgabe 12/Dez. 1989

*** Daß eine derartige Ablehnung existiert, steht außer Zweifel. Sagte doch — und das ist ein eklatantes Beispiel — im Herbst 1992 in Bottrop eine Besucherin einer meiner Lesungen, zu der sich ein Großteil Interessenten einfand, die keine ausgesprochenen SF-Leser waren, sinngemäß zu mir: »Wissen Sie, bei SF gucke ich immer weg, das sind so *schreckliche* Sachen.«

niken darstellt, mit denen »sich Politiker und Bürger die Botschaft der Warner vom Leibe halten«.* Daß es so, ganz im Gegensatz zum Notwendigen, krasser denn je geschieht, ist meine Überzeugung. Organisationen wie die GRÜNEN-Partei und Greenpeace treten auf der Stelle, linke Politikalternativen sind auf Null geschrumpft, deutsche Pazifisten keifen nach Militäreinsätzen, fortschrittliche Kultur und Politik beschränken sich auf publicityförderliche ›Rock-gegen-Böse‹-Veranstaltungen und kindlich-sentimentale Lichterketten, und während die Bevölkerung gimpelhaft brav ihren Hausmüll vorsortiert, lassen Konzerne einen Öltanker nach dem anderen absaufen. Dazu steht das Marktgeschrei des SPIEGELS, mit dem er allwöchentlich neue Desaster, noch schaurigeren Niedergang und tieferen Verfall signalisiert, in nur scheinbarem Widerspruch. (Man merkt: Da hat jemand die gräßliche Befürchtung, sich zu Tode gesiegt zu haben.) Vielmehr ist es die Begleitmusik einer Ideologie, die sich mit der Rückkehr zur totalen Ausgrenzungs- und Ellbogengesellschaft vom Motto »Nach mir die Sintflut« auf die Devise verlegte: »Ich will alles. Bevor sie da ist.« Die Sintflut. Dies Gezeter warnt nicht mehr vor den furchtbaren Konsequenzen des journalistisch registrierten Irrsinns eines entfesselten Systems, es mahnt: Du mußt schneller, rücksichtsloser, habgieriger und gefräßiger sein, wenn du noch etwas abkriegen willst. Denn augenscheinlich kulminieren alle Makrotrends in einem neuen Turm zu Babel, dessen Sturz tief sein und einen kolossalen Krach geben wird. Es lohnt sich, dazu nochmals John Brunner zu zitieren, der auf die Interviewfrage antwortete, was er Leuten sagen könnte, die sich ungern warnen lassen: »Daß wir, falls weder ich noch die Zeitungen sie überzeugen können, allesamt – sie und wir – in große Schwierigkeiten geraten werden.«** Doch in

* Amery, Carl: Ist Kassandra verstummt? In: Jeschke, W. (Hrsg.): Das Science Fiction Jahr Ausgabe 1988. Heyne Verlag, München 1988, S. 19

** Pukallus, H.: Interview mit John Brunner. In: Jeschke, W. (Hrsg.): Heyne Science Fiction Magazin 1. Heyne Verlag, München 1981, S. 151 f.

einem späteren Interview räumte er selbst pessimistisch ein: »Wir stehen vor der paradoxen Situation, daß wir am Beginn des Dritten Jahrtausends Leute finden, deren Unwissenheit um die Große Welt, *die Welt draußen* größer oder gleich groß ist, wie vor 200 Jahren.«* In voller Übereinstimmung mit diesen Aussagen resümiert auch Wolfgang Jeschke: »Kein ernsthafter SF-Autor glaubt heute mehr daran, daß die Menschheit zu retten ist – wie noch vor 10 oder 20 Jahren. Die Chance, sich die Energien und Ressourcen des Raumes nutzbar zu machen, die eine Zukunft sichern könnten, ist vertan. Die weltweite Verelendung schreitet zügig voran. Das düstere 21. Jahrhundert der Cyberpunks zieht herauf.«**

Liegt also nicht die Schlußfolgerung nahe, daß Bücher wie ›Morgenwelt‹, ›Schafe blicken auf‹ oder ›Der Schockwellenreiter‹ zu lästig sind, um in eine derartige Geisteslandschaft zu passen? Der als Gespenst wiedergekehrte gewesene Fünfziger-Jahre-Zeitgeist der 80er mochte, der als neuer Volksgemeinschaftswahn mit Weltgenesungsauftrag wiederbelebte Vierziger-Jahre-Patriotismus der 90er mag dergleichen schlicht und einfach nicht mehr zur Kenntnis nehmen. Muß die These lauten (es kann manches dagegen sprechen, aber ich erachte sie als legitim), daß ausgerechnet jene Bücher John Brunners, die ihren Lesern das meiste an Einsichten und Gewinn zu vermitteln hatten – ›Morgenwelt‹, ›Schafe blicken auf‹ und andere im vorstehenden Text genannte – als sie im deutschsprachigen Raum zwischen 1978 und 1981 verlegt wurden, schon *zu spät* auf deutsch erschienen sind? Nicht allein schwappte der SF-Boom der 70er Jahre da bereits ab – wodurch sich ein proportional verringertes Interesse der Medien erklären läßt –, auch das Nachwachsen einer durch Yuppie-Ideale

---

* Petz, Ernst: »Die Figuren leben – ich beschreibe nur« Ein Gespräch mit John Brunner. In: Jeschke, W. (Hrsg.): Das Science Fiction Jahr Ausgabe 1991. Heyne Verlag, München 1991, S. 421

** Jeschke, W.: Schaurige Welten. Focus – Das moderne Nachrichtenmagazin Nr. 7 (Febr. 1993)

verschaukelten Generation ohne konkrete politische Erfahrung und ohne eigene historische Lebensqualität-Vergleichsmöglichkeiten – und damit ohne Potential zu Kritik und Protest – bedingte vielleicht, daß die Aussage dieser Texte sukzessiv ins Leere lief. Späte-Geburt-Mutanten solcher Abstammung sind inzwischen in den Redaktionen der Stadtzeitungen als Popularisatoren und Multiplikatoren tätig und betreiben per Restaurant- und Szeneführer Sinnstiftung, belabern auf Kulturseiten und in Feuilletons Tanztheater und wagen sich verwegen auf Spurensuche nach ideologisch recycelbarem Eingemotteten. Es mag also schon lange an Aufnahmewillen und -fähigkeit gefehlt haben, um sich mit einer britischen SF-Kassandra auseinanderzusetzen: Warnung? Nein danke. Naturgemäß *hat* so etwas mit Unwissenheit zu tun. Indessen geht sie nicht auf Mangel an Information zurück: Er besteht offenkundig nicht. Ganz im Gegenteil. Unter Umständen korrespondiert Informationsüberfluß proportional mit Unwissenheit.

Der Medien- und Kulturkritiker Neil Postman z. B. postuliert die Ära des ›Technopols‹; er definiert das Technopol sowohl als Kultur- wie auch Geisteszustand: »Es ist das, was einer Gesellschaft zustößt, wenn die Abwehrmechanismen gegen die Informationsschwemme zusammengebrochen sind. Es ist das, was eintritt, wenn die Institutionen einer Gesellschaft nicht mehr imstande sind, mit dem Übermaß an Information fertig zu werden.« Ergo: »Läßt sich der Informationsvorrat nicht mehr kontrollieren, kommt es zu einem allgemeinen Zusammenbruch der psychischen und sozialen Orientierung. Ohne Abwehrmechanismen fehlt den Menschen die Möglichkeit, Sinn in ihren Erfahrungen zu entdecken, sie verlieren das Erinnerungsvermögen, und es fällt ihnen schwer, sich eine sinnvolle Zukunft vorzustellen.«* Sollte Postman recht haben,

---

* Zit. nach: Postman, Neil: Das Technopol – Schöne Neue Welt? Psychologie heute. Heft 4 (April 1992)

lassen sich fürwahr kaum schlechtere Bedingungen für eine verbreitetere Anerkennung der Bücher Brunners denken.

Man möge mich richtig verstehen: Meine vorstehenden Überlegungen sind weniger eine analytische Untersuchung als eine Ansammlung lockerer Assoziationen zur Lage. Noch sieht man das Gesamtbild der neuen Weltordnung nicht. Wenn wir es sehen können, werden wir den nächsten Schreck bekommen.

Obzwar man es als so symptomatisch für die zeitgenössische Gesinnung einschätzen kann, wie es für die immanente Richtigkeit und Aktualität der beispielhaftesten Werke Brunners spricht, daß es wohl geistiges Vakuum auf der Kritiker- und Feuilletonistenseite war, durch das diesen Büchern der große Durchbruch versagt blieb, habe ich nicht den Eindruck, daß auf der Rezipientenseite eine Ignoranz ähnlichen Ausmaßes vorliegt. Selbstverständlich erreichen solche Bücher nicht jeden. Wo das Interesse dem Computer gilt, nicht der Abwendung seines Mißbrauchs, der Wissenschaft und Technik, nicht der Verhinderung ihrer verantwortungslosen Verwertung, der plumpen Action im Text, keinem intelligenten Leseerlebnis, der Urlaubslektüre, nie der Verteidigung der Umwelt als Voraussetzung des Urlaubs, bleiben freilich alle Mühen vergeblich.

Jeder Autor findet immer nur — aber das ist gleichzeitig für ihn ein Trost — die Leser, die er verdient. Um dafür zu sorgen, daß Brunner immer mehr solche Leser findet, ist jede Veröffentlichung eines seiner qualifizierteren Werke, wie sie jetzt mit dem erneuten, begrüßenswerten Erscheinen von *The Jagged Orbit* erfolgt, allemal eine geeignete Maßnahme.

Da der Heyne Verlag auch eine Neuausgabe des Titels *The Wrong End of Time* plant, werden in absehbarer Zeit zum erstenmal alle bedeutsamen Werke John Brunners bei ein und demselben deutschen Verlag erhältlich sein. So darf nun Bernd Holzrichters 1979 in der Science Fiction Times Nr. 146 (Nr. 1/April/Mai/Juni 1979) getaner Aufruf wiederholt werden: »Dreht euch mal rum, der Brunner geht um!«

The Jagged Orbit wird in Neil Barrons *Anatomy of Wonder* als »Brunner's most experimental novel« eingeschätzt, »well worth reading for its powerful setting despite a weak and inappropriately optimistic ending.«* Auch Gunns SF-Enzyklopädie kritisiert den Schluß des Buchs: »...and again turns to a deus ex machina for a resolution.«** Peter Nicholls SF-Enzyklopädie bescheinigt lediglich: »...a rather too tightly plotted, though occasionally powerful, narrative.«*** Die französische SF-Koryphäe Jacques Sadoul hingegen nennt den Roman ein »livre d'une richesse extraordinaire, qui est en même temps une anticipation terrifiante.«****

In der BRD hat *The Jagged Orbit,* ›Ein irrer Orbit‹, 1971 mit dem British Science Fiction Award ausgezeichnet, seine eigene, recht eigentümliche Publikationsgeschichte. Der Roman erschien in deutscher Sprache das erste Mal 1970 in einer Übertragung des lange Zeit notorisch gewesenen Übersetzers Tony Westermayr***** unter dem Titel ›Morgen geht die Welt aus den Angeln‹ als Weltraum-Taschenbuch 0115 des Münchener Goldmann Verlags und

---

* Barron, Neil (Ed.): Anatomy of Wonder. A Critical Guide to Science Fiction. R. R. Bowker Company, New York & London 1981, p. 163

** Gunn, James (Ed.): The New Encyclopedia of Science Fiction. Viking Penguin Inc., New York 1988

*** Nicholls, Peter (Ed.): The Encyclopedia of Science Fiction. Granada Publishing Ltd., London/Toronto/Sidney/New York 1979, p. 91

**** Sadoul, Jacques: Histoire de la science fiction moderne. Albin Michel, Paris 1973, p. 295

***** W. soll im Stehen vor fünf mit Diktaphonen ausgestatteten Pulten jeweils an mehreren Übersetzungen *gleichzeitig* gearbeitet und auf diese Weise monatlich ca. ein halbes Dutzend Buchtexte ins Deutsche übertragen haben, ein Verfahren, das zumindest durch die Übersetzervermerke einer entsprechenden, unglaublich hohen Zahl von Titeln (so daß man T. W. zeitweise für das Verlagspseudonym einer ganzen Reihe von Übersetzern hielt) belegt ist; daher nimmt es nicht wunder, daß er im Laufe der Jahrzehnte weit genug durcheinandergeriet, um schließlich in den 80er Jahren den Freitod zu wählen.

verursachte gleich einen Skandal, jedoch nicht wegen des Inhalts.

Den Inhalt konnte kaum ein deutscher Leser überhaupt nachvollziehen, geschweige denn beurteilen, weil er nämlich *um zwei Drittel(!)* gekürzt worden war, ein vermutlich in der gesamten Literaturgeschichte einmaliges Ereignis.

Brunner schickte dem deutschen Fachblatt ›Science Fiction Times‹ einen Brief, in dem er empört klarstellte: »Ich habe aus New York Exemplare von einem Buch empfangen, das MORGEN GEHT DIE WELT AUS DEN ANGELN heißt.

Bitte erklären Sie dem deutschen Leser, daß dies keine Übersetzung von meinem Roman THE JAGGED ORBIT ist, sondern eine Travestie.

Der Roman hat genau hundert Kapitel; die ›Übersetzung‹ hat nur zweiunddreißig.« (SFT Nr. 114/115, Okt./Nov. 1970)

»Praktiken, wie hier wieder vom Münchner Goldmann Verlag demonstriert«, kommentierte dazu der damalige SFT-Herausgeber Hans Joachim Alpers, »sind in der Science Fiction ja beileibe keine Seltenheit, aber so kraß hat selten ein Verlag gewütet, nicht einmal Groschenheftkönig Pabel in seinen Heftreihen.« (dto.)

Folglich fand das Buch anläßlich der deutschen Erstveröffentlichung keine allzu günstige Aufnahme, konnte sie nicht finden, weil die gekürzte Fassung die Schärfe der Gesellschaftskritik des Originals, ihre für Brunner charakteristische Ironie, nicht wiedergab.

Vielmehr blieb man gegenüber der in der deutschen Ausgabe noch schwach ersichtlichen Kritikhaltung skeptisch. Brunner »kann sich nicht aufraffen«, schrieb damals (eine allerdings teils berechtigte Kritik) Norbert Fangmeier in seiner Rezension, »konsequent weiter zu extrapolieren und das ganze zerrottete Gebilde zerkrachen zu lassen« – in der Tat vollzog er diesen Schritt zur radikalen Negation erst in ›Schafe blicken auf‹, worin »das größte Verschwenderland, die USA, wie durch ein Strafgericht in Flammen«* aufgeht – »nein, zu lieb ist es ihm wohl, zu sehr steht er selbst darin. Also läßt er einen Deus ex Machina (und das im Sinne des Wortes) im Spiel erscheinen. Armageddon ist aufgeschoben, alles wird allmählich schon ins Lot kommen.

Dieser rettende Faktor, geboren aus dem Systeminneren der Konzerne, dient so einem fatalen Zweck: Der Leser wird mit der Gewißheit entlassen, daß die Bösen, eben weil sie ja so böse sind, über kurz oder lang untereinander uneins werden und derart selbst für die Beseitigung des von ihnen geschaffenen Systems sorgen ...« Fangmeier zog das Fazit:

»Was also trübt letztlich die Freude an diesem Buch? Resignation und Indolenz, die zu viel sind darin, jedoch Konsequenz, die oftmals zu wenig.« (Science Fiction Times Nr. 110/111, Juni/Juli 1970)

1982 erschien auf Veranlassung H. J. Alpers', des damaligen Herausgebers der Moewig-SF, eine neue, diesmal vollständige Übersetzung des *Jagged Orbit* unter dem Titel ›Das Gottschalk-Komplott‹. In seinem Nachwort bewertete Alpers das Werk als Versuch, »den Zustand unserer Welt antiutopisch zu extrapolieren und die vielen Aspekte dieser Welt dabei ganzheitlich zu präsentieren«,** eine Aussage, die auch für Brunners übrige Hauptwerke gilt. Immerhin ermöglichte diese Ausgabe nun eine adäquate Einschätzung des Romans. »Im Ganzen nicht ganz so komplex wie *Morgenwelt* und *Schafe blicken auf*, ist *Das Gottschalk-Komplott* dennoch einer der intelligentesten SF-Romane überhaupt – Ideenvielfalt, Kompetenz, Wortwitz und eine interessante Thematik paaren sich mit einer brillanten Schreibtechnik und hohem Unterhaltungswert«, schrieb Kai Schätzl und fügte zum Schluß hinzu: »Nur schade, daß man so ein schwaches Titelbild für die deutsche Aus-

---

* Alpers, H. J. / Fuchs, W. / Hahn, R. / Jeschke, W. (Hrsg.): Lexikon der Science Fiction Literatur. Heyne Verlag, München 1988

** In: Brunner, John: Das Gottschalk-Komplott. Arthur Moewig Verlag, Rastatt 1982, S. 381

gabe verwenden mußte.* (Ob man es ›mußte‹, steht dahin: Nach Alpers' mündlicher Einlassung jedenfalls wäre seinerseits, hätte er darauf Einfluß gehabt, ein anderes Titelbild ausgewählt worden.) Tatsächlich zerschlug die Titelgestaltung des Taschenbuchs — die auch Rückschlüsse auf den Stellenwert zuläßt, den man der SF beim Verlag beimaß — jede Hoffnung, es könnte von irgendeinem ernsthaften Menschen, der es nicht des Autors wegen kauft, in die Hand genommen werden: Grellrote, Glühbirnen oder Röhren ähnliche Gebilde überragen dunkelbläuliche Stereoanlagen und sollen mit ihnen gemeinsam — an Scheußlichkeit schwerlich zu überbieten — eine beim besten Willen bedauerlicherweise erst nach mehrmaligem Hinsehen erkennbare futuristische Stadtszenerie darstellen. Da blieb sogar der Begriff Warenästhetik verfehlt. Der Verlag selbst hatte jede Chance einer Würdigung des Buchs sabotiert.

Für die Neuauflage des Heyne Verlags habe ich meine Übersetzung, da kein Manuskript mehr vorhanden ist, auf der Grundlage der 1982er Moewig-Ausgabe überarbeitet. Der damalige Druck enthielt eine ungewöhnlich hohe Anzahl teils sinnentstellender Setzfehler, zu deren Berichtigung ich jetzt die Gelegenheit genutzt habe. Ferner sind durch mich einige sprachliche Korrekturen angebracht worden, wo ich sie für unverzichtbar erachtete. Manches habe ich vereinheitlicht oder berichtigt bzw. verbessert und ein paar stilistische Unebenheiten geglättet, einige Termini präziser gefaßt. Auch die Ausdrucksweise ist betroffen. Konnte man z. B. anfangs der 80er Jahre eine Redewendung wie »einen Türken bauen« (sh. S. 193 der Moewig-Ausgabe) vielleicht noch halbwegs bedenkenlos verwenden — schließlich beruht sie mit an Gewißheit grenzender Wahrscheinlichkeit nicht auf prägetechnischen

---

* In: Alpers, H. J. / Fuchs, W. A. / Kaiser, H. (Hrsg.): Science Fiction Jahrbuch 1983. Arthur Moewig Verlag, Rastatt 1982, S. 218

Homunkuli-Experimenten mittelalterlicher Frankensteins, sondern auf dem wegen der dahintergesetzten Figur ›Schachtürke‹ genannten, angeblichen Schachautomaten (worin sich jedoch in Wahrheit ein Mensch versteckte, Gerüchten zufolge ein beinamputiertes polnisches Schachgenie), mit dem in der ersten Hälfte des 19. Jahrhunderts, ca. 1820 bis 1840, ein gewisser Wolfgang von Kempelen auf Welttournee ging* –, müßte sie angesichts der heutigen, von Fremdenhaß mitgeprägten politischen Situation als Geschmacksverirrung gelten. Des öfteren reicht die Verantwortung des Übersetzers weiter, als es vom Außenstehenden gesehen wird. Zusammengefaßt: Die Bearbeitung ist nach bestem Wissen und Gewissen so gewinnbringend wie möglich für den Leser und gleichzeitig so erfolgt, daß sie Stil und Intentionen des Autors optimal gerecht wird.

Februar 1993 Horst Pukallus

---

* Vgl. Päch, Susanne: Utopien – Erfinder, Träumer, Scharlatane. Westermann Verlag GmbH, Braunschweig 1983, S. 50 f.